巨人传（上）

Gargantua et Pantagruel

（法）拉伯雷◎著　朱品品◎译

煤炭工业出版社

·北　京·

图书在版编目（CIP）数据

巨人传：全二册/（法）拉伯雷著；朱品品译．--北京：煤炭工业出版社，2018（2022.3 重印）

ISBN 978-7-5020-5698-8

Ⅰ.①巨…　Ⅱ.①拉…　②朱…　Ⅲ.①长篇小说—法国—中世纪　Ⅳ.①I565.43

中国版本图书馆 CIP 数据核字(2017)第 024998 号

巨人传（全二册）

著　　者　（法）拉伯雷
译　　者　朱品品
责任编辑　刘少辉
封面设计　左小文

出版发行　煤炭工业出版社（北京市朝阳区芍药居 35 号　100029）
电　　话　010-84657898（总编室）
　　　　　　010-64018321（发行部）　010-84657880（读者服务部）
电子信箱　cciph612@126.com
网　　址　www.cciph.com.cn
印　　刷　唐山楠萍印务有限公司
经　　销　全国新华书店

开　　本　710mm×1000mm 1/16　**印张**　34　**字数**　600 千字
版　　次　2018 年 3 月第 1 版　2022 年 3 月第 2 次印刷
社内编号　8561　　**定价**　98.00 元（全二册）

目 录

第一部

庞大固埃的父亲巨人
高康大的惊世骇俗的传记
一部充满乐观主义的奇书
第五元素提炼者弗朗索瓦·拉伯雷遗作

致读者

亲爱的读者，为读一本书，
你必须抛弃一切成见。
读时，心里切莫先着恼，
书中并无邪恶，或者毒素。
不错，尽善尽美虽难求，
但却可以让你笑口常开。
眼看你们这般忧伤与憔悴，
我心里选不出别的题材，
与其写泪，还是写笑的好，
因为只有人类才会笑。①

① 节选自《生物篇》，亚里士多德著，第三卷第十章。

作者前言

高贵的、杰出的酒友们，和你们面部带点儿麻子的潇洒俊男，此书正是为你们而创作。

柏拉图的戏剧文学《盛宴》中的人物亚西比德曾经称赞他的老师苏格拉底为“这位无与伦比的哲学之王”，在其他演说情形下，也都十分中肯地说他的老师像“西勒纳斯”。所谓“西勒纳斯”，原指一种小匣子，就像现在我们在药房里看见的小药盒一样，盒子上画着一些离奇古怪的滑稽形象，比如，哈耳皮埃（指身体是女人而翅膀尾巴及爪似鸟的怪物）、半人半兽的森林之神（好色之徒、性欲极强的男人）、套上笼头的鹅、头上生角的野兔、套上马鞍的野鸭、飞翔的山羊、驾车的雄鹿，以及其他诸如此类大胆创意的、虚构的图画，等等，纯属为了引人发笑，就像酒神巴克斯的师傅塞利纳斯本人习惯的幽默行为一样。但事实上，匣子里又完整地保存着贵重的珠宝和优良的药材，比如，香脂、龙涎香、豆蔻、麝香、灵猫香、各种各样珍贵的宝石及其他珍贵的东西。苏格拉底就是这样一种人，外表看来，给人以一文不值的印象，他很不起眼，体态难看，走起路来像个笨鸭子，他天生一副尖鼻子、一对公牛般的眼睛，外加一张愚人的面孔。你通常会看到他坐在简陋的马车上，土里土气的外表，一副穷酸相，讨不到女人欢心，捞不到一官半职，总是那样放荡不羁、嗜酒如命，与每一个人干杯，嬉皮笑脸地自我揶揄，但他却是睿智和博学的。只要一打开这盒子，你就会惊异地发现其内藏有极其名贵的、难以估价的药材，也就是那种超乎于人类的悟性、一种令人钦佩的美德、无以媲比的学识、百折不挠的勇气、无可比拟的才智、坚定不移的恒心和完美的自信，对人们梦寐以求、劳碌奔波、苦苦经营、远渡重洋所追求、甚至为之发动战争的一切行为不屑一顾，嗤之以鼻。

依您之见，本部书的开场白有什么用意呢？这是专门为您，和许许多多与您一样的人而写的，我的忠实的读者们，以及其他安逸休闲的快活的傻瓜们，当您读到该小说的几部作品颇有意思的名字时，如:《高康大》《庞大固埃》《酒徒》《裤裆的尊严》《豌豆与培根的解说与评论》，等等，便会毫不犹豫地断定书中无非是些不登大雅之堂的笑谈、游戏文字、色情描写、用以消遣的谎言，因为外表（书名）通常看来，没有任何深刻的内涵。但是，从真正意义上讲，肤浅地认识他人的作品是非常不恰当的，就像你们自己所承认的那样，穿袈裟的不一定都是和尚，有些穿袈裟的内心深处连普通人也不及，也好像那些披着西班牙斗牛士披风的人，其中很少有人具备西班牙武士的勇猛。鉴于此，您需要打开书，认真地思考书中所涉及的内容。然后，您将会发现，它蕴含了比匣子里所预示的更高级别的价值，也就是说，它的主题意义并不像它的题目名字在第一次看来似乎有点儿愚蠢的印象。

即使你确实遇到了像标题那样表达欢愉的、色情的文字，你必须停止对此迷惘，抑制身心陷入魔女所弹奏的靡靡之音，而应当竭尽全力地去解读深层次所蕴含的高尚意义，那是让你的身心得到真正的欢愉的所在。试问，你曾经打开过柜橱的锁偷走一瓶酒吗？坦白告诉我，如果有，回想一下当时的情景。或者，你见过狗嘴里叼着骨头吗？或是其他兽类？就像柏拉图在《理想国》第二卷所言，狗是世界上最讲哲学的牲畜。如果你们看到过，也许会注意到它们是多么虔诚地、多么执拗地守护着、看管着骨头，多么小心翼翼地啃咬第一口，多么热切地咬开，又多么用力地吸嘬它。是什么驱使它这样不辞辛劳呢？它的专注会得到什么？它盼望得到的是什么？只是一点儿骨髓罢了。然而，这一点点回报，却比狼吞虎咽许多别的肉类精美可口得多，因为，骨髓是一种绝顶美好的天然滋养品，就像盖伦[①]在《大自功能论》的第三卷和《人体各部分功能论》的第十一卷里所说的那样。

你得模仿狗的样子，翘起那训练有素的鼻子去闻、去触摸、去感受、去拥有，公平公正地去评价、认识这部作品，灌输一种高尚的情操，这些表面看来似乎很容易追求，但是，当面对和处理时是有些困难的。你必须勤奋地阅读，持之以恒，反复思考冥想，撬开骨头，吮吸最精华的骨髓，这就是我的寓言式的用意，即，用毕达哥拉斯式的象征来比喻所指的东西。我可以肯定，你这样读过之后，最终会达到双重效果：你变得更加明智、更加勇敢，你将会感受到另一番趣味，以及对深奥的理论学说有深刻思考和独到见解。这表明，不管是有关宗教，还是政治形势和经济生活，这部作品将向你展示最神圣和最骇人听闻的秘密。

你们是否真的相信荷马在创作《伊利亚特》和《奥德赛》的时候，已经意识到了普卢塔克、赫拉克利特·旁提克斯[②]、厄斯塔修斯和斯多亚学派哲学家康纳图斯会改写他的史诗？以及波立提安[③]会从其他人那里窃取他的观点吗？要是你是这样以为的，那我们就不是一路的了，我发誓，我以为这些是荷马所没料到的，这就跟奥维德没料到他的《变形记》会暗示《福音书》里的秘密一样，虽然傻瓜吕班[④]修士那个地道的寄生虫一直都想证明这一点。或许，他一直都寄希望于碰上和他一样的白痴，这是可能的，俗语里不是有话，说是半斤八两。

如果你们承认我所说的，那就应该以一样的态度接纳我的这些开心的故事——我在创作时，也同样没料到发生那些事，也没有想到我们会一样地嗜酒如命。实际上，在我创作这部辉煌的著作期间，也一直坚持饮酒和吃饭。因为这样

---

① 盖伦(130？—200？)：古希腊著名解剖学家。

② 赫拉克利特·旁提克斯：公元前4世纪古希腊唯物主义哲学家。

③ 波立提安：15世纪意大利诗人，以其翻译成拉丁文的《伊利亚特》而闻名。

④ 吕班：传说中的一个傻修士。

做,会让我更有灵感创作那些寓意深刻的哲理文章。这一点在文人典范荷马,以及拉丁诗歌之父恩尼乌斯那里也得到了共鸣,他们就是这么做的,贺拉斯可以为此做证,虽然在一些猪猡那里也响起过"他写的诗耗灯油比酒水多"的叫喊声。

我的书也遭到了一些下流痞子同样的诋毁,让他们滚一边去吧!比起油来,好酒的醇和甜要怡神得多!如果有人说我写书时喝酒比耗油多,我会当作是赞美,那种自豪和狄摩西尼①听到有人说他写书时耗油比酒多感受到的是一样的。做个快乐自在的人,一个好伙计,一个和酒打交道的人,这是我的梦想,是我感到无上荣幸和光荣的。因此只要是有庞大怪物似的人物聚集的地方,我就是被欢迎的。狄摩西尼的演说被一个无赖指责说是卖油郎身上油腻腻的、令人作呕的围裙。无论如何,请用最仁慈的心态来对待我做的一切;请给予这个绝顶聪明的脑袋以尊重,它装了这些荒诞不经、风趣幽默的故事令你们开怀大笑,你们也应该尽可能地祝我笑口常开。

让我们开始欢乐吧,我亲爱的朋友,怀着愉快的心情往下读吧,这是有益于你的身体的(对你的肾也不错)。不过注意听着,笨驴,把你的耳朵竖起来,希望你身上的脓疮发作,令你无法动弹!记得为我干杯,我会立即举杯回敬你的。

---

① 狄摩西尼:(前384—前322),古雅典雄辩家,民主派政治家,反对马其顿人入侵希腊,发表《斥腓力》等演说,后失败,服毒自杀。

第一章 高康大的家世和谱系

要了解高康大出身的谱系和他的古老的家世,我们先来参看庞大固埃的伟大传记,从那里我们可以详细地观看到巨人是怎样来到这个世界上的,庞大固埃的父亲高康大又是怎样成为家族的嫡系后裔的。这里我暂且先不说这些,这里劝大家先不要着急。叙述故事时,越是一次次重复,越能引发人的兴趣,这一点,在柏拉图的《费立布斯篇》和《高吉亚斯篇》里论述过,弗拉古斯也这样说过,有些故事没有丝毫疑问就像我这些故事一样,越是反复重述,越能引人入胜。

从诺亚方舟时期至今,我倒是希望每个人都能清楚地知道自己的家世!我想今天世界上有不少的皇帝、国王、公爵、王侯和教皇,他们的祖先就是挑担子的、卖柴火的,相反,救济院里面的穷人、乞丐,还有受苦的人,也很有可能是过去国君和皇帝的嫡系后裔,因为朝代以及国家的变迁实在太频繁了,使人应接不暇,你们看:

从亚述人到米太人,
从米太人到波斯人,
从波斯人到马其顿人,
从马其顿人到罗马人,
从罗马人到希腊人,
从希腊人到法国人。

告诉你,正说话的我以前也许是什么富有的国王或达官贵人的后裔,因为没有比我更喜欢当皇帝,更想发财的人了,这样的话,我就可以大吃大喝,什么事都不做,逍遥自在,并且还可以馈赠金子给我的朋友和所有有学问和有道德的人。关于这一点,我很看得开,因为我相信来世肯定办得到,并且还会远远地超过现在所能够想象的。因此,你们也用相同或者更乐观的思想来战胜困苦吧,要是可能的话,痛痛快快地多喝几杯。

现在言归正传,让我告诉你们我是如何得到高康大古老的家谱的,由于上天的庇佑,这家谱比其他任何的家谱都保留得完整,当然救世主的除外,但是他的我不想说,也没有办法说,因为魔鬼们(诽谤别人的人和假冒伪善的人)会反对的。这份家谱是约翰·奥都在自家的草地里找到的,地点就在距奥里沃不远的楼拱门的附近,通向拿尔塞的大路那里。当时约翰·奥都正在叫人挖掘沟渠,挖土的铁锹突然碰到了一座古铜的大坟墓。这坟墓大得没边没界,谁都没有找到尽头,它一直延伸到维也纳河水闸过去很远很远的地方。他们在一个有酒杯标识的地方挖掘下去,酒杯的四周用埃托利亚文字写着:“在这里喝酒。”他们在那里找到了九个酒瓶,它们排列得跟加斯科涅地方玩木棒球的排列方法相同,中间的那个酒瓶压着一本旧书。这本书又大又厚,精致而美观,但那发霉的味道比玫瑰花酒还要浓烈,只是没有玫瑰花好闻。

上面提到的家谱就记载在这本书里,那是用古罗马花体字精心写成的,并且不是写在纸上,也不是写在羊皮纸上,或者刻在石蜡板上,凿在石头上,而是记在榆树皮上。由于年代太久远了,榆树皮已破破烂烂,几乎没法连续看出三个字来。

我虽说还不够格,受之有愧,也被叫了去。借着眼镜的大力帮助,运用亚里士多德的有关阅读晦暗文字的方法,就像你们能够想见的,按庞大固埃的阅读方式,一边开怀畅饮,一边读着这些惊人伟绩,就把它翻译了出来。

这本书的结尾附着一篇题目为《防毒歌》的短文,开头的地方已被老鼠、蠹鱼,老实说可能是各种可恶的畜生嗑坏了。为了表示对古物的尊重,我把它们都抄在了这里。

第二章　古墓中发现的《防毒歌》

……来了凯尔特辛布里①人,伟大的征服者,
……怕露水,他行空而来。
……来临,人们把水槽倒满。
……新鲜奶油,直往下冲。
……淋了老祖母一身,
她高声喊道:“大王啊,求求你了,拉他出来吧!
他的胡须已经沾满了粪污泥泞,
或者,起码给他一架梯子也行。”
有人说,舔舔他的鞋子,
远远超过得到宽赦;
但是,一个矫揉造作的无赖,

① 公元前2世纪,北欧日德兰半岛上的日耳曼民族,曾伙同条顿民族占领高卢,后被罗马大将马利乌斯战败。

突然从水池中钻了出来，
说："先生们，为了天主，别！
我们就要有一条鳗鱼了，
藏在他的笼子里。
在那儿（要是我们凑近看），
他的颈巾下面还有一块大污点。"
他要开始朗读那段经，
晦涩生硬地向下看；
他说道："我感觉帽子里冷得难受，
冷气一直钻到了我的头里。"
人们焚萝菔缨给他取暖，
他很高兴待在火边，
只要给其他人套上马鞍，
没有头脑的人又何止千万。
他们谈论着圣帕特里克洞①，
直布罗陀洞，以及许多其他洞；
要是能使它们结成疤痕，
那就不会再有咳嗽疾病了。
看到洞在风中乱打哈欠，
谁都不会觉着好看，
要是它们全都被堵住，
没准儿还能够拿去交换。
他们谈着海格立斯②剥了乌鸦，
他刚刚到过利比亚。
米诺斯③说："人人都被邀请，
唯独没有我，这是为什么？
还让我供给牡蛎和田鸡！
这太令人受不了了，太受不了了！
与其今生同意他们的线锤生意，
我宁愿马上就死去。"
一个瘸腿的人来调解，
一路带来好听的椋鸟鸣声，

① 圣帕特里克洞：在爱尔兰的一小岛上，传说可以由此通至炼狱。
② 海格立斯：神话中朱庇特和阿尔克墨涅之子，力大无比，以完成十二项英雄业绩闻名。
③ 米诺斯：希腊神话中宙斯之子，生于克里特，地狱之神。

巨人西克洛波的表兄判定是非，
把他们通通打死。
谁能够不擤鼻涕！
在犁翻多遍的土地里很难有傻瓜出世，
不被压死在硝皮场里，
勇往直前，撞起大钟，
拿起武器，肯定比去年更有成绩。
不一会儿，朱庇特的大鹰来了，
宣示着大祸将要到来，
但是看到他们如此激动，
担心咆哮掀翻帝国，
于是宁肯偷取天火，
烧掉卖鲱鱼的地方，
也不想被“马索莱”的判断所奴役，
不许阴谋破坏晴朗的空气。
一切终于很好地停止，
尽管埃特①伸着鹭鸶般的长腿，
坐在那里，看着彭台西丽雅
到老时只落得卖芹菜。
人人都高呼：“丑恶的黑炭头，
你怎么敢在大路上露面？
你不是已经将羊皮的罗马旗帜拿到手中！”
如果不是朱诺②在天虹下面，
设下陷阱，放出了猛禽，
她会中别人的阴谋，四面受敌。
最后达成协议，
她吃下普罗塞耳皮娜③的两个蛋，
要是再被人发现，
一定要把她绑到奥尔帕斯山巅。
七个月之后（减去二十二），
从前迦太基的征剿者
和悦地来到他们中间，

---

① 埃特：希腊神话里挑拨是非的女神。
② 朱诺：古罗马宗教中妇女保护神，朱庇特之妻，司婚姻。
③ 普罗塞耳皮娜：朱庇特与刻瑞斯之女，为冥王劫走，抢娶为后。

索求继承他的东西,或者,
像鞋匠绱的鞋那样针脚均匀,
大家平分,人人有份,
所有立契的不论位尊位贱,
都应分到一点儿好处。
但是等这年一到,
标记是五个线锤,
一张土耳其弓和三个旧鼎,
那野蛮国王背部生了大疮,
隐修士的僧袍也遮掩不了。
发发慈悲吧!为了一个虚伪的女人,
莫非将这些土地拱手相让?
算了吧,算了吧!
停止你这肮脏的交易,
滚到蛇老弟待的地方去吧。
这一年终将过去,天下太平,
君王及其圣贤共同执政。
不会再有强权,不会再有虐政,
所有的善意都将与之共鸣,
过去享受不到的幸福乐趣,
将随着他的意旨降临到人世。
到那时,被征服的马群,
将胜利地为国驰骋。
这个变幻莫测的时代,
将会一直持续到抓住战神为止;
到那时,将会有一个卓越、高超、
温和、和蔼的时代来到。
我忠实可靠的人们,打起精神来,
参加宴席,因为一个时代一旦远去,
将是一去不复返,
时光易逝去令人唏嘘。
最后,那个蜡制的像,
将会被悬挂在时钟上的小铁人的铰链上。
掌管打钟的人,
再也不会“万岁,万岁”地高喊,

但愿有人将会拿起短刀，将这堆乱麻斩掉，
再拿起粗壮的绳索，
把这烂摊子[1]绑牢。

第三章　高康大如何在他母亲的肚子里待了十一个月

高朗古杰是当时的一个乐天派，爱喝酒，酒到杯干，世上无人与之匹敌。同时他还喜爱咸肉，能一口气吃下很多，这样做的时候，往往会因为唇焦喉燥，而不停地豪饮。平时，他大量购进马延斯、巴云的火腿和熏牛舌，腊味上市的时节，就采购大量腊肠和芥末腌的牛肉，再佐以鱼子酱及香肠，香肠不要布伦尼出产的（因为他害怕意大利人在调料里下毒），而要毕高尔、隆高奈、拉勃莱纳和卢埃格出品的。

高朗古杰成年后，迎娶了蝴蝶国的公主嘉佳美丽为妻。嘉佳美丽生就美丽健壮，容貌姣好。夫妻俩如胶似漆，常常做那些鱼水交欢的游戏。不久，她就怀上了一个漂亮的男婴，怀孕期长达十一个月。

事实上，要是肚里的孩子确实是一个精品，一个风流倜傥、补天济世之才，那么怀孕期是需要这么长的时间的，甚至还要长些也是可能的。荷马这样说过，海神尼普顿和提诺仙女生的那个孩子是怀满了整整一年后才出世的——足足怀胎十二个月。奥吕斯·格流斯在其作品《雅典之夜》第三卷里说道，这么久的时间才足够显示尼普顿的神威，才能孕育出尽善尽美的孩子。同样，朱庇特和阿尔克墨涅交好的那一个晚上，他把夜晚延长到四十八小时，不是这样长的时间，他是造不出一个降妖除魔的海格立斯来的。

我的话并非无稽之谈，这是过去所有的乐观主义学者都验证过的，他们宣称女人在丈夫死后的第十一个月生养孩子不但是有可能的，而且合法，像：

希波克拉底的《饮食篇》；
老普林尼《博物志》第七卷第五章；
普洛图斯《遗箱记》；
马古斯·凡洛在他的讽刺剧《遗嘱》里引用亚里士多德的权威论断；
孙索里努斯的《论生日》，卷六；
亚里士多德《动物学》卷七，第三、四章；

---

① 指教皇的势力。

奥吕斯·格流斯《雅典之夜》,卷六,第十六章;

塞尔维乌斯在《牧歌》所引的维吉尔的一句名诗:

十月怀胎母受苦……

这样的例子举不胜举,再加上法学家的观点,这个数目就更庞大了。查士丁尼一世的《学说汇纂》第三条法规中的十三段《论丈夫死后十一个月生孩子的妇女的法定赔偿》。很多人甚至还将其草草写进那本晦涩难懂的《迦鲁斯法典》——《关于遗腹子和无遗嘱或被剥夺财产继承权的后代之继承法》,要说还有很多,这里我还是不一一列举了。总而言之,有了上面的法规条文,寡妇在丈夫死后的两个月内,尽可以纵情狂欢、恣意放荡了。

身强力壮的年轻人,请你们注意,要是在这样的女人中遇到一个值得为之脱裤子的,可不要放过,你们尽管骑,把她给我带来。因为如果第三个月她肚子大了,孩子依旧是死者的。而如果受孕一旦被人知道,那就更可以毫无顾忌地寻欢作乐了,反正肚子中都已经满了,安心地乘风破浪就是了!奥古斯都的女儿朱丽雅就是如此,她就是在发现自己有孕之后才跟她的相好结交的,完全像一条船一样,等先载满货物、所有准备齐全之后,才接受舵手。如果有人责骂她们不该在怀孕期还如此放荡,就是母畜在怀崽之后也不允许公畜滥用交配权。她们就会反唇相讥:这恰巧因为它们是牲畜,而寡妇则是女人,她们应该享有她们作为女人应当享受的美妙和快活的小权利。马克罗比乌斯在《论土星》第二卷里写到的波普丽雅在很久之前就是如此回答别人的。

倘若魔鬼不愿意寡妇受孕怀胎,那就应该用一个塞子塞进去,把她们的口子堵死。

第四章 嘉佳美丽如何在怀着高康大时大吃肠子

这就是嘉佳美丽分娩时的情景,要是你们不相信,就让你们也脱了肛!

那一天是2月份的第三天,嘉佳美丽因为吃了太多肥牛肠而脱了肛。她吃的牛肠特别肥大。做肥牛肠的牛都被饲养在牛棚里,在肥美的草地上吃草,是吃两茬草长肥的。两茬草是说一年只割两茬的茂盛草。那次,他们在这些肥壮的牛里,一共杀了三十六万四千零十四头,预备在封斋前腌好,以便开春后就能有大量的咸牛肉吃。在品尝之前,先来个小小的仪式庆祝腌肉启封,酒也能喝得更畅快。

所以,你们能够想象,肥肠多得吃都吃不完,而且味道鲜美,无论谁看到都会馋到舔手指头。但难处就是肥肠不好保存,眼看就要坏掉了。坏掉的东西就不好再吃了。于是就决定全部吃光,一丁点儿也不剩。所以,他们请来塞内、塞邑、拉娄氏·克莱茂、沃高德雷的全部市民共享,又叫来古德雷·蒙旁谢、旺代口以及附近的乡民。他们全都是好酒量,也够义气,又全都是耍棒的好手,喝得酣畅淋漓。

好汉高朗古杰十分得意,关照所有人吃双份,不要计较。但是他叮嘱妻子要少吃点儿,因为分娩期临近了,况且,肠子又不是什么珍馐佳肴。他说:"多吃肠子的人,就是想吃粪。"可是嘉佳美丽却置之不理,吃了十六"木宜",外加两桶零六大锅,不顾他的告诫。如此多的造粪下水,快把她的肚子撑破了。

饭后,众人一同涌到柳树林子的草地上,跟着悠扬的竖笛声和欢快的风笛,人们欢快地跳起舞来。看到他们如此喜乐,给人以"此曲只应天上有"的印象。

第五章　醉客的话

后来,有人说还不尽兴,他们便即刻就地又来了一次饭后小酌。于是,酒瓶子传递来传递去,火腿、碗满天飞,杯子撞得叮叮当当响。

"倒呀!"

"斟呀!"

"酒呀!"

"给我来一杯!"

"不要掺水?对了,朋友。"

"爽快点!把这杯喝掉。"

"我要低度红酒,斟满。"

"真解渴!"

"啊,你伤寒了,还不走?"

"实话告诉你,我的老嫂子,我不行了。"

"朋友,你感觉冷吗?"

"是的。"

"圣盖奈的肚子!咱们还是谈酒吧。"

"我喝酒有确定的时间,不然教皇要暴跳如雷的。"

"我只在祷告书上提到喝酒时才喝酒,是个规规矩矩的会长神父。"

"渴与喝,哪一个先呢?"

"当然是渴,不渴,谁会喝呢?"

“在我看来是先喝,因为是先前存在的东西不见了才能说是丢了,是喝了才觉得渴。我是位学者。贺拉斯曾说,斟满酒杯子,说话就成雄辩家。”

“我们这些憨厚的人,不渴也喝得够多了。”

“我倒不是这样,我可能是个罪人,我不渴时是不会喝多的。也许现在不渴,但将来也总是会要渴的,因此我喝是为了预防未来,你理解我的意思了吗?我为了未来而喝。我要永远地喝下去,永远喝,喝永远。”

“边喝边唱吧,来一段和谐大合唱吧!”

“我的漏斗到哪儿去了?酒倒进酒桶了,我要听这首!”

“什么?我喝酒还要找人代?这儿再来一杯!”

“你是为渴而喝呢,还是为喝而渴?”

“我不明白这些道理,我只认同实践了的。”

“快来酒!”

“我咂点儿酒,沾点儿酒,喝点儿酒,这一切都是因为怕死。”

“你不会死的,一直喝下去吧。”

“我如果不喝,就干得慌,也就相当于死了。死去后我的灵魂会飞往湿润之地。干的地方,灵魂可待不了。圣奥古斯丁说过,灵魂——精神是不能干涸的。”

“管酒的,噢,你是新形式的创造者,赶快把我这个不沾酒的人改造成一个嗜酒的人吧!”

“但愿永远都可以这样开怀畅饮,永远有酒水来滋润我这干涸、粗糙不平的肠子!”

“喝酒,却没有什么感觉,那相当于没喝。”

“那就是酒进入你的血脉了——一滴不剩。”

“我今天早上宰掉了一头小牛,我要去洗肠子了。”

“我的胃可都装满了。”

“倘若我立的借据都跟我一样能喝,把整瓶墨水吸光,那么我的债主来到时就不妙了。”

“你的杯子举那么高,把你的鼻子都弄红了。”

“在这一杯还没排泄出来之前,又能进几杯呢!”

“这样小口浅喝,真要把脖子都伸折了。”

“他们管这个叫拿瓶子来诱惑人上钩。”

“酒瓶和酒嗉子有什么区别?”

“大不一样,酒瓶子用塞子塞,酒嗉子一定得用盖子转紧才行。”

“说得对!”

“我们的老祖宗很会喝酒,他们全都是整坛整坛地喝。”

“说得不错,干杯!”

“这位要去洗牛肠去了。顺便把你的肠子也到河边洗洗吧!”

“我喝酒可比不上海绵?”

“我喝酒赶得上勇士。”

“我喝酒呢,像《雅歌》里说到的新郎。”

“我呢,是久旱逢甘霖。”

“为什么不也为火腿说上两句?”

“下酒物、运酒桶的垫板,把整桶酒运到地窖里。而火腿把酒送进胃脏。”

“喂,来酒呀,来酒呀!这儿要酒。看倒酒的人:给我双份——留神我的话——我已经喝醉了。

“倘若我往上升能像我往下灌一样,我老早就青云直上了。

“雅克·柯尔就是这样致富的。”

“甚至荒地里的树木也能卖钱。”

“巴古斯就是用酒占领印度的。”

“这门哲学一直传到美朗都。葡萄牙人攻下了桑给巴尔。”

“小雨能平大风,久饮压响雷。”

“倘若我尿出来的是酒,你想不想也咂一咂?”

“绝对不放过。”

“嗨,侍者,来酒!该轮到我了。你没有按规矩递酒,我要给你开张罚单。”

“喝呀,伙计!这儿还有一坛。”

“我要提出控诉,控诉喝不着酒实在难过。伙计,你要正式记下我的要求。”

“这一点儿,也太少了吧?”

“我一直见酒必干,今天也要全部喝光。”

“别着急,吃没算数。”

“这儿还有又嫩又肥的黑线条黄牛的肠子。看在天主的份儿上,咱们给他来个彻底干净!”

“喝呀,不然我要把你……”

“不行,不行!”

“喝吧,请,请。”

“麻雀不打尾巴不吃,我呢,不听好话不喝。”

“喝吧,开怀畅饮!酒在我全身中无孔不入,着实解渴。”

“你的话正对我的劲儿。”

“这话说得我全身舒服。”

“让我们宣誓吧,不想喝酒的人不用到这里来;这里已经喝了好久了,干渴早已被赶走了。”

“我们的天主创造行星,而我们的任务是创造空盘。”

“耶稣的话就在嘴边:‘我渴’。”

“当他说那个东西永远牢固,永远不燃烧时,这话既不能熄火,也不能解我之渴。”

“昂盖斯特在芒城说得好:‘食欲是随着吃来的,干渴是跟着喝走的。’”

“如何能治干渴?”

“这跟不让狗咬恰恰相反,如果你总是跑在狗后头,它就咬不到你;如果你口渴前就喝,你就不会再渴了。”

“我可逮着你了,你不许闭眼睛,我要把你摇醒。做好事的管酒人,可不要让我们睡觉啊。阿尔古斯有一百只眼睛看东西,一个管酒的人就该像巨人布里亚雷乌斯那般,有一百只手,这样他就可以一直不知疲倦地倒酒。”

“喝干,喂!刚好解渴!”

“上白酒!我正想那样,全部倒光,真是见鬼了!斟满,我的舌头就要裂开了。”

“来,伙伴,干杯!”

“祝你健康!祝你健康!”

“呀!呀!呀!干杯!就该这样。”

“哦,基督的圣泪!”

“这是德维尼埃尔酒,是小粒葡萄酿的上等酒。”

“啊,上等的白葡萄酒!”

“实话讲,这酒喝下去时,对胃来说跟丝绸一样柔和。”

“对,对,完全同意,而且是裁剪很好的缎子,是最好的料子。”

“朋友,加把劲儿!”

“我们绝不作弊,我已经打过一个通关了。”

“一个挨一个,上帝挨个儿给倒酒。无把戏可玩儿——你们都看见了,我可是喝酒的老前辈。嗯!嗯!我只是那个称作‘帕斯特’的前辈。”

“哦,海量!哦,海量!”

“伙计——我的朋友,这里倒一倒,倒满,劳你驾。”

“倒得像红衣教主的头冠那样。”

“空虚是被厌恶的。”

“你不会以为在这儿喝酒的是苍蝇,而不是人吧?在这个杯子里只有苍蝇能找到喝的!”

“喝,来一个布列塔尼式的喝法!”

“干,干,喝!”

“喝吧,补身活血!”

第六章　高康大的离奇降生

当他们猜拳喝酒，胡言乱语的时候，嘉佳美丽开始肚子痛。高朗古杰猜想到孩子要出生了，连忙从草地上站了起来，好好地安抚她，劝她躺在柳树下面的草地上，过不了多大会儿就会生产的；劝她要鼓起勇气，来迎接孩子的到来。他还对她说，疼痛虽然会使她懊恼，但终究时间很短暂，随之而来的快乐，会让她忘记疼痛，让她将来连记都不记得。

“鼓起勇气吧！”他说道，“我们的救世主——上帝在《约翰福音》第十六章说过，孕妇生产时的疼痛，随着新生儿的诞生会烟消云散，忘却所有的痛苦。赶快把这孩子生下来，然后我们接着再来一个。”

“啊！”她娇嗔地说，“你们男人说得真简单！天主在上，既然你想要，我一定会尽我所能。但是我真的巴不得天主能把你那玩意儿砍掉！”

“什么？”高朗古杰嚷道。

她说道：“哟，你是个聪明人！你明明听得明白。”

“我的那家伙么？”他说道，“你这头母牛！如果你愿意，让人拿刀来吧！”

“哈！”她说道，“上帝在上！愿他饶恕我吧！我不是故意说的，你可千万别当真，不能动它。今天要不是天主庇佑，我可真够受的，这都是你那个东西作弄的，你倒不在意嘛。”

“鼓起勇气来！鼓起勇气！”他说道，“放心好了，牛套上犁，就让它去拉好了，你什么都不用管。我现在再去喝几杯。难受时就叫我，我离这儿很近，你只用拿手做个放声筒叫我一声，我立刻就过来。”

没过多久，她就开始叹气、呻吟、喊叫，许多接生婆瞬即从四面八方过来。她们在嘉佳美丽的下身摸了摸，摸到一些臭烘烘的肉皮，以为是孩子无疑。却不成想她脱了肛，正如我们前面说过的，那是直肠（人们叫作大肠），因为吃太多牛肠，滑了出来。

接生婆中有一个上了年纪的脏兮兮的婆子，据说是位神医，六十年前就从圣日奴附近的勃里兹帕邑到这儿来行医。她给嘉佳美丽用了一贴收敛性的药，由于药力太猛，嘉佳美丽下身所有的口子都严严实实地紧缩了起来，就是用利牙咬也不能撬开。这就像圣马丁做弥撒时，魔鬼在记录两个妓女的闲话，用牙齿想把羊皮纸拉长那样，难以扯开，枉费心机，想起来太恐怖了。

嘉佳美丽的子宫这一下紧缩的结果是胎盘的包皮被撑破了，孩子被挤了出来，钻进了一条大静脉里，又通过胸部横膈膜，一直爬上她的肩部；在那里，大静脉兵分两路，婴儿向左流去，最终从左耳里钻了出来。

这样出世时，他不像其他的小孩儿“呱！呱！”乱哭，却高声喊道：“喝呀！喝呀！喝呀！”就好像邀请大家都来喝酒似的，声音之清晰和响亮，使得整个卜斯和毕巴莱地区的人都听到了。

我想你们肯定不会相信如此离奇的生产方式的。不过尽管你们不相信，我也不在乎。但是任何一个正直、头脑清醒的人，对于其他人告诉他的，尤其是写下来的，总是会不质疑的。在《箴言》的十四章中，所罗门就写道：“无罪的人缺乏经验，什么话都信！”而圣保罗在他的《哥林多前书》第十三章中也写道：“爱能事事都相信”吗？你们怎么就不相信我呢？你们也许会说没有证据。如果单是这一点，你们必须相信我。我们全部的正统派教义，不是说信仰恰恰就是关于那些不可证实之事的辩论。

这是不是违背我们的法律？违背了我们的信仰？或蔑视我们的理性，甚至《圣经》呢？我个人倒找不出有哪一点是触犯《圣经》的。但是，倘若天主愿意如此，他会办不到吗？啊，我请你们别再让这些没意思的想法使你们的精神疲劳了，我告诉你们，上帝是无所不能的，只要他愿意，从今以后，女人就都能够从耳朵里生出孩子来。

酒神巴古斯不就是从朱庇特的大腿里生出来的吗？

巨人罗克塔雅德不就是从他母亲的脚后跟里生出来的吗？

克罗刻穆施不就是从他奶妈的拖鞋里生出来的吗？

密涅瓦[①]不是从朱庇特的脑袋，再从他的耳朵里钻出来的吗？

阿多尼斯[②]不是在没药树皮里生出来的吗？

卡斯托耳和波卢克斯[③]不是从丽达下的蛋里孵出来的吗？

倘若现在我把普林尼有关离奇古怪的生产故事一一拿出来讲的话，你们还要感觉更奇怪、更诧异呢。但是，我还不像他那般是个确定无疑的骗子。你们去读他的《博物志》第七卷的第三章好了，不要再用这件事来纠缠我了。

---

① 密涅瓦：罗马神话中司智慧、艺术、发明和武艺的女神，相当于希腊神话里的雅典娜。

② 阿多尼斯：是爱和美的女神阿佛洛狄忒（相当于罗马神话中的维纳斯）所恋的美少年。他母亲由于受到维纳斯的报复，变成了没药树。

③ 卡斯托耳和波卢克斯同为宙斯的双生子，是传说中丽达生的蛋里孵出的一对孪生兄弟，两人终身不离，为友爱的象征。

第七章 高康大的得名并如何豪饮

好汉高朗古杰正在跟宾客们饮酒谈笑时,突然听到他儿子出世后惊人的叫喊声,喊着要"喝呀!喝呀!喝呀!"他情不自禁地说道:"高康大!"当时在场的宾客听到他这么一说,全都说他就应该叫"高康大"这个名字,因为这是他出生后他父亲的第一句评论,这是古希伯来人的规矩。高朗古杰很赞同这个建议,孩子的母亲也赞成。为了让孩子停止喊叫,人们给他喝了很多酒,接着把他抱到圣水缸上,遵照天主教的教规行了洗礼。

为了保证孩子每天的营养供应,高朗古杰吩咐要一万七千九百零十三头包提邑和泊来蒙的奶牛供给他儿子喝。由于孩子需要的奶太大了,即使在全国都找不出一个可以胜任的奶妈来,虽然几个司各脱派的门徒坚持说,孩子的母亲一次能挤出一千四百零二桶再加九盆奶,这足够孩子吃了;这简直是不可思议的。听在信教人的耳朵里这也是不符合情理的,这无疑是对人的哺乳能力的胡言乱语,这与异端邪说无异。

就这样,一年零十个月过去了。按照医生的嘱咐,人们开始把高康大抱出来,并且由金·丹友[①]专门为他设计了一辆漂亮的牛车。大家把他放在车子里,拉着他到处兜风。高康大也的确长得招人喜欢,他生就肥头大耳,仅仅下巴颏儿就有十八层,也从来不哭不叫。只有一样,就是他总是拉屎,因他天生肠子黏液多,比较润滑,也可能是他出生时多喝了酒的缘故吧。但他并不是无缘无故地喝酒,只有在他烦闷、急躁、生气、难过,或是跺脚、啼哭、叫嚷时,人家才给他酒喝,喝下之后,他就立即恢复常态、心平气和、笑逐颜开了。

奶妈中有一个用她的信仰来向我发誓说,他已经习惯这样了,只要一听到酒罐子或酒杯的叮当声,就像陶醉于悠扬的仙乐,欣喜若狂。她们都记住他这个神奇的怪癖,就每天早上在他面前拿着刀子敲酒杯,用瓶塞敲打酒瓶或用盖子敲打酒罐,来哄他玩。他一听到这样的声音,就高兴得浑身颤抖,摇头晃脑,手舞足蹈,响屁也放个不停。

---

① 金·丹友是当地一个通俗的名字,可能是作者熟悉的人。

第八章　如何为高康大裁制服装

高康大到了上面所说的年纪,他父亲交代按照他们家中规定的颜色,白色和蓝色为他裁制衣服。裁缝们动起工来,剪、裁、缝、制,都遵照当时流行的样式,最终衣服做好了。我曾到蒙索洛审计局查看旧账册,看到有关高康大衣服的单据,是这样的:

衬衣一件,用沙台勒罗布九百码,腋下的衬里再加上两百码,这样的衬衫穿着比较舒适。领口上没有花折,这在当时还没流行。衬衫的花边,是女裁缝弄断了针头后改成用针屁股干活儿时才开始兴起的。

上装一件,用白色缎子八百一十三码,饰带就用了狗皮一千五百零九张半。这时正在开始流行把裤子连到上装上,而不把上装连到裤子上,因为这是与自然相悖的,威廉·奥卡姆①在论奥特受萨德的《推论法》里早已周详地阐述了这一点。

裤子一条,用白色亚麻一千零六码。裤腿剪成柱形,后面开缝,做成一条条齿状花边,以免闷坏他的腰。再在裤管里塞了足够的蓝锦缎,飘在外面。高康大的腿形长得非常漂亮,和他的身材非常匹配。

裤裆用了同质地的亚麻十六又四分之一码。裤裆两边的式样成半弓形,别致地设计了两个美丽的金环,扣在珐琅钩子上,那钩上还镶有橘子大小的翡翠。因为奥尔斐在《宝石篇》里和普林尼《博物志》最后一卷里都说过,翡翠有滋补壮阳之效。裤裆突出的部分,约有两码长,也和裤子一样,用蓝锦缎剪成喇叭形。看到上面用那美丽的金银丝盘成螺旋形的花饰和金属品编织的美丽花朵,其间镶嵌着灿烂的钻石,有闪闪发亮的红宝石、绿宝石、翡翠和波斯珍珠,你会把它比作在有名的博物馆里看到的一只豪华的丰饶角。那是众神之母瑞亚——朱庇特的母亲,交给儿子两个奶妈——仙女阿德拉斯蒂亚和伊达的那一只。它无时不鲜果不断,蜜汁流淌;绿意盎然,花开不断;盛满欢乐,果实累累,香味芬芳,满是花朵,真是美不胜收。如果说这还不够华丽,那是上帝也不会承认的! 这我会在我写的《裤裆的尊严》一书里再仔细地谈论它。现在只提醒你们一点,裤裆虽然又宽又长,但内部却丰满充实,一点儿也不像那些外强中干、空有外表的裤裆,那里面装满了臭屁,对女人一点儿用处也没有。

鞋子一双,用了闪光蓝色丝绒四百零六码。先将料子裁成相同样子的长条,然

---

① 威廉·奥卡姆:14 世纪英国方济各会唯名主义哲学家,邓斯·司各脱的敌手。

后编成两个相同的圆筒。鞋底用了一千零一百张褐色的黄牛皮,剪成燕尾状。

外套一件,共用蓝色丝绒一千八百码,光鲜夺目,四周绣着漂亮的葡萄枝,中间用银线编织成小型的酒壶,外面再用金丝编织一层外壳,还镶有许多珍珠,这一点能够说明孩子长大以后肯定是位干杯好汉。

腰带一条,共用斜纹绸三百码又半,白蓝相间(也许就是我记错了)。

佩剑一把,不是西班牙产的,匕首也不是西班牙产的,因为他父亲厌恶那些喝得醉醺醺的西班牙贵族和新皈依的教混子。他像厌恶魔鬼一样对他们深恶痛绝。高康大佩戴着一把精致的木剑和一把熟革制成的短刀,镂金涂色,色彩鲜艳,人见人爱。

荷包一个,是用大象的阴囊做成的,大象是利比亚的总督普拉孔达尔先生赠送的。

长袍一件,共用了与上面同样的蓝色丝绒九千五百九十九又三分之一码,全都用金线对角绣花,从某一的角度看,能够闪出一种不可名状的色彩,就像飞鸽颈上的颜色,变化万千,让人大饱眼福。

帽子一顶,用了白色丝绒三百零二又四分之一码。样子又宽又圆,完全适合他脑袋的尺寸,由于他父亲说那些摩尔人和马拉诺人戴在头上的帽子像扣上一坨面一样,总有一天会给他们带来厄运。

帽子上的羽饰是一根色彩鲜艳、漂亮的大羽毛,是波斯古国鹈身上的一根翎毛,刚好从他右耳边垂下来,风采十足。

帽子上还点缀着一枚重六十八"马克"金帽徽,中间用珐琅镶着一个人像,这个人像有两个头,面对面,四条胳膊、四只脚和两个屁股。柏拉图在《会饮篇》中说人类在神奇的原始时期就是这样的。图的四周围着希腊爱奥尼亚字母写着:仁者不莫斯利。

金项圈一条,重二万五千零六十三马克,是由一颗颗大金珠子串起来的,两颗珠子之间是一块碧绿的玉石,雕刻成龙,龙周围镶嵌着光彩夺目的钻石,像古时尼凯普索斯国王戴着的项链一样。金项圈一直垂到他的肚脐眼,它对他的肠胃消化终身受用,这一效果被希腊医学家所肯定。

手套一副,用了魈皮十六张,滚边用了"狼人"皮三张,皮料都是按照圣卢昂那些玄学家的秘方做成的。

指环,是他的父亲为了显示古老的贵族家世,让他戴的。左手食指上戴了一个鸵鸟蛋大的红宝石,用赤金镶得十分牢靠。这只手的无名指,还戴了一只由铁、金、银、铜熔铸而成的指环,嵌工精细,是谁也未曾看到过的,铁挨金,银碰铜,这是沙普伊舰长及其得力助手阿尔高弗立巴斯制作的。右手无名指戴着螺旋形戒指,上边镶嵌着一粒纯净无瑕的红色宝石,一颗尖尖的金刚钻,以及一块来自伊甸园四河流之比逊翡翠,价值连城。美朗都国王的宫廷玉匠汉斯·卡维尔曾估计价值六千九百八十九万四千零十八块“大羊毛金币”,奥格斯堡①的豪富弗格家族的估价也跟这个差不多。

第九章　高康大的服饰的颜色

上面已经读到过,高康大服饰的标志性颜色是白色和蓝色。对他的父亲高朗古杰来讲,高康大是天赐的快乐,在他看来,白色象征着快乐、愉悦、舒适、自在,而蓝色则代表天国的世界。

我想读到这儿,你们肯定会嘲笑这位老酒徒,觉得他把颜色形容得太武断、太随意了,你们肯定会说白色代表信仰,蓝色则代表刚毅。不过,你们先别激动,别生气,别烦躁(生气对身体不好),我只希望你们,倘若愿意的话,回答我几个问题。我绝对不向你们施加任何压力,也不会向其他人施加压力,只是想跟你们说说:

是谁让你们激动的?是谁惹了你们?是谁跟你们说白色代表信仰、蓝色代表刚毅?你们大概会说,是一本所有书摊上都有出售的小书,叫作《纹章色彩》。它是谁的著作呢?不用管他是谁了,没有把名字写在书上,算他聪明。但是,我不知道是该称赞他的狂妄,或是愚蠢无知。

说他狂妄,是因为他没有任何理由、任何依据,是没有任何原因的,竟然就敢以一己之见武断地规定颜色代表的意义,这是只有暴君才会做的,他把自己的言辞当成是真理,这并不是贤人和学者的态度,他们是公开地举出理由来满足读者的。说他愚昧无知,是因为他以为用不着足够的解释和论据,别人就会遵照他那愚蠢的主张来规范自己的文章。

当然,(正如谚语所说:“拉肚子的人,屁股上就一定有屎。”),他能够找出几个上时代遗留下来的糊涂虫,相信他写的东西,并且按照他的话写下自己的箴言和铭文,以此装饰车马的鞍鞴、仆役的号衣、裤子的样式、手套的刺绣、窗帘的垂緌;画定旗帜,编制歌曲,更甚者用各种卑劣的手段和伎俩,偷偷地对贞洁且正派的妇女进行诽谤。

干这种勾当的人,有宫廷的显贵,也有起草文书的人员,他们画一个“圆球”表示希望,用鸟儿的羽毛表示痛苦,用“漏斗菜”表示愁闷,用月上弦表示生活富裕,用一个断板凳表示破产,用一个“不”字加一件“甲胄”表示不牢固的衣服,用一张没有床顶的床表示确定无疑。所有这些都是如此的没意思,乏味,庸俗和不合情理。

---

① 奥格斯堡:德国城名,以首饰银器出名。

现在,法兰西已经规范了文字,要是谁还想要使用这些东西,就应该在他领子上挂上一条狐狸尾巴,往他脸上扣牛粪。

依据相同的理由(倘若应该称作理由,而不是痴人说梦),我可以画个篮子,暗示有人让我“难过”;画一个芥末瓶来表示内心“急躁”;画一个“尿壶”来表示“神父般的法官”;用“后裤裆”表示“令人捧腹的怪事”;用“前裤裆”代表“硬汉拘留所”;用“狗屎”代表“裤裆里边那根棍子”,女人最喜欢的东西。

古时候,埃及的学者写下那种我们称之为象形文字时,跟这可不一样。看的人除非熟知那种文字所代表的东西,明确地知道它们的意义性质和相关功能,否则谁也无法看懂。奥鲁斯·阿波罗曾为了它用希腊文写下《关于象形文字》,波里菲鲁在《爱情之梦》中也有谈到。在法国,我们也或多或少地对象形文字有些了解。我们的海军元帅的纹章上,就可以看到几句,仿照的是屋大维·奥古斯说过的箴言“稳中加快”,其标记是海豚和铁锚,海豚象征快,铁锚象征稳。

这就足够了,我的船不想在这个深渊和让人不舒适的渡口里前行了,我还是回到我的始发点吧。不过我还是希望有一天关于这个题目更广泛地写点东西,用哲学的道理加上为公众所接受和肯定的权威观点,指出自然界中都有哪些颜色,以及每一种颜色代表什么意义。只要上帝保住我的脑袋瓜不落地,我的祖母说过:“头顶上的帽子是最好的酒杯。”

第十章 白色和蓝色所代表的意义

由此能够看出,白色象征喜悦、欢乐和安宁,这并没有说错,反而是名正言顺的,倘若你们肯撇开成见,听一听我列举出的缘由,就能够证实我说的是实话了。

亚里士多德说过,假若两个本质上相反的东西,像好与坏,美德与恶习,冷与热,白与黑,愉快与痛苦,喜悦与悲伤,等等,如果拿出一组跟另外一组中的两个配合起来,那么剩下的两个一定也能够配合起来。比如,“美德与恶习”在实质上是相对的,“好与坏”也是;倘若拿前两个相反的名词中的一个跟后两个相反的名词中的一个配合起来,比如“美德”与“好”,即美德是好的,恶习是坏的。

弄明白这条逻辑规律之后,再把两个相反的名词“喜悦”与“悲伤”,以及“白”与“黑”作比较,若“黑”象征着悲伤,那么“白”就象征着“喜悦”了。

这样的解释并非人为编造的,而是人人都赞同的,也就是哲学家所称“普遍规律”,这是任何国家都接受的普遍真理。

你们肯定知道,所有民族,所有国家(除去古代的西拉库赛人和少数阿尔哥斯人,他们的心灵是古怪的),不管说哪种语言的国家,都是用穿黑色的衣服来代表伤感的,所有丧服都是黑色。这个普遍的认识,不需要自然界提供任何论证和理由,每人一看就能明白,也用不着其他人来指出——这个,我们就称它为自然规律。

推而广之,所有的人都能够理解白色代表着喜悦、安乐、愉快、快乐和欢娱。

古时候,色雷斯人和克里特人用白色的石头标志他们的幸运日,用黑色的石头来代表悲哀和不幸的日子。

黑夜不是意味着凄惨、阴森、沉闷吗?而夜正是一片漆黑。光明不是让自然界的一切事物欣欣向荣吗?这正是因为它比任何东西都要洁白。为验证这一点,我向你们推荐洛朗修斯·瓦拉反驳巴尔脱罗斯的那本书;但是,福音书里的证据就足够让你们满意的了:《马太福音》第十七章说,吾主耶稣改变形象时,外衣灿烂如光。他用白色的光亮,让他三位宗徒体会到永恒喜乐的意义与形象。因为,光明能够使人人快乐,你们都知道一个嘴中连牙齿都掉光了的老太婆也会说:光明真好。还有《多比传》第五章有记载:眼睛看不到以后,天使拉斐尔向他问候时,他回答说:“我连天上的光亮都看不到了,还有什么欢乐呢?”救世主复活(《约翰福音》第二十章)和升天(《使徒行传》第一章)时,天使就是用一片白色来显示全天下的欢乐的。传播福音的圣约翰(《启示录》第四章和第七章)也曾在神圣的福地耶路撒冷看到虔诚的信徒穿着同样洁白的衣服。

再看一下古代的历史,不论是希腊的,还是罗马的,你们都会发现阿尔巴城(罗马最初的雏形),就是因为在那里看见一只白色的母猪才建筑起来,并且用它来取名的。

你们还能够看到,谁战胜了敌人,他就会受命乘坐一辆由四匹白马驾着的战车胜利地进入罗马——即便是较小的凯旋,也是这样。因为除了白色之外,实在没有其他的颜色更能表明他们归来的喜悦了。

你们也会看见雅典的大公伯里克利,他对战士下令,凡是拿到白豆子的,能够整天去玩耍、闲散、休息,其他的都要去打仗。我还能够给你们列举出上千个别的这样的例子,但这儿不是合适的地方。

运用上面的事例,你们能够解决一个亚历山大·阿弗洛狄修斯觉得无法解决的问题,那就是:“为什么只要狮子吼叫一声就能让所有的野兽都恐惧,却独独敬畏白色的公鸡?”这是由于(普罗克列斯在《论祭祀与魔法》一书里也是这样说的)太阳的性能,是地面和星辰的全部光亮的机构及来源,不拘从象征性或者能力来看,还是从色彩或本能和特征来看,它都更接近白色的公鸡,而不是接近狮子。他还说,经常会看到魔鬼变成狮子的形象出现,但是一碰到白色的公鸡,就立刻消逝。

因此,嘎理人(即法兰西人,由于他们生来就跟奶一样白,而希腊人却是把奶叫作“嘎拉”的)爱在他们的帽子上插根白色的羽毛;他们生性快活、淳朴、温雅、平易可亲;他们选择了比任何花都洁白的百合花作为国花。

你们要是问,我们如何能从白色上体会到喜悦和快慰? 我这样回答你们,这是经过类推和统一的结果。因为,白色能够从外部使我们的视线分解,使我们的视觉离散,亚里士多德在《疑问篇》里和其他钻研光学的学者们都是这样的意见(你们自己从实际经验里也能够看出来,倘若你们从雪山上经过,就会觉得眼睛看不清楚;克赛诺芬记载说他的部下就遇到过相同的情形;迦列恩在《人体各部功用》第十卷里也有广泛的论述)。人的心脏也是这样,一碰到强烈的喜悦,内部就会扩张分解,倘若欢乐加剧,心脏就会丧失控制的力量,从而由于过分喜悦而丧失生命,这跟迦列恩在《治疗方法》第十二卷、《传染范围》第五卷、《疾病起源》第二卷里所讲述的完全相同。古代的学者们也有所证明,像马尔古斯·图里乌斯的《多斯古拉尼斯问题》第一卷,瓦勒里乌斯、亚里士多德、提特·利维关于加纳战后之叙述,普林尼的第七卷第三十二章和第五十三章,盖里阿斯的第三卷第十五章,等等。还有罗得人狄亚高拉斯①、奇罗②、索福克勒斯③、西西里的暴君狄奥尼④、斐里皮德斯⑤、斐里蒙⑥、波利克拉塔、菲力斯提翁、茹文提,等等,都是快乐至极而死的。阿维森纳在《经典》第二卷和《心脏论》一书中,提及番红花,说倘若服用太多,可以使人的心脏过度扩张,呈现出极度分裂的状态而死亡。现在,你们再看一看亚历山大·阿弗洛狄修斯《疑问集》一书的第十九章,就知分晓了。

怎么了,在这个题目上,开始的时候没有想说如此之多,现在跑得太远了。就在这儿落帆,没说的话,留在专门谈这个问题的书中去说吧。现在我仅用一句话说清楚,蓝,肯定是代表着天空和天上的事物,依据同样的表现规律,白是代表着喜悦和快乐。

第十一章　高康大的童年

高康大从三岁到五岁,完全按照父亲的指示,接受抚育和管教。他跟当地的普通的小孩一样生活着,也就是说喝了就吃,吃了就睡;或者说,吃了就睡,睡了就喝;或者说,睡了就喝,喝了就吃。

他一天从早到晚在泥坑中打滚,在鼻子上抹黑,在脸上乱涂,趿拉着鞋,常常捕

---

① 狄亚哥拉斯:公元前5世纪古希腊哲学家,因其子在奥林匹克会上得奖喜死。
② 奇罗:希腊七大哲人之一,因其子在奥林匹克会上得奖喜死。
③ 索弗克勒斯:(前496—前406):古希腊三大悲剧诗人之一。
④ 狄奥尼和索福克勒斯都是听到他们的悲剧得奖,而忽然死去的。
⑤ 斐里皮德斯:公元前3世纪雅典戏剧诗人,因喜剧成功喜死。
⑥ 斐勒蒙:公元前3世纪古希腊喜剧诗人,死在舞台上。

捉苍蝇，或者是在他父亲管辖的国土上追捕蝴蝶。他在鞋上小便，在内衣中大便，用袖子擦鼻涕，让鼻涕流在汤中，弄得到处一团脏，用拖鞋来喝酒，用筐子来蹭肚皮，用木鞋来磨牙，在菜汤中洗手，用碗来梳头，每样东西都要，什么都拿不住，看不到自己的差错，吃着菜汤时还要喝酒，无中生有，吃着东西笑，边吃边笑，在募捐盘中吐唾沫，在油中放屁，对着太阳撒尿，藏在水中躲雨，耽误时间，浮想联翩，假装老实，到处呕吐，胡言乱语，一句话翻过来倒过去，驴唇不对马嘴，指桑骂槐，颠倒黑白，隔靴搔痒，说话欺骗人，囫囵吞枣，好的先吃，不自量力，自己抓痒自己笑，成天转着吃的念头，与神灵开玩笑，晚课经文早上念，还念得津津有味，吃白菜拉韭菜，自作聪明，拔苍蝇腿，在纸上乱涂，拿羊皮纸乱画，东奔西窜，拼命喝酒，自说自话，徒劳无获，用云彩当华盖，拿尿脬当灯笼，做值一个钱的工要两个工的钱，装傻蒙人，拿头当榔头，一跳就想捉到天鹅，不愿按部就班，送他一匹马，他都要数数牙齿，前言不搭后语，两生夹一熟，拆东墙补西墙，无中生有，最好能有烧好的百灵鸟从天空掉下来，把必须要做的事情说成是自己的美德，拿什么面包喝什么汤，秃子和尚全无分别，每天早上到处乱吐。他父亲的小狗在他的碗中吃饭，他和它们一起吃。他咬它们的耳朵，它们抓他的鼻子，他吹它们的屁股，它们舔他的嘴唇。

还有什么，你们知道吗，孩子们？听好，不然的话让你们发酒疯！这个小不正经的在他的保姆们身上、还经常没上没下、没前没后地乱摸着——打，打，你这头驴！——他已经开始玩弄他的裤裆了，保姆们每天都把它弄得花枝招展、飘带绣球，璀璨夺目，她们一整天都像拿一个膏药筒子似的把那玩意儿拿在手里揉搓，它两边的耳朵一鼓，她们就好像尝到美味似的哄然大笑。

这一个把它叫成"我的小塞子"，那一个把它称作"我的小钻子"，另一个把它说成是"我的珊瑚枝"，又一个把它说成是"我的桶盖子、洞塞子、堵眼棍、钻眼机、小福坠，我下边又粗又硬的小玩意儿，硬邦邦的小家伙，我的鲜红的小火腿，我的小傻瓜"。

这一个说："它应是我的。"那一个说："它应是我的。"另一个说："我呢，我什么都没有吗？好，我来把它割掉。"又一个说："割掉！你会把它弄疼的，太太。小孩子的这个东西能割掉吗？他会成个太监的。"她们还用米尔巴莱风磨的翼子给他做了一个很好玩的风车，让他跟当地小孩一样有风车玩儿。

第十二章 高康大的木马

后来，为了让高康大一辈子都是骑马的好手，大人们给他做了一匹高大的木马，十分好看。他骑在马上，让它连蹦带跳、驰骋飞腾、跳跃纵窜，甚至于还有舞蹈，样样都来;还让它走小步、快步、大步、跑步、碎步、花步、奔驰步、骆驼步,还有野驴步;还让它更换皮毛的颜色(与教士在不同的节日穿不一样的祭披相同),有棕栗色、褐红色、灰白色、鼠灰色、淡黄色、深灰色、牛黄色、镰花色、斑花色、白底黑点色、纯白色,等等。

高康大自己又拿拖车为自己做了一匹狩猎时用的马,用一根榨床的木棍做成一匹日常骑的马,又用一棵大橡树做成一头拉着披套的骡子,准备在家里骑。除此之外,他还有十几匹替换的马,七匹驿马。这么多马,他让它们全都睡在自己旁边。

有一天,德·拜南萨克老爷带着全部人马仪仗来看望他的父亲。偏偏这一天,德·方克帕斯公爵和德·木宜王伯爵也在这儿。老实说,这么多的人,房子可是显得有点小了,尤其是车马棚。因此,德·拜南萨克老爷的总管和负责粮秣的军需官,想要知道这座宅子里是不是还有空着的车马棚,就走向了当时已经长成一个年轻孩子的高康大,偷偷地问他安放战马的马棚在哪里,心里想小孩子肯定什么话都肯告诉他们。

果不其然,高康大领着他们走上了宫堡的大楼梯,穿过第二个大厅,走到一条宽阔的走廊,又从那里进到了一座庞大的塔楼里。他们跟在他后面,走上了楼梯,军需官对总管说:"这个孩子欺骗了我们,从来没有见到过马棚会在屋顶上的。"总管说:"这是你自己不清楚,我就知道有些地方,像里昂,拉·巴斯迈特、施农等,马棚都是安置在屋子上面的,也许屋子后边就有一条路能够斜着上来。我来问个清楚。"他向高康大问道:"小乖,你打算把我们带到哪儿去呀?"高康大回答说:"带到我的战马的马棚去。马上就到了,只要再上几级就是。"他带着他们又穿过了一座大厅,然后才把他们领到他的房间里,推开屋门,说道:"你们看,这就是你们想要的车马棚;这是一匹西班牙种,那是一匹匈牙利种,这是我的拉维丹,那是我的小快马。"说着,又递给了他们一根粗棍子,说道:"这匹佛利兹种,我就送给你们了;它是从法兰克福来的,就送给你们好了。这是一匹小好马,耐得起疲劳。只要带上一只老鹰,半打西班牙长毛狗,再来两只追兔犬,这一冬天你们就能做鹌鹑和野兔的大王!"

"圣约翰呀!"两个人一齐叫喊了起来,"现在可是好了! 他可是把我们骗得好苦。"高康大说:"没有呀,没有呀,离苦还很远呢。"你们猜这两个人怎么办呀,是大笑一场,还是羞愧地逃跑呢?

他们很难为情地转头走了。

高康大在后面问:"你们还想不想要马络头?"

"什么?"他们问道。

高康大接着说:"五块大粪给你们做个口罩。"

总管说:"今天就是放到火上烤也烧不起来,因为油已经都上足了。啊,小乖,你可是拿我们当畜生了,我看有一天,你非做教皇不可。"高康大说道:"对,我做了教皇,你就是教皇的儿子了,你身旁这个巧嘴八哥儿就是现成的教皇孙子了。”

“好了,好了。”军需官高声着说。

高康大说:“喂!你们猜猜看我母亲的衬衫上面绣着几朵花?”

“十六朵。”那个军需官说。

高康大说:“这不是《圣经》上的话,由于有前后之分,你把账算错了。”

“什么时候?”军需官说。

高康大说:“就在刚刚人家把你的鼻子当作桶口,抽出一大桶粪来,再将你的喉咙当作漏斗把粪灌下去的时候,因为粪要变质了。”

“我的天!”总管喊了起来,“我们可遇到一个会说话的了。巧嘴的先生,愿天主保佑你,你的嘴太会说了!”他们急忙跑下楼梯,把高康大递给他们的那根粗棍子撂在楼梯拐角处。

高康大在后边喊着:“你们这些家伙,真不懂得骑马!正是最需要的时候,马还不要了。倘若从这里到卡雨萨克去,你们爱乘鹅去呢,还是骑着一只母猪去?”

“我还是更爱喝着酒去。”那位军需官说。

他们边说边向客厅走去,大家还都在那里,他们把刚刚的经过讲了一遍,使得大家像一群苍蝇似的笑成一片。

第十三章　高朗古杰如何从高康大擦屁股的方法上看出他惊人的智慧

那一年,高康大满五岁,高朗古杰战胜了加拿利人归来,来探望他的儿子。一个这样的父亲,看到这样的儿子,该是多么喜欢吧,又是亲,又是抱的,一边又用各种各样小孩的话来逗他。他和高康大以及高康大的保姆们喝了酒,仔细地问了她们很多话,尤其是有没有经常把孩子洗干净。对于这一点,高康大回答说,他曾经表示过想要成为全国最干净的孩子。

“那你是怎么办的呢?”高朗古杰问道。

高康大回答说:“我经过了长时期、细心的试验,发现了一种最高贵、最完善、最方便、从来没有人见过的擦屁股方法。”

“那是什么呢?”高朗古杰问。

高康大说:“我立刻就告诉你。

“有一次,我拿着一位宫女的丝绒护面来擦屁股,感觉很好,由于丝绒柔软,让我的肛门觉得十分舒服。”

“还有一次，用了她们的帽子，也一样舒服。”

“另外还有一次，用了一条围脖。”

“还有一次，用了紫红色缎子的耳帽，不过那上边的一大堆粪球似的金饰件把我的整个屁股都划破了。我恨不得用圣安东尼的神火把打造首饰的银匠和佩戴首饰的宫女通通烧掉！”

“后来，我用了侍从的、插着羽毛的、瑞士卫士式的帽子，才让疼痛止住了。”

“还有一次，我在一丛小树后边儿大便，看到一只三月猫，我拿它擦了屁股，没想到它的爪子把我的屁股都抓了个稀烂。”

“第二天，我用了我母亲熏过安息香的手套，才算是治好了。”

“之后，我还用过丹参、茴香、莳萝、牛膝草、玫瑰花、葫芦叶、白菜、萝卜、葡萄藤、葵花、玄参（花托是珠红色的）、莴苣、菠菜——这些，用过了之后，腿部都觉得很好！还用过火焰菜、辣蓼、苎麻、止血草，不过用这些，却患上了隆巴底亚的痢疾病，我用我自己的裤裆来擦屁股，才治好的。”

“在这之后，我还用过床单、被子、窗帘、坐垫、地毯、绿毡、台布、毛巾、手帕、浴衣。这些，都让我感觉比长了疥癣叫人搔痒还舒适。”

“那么，”高朗古杰问道，“你到底觉得哪一种擦屁股最好呢？”

高康大说：“我就要说了，很快你就会知道的。之后，我还用过干草、麦秸、兽毛、羊毛、纸。但是，你知道吗？

‘拿纸擦净臭屁股，
诱惑留在了两腿处。’”

“怎么了，我的小家伙！”高朗古杰说，“你喝过酒了吗，怎么开始作诗了？”

高康大说：“是啊，我的父王，我一直出口成韵，韵押得直伤风。这是出恭诗一首：

出恭屙屎，
跑肚大便，
放屁一片，
掏出来，
你的小便，
向外溅，
又臭又脏，
秽气冲天，
往下滴，

让圣·安东尼的神火烧了你！
倘若不在离开前，
赶快把你的
前后窟窿
都擦仔细！

“还要听吗?”

“要呀!”高朗古杰回答说。

高康大说:“你再听听这个,回旋诗一首:

有一次我在大便，
屁股上感觉有点欠缺，
气味跟我想象的不一样，
浑身都是奇臭不堪。
噢！谁愿行方便，
领着一美婵娟陪着我大便！
我绝对不会笨手笨足，
堵塞住她小便的门户，
只求她运用纤指，
把我的肛门保护好，
让我把粪便排出。

“现在,你还说我什么都不懂吗？对着天主圣母说话,这并不是我写的,而是在那位贵夫人朗诵时听到的,之后就记在我这个脑袋瓜里了。”

高朗古杰说:“继续刚刚的话吧。”

高康大说:“什么呀？大便吗?”

高朗古杰说:“不是,是擦屁股呀。”

高康大说:“倘若我在这个问题上能够说得过你,你愿不愿拿出一桶布列塔尼酒来请客呢?”

“当然可以呀!”高朗古杰说。

高康大说:“没有屎,就用不着擦屁股,不大便,也就不会有屎,所以想要擦屁股就必须得要先大便。”高朗古杰说:“对,孩子,你倒是挺聪明的！过几天我就送你一个笑话博士的头衔。说实话,你说理的能力远远超过了你的年龄。你继续把擦屁股这个话题谈下去吧。对着我的胡子说话,不要说是一桶,我给你六十桶,而且确保是地道的布列塔尼酒。布列塔尼酒并不产自布列塔尼,而是维龙。”高康大说:

“之后,我用过头巾、枕头、拖鞋、背包、筐子——筐子擦起来可是不舒服的——之后还用过帽子。你知道,帽子有平毛的、长毛的、丝绒的、绸子的、缎子的。但最好的是长毛的,因为用它来擦屁股,擦得最干净。”

“之后,我还用过母鸡、公鸡、小鸡、小牛皮、兔子、鸽子、鸬鹚、律师的公文皮包、风帽、头巾、打猎的假鸟。”

“但是,总体看来,我能够说,并且也坚持这个意见,那就是:所有擦屁股的东西中,什么都比不上一只绒毛丰满的小鹅,但是拿着它的时候,必须得把它的头弯在两条腿之中。我用名誉担保,你完全能够相信。因为肛门会感受到一种超乎寻常的快感,既有绒毛的柔软,又有小鹅身上的温暖,热气能够直入大肠和小肠,上贯心脏和大脑。不要以为极乐世界的那些英雄和神仙的享受,就像这里老太太们所说的那样,仅是百合花、仙丹或者是花蜜,他们的享受(按照我的看法),就是用小鹅来擦屁股,苏格兰的约翰大师就是这样的想法。”

第十四章　高康大如何跟诡辩学家学拉丁文

好汉高朗古杰听到这番话,又看到儿子高康大的极高的智慧跟惊人的理解能力,不胜惊奇和喜悦。他对保姆们说道:

“马其顿国王菲利普,从他的儿子亚历山大擅长骑马上看出他的智慧,那匹马异常凶烈,没有人敢骑,之前骑过它的人,没有不被摔下来的,有摔断脖子的,有摔折大腿的,有摔破脑袋的,有的跌坏腭骨的。亚历山大在跑马场上(遛马、骑马的场所)看出那匹马之所以暴烈,只是由于它恐惧自己的影子。所以,他骑上马之后,就叫它迎着太阳跑去,把影子落在身后,这样一来,那匹马果不其然被驯服,就听他指挥了。从这件事上,他父亲看出了他的儿子的确是聪慧过人,于是就聘请了当时在希腊哲学界负盛名的亚里士多德来好好地教导他。”

“我现在告诉你们,仅仅经过这次当着你们的面和我儿子高康大谈话之后,我就看出来他的理解能力是这般的敏锐、精明、深刻、聪慧,这一定是上天赋予的力量,倘若好好地教育他,一定能达到知识的顶峰。于是,我要把他交托给一位有学问的人,来因材施教,我会不惜一切来做这件事的。”

果然,有人给他推荐了一位名叫土巴·赫鲁费大师的诡辩学的大博士,他用了五年零三个月的时间来教高康大读方块字母,一直读得他能够倒背出来。之后,又用了十三年六个月零两个星期的时间,教他读《多纳》《法柴》《泰奥多莱》和阿拉努斯寓言。

还要说明的是,他教高康大用花体字来写字,并且还要把读的课本全部抄下来,因为那时候印刷术还没有流行。

高康大常常带着一个大文具盒子,足有七千多公担重,里面的一只笔筒就有爱奈修院的大柱子那般粗,下面用粗铁链挂着一个容量是一吨的墨水瓶。

之后,大师又用了十八年零十一个月来教他《推理方法论》,以及胡台比斯、法斯干、特罗底特、瓜莱奥、约翰牛、毕洛纽、卜林刚都等人的注释。这些书,高康大都倒背如流,问他的时候,他会全都倒背出来。在母亲面前,证明他对整本书了如指掌。他对他母亲说,这本推论分析的方法既不合理,也不科学。

之后,他又用了十六年零两个月的时间读完了《历书》。这位教师就在这个时候去世了,这年老师四百二十岁,是生了大疮去世的。

接着,又来了一个老痨病鬼,名叫若卜兰·布立德的大师。他教高康大攻读乌古提奥、艾勃拉尔的《希腊词解》《文选》《修辞八法》《答问》《补遗》(一本圣人生平的汇编,萨皮修思关于赞美和死亡的长诗)、《教理注释》、塞内加的《四美德》、巴萨万图斯的《实悔照》,还有节日的《安息经》等等跟其他类似的作品。高康大读了之后,变成了一个老实得不能再老实的、以后再也炮制不出来的老实人了。

第十五章　高康大如何更换教师

高康大的父亲看到自己的儿子的确是用心读书,把所有的时间都用在了书本上,但是并没有得到什么好处,恰恰相反的,却变得疯疯癫癫、呆头呆脑、昏昏沉沉、傻里傻气。

他跟巴波里哥斯的总督——唐·菲利普·戴·马莱提到这件令他不如意的事,那位大人说,与其跟这样的老师读这样的书,还不如什么也不学的好,因为他们的知识本身就是愚蠢的,他们的学问就是笨拙的,只可能毁坏卓越而高贵的天资,浪费掉青年的大好光阴。

这位总督说道:"的确如此,不相信你从现在的年轻人里面挑一个,但凡他读过两年书,倘若他不比你儿子的辩解能力更好,更会说话,更会谈论,在别人面前的态度更好,更懂得礼貌,从今往后你就叫我吹牛大王好了。"高朗古杰听到了后深为满意,吩咐遵照总督的话办理。

到了晚上吃饭的时间,戴·马莱带来了一个年轻的小侍者,维尔·公基斯人,名叫爱德蒙,打扮得衣冠整洁、整整齐齐、干干净净、态度大方,真是与其说是个小孩,还不如说是个小天使。戴·马莱对高朗古杰说道:

“你看到这个小孩没有？他还没满十二岁，倘若你愿意，我们就来看一看，你那些旧时代的学究们和今天的青年在知识上有多大差别。”

这个提议，高朗古杰十分赞成，赶忙吩咐那个侍者首先发言。只见爱德蒙先向他的主人、总督大人请示同意，然后把帽子放在手里，面貌开朗、嘴唇鲜红、目光镇定，以童稚的谦虚态度看着高康大。他自己站得挺挺，开始对高康大表示赞许，首先夸奖他的美德和品行；其次恭维他的学问渊博；接着说他出身高贵，夸他身材魁梧，接着温和地劝他凡事孝敬父亲，因为，老人家为了儿子的教育费尽心思。最后，他请求高康大收下他做一个小小的仆人，他认为目前对上天并没有其他的祈求，只是希望能够替高康大做点小事让他开心。这番话说得如此得体，口齿清晰，声调高昂，外加词句清丽，辞藻严谨，这哪里是现时代的一个小孩子，简直就是古代的雄辩家格拉古斯、西赛罗或者伊米留斯再世。

而高康大呢，所有的举动，就是用帽子盖住脸，像一头母牛似的哭了起来，谁都没有办法让他说出一句话来，就像没办法使一头死去的驴放出屁来一样。

这样一来，把他父亲气坏了，简直想把若卜兰大师的脑袋割下来。幸亏那位戴·马莱好劝歹劝，才算是平息了他的怒火。高朗古杰让人算清若卜兰的束修，让他喝够了酒，然后滚蛋。

他说道：“要是他就这样像一个英国人似的醉死，至少今天不至于再浪费他东家的钱了。”

若卜兰大师走后，高朗古杰请教总督应该给高康大一个什么样的教师。他们决定请爱德蒙的先生包诺克拉特来担任此重任，并且让他们一起到巴黎去，见识见识当时法国的青年受的都是什么样的教育。

第十六章　高康大如何乘骑大牝马到达巴黎；大牝马如何驱赶包斯的牛蝇

就在这一年中，米努底亚的第四世国王法伊奥勒从阿非利加地方给高朗古杰运来了一匹从没有人见到过的、又高又大的牝马。这匹马长得形状出奇（你们知道，阿非利加来的总是新鲜的），身材足足有六只象那么大，蹄上分趾，像茹留斯·恺撒那匹马一样，两只耳朵像朗格多克的羊耳朵那样向下耷拉着，屁股后面还长着一个小犄角。此外，身上的皮毛是深栗色的，夹杂着些灰色的斑点。尤其稀奇的是它那条惊人的尾巴，不折不扣，和朗热附近圣马尔斯的那座塔一样粗壮，形状也是四方的，尾巴上的毛又粗又硬，一根根活脱脱的像麦穗。

倘若你们觉得奇怪，那么西提亚绵羊的尾巴还要让你们更奇怪呢，仅仅尾巴就有三十多斤，还有叙利亚绵羊的尾巴（倘若戴诺的话靠得住），需要在羊屁股后面用一辆小车托住才可以走，你们看有多重多长吧。你们这些平原上的小子，当然没见过这种东西。

这匹马由海路用三条大帆船跟一条小快船方才可以运到塔尔蒙台的奥隆纳港口。

高朗古杰看到这匹马，说道："刚好送我儿子到巴黎去。啊，天主保佑，这下可好了。他将来一定会成为一位大学者。倘若那里没有笨货的话，我们将来就要过学者的生活了。"到了第二天，喝了酒之后（这是能够想见的），高康大及教师包诺克拉特一行人等，随着那个年轻的小侍者爱德蒙一同动身。这时天气晴朗，气候温和，高康大的父亲让他穿了褐色的皮靴，也就是巴班称作半筒靴的那种皮靴。

他们就这样吃吃喝喝、开开心心地上了路，一直走到了奥尔良城。那儿有一座大森林，长约三十五法里，宽约十七法里。树林中的牛蝇和马蜂多得让人恐怖，那些不幸的驴马等牲口走到这儿，那可真的是要活受罪了。可是高康大这匹牝马却大大地超出了害虫的意料之外，把它们加在它同类身上的迫害，好好地来了一次报复。因为他们一走进森林，大群的马蜂就马上发动攻击，那匹牝马竖起尾巴，左拍右打，把整个树林都打倒了。只见它一会儿前一会儿后，一会儿左一会儿右，一会儿上一会儿下，一会儿东一会儿西，跟割草人割草似的把那座树林打得连树带马蜂一块儿绝迹，到最后那块地方就只成了一片平地。

高康大看到后，十分得意，但是没有说其他的自夸的话，只是向他身边的人说道："精彩，博斯[①]一笑尔。"从此时起，这块地方就改名博斯了。但是他们连吃饭的地方都没有，只好用打哈欠来当吃饭。博斯的绅士们为纪念这件事，到现在还用打哈欠来当饭吃呢，而且还感觉不错，连吐痰也觉着更利落。

最后，大家来到巴黎。高康大一行人等休息了两三天，一边痛快地吃喝，一边打听当地都有哪些学者，巴黎人都喝什么酒。

第十七章　高康大如何对巴黎人行见面礼又如何摘取圣母院的大钟

他们一行人休息两三天之后，高康大观看了市区。居民看见他，没有不惊奇万分的。由于巴黎人愚昧透了，个个绝顶的无知，并且生来愚蠢。即使是一个玩把戏

① 意思是"不错，很好看"。

的、一个游方的教士、一匹带着铃铛的骡子、一个街头上弹弦子的，也能比一个出色的布道师吸引来更多的人。

他们四处死死地追着高康大，逼得他只能到圣母院的钟楼上去休息。他到了那里，望到四周都是人，就大声说道："我看这些家伙是想让我对他们行个见面礼，留些犒赏作为纪念。有道理，有道理。我给他们上壶新鲜的美酒，开个玩笑。"于是，他笑着解开他那华丽的裤裆，掏出他的家伙，狠狠地撒了一泡尿，那泡尿冲死了二十六万零四百一十八个人，女人跟小孩还都不算。

有几个靠着灵活的腿脚，逃开了这泡尿，跑到了大学区高地上，满头都是汗，又是咳嗽，又是吐的，上气不接下气地咒骂了起来，有的愤愤不平，有的还感觉好玩。

"天主降祸于他！"

"不可能有上帝的！"

"弗朗西！看看吧！"

"圣母！"

"看在基督的份儿上！"

"无所不能的上帝啊！"

"圣·葵内啊！"

"圣·特丽尼安救救我们把！"

"以基督最后的晚餐发誓！"

"就这大白天发誓！"

"魔鬼，把我带走吧！"

"以绅士的名义起誓！"

"噢，圣·安德鲁！"

"当着圣·戈达格林起誓，用苹果打死吧！"

"当着圣·福廷使徒发誓！"

"噢，圣维图斯！"

"噢，圣玛咪卡，圣法的殉道者！"

"对着发誓，这个玩笑可是开大了！"

从此，这座城市叫作巴黎城（开玩笑的意思），从前它叫乐凯斯，斯特拉包在他的全集第四卷中就曾经说过，他说，"乐凯斯"在希腊文中的意思是白，白就是指当地太太们的白腿。自从这个新的名字叫开了之后，当时在场的人没有一个不指着自己教区的主保圣人骂街的，巴黎人一向都是又乱又杂，生来就爱骂街，爱吵架，并且自高自大，约翰尼努斯·德·巴朗柯在他的《论誓言》一书里曾表示说"巴黎人"这个名词用希腊文来解释，就是自大吹牛。

高康大做过了这一手，一眼望到钟楼里的大钟，就动手叮叮地摇了起来。他一面摇，一面想，倘若能把它们挂在他那匹马的脖子上当铃铛一定不错，因为他正在打算买些勃里的奶酪跟新鲜鲞鱼让它给他父亲驮回去。于是,就把大钟拿下来带回了寓所。

刚巧,圣安东尼会的养猪会长来募捐猪来了,这个教士感觉大钟可以让人在很远就听见它,就连肉缸中的油都会颤抖,就很想偷偷地把钟带走,但是没有好意思下手,这倒不是因为害怕钟烫手,而是因为有些过重。当然,这位教士不是堡尔的那一位,那一位是我的好朋友。

整个巴黎城全都骚动起来了,你们清楚这里的人是最容易起哄的,就连外国对法国国王的耐心都会感到惊讶,眼看着不安的状况一天比一天严重,却又不愿用个妥当的法令来管束他们一下。但愿天主让我知道这些阴谋与分裂都是如何造出来的,好能在教区的会议上揭发!告诉你们,那些惊慌失措和惶恐万分的老百姓聚集的地方,是在乃乐大楼。这座大楼,从前是乐凯斯的统治中心,现在当然已经不是了。他们在那里提出了这个问题,并指出大钟弄掉以后的不便之处。经过反复探讨和争辩,结果用三段论法决定指派神学院年纪最大、声望最高的学者去见高康大,跟他说明没有钟将会带来极大的不便。虽然大学里有人表示这个差事与其派一位神学家,还不如让一位有口才的雄辩家去更合适。但最终,还是选定了神学大师约诺土斯·德·卜拉克玛多。

第十八章 约诺土斯·德·卜拉克玛多如何被派往见高康大索讨大钟

约诺土斯大师留着恺撒式①的发式,穿着仿古式的博士长袍,胃里填满了炉子里的食品和地窖中最醉人的成年佳酿,朝着高康大的寓所走来,走在前面的是三个红鼻子、像牛一样的笨蛋,后边儿是五六个不修边幅、龌龊不堪的文艺大师。

他们一进门,就被包诺克拉特碰到了。包诺克拉特看到他们这种打扮,自己先被吓了一大跳,认为是什么疯狂的化装游戏,于是就向那群半死不活的大师们的其中一个打听这是什么把戏。他们回答说他们是过来讨取大钟的。包诺克拉特听到此话,赶忙跑回去告诉高康大,让他准备好答复,并快速决定对应办法。高康大听到报告后,马上把教师包诺克拉特、总管菲洛多米、骑师冀姆纳斯特,还有爱德蒙叫到一边,简单地和他们商量了一下怎样对付以及怎样回答。大家认为应该把他们请到藏酒的那间屋里,先把他们好好地灌上一通。为了不让那个痨病鬼吹嘘是自

① 恺撒是个秃顶。

己讨回大钟的,便决定趁他们喝酒时,让人把本城的地方官、大学院长、教堂的主教都请来,还没等到这位神学家提出他的要求,就先把钟还给别的人。交还之后,再来欣赏他精彩的演说。事情就这么定了。等大家到齐后,那位神学家被领到大厅当中,只见他一边咳嗽,一边开始说下面的这段话。

第十九章　约诺土斯·德·卜拉克玛多大师向高康大致辞讨要大钟

“嗯哼!嗯!嗯!先生们——在座的各位。倘若能把钟还给我们,那真是一桩好事,因为我们十分需要钟。嗯!嗯!阿嚏!从前,卡奥的伦敦、勃里的波尔多,曾经都因为我们钟的质料好,制造时有我们本地的土质掺杂在里面,因此具备趋避日晕和保护我们的葡萄——当然不是我们自己的,而是四周所有这一带的——不受台风损害的功效,因而愿意出高价购买,我们却都没有应允。这是由于倘若葡萄酒做不成,那就等于损失了所有的一切,连理智以及法律。”

“假若您肯答应我的要求,把钟还给我们,那我就能够得到六扎香肠和一条上等的套裤,套裤对我的腿大有好处,不然的话,他们说过的话是不愿算数的。哦!上帝啊,天主啊,一条套裤着实是好东西,聪明人谁会不要。哈!哈!并不是谁想有就都能够有的东西,我全都明白!您要知道,天啊,这篇工整的谈话,我整整地想了十八天。恺撒的物就应当给恺撒,上帝的物就应该给上帝。这就是要点,问题的实质。”

“凭我的信仰说话,主啊,您要是愿意到我们的餐厅,与我一同吃顿饭的话,天主在上!我们肯定会好好地款待一番。少不得要杀一头猪,还有一些上好的酒。喝了上好的酒,自然不会说出什么不好的话来。”

“所以,看在天主的份儿上,请把钟还给我们吧。只要把钟还给我们,我会用神学院的名义送给您一份乌提诺讲经的演说词。您还需要宽赦吗?看在天主的份儿上,全部给你们,并且不用花钱。”

“啊,先生大人,把钟还给我们吧!老实说,这是我们全城的财富。每个人都需要它。倘若说您的马戴上很好,我们的神学院有它也不错的,我们的学院‘就像死亡的畜类一样’,这是哪一篇《诗篇》,我已经不是很清楚了。不过,我是如实地记录下来的,称得上是阿基勒斯式的论证。嗯!嗯!嗯哼!阿嚏!”

“单单是这一点,就足可证明您应该把钟还给我们了。我这里还有其他的理由:只要是能够撞的钟,全都是钟楼上的钟,钟为撞也,钟撞起来是谓‘撞钟’。巴黎之所以有钟也,原因就在于此。"

"哈,哈,哈,说得很好!这是三段论法第一个阶段的第三格,见达里乌斯作品,或者别处。凭我的灵魂说话,我当年也曾经雄辩一时,神鬼折服,现在是迷迷糊糊,就好像做梦,今后只需要有好酒、好床,身后有火炉,胸前有饭桌,还有一个深大的碗就行了。"

"嗨,天主啊,我以圣父、圣子及圣灵之名,阿门,求您,就把钟返还给我们吧,但愿天主保佑您平安,圣母保佑您无病,世世无穷,直到永远,阿门。嗯,哼!阿嚏!啊哈!哦喝!定而不可移的,当然,毫无疑问,基于波吕克斯的论点,因此,的的确确,天主在上不容瞎说,一个没有钟的城市,相当于一个瞎子没有拐杖,一头驴子没有缰绳,一头奶牛没有了铃铛。我们要无休止地跟着您叫,像失掉拐杖的瞎子、没有缰绳的驴、不戴铃铛的奶牛,一直到您把钟还给我们为止。"

"本城医院旁边就住着一位拉丁学家,有一回他引证彭达努斯——不是,我说错了,是那位俗诗人彭达努斯[①]——的权威言论,说他巴不得钟全部是用羽毛做的、钟锤都是狐狸的尾巴才算好,因为在他寻韵觅句的时候,撞钟的声音会把他的脑汁搅乱。但是,当叮当,当叮当,他终于被认为是异端邪说。事实上,作诗是很快的,就像用蜡捏出几个印子。特此供述如上。祝你们健康,请鼓掌。卡勒比诺校订。"

第二十章　神学家如何去取呢料并与其他大师们打官司

这位神学家的话一停住,包诺克拉特和爱德蒙就哄然大笑,笑得差点儿断气了,不多不少,完全像克拉苏斯看到一头笨驴吃蒺藜秧笑死的时候、菲勒蒙看到一头驴吃了准备给他的无花果笑死的时候一个样子。约诺土斯大师也同他们一起笑了起来,好像看谁比谁笑得更厉害,一直笑到两眼流泪,这是因为大脑受到了剧烈的震荡,因此产生泪水,通过视觉神经流出来的缘故。他们的样子完全像赫拉克利特化了的德谟克里特和德谟克里特化了的赫拉克利特。

大笑过了之后,高康大跟他自己的人商量该如何处置。包诺克拉特提出让这位有口才的雄辩家再喝上一阵,因为他确是让他们享受到一次好消遣,笑得比看宋日可乐还严重,应该给他在他那让人发笑的演说词里提到的十扎香肠和一条套裤,既然他说这是他老年的必需品,另外再给他三百捆好柴、二十五罐酒、一张铺好三

① 彭达努斯(1426—1503):意大利人文主义诗人。

层鹅毛褥子的床,再给他一个又深又大的碗。

一切都按照他们商议好的做了,就是怕高康大一时间找不到适合约诺土斯的套裤,又不知道什么样式对这位演说家来说最合适,是那种为了方便拉屎在屁股后面装上一块活动的开裆的马丁格尔式呢,还是宽腰的水手式呢,抑或是使腹部保持温暖的瑞士式呢,再不然就是不会让肾部闷坏的鳘鱼尾式呢?不管是什么样的,高康大让人给了他七码黑呢,再给加三码白呢做里子。木柴让小工扛去。那些文艺大师们抬着香肠和大碗。约诺土斯大师准备自己拿呢料。

大师们当中有一位名叫茹斯·庞都伊的,向他表示觉得自己拿衣料不大好看,太有失身份了,理应交给他们随便哪一个去拿。约诺土斯说道:"啊!笨货,笨货,你毫不明白逻辑,这就说明假定和推理的重要!呢料和什么有关?呢料与什么有关呢?"

"不清楚,"彼拉特说,"它跟很多东西有关而又没跟什么特定的东西有关。"

"蠢蛋!"约诺土斯说,"我不是问你这个问题。他跟什么有关的意思是它是给谁的,是给我的腿用的。所以,应该让我来拿,让我来,正像主体带领附属体一样。"于是,像巴特兰偷呢子那般,悄悄地夹起来就走。

而最奇妙的就是这个痨病鬼,在玛杜兰全体大会上,竟然又一次神气活现地索要他的香肠和套裤。别人根据听到的消息,已经知道高康大早就给他了,因此果断地拒绝了他。他跟他们说,高康大给的是出于他个人意愿,白送的,不能够因此就免除了其他人的诺言。尽管如此,别人还是跟他说,想让他能够知足,不要不通情理,也拿不到其他别的什么东西。

约诺土斯说:"道理?我们这儿就是不讲道理。你们这些说出的话不算数的坏家伙,不值钱的东西,世界上再没有比你们更可恶的人了,我知道。跛子面前不要装瘸腿,坏事,咱们都有份儿。我用天主的脾脏起誓!我要向国王告发你们,亲自在这里干出的为非作歹的事,他要是不把你们一个个都当成异端、卖国贼、邪教徒、恶棍、宗教和社会道德的敌人活活烧死,让我全身长疥疮!"根据他说的这些话,他们反而去告他了;在他这一方面呢,却设法把官司拖延了下来。结果,案子压在法院里,直到现在还在那里。那些大师们对于这件案子,发誓在没有判决之前绝不洗脸更衣,约诺大师跟他的同党却发誓在没有判决之前绝不擤鼻涕。

这一发誓不要紧,一直到今天,他们还是鼻涕连天,污秽不堪,因为法院就连状子呈文都还没有仔细地看过,判决,那恐怕要等到希腊有历书的那一年了。也就是说,永远也不会判决。你们知道的,这些人办事违反自然规律,就连他们自己的法令都不守。巴黎的法令中就有规定说:只有天主创造的东西才能够永远存在。自然,就创造不出永垂不朽的东西,因为由自然生出的,都会有一个一定的时限,有了结的时候。但是这些靠废话活命的家伙能够叫他们的官司永远都是个悬案,不会有结束的时候。这样做,恰恰证实了在得尔福祝圣的拉刻代蒙人奇罗所说过的那句话:“贫困是诉讼的伴侣,打官司的人终将变成穷困的人。因为还没等到重申权利,他们的生命就都已经结束了。”

第二十一章 诡辩学教师为高康大制定的学习方法

这样度过了前几天,并将大钟归还原处之后,巴黎市民感激高康大的慷慨,提出帮他照料并饲养那匹牝马,不论养到什么时候都行,高康大很开心地接受了,于是那匹马就被送到比爱尔树林。我想现在早都已经不在那里了。

此事过后,高康大想要集中精力,按照包诺克拉特的指导,刻苦读书。但是包诺克拉特让他开始时,依照过去的习惯去做,也是想弄清楚高康大过去的教师,用了这样长的时间,却把他教成如此呆、傻、糊涂,用的是怎样的方法。

高康大的时间是这样规定的:每天八点至九点之间,不论是否天亮,照常醒来;这是过去教师的嘱咐,他们说大卫说过:“天亮之前醒来无益。”然后,在床上跳几跳,蹬蹬腿,打几个滚,清醒一下自己的脑袋;这才根据季节穿上衣服,但是他喜欢穿一件又宽又长、衬着狐皮的毛呢长袍;之后,再用阿尔曼式的梳子梳头,所谓阿尔曼式的梳子,就是五根手指头,因为他的老师说不这样梳洗,就是在世界上浪费时间。

然后是拉屎、撒尿、呕吐、打嗝、放屁、打哈欠、吐痰、咳嗽、呜咽一阵,打打喷嚏,大量地擤鼻涕,接着用吃早餐的方法来驱逐寒冷和污浊的空气,早餐是:油炸香肠、炭火烤肉、美味火腿,干炸羊肉,还有许多的早餐浓汤。

包诺克拉特跟他说,下床后不先运动一下,就突然之间吃大量的东西,是不好的。高康大回答说:“怎么?我运动得还不够多吗?在没起床之前,就在床上翻了六七个跟斗。这样还不够多吗?教皇亚历山大在他的犹太医生指导下就是这样做的,虽然有人仇视他,他还是一直活到了死的时候。我的前几位老师把我这样都弄惯了,他们说早餐能让人记忆力好,因此一开始就喝酒。我倒觉得这样也不错,中饭就吃得更多。土巴大师(他在巴黎时考过文科的第一名)对我说,他说他不但要跑,还要跑得很早。因此,人类要保持健康的身体,就不能像鸭子那样只顾着咕噜咕噜地往下灌,而是要早晨起来喝酒。有诗为证:

早起非为福,

晨饮真正高。”

早餐饭饱之后,高康大到教堂去,有人拿一个大筐子给他抬去了一厚本装在封套里的经本,经本上的油渍和包装以及纸张一起算在内,称一称,不多不少,刚好是十一公担零六斤。他在教堂中望上二十六台或三十台弥撒。这个时候,他的神师来到了,头上戴着一顶高高的风帽,活脱脱像一只毛头燕雀鸟,肚子里因为灌满了葡萄汁,连呼吸也很好闻。两个人在一起喃喃地念着弥撒经,念得这样细心,一点一滴都不让它漏掉。

从教堂中出来,有人用牛车给他送来了一大堆圣克洛德念珠,每颗珠子都有人头那么大,他一面在修院里、回廊里或者在花园中散步,一面喃喃不绝,念得比十六个隐修士念得还要多。

然后,眼睛盯在书本上,读上小半个小时,但是(正如那位爱讲笑话的人说的)他的魂灵儿老早就跑到厨房中去了。

撒了一大泡尿之后,就坐下来吃饭了,因为生性我行我素,所以一开始总是先吃上几根火腿、熏牛舌、鱼子饼、香肠,以及其他的下酒菜。

这时候,四个伺候他的人一个接着一个的、不停地用铲子往他嘴里送芥末。然后,他一下喝了好多白葡萄酒,让他的肾部轻松一下。然后,依据季节,尽量地多吃些肉食,一直把肚子撑得直挺挺的才肯停嘴。

而喝酒,完全是没完没了,也没有规定,他说喝酒的量,就是喝酒的人一直喝到鞋的软木底吸足了酒,涨起半尺高的时候,才能罢休。

第二十二章　高康大的游戏

然后,再心不在焉地念上一段经文,满满地喝上几杯酒,满得酒都洒到手上了,再啃一只猪蹄,一面同跟他在一起的人愉快地谈天说地。接着,把绿毯铺好,摆出一副副的纸牌,很多骰子和棋盘。于是,他玩着各种各样的游戏:

花同色
皮克牌
意大利桥牌
待着你
出将牌
黑桃牌
逮他们
老处女
欺诈

三十一
一个接一个
三副皮克牌
意大利纸牌
叫牌
摊牌
丁牌
抓恶魔
拍杰克
跨牌
结婚
我抓到他们
谁这么想
等着瞧
这一个,那一个
跟领导
塔罗纸牌
胜者、输者
欺哄
折磨
打喷嚏
德国牌
大牌
猜指头
象棋
狐狸和鹅
六格跳
跳棋
白衣女郎
滚动
三副骰子
巴加门
耍花招
一败涂地
皇后

意大利巴加门
双陆棋
女士巴加门
女士小花招
上帝倒下
跳棋
国际跳棋
喝倒彩
挑图片
撬刀子
转磨石
刀子游戏
掷石头
猜谜
掷钱币
杰克
接子游戏
槌球游戏
捉人游戏
猫头鹰
击球游戏
螺旋梯
大兔追逐
吹号
随乐声抢椅子
尖叫
同花顺子
轮你下一个
巴卡拉纸牌
快跑
上天堂
金胡子
拉屎
玩胡子游戏
借包

撞球
找球
滚动
绊倒
种麦子
吹煤灰
捉迷藏
活法官、死法官
烤炉和火钳
装小偷
接子游戏
驼背
马掌
抓耳朵
梨树
踢屁股
单足跳
跳绳
折棍子
头碰脚
搭积木
打棍子
掷环套桩
我进了
吹蜡烛
九柱戏
撞柱游戏
滚木球戏
弓和箭
飞向罗马
红胡子
小天使
羽毛球
跳背游戏
击球落袋

我可以
投球
跳棒游戏
打击
拔河
瞎子摸人
弹子游戏
上学
敲棒子
石弹游戏
碾车辙
转陀螺
修道士
打雷
惊奇、诧异
拍气球
板羽球
假骰子
拼甲虫
找绿球
借贷
倒转
肩扛
格子纵列
双滚球
传梭镖
反弹腾空球
寻宝游戏
牛脚
藏秘密
一问一答
伦敦桥牌游戏
跳房子游戏
集中得分
间谍游戏

跳蛙游戏
横传球
木退游戏
传球
国王和皇后
主仆游戏
头顶球
捡硬币
猜指头
头浸水
碰鼻子
拱猪
前滚翻
吞面包
转圈圈
大屁股
爬梯子
碰头
装死人
猜拳游戏
放鸽子
抓老三
烧灌木
玩打仗游戏
缝补
嗡嗡叫
让路、让开
骂人
放屁赶敌人
喷芥末游戏
摇腿
滑滑梯
掷镖游戏
屈身跳背
跳高

掷骰子

拍屁股

弹手指

等到玩够了，掷够了，把时间消磨够了之后，再去喝几杯酒——每人三加仑——酒喝好之后，就躺在一条宽大的长凳或者一张舒适的软榻上睡他两三个钟头，不想什么坏事，不出什么恶言。

一觉醒来之后，摇晃摇晃自己的耳朵。有人送来新鲜的美酒，这时他喝得最为畅快。

包诺克拉特对他说，睡觉醒来之后就喝酒，这可不是个好习惯。高康大回答说："这才是神父们真正的生活呢，况且我生性一睡觉就渴，睡觉简直等同于吃咸肉。"喝过之后，才读一点儿书，还要赶着念《天主经》。为了把经文念好，他骑上一头已经驮过九个国王的老骡子，一面嘴里念念有词，一面摇头晃脑，去看别人用网捕兔子。

回来的时候，径直跑向厨房，看一看火上烤着的是什么肉。

晚饭吃得也不少，说老实话！还经常请几位爱喝酒的邻居，跟他们一面开怀畅饮，一面谈古论今。这些人中，有杜·福老爷、德·古尔维勒老爷、德·格里纽老爷、德·马里尼老爷。

吃完晚饭，摆出精装的福音书似的赌具盒，也就是说一副副的棋盘，否则的话，就玩迷人的"一、二、三！"或者，要是玩得快，就玩"一扫光"，再不然，就去访问访问邻近的女孩子，跟她们一块儿吃吃点心，吃吃夜宵。然后，就一觉睡到第二天八点钟。

第二十三章　高康大如何在包诺克拉特的教导下受教育不浪费一刻光阴

包诺克拉特看出高康大这样的不良生活方式之后，决定采用其他的方法来教导他读书，但是前几天，还是放纵他，因为习惯要是一下改变，必然会引起反抗。

因此，为了把开始时的工作就做好，他请教了当时的一位很有名的医生，名叫泰奥多尔大师，请他想个方法怎样使高康大恢复正常的良好的习惯。这位大师根据经典的治疗方法，使用安提库拉的黑藜芦草，把他脑袋中的所有疾病和恶习，全部都泻掉了。包诺克拉特就趁这一泻，让他把跟过去的教师学到的东西全忘光了，就像提摩太治疗受到过别的音乐家教导的学生一个样。

包诺克拉特为了把自己的职责做得更好，带着他跟当地的学者接触，想利用好胜的心理，开启他的才智，引发他以另外的方法刻苦读书，并形成跟别人竞争比赛的愿望。

应用以上的学习方法，高康大的时间真能够说是一点儿都不耽误，全部都用在文学和实用的知识上了。

高康大如今在早上四点钟就能醒了。在用人给他摩擦身体的时候，有人给他朗诵几页《圣经》，念的声音要清楚、要高昂、要适应读的内容——这个活儿由一个巴士埃籍的小侍者阿纳纽斯特来担任。按照朗诵的词句和教训，高康大产生尊敬、崇拜、祈求、祷告天主的意愿，因为朗诵的经文体现出了神的公正和伟大。

之后，上厕所把消化出来的渣屑都排泄出来。在厕所里，教师还要一边把刚刚朗诵的经文重新再读一遍，一边为他解释其中晦涩难懂的词句。

回来的时候，观看一下天象，看是否和前一天晚上看到的相同，并且预测这一天的白天和晚上是什么样的天气。

看过以后，有人给他穿衣、梳头、挽发、打扮、熏香，这时另外有人帮他复习前一天的功课。他自己能够背诵，并根据课文，树立有关人生的实际知识，这样有时候会读上两三个小时，但平常是到他穿好衣服为止。

然后，就有人读整整三个钟头的书给他听。

读好之后，师徒们一同出门，一边谈论刚刚读到的东西，一边走向卜拉克球场或者是到草地上去，到那里打球——打手球或者三角球，扎实地锻炼身体，和刚刚锻炼脑筋一样。

他们玩的游戏是不受拘束的，高兴、停止，随时就可以停止，平时是等到身上出汗或者累了就停止。这时把全身上下好好地擦擦、揩干、换过衬衫，之后再缓慢地溜达回来，去看中饭是否已经做好。他们一边等，一边再把背下的课文高声朗诵几段。

这时，食欲大增，刚好坐下来饱餐一顿。

要开饭时，有人先读两段古代的武侠故事，读到他表示酒喝够了才停止。

然后（要是愿意的话），可以继续读下去，或者，大家一起愉快地说说话。在前几个月里，他们总是谈论饭桌上菜肴的品种、类别、性能以及功用，就像面包、酒、水、盐、肉、鱼、水果、蔬菜、萝卜等，以及它们的烹饪方法。这样，在很短的时间内，就把普林尼乌斯、阿忒涅乌斯、狄奥斯科里德斯、茹留斯·波吕克斯、伽列恩、波尔菲里乌斯、奥比安、波里比乌斯、赫里欧多鲁斯、亚里士多德、埃里亚努斯以及其他等人作品在内所有有关饮食的章节全部学会了。有时为了弄清问题，还时常将上等人的著作，搬到桌子上面当场核对。因此，谈论过的东西，他全部能记得清清楚楚，就是当时医生所知道的，也赶不上他的知识的一半。

后来，就再谈一谈早晨念过的功课，吃点木瓜果酱，这一顿饭就算结束了。他剔牙时用一根乳香树的枝丫，洗手和眼睛时用清凉的水，唱几首歌颂天主仁慈以及恩惠的圣歌，来表示向他感恩。唱过之后，有人拿出牌来，可不只是为赌博，而是用它学习数学中变化出来的各种各样的小技巧和新的计算方法。

用这个方法，高康大对数学就产生了爱好，每天吃过午饭和晚饭之后，他总是把之前曾经掷骰子玩牌的时间开心地打发在算术上。结果，不管是理论还是实际，他都懂得十分透彻，即便是那位著作丰富的英国人顿斯塔尔也不得不承认跟高康大比起来，他不过只能算得上是个门外汉。

不仅是算术，而且别的有关数学的科目像几何、天文、音乐，他也全都会学习。饭后一边消化他的食物，一边画出各式各样有趣的工具、几何的图样，甚至于练习应用天文的定律。

之后，他们还在一起唱四部或五部大合唱，要不然就随心所欲地唱唱歌曲。

乐器方面，高康大学习古琴、键琴、竖琴、德国九孔笛、七弦琴及喇叭。

这样过了一会儿，肚里的消化工作也做好了，就把大便排泄出来，然后再用三个小时，或者更多的时间，学习主要功课，内容是复习早晨的课文和接着学习新的功课，与此同时还要练习写字，画线，描古代罗马花体字。

把字写好后，大家一起出门，有一个名叫冀姆纳斯德骑士的都林省的少年贵族来教高康大骑马的技术。

这时，高康大换好衣服，练习骑意大利的战马、德意志的枣红马、西班牙的纯种马、巴巴利马、轻便快马，让它跑出上百种的步法，凌空飞腾、跳沟、跃障碍物、原地转圈、向左转、向右转。

他把枪耍得就好像要折断了一样，可不是真的断了，因为只有最愚笨的人才说："我在校场上或者战场上折断过十几支枪。"——一个木匠一样能够办到——而值得赞誉的是用一支枪刺倒十个敌人。在做这些练习的时候，他自己是从头到脚全身披挂。高康大挥动着锋利的长枪，冲破寨门，穿透甲胄，推倒树木，刺中铁环，挑飞鞍鞯、马甲、护手等。

至于骑在马上，用舌头吹着有节拍的口哨，让马随着节拍迈步，更是谁都赶不上他。菲拉拉马戏班的骑师比起他来，都只能算个猴狲。他还特别学会了从这一匹马上纵身跳到另外一匹马上，脚不沾地——这叫飞速换马——还能够手持长枪，左右上马，没有马镫一样可以上去，没有缰绳一样能够随意驾驭。这些对于军事而言，都有着非常的用处。

还有一天，他练习板斧，真的是劈砍有力，切剁有方，转身回旋，柔软轻快。不论是临阵还是演习，都称得上是个能手。

然后再耍一会儿矛，双手舞一会儿剑，有长铁，有花剑，有短刀，有匕首，有时穿着披甲，有时不穿披甲，有时拿着盾，有时披着斗篷，有时拿着小型圆盾。

他还能够追逐鹿、麏、熊、麃、箭猎、野兔、竹鸡、雉、鸨，等等。他玩弄一个大球，可以用手扔，用脚踢。角力、跑步、跳高，不练三纵一跳，也不练单腿跳，也不练德国式跳——这种跳法（冀姆纳斯特说）没有什么用处，打仗时一点儿都使不上——而是练习跳沟，蹿越篱笆，六步上墙，爬到和枪相同高的窗子上。

游泳要会在深水中游，要会仰泳、侧泳、俯泳、四肢共用，或者仅用两脚，一只手露出水面，手里拿着一本书，能够游过塞纳河而书不湿，还要学着茹留斯·恺撒的样子把外套咬在嘴中。之后，还要一只手用力，从水中跳到船上；再从船上、头朝前、一个猛子扎到水中，摸到水底，拿出石块，深渊旋涡全能够往下跳。然后，把船旋转地划着，指挥如意，让它快走，慢走，顺水，逆水，能够在近水闸的急流里使船停止前进；一只手掌舵，另一只手还能够使用一只大桨，或者，张开帆索；能够从绳索上爬上桅杆，在帆架上能够奔跑；还能够使用罗盘、乘风扯帆、把稳船舵。

从水里出来，能够一口气跑到山上，再用同样的速度跑下来；爬树像一只猫，还能够像松鼠那样从这一棵树跳上另一棵树；攀折树枝就好像米隆再世。

手里拿着两把尖刀和两把开口的攮子，能够像老鼠似的爬上屋顶，再从上边爬下来，手脚轻快，不跌倒，不受伤。

学掷标枪、铁棒、条石、长锥、刺枪、钺矛；练习拉弓，用腰部力量扳开攻城的巨弩；端枪瞄准，支架大炮，打靶射击，打鸟形靶，从下往上仰击，从上朝下俯射，向前向后，向左向右，宛如帕尔提亚人一样。

有人为他在一座高塔上拴上一根缆绳，直垂到地，他能够用两手抓住绳索，爬上爬下，又快又稳，就是在平坦开阔的草地上你们也不能办到。

有人在两棵树间，替他放了一根粗实的横杠，他两手抓住横杠，身体悬在空中，两只脚不挨着任何东西，来来去去，一个人在下面就是飞快地跑也甭想追得到他。

锻炼喉管及肺部，他放开喉咙就好像鬼哭神嚎。有一次，我听到他喊爱德蒙，从圣维克多门一直到蒙玛尔特都能够听得到，就是斯顿多尔在特洛亚战争中也没有如此大的喉咙。

为了让他筋骨强壮，给他做了两个大铅球，每个重八千七百公担，他管它们叫作"哑铃"，能够一只手从地上举起来，高举过头，拿得很稳，纹丝不动，可以待上三刻钟，甚至更久，这股劲道真是天下无双。

练习双杠，总是跟最棒的人一起练，当他翻到杠上的时候，两脚站得十分稳固，任凭最有力量的人来推，也不能让他移动地方，像从前米隆一样，并且效仿米隆的样子，手中也拿着一个石榴，谁能够抢得走，他就送给谁。

经过以上这些锻炼，高康大这才去洗澡，擦干身体，换上干净衣服，然后慢慢地走回家来。路上经过草原或者其他长草的地方，大家一块儿观赏树木花草，并拿它们和古人有关植物的著作参照讨论。这类的作家有泰奥弗拉斯托斯[①]、狄奥斯科里德、马里努斯[②]、普林尼、尼坎德拉[③]、马赛尔[④]和盖伦等人。他们手里带满了花草回家,把它们交给一个名叫里索陶墨[⑤]的小侍者,同时把锹、锄、犁、铲、剪刀等等栽种植物的工具也一块儿交给他,由他管理。

回到家中,趁着别人准备晚饭,他们再把读过的书复习一遍,然后坐下吃饭。

值得注意的是高康大的饮食习惯,中饭吃得很少,并且很俭朴,因为只是缓解一下饥肠辘辘罢了。但是为了要尽量适应他维持营养的需要,他晚饭却是异常的丰富,这才是良好的、可靠的医学技术所指出的真正的饮食制度,虽然有不少愚蠢的医生,受到了诡辩学家的诱导,主张与其相反的办法。

吃饭的时候,有人继续为他朗读中饭时读过的书,时间长短按他们喜欢。

剩下的时间也都安排得十分妥当,都是用在文学跟有用的知识上。

做过祈祷,他们唱歌,和谐地弹奏乐器,要不然就玩点儿小消遣的游戏像纸牌、骰子和幻术,等等。他们这时候一边再吃些东西,一边玩耍,有时一直玩到睡觉;有时候,也去参观一些文人的集会,或者造访到过外国的人。

夜深了,在睡觉之前,他们还要到寓所里最开阔的地方去观察天象,看看有没有彗星,以及其他星斗的形象、位置、状态,对峙和交会。

看过之后,他才向教师,按照毕达哥拉斯的方式,把这一天中所读过的、看过的、学过的、做过的、听见的简要地复述一遍。

最后,祈求造物主天主,向他表示崇敬,坚定对他的信仰,赞美他的无限仁慈,感谢他曾经赐予的所有恩惠,并将自己的将来寄托在他神圣的仁慈里。

做完祈祷,大家才上床休息。

第二十四章　在雨天里高康大如何使用他的时间

碰到阴雨或者不正常的天气的时候,中饭之前的时间,除了多生一炉旺火去掉一些潮气,就跟平常一样安排。但是吃过中饭后,他们就待在家中,不去运动,用下面的几种劳动,作为锻炼身体的好方法:捆草、劈柴、锯木,在仓库中脱粒打粮。他

---

① 泰奥弗拉斯托斯(前374—前287):古希腊哲学家,亚里士多德的学生。

② 马里奴斯:哲学家,普罗克吕斯的学生及其学说的继承人,并未写过有关植物的作品。

③ 尼坎德拉:公元前2世纪希腊诗人及语法学家。

④ 马塞尔(前70—前16):古罗马诗人,写过关于植物及动物的诗。

⑤ 里索陶墨:依据希腊文的意思是:“切根者”,亦译作“卖草药者”。

们也学习绘画、雕塑,或者做古时掷骨块的游戏,这种游戏,雷奥尼古斯曾经有所记述,我们的好友拉斯卡里斯也经常玩。他们一面玩,一面复习几段古代作家有关此种游戏的,或者跟这个游戏有所联系的文章。

同样,他们也去观看如何冶炼金属,如何铸造枪炮;再不然,就去访问操作玉石、银器和宝石的工匠们,或者化炼师和造币工人;再不然就去访问地毯师傅、织布师傅、织绒师傅、钟表师傅、制镜师傅、印刷师傅、制琴师傅、染色师傅,以及其他各行业的工匠们,每到一处,高康大都会有所赏赐,他们趁此机会学习、观察工业上的技术和创造。

他们也会去听人家公开讲演,参加纪念集会、文艺辩论、演说练习、律师辩护、宣教讲经,等等。

经过击剑室跟练武的场所,高康大就跟那里的老师们就所有的武器比试一番,用事实证明他的武艺和他们的一样高超,甚至比他们还要高超。

这样的天气,他们不去采集植物,而是去参观药铺、药材行和配制成药的药房,他们细心观察各种果实、根、叶、胶、籽儿、外国进口的油脂,一同研究他们该怎样调配炮制。

他们还去看卖艺的、变戏法的和卖野药的,观看他们的动作、手法、跟斗功夫,听他们卖弄嘴皮子,尤其是毕加底省首尼一带地方的人,他们生来就是能说会道,口若悬河,凭空捏造。

回来吃晚饭,跟别的日子比吃得简单些,要容易消化的,肉不要肥的,这样,可以阻止由于不可避免地接触而进入体内的潮气,因为饮食有所改变,即使没有往常的运动,也不至于觉得不舒服。

高康大受着这样的教导,一天比一天有进步。你们可以想象,一个像他这个年纪的年轻人,又有决心,又愿意持之以恒,锲而不舍,尽管开头时似乎有困难,但坚持下来,就会感到轻松愉快,与其说是一个学生在学习,还不如说是一个国王在消遣。

不过,为了让他紧张的精神得到休息,包诺克拉特指定每月一次,挑一个晴朗的日子,大家一早就离开城市到让蒂邑、或者布老尼、或者蒙路日、或者沙朗通、或者万沃、或者圣克鲁去。他们在那里想尽办法、尽情享受,讲笑话,玩耍,喝酒,做游戏,唱歌,跳舞,在草地上打滚,抓麻雀,捉鹌鹑,钓田鸡,摸虾。

这一天,虽然没有动过书,也没有读过文章,但是并没有浪费,因为在草地上他们会背几句维吉尔的《农事诗》,或者赫西奥德①的诗句,要不然就背波立提安的《田园诗》,他们还会用拉丁文创作几首有意思的短诗,然后再把它们译成法文的韵诗和民歌。

---

① 赫西奥拉:古希腊诗人,有人说他在荷马以前,有人说他与荷马同时。

饮酒时,他们按照加图①在《农事学》里和普林尼教导的方法,用一只藤条编的杯子把酒中的水分解出来,他们先把酒倒满一水盆,再用漏斗把酒滤出来,把水从这个容器倒到另一个容器。他们还创造出了好几种自动的小机器,也就是说那种会自行运转的小工具。

第二十五章　列尔内烧饼商如何和高康大国家的人发生争执,因而酿成大战

这时,刚好是初秋收获葡萄的季节,当地的牧羊人看守着葡萄林,防止椋鸟吃他们的葡萄。

这一天,列尔内卖烧饼的,赶着十多头带着烧饼的牲口,从大路上经过;他们是往城里去的。

牧羊人客气地请他们依照市价卖给他一些烧饼。因为,你们想呀,拿新鲜的烧饼就着葡萄当早餐吃,这真是天上的美味,况且葡萄的品种又是“小粒种”“虎皮红”“赛麝香”“牛奶青”,还有“一粒通”,有收葡萄时的通便丸之称,对于患便秘的人,通起大便来,像条火棍一样,经常以为是放屁,就已经拉了一大摊。

卖烧饼的对他们的要求丝毫都不理睬,反而变本加厉,对他们大骂起来,说他们是下流坯、豁牙子、红毛鬼、癞皮狗、丑八怪、坏东西、黑良心、懒汉、馋虫、酒鬼、吹牛、不值钱、土包子、要饭的、寄生虫、混子、臭美、学人样、傻瓜、浑蛋、饭桶、猪猡、呆头呆脑、嬉皮笑脸、无赖、流氓、放狗屁、吃人屎,等等一大堆难听的话,还说他们哪里配吃如此的好烧饼,有带糠的馒头和黑面包就该满足了。

受到这样的侮辱,牧羊人里边有一个名叫佛尔热的青年人,为人善良正直,这时平心静气地说道:“你们什么时候头上长起了犄角,变得如此嚣张呢?之前你们不是经常卖给我们吗?现在反而不愿意了。这可不是好邻居的模样。你们用烧饼来买我们的好麦子的时候,我们从没有如此对待过你们。我们本来还想按照市价让给你们葡萄呢。现在放心吧,天主圣母在上!你们要后悔的,有一天你们也会用着我们。我们肯定是要一报还一报的,你们就记住好了!”这时,列尔内糕饼业的头子马尔开说话了:“不错呀,今天你倒是神气,昨天晚上小米饭吃得太多了吧。你过来,你过来,我给你个烧饼!”佛尔热以为马尔开是真的要给他烧饼,乖乖地走了过去,并从自己腰包里掏出一块小银币。但是马尔开对准他的大腿恶狠狠地抽了一

① 加图(234—194):古罗马政治家、作家,著有《史源》《农书》等,为拉丁散文学家的开创者。

鞭子,黑青的印子马上显现出来。打过之后,就想逃跑,但是佛尔热高喊凶手,同时又取出胳膊底下夹着的一根粗棍子径直朝着他丢了过去,刚好打中他右边太阳穴上头盖骨合缝的地方,一下把马尔开打了个半死,从马上掉了下来。

就在这时在附近剥胡桃壳的农民,一块儿带着他们的长棍子也奔过来,就像打麦子似的把卖烧饼的打了一顿。还有男的牧羊人,听见佛尔热的喊声,也带了投掷石头的弹弓跑了过来,用石弹追着他们,就好像下雹子一样。最后,总算是追上了他们,拿了他们四五打烧饼。但是,按照市价付了钱,另外又送给他们一百个胡桃和三篓子白葡萄。卖烧饼的一边把受了重伤的马尔开扶上马背,一边向塞邑和西奈的放牛的、放羊的和种地的发出大话,让他们等着接受报复,然后才直接回到列尔内去,并没有再走巴莱邑的大路。

卖烧饼的走了之后,男女牧羊人,就着上好的葡萄,大吃起烧饼来,一面吹奏着风笛来取乐,一面笑那些神气活现的卖烧饼的,说他们的倒霉,是由于早上画十字时用错了手。之后,他们用一种紫葡萄汁仔细地给佛尔热敷了腿,没过多久,就好了。

第二十六章　列尔内人如何由国王毕克罗寿率领袭击高康大的牧羊人

卖烧饼的回到列尔内之后,来不及吃喝,就赶快跑到皇宫,到国王毕克罗寿三世面前提出申诉,呈上他们被打坏的筐子、弄皱的帽子、撕破的衣服以及被抢剩的烧饼,尤其是受了重伤的马尔开,说这一切都是高朗古杰的牧羊人和种田人在塞邑那边的大路上干的。

毕克罗寿顿时勃然大怒,不管青红皂白,马上就下达命令,让全国人民,不管现役、后备,全都携带武器,在中午时分于皇宫广场上集合,违令者死。

为了传播他作战的命令,他又派人到全城去击鼓。他本人,趁着别人为他准备饭餐的时候,亲自指挥装炮,展挂军旗,装运大批军火、甲胄、兵器、粮秣。

他一边吃着饭,一边委派军职,特令绰号"衣衫褴褛"的王爷为前部先锋,带领一万六千零十四名长枪手,三万五千零一十一名志愿兵。

马厩总管"吹牛大王",被派统领炮兵,拨给九百一十四门重型青铜炮,包括单膛炮、双膛炮、蜥蜴炮、长蛇炮、蝮蛇炮、石弹炮、重弹炮、冲击炮、小蝮蛇炮,等等。后卫委派给拉克德纳尔公爵。国王连同国内亲王等人亲自率领中军。

匆匆部署之后,在出发前,又派了三百名轻骑军,由安古乐方队长率领,专门打探形势，观察路上有无埋伏。但是，经过仔细侦察，看到附近一带地区安静同往常一样，没有任何军事行动的迹象。

毕克罗寿听到报告后，命令全军紧紧跟随他的大旗全速前进。

于是就像一窝无头蜂似的毫无秩序，也没有纪律，你拥我挤地践踏田地，所到之处，全部洗劫一空，不论贫富，不论僧俗，牵走了公牛、母牛、水牛、小牛犊、小奶牛、雌绵羊、公绵羊、牝山羊、公山羊、母鸡、阉鸡、小鸡、小鹅、公鹅、母鹅、公猪、母猪、小猪；砍倒胡桃树，收走葡萄，拽走葡萄秧，树上长的果实全都摇光。一片混乱，无法比拟，可是并没有任何人进行抵抗。所有人都听任他们抢劫，只希望他们更人道一些，看在过去一直是好邻居，相安无事，从来都没有得罪过、冒犯过他们的面子上，请他们不要突然前来骚扰，不然的话天主不久就会惩罚的。可是不论他们怎么说，毕克罗寿的兵士都不会答话，只说要教教他们如何吃烧饼。

第二十七章　塞邑一修士如何在敌人抢劫中保卫修道院

敌军一路上践踏、蹂躏、抢劫、掠夺。到了塞邑，不分男女，身上的财物全都扒光，把可以拿的全部拿走，对他们来说，没有烫手或者拿不动的东西。虽然这里绝大部分的人家都染着瘟疫病，他们仍旧是到处乱钻，看到东西就拿，并且没有一个患上疾病，这也真是怪事。那些司铎、会长、讲经师、医生、外科大夫、药剂师等人，平时去探问、包扎、治疗、宣教、训诫病人的，都受到感染死掉了，唯有这些强盗、杀人犯却平安无事，这是怎么一回事，先生们？请你们考虑考虑看看。

在镇上抢完之后，他们蜂拥着来到了修道院，但是修道院的大门关得很紧，于是大多数军队绕道到旺代口去了，只余下七队步兵和两百名长枪手没有走，他们打毁了修道院的围墙，打算践踏里面所有的葡萄。

院里的一群不幸的修士都不知道该祷告哪一位圣人好了。他们慌乱地撞起钟来，召集修士到主楼协商。会议决定好好地做一次巡行祈祷，再加上讲经和祷文，用美丽的词句来遏制敌人的暴行，唱圣歌来祈求和平。

就在这时，院里有一位隐修士，名叫约翰·安脱摩尔①。这个人年轻力壮、正直、敏捷、善良、机警、胆子大、爱冒险、性格坚定，身材瘦长、大嘴巴、高鼻梁，祈祷的能手、弥撒奇才、瞻礼能人，一句话来说就是：自从修道这个行业有修道的修士以来，他可真称得上是个地道的修士。至于经文法事，更是精通到牙齿。

---

① 安托摩尔：细高个儿的意思。

这位修士听到敌人在葡萄园里的叫喊声,赶忙出来看。他看到敌人正在抢劫他们的葡萄,这是他们全年的造酒材料,他赶快来到教堂里祭台跟前,看到所有的修士一个个的全部吓呆了,嘴里还在不停地念着伊尼、尼姆、贝、内、内、内、内、内、内、土姆,内、奴姆、奴姆,伊尼、伊、米、伊、米、柯、奥、内、诺、奥、奥、内、诺、内、诺、诺、诺、鲁姆,内、奴姆、奴姆……

他说道:"还唱个什么破玩意儿? 老天在上,你们怎么不唱:'再见吧,筐子,葡萄都完蛋了'呢?"

"敌人要不是已经在我们院子里破坏所有的葡萄连葡萄架,让我马上死掉! 老实告诉你们吧! 至少四年,大家只能吃葡萄渣。圣雅各的肚子! 咱们这些穷鬼还喝什么? 老天哪! 让我们有一点儿东西喝吧!"

修道院的院长走出来喊道:

"这个醉鬼在这儿吵吵闹闹的干什么? 把他给我关起来。这样乱吵乱嚷还了得呀!"

隐修士说:"对,酒精的事,不管怎样不能让人搞糟。院长神父,你自己就是喜爱喝好酒的。好人都爱好酒,没有正人君子不喜爱好酒的,这本来就是修院里一条院规。但是,你们现在唱的东西,我的老天,却着实太不合适了。"

"为什么在收割庄稼和收获葡萄的季节,我们念经的时间要变短,而从圣诞前一个月起一直到整个的冬天,我们念经的时间都要变长呢? 记得去世的马赛·波娄斯修士、我们教内真正的虔诚信徒(假使我是瞎说,让我死掉),对我说过那是让我们在收割的时节好好地收割,并且把酒酿好,到了冬天能够慢慢地品尝。"

"你们好好听着,先生们,你们都是喜爱酒的,看在天主的份儿上,就跟我来吧! 我大胆地告诉你们,如果那些不来抢救葡萄的,要是可以摸得到酒壶,让圣安东尼把我烧死! 天主的肚子! 这是教会的财富啊! 不行,不行,魔鬼来都不行! 那个英国人圣多玛为了维护教会的财富甘愿送命,倘若我死掉,不一样也是圣人吗? 但是我不会死,因为我只会让别人死。"他一面说,一面脱下身上的长袍,抓起那根举十字架的棠球木棍子,那根棍子有长枪那么长,拳头一样粗,上面刻着几朵百合花,也差不多都磨平了。就这样,把法衣斜披起来,挥动那根举十字架的棍子,恶狠狠地朝着敌人冲了过去。敌人正在院子中乱哄哄地采摘葡萄,既没有秩序,也没有纪律,既没有人吹军号,又没有人击铜鼓——因为扛旗的、打幡的已经把旗和幡扔到了墙边,打鼓的也很早就把鼓敲破了一面,用鼓装起葡萄来,号兵全身上下都是葡萄藤,一个个乱作一团——修士出乎意料地向着他们冲过来,使出古代剑法,横七竖八、一阵乱打,跟打猪猡似的把敌人打得落花流水。

有的被打破脑袋,有的被打折胳膊腿,有的被打折了颈项下面的脊骨,有的被打断了腰,打塌了鼻子,打瞎了眼睛,打裂了下腭,打掉了牙齿,打坏了肩胛,打伤了大腿,打脱了后胯,打碎了骨头。

看到一个想藏到浓密的葡萄秧里，他就像打狗似的拦腰一棍打过去，打断了他的脊骨。

一个想逃命，被他当头一棍子敲碎了脑盖骨。

另外一个往树上爬，心想那样一定稳妥，被他一棍子从肛门捅了进去。

还有一个原本就认识他，向他喊道："喂！约翰修士，老朋友，约翰修士，我投降了！"

"你是因为跑不掉了才投降，"他说道，"打发你跟他们一块儿到魔鬼那儿去吧。"一棍子给他送了终。

有几个冒失的家伙想跟他抵挡一下，修士就使出了他浑身解数，有的被他从横膈膜上心口的地方打穿了胸膛；有的被他打在肋骨上，把胃打破，立即就送了性命；有的被重重地打在肚脐上，把肠子都打了出来；还有的被打在睾丸上，连大肠都被打穿了。你们根本不能想象当时的情况有多么残忍。

有的呼喊："圣巴尔卜！"

有的呼喊："圣乔治！"

有的叫："圣尼土师！"

有的喊："古诺的圣母！罗莱多的圣母！福音圣母！拉勒奴的圣母！里维埃的圣母！"

有的向圣雅各许愿。

有的祈灵于尚贝利的圣殓衣，但是这件殓衣三个月以后也被烧掉了，就连一块破布都没有救出来。

还有的向卡端[①]许愿。

有的向昂热里的圣约翰许愿。

还有的向圣特斯的圣厄特罗波、施农的圣迈莫、康德的圣马丁、西奈的圣克鲁奥、雅服塞的遗骸等等许愿。

还有向其他无数的小神灵许愿。

有的还没来得及说话就死了，有的说着话还没有死。有的一面说话一面就死，有的一面死一面还说话。

还有的高声叫喊："我要忏悔！我要忏悔！求求你们开开恩，我都听你们的！"

残兵败将叫得太大声了，修院的院长带着其他的修士们跑出来，他们看到葡萄树丛里躺满了受伤将死的人，给几个做了赎罪。当司铎们正在大赎其罪的时候，小修士们都跑到约翰修士那里去了，他们问他要他们如何帮忙。修士对他们说，把躺在地上的人的头都切下来。于是，他们一个个脱下长袍放到旁边的葡萄架上，动手割断被打伤的人的喉管，结束他们的性命。你们知道他们用的是什么武器吗？小

---

① 卡端：拜尔日拉克附近名修院，该处也有耶稣敛衣。

镰刀,就是他们家乡的小孩用来剥胡桃的小刀。

这时,约翰提着他的棍子走到敌人扒开的墙豁口。有几个小修士把旗、幡等带到自己屋中去做绑腿带。但是,等忏悔过的敌人想从墙洞口出去的时候,却被约翰一棍子一个结束了性命,嘴里说:“认罪悔过的人全都得到了宽赦;能够直接上天堂了,像一把镰刀那样爽直,像费伊①那条路一样好走。”

就这样,由于约翰的英勇,把进到修院里的军队全部解决掉了,共计有一万三千六百二十二名,女人和小孩还不包括在内,这是当然的了。

爱蒙四子的武功诗里有位隐修士摩基斯,他曾经英勇无敌地用棍棒打退萨拉逊人,但是跟这位用举十字架的木棍子打垮敌人的修士比起来,是无论怎样都比不上的。

第二十八章　毕克罗寿如何偷袭拉·娄氏·克莱茂,高朗古杰又是如何迫不得已起而应战

前面已经讲过,约翰修士和进到修院里的敌人进行战斗的时候,毕克罗寿带领着人马以急行军的速度渡过了旺代口,没有遇到抵抗即占领了拉·娄氏·克莱茂。当时由于天色已晚,就决定和他的军队在城里住宿一宿,同时让自己好战的狂热也稍稍安静一下。

第二天一大清早,又攻占了炮台和城寨,接着就增强防御工事,并把抢劫来的作战物资放在里面,预备在别处受到围攻时,能够拿此处来当作巢穴,因为这里从建筑、地理、环境、形势、各个方面来看,都有利于坚守的条件。

我们先放下他们不提,回头表一表在巴黎专心攻文修武的高康大和他的父亲高朗古杰。这位老好人,这一天吃完晚饭后,正对着一个又欢又旺的火炉烤火,一面等着烘烤栗子,一面用一根拨火的、一面已经烧焦的木棒,在火上比比画画,给他老婆和家里的人讲述古代好玩的故事。

看葡萄的牧羊人里面有一个叫比约的,这时突然来到,把列尔内国王毕克罗寿怎样在他们国土上劫掠抢夺详详细细地讲了一遍,说他怎样抢劫、蹂躏、骚扰了他们的整个国家,只有塞邑的修院,靠着修士约翰·安脱摩尔的功劳,才没有遭到糟蹋,现在那个国王带着军队已经占领了拉·娄氏·克莱茂,并且在那里大筑工事,紧锣密鼓地备战。

---

① 费伊:高康大家乡的一个小村庄,地势险要。

“哎呀！不得了！”高朗古杰喊了起来，“这是怎么回事呀，乡亲们？我是不是在做梦？你们告诉我的都是真的吗？毕克罗寿一直是我的老朋友，同族同盟，他真的会来攻打我吗？谁怂恿他的？谁刺激他了？谁指使他的？谁给他出的这个主意？哎哟、哟、哟、哟！我的天，我的救主，帮助帮助我吧，告诉告诉我吧，告诉我应该如何来办！我不能够明白，我向你发誓——你一定要救助我！——我从来没有得罪过他，也没有伤害过他的人，更没有抢劫过他的土地。刚好相反，只要是我看到对他有利的地方，我都是用人力财力帮助他，给他提供便利的，帮他策划。今天他如此欺负我，除非是他中了魔了。仁慈的老天，你是知道我的心的，因为什么事情都瞒不过你。倘若他真是发了疯，你让他到我这里来，倘若想把他的头脑治好，那就请你赐予我力量和智慧，以便用妥善的办法使他重新听从您神圣的旨意。”

“哎呀、呀！乡亲们，朋友们，忠诚的臣仆们，我还用阻止你们来帮助我吗？我老了！今后只想平平安安地度过终年，我这一辈子没有比为和平出的力量更大的了，但是，我看得出来，现在又要用我日渐衰老的双肩重披甲胄，用颤抖的双手来重握枪锤，来救护和保卫我不幸的臣民了。说起来，这也是很符合情理的，因为是他们的劳动供养着我，是他们的血汗养活着我、我的孩子以及我的全家。”

“尽管这样，在没有用尽一切和平方法之前，我是绝对不会发动战争的。对于这一点，我是有决心的。”于是，高朗古杰召集了国务会议，宣布了所发生的事情。会议决定先派一位谨慎持重的人，去见毕克罗寿，问问他为什么如此突然地离开他安静的生活，攻占他没有任何权力占有的土地。同时又派人去请高康大以及和高康大在一块儿的人回来，以便在必要时进行自卫，保卫国土。这个决定，高朗古杰很赞成，他吩咐就按照决定去办。

高朗古杰当即就派遣侍从，一位巴斯克人[①]日夜兼程去请高康大，并附带书信如下。

第二十九章　高朗古杰写给高康大的家书

你对学业很用功，假使不是因为我们的朋友、旧日的盟邦打破了我老年的安逸，我会等待很久才会把你从安静的学习环境里召唤回来。但是，既然注定要如此，让我不安的正是我最相信的人，我不得不让你回来，保护理应属于你的人民和财富。

---

① 巴斯克人即比利牛斯省人，这地方的人以走路快而出名，因此最适合传送书信。

因为，倘若内部没有策略，外部的武力就会脆弱，同样，倘若在紧急关头，学业和学到的东西不能配合武力起作用，那么学业和学问也是没有用的，低效能的。

我的意思并不是挑衅而是想要和解；不是想到攻击而是自卫；不是想要征服而是保卫我忠诚的人民和祖传的国土。毕克罗寿毫无缘由地侵入我国境界，一日一日继续他疯狂的侵略，这种暴行是自由的人所不能容忍的。

我曾力求缓解他的狂怒，只要我认为能够让他满意的，都尽量给他提供，并且有好几次派人友好地问他，是谁，为了什么事得罪了他。但他全都不理，只是一味地声称在我国土地上，他有为所欲为的权力，并显示他是在有意地进行挑衅。我觉得这是永恒的主宰抛弃了他，任他独断专行，肆意妄为。没有神圣的恩惠引领他，他就只会坏下去，天主让他到这里来为非作歹，就是想让人管教管教他，让他恢复理性。

因此，我亲爱的孩子，你一看到此信，即尽可能快速回来，不仅仅是为我（即便是为我，你为了孝道，也是应该的），更是为了你的臣民，救护他们，是你责无旁贷的。作战要尽可能少流血，如果能用巧计、妙法、智谋更好，我们要拯救所有的生命，让他们快乐地回家。

至爱的儿子，愿救主基利斯督的平安与你同在。替我问候包诺克拉特，冀姆纳斯特和爱德蒙。

9月20日[①]书。

你的父亲高朗古杰

第三十章　乌尔利赫·贾莱如何奉命往见毕克罗寿

高朗古杰口述书信令人笔录之后，签了字，命传信官乌尔利赫·贾莱，一个明智、慎言，并在不同的棘手事件中，表现出过人的胆量和智慧的人，去见毕克罗寿，陈述他们这方面的意见。

贾莱这位老好人马上就动身出发，过了渡口，向那里一个开磨坊的打听毕克罗寿的动静。开磨坊的告诉他，毕克罗寿的军队连公鸡母鸡都不给人留下，他们现在驻扎在拉·娄氏·克莱茂。他劝贾莱不要再往前走，小心被哨兵看到，因为他们异常残暴。贾莱听从了他的话，当天夜里就留宿在开磨坊的家中。

第二天清晨，他带了一名号兵，前往城寨门口，请守城军士让他面见他们的国

① 正是葡萄成熟的季节。

王，说对毕克罗寿自会有好处的。

传话后，毕克罗寿不允许开城，他亲自走到城墙上，对来使说："到此来干什么？有什么话说？"于是使臣贾莱说出下面的一段话。

第三十一章　贾莱对毕克罗寿陈词

"人与人之间，最让人痛心的，莫过于以诚恳的态度，希望得到别人的善意和友好，结果得到的却是恶意跟伤害。而不少人，正是这般损害着人家，并且将这个不光彩的举动，当作是生命中的一件小事，他们不愿意尽力，也不愿意用任何方法改变它，宁愿自绝于光明。"

"我主高朗古杰国王对你疯狂而敌对的侵略行为，感到极大的愤慨与气恼，这是毫不值得奇怪的。相反，倘若你和你的部下，对他的国土和人民所犯下的令人发指的暴行和惨无人道的罪恶，没有激怒他的话，那倒是值得奇怪的。由于他对臣民一向十分爱护，任何人都无法体会到他心中是多么难过。"

"人人都能够理解，倘若这些暴行和罪恶，竟然是你和你的部下干的，那他就会更伤心了，这是因为很长时间以来，你和你的祖辈，跟他和他的祖辈，一直都很友好，而这种友谊一直到现在，还是像神圣一样被坚决地守护着、保持着、捍卫着，不但他和他的臣属，即便是外邦波亚都人、布列塔尼人、迈纳人，甚至于居住在海外加拿利群岛和伊莎白拉的人，也无不认为捣毁苍穹、把海洋搬到云层上去，也要比破坏你我之间的联盟更容易。他们不敢轻举妄动，从来不敢向某一方进行挑衅，骚扰或者是侵害，就是由于顾虑到另外的一方。"

"更有甚于此者，我们神圣的友谊充满了天地，今天很少有人——不论是大陆上的，还是海岛上的——不希望加入我们的联盟、接受我们的条约的。他们重视我们的联盟，跟重视自己的国家和领土相同。就记忆所及，没有哪一个狂妄自大的国王或者是蛮不讲理的联邦，胆敢要进攻我们。不要说是你和我的国土，就是我们盟邦的国土他们也都不敢碰。即便有人冒冒失失地想妄生事端，蠢蠢欲动，也没有不一听到你我的联盟关系就马上打消他们的企图的。"

"我国国王和臣民从没有危害过、侵犯过、冲撞过你们，现在是什么狂热推动着你破坏同盟，践踏友谊，侵犯别人的权利，蛮横地攻占我们的国土呢？信义到底在哪里？公理在哪里？理性在哪里？人道在哪里？对上天的敬畏在哪里？你觉得你这些越权行为能瞒过永恒的神明、执掌赏罚我们行动的大公无私的天主吗？倘若你这样想，那你就错了，因为任何事情都逃不过他的判断。难道是注定的命运或者星宿的感应，让你不能再安静下去吗？不错，所有事物都有一个终了的阶段，达到顶点，就得摔下来，因为它不能永久停留在顶巅上。这是所有不会用理性和节制来克服自己得意忘形的人所必有的结局。”

“不过，即便你的幸福和安宁注定已到了结束的时刻，难道就应该影响到你赖以立国的我们的国王吗？假使你的房子应该塌下来，难道就应该塌在修房人的灶上吗？这太不符合情理了，太不近人情了，是人所不能理解的。即便是一个外邦人，要是没有明确的证据证实那些脱离天主和丧失理性的人，为了达到自己乖谬的目的，会蔑视任何尊严和神圣的时候，也是不愿意相信的。”

“如果我们对你国的人或者土地，有过什么侵害，如果我们庇护过你不喜欢的人，假使对你的事业我们没有帮助，如果因为我们的缘故使你的名声和荣誉受到损害，或者说得更明白些，如果是什么挑拨是非的魔鬼，想把你引入歧途，无中生有，滥造谣言，让你相信我们做了对不起我们深厚友谊的事，你也应该首先查明真相，然后告知我们，我们肯定会使你满意，和过去一直让你高兴一样。可是（永恒的天主在上！），你的目的到底是什么呢？你难道准备像恶魔那样抢劫和骚扰我主人的国土吗？你是不是想到他一定软弱无能，昏庸无力，因而不愿意，或者缺乏人力、财力、策略或者作战的技术，所以不能够抵抗你那不义的进攻呢？”

“请你马上离开这儿吧，用明天一天的时间，退回到你自己的国家去，路上不要再有任何骚扰和破坏。给我们一千金币，赔偿你在我们国土上造成的损失。明天先付一半，余下的到来年 5 月 15 日之前交清。交清之前，把转磨石、屁股下垂、小人三位公爵，还有骚屁股亲王、虱子子爵，一并给我们留下来当作人质。”

第三十二章　高朗古杰如何退换烧饼换取和平

说到这儿，老好汉才住了口。但是毕克罗寿别的话都没有说，只是说：“你来带他们吧，你来带他们吧！他们的卵子又好又软，正好给你们磨面做烧饼。”

贾莱只好回到高朗古杰那里，看到他光着头跪在他屋里的一个小角落里，弯着腰，祈求天主平息毕克罗寿的狂怒，让他恢复理智，以防大动干戈。他看到贾莱回来，就连忙问道：

“哎呀，我的朋友，我的朋友，你给我带来什么消息？”

“没有什么好的消息，”贾莱回答说，“这个人一点儿都没有理性，是个被天主放弃掉的人。”

“是吗？不过，”高朗古杰又说，“朋友，他如此进行侵略，有什么缘由呢？”

贾莱说:“他没有说出任何理由,只是提到了烧饼。我不知道是不是有人得罪过他的烧饼商。”

高朗古杰说:“我需要先问个明白,然后再决定怎么办。”

他立刻派人查明真相,发现果然是有人强行拿了他们那边几个烧饼,马尔开的头上还挨了一棍子。但是烧饼是付过钱的,至于那个马尔开,是他先用鞭子打伤了佛尔热的腿。国务会议一致觉得佛尔热是应该合理自卫的。尽管如此,高朗古杰还是说:

“既然仅仅是为了几个烧饼,我要尽力让他满意。因为我确实是不喜欢发动战争。”

于是,他问明拿了人家多少的烧饼——据说是四五打。他下令当天晚上就做出五车来,其中一车要使用上好的牛油、上好的蛋黄、上好的郁金粉和上好的香料,送给马尔开,并且为赔偿他的损失,给他七十万金币,作为付给理发师[①]替他包扎伤口的回报,另外再把包马地埃那座农庄赠送给他,永久享用,子子孙孙不纳捐税。这许多东西,依旧派贾莱押送前去。路上,贾莱下令在柳树林中折取一些粗大的树枝及芦苇,插满车子,赶车的也手中拿着树枝,他自己手里也拿着一枝,他的用意是让人知道他们只求和平,他们来是为了讲和。

走到城寨门口,他们以高朗古杰的名义,请求与毕克罗寿说话。毕克罗寿不愿让他们进城,也不愿出来答话,推说有事不方便出来,让他们把想说的话讲给在城上装架大炮的吹牛将军杜克狄庸听就好了。于是贾莱只好跟他说:

“阁下,为了消除争端,消除所有你们不肯恢复我们旧日盟约的借口,我们现在把引发纠纷的烧饼都赔还给你们。我们的人拿过你们五打,并且是付过钱的。但是我们酷爱和平,我们赔还给你们五车。这一车送给马尔开,由于他的损失比较大。此外,为了完全让他满意,这儿再给他七十万金币。另外,他也许还想要一些好处,我们把包马地埃一所农庄也送给他,归他和他的子孙永久享有,免纳捐税,产权转移证也附在这里。看在天主的份儿上,我们今后和平地相处吧,你们开心地回到你们自己的国家去,将你们自己也承认没有任何权力占领的这座城市交还出来,依旧像之前一样跟我们做朋友吧。”

杜克狄庸把这一番话回报给毕克罗寿,借机向他挑拨道:

“这些家伙都吓呆了。我的天呀,高朗古杰把屎尿都吓出来了,这个老酒鬼!他哪儿知道如何打仗,他只会抱着酒瓶喝酒。我的想法是把烧饼和钱扣下来,在这里赶筑工事,继续作战。他们拿这点烧饼来骗骗你,真的觉得你是个大笨蛋吗?事情很清楚,你过去对他们太好、太软弱了,所以将他们惯得如此的小看人。对坏人是:你越是对他好,他越是欺负你,你对他严厉,他反而巴结你。”

---

① 当时的理发师兼做外科治疗及包扎手术

"对,对,对,"毕克罗寿说道,"圣雅各有灵,他们这叫自作自受!就按照你说的去办吧。"

杜克狄庸说:"但是,我提醒你一件事。我们在这里的供养不足,能吃饱肚子的东西不多。假使高朗古杰今天把我们包围起来,我和你的部下就只能把嘴里的牙齿全都通通拔掉。拔到每人只剩三颗,就这三颗牙,吃起我们的粮食来,也还是太迅速呢。"

毕克罗寿说:"我们就知道吃。我们出来是为了吃的呢,还是为了打仗?"

杜克狄庸说:"那当然是为了打仗。但是,吃饱肚子才能够跳舞,饿着肚子是没有力气的。"

"废话太多了!"毕克罗寿说,"你先将他们送来的东西扣起来再说。"

于是,就把运来的金钱、烧饼、连同牛连同车子一起都扣了下来,只对他们说,以后不能再来,理由明天再告诉他们,别的什么话都没有说,就打发他们走了。来的人没有办法,只好回复高朗古杰,将经过情形说给他听,并说看来除了来一次激烈的大战,不然是没有希望得到和平的了。

第三十三章　毕克罗寿驾前大臣如何胡乱策划,让他冒可怕的危险

烧饼抢到之后,小人公爵摩奴阿伊、自吹自擂伯爵斯巴达三和屎尿将军迈尔达伊,一块儿来到毕克罗寿面前说道:

"大王,今天我们要称你是马其顿的亚历山大以来最最有福分、最最英勇的国王了。"

毕克罗寿说:"免礼,免礼,戴上帽子吧。"

"多谢大王,"群臣说道,"这是我们应该尽的礼数。我们的计划是这样的:此处只用派一位大将带领少数人马留守就行,因为此处地势险要,更有大王设置的堡垒,我们觉得是万无一失的。大王神明,我军可分为两路,一路直指高朗古杰及其部下,一举将他们歼灭,不用费吹灰之力。这老贱货十分富有,那时,将能够得到大批金银。我们称他贱货,并不曾称呼错,由于高贵的君王一向不名一文。聚敛钱财本来是贱人之事啊。"

“那时另一路，将直取奥尼斯[①]、圣东日[②]、昂古莫亚[③]和加斯科涅，同时并攻取贝利高[④]、迈多克[⑤]及艾拉纳[⑥]。我军所向披靡、勇猛无敌，城市、堡垒、炮台，唾手可得。一到巴云，圣约翰·德·吕斯和封塔拉比亚，即夺下所有的船只，沿着海岸直驶加里西亚与葡萄牙，一路之上洗劫所有海口，一直至里斯本为止。到那时我胜利之师将得到大量海军援助，天主在上，西班牙都是无能之辈，还能不拱手请降！大王经过西比利亚海峡时，特立石柱两根，会比海格立斯石柱还要宏伟，并将海峡改名毕克罗寿海，让大王英名永垂不朽。渡过毕克罗寿海，‘红胡子’自会前来请降，纳贡为奴。”

“我饶他一死。”毕克罗寿说。

他们接着说：“一定要他请求受洗，皈依我教才能够行。之后乘机攻克突尼斯、希波斯、阿尔及尔、包米纳、柯兰尼亚，索性把巴巴利所有都包括在内。回过头来，也不要放过马若尔卡、米诺尔卡、撒丁岛、科西嘉，以及利古利亚海其他海岛，还有巴利阿利群岛。之后沿海岸向左，攻占高卢的那尔邦、普罗温斯及阿罗布洛日，接着是热那亚、佛罗伦萨、鲁卡，罗马的政权也紧跟着就完蛋！可怜的教皇老爷都已经吓得要死了。”

毕克罗寿说：“实话讲，我可不去亲他的鞋。”

“攻下意大利，接着是那不勒斯、喀拉勃里亚、阿普利亚，再把西西里岛以及马尔太岛全囊括在内。我真想跟罗得岛上的那些好玩的骑士们交交手，好看着把他们杀一个落花流水。”

毕克罗寿说：“我倒想到罗莱多去看看。”

“别急，别急，”他们一块儿说道，“那是回来的事。先在那里占领干地亚、塞浦路斯、罗得岛和西克拉底群岛，一起攻下摩里亚。摩里亚已经在我们掌控之中。圣特莱尼昂，天主保佑耶路撒冷，苏丹哪里能跟大王的势力匹敌！”

“我要建造所罗门庙。”毕克罗寿说。

“不，还要再等一等，”他们说道，“一定不要心急。你记得屋大维·奥古斯都斯说的话吗？欲速则不达。你需要先拿下小亚细亚、喀里亚、利西亚、邦菲里亚、西里西亚、利地亚、腓力基亚、米西亚、比提尼亚、喀拉齐亚、萨塔里亚、萨玛加利亚、喀斯塔迈纳、路卡、萨瓦斯塔，一直到幼发拉底河。”

“我们会看到巴比伦和西奈山吗？”毕克罗寿问道。

---

① 奥尼斯：法国古省，1371 年并入法国。

② 圣东日：法国古省。

③ 昂古莫瓦：法国古省，1373 年国王查理五世取自英国。

④ 贝利高：法国古省，1589 年亨利四世时并入法国。

⑤ 迈多克：法国南部地名，盛产酒。

⑥ 艾拉纳：朗德省。

“这时还不需要看它，”他们说，“渡过希尔坎海，骑马走过两个亚尔美尼亚跟三个阿拉伯，还不够忙的吗？”

“哎呀，”毕克罗寿喊起来，“我们不是疯了吗？我们这群可怜的人！”

“什么？”他们不服气。

“我们在那些沙漠里喝什么呀？据说茹利安·奥古斯都斯跟他的军队就是在那里渴死的。”

“我们将所有的事早就安排好了。”他们说。

“有九千零一十四条大船，装着盖世无双的美酒，已从叙利亚海给你运到雅法了。那里将预备好二百二十万只骆驼和一千六百只大象，这都是在占领利比亚时在西基玛萨附近猎获的。更何况我们将会截获所有到麦加朝圣的队伍，他们带的酒还不足够你喝吗？”

“够是够了，”毕克罗寿说，“只不过酒不新鲜。”

“好了，不要像一条小鱼啊，”他们说，“一位英雄，一位征服者，一位雄心勃勃、想征服全世界的人，不能够总想着舒服啊！你和军队能够平平安安地抵达虎河，我们已经要向天主感恩了！”

毕克罗寿说：“这时候，我们打垮高朗古杰那个老酒鬼的一路人马做什么呢？”

“他们也没有闲着，”他们说，“我们马上就和他们会师了。他们这时已攻克了布列塔尼、诺曼底、弗兰德斯、海恼特、布拉邦、阿尔特瓦、荷兰、西兰德。他们踩着瑞士人和朗格奈兵的肚子渡过了莱茵河，用一部分队伍打下卢森堡、洛林、香槟、萨瓦，一直打到里昂。在里昂，他们同大王征服地中海凯旋而归的大军会合，一同打垮苏阿比亚、符腾堡、巴维尔、奥地利、摩拉维亚和斯泰利亚，在波希米亚集合。之后合力进攻鲁贝克、挪威、瑞典王国、丹麦、哥特、格陵兰、爱斯特尔兰，一直打到北冰洋。从那里，再回过头来占领奥克尼群岛，攻下苏格兰、英格兰、爱尔兰。再由海路经过沙海，横穿萨玛特，战败并征服普鲁士、波兰、立陶宛、俄罗斯、瓦拉基亚、外西尔伐尼亚，还有匈牙利、保加利亚、土耳其，直捣君士坦丁堡。”

毕克罗寿说：“我们尽快去和他们会师吧，因为我正很是想做做特拉布松的皇帝呢。我们不把那些土耳其及穆斯林这群狗东西都杀光吗？”

“不杀光留着做什么用呢？”他们说道，“你把他们的财产、土地赏赐给帮你出过大力的人。”

“理应如此，”毕克罗寿说道，“这才是公平合理。我把喀尔马尼、叙利亚和全部巴勒斯坦都赏赐给你们。”

“了不起！大王，”他们一同说道，“您真是宽宏大量。多谢，多谢！愿天主保佑您万代昌盛！”

当时在场的有一位名叫爱式弗隆的年老的贵族，是一位经验丰富、身经百战的老将，他听到了这些人的谈话，说道：

"我担心你们这些计划将跟牛奶罐子的笑话一样,那个皮匠梦想在一罐牛奶上发大财,结果罐子被打破,就连饭都没有得吃。你们如此东征西讨,到底想要干什么呢?如此忙碌奔波,结果又是什么呢?"

毕克罗寿说:"结果是,回来之后,安安稳稳地休息。"

爱式弗隆说道:"倘若要是回不来呢,不要忘记路途遥远、困难重重啊,现在不去冒险,立刻回家,不是更好么?"

斯巴达三接口道:"哎呀!我的老天,你真是在做梦!莫非要我们躲在火炉旁边、同太太们一起穿穿珍珠,像萨尔达巴鲁斯①那样纺纺线,来打发这一辈子吗?所罗门说得好:'谁不冒险胆子大,结局无骡亦无马。'"

爱式弗隆接着讲道:"马尔古斯回答的也不差:'过分冒险胆子大,最终将丢骡又失马。'"

毕克罗寿说:"好了,好了,不要再谈这个了。我只担心高朗古杰的鬼军队。倘若我们都跑到美索不达米亚去,他们抄我们的后路,该如何应对?"

迈尔达伊回答说:"有办法。你只要派人送一个小小的命令给莫斯科人,一支四十五万战士的优秀军队马上就会动员起来。要是你派我做带兵的统领,我什么事情都能做出来!我会咬、会踢、会打、会抓、会杀,还会来一个不认账!"

毕克罗寿说:"好,好,赶快下手!拥护我的人都跟着我走!"

第三十四章　高康大如何离开巴黎驰援故国;冀姆纳斯特如何与敌人遭遇

高康大读过父亲的来信,马上骑上他的大牝马,离开巴黎。他已经走过了瑙南桥,包诺克拉特、冀姆纳斯特、连同爱德蒙骑着驿马紧紧在后追赶。其他的人带着高康大的所有书籍和科学仪器,慢慢地按照正常的速度赶路。

高康大走到巴莱邑,古盖家的一个佃户告诉他毕克罗寿如何在拉·娄氏·克莱茂建筑工事,如何派特立派队长带领军队占领旺代和沃高德雷森林,就连一只鸡都不留,一直抢到毕雅尔榨酒作坊,为非作歹,让人惊奇,伤天害理,让人难以相信。高康大一时惊得目瞪口呆,不知所措。包诺克拉特主张大家先到服古勇王爷那里问一问,这位大人一直同他家友好,又是他们的盟邦,在他那里肯定更能够知道事态的真相。他们立即来到那里,服古勇王爷很热心,愿意帮助他们,建议先派一人

---

① 萨尔达巴鲁斯:中世纪故事中一位英雄,后来和妇女一起纺纱。

去打探形势,看看敌人的动态,以便依据当时的形势决定步骤。冀姆纳斯特自告奋勇,想要前去,但最后还是决定由一个熟悉附近道路及河流的人陪他一块儿去。

这时,服古勇的马厩总管普莱令刚跟着他去了,两人大着胆子到处打探。

高康大借机休息了一下,并同跟他在一起的人吃了点东西,还让人拿荞麦稍稍地喂了一下马,这一喂就是七十四蒲式耳。冀姆纳斯特跟他的同伴骑着马跑得太远了,一下碰到了敌人的队伍,他们正毫无纪律、一片混乱地想尽方法横抢豪夺。他们远远地看到他,就一窝蜂似地向他跑过来,想要抢他。冀姆纳斯特向他们喊道:

"老总,我是个穷鬼,请你们饶恕我吧。我这儿还有一块金币,我们把它喝掉,你们拿它去沽酒喝吧,还有我这匹马,能够卖掉作为我的见面礼。这样,你们总能够留下我吧。因为,冲着天主说话,说到捉鸡、油膏、烧烤、调味,以至于扯腿、吞吃,那是谁也比不上我。为了表示我的诚意,为所有好弟兄们干一杯。"

说着,冀姆纳斯特掏出他的酒瓶,闻也不闻一下就咕嘟咕嘟地喝了起来。那堆强盗瞪大眼睛望着他,嘴张得有一尺多宽,舌头伸得像只猎狗,希望一会儿也能喝上一口。正在这个时候,队长特立派跑过来了,他想看看是怎么回事。冀姆纳斯特赶紧把酒瓶递上去,说道:"队长,拿去,痛快地喝一气。我已经尝过了,的确是拉·费·摩纽的酒。"

"什么!你这个野东西敢在这儿骗人!你是干什么的?"

冀姆纳斯特说:"我是个穷鬼。"

特立派说:"哦!是个穷鬼,能够过去,因为穷鬼到处可过,无捐无税。但是,穷鬼可没有你这样的好马。所以,鬼东西,下来把马让给我,要是它不好好地让我骑,我就骑你这个鬼,像你这样的鬼驮驮我倒也不赖。"

第三十五章 冀姆纳斯特如何设计杀死特立派队长及毕克罗寿其他部下

兵士们听了他们的话,有的害怕起来,两手乱画十字,以为是魔鬼真的变成了人出现了。有一个名叫彭让农团队长,从裤腰带上掏出自己的经本,大声念了起来:

"天主是神圣的!倘若你是从天主那里来的,就开口说话,要是从魔鬼那里来的,就赶紧离开!"

冀姆纳斯特没有动。不少兵士看到他不动,吓得都跑了。冀姆纳斯特看在眼里，记在心里。

于是，他假装下马，等身体下到上马的那一面时，他轻轻地在马镫上一用力，一手扶了一下宝剑，从马下面用了个鹞子翻身，腾空而起，两脚落在马鞍上，屁股对着马头。他大声说道：

“我要倒骑马了。”话音还未落，他就抬起一脚向左面一个转身，不前不后，正落在自己的鞍子上。

特立派看见了说道：“哈！我现在可不用这一手，我有我的理由。”

冀姆纳斯特说：“这算得了什么！刚刚做得不好，我从另一面再跳一次。”他像刚刚一样，又有力又灵活地、不过是从右边，又跳了一次。跳后，用右手的大拇指按住马鞍的边儿，来了一个倒竖蜻蜓，把全身的重量都放在那个手指头的筋骨上，就这样还转了三个圈儿。到第四圈的时候，身体不挨任何东西，往下一翻，落在马的两耳中间，再一个纵身，又翻上去，这一次是用左手的大拇指支撑身体，浑身转圈跟风车一般快。接着用右手掌往马鞍上一拍，身体一挺，刚好坐在马屁股上，就跟名媛们骑马似的。

然后，他舒舒服服地一抬右腿，从鞍子上迈了过去，骑到了马屁股上。

他说道：“我还是坐在鞍子上比较好。”于是用两个大拇指向前一按，身体一翻，头向下脚向上地翻过去，刚好落在马鞍上。之后又一纵身，全身跳起，双脚并齐，站在鞍子上，两臂平伸，跟身体恰好成十字形，在上面大转特转，一边扯着嗓子大叫：

“我疯了，魔鬼，我疯了，我疯了！拉住我，魔鬼，拉住我！拉住我！”

他这样飞腾跳跃，强盗们万分惊骇，不由得彼此说：

“噢，天哪！肯定是妖魔鬼怪变成人了。天主啊，救救我们！”

于是纷纷逃窜，一面还不住地回头看，像一条嘴里衔着一个鹅翅膀的狗一般。

冀姆纳斯特一看时机已成熟，翻身下马，拔出宝剑，对准做头目的一通乱砍，只杀得尸堆如山，有受伤的，有吓煞的，有挤坏的，没有一个人敢抵抗一下的，大家看到刚刚他那惊人的飞跃功夫，又听到特立派“穷鬼，穷鬼”地叫他，都觉得他真的是什么地方的饿鬼出来了呢。只有特立派偷偷地手持短刀，对着他的脑袋劈了下来。幸亏冀姆纳斯特的头盔坚硬，只等于打了一掌，他猛地转过身去，倏地一剑对准特立派飞了过去，特立派刚要保护脑袋，冀姆纳斯特一下子划开了他的胃、大肠，连肝都劈成两半。特立派顿时摔倒在地，交出了他肚子里的四罐汤，汤里还带着他的魂灵。

聪明的骑士应该善于运用时机，但不应该过于穷追不舍。于是，翻身上马，用马刺踢了几下马身，带着普莱令刚笔直地奔上了通向服古勇堡寨的大道。

第三十六章 高康大如何拆毁旺代口城堡，又如何渡过河口

冀姆纳斯特回来之后，述说他如何遇见敌人，又如何使用策略一人对付了他们一群，说他们只是些鸡鸣狗盗的偷窃小贼，完全不懂军事，提议大胆前去，觉得解决他们，真跟对付牲口一样。

高康大闻言，骑上他的大牝马，带着上边已经提到的随行人员，路上看到一棵又高又粗的大树（大家管它叫圣马丁树，因为据说是古时圣马丁把朝圣的手杖插在那儿活过来的），高康大说："我刚好缺少家伙呢，这棵树刚好又做手杖、又做工作武器。"他一伸手把那棵树拔出土来，去掉上面的枝子，弄得像根手杖的样子。

这时候，他那匹牝马松松肚子，撒了一泡尿。这泡尿瞬间变成了一股七法里长的洪水，整个流进了旺代口，河水立即猛涨，除了少数几个人从左边逃上山坡之外，那里大批的敌人全都在惊慌中淹死了。

高康大来到旺代森林，听爱德蒙报道堡垒里还有残余的敌人，为查清底细，高康大放开喉咙，高声叫道："里面还有人吗？有的话就滚出来，没有，就算了。"躲在城墙洞口上的一个胆小的炮兵，突然冲他开了一炮，狠狠地打在高康大右边的太阳穴上，但是，跟用李子投了他一下那样，没有太大伤害。

高康大说："这是什么东西呀？莫非用葡萄打起我们来了？当心，葡萄来得可不容易！"他真的还以为炮弹是一颗葡萄呢。

堡垒里面还在进行抢劫的敌人，听到高康大的叫喊声，一块儿跑上城楼、炮台，对他开了九千零二十五发小鹰炮及火枪，全是瞄准他的脑袋放的，枪弹如此的密，高康大大喊道："包诺克拉特，我的朋友，这儿的苍蝇迷住了我的眼，给我根柳树枝子，让我赶赶它们。"他把铅弹和石弹都当成苍蝇了。

包诺克拉特对他说那不是苍蝇，是堡垒中打出来的炮弹。高康大于是提起他那棵大树，对着堡垒打过去，只几下就把敌楼、炮台都打塌了，整个堡垒打成了一片废墟。堡垒里面的敌人全都砸得身首异处，血肉模糊。

高康大一行人等离开那儿，来到磨坊的桥头，只见河口都是死尸，就连磨坊的河流都塞住了，之前都是被马尿冲死的敌兵。河道既已被死尸阻塞，他们考虑如何才能过去。

冀姆纳斯特说道："鬼过得去，我就能过得去。"

爱德蒙说："鬼过去是收拾这些死人的灵魂去了。"

“圣特莱尼昂!”包诺克拉特叫喊起来,“除了从这里过,别的地方还是没有路。”

冀姆纳斯特说:“可不是,可不是,否则的话只好停在半道了。”他用马刺踢了踢马,一下子就冲过去了,他的马并不畏惧死尸。这是他按照埃里亚努斯教导的方法把马训练得不怕鬼,也不怕死尸——当然不像狄欧美德斯①杀色雷斯人那样杀人给马看,也不像荷马述说的乌里赛斯那样把敌人的尸首堆放在马面前——他是在草里放一个假的人形,平常喂料的时候,让它从这个假人身上跳过去。

另外的三个人也平安无事地跟着过去了,唯有爱德蒙,他的马一下子把右边的蹄子陷到一个又肥又胖、仰着脸淹死在那里的人的肚子中,一直陷到了腿弯的地方,就连拔都拔不出来。因此被困在那儿,一动都不能动,直到高康大用他的棍子把水里那个死人的肠子按到水中,那匹马才抬起腿来。说起来在兽医学上倒是一件怪事,原来,这匹马那只蹄子上长着一个硬瘤,因为跟那个胖家伙的肠子一接触,竟好了。

第三十七章　高康大梳头时如何从头发内梳出炮弹

高康大一行人等渡过旺代河,没过多久就到了高朗古杰的城堡,高朗古杰正在着急地等待着他们。高康大一到就受到大家的热烈拥抱,真是没有见到比他们更欢喜的人了。《编年史补遗之补遗》中记载说嘉佳美丽就是在这次会面时喜死的。我自己知道得不清楚,我不管她,也不管别人。

我只知道高康大换过衣服之后,拿梳子梳头(这个梳子长两百码,上面的齿都是整只的大象牙),每梳一下,就有七颗大炮弹落下来,这都是在摧毁旺代森林的时候掉在头发里边的。他父亲高朗古杰看到了,认为他头上长了虱子,说道:

“天哪,我的好孩子,你把蒙台居的鹞子都给我们带回来啦?我可没想到你居然会住在那样的地方。”

包诺克拉特连忙回答说:

“主公,可不要以为我会把他送到叫作蒙台居的那座肮脏学校里。我知道那里苦不堪言,脏得要死,我宁可让他和圣依诺桑的叫花子在一起,也不会把他送到那儿去。跟蒙台居的苦学生比起来,摩尔人和鞑靼人的苦役犯、刑事监狱里的囚徒、甚至于你家里养的狗,都比他们舒服得多。倘若我是巴黎的国王,要不放把火把那

① 狄欧美德斯:希腊神话中的色雷斯国王,以残暴闻名。

个学校、以及那个听任学校里搞得乱七八糟的校长和教师全都烧死，就让魔鬼把我捉走！”

他拾起一颗炮弹，接着说道：

“这是你儿子高康大路过旺代森林的时候受到敌人的袭击，落在头发中的炮弹。不过，他们已得到应有的惩罚，都死在堡垒废墟里了，跟中了参孙计策的非利士人一样。目前时机对我们有好处，我主张继续追击。‘机会’的所有头发都长在前额上，一旦走过去，你就无法再抓到它了。它后脑勺上是光的，而且又从来都不回头。”

高朗古杰说：“不错，不过不要马上就去。因为今天晚上我要庆祝你们归来，好好地欢迎你们一下。”

说完这话，便开始准备起晚饭来，今天特别增加烤了十六头公牛、三头母牛、三十二只小牛犊、六十三只哺乳期的小山羊、九十五只绵羊、三百只糟小猪、二百二十只鹌鹑、七百只山鹬、四百只鲁敦及柯尔奴阿伊的阉鸡、六千只雏鸡，相同数目的鸽子、六百只鹧鸪、一千四百只野兔、三百零三只鸨子，还有一千七百只小阉鸡。野味一下子弄不来太多，只准备了杜尔·培奈教长赠送的十一只野猪，德·格朗蒙侯爷赠送的十八只虎豹，戴·爱萨尔王爷赠送的一百四十只锦鸡，另外还有几只野鸽、水鸭、鸳鸯、鸡鹊、白鹄、雎鸠、水鹬、野鹅、田凫、小采鸭、鹭鸶、长嘴鹭、花羽鹭、长足鸟、黑羽鸭、白羽鹭、仙鹤、野鸭、翠鸟、赤鹤（也叫红翅鹤）、河滩燕、印度火鸡、还有大量的“库斯库斯”，以及各色各样的浓汤。

没错儿，吃的东西可以说得上是丰富多彩，并且是高朗古杰的御厨菲立波沙司、奥式波和比尔味足精心烹制的。

还有让诺、米凯尔和维尔奈负责斟酒，也十分称职。

第三十八章　高康大如何吃生菜冷盘而吞下六个朝圣者

说到这儿，我们需要叙一叙从南特附近圣赛巴斯天朝圣归来的六个信徒。这一天夜里，因为怕遇到敌人，他们躲在菜园里白菜与莴苣之间的豌豆荚上边过夜。

偏偏碰上高康大有些口渴，问可不可以找些莴苣拌点凉菜，但一听到这里有全国最好最大的莴苣，棵棵长得有李子树、胡桃树那样高大，他就想亲自去一趟，去挑些好的。他一下把六个朝圣者也都带了回来，这六个人吓得要死，就连说话咳嗽都不敢。

高康大先把莴苣拿到水井中洗了一会儿，朝圣者悄悄地商量道：

“怎么办呢？我们要夹在莴苣叶里淹死了。我们叫起来好不好？如果一叫，他会拿我们当奸细杀掉。”

他们还在商议的当儿，高康大已经把莴苣放在从家里拿来的一个大盆中，这个盆有西多的大酒桶那样大，拌上油、醋、盐，在吃饭之前当作冷盘吃了起来。朝圣者里面，已经有五个被吞在嘴里了，第六个还在盆子里藏在一片莴苣叶底下，只有朝圣者的手杖露在外面。高朗古杰看到了，对高康大说：

“我看你盆子里有个蜗牛角，不要吃了。”

“为什么？”高康大说，“这个月正是吃蜗牛的时候。”

他一拉手杖，连同那个朝圣者也提了起来，一块儿都放在嘴里了。之后喝了一大气“小粒种”葡萄酒，一边等待厨房准备晚饭。

朝圣者被吞进嘴中，用尽气力，躲过了牙齿的打磨，心中还以为是下到一个监狱的地牢里呢。等高康大喝那一大气酒的时候，他们想一定会淹死在他嘴里了，酒的急流差一点儿就把他们冲到胃的深渊里。但是，他们拄着手杖，像朝拜圣米歇尔山①的人那样，跳过大水，躲在牙缝中一块安全的地方。可惜其中有一个想知道他们究竟是不是安全，用手杖四下里乱捅，结果一下重重地打在高康大豁牙的地方，撞着他牙床的神经，打得高康大疼痛难耐，止不住地高声大喊大叫。他让人把他的牙签拿来，想把让他牙痛的东西弄出来，他走到大胡桃树那里，把朝圣的先生们一个个都掏了出来。一个被他拽住大腿，一个被他拽住肩膀，一个被他拽住背包，一个被他拽住口袋，一个被他拽住腰带，剩下用手杖打他牙床骨的那个家伙，被他抓住了裤裆。但是这家伙也真幸运，因为自从过了安赛尼，他的下疳瘤就让他痛得受不了，这一来倒被高康大给捏破了。

被剔出来的朝圣者在葡萄林中急步逃跑，高康大牙齿也不疼了。

就在这时，爱德蒙来叫他吃饭，因为晚饭已准备好了。

高康大说道：“我去撒泡尿，把我的晦气都尿出来。”

这一泡尿可真是不小，一下挡住了朝圣者的去路，让他们不得不涉尿而过。过去之后，在森林边上，除了福尼利埃一人外，又都掉到捉狼的陷阱里了。幸亏福尼利埃想出各种方法，割断了陷阱的绳索，大家才能逃出活命。从那里出来之后，后半夜就在古德莱附近一座木棚里睡了一下。同伴中一个叫拉打雷的，用好言好语来安慰大家的不幸，说这次的遭遇，大卫老早就在《诗篇》里预言过了：“当人向我们攻击的时候，就把我们活活吞噬了，是指我们被当作生菜，拌着盐粒被人吞下的时候；当人们向我们发怒，狂妄汹涌的洪水必把我们淹没了，是指他喝那一大气酒的时候；我们的灵魂渡过急流，是指我们涉尿而过的时候；那狂妄的洪水淹没了我们的灵魂，是指他的尿拦住我们的去路；愿称颂归于耶和华，没有让敌人把我们当

① 圣米歇尔山系建在英吉利海峡山上的一座大教堂，四周是水，只有长堤通陆地。

猎物噬碎;我们像飞鸟,从放饵人的罗网中逃脱,是指我们掉在陷阱里的时候;罗网破裂了,是说福尼利埃帮我们摆脱陷阱,我们逃脱了,我们得到帮助,在于造天地的耶和华的名。”

第三十九章　隐修士如何接受高康大的款待以及进餐时的高谈阔论

高康大坐下来开始吃饭,高朗古杰叙述起导致他与毕克罗寿之间的战争的起因和原委来,他谈到隐修士约翰·安脱摩尔怎样胜利地保卫修院的时候,称赞此人的英勇不在卡米留斯、西庇翁、庞贝、恺撒、泰米司多克勒斯等人之下。高康大要求马上派人去接他,好能够跟他一同商议应采取的步骤。总管奉命前去邀请,修士骑着高朗古杰的骡子,还带着他那根举十字架的木棍子,高高兴兴地到来。

修士来到之后,大家蜂拥而上,慰问、拥抱、问候,不一而足:

“喂,约翰修士,我的朋友,约翰修士,我的老表兄,约翰修士,真是活见鬼了,让我拥抱一下,我的朋友!”

“让我拥抱。”

“啊,你这个家伙,让我抱住你把你挤扁。”

约翰修士也是个会讲笑话的,从来没有见过像他这样又可亲又知礼的人。

高康大说:“来,来,在我身边放一只凳子,在这边。”

修士说:“太好了,只要你喜欢。侍从,拿水来!倒吧,孩子,倒,让我清清肝脏,润润喉咙。”

包诺克拉特说:“脱下你的斗篷,咱们把这件宗教的袍子脱下来吧。”

“哎哟,我的老爷,天主在上,那可是不行的,”修士说,“教规里有一整章规定,会衣是不能脱的。”

冀姆纳斯特说:“得了,得了,让会规去厕所里去吧!快脱下来吧,这件袍子把你的膀子都压断了。”

修士说:“我的朋友,让我穿着吧,实话告诉你,穿着它,我才能喝的更多,浑身舒服。一脱下来,侍从们就要拿去做绑腿带了,我在古莱纳已经碰到过一次。况且,我也不饿。就让我穿着会衣坐下来吧,实话说,我真乐意为你、为你的马干两杯。愿天主保佑大家都健康!我是已经吃过饭的了,但是,再吃一顿,也不会比你们吃得少,因为我的胃脏好极了,和圣本笃的靴子一般深,又像律师的皮包那样来者不拒。除掉鲨鱼,见鱼都吃,爱吃鹌鹑翅膀,或者是尼姑大腿,再不然,硬邦邦地死去，岂不太不合算？我们的院长就特别欣赏阉鸡白色的嫩肉。”

冀姆纳斯特说道：“在这一点上，他跟狐狸不一样，因为狐狸捉到阉鸡也好，捉到母鸡雏鸡也罢，白色的肉总是吃不到的。”

“为什么？”修士问道。

冀姆纳斯特回答说：“因为它们没有厨子给它们烹制呀。鸡子不煮熟，是红的，而不是白的。红色的肉就表示是生肉，除了海蟹和河虾，它们是不煮不红的。”

修士说：“巴雅尔的天主！我们修院里那个治病的，脑袋就没有煮熟，他的两只眼睛总是红得像个木盆！这条兔子腿能治风湿痛。拿起瓦刀，你告诉我，为什么小姐的腿总是那么鲜嫩？”

高康大说：“这个问题，不管是亚里士多德，还是亚历山大·阿弗洛狄修斯，还是普鲁塔克都没有提到过。”

修士说：“有三个理由让那个地方自然又鲜又嫩：其一，因为那里流水不断；其二，因为那里阴凉、黑暗、隐秘、阳光照不到；其三，因为那里常常有凉风洞的风、内衣的风、特别是裤裆的风吹个不停。哈，真快活！侍从，来酒，来酒！咕噜，咕噜，咕噜……天主给我们如此的好酒，真是太慈悲了！我老实地讲，要是我生在耶稣基督的时代，我一定不让犹太人从橄榄园里将他绑走。而那些圣徒们，一个个吃得饱饱的，在紧要关头撇下他们善良的师傅，胆怯地各自逃命，我要不把他们的腿都砍断，就让魔鬼抛弃我！一个人该抡起刀来的时候，却去逃跑，我恨他比恨毒药还严重。”

“哼，我怎么不在法国做他个百儿八十年的皇帝呀！老实讲，我要不把那些在巴维亚临阵逃脱的士兵打成没有尾巴和耳朵的狗才怪呢！让他们患四日两头的疟疾！在那样的紧急关头，为什么不宁死也不离开善良的国王呢？英勇地战死沙场，不比苟且偷生好得多、光荣得多么？我们今年吃不到小鹅了。唉，我的朋友，给我切块猪肉吧？真见鬼！酒也没有了，从耶西的本必发一条①。我不要活了，要渴死了！这酒倒是不错。你们在巴黎喝什么酒啊？我在巴黎时，要不是一连六个多月天天都请客，谁高兴来就谁来，叫我死掉！你们认识上巴洛瓦的克洛德修士了吗？哦，真称得上是个好朋友！可是，什么害虫蜇了他一下？不知道从什么时候起，他什么都不干，只读起书来了。我可不读书。我们修院里，从来不读书，怕得耳痛病。我们那位故世的院长就说过，一个修士成了学者，那是最可怕的事。实话告诉你吧，我的朋友。从来没有见到过像今年这样多的兔子，四处乱窜，鹰和雕都找不到。德·拉·贝洛尼埃尔老爷许给我一只鹰，可是他最近给我写信说它患上了气喘病。今年的鹌鹑要吃人的耳朵了。我不喜欢用网捉，因为等着烦人。我不跑不跳，就不舒服。当然，跳墙头、翻篱笆，我这件会衣又会留下痕迹。后来我弄到一只体面的猎犬。倘若兔子能跳得过它，就让我死掉。那是一个仆从把它送给德·摩雷维里

① 见《旧约·以赛亚书》第十一章第一节。天主教割损礼经文里也有这一句。

耶老爷的时候被我截住的,这件事做得不好吗?"

冀姆纳斯特说道:"对,对,约翰修士,冲着所有的魔鬼说话,谁都得说对!"

修士说道:"所以,既然有魔鬼在,就为他们干杯！我的老天！这个瘸子要猎犬有什么用呢?天主的身体！还不如送他两只肥牛让他开心呢!"

包诺克拉特说道:"怎么?约翰修士,你也会骂人吗?"

修士说:"这可以让我的语言更美丽,这是西赛罗式修辞手法。"

第四十章　修道人为何为世人所嫌弃,又为何有的修道人鼻子比别人大

爱德蒙说道:"我以教徒的信仰说老实话！看到这位修士的爽直,实在让我惊讶,他让我们大家全都快活。可是为什么上等社会都不肯要修士,叫他们讨厌鬼,就像蜜蜂驱赶蜂房四围的土蜂一样赶他们呢?马洛就说过:

蜜蜂赶走大马蜂,

巢外不许有懒虫。"

高康大回答说:

"教士的衣帽就会招来世人的轻视、侮辱和咒骂,这是千真万确的事,正像叫作'赛西亚斯'的风会刮来云彩一样。但主要的原因,是因为他们靠世界的粪污过活。我说粪污,是指人类的罪过。大家把他们当作吃粪污的人,把他们丢到背旮旯中,也就是说他们的教会和修院里,跟外界的生活分隔开来,像厕所远离房子一样。倘若你懂得一只猴子为什么老是受人家玩弄和欺负,你就理解为什么不分老少全都嫌弃教士了。猴子不像狗一样会看家;不像牛一样会拉犁;不像羊一样会生产出羊毛和羊奶;不像马一样能够驮东西,它只会拉屎惹祸,这就是大家都要欺负它,都要打它的原因。教士也是这样(我说的是那些游手好闲的教士),既不像农人一样能耕地,也不像战士一样能保卫国土,既不像医生那样为他人治病,也不像博学的宣教士和教育家一样来教导和训诫世人,就连为国家输送必需的商品和货物的商人都不如。这就是人人都斥责和厌恶教士的原因。"

"话虽然如此,"高朗古杰说,"他们倒是还会为我们祈祷呢。"

高康大说道:"那全都是假的。他们只会撞钟,吵得四邻不安。"

修士接口道:"但是,一台弥撒,或是早课、晚课,倘若钟打得好,那就等于做了一半。"

"他们振振有词地念着大量连他们自己都不理解的圣史圣歌;口口声声地念着

'在天之父''万福,圣母马利亚',可是心里并不往那里想,也不懂。我把这些叫作讽刺天主,而不是诵经。倘若真的为我们祈祷,而不是担心怕丢掉浓汤和面包,那倒好了,那倒值得天主保佑他们了。所有真正的信徒,不分行业,不分地区,随时都能够祈祷天主,圣神自会为他们转达的,让天主保佑他们。像我们眼前这位可人意的约翰修士就是如此。谁都喜欢跟他在一起。他既不顽固不化,也不让人厌恶;他爽直、活泼、有主见、平易近人、爱工作、肯劳动,保护被压迫的人,安慰受苦受难的人,帮助有急需的人,还会保卫修院。"

修士说道:"还不止这些呢,我在念早课和大家一同做追思诵经的时候,还会做弓弦,磨枪尖、箭头,编织捉兔子的网和口袋。我简直就没有空闲的时候。喂,拿酒来!拿酒来!拿水果来。这是爱斯特洛克林区的栗子,加上新酿的好酒,吃过后都是造屁的好东西。你们喝酒的劲头还不大。天主在上,我跟谁都能够一块儿喝酒,跟一匹不拣槽头的马一样。"

冀姆纳斯特说道:"约翰修士,把挂在你鼻子上的鼻涕擦掉吧。"

"哈!哈!"修士笑了起来,"水都到鼻子上了,是不是快要淹死了?不是,不是。马上要滴下来了,这个水只出不进,鼻子已经用葡萄汁消过毒了。啊,我的朋友,谁的冬季靴子、皮子有这样好呢?从不漏水,只管大胆去摸牡蛎好了。"

高康大说:"为什么约翰修士的鼻子长得如此好呢?"

高朗古杰接口说:"因为这是天主的意思。天主按照自己的圣意,高兴让我们长成什么样子,就长成什么样子,完全跟烧陶工制造瓦罐一样。"

包诺克拉特接着说:"因为鼻子会上,他跑在最前面,所以他拿到了最好看、最大的鼻子。"

"你得了吧!"修士说,"根据修院里真正的考据,是因为我奶妈的奶头软,吃奶的时候,我的鼻子就跟陷到奶油中了一样,从那时起,就像发面盆里的面似的,越来越大,越来越高。奶妈的奶头硬,小孩就得塌鼻子。啊,好玩吧!向你举目,从他们鼻子的形状就能知道他们的北京,我举杯祝你……我从来不吃果酱,侍从,上酒!再上点儿烤肉!"

第四十一章　隐修士如何使高康大入睡并如何诵经

吃过宴席,大家一起商讨了目前的紧张形势,一致决定半夜时分来一次偷袭,看看敌人防守和警戒的程度怎样。暂时,大家先稍微休息下,为了到时候更有精神。可是,高康大辗转反侧,怎么都睡不着。修士对他说道:

“我只在听讲经和做祈祷的时候,才能倒头就睡。我请你试一试,你跟我,咱们一块儿念七章诗篇,看你会不会立即睡着。”

这个主意,高康大愿意试一下,于是开始了第一章《诗篇》,念到第二章开头,两个人就都睡着了。但是,修士在午夜之前一定会睡醒,因为他对做早课的时间早就已经习惯了。他一睡醒,就把其他人也都吵醒了,只见他扯着喉咙高声大喊道:

“喂,莱纽,醒来,醒来吧;

喂,莱纽,醒来呀。”

大家都被叫醒之后,他说道:

“各位,有道是早课先咳嗽,晚餐先喝酒。我们反过来好不好,先给他来个早课先喝酒,到晚上吃晚饭的时候,再比赛看谁咳得更厉害。”

高康大说道:

“睡醒后立即就喝酒,不符合医学上的养生之道。应该先把胃里消化下来的渣滓和粪便都排泄出去。”

修士说道:“那是医生的理论!老酒鬼要是不比老医生多,让一百个魔鬼一块儿来捉我!我和我的食欲立有契约,就是晚上它跟我同榻安枕,白天我只要一声号令,它就跟我一块儿起来。你们高兴怎样饿空肚子,悉听尊便,我可要去找我的引食丸去了。”

高康大问道:“引食丸是什么?”

修士说道:“就是我的经本,因为养鹰的人在喂鹰之前,总是先给它一条鸡腿让它玩弄,打消它脑子中那些半死不活的迟钝劲儿,引起它的食欲。我呢,早晨一拿到这个让人愉快的小经本,我的胃立刻就干干净净,能够喝酒了。”

高康大又问道:“这些优美的经文,你们是怎么个念法呢?”

修士说道:“费康式的念法,三章《诗篇》,三篇《日课》,倘若不想念,就一个字都不念。我对于念经,从不约束自己。经文是为人设立的,人不是为经文设立的。所以我念经,跟坠马镫的绳子一样,长短由我。短经好上天,长经酒杯空,这是谁说的一句话?”

包诺克拉特说道:“天晓得!我不知道。你这个小家伙,真是个妙人!”

修士说道:“在这一点上,咱们俩是相通的。但是,我们一起喝酒吧!”

这时,有人送来大盘的烤肉,美味的肉汁面包汤,修士尽情地喝着酒。有的人陪他一块儿喝,有的人不喝。酒后,各自开始准备武器,披挂甲胄,不论修士同意不同意,也把他武装起来,他自己除了身上的会衣和手里那根举十字架的木棍子,不愿意再接受其他的武器。但是,为了使大家高兴,他还是从头到脚地装扮起来,骑上一匹那不勒斯的战马,腰里挎上一把长剑,随同高康大、包诺克拉特、冀姆纳斯特、爱德蒙和高朗古杰宫内二十五名最英勇的壮士,全部顶盔贯甲,手持长枪,个个都跟圣乔治一样脚跨战马,每人屁股后面还带着一名火枪手。

第四十二章　隐修士如何鼓励战友，他自己又如何挂在树上

一群威严的战士走上了征途，一心只想着到了正式大战的那一天，怎样进行对垒和追击，以及怎样防卫自己。修士鼓励他们说：

“孩子们，由我带领着你们，不用害怕，也不用犹豫不决。天主和圣·本笃都跟我们同在！倘若我的力气和我的胆量一样大，对天起誓，我真的会将他们像宰鸭子似的连毛都拔掉！除了大炮，我啥都不害怕。尽管我会念修院内圣衣所的副主持教给我的一个经咒，据说能避所有火炮，但它对我不会有用处，因为我压根儿就不相信。倒是我这根举十字架的木棍，肯定会大显神通的。实话告诉你们，谁要是开小差，我要不把我这件会衣给他披在身上，让他代替我去做修士，让我马上死掉。我这件会衣是能够治胆小病的灵药。你们听说过德·摩尔勒老爷那只猎犬没有？它在乡下没有一点儿用处。后来主人在它脖子上套了一件会衣，耶稣基利斯督！没有一只兔子、一只狐狸能够逃得过它，尤其厉害的是，它把当地所有的母狗肚子都搞大了，据说这只狗之前还患有阳痿呢，阳痿不举，举而不坚。”

修士一面情绪高昂地说着话，一面走在通往柳树林的路上。在一棵胡桃树下边，他头盔的前檐一下子挂在胡桃树一个粗树枝的杈子上。他仍旧用马刺催马前进，不想他那匹马是经不起刺激的，猛地往前一跳，修士想要解脱他的帽檐，撒手放开了缰绳，于是他被挂到树上了，马却从他身下脱缰而去了。就这样，修士挂在胡桃树上，狂喊救命，杀人了，上当了。

爱德蒙首先看到了，他叫住高康大，说道：“殿下，快来看，来看吊着的阿布撒罗姆！”

高康大掉转马头，看到修士那副样子和悬挂的姿势，向爱德蒙说道：

“你把他比作阿布撒罗姆比错了，阿布撒罗姆挂的是头发，修士头顶上是没有毛的，他挂的是耳朵。”

修士说：“看在魔鬼的份儿上，快帮帮忙吧！这是说闲话的时候吗？我看你们真像是教廷敕令的宣教家，他们说谁要是看到别人有死亡的危险，不先去劝他忏悔罪过，帮他得到赦免，反而去救他，他自己就得受被逐出教门的重罚。所以，我要是看到这样的人掉在河里快要淹死的时候，我绝不伸手救他们出来，我肯定会先给他们来一套大道理，劝他放弃世俗的功利，等他们直挺挺地淹死以后，才去捞他们。”

冀姆纳斯特说道：“别动，好兄弟，我来救你，你真是个惹人喜爱的修士：

修士不出修院，
两个蛋也不值钱；
修士一出修院，
值三十都不止。”

“吊死的人，我见过何止五百个，但是，从没有见过吊得这样好看的，要是我也能这样美，我甘愿吊一辈子。”

修士说：“你教训完了没有？看在天主的份儿上，快救救我吧，既然你不看在魔鬼的分上。我以我身上的圣袍发誓，在将来某个时候、某个地点，你会后悔的。”

冀姆纳斯特跳下马来，爬上胡桃树，一只手托住修士腋下的甲片，另一只手把他的盔檐从树杈子上摘下来，让修士先下到地上，之后他自己后下来。

修士下来之后，把他的披挂一件一件地扔了一地，依旧拿起他那根举十字架的木棍，重新上马。马是爱德蒙替他追回来的。

大家这才说说笑笑地向着柳树林的大道方向走去。

第四十三章　毕克罗寿的前哨如何与高康大遭遇；隐修士如何杀死狄拉万队长；又如何被敌人俘虏

特立派被冀姆纳斯特剖腹之后，逃回来的兵士报告了毕克罗寿。毕克罗寿听说魔鬼来攻击他的部下，心里十分的震惊，召开了整整一夜的军事会议。会上哈斯提沃和杜克狄庸断定他们的实力强大，即便地狱里全部的魔鬼一块儿来，也不能够收拾他们。毕克罗寿虽不是完全相信，但也不是完全不信。

他传令叫狄拉万伯爵带领一千六百名骑兵先去打探消息，轻骑出动，一个个蘸好圣水，并斜披一条祭领作为标志。一旦遇上魔鬼，就依靠圣水及祭领的法力，也能够使他们化为乌有。狄拉万带领骑兵一直跑到离服古庸和马拉德利不远的地方，没有遇到一个人能够搭话的，于是就一起从山坡上又兜回来，在古德莱附近一座牧羊人的小木棚里，发现了那五个朝圣者。狄拉万等人不理会他们叫喊、抗议和哀求，把他们用绳索捆绑起来，当作奸细带了就走。一群人走向通往塞邑的大道，被高康大听到了，他对他身边的人说道：

“朋友们，敌人来了，人数超出我们十倍之上。我们要不要冲一下？”

修士说：“不冲做什么呢？你估计人只管数目，不管本事大小、胆量大小么？”

说完，高喊一声：“冲啊！见他个鬼，冲啊！”

敌人听到叫喊声，以为是真的魔鬼来了，于是就松开缰绳，四散奔逃。只剩下狄拉万一人，只见他横过枪来，照准修士前胸，用出全身的力气，一枪刺来。不想正好碰到坚硬的会衣上，把枪头都碰弯了，就像你拿一根小蜡烛去碰铁砧一样。但是修士却用他那根举十字架的粗棍子冷不防地连肩带背、猛的一棍打在他肩胛骨上，一下把他打得晕头转向、人事不知，滚下马来。

修士看到他胸口上那条斜披的祭领，就对高康大说道："原来只是个小司铎，做修士才不过开始。冲着圣约翰说话，我才称得起是老一辈的修士呢。这样的人，杀起来就好比是拍苍蝇。"

说罢，纵马飞奔，把落后的敌人全都赶上，像打麦穗似的，横七竖八，把他们全都打倒在地。

冀姆纳斯特这时问高康大是否要继续追赶，高康大回答说：

"不要追了。兵书上告诉我们，不要把敌人逼上绝路，因为绝境反而会增强他们的力量，提升他们已经衰败、消沉的勇气。对于战败和困乏的军队，最好的办法，就是把他们置之于死地。过去有多少次胜利，都是战败者从胜利者手里夺回去的，原因就是战胜者失掉了理性，妄想把一切都屠杀干净，把敌人赶尽杀绝，甚至连一个报信的也不留！所以对于敌人，要尽量给他们留些生路，倘若能造一座银桥，送他们回去，那就更好。"

冀姆纳斯特说道："说得不错，不过教士跟他们走了。"

高康大说："教士跟他们走了？老实告诉你，他们只有倒霉！现在为预防万一，我们暂不要回去，在这里静等一下，我想我已经摸着敌人的作战本事了。他们由命运摆布，不按策略行事。"

不提他们在胡桃树下等待，且说修士追赶敌兵，遇到就杀，毫不留情，一直到他遇到一个骑马的，屁股后面还带着一个倒霉的朝圣者。修士正在等待俘虏那个骑兵，朝圣者倒先喊了起来：

"喂，教长先生，我的朋友，教长先生，求您救救我吧！"

敌人听到朝圣者喊叫，一块儿回过头来。他们看到追来的只有一个修士，便一块儿动手把他围起来打，就像打驮在一头驴身上的木柴一样。修士一点儿都没有感觉，因为他们打的是他的会衣，况且他的皮也硬得厉害。他们把修士交给两名弓箭手看管，掉转马头，没看到有人追赶，以为高康大带着他的部下逃走了。于是就尽力策马向胡桃林奔去，打算追赶他们。此处，只留下两名弓箭手看守着修士。

高康大听到人喊马嘶声，向他的部下说道："伙伴们，我听到敌人来了，并且我已经看到不少敌人向我们蜂拥而至。我们靠紧一点儿，好好看守住路口。我们以逸待劳，他们一定会失败的，我们肯定会胜利的。"

第四十四章　隐修士如何摆脱看守他的敌人;毕克罗寿前锋如何失败

修士看到敌兵乱哄哄地跑走,猜想他们肯定是追赶高康大和他的部下去了,自己一时间不能帮助他们,心里很不快活。后来,看看身边两个弓箭手的神色,眼睛直望着敌兵跑去的山谷,知道他们也很想跟队伍一起去,好乘机抢点东西。修士自己推论了一下,心里说:“这些人太不懂得作战了,既没有人让我宣誓不准逃跑,也没有人拿掉我的宝剑。”他倏地一下,拔出宝剑,径直向右边的弓箭手砍去,一下子砍断了他的喉管、颈部血管、食道管,以及两个扁桃腺;抽回宝剑时,在他的第二及第三根椎骨之间,又割开了他的脊髓。那个弓箭手顿时倒地死去。修士把马向左边一勒,直向另一个弓箭手扑过去,那个家伙眼看同伴已死,修士又比他占着优势,不禁高声大喊:

“啊,教长先生,我投降!教长先生,好朋友,教长先生!”

修士喊得跟他一样响亮:“屁股后头先生,我的朋友,屁股后头先生,让你屁股上挨我一剑。”

弓箭手说:“啊!教长先生,亲爱的,教长先生,愿天主升你当院长!”

修士说:“就凭我穿这身衣服,我立即就在这里封你做红衣教主。你想勒索教里的人吗?现在从我手里就先给你一顶红帽子。”

弓箭手高声大喊:“教长先生,教长先生,未来的院长大人,红衣教主,老爷,老爷,哎!哎!哎!别动手,教长先生,我是一个人,亲爱的教长老爷,我向你投降!”

修士说:“我送你到魔鬼窝中去。”

一剑砍中了他的头,从太阳穴上将脑袋砍开,砍掉了头上的两块护脑骨和箭形合缝处的脑盖骨,还有一大块的前额骨。这样一来,两个脑膜都被砍开,两个后脑室也深深地开了天窗。脑袋连着后脑膜的皮,挂在肩膀上,上黑内红,倒真像是一顶博士帽。这个弓箭手也顿时倒地死去了。

杀死弓箭手后,修士用马刺催动坐骑,朝敌兵走的道路直奔而去。这时敌人在大路上已和高康大及其部下相遇,高康大舞动大树,同冀姆纳斯特、包诺克拉特、爱德蒙等人一起厮杀,把敌人杀死了好多,只剩下一部分残余,个个失魂落魄,急忙后退,好像眼睛里看到了死亡的影子。

敌人惊慌失措——就好像一头驴,屁股上让大蜚虻或者毒蝇蜇着了似的,没头没脑地乱蹦乱跳,把驮的东西都甩到地下,咬断了嚼子和缰绳,连喘气休息都不肯,谁也不知道是什么东西在刺激着它,因为看不到任何东西挨近它——到处乱跑而又不知道乱跑的理由,情形和上面说的驴完全相同。这是一种心灵上无法摆脱的恐怖到处追逐他们的缘故吧。

修士看到他们唯一的愿望就是跑得更快,就下了马,爬上路边的一块大岩石,用足力气,抡起他的长剑,对准逃兵来一个杀一个,一点儿都不留情。好一阵砍杀之后,连宝剑都被砍成两段了。修士心里想杀得差不多了,剩下的该让他们逃去送信了。

修士走下岩石从地上横着的死人堆里拿起一把板斧,重新回到岩石上,除了把逃兵的刺枪、宝剑、长矛、火枪等缴下外,其余的都任由他们在死尸中间跌跌绊绊地逃命去。押解朝圣者的人也过来了,修士把他们赶下马来,把马分给朝圣者乘骑,让他们和他待在篱笆墙边,杜克狄庸来了,修士把他也给俘虏了。

第四十五章 隐修士如何领回朝圣者;高朗古杰善加慰问

这次冲突结束之后,除了修士以外,高康大和他的部下都回来了。第二天清晨,他们来到高朗古杰那里,看到他正在床上祈祷天主保佑他们平安和胜利。高朗古杰看到他们全都平安归来,欢欣地拥抱他们,并询问修士的下落。高康大回答说他一定是被敌人逮走了。高朗古杰说:“那活该他们倒霉。”他果然没说错。因此,现在还有“送他一个修士”这句成语。

高朗古杰下令要准备丰盛的早餐,犒赏他们。早餐做好之后,有人去请高康大,但是因为修士没有回来,高康大心里十分难过,不愿意喝,也不愿意吃。

突然间修士回来了,一进内院大门,就叫喊起来:“拿好酒来,拿好酒来,冀姆纳斯特,我的朋友!”

冀姆纳斯特出来一看,果不其然是约翰修士,还带着五个朝圣者和俘虏杜克狄庸。高康大也迎上前去,大家都热烈地欢迎他,领他去见高朗古杰。高朗古杰问了他前前后后的经过,修士都回答了,说他怎样被人擒住,怎样杀死弓箭手,怎样在路上截杀敌人,怎样救了朝圣者,以及又是怎样把杜克狄庸队长带回来,等等。然后,大家才一同入座,开心地吃喝。

这时候,高朗古杰问那几个朝圣者是哪里的人,从哪里来,到哪里去。

拉打雷代表大家回话:“大王,我是贝利省圣热奴的人,这一个是巴吕欧人,这一个是翁赛人,这一个是阿尔其人,还有这一个是维尔布勒南人。我们是从离南特不远处的圣赛巴斯天回来的,现在刚好算好路程,慢慢回家。”

高朗古杰说:“哦,原来是这样。你们到圣赛巴斯天都做什么去啦?”

拉打雷说:“去求神、许愿、消除瘟疫。”

高朗古杰说:“哎,可怜的人,你们觉得瘟疫是从圣赛巴斯天来的吗?”

拉打雷回答说:“当然啦,讲经师就是这样告诉我们的。”

高朗古杰说:“是吗?这些假先知居然如此的欺骗你们吗?他们这样亵渎天主的义人和圣人,把他们形容得跟专门害人的魔鬼相同吗?像荷马记载的瘟疫是阿波罗放在希腊人的军队里的吗?像某些作家捏造的无数凶神和恶魔吗?一个假冒为善者曾经在西奈讲道,说圣安东尼用火烧人的腿,圣厄特罗波让人患上水肿,圣吉尔达斯让人发疯,圣热奴让人得风湿痛。我狠狠地处罚了他,拿他来做了榜样,尽管他说我是异端,但是从那时起,没有一个这样的坏人再敢侵入到我们国家来。我很奇怪你们的国王竟然让他们受到惩罚。瘟疫不过害人肉体,但这些骗人的东西,却毒害人的灵魂。”

高朗古杰话音未落,只见约翰修士精神抖擞地走了进来,问他们道:

“你们这些可怜鬼是从哪儿来的呀?”

“圣热奴。”他们一块儿答道。

修士说:“那个喝酒的能手特朗士里昂院长好吗?还有那些修士呢,他们有得吃吗?耶稣基利斯督!你们只知道出来朝圣,他们可享受你们的老婆了!”

拉打雷说:“哼,哼!我可不担心我那一口子,谁要是在白天看见了她,晚上绝不会费尽心思想要看她。”

修士说:“这可靠不住!她就是丑得像普罗赛波娜,实话告诉你,也是有人要的,附近不是就有修士吗?一个好工匠不论什么机器都开得动。你们这次回去,她们要不一个个都肚子大起来,叫我长大疮!修道院钟楼的影子也会让人生孩子。”

高康大说道:“跟埃及尼罗河的水一样,要是相信斯特拉包的话,普林尼在第七卷第三章里也是如此说的。要知道,这和面包、衣服、身体,一样重要啊。”

高朗古杰说道:“你们回家去吧,可怜的人呀,愿造物主天主会永远领导你们。今后再也不要轻易做这些无聊和无用的旅行了。照看你们的家里人,各人干各人的行业,教育你们的子女,好好地按照圣保罗的教训去生活。这样,天主、天神和圣人才会保佑你们,瘟疫和病痛再也不会来侵害你们。”

说完,高康大带他们到饭厅里去吃饭,但是那些朝圣者一个劲儿地只顾着唉声叹气,他们一起向高康大说:

“一个国家有这样一位国王,多幸福啊!听了他说的这番话,比我们在家乡听到的所有道理,都更让我们得到鼓舞和教训。”

高康大说:“柏拉图在《共和国》第五卷里说得好:‘在国王讲哲理的国家,或者由哲学家统治的国家,这样的共和国才会幸福。’”

然后,让人装满他们的干粮袋和酒瓶,每人再给他们一匹马,让他们轻快地走完剩下的路程,另外还发给每人足够的盘缠,让他们各自谋生。

第四十六章　高朗古杰如何以人道对待俘虏杜克狄庸

杜克狄庸被带到高朗古杰面前，高朗古杰问他毕克罗寿兴兵闹事、无理骚扰，到底是什么目的。杜克狄庸回答说，他的目的和企图是，倘若可能的话，就征服高朗古杰的全国，为的是报复对他的国家里卖烧饼的侮辱。

高朗古杰说："他的野心未免也太大了。有道是'贪多嚼不烂'。侵略别人的国家，让同教的兄弟之邦受害，这个时代已经过去了。效法古时的海格立斯、亚历山大、汉尼拔[①]、西庇翁、恺撒等人，是违背福音教义的，福音书教导我们各人防守、护卫、经营、管理自己的国土，不能不可理喻地去侵害其他人。古时萨拉逊人和巴巴利人被称作勇武事迹的，现在我们叫作强盗和凶恶行为。待在自己家里好好地管理自己的国家，比蹂躏别人的国家，进行抢劫光荣得多。因为，管理好自己的国家，是让它发达；进行抢劫，是自取灭亡。

"依靠天主保佑，你回去吧，要遵循正义的道路。看到你们国王的错误，要跟他指出来，千万别只为个人的利益而向他乱出主意，因为大伙的利益保不住，个人的利益也得受到损失。至于你赎身的钱，我会全部替你免除的，再让他们把你的武器和马匹也都还给你。"

"这才又是邻居，又是老友之间应该做的呢。况且我们的争执，并不是什么真正的战争，就像从前希腊人彼此妄动干戈时，柏拉图在他的《共和国》第五卷中说：这不应该叫作战争，而仅仅是叛乱。即便不幸发生争执，他也极力主张克制忍让。你们倘若把这次事件叫作战争，那也仅仅是表面的，它并没有进到我们心脏的深处。因为双方的荣誉都没有受到损害，大不了弥补一下我们的人所犯的错误就好了，我说我们的人，是指你我双方的。至于错误，你既已了解明白了，也就让他算了。因为喜欢争执的人，不论我怎样赔偿他、使他满意，都应该受到轻视，而不应该受到尊重。天主是我们争端的公正的评判人，我恳求他，宁可结束我的生命使我的财产当着我的面被毁灭掉，也不愿意由我或者我的百姓获罪于他。"

说完话，他叫来修士，当众问他道："约翰修士，我的朋友，现在在这里的杜克狄庸队长是你抓来的吗？"修士说："大王，他本人既在这里，他已成年，又有判断力，与其由我说，还不如让他自己招认的好。"

于是，杜克狄庸说道："大王，的确是他捉到我的。我自己向他投降做了俘虏。"

---

① 汉尼拔：迦太基大将。

高朗古杰问修士道:“你有没有规定他赎身的价格?”

修士说:“没有。我可不管这个。”

高朗古杰问道:“你打算要多少?”

修士说:“一分都不要,一分都不要,我不在乎钱。”

高朗古杰下令当着杜克狄庸的面,付给修士六万两千金币作为杜克狄庸的赎身钱,一边付款,一边还款待杜克狄庸吃些东西。高朗古杰问他想要留下,还是想要回到自己国家去。

杜克狄庸说他听从高朗古杰的命令。

高朗古杰说道:“那么,你还是回到你的国王那儿去吧,愿天主与你同在。”

之后,赠予他维也纳精制宝剑一把,赤金剑鞘,上面刻铸着精美的葡萄枝叶;还有一条重三十万又一千磅的金链条,上面镶嵌珍贵宝石,价值十六万金币;另外还有一万金克朗,当作礼品。谈话后,杜克狄庸骑上他的战马。为保障他的安全,高康大又派了三十名骑兵,一百二十名弓箭手,由冀姆纳斯特率领,一路护送,倘若必要,就一直把他送到拉·娄氏·克莱茂城门口。

杜克狄庸动身之后,修士把刚刚收下的六万两千金币还给高朗古杰,说道:

“大王,现在还不是奖赏的时候。等到战争结束以后再说吧,因为不知道还会发生什么事情。作战要是没有充分的经济力量,只不过是一股空劲头。金钱是战争的筋骨。”

高朗古杰说:“也好,等到战争结束,我再好好地答谢你以及所有为我效忠的人吧。”

第四十七章 高朗古杰如何调动大军;杜克狄庸如何杀死哈斯提沃;又如何被毕克罗寿下令处死

就在这几天里,贝斯、旧市、圣雅各镇、特莱诺、巴莱邑、里维埃、圣保罗岩、沃卜通、包提邑、泊来蒙、克兰桥、克拉方、格朗蒙、布尔德、维洛迈尔、于依姆、赛尔热、于赛、圣路昂、庞祖斯特、考尔德娄、维龙、古莱纳、受才、瓦莱纳、布尔格邑、布卡尔岛、柯路莱、纳尔西、康德、蒙索洛等其他很多地方,都派了使者到高朗古杰这里来,对他说他们已经得知毕克罗寿让他受到的损害,他们看在过去长久的同盟关系份儿上,愿意尽一切力量来帮助他,不论是人力、财力,还是军火。

根据他们自愿送来的清单,钱的数目已达到一亿三千四百万零两块半金币。人马共计有一万五千骑兵,三万二千轻骑军,八万九千火枪手,十四万志愿兵,一万一千二百门单膛炮、双膛炮、蜥蜴炮和小蝮蛇炮，另外还有工兵四万七千名，所有饷银及费用已预付六个月零四天。对于这些支援，高康大既不表示拒绝，也不表示接受，只是热诚地感谢他们，说这次作战，他要尽量应用策略，也许不需要占用这么多有用的人。他只授命把平日驻扎在拉·都维尼、沙维尼、格拉沃和甘格奈等地的军队调来，人数总共有二千五百名骑兵、六万六千名步兵、二万六千名火枪手、二百门重炮、二万二千名工兵、六千名轻骑军，全部分作若干小队，每队均配有作战必需的管理财政、粮秣、修马蹄、供应武器等人员。军队全都训练有素、配备精良、部署分明、纪律严整、动作迅速、冲锋勇猛、行动机智，其搭配之完善，与其说是一支军队或警宪，还不如说是一架和谐协调的风琴或是一只节奏均匀的钟表。

杜克狄庸回去以后，晋见毕克罗寿，把他所做的、所看到的从头到尾详尽地做了汇报。最后，极力劝说毕克罗寿跟高朗古杰讲和，并且说他认为高朗古杰是全世界最善良的人，是一向给他们好处的邻邦，现在对人家进行侵扰，实在是没有什么好处，也没有道理。况且最主要的是，这次出兵的后果只会让他们受到巨大的损失与不幸，因为毕克罗寿的武力不过如此，高朗古杰是能够取得胜利的。

杜克狄庸的话还没有讲完，哈斯提沃就高声地大喊大叫起来："一个国王的大臣，倘若都像我眼前的杜克狄庸这样容易变节，那真是太不幸了。我看得出来，他的心已经变了，假若敌人愿意留他，他一定会情愿附敌来反抗我们、出卖我们的。就像一个人若道德高尚，任何人，无论是朋友还是敌人，都会称赞和尊重他；一个人若卑鄙无耻，也会很快就被人识破、受到怀疑。再说，敌人即使为了自己的利益，一时地利用他们，但对这些坏人和奸细还是感到讨厌的。"

杜克狄庸一听到这话，忍不住心头火起，拔出宝剑，一剑刺进哈斯提沃左边胸口偏高一点儿的地方，哈斯提沃顿时气绝身亡。杜克狄庸从他身上拔出宝剑，理直气壮地说："侮辱忠臣的，就是如此的下场！"

毕克罗寿勃然大怒，又看到杜克狄庸的宝剑和剑鞘光彩夺目，说道："人家给你这件武器就是让你当着我的面无耻地杀死我的好友哈斯提沃吗？"

他立即下令弓箭手把杜克狄庸碎尸万段，命令立即执行，一时间屋内溅得到处都是血，惨不忍睹。随后，他命人隆重盛大地埋葬了哈斯提沃的尸体，而杜克狄庸的尸首却被从城墙上扔进了山谷中。

这个骇人听闻的消息在全军中传遍，不少人开始对毕克罗寿有了怨言。最后格里波比诺向毕克罗寿说道："大王，我看不出来此次出征的结果将会是怎样的。但我已看到你的部下不再那样坚定了。他们看到我们在这里的供给不足，未经两三次出击，人数就已经缩减了很多。而相反的，我们的敌人却得到了大量增援。倘若我们一旦被围攻，我看不出来怎么才能不会全军覆灭。"

"呸！呸！"毕克罗寿叫喊起来，"你真像墨伦的鳗鱼，还没有剥皮就叫起来了。就让他们来试试看吧。"

第四十八章　高康大如何在拉·娄氏·克莱茂奇袭毕克罗寿并大败其军队

高康大负责统率大军。他父亲留在城里,用好言好语鼓励士兵,并承诺重重犒赏作战有功的人。高康大率领着大军来到旺代口,利用船只以及临时架好的桥梁,一鼓作气渡过了大河。随后,他观看城寨地势,见到该城的确是居高临下,深得地利,于是就决定待到夜里再开始行动。但冀姆纳斯特说道:

"殿下,法国人的天性就是这样,就是头一冲最厉害,比魔鬼还凶,但一停下来,那就连女人都比不上了。我建议等部队稍事休息,吃过饭后,就立即下令进攻。"

高康大认为此计甚妙,随即把大军调至野外,把后备军安置在山坡那边。修士率领步兵六个小队,骑兵两百名,用急行军速度,穿过沼泽地带,爬上普邑高坡,直至鲁敦大道。

此时,攻击战已经开始展开。毕克罗寿的军队弄不清是出来迎战好,还是守在城里不动好。但毕克罗寿却怒气冲天地带领一队骑兵冲了出来,因此立刻就遇到从山坡那边像雹子一般打来的炮弹。高康大的人为让炮弹发挥出更大的威力已经自动撤到了山谷盆地。

城寨上的人虽然竭力反击,但他们的炮弹都从对方的头上打过去,什么也没有打到。有一部分敌兵,躲过高康大的大炮,恶狠狠地朝这边冲过来,但是也收效不大,因为这里的人严阵以待,把他们全都打倒在地。敌人见到此形势,准备后退,但修士已巧妙地切断了他们的去路,因此敌人只能乱哄哄地各自逃命。有人想要追赶,却被修士拦住,他害怕因追击逃兵,而乱了自己的阵脚,反而让城里的人袭击了自己。这队人马等了一会儿,修士见没有人照面,就打发弗隆提斯特公爵去报告高康大,请他进军占领左边山头,阻止毕克罗寿由此路逃跑。高康大马上就开始部署,派遣赛巴斯特率领的四队人马前去,但这支人马还没有到达山顶,就面对面地跟毕克罗寿以及跟他一起逃跑的军队遇上了。于是他们立刻发起了猛烈的进攻,但由于城上弓箭与炮火齐发,他们受到很大的损失。高康大见此情形,赶紧率大军前来增援,同时命炮兵对城上这一部分猛力攻打,把城内敌人的全部兵力都引到这边儿来。

修士看到他所攻打的一面守卫的士兵明显减少,就大着胆子冲向炮台,带着一部分士兵爬上城去,心里想奇兵袭击肯定比正面硬拼更能使敌人惊慌恐惧。但是在他带的士兵全部爬上城墙之前——除了两百名骑兵,他让他们留在城外,以防万一——他依旧保持镇静，不声张。接着，他和带领的士兵突然齐声高呼，守城门的敌兵还没有来得及抵抗就全都被杀光了。他们打开城门，让骑兵进城，然后浩浩荡荡地直奔东门。这时东门打得正热闹，他们从后面杀过来，把敌人杀得人仰马翻。城内敌人看到四面被围，高康大的人马又已经打到城内，就向修士无条件投降了。修士让他们交出全部枪械武器，然后派人把他们关到教堂里，收去所有十字架的木棍子，并在门口安置岗哨，不许他们出来。之后，他才打开东门，出去接应高康大。

毕克罗寿还以为城里来的部队是增援他的呢，于是勇气备增，冒险冲击，一直到他听到高康大大喊："约翰修士，我的朋友，约翰修士，你来得正好。"毕克罗寿和部下这才看出大势已去，只好四散逃命。高康大带领人马，一路追杀，一直追到沃高德雷附近，才吹响收兵号角。

第四十九章　毕克罗寿如何败走遇祸；高康大处理战后事宜

毕克罗寿懊丧之余，向布沙尔岛方面逃命。走在里维埃路上，他的马一个趔趄，躺在地上起不来，毕克罗寿怒不可遏，拔出宝剑，一剑结束了马的性命。后来又找不到供他骑的马，就想把路旁磨坊里的一头驴骑走，不想又被磨坊里的人狠狠地揍了一顿，还被扒光了衣服，只给他一件破烂的外套让他遮体。

这个性如烈火的倒霉鬼只好滚蛋。后来，在于欧港口渡河的时候，他述说他不幸的遭遇，一个老巫婆对他说，要恢复他的王国，除非是太阳从西出来。从此以后，就没有人知道毕克罗寿流落到哪儿去了。不过，有人告诉我，他现在在里昂穷凑合，还跟以前一样爱发脾气，只是见人就哭诉怎么太阳还不从西边升起。他一定是期盼着老太婆的预言实现，好恢复他的王国。

高康大收兵之后，先清点人马，发觉战争中死亡的人并不多，只有窦尔美队长的队中有几名步兵阵亡，包诺克拉特隔着上衣吃了一火枪。当时就命令兵士各归本队，休息吃饭，并吩咐负责军需人员，饭食全由军中自己负担，不许惊扰地方，地方也是属于自己的。饭后，全体在府堡前广场上集合，发给每个人六个月的饷银。一切都按照他的命令办理妥当。然后，又把毕克罗寿残余的队伍聚集到广场上来，当着毕克罗寿的亲王和带兵的武官的面，高康大训话如下：

第五十章　高康大对战败将士训话

“就记忆所及，我们上代祖先，在结束战争之后，一向觉得，也认为，作为凯旋胜利的标志，与其在攻克的土地上建筑纪念碑碣，还不如把善良的品德树立在战败者的心里。因为，他们认为，用恩德取得人心里活的怀念，远比那些在牌楼碑塔上白白受日晒雨淋和人们嫉妒得哑口无言的颂文更重要。”

“你们一定还记得，在圣奥班·杜·柯米埃①的战役里，他们对待布列塔尼人如何宽大，以及巴尔特奈是怎样拆毁的。你们肯定听说过，他们对待抢劫、蹂躏、骚扰奥隆纳及塔尔蒙台海岸的斯巴纽拉的强人是何等优待的。你们听说之后也一定会很佩服的。”

“加拿利王阿发巴尔不满足自己的财产，疯狂地侵占奥尼斯国土，抢掠、阿尔摩里克群岛以及附近地区之后，天地之间曾经充满你们和你们上辈人的称赞声和感激声。这是由于经过一场激烈的海战，他被我父亲——愿天主保佑他护卫他——打败了，被擒住了。可是，怎么样呢？倘若换了别的国王、皇帝，连那些自称是宗教信徒的国君都算在其中，也同样会对他进行苛刻的虐待，把他打入苦牢、高价勒赎。可是我父亲对他却是理待有加，和善地让他住在自己宫殿里，宽大得让人难以相信，发给通行证让他回家，还送他很多礼物，恩宠有加，向他表示诚恳的友谊。结果怎样呢？他回到自己国家之后，召集了全体亲王和国内的各个部落，向他们讲述他在我们这里受到的人道待遇，请他们也做一件能给全世界作为榜样的事情，那就是向我们表示真挚诚恳，就跟我们向他表示的真挚诚恳一样。他们全体一致同意，颁发命令，把全国土地、属地、领土，一块儿献出，任由我们处置。阿发巴尔亲自率领九千零三十八条巨型运输船只，不但装来了他自己和皇族的财宝，而且几乎把全国所有的财富都装来了。因为，当他上船趁偏西的东北风开航时，人群中每一个人都争着往船上抛自己的金子、银子、戒指、首饰、杂货、药材、香料、鹦鹉、塘鹅、猿猴、香猫、灵猫、箭猪，等等。谁要不往船上抛自己最稀奇珍贵的东西，谁就不是好娘养的。阿发巴尔一下船，就要吻我父亲的双足，我父亲认为不敢当，没有让他这样做，却让他亲切地拥抱了。他献出礼物，但没有被接受，因为太过分了。他和他的子女自请为奴，当然也没有得到同意，因为这太有失公允了。至于根据全国心意献出的国土、属地，以及转让文书（所有应当签字、盖印、批准的人也都做好了手续），更是

① 圣奥班·杜·柯米埃：指1488年7月28日查理八世大败布列塔尼大公之战。

遭到果断的拒绝,连证件都一块儿扔在火里烧掉了。最后,我父亲看到加拿利人这样诚恳和单纯,止不住怜悯得心里难过,恸哭了一大场。后来,用坦率的言语,恳切的言辞,有意地缩小自己对他们的好处,说他对他们做得实在不值一个纽扣钱,倘若有一点儿好处,那也是他分内之事。但是,他越是这样讲,阿发巴尔越认为担当不起了。后来,如何结束呢?作为他的赎身费用,我们本来可以提得很高,狠狠地要他两百万金币,扣留他的长子长孙当作人质,现在我们什么都不要,因为他们自愿长期做我们的朝贡藩属,每年供奉给我们两百万三十的金币。第一年立即在这里付清,第二年自动又付了二百三十万金币,第三年付了二百六十万,第四年付了三百万,这样一直自动地往上加,最后我们不得不阻止他们,不要再送任何东西了。这才叫知恩报德。因为时间这个东西,会腐蚀、消磨一切事物,唯有恩德,时间越是长久,它的力量就会越大。慷慨地对一个有理智的人做一件好事,这件好事会在他光明磊落的思想与记忆中不断地发扬光大。"

"我不愿意改变我祖先的传统——善良精神。现在我赦免你们,释放你们,让你们跟以前一样完全的自由。另外,你们出城的时候,再发给你们每人三个月的饷银,使你们能够和家人团聚。我这里派马厩总管亚历山大带领六百名骑兵、八千名步兵,护送你们回去,不允许乡下人欺侮你们。愿天主与你们同在!"

"我由衷地感到遗憾的是毕克罗寿不在这里,不然的话我要叫他明白这次战争并不是我愿意的,我也不希望扩展我的财富与声誉。但是,既然他已经不见了,也没有人知道他跑到哪里或是怎么不见的,那我只好把他的王国完整地交给他的儿子,但因为他儿子还太小(还不满五岁),他国内的老亲王和有学问的人应该抚养教导他。"

"一个如此不幸的国家,要是没有人约束一下行政人员的贪婪和吝啬,也是容易灭亡的。现在我命令并且愿意让包诺克拉特做这些大臣的总监,他有权力管理此事,并勤勉地教育太子,直到他认为太子有能力治理自己的国家的时候为止。"

"我还想到,对于坏人,倘若急于随便宽赦,轻易释放,就会使他们妄信宽大,给他们一个重做坏事的机会。"

"我想到摩西,他总算得上是当时世界上最善良的人吧,但是不也严厉地惩罚过以色列人里面的反叛和作乱的人?"

"再想到茹留斯·恺撒,那么善良的一位皇帝,西赛罗谈到他的时候说,他的所谓的财富就是因为他能够使用财富,他的所谓的品德,就是因为他常常在想拯救和宽赦每一个人。然而,尽管如此,有的时候他还是严酷地惩罚叛乱的罪魁祸首。"

"由于以上的例子,我要你们在动身之前交出:第一,那个自以为很了不起的马尔开,他那无聊的狂妄,正是这次战争首要的根源所在;第二,他那些卖烧饼的伙伴,他们疏忽大意,没有及时劝阻头脑发昏的马尔开;最后还有,毕克罗寿全部的参谋、将军、官佐、仆役,因为他们的鼓动、称赞和策划,才使得毕克罗寿跑出自己的国境来侵扰我们。”

第五十一章　高康大将士战后如何受赏

高康大训话之后,他要的几个罪犯都被交了出来,除了斯巴达三、迈尔达伊和摩奴阿伊,这三个人在作战之前六小时就开了小差。一个一口气逃到了莱尼埃山口,另一个逃到维尔谷,还有一个逃到了罗格莱诺,一路上头都不回,气也不喘。还有两个卖烧饼的,在战争中很早就死掉了。至于交出的罪犯,高康大也不让他们受其他的罪,只是让他们在他新设立的印刷厂里操作印刷机器。

战争中死掉的,高康大吩咐隆重地把他们葬在胡桃林山谷和布吕勒维埃邑坟地里;受伤的,高康大让他们到他的大医院里去包扎治疗。然后,调查城内和居民所受的损失,按照他们宣誓申报的,全部都给以赔偿。另外,又重新造起一座坚固的堡垒,派兵把守,以防将来万一再有叛乱时,更易于防范。

临动身时,高康大向所有参加此次战争的将士们表示深切谢意,遣他们返回之前驻扎的地方去过冬,只留下第十队的少数人。在战争中高康大曾亲眼看到他们立功,此外还有各队的队长,一块儿由高康大率领着去见高朗古杰。

老人看到他们回来,喜不自胜,无法形容。立刻下令准备自亚哈随鲁王以来最盛大、最丰富的宴席款待他们。宴席之后,又把他柜橱中的摆设全部都拿出来分赠各人,仅仅金器的重量就有八十万零十四金衡盎司,有巨型古瓶、大罐、大盆、大碗、杯、壶、烛台、瓮、篓形瓶子、花篮、果盘,等等,还有别的器具,都是纯金的,上面还精工镶嵌着宝石和珐琅,不论由谁来估价,都会说这些饰件的艺术价值比金料本身还要贵重。此外,他又打开金库,每人发给现金一百二十万金币,还根据他们的便利,把邻近他们的碉堡、土地、分给他们,归他们永久享用(死后无继承人者除外),把拉·娄氏·克莱茂赠予包诺克拉特,把古德莱赠予冀姆纳斯特,把蒙庞西埃赠予爱德蒙,把利沃赠予窦尔美,把蒙索洛赠予伊提保尔,把康德赠予阿卡玛斯,把瓦莱纳赠予基罗纳克特,把洛提沃赠予赛巴斯特,把甘格奈赠予亚历山大,把里格雷赠予索弗洛纳,还把其他地方也都一样分赠予了有功的人。

第五十二章　高康大如何为约翰修士建造特来美修道院

最后只剩下约翰修士还没有赏赐,高康大打算让他做塞邑的院长,但是他拒绝了。高康大想给他布尔格邑修道院或者圣弗洛朗修道院,任他选择,或者,要是他愿意的话,两个一块儿都给他。但是修士直截了当地回答说,他不想负责,也不愿意管理修士。他说道:

"我连自己都管理不好,怎么会管理别人?倘若你觉得我为你出过一点点力,将来可能还会有效劳之处,那就请你按照我的计划建立一所修道院吧。"

高康大愉快地答应了他的请求,把罗亚尔河这边,离于欧港口大森林两法里路远的整个特来美地区送给他。他还请求高康大允许他创建与其他所有会别完全不同的教派。

高康大说道:"头一件事,千万不要砌围墙,因为其他的修道院没有不门禁森严的。"

修士说:"对,正是为了这个原因,只要是前后有墙的地方,就会生出闲话、嫉妒和相互间的明争暗斗。"

"更有甚于此者,世上还有一些修道院,碰到有妇女到修道院去(我说的是正经和规矩的妇女),就要把她们所到之处,洗刷一遍。我们却规定,倘若有男教士或女教士偶尔到我们修院里来,他们走过的沟里缝道,都得细致地洗刷干净。又因为世上的修道院,所有工作都按照钟点加以规定、限制和支配,而我们却规定,修院里全都不要时钟和日规一类的东西,所有的工作都按照能力和需求来分配。"高康大说,"据我所知道的,最耽误时间的,莫过于计算时间——这有什么好处呢?——世上最荒谬的,莫过于只让钟声来管制自己,不听从正确的理性和智慧。"

"同样,当时送进教会里的女人,不外乎是一些独眼、瘸腿、驼背、丑怪、残废、癫狂、痴傻、魔道、四肢不全;男的呢,也都是些病夫、先天不全、痴呆、在家中是个累赘的。"

修士说道:"顺便提一句,一个品德也没有什么好的、外表也不美丽的女人,她有什么用呢?"

"送进教会。"高康大说。

修士说:"对,或者去做内衣。"新修院里将规定,大体不是容貌秀丽、体质健全、性情正常的,全都不要;男的,也只要五官端正、身体健全、性情温良的。

同样,一般女修道院中,男人除了偷偷摸摸就没法进去;新修院将规定有男人的地方,必须要有女人,有女人的地方,必须要有男人。

又因为,不论是男还是女,一旦出家修道,经过一年的试修期限,就不得不终身当教士;新修院规定,不论是男是女,入院以后,只要自己愿意,随时能够出去,完全自由,毫不勉强。

还有,一般修士须发三愿,即:贞洁不淫,贫穷自安和遵守教规;新修院里,规定能够光明正大地结婚,能够自由地发财,能够有自己的生活方式。

至于入院年龄,规定女的从十岁到十五岁,男的从十二岁到十八岁。

第五十三章　特来美修道院是如何建造和得到捐助的

作为修院的建筑费及装备费,高康大下令拨付现款二百七十万零八百三十一块“大羊毛金币”,还下令每年从堤沃河收入项下拨出一百六十六万九千“太阳币”和同样数目的“昴星币”,直到全部工程完成为止。作为修院基金以及常年经费,从田地收入项下捐赠二百三十六万九千五百一十四块“玫瑰金币”,保证每年按时付清,不扣任何开销,钱款送到修院门口,并写好字据。

修院的建筑是六角形的,每一角上造一高大圆塔,直径是六十步,塔的样式和大小完全相同,罗亚尔河流过建筑的北面。沿河的一座塔名叫亚尔提斯塔,往东另有一座,即卡拉埃尔塔,再过去就是阿纳多尔塔,再过去是梅藏比纳塔,再之后是爱司培利塔,最后一座是克利埃尔塔。塔与塔之间,各距离三百一十二步。整个大厦共分有六层,包括地下室,它也算一层。第二层是弧形的圆顶,样子像篮子的柄。其他各层都是弗兰德斯的石膏做成灯座式的花顶。屋顶是整齐的石板,屋脊是铅的,上有各种各样镀金的花饰及走兽。导水管在窗户之间,涂成金蓝两种颜色,成对角形地从墙内通出来,直通地下的大水管,由房子底下通到河内。

比起包尼外、尚堡尔和尚提邑来,这座大厦的华丽真是要高出百倍,内部总共有房间九千三百三十二套,每套又分内室、工作室、更衣室、祈祷室,并有门通至一个宽大客厅。每座塔都通中央大厦,塔内有螺旋楼梯,梯阶有云斑石的,有红色努米底亚石的,有碧绿色花斑石的,梯阶的长度是二十二尺,三指厚,每隔十二级有一段梯头可供休息。每段梯头有两个古式的拱门,光线就是从这里来的。从门口走出去,能够进入和楼梯同样宽、装着栏杆的小间。从楼梯上去,能够直达屋顶,那上面的样子像一座亭阁。每一层,从楼梯两边都能够走进一间大厅,再从大厅通向各套房间。

从亚尔提斯塔一直到克利埃尔塔,一路都是高大考究的书架,书籍有希腊文的、拉丁文的、希伯来文的、法文的、多士干文的、西班牙文的，根据语种，分层储藏。

正当中，是一座豪华的大楼梯，门口进门的地方是一座六“特瓦兹”宽的拱门。楼梯是对称式的，宽度可装得下六位骑士腿上挎枪同时并行，一直上到大厦的顶部。

阿纳多尔塔与梅藏比纳塔之间，是华丽高大的画廊，廊内画的都是古代时的英勇故事、历史故事和地图。正中也有一座相同的楼梯，还有一道门，跟我们上面所说的、对着河那一面的一样。这座门上，用古体的大字写着下面的诗句。

第五十四章　特来美大门上的题词

此处不许来：
假冒为善的人，
伪君子，
老滑头，
假正经，
貌似规矩，
低头歪脖冒充老实，
坏东西，
比东哥特人还要蛮横的人，
猴狲的祖先，
欺凌别人的人、哄骗别人的人、弄虚装假的人，
衣冠禽兽，
守清规、伤风败俗、吹牛自夸、挑拨是非之人，
谁会看得起你，到其他的地方去贩卖你们的诡计。
你们的鬼蜮伎俩，散布恶毒，充满我的田庄；
你们的鬼蜮伎俩，招摇撞骗，扰乱我的歌吭。
此处不许来：
贪得无厌的讼棍，律师，帮办，吃人的人，
主教法官，书记长，法利赛人，腐化的审判官，
你们把好百姓，跟狗一样，送进坟墓；
怎么报答你们：绞刑。
只有到那里去驴鸣，这里没有可以起诉的非法事情。

诉讼与争辩,莫到此处烦,
人们来此,是欢乐游玩。
诉讼与争辩,别处去施展,
请到那里,去尽情争辩。
此处不许来:你们这些重利盘剥的守财奴,
诛求无已,饕餮贪小,只知聚敛的歹徒,
贪得无厌,游手好闲,
背都驼了,鼻子也塌了,
腰包的深处上千的"马克"还嫌不足。
面如瘦猴的小鬼,
你们只知掠捞,只知积财,
从无满足,你们不得善终,
马上让你们面如鬼卒。
没有人脸的东西,
滚到别处去,
这样的人,此处没有他们的位置,
滚开吧,没有人脸的家伙。
此处不能来:你们这些无聊客,守门狗,
没早没晚,嫉妒气恼,哀怨不休;
还有你们,反叛同仇,鬼魅、幽灵,替当热把门守,
不论是希腊人、罗马人,可怕胜于豺狼;
你们也不许来:癞疥疮、杨梅已经深入骨头之人,
把你们伤风败俗的恶疮,带到别的地方吧,好好地去消遣吧。
荣誉、赞颂、欢乐,此处特别多,全体和谐;
荣誉、赞颂、欢乐,身体健康,互相为之祝贺。
此处欢迎你们,欢迎你们,所有正直的骑士,此处请进。
这里财力雄厚,诚恳殷勤,供应大大小小数以千计的贵宾。
你们将是我们亲切、热情的友人,
风雅、活泼、快乐、诙谐、可亲,
总之,都是我们真诚的友人。
真诚的友人,爽直,卓荦,绝无中伤仇恨;
真诚的友人,这里才有可能,修身养性。
这里欢迎你们,正确传布福音,尽管有人挑衅怒嗔;
这里有你们的归宿,能够安身,不用害怕他们处心积虑的仇恨,他们想要用虚伪的言辞,毒化世人;

来吧,让我们在这里把信仰安放稳妥,用言语,用书文,揭露圣教的所有敌人。
圣教的言语,在这神圣的园地,永远不会被弃的;
圣教的言语,让男男女女,终身不离不弃。
这里欢迎你们,高尚的夫人,放大胆子,光明正大地请进,
这里广纳贤士,不分贵贱。
请到我们这里来吧,与我们同乐。
噢,英勇的骑士、武士、仕媛、朋友,
一起来吧,创造美好的日子。

第五十五章　特来美修道院的居住情形

内院的正中间,是一个用白玉石砌成的豪华的美丽的水池。水池上有尊希腊三女神的雕像,手中拿着“丰收角”,从乳房里、嘴里、耳朵里、眼睛里,还有身上其他的洞眼里向外喷水。

院子里房屋的底层,是又粗又大的玛瑙石和云斑石柱子,柱子与柱子之间,是古式弧形的拱门,里面是精致的画廊,又长又宽,墙上挂着画,装饰着鹿角、独角兽的角、犀牛角、河马牙、象牙,还有其他可供赏玩的摆设。

亚尔提斯塔与梅藏比纳塔之间是女宿舍,其余部分是男宿舍。为了妇女们方便游戏,在她们宿舍的前面,也就是在上边说的两座塔之间的空地上,开辟了运动场、骑马场、舞台、游泳池,以及装设三种不同温度的精致浴室,一切设备都称得上应有尽有,还有熏过香料的浴水。

沿着河岸,是精美的游乐花园,花园当中有一座幽美的迷宫。在另外两座塔之间,是网球场及足球场。克利埃尔塔那一面是果园,种满了各种果树,按梅花式的图案栽得均匀整齐。果园的尽头,是一座大花园,里面养着各种各样的走兽飞禽。

在第五和第六座塔之间,是练习火枪、弓箭、弩炮的打靶场。爱司培利塔外面,是单层建筑的仆役宿舍;过去就是养马房,马房前面是养鹰室,由专门技术师傅管理,每年由康德人、威尼斯人、萨玛提人供应各种各样的飞禽,包括:老鹰、猎鹫、老雕、大鹏、鹞子、鸷鹰、小鹰、小雕等等猛禽,每只都是品种优良、经过训练的,只要从大楼放到田地里,什么都不会放过。再过去一些,就是猎犬室,猎犬室靠近大花园那一面。

楼内所有厅堂、房间、卧室,都依照一年四季不同的季节,张挂不同的壁毯。地板上铺的全是绿色地毯。床毯都是绣花的。每间卧室都有一面玻璃砖镜子,赤金

镶边,四周镶嵌珍珠,镜子的高大能够照见人的全身。女宿舍客厅的门口,就是美容室和理发室,男客人来拜访的时候,可以在这里理发整容。每天早晨,美容室供应女宿舍玫瑰香水,菊花香水以及天使香水,每个房间里还有一个珍贵的蒸发各种香料的喷香瓶。

第五十六章　特来美的男女修士是如何装束的

在修院建立的初期,妇女们是跟随自己的爱好与选择来穿戴衣服的。后来依据她们自由的意愿,做了以下的改革:

她们穿的袜子是朱红色或者是浅红色的,刚好高过膝盖三指,袜边有美丽的刺绣及花边。腿带和腕带是相同颜色,结在膝盖的上面或下面。鞋、便鞋、拖鞋都是紫红、大红或青莲色丝绒做的,鞋上有虾须似的镂空花边。

内衣外面,穿一件美观、结实、丝毛混织的衬裙。再外面,是一件柔软缎的裙子,颜色有白的、红的、褐色的、灰的,等等。上身穿的是银色软缎短上衣,上面用精美的金线绣着花,还有盘起来的花,不然就依照她们的爱好以及气候的冷暖,穿缎子的、大马士革呢的,或者丝绒的,颜色依照不同的季节有橘黄的、茶褐的、碧绿的、烟灰的、天蓝的、淡黄的、朱红的、紫红的、纯白的,还有金色的呢子、银白的缎子、盘花的和绣花的料子。

连衫裙也依据四季的不同而改变,料子采用银色卷边的金色呢,带金色螺旋花的大红缎子,绸料有纯白、天蓝、原色、茶褐等颜色,另有斜纹绸、丝毛呢、丝绒、银色呢、银色布、金条呢以及不同图案的金线缎。

夏天,她们有几天不穿连衫裙,只穿开领的短衫,绣花和上面说过的相似,或者是摩尔式的无袖短衫,料子是青莲色丝绒、金色卷边、银线盘花,或者是用金线绳穗,边上缀着一排印度的细粒珍珠。头上经常戴着美丽的翎毛,颜色跟衣袖相称,边上还配着金色的坠子。冬天,穿丝绸的连衫裙,颜色跟以上相同,内衬山猫、黑麝、卡拉勃里亚貂、西伯利亚貂,还有一些别的名贵的兽皮。

念珠、指环、链条、项圈等都镶嵌精美的宝石、夜明珠、红宝石、红刚玉、金刚钻、蓝宝石、翡翠、碧玉、石榴红宝石、玛瑙、翠玉、珍珠,以及纯净的巨粒珠子。

头上戴的帽子,也随着气候而改变——冬天是法国式,春天是西班牙式,夏天是多士干式。除了节日和星期日,碰到这样的日子,她们只戴法国式的帽子,因为这种帽子比较好看,更能显示出妇女的贞洁。

男修士的装束也是由自己决定的:下腿穿的袜子是细羊毛或斜纹呢的,颜色有朱红、浅红、纯白或黑色。上腿的裤子是丝绒的，颜色和袜子相同，或者是相近的颜色，上边的绣花以及开缝的样式，都由他们自己决定。上身是金色或者银色呢的，也有丝绒的、缎子的、大马士革呢的、丝绸的，颜色也相同，也一样开缝，绣花和做工都讲究到极点。两边两条带子是丝的，颜色跟上身一样，两头装着镶珐琅的金坠子。外套和大衣，料子有金色呢、金色布、银色呢，或者是用他们喜爱的花丝绒。长袍的料子和妇女穿的连衫裙一样贵重。腰带是丝的，颜色跟上身相同；每人身边还佩戴一把精美的宝剑，金剑把、丝绒剑鞘，颜色和下身穿的裤子一样，鞘头是金的，经过首饰工匠精心的雕刻。短刀也是一样的讲究。帽子是黑丝绒的，上边钉着许多金圈金钮，帽子上有一根纯白羽毛，精巧地坠着金片，金片上缀着红宝石、翡翠等。

男修士与修女之间有着高度的心灵相通的感觉，他们每天都是相同的装束，为了避免错误，有专人负责每天早晨关照男修士，这一天修女们准备穿什么衣服，因为一切都是依照妇女的主张来决定的。

穿这样讲究的衣服，佩戴如此华贵的装饰，你们可不要觉得男女修士把时间全都浪费在这上面了。负责衣饰的人，每天早晨把每天要穿的衣服都准备得齐齐全全。女宿舍管衣饰的，也是非常娴熟，只要一会儿的工夫，修女们就从头到尾都打扮得整整齐齐了。

为了让这些服饰需要时立即就有，他们在特来美树林附近的地方建造了半法里长的一大片房子，阳光充足，设备齐全，里面有银器工匠、玉石工匠、绣花工匠、裁缝工匠、金线工匠、织绒工匠、地毯工匠，还有织呢工匠，等等，各干各的行业，做出来的全是给上边说的男女修士用的。材料与布匹，由诺西克莱图斯老爷经手供应，他每年从帕尔拉斯和卡尼巴勒斯群岛用七条大船运来金条、生丝、珍珠和宝石。碰到首饰上的珠子老了，宝色褪了，能够拿来喂给公鸡吃下去，方法就跟喂给鹰吃泻食丸时一样，泻出来的时候就跟新的一模一样。

第五十七章　特来美修士如何规定生活

修士整个的生活起居，不是按照法规、章程或者条例，而是依照自己的意愿以及自由的主张来过活的。他们乐意什么时候起床，就什么时候起床，其他的，像吃、喝、工作、睡觉，也都是随着他们的意愿。没有人来惊吵他们，也没有人强迫他们吃、喝、或者做其他任何别的事情。这是高康大做的规定。他们的会规，就只有这么一条：

随心所欲，各行其是。

因为自由的人们，由于先天健壮，受到过良好教育，来往交谈的又都是些良朋益友，他们生来就有一种本能跟倾向，推动他们避恶趋善，他们将这种本性称作品德。碰到有卑劣的约束和压迫来强制和束缚他们的时候——因为我们人总是追求禁止的事物、想得到却弄不到手的东西——他们就会把推动他们向善的那种崇高热情转过来、来摆脱和冲破这个桎梏的奴役。

由于有这种自由的精神，于是只要能够讨人喜欢的事，大家就会抢着去做，形成一种值得称道的竞赛。倘若一个修士或修女说："我们喝酒吧！"大家就都去喝酒；倘若一个人说："我们去玩吧！"大家就都一块儿去玩；倘若一个人说："我们到野外去吧！"大家就一块儿去。假使是去放鹰或者打猎，女的就骑上专为妇女乘骑的驯马，后面带了雄伟的良驹，在玲珑地戴着手套的手腕上，每人架着一只鹰，或者一只鹞子，或者是一只雕。男修士携带着别的猛禽。

他们全都受到扎实的教育，不论男女没有一个不能读、写、唱、熟练地演奏乐器，说五六种语言，并运用这些语言作诗写文章。从来没有看到过比特来美修士更英勇、更知礼、马上步下更矫健、更精神、更活泼、更擅长使用武器的骑士。也从没有看到过比特来美修女更纯洁、更可爱、更不让人感到气恼，对所有手工针线、全部女红更能干的妇女了。

因为这个缘故，碰到修院里有人因为父母的要求或其他原因愿意离开修院的时候，他总是把一位拿他当作忠实知己的修女带出去一块儿结婚。他们在修院里曾经有过的忠诚和友谊的生活，婚后只有更好地继续下去，一直到一辈子的最后一天，还是像结婚的第一天一样的好。

我不愿意漏掉告诉你们，后来在修院墙基里找出一大块铜板，上面有文字如下。

第五十八章　谜诗预言

可怜的世人，期待幸福者，
打起精神来，听我把话说。
倘若能够信仰，
凭借着天空的星相，
人类的智慧就能揣度，
未来的事物，
或者，依赖神道仙术，

能够推测未来的气数，
能够知道，能够推断，
遥远的未来的命运和流年，
谁高兴听，我可以告诉一番，
不用等很久，就在这个冬天，
甚至就在我们这个地方，
将会出现一种人，
他们闲来无事，空得腻味，
光天化日，毫不畏惧，
挑唆各个等级的人，派以及别，全都不论。
谁要是相信并听信他们的游说，
虽然将来会招致后患，
他们会让近亲好友发生剧烈的争斗；
大胆的儿子不怕羞愧，加入敌营，
与自己的父亲敌对；
更甚至出身高贵的公卿，也会被臣属围攻，
说什么推崇，讲什么尊敬，秩序、等级，
都成泡影，
他们说三十年风水轮流转，
爬到顶峰，就得回头。
在这一点上，会有多少争论，
来来往往，多少纠纷，
灿烂丰富的历史，
也没有让人如此惊奇。
这时将会有一些英雄出现，
年轻力壮，热血沸腾，
他们热衷于这轰轰烈烈的事业，
少年牺牲，生离死别。
其他的没有剩余，
只有他的英勇，他的声息，他的争斗，
天空中充满了他的声音，
大地遍是他的脚印。
那时，无信无义，
权力并不亚于真理，
因为对于所有的愚蠢和懵懂，

大家都将言听计从，
让最愚昧的笨汉判断是非与否。
哦，这将是多么严重的洪水灾害！
我说是洪水，不是没有缘由，
这样的事，随时都会有，
地上无法摆脱掉，
除非飞也似的汹涌的波涛，
最温和的人，在战斗里也会被冲走，被浸湿，
理应如此，
因为他们的心，只知道战斗，不知道怜悯，
甚至对于无辜的羊群也不放过，
它们的肝肠，它们的筋，
不再是奉祀神灵的祭品，
只是用于平常的凡人。
现在，我让你们思索，
这一切，怎样才能够躲过？
在这样的骚嚷的纷扰中，
圆机器怎样才能够安静下来。
在意它的人，不想失掉它的人，珍惜它的人，
将有幸运，他们会用各种各样的方法奴役它，俘虏它，
到此时，悲惨地败北，
只有找到导致败北的罪魁祸首。
而不幸中的不幸，
是夕阳西下前的光明，
竟然使大地一片黑暗，
盖过蚀晦，黑过夜天，
让它顿时失却自由，
以及上天的光照和庇佑，
唯有余下荒凉悠悠。
但它，在毁灭和破坏的面前，
将会长久的噩噩浑浑，
发生激烈的大地震，
就是埃特纳投在泰坦儿子身上也没有如此剧烈的震荡；
提弗斯力大无穷，
奋力把山推到海里，

伊纳里美火山，也没有如此猛烈地摇撼。
时间短暂，凄凉满目，
变化万千，原已得到地球的人，
也要让最后的坚持者为尊。
这时才是合适的时候，
结束这场持久的争夺；
因为刚刚提到的洪水，
将会让每个人回归；
但是，在分手动身之前，
在天空里，能够清楚地看见，
一道滚热的火焰，
结束了这场洪水和混战。
事过境迁，只剩下被入选的人们庆祝重生，
各种财富，山珍海味，
丰厚的赏赐，也有很多。
战败者两手空空，
论理也是应当如此，
凡事都有一个结果，
各人注定有他的命数。
人人同意，只需看谁能够坚持到底！

读完这块古物上的文字之后，高康大深深地叹了口气，对在场的人说道：

"笃信福音的人不是从现在起才受迫害的啊！不受诱惑，一心向着天主通过他亲爱的儿子为我们指定的目标，不被肉体的爱所分化、所迷惑的人，才是有福的。"

修士说道："你觉得，按照你的理解方法，这篇谜诗是什么意思，指的是什么呢？"

高康大说道："指的是什么？是神的真理将坚持于世，并且流传四方。"

修士说："冲着圣高德朗说话，我的理解却不是这样。文字是预言家迈尔林的笔调。随便你说它有多么高深的寓意跟含义，你以及其他的人，高兴怎么胡思乱想，都随你们的便。反正在我看来，我觉得没有别的什么意思，只是用隐晦的语言描写一场网球比赛罢了。所谓挑唆人的人，就是指组织打球的人，他们平常都是朋友；两场打好以后，打球者出场，换新的人入场。只要有个人报告球是从绳子上边或是下边过去就算数，大家都会相信。洪水是指出的汗；球拍的线绳是用绵羊或山羊的肠子做的；圆机器指的是球。比赛之后，大家在一盆旺火前边休息，更换衬衣，之后入席吃饭，当然打球胜利的人更开心了。好好地大吃一通！"

第二部

渴人国国王庞大固埃传奇
还巨人本来面目谱写英勇功勋
第五元素提炼者弗朗索瓦·拉伯雷遗作

于格·萨莱尔[①]大师致本书作者的十行诗

若因幽默诙谐寓教于乐，
作者妙语惊人赢得喝彩。
你的大作问世天下风行，
足下微言大义一目了然，
书中妙趣横生叶茂根深，
开卷有益令人赞叹不已，
宛如是德谟克里特再世，
尘世万象尽管嬉笑怒骂，
不论成败只要将之以恒，
下界不认光环自在天庭。

天下的庞大固埃主义者万岁！

① 于格·萨莱尔(1504——1553):法国名诗人,《伊利亚特》的法译者。

作者前言

声名远播的豪俊、绅士和一向乐于信善的精英们，想必你们已经看过、读过或听过《超凡的巨人高康大无与伦比的伟大编年史》，并且像虔诚的教徒阅读《圣经》一样，对其喜爱有加，毫无质疑；在你们与名媛淑女百无聊赖时，再没有更好的话题消遣时光，曾多次对书中的奇闻逸事大谈特谈，借以排遣寂寞与无奈，因此，你们也受到了高度赞赏和永恒的祝福。

如果人人都放下手中的劳作，忘记自己从事的职业，把一切都抛诸脑后，排除私心杂念，全神贯注地阅读，这当然是我所希望的。一定不要心不在焉，应把书中的故事牢记在心，如果一旦印刷厂歇业了，或者世上的书籍都遭到销毁，我们依旧能把书中的故事告诉子孙后代，就和宗教的经典代代相传一样。本书蕴含的内容博大精深，不是那些龌龊的狂妄之徒所能想象得出的，他们对书中的插科打诨的理解的偏差，与拉克雷[①]教授对《罗马法》的曲解，简直是如出一辙。

我知道很多高官显爵，他们到野外猎获猛兽或放鹰飞捕野鸭时，要是跟踪不到野兽，或者猎鹰只是一味地在空中追逐彩云而忘了扑向野鸭时，必然会很扫兴。这个时候，他们就会靠谈论高康大无与伦比的英雄事迹来打发百无聊赖的时光。

还有些人（这可不是无稽之谈），忍受牙疼的折磨，不知付了多少冤枉钱给牙医，索性贴上一块膏药并用两块热毛巾夹着这本《高康大的伟大编年史》压在痛处热敷，结果竟然疗效显著，比那些全部药品都更有效。

而那些可怜的花柳病和痛风病患者，我们曾很多次看到他们浑身涂满膏药和各种油脂，脸膛儿油光发亮，像餐柜上白晃晃的小锁；上下牙齿打架，就像教堂的管风琴或钢琴的琴键，在乐师的手指下跳动起来一样。他们口吐白沫，像被猎犬逼进陷阱的野猪似的！他们还能做什么呢？他们唯一的希望便是请人读上几页高康大传奇，然后他们听着。有些接受蒸汽治疗法的患者，在疼痛难忍时，人们便给他们念《高康大传奇》，立竿见影；在洗澡的时候，他们听着这本书的故事，那就像临盆的妇女听到别人给她们念《圣玛格丽特传》一样，全身轻松。如果还感到不够舒服，那他们只能去见魔鬼了。

这本书尽管奇效无比，可能还有一些人认为没什么大不了的。那好吧，如果你们还能找出一本书，不管是何种文字，什么题材，只要也有这般的魔力，相同的功

---

① 拉克雷：多勒法学教授，作者有意讽刺他连《罗马法》也不懂。

效,那么我愿意将我的半"品脱"肠子献出来。没有了,先生们,不会有那样的书的。我这本书是唯一的,是独一无二、举世无双的。即便我被当成异端,在火刑柱上受刑,我依然坚持我的这种说法。要是有人还能找得到其他的,那么他们肯定是江湖术士、宗教狂、谎话大王、邪恶的教唆者。

不可否认,有些高质量的书也有着某些令人惊叹的功效,像是《大酒鬼》、①《魔鬼罗伯尔》②《巨人菲拉布拉斯》③《勇猛无敌的威廉》④《波尔多的于勇》⑤《蒙台维尔》⑥和《玛塔布鲁娜》⑦,不过这些书也仍比我所谈的这本书逊色得多,不能相提并论。有铁铮铮的事实,可以证明《巨人高康大的编年史》的神奇功效,因为这本书在两个月内的销售量比《圣经》九年销售的总数还多。

因为这样,我,一个谦卑的人,你们的仆人,为了给你们更多娱乐,现奉上另一本书,它跟前一本是从同一个金模子印出来的,不过要理性些,更可靠些,功效一样。希望你们不要认为我是犹太人谈法律,自卖自夸(如果这样是大错特错)。因为我有生以来,未曾撒过谎,也从未编造过虚假的东西。我是一只殉道者和殉情者的神圣肉体喂饱的鹈鹕,我只会说出我目睹的。而我所要说的事实,就是我所见的庞大固埃令人敬畏的英雄事迹。我从懂事起到现在都一直在为他效力。经他允许,我才会回到故乡看看我是否还有亲人。

结束这篇前言之前,我在发誓,假如这里掺杂了半点的谎言,就把我的灵魂和肉体、五脏六腑交给魔鬼处置吧。如果你们固执己见,还一味认为我写的故事荒唐可笑,就让圣安东尼的火烧死你们,让你们患羊角风,遭五雷轰顶,让你们腿脚生疮,溃烂、动不得。

你如油煎般痛苦,
浑身疼痛坐针毡,
银针根根刺入肉,
扎遍五脏六腑。

让你们如所多玛和蛾摩拉那样,在硫黄里、大火中、深渊里毁灭,瞬间什么都不剩。

---

① 《大酒鬼》:作者虚构的书名。
② 《魔鬼罗伯尔》:描写11世纪诺曼底大公罗伯尔一世的故事。
③ 《巨人菲拉布拉斯》:12世纪武功诗。
④ 《勇猛无敌的威廉》:描写爱蒙四子的武功诗,威廉为四子之一。
⑤ 《波尔多的于勇》:12世纪武功诗,于勇为作品中英雄。
⑥ 《蒙台维尔》:14世纪风行一时的蒙台维尔游记。
⑦ 《玛塔布鲁娜》:一本骑士小说,玛塔布鲁娜为小说中狠毒的老祖母。

第一章　巨人庞大固埃之原始祖先

现在，反正我们有时间，来向你们追溯一下善良的庞大固埃的原始祖先，这不能算是一点儿没有用处的多此一举，因为我看到所有杰出的史学家都是这样来编写史传的，不仅阿拉伯人、巴巴利人和拉丁人是这样，甚至那些终日不离酒杯的希腊人、异教人也是这样。

所以，你们要记好，在世界的初期（我是说很远很远以前的时代，用古时德卢伊德的算法，要算四十多个四十个夜晚才能都算得清），亚伯被他哥哥该隐杀死不久之后，大地浸染了正义者的鲜血，以至于有一年所有的果实都是特别丰收，特别是山楂，大家都还记得那一年曾被称作大山楂年，因为三个山楂就能够装满一蒲式耳。这一年，正是希腊人的经书中出现朔望日历的那一年：3月必是封斋期，8月半天气就像5月。我好像记得是10月，或者是9月（不要把它记错，因为我要仔细地记清楚），反正是史册上出名的、人称有三个木曜日的那个星期，因为的确有过三个木曜日，那是由于闰年的不规律，太阳像跛了脚似的向左边倾斜了过去，月亮也从自己的轨道上岔出来六千英里多，于是在人称亚普拉纳的天穹里很明显地看到了震动，并且动得如此严重以至于北极星的昴星离开了身边的伙伴向着赤道线走去；麦穗星也离开了室女座走向了天秤座；这些惊人的变化，太玄妙了，太无法理解了，使得那些天文学家简直咬不住，如果咬得住的话，那他们的牙也太长了。

你们就这样想好了，大家都喜爱吃我上面所说的那种山楂，因为长得着实好看，滋味又美。但是结果呢，就像挪亚一样——那位老好人（多亏他为我们种植了葡萄，我们才做得出这种仙露般的、美妙的、宝贵的，只应天上有的、让人愉快的、赛过神仙的、人称为酒的甘露）喝酒喝糊涂了，因为他不知道酒的性能跟力量。那时候的男男女女也像他一样，只顾得快活地吃这又大又好看的果子了。

于是奇怪的变化就发生在他们的身上了。每个人身上都长了一个惊人的肿瘤，只是肿的地方不一样。有的肿在肚子上，肚子大得像一只两千斤的大桶，上面还写着：万能的大肚子，这些都是老好人，乐天派。从这一支派，后来就生下了圣庞萨尔和玛尔狄·格拉。

有的肿在肩膀上，肿得背都驼了，就好像背着一座大山，大家把他们叫作“山堆”，你们在社会上，在不同性别和不同等级的人物里还看得到。从这一支派，后来就生下了小伊索，他的嘉言懿行已有书册记载。

有的肿在那儿的尖头上，肿得出奇的长、大、粗、肥、硬、壮，完全是古代的样式，可以当腰带使用,可以在身上缠绕五六圈。倘若它一旦施展威力,背后再加上风的力量,你们看到了还会以为是长枪手端着好枪去瞄准靶子呢。只可惜这一支派绝种了,女人都是这么说,因为她们不断地抱怨:

“再也没有这样大的了。”

这首歌的后半段,你们都知道。

有的睾丸长大了,大得三个就能够装满一大木桶。从这一支派,传下来洛林的卵泡,它们从来不愿待在裤裆里,总是耷拉到裤管里。

有的腿肿得长了,看到他们,你们真会说是长腿鹤,或者是赤羽鹤,甚至于认为他们是踩了高跷。小孩子用在学校里学来的名词,把他们叫作长腿人。

有的鼻子长大了,活像一座蒸馏器的管子,五颜六色,水泡灿烂,水泡越来越多,红中透紫,就好像喝醉了酒,又像上过一层釉子,满都是小疙瘩,红红的,就好像你们看过的庞祖斯特的会长和昂热的“木脚”医生。在这个支派里,很少人喜欢吃药,但是没有一个不喜爱喝酒的。那佐和奥维德就是从这个支派来的。后人为它们写下了“忘了我的罪过”(其实是“忘了我的鼻子”)。

有的耳朵长大了,大得用一只耳朵就能够做一件上装、一条裤子跟一件外套;另外的一只还能够做一件西班牙式的斗篷。有人说在布尔包奈还有这一支派,所以有“布尔包奈的耳朵”这个说法。

有的长高了身体,巨人就是从这一支派来的,庞大固埃就是这一支派的后代——第一位始祖是沙尔布老特,

沙尔布劳特生了萨拉布劳特[①],

萨拉布劳特生了法里布劳特[②],

法里布劳特生了乌尔塔里[③],他是洪水时代的一个国王,喝汤的本事很厉害,

乌尔塔里生了宁录[④],

南布老特生了阿特拉斯,他曾经用两个肩膀扛住了天,不让它塌下来。

阿特拉斯生了歌利亚[⑤],

歌利亚生了爱力克斯,他是玩盘子玩碗的鼻祖。

力克斯生了提修斯,

提修斯生了阿里翁,

阿里翁生了波里菲莫斯[⑥],

---

① 作者虚构的名字。

② 作者虚构的名字。其他的名字有的来自《圣经》,有的来自神话,有的取自传记。

③ 乌尔塔里:据希伯来文记载,此人为巨人,在洪水泛滥时,因骑在方舟上而的以不死。挪亚曾从窗户送食物给他。

④ 宁录:基督教《圣经》人物,作为英勇的猎手而闻名。

⑤ 歌利亚:基督教《圣经·旧约》的《撒母耳记上》中记载的非利士族巨人,为大卫所杀。

⑥ 波里菲莫斯:独眼巨人。

波里菲莫斯生了卡考斯，

卡考斯生了爱提翁，他由于夏天喝了不洁净的酒，成了头一个长天花的人，贝尔塔琪诺可以证明。

爱提翁生了昂斯拉杜斯[①]，

昂斯拉杜斯生了塞乌斯，

塞乌斯生了提弗斯，

提弗斯生了爱洛依斯，

爱洛依斯生了奥托斯，

奥托斯生了埃该翁，

埃该翁生了布里亚雷乌斯[②]，他有一百只手。

布里亚雷乌斯生了波尔菲里奥，

波尔菲里奥生了阿达玛斯朵尔，

阿达玛斯朵尔生了安泰[③]，

安泰俄斯生了阿伽脱，

阿伽脱生了包路斯，亚历山大大帝曾经和他作过战。

包路斯生了阿朗塔斯，

阿朗塔斯生了伽巴拉，他首创与人干杯。

伽巴拉生了塞贡底叶的歌利亚，

塞贡底叶的歌利亚生奥弗特，他长着一个特别大的鼻子，能够就着桶喝酒，

奥弗特生了阿尔塔凯耶斯，

阿尔塔凯耶斯生了欧罗美东，

欧罗美东生了盖玛高格，他是第一个做尖鞋的人。

盖玛高格生了席西弗斯，

席西弗斯生了泰坦，海格立斯就是泰坦的后裔。

泰坦生爱奈，他是医治手上生湿疹的能手。

爱奈生了菲埃拉勃拉斯，曾被罗兰的战友、法国上议员奥里维所败。

菲埃拉勃拉斯生了摩尔根，他是世界上第一个戴着眼镜掷骰子的人。

摩尔根生了弗拉卡苏斯，麦尔兰·科开在诗里描写过他。

弗拉卡苏斯生了菲拉古斯，

菲拉古斯生了阿波木师，他是第一个发明在火上熏牛舌的人，而在此之前，大家都是腌来吃，跟火腿一样。

---

① 昂斯拉杜斯：百臂巨人，曾与诸神战，后为宙斯所杀，葬于西西里的埃纳火山下。

② 布里亚雷乌斯：百手三巨人之一。

③ 安泰：希神，巨人名，只要身体不离开土地就能百战百胜，后此弱点被海格立斯所识破，把他举在空中掐死。

阿波术师生了包里服拉克斯，
包里服拉克斯生了朗琪斯，
朗琪斯生了该优弗，他的睾丸是杨木的，那根东西是棠球木的。
该优弗生了马市番，
马市番生了布鲁勒菲尔，
布鲁勒菲尔生了安古乐方，
安古乐方生了盖尔豪特，他是发明酒瓶的人。
盖尔豪特生了米尔朗高特，
米尔朗高特生了卡拉弗，
卡拉弗生了法鲁尔丹，
法鲁尔丹生了罗包斯特，
罗包斯特生了科南勃的索尔提勃朗特，
科南勃的索尔提勃朗特生了莫米耶尔的布鲁尚，
莫米耶尔的布鲁尚生了布鲁埃尔，他曾被法国上议员“丹麦人奥日埃”所击败。
布鲁埃尔生了马勃兰，
马勃兰生了弗塔斯农，
弗塔斯农生了阿克乐巴克，
阿克乐巴克生了维德格兰，
维德格兰生了高朗古杰，
高朗古杰生了高康大，
高康大生下尊贵的庞大固埃，我的主人翁。

我知道你们读到这一段的时候，肯定会有一个很合理的疑问，你们要问在洪水时代，除了挪亚和七个和他一起躲在方舟里的人之外，其余的人全部死了，而前面所说的乌尔塔里并不在他们之内，这怎么可能呢？不可否认，这个质疑很有道理，也很清楚。但是我的回答会让你们满意，否则的话就是我神志不清。由于那时候我不在那里，所以我不能随便地对你们乱说，我把“马索莱特”的权威言论引证讲给你们，他们是《希伯来圣经》正确的注释人，他们也认为所说的乌尔塔里当时的确不在挪亚的方舟里。这是由于他的身材太大，不能进去；不过，他是骑在上边的，这边一条腿，那边一条腿，好像小孩子骑木马，又好像伯尔尼的那个“大公牛号手”[①]骑在一门射击石弹的大炮上（没错儿，确确实实是一头肥美的牲口）。就这样，除了天主之外，要算他是搭救方舟遭难的人了；由于是他用腿让方舟走动，用脚让方舟走向他要去的方向，就好像运用船上的舵一样。方舟里的人，为了报答他为

① 指1515年马利尼昂之战役，法国人战败了瑞士人，一个非常肥胖的伯尼尔人是个吹号角的，他带领七八个战友破坏了敌人两三门大炮。

他们做的好事,从一个烟囱里给他送上来足够量的食物。有时候大家还闲谈一会儿,好像鲁西安说的伊卡洛美尼波斯跟朱庇特一样。这一切,你们都听懂了没有?那么,请你们先干一杯,不要掺水。因为,倘若你们不相信,“我也不相信,因为她已经说过了”①。

第二章　巨人庞大固埃的出世

高康大在他四百八十再加四十四岁的那一年,他的妻子,乌托邦亚马乌罗提国王的公主巴德贝克,生下了他的儿子庞大固埃。巴德贝克因此丧命,原因是孩子长得惊人的肥大,倘若不把他母亲憋死,就没有办法生下来。但是,为了充分说明他受洗时取这个名字的原因以及意义,你们别忘了那一年刚好赶上整个的阿非利加地方非常的干旱,有三十六个月又三个星期零四天、再加上十三个钟头还要多一点儿,没有下过雨,太阳热得像蒸笼,整个大地都干透了,就是艾里亚②的时代也没有如此的热过,因为地上已经没有一棵树以及叶子和花了。草都干了,河也枯了,水泉都干涸枯竭了;不幸的鱼类无水可游,干得在地上乱蹦乱跳;天空里由于没有水分,鸟都自己摔下来;狼、狐狸、鹿、野猪、斑鹿、野兔、家兔、鼬鼠、黄鼠狼、獾,等等,以及其他的禽兽都张口伸舌地死在田地里。至于人呢,那就更可怜了。你们会看到他们一个个的伸着舌头,像跑过六小时的猎犬一模一样。不少人跳到井里,有的趴在牛肚子底下那块阴凉里,荷马曾把他们称作“干枯的人”。整个大地跟抛了锚似的静止不动。看到人类为应对可怕的干渴所做的事,那真是悲惨极了。因为,仅仅保护教堂里的圣水,不让它干掉,就已经够瞧的了。教堂里公布了红衣教主会同教皇合下的命令,就是:不论是谁,圣水只允许蘸一下。于是一个人走进教堂,你就会看到二十来个渴得要死的人跟在后面,张着嘴,等待那个蘸圣水的人也分给他们一小滴,跟那个作恶的财主一样,一点儿都不要漏掉。真是的,这一年谁要是有一个凉爽而储藏丰富的酒窖,该是多么幸福呀!哲学家在谈到海水为什么是咸的这个问题时,曾经说过福勃斯把他那辆光明之车交给他儿子法爱通驾驶的时候,法爱通不擅长驾车的技术,不会在太阳的轨道上沿着分开二至线的黄道线行走,以至于走错了路,贴近了地球,把车子底下所有的地区全都烤干了,连天上的一大部分也烧着了,那就是哲学家叫作牛奶路③,酒徒叫作雅各路,几个最高明的诗人说成是

① 这是一首民歌叠词,作者随便引用的。

② 艾里亚:希伯来先知,约生于公元前900年,曾预言国内将大旱三年,后来事实被他言中。

③ 牛奶路即银河。

朱诺给海格立斯吃奶的时候奶水落下来的地方。那时大地热得严重,出了许多汗,汗水成了大海,因为汗都是咸的,所以海水是咸的。倘若你们尝一尝自己的汗,或者是患有梅毒的人出的汗——随便哪一种都行——你们就会说是真的了。

这一年就几乎是这样的情形。那一天是星期五,大家正在虔诚祈祷,巡行祝颂,念着大量的祷文,做了动听的讲经,祈求全能者天主用他那慈悲的眼睛俯视一下他们的灾难,他们哀求得如此恳切,眼看着大滴大滴的水从地下冒出来,与一个人大量出汗的时候完全一样。不幸的人们就好像遇到什么好事似的开始高兴起来,有的说,天空里本来一滴水分都没有,因为大家渴望雨,现在地球弥补了这个缺陷;另外一些有学问的人说,这是一种"倒下雨",好像塞内加[1]在他的《自然问题》第四卷里谈到尼罗河起源时所说的那样。但是,这些人全都想错了,因为巡行祈祷之后,当每个人都想收一些这种露水,并用碗大喝一阵的时候,却发现水是咸的,比海水还要咸,还更要难喝。

因为庞大固埃恰巧是在这一天出世的,所以他父亲就给他起了这个名字"庞大"。按照希腊文的意思,是"一切";"固埃"按照阿嘎莱纳文的解释,是"干渴"。他的意思是说庞大固埃出世的时候,全世界都在干渴,他在头脑里已经预想到有一天庞大固埃将要做渴人国的国王,此外,这时还有一个更明显的预兆显示给他,那就是当他母亲巴德贝克生他的时候,接生的妇女们都在那里等待接生,这时从巴德贝克肚子里先走出六十八个赶骡子的,每人用缰绳牵着一匹骡子,骡子上驮的都是盐,他们出来之后,又走出来九只单峰骆驼,驮着火腿和熏牛舌,七只双峰骆驼,驮着咸鳗鱼,后来又有二十五车韭菜、大蒜、葱、陈葱;这可把那些接生婆吓坏了,她们当中有几个说道:"好一份丰富的食物。我们喝酒一直都只是偷偷摸摸,从没有痛快地喝过。这一来可好了,因为都是刺激下酒的东西。"

接生婆这些闲话还没有住口,庞大固埃就生出来了,像一只熊似的全身都是毛,有一个接生婆以预言的口吻说道:

"他生时带毛,将做大事,成人之后,一定长寿。[2]"

第三章 高康大的丧妻之痛

庞大固埃出世之后,感到惊奇而又不知所措的是谁呢?是他父亲高康大。因

---

① 塞内加(前4—前65):古罗马政治家、哲学家、剧作家。

② 民歌中词。

为一方面,他看到妻子巴德贝克的死亡;另一方面,又看到体面而又肥大的儿子庞大固埃的出世,他简直不知道该说什么好,该干什么好了。犹豫不决的心情让他感到十分困惑,他不知道应该为死去的妻子去痛哭呢,还是为出生的儿子而欢笑。其实哭也好、笑也罢,他都有充分的理由憋得喘不过气来,按照人们那套诡辩理论去做,他都是如此。但是,他还是不知道该怎么办好,因此,他急得像一只被捉住的小老鼠,又像一只被绳索拴住的鸢鸟。

他说道:"我去哭吗?对,应该是哭,为什么呢?因为我善良的妻子死了,她是世界上最这个又最那个的女人。我再也见不到她了,永远也找不到像她那样的人了,这对我是一个无法估计的损失!天哪!我对你做了什么事,你要这样来惩罚我啊?为什么不让我先死呢?因为没有了她,活着也只是受罪。啊!巴德贝克呀,我的小乖,我的亲亲,我的小……(实际上她的那个并不小,足有三英亩大),我的甜蜜的小亲亲,我的裤裆、我的破鞋、我的拖鞋,我再也见不到你了!啊!苦命的庞大固埃啊,你失去了你的好母亲、你善良的妈妈、你慈爱的亲娘了!啊!害人的死亡,你对我真狠毒啊,真欺负我啊,你把我应当长生不老的人抢走了!"

他一面说,一面号啕大哭,号哭得像头奶牛。但是他脑子里一想到庞大固埃,又禁不住像小牛犊似的笑起来。"呵!我的小儿子,"他说道,"我的小家伙、我的小脚丫,你真好看啊!天主给了我一个如此体面、如此快活、如此可爱、如此漂亮的儿子,我是多么感激他啊!哈,哈,哈,哈!我多么快活啊!我们来喝酒吧,喝!撇开所有的烦恼!拿最好的酒来,洗好杯子,铺好台布,把狗赶走,把火吹旺,点上蜡烛,关好门户,撕碎面包冲汤,穷人们要什么就给他们,打发他们走!替我拿住长袍,让我穿好上装,先好好款待一下这几位接生的太太。"

他的话还没有说完,就听到教士祈祷诵经的声音,他们是来埋葬他的妻子的。他停住了正在说的话,一下又想到另外的地方去了,他说道:"天主啊,我还需要悲伤难过吗?我的确气恼,因为我不是一个年轻人了,我老了,天有不测风云,我很可能得上什么寒热病。你看,我已经快要疯了。贵族不说瞎话,最好还是少哭而多喝一点儿。我的妻子已经死了,那么,苍天,我哭也哭不活她啊!她现在倒是好了,最起码是在天堂上,倘若不比天堂更好的话。她为我们祈祷,她现在很幸福,不必再担心世上的苦痛和灾难。天主虽然使我们不能再看到她,活着的人他还是要保佑的!慢慢地我会考虑考虑再找一个的。"

"再派你们做一件事,"他向接生的女人们说道,(她们到哪儿去了呢?这些善良的太太,我怎么看不到她们?)"你们去参加她的葬礼吧,我在这儿抱抱我的儿子,因为我感觉不舒服,很可能会病倒①。你们先喝些酒再去,因为这只有好处,你们相信吧,我用人格担保。"

---

① 作者强调当时国王是不参加葬礼的,连他们亲近眷属的葬礼也不参加。

她们遵从了他的话，去参加葬礼了，只剩下可怜的高康大留在宫中。

他用这段时间编写了一篇碑文打算去刻，碑文如下：

尊贵的巴德贝克，由于分娩而死，
这件事好生惊奇！
面貌像琴柄上的肖像，
瑞士人的肚子，
西班牙人的身体。
请你们代为恳求天主，
赐她庇护，对她宽宥，
她从没有违反过上天的旨意。
一生无瑕，这里永眠着她的尸体，
于去世的年月日不幸死去。

第四章 庞大固埃的童年

我从古代的传记家及诗人的作品里看见很多人出世时都很离奇，说起来话太长，要是有工夫，请你们读一下普林尼作品的第七卷就知道了。但是，你们从来都没有听说过像庞大固埃如此离奇的了，因为在短短的时间中，他的身材和气力能长得竟如此之快，的确令人难以相信。从前海格立斯在摇篮里曾掐死过两条蛇，但是和庞大固埃比起来真是微乎其微，因为所说的蛇是又小而又细。但是庞大固埃在摇篮里的时候，却干了件更惊人的事。我这里暂且不谈他每顿饭怎样的喝下四千六百头奶牛的奶，怎样给他造一只煮饭的锅，就调动了昂如省索米尔的锅匠、诺曼底省维勒第额的锅匠以及洛林省勃拉蒙的锅匠；用这只锅把饭煮好之后，放在一个大槽里，这个槽到现在还保存在布尔日城的法院旁边；当时他的牙齿已经长了不少，并且非常的结实，他把那个槽咬下来一大块，好像还感觉着很不错。

有一天清晨，人们正准备给他吃一头奶牛的奶（历史上从没有人告诉我们他用其他的方法吃过奶），他把摇篮上绑着他一只胳膊的绳子挣断，从牛的腿弯下面抓住了那头牛，吃掉了它两只奶、半个肚子，以及肝和肾，倘若不是那头牛像被狼拖住腿似的拼命号叫，他真会把它整个儿都吞下去。听到牛的声音，大家才跑过来从他手中把那头牛拉开。可是，不管怎么拉，也没有把他还拿在手里的一条牛腿拉出来，他像吃香肠似的吃得十分得意。别人想把骨头给他拿开，他一下就全吞了下去,像鸬鹚对付小鱼那样连皮带骨一块儿吃。吃完之后,嘴里连说:“好!好!好!”因为他说话还说不全,他的意思是让人知道他吃得很称心,今后就这样做好了。看见他这样,侍候他的人赶紧用粗缆绳将他捆起来,就像在丹镇捆运往里昂的盐包那种绳子,又像停泊在诺曼底惠恩港的弗朗索瓦兹号船上的缆绳。

还有一次,他父亲养的一只大熊跑出来舔庞大固埃的脸(因为保姆们没有给他擦干净嘴唇),庞大固埃一下挣开了上边说的缚他的绳子,跟大力士参孙在非利士人那里挣断绳索一样简单,接着就把那个“熊先生”抓过来,就像撕只小鸡似的撕得粉碎,当场就趁热当饭吃了下去。经过这件事以后,高康大怕他再闯别的祸,就让人铸了四条很粗的铁链子把他捆起来,又在摇篮旁边用架子把摇篮支稳。那四条铁链子现在有一条在拉·洛舍尔,晚上在港口两边的两座高塔中间拉起来的铁链子就是它;有一条在里昂;还有一条在昂热;第四条让魔鬼拿去捆路西非尔去了,因为那一天路西非尔早饭时把一个军曹的灵魂当炒肉吃了下去,肚里疼得厉害,把他的链子都挣断了。所以,你们可以相信尼古拉·德·里拉①谈论《诗篇》的一段赞美巴桑国王奥格的那段话,奥格在很小的时候就非常健壮,不得不用铁链子把他捆在摇篮中。这样一来,庞大固埃果不其然的就安静老实了,因为要把上面说的铁链子都挣断可是非常的不容易,况且,在摇篮里也没有挥动胳膊的地方。

但是,有这么一天,他父亲高康大大摆酒席,邀请宫内的全体王侯赴宴。我想宫里的所有执事都只顾得去忙酒席了,没有人再关心可怜的庞大固埃,以至于把他冷落在一边。他怎么办呢?他怎么办,善良的人们,且听我说来。他尝试着想用胳膊挣断摇篮的铁链,但是他没有挣断,由于铁链子太粗了。

于是他双脚乱踢,将摇篮的一头踢开了,那一头还是用一根七“杈”见方的粗梁堵着的呢。这样,他的脚伸到了摇篮外面,并且用力往下移动,让脚慢慢地靠着了地。这时,他用出了很大的气力站起身来,背后背着捆在他脊骨上的摇篮,活脱脱的像一只在墙上爬动的乌龟,看起来又很像一条竖起来的五百吨的大船。就这样,他走到了大家正在吃酒的大厅,冒冒失失地把大家都惊呆了。幸好他的两只胳膊还捆在摇篮中,所以他什么也不能拿来吃,只好费尽气力弯着腰用舌头来吃几口。他父亲看到他,明白是人们把他忘了,没有给他吃东西,就遵照在座王侯的意思,让人解开他的绳索,还有高康大的御医们也都说要是把他这样一直捆在摇篮里,将来很容易得石淋病。大家替他把绳子解开,让他坐下,让他痛痛快快地吃了一个饱。吃过之后,庞大固埃愤怒地对着摇篮打了一拳,一拳头把摇篮打得粉碎成了五十多万块,他不管怎样都不愿再回到摇篮里去了。

---

① 尼古拉·德·里拉:14世纪方济各会修士,以注释《圣经》闻名。

第五章　庞大固埃少年的事迹

庞大固埃日渐地长大起来，眼看着越来越懂事，他父亲出于本能，感到十分的喜悦。因为他当时还小，他父亲让人给他做了一把弹弓，让他追着小鸟玩，这把弹弓就是现在人称"尚台尔大石弩"的那个武器。后来，又把他送到学校里去念书，让他在那里度过了他的青少年时期。

果然，他到普瓦蒂埃①去读书了，并且进步得很快。在那里，他看到学生们有时无事可做，不知道如何来消磨光阴，他感到很可惜。于是有一天，他从名叫帕司鲁尔丹的一个大岩洞里搬下来一块约有十二"特瓦兹"见方、十四"畔"厚的大石头，把它轻轻地放在一块田地里的四根柱子上，让那些学生无事可做的时候，就到这块石头上来喝酒，吃火腿，吃包子，用刀子把自己的名字刻到上面。现在大家把这块石头叫作"高石"。为了纪念这件事，到现在还是如此，倘若不先喝到克鲁斯台勒马蹄泉的泉水，到过帕司鲁尔丹，上过"高石"，就别想能在普瓦蒂埃大学里登记注册。后来，庞大固埃在他祖先壮丽的传记中读到人称"大牙齿热奥佛瓦"的路西尼昂的热奥佛瓦，是他继母的儿媳妇的叔叔的女婿的姑母的姐姐的表姐夫的祖父，葬在马勒赛。于是，他请了一天的假庄严地前去瞻仰了一番。他带着几个同学从普瓦蒂埃动身，经过勒古热拜访了阿尔狄翁院长，走过路西尼昂、桑塞、塞勒、高隆日、封特奈·勒·孔特，在那里拜会了博学的蒂拉柯，之后，又从那里到了马野载。在马野载，他瞻仰了"大牙齿热奥佛瓦"的陵园。他看到死者的画像时有点害怕，因为画像上是一个相貌凶残的人，从鞘里往外拔着他的大砍刀，他问这是什么意思，当地的教士告诉他说没有其他的意思，正如贺拉斯所说，画家与诗人高兴怎样做就怎样做。但是庞大固埃不满意这个回答，他说道："这样画绝不是没有缘由的。我怀疑他死的时候有人冒犯了他，他想要求亲属替他报仇。我要仔细查问一下，看看应该怎么办。"

后来，他没有回普瓦蒂埃去，他想参观一下法国的其他大学。他从那里直接到了拉·洛舍尔，又从拉·洛舍尔由海路前往波尔多。在波尔多，他什么了不起的东西都没有看到，只有些装货的水手在沙滩上玩纸牌。从波尔多，他来到图卢兹，在图卢兹他把跳舞学得很精，同时也学会了舞剑，这是那里大学生盛行的一种武术。但是，当他看到学生把教师像熏鲞鱼似的活活烧死的时候，他不想再待在那儿了。

---

① 普瓦蒂埃：在巴黎西南，当时有法国最出名的普瓦蒂埃大学，有学生四千人。

他说道:“天主再也不会让我这样死去,因为我生下来就够干渴的了,用不着再多受热!”后来他来到蒙帕利埃,蒙帕利埃有米尔服生产的美酒,以及不会令人寂寞的伴侣。于是他想在那里学医,但是他又觉着这种职业太闷人、太忧郁,医生都会有一种灌肠的鬼臭味儿。

于是,他想学法律,但是看到那里只有三个光顶和一个秃头的法学家,他就再次走开了。不到三个钟头,他就走过了杜·卡尔桥和尼姆的圆形剧场,剧场的建筑可真称得上是巧夺天工,简直不像是人造的。他来到亚威农,在这里他没有待上三天就已经光想着爱情了,因为此处的女人都喜欢扎紧屁股,原来此处是教皇的地区啊!庞大固埃的教师爱比斯德蒙,看到上面的情形,就带他离开那里,来到窦菲内省的瓦棱西亚。但是,他在瓦棱西亚又没有看见什么好玩的,并且那里的浑蛋教师连学生都要打,庞大固埃感到实在很愤恨。有一个星期天,大家在公共场合跳舞,一个学生也想跳,但那些坏蛋却不让他参加。庞大固埃看到了,把他们一直赶到罗尼河上,准备把他们都淹死在河里。但是他们像鼹鼠似的钻到罗尼河水底半法里多深的一个土洞里躲藏起来。那个洞到现在还能够看得见呢。后来,他又离开那里,三步一跳来到了昂热,在昂热他觉着很好,倘若不是瘟疫病催他们上路,他一定在那里多待一些时间。

接着,他来到布尔日,在那里的法学院,他读了很久的书,获益匪浅。他常常说,他觉得法律书就好像是体面的金色袍子,美丽华贵,但是上面的花却是粪污。

“因为,”他说道,“世界上没有比《法学汇纂》的文字更美丽、更工整、更考究的了。但是陪衬的东西,换言之就是阿古尔修斯的注释,真是又脏、又臭、又龌龊,简直是卑鄙和无耻。”

离开布尔日,庞大固埃来到了奥尔良,在奥尔良他碰到许多粗壮的学生,他们举行宴会来迎接他。不多时候,他就学会了同他们一块儿打球,并且后来居然打得很好,其实那里的学生本来就是精于球戏的。有时候,他们也常常带他到岛上去打木球。他注意不让学业使自己的头脑累坏,唯恐会累得目力衰减,从前有位教师在教书时经常说,没有比眼病更有害于视力的了。有一天,他认识的学生里面,有一个考取了法学士,论学问他并没有什么特别的,但是跳舞和打球却十分精,于是庞大固埃给那个大学里的学士们制定了一个徽章,还有下面几句题词:

裤袋有球,
球拍在手,
领带代表法学知识,
脚跟跳出跳舞绝技,
这就是法学博士的标志。

第六章 庞大固埃如何遇见一个里摩日[①]人模仿法国的风雅谈吐

有一天,我忘记是哪一天了,庞大固埃吃过晚饭,跟他的伙伴来到通向巴黎的那道城门口去散步。他看到一个相貌端正的学生从大路上走来,双方互相招呼过后,庞大固埃问道:

"朋友,天色这么晚了,你这是从哪儿来呀?"

那个学生回答道:"是从人称吕台斯的有名的、声誉卓著的科学院来。"

庞大固埃问身边的人道:"他说的是什么呀?"

"他是说从巴黎来。"被问的那个人回答道。

庞大固埃说道:"你是从巴黎来吗?告诉我你们在巴黎的学生老爷们是怎样生活的呀?"

那个学生答说:"我们在天亮和傍晚就渡过塞纳河到市区的交叉路口和十字街头去散步。我们满口说着风雅之词,做出深情款款的样子,取得大胆的、各种各样的和什么都做得出的女性的青睐。某些时候,我们也参观一下妓院,做一下快乐逍遥的嫖客,在那些可爱的姑娘们身上最秘密的地方快乐一番。然后,再到几家出名的酒店,例如,'波罗蜜''宫堡''玛德勒娜'和'母骡'去吃精美的、加香菜的羊前腿。偶尔遇到口袋中缺少、不多,或者是干脆就没有钱的时候,那么,为付饭账,我们就把我们的书和衣服押在那儿,等待老家的送信人给我们送钱。"

庞大固埃听完这些话,说道:"这是什么鬼话呀?老天,你肯定是走了什么邪门歪道。"

那个学生说:"不是的,王爷,因为天一发亮,我就快活地到一座建筑优美的教堂里去,在那儿蘸一蘸圣水,读一段弥撒经文,背诵日课,把灵魂一夜之间的污垢洗刷干净。我向圣人圣女致敬。我崇拜至尊的天主。我对人以爱还爱。我遵守天主十诫,尽我所能,连一指甲那么远都不离开诫命。很可能是财神的关系,我的钱袋中从来不漏一滴,我对于挨门乞讨小钱的穷人,难得的很少施与哀怜。"

庞大固埃说道:"哎呀,呀!这个疯子说的都是些什么呀?我看他在这里是跟我们说鬼话,像一个巫魔那样想迷惑我们。"

他身边有一个人说道:"殿下,这个人肯定是想学巴黎人说话,胡乱说拉丁文,

---

① 里摩日:法国中部里摩日三省省会。

自己还以为挺好呢,他或许自以为是个说法文的大雄辩家,不屑于像平常人那样说话。"

庞大固埃说道:"是真的吗?"

那个学生回答道:"王公老爷,我的才能生来不是像这个调皮的撒谎者所说的那样,乱改我们高卢的通俗的语言。而是相反的,我尽一切力量,帆和桨一起使用,用拉丁文华丽的词汇来丰富它。"

庞大固埃说道:"我的天呀,我要教教你怎样说话! 但是,你先告诉我,你是哪里的人?"

那个学生回答说:"我的原籍是里摩日地区的人,也就是保存圣马尔西亚尔遗体的地方。"

"我知道了,"庞大固埃说道,"总而言之,说来说去,你是个里摩日人,却在这儿冒充巴黎人。你过来,我得揍你几下。"

说罢,他一把抓住他的脖子,说道:"你这是在糟践拉丁文。冲着圣约翰,我要让你好好地往外吐,我要活剥了你的皮。"

这时,那个倒霉的里摩日学生大叫起来:"求求你,殿下! 圣马西利亚救救我吧! 放我走吧,看在天主的份儿上,不要碰我,听到了吗?"

庞大固埃听了说道:"现在说出你的家乡话来了吧。"这才松手放开了他,但是倒霉的里摩日人早已经拉了一裤子了,他的裤子是鳖鱼尾式的,不是密裆的。庞大固埃说道:"圣阿里庞丹①! 真是一个麝香猫! 啃萝卜的东西,去你的,真臭!"庞大固埃放走了那个里摩日人。

但是那个人一辈子就只想着这次可怕的经历了,他常常说庞大固埃还在掐着他的脖子,一直觉着喉咙干得发紧。没有几年的工夫,他终于像罗兰那样死去了,真是天理报应。奥卢斯·盖里阿斯,以及那位哲学家说得真是有道理,应该用通常的语言来说话,屋大维·奥古斯都斯也曾说过,要像船主躲避海里的暗礁那样避免不常用的冷僻字。

第七章 庞大固埃如何来到巴黎;圣维克多藏书楼的珍本书籍

庞大固埃在奥尔良发奋读书之后,决定到巴黎的大学院去开开眼界。但是在

① 圣阿里庞丹:虚构的名字。

动身之前，他听说奥尔良圣爱尼昂教堂有一口大钟已经在地下埋了两百一十四年了。这口钟惊人的大，用任何工具都不能从地下挖出来，他们把维特鲁维乌斯的《论建筑》、亚尔培图斯的《建筑艺术》、厄克里德斯、德翁、亚尔奇迈德斯、希罗的《论机械》等所讲到的方法都用过了，但还是毫无功效。庞大固埃接受了城中居民谦恭的请求，决定把那口钟重新放到钟楼上去。于是，他来到埋钟的地方，用一个小手指头就把它从地底下提了出来，跟你们在鹰腿上系一个铃铛一样容易。庞大固埃在把钟送上钟楼之前，想让城内居民听听钟的声音，于是他手里提了钟走遍了大街小巷，一边走一边摇，大家都十分快乐。但是却闯了一个大祸，原因是他提着钟在街上大摇特摇的时候，奥尔良所有的美酒都变质发酸了。这件事，大家到了第二天晚上才发现，因为只要是喝过变了质的酒的人，人人都感到干渴异常，嘴里直吐白沫，像马尔太岛上的棉花一样白。他们说："我们有了庞大固埃了，我们的喉咙都成咸的了。"

庞大固埃办过这件事之后，带着他的伙伴来到巴黎。他一进城，所有的居民都出来看他来了，你们知道巴黎人生性爱看热闹，任何小事都要起哄。他们惊奇万分地望着他，同时又担心他会不会像从前他父亲把圣母院教堂的大钟拿下来要绑到牝马脖子上那样，把他们的司法衙门搬到市政厅去。

庞大固埃在巴黎住了一段时间，把七种文艺学了一个熟透。他说这个城市，住在那里很好，但是不要死在那里，因为圣·伊诺桑的叫花子都用死人骨头烤屁股。他认为圣·维克多的藏书楼的确不错，特别是他在目录上看到的一些书，譬如：

《乘救赎之车腾飞》

《法学的遮羞布》

《松软拖鞋和强硬政令》

《神学要览》

《神父的羽毛掸帚》，一醉汉创作

《英雄的巨卵》

《主教的爱情解毒药》

《论猿猴》，马莫特莱图斯著圣方济各教友德奥博疏

《巴黎大学娼妓穿着打扮法规》

《圣格特普对坡瓦西一分娩修女显形》

《在大庭广众放屁的艺术》

《忏悔发霉的芥末瓶论》

《吊袜带，或称耐性及膝靴制法》

《艺术荟萃分》

《进汤、饮酒之礼仪》，雅各宾党的西尔维斯特著

《宫中被骗的丈夫》

《公证人的纸篓》

《束缚的婚姻》

《敛心默祷的磨炼》

《法律的童话》

《酒和奶酪的刺激作用》

《学术的污秽》

《论大便法》,皮埃尔·塔塔特(神学大师)著

《罗马的吹牛大法》

《辨别百羹之技巧》,另一位神学大师吉拉姆·布里科特著

《谦逊的旧靴》

《高尚思想三部曲》

《宽宏大量的煲制》

《忏悔给教士的麻烦》

《神父如何说不》

《如何匆匆咽下熏肉》(三卷本),唐镇鲁宾修士著

《教会禁食期间如何食用洋蓟炖羊肉》,马尔莫莱神学大师巴斯奎利著

《狡猾的神父为六人伪造十字架》

《去罗马朝圣路上的眼罩》

《如何用血做布丁和香肠》

《主教的风笛》

《肥美的肚肠》

《律师对取消贿赂的抱怨》

《穿猫皮的检察官》

《油炒豆,附注释》

《卖赦罪符发财》

《论重校阿克斯夸夸其谈注释的愚蠢性》,刑民两法博士,著名法学家皮洛特·培尼斯奎译著

《神箭手巴农莱之战术》

《兵法》,弗朗托皮努斯著特冯插画

《有利可图的马骡剥皮法》,魁北居大师著

《封神父之丑态》

《论餐后进芥末》(十四卷),罗斯托克斯托詹姆贝达尼斯著神学家沃瑞隆旁注和脚注

《推销技巧》

《康斯坦斯宗教评论大会上讨论十星期的,在空中的幻影是否由第二意志提

供》

《律师的贪婪下颌》

《司各脱的涂鸦》

《红衣教主的蝙蝠翅膀状帽子》

《论马刺的使用、滥用和不用》,阿贝雷·德·罗莎塔著

《如何装饰头发》(三卷本),著者同上

《安东尼·德·勒瓦入侵巴西国土》

《如何为红衣教主的御骑掏粪》,罗马学士马弗里斯著

《为教皇御骑非时不食之说一辩》

《以"西尔弗斯假睾丸"为首篇之预言集》,空梦大师松克鲁森著

《敲竹杠九则》教皇恩许三年不得逾期出版权

《童贞女大便》

《寡妇的光臀》

《修士的蒙头斗篷》

《天界神甫的阴阳怪气》

《修士乞讨的代价》

《贼窝》

《神学家的捕鼠器》

《学生的先进拍马屁法》

《新剃度的小修士》

《祈祷时刻的科学分析》(四十卷)

《修士会之翻筋斗史》作者未详

《酒鬼的洞穴》

《西班牙好汉的汗臭味》,伊尼格·德·洛奥拉修士编造

《穷人的灭虫粉》

《意大利人之懒惰》,布鲁勒福大师著

《王公贵族消遣之法》,卢留斯著

《伪善士的性行为调查》

《神学士和博士最喜爱的饮酒之处》(八卷本),查居隆著

《教廷监印官、录事、书记员、速记官、检察官、收发官的诡计》,雷基斯编

《为痛风和花柳病患者制作的万年历》

《清理炉灶之法》,爱克著

《商界把戏》

《修道院的欢娱》

《盲从者的大杂烩》

《小精灵、棕仙、小妖精传》
《老兵与流浪汉》
《官场骗子》
《男人之山》
《哲学家的无稽之谈》
《各种话题的讨论》,白痴修士著
《蹩脚诗人的肚脐眼》
《炼丹家的风箱》
《贪婪乞丐的敛财术》,塞拉提斯教士汇编
《宗教的枷锁》
《撞钟人的球赛》
《如何长命百岁》
《如何让贵族闭嘴》
《猴狲念经》
《虔诚的手铐》
《四季适用的大锅》
《政治陷阱》
《归隐修士的长胡子》
《祖父的伪装》
《托钵修会修士的行骗》
《纨绔子弟的生活》,卢达都斯著
《为学士帽讲布道》,卢波都斯著
《旅客的小玩意》
《主教饮酒秘方》
《科隆神师们对大学者罗伊希林的愤怒》
《贵妇人的荒淫生活》
《方便大便的后开裤衩》
《拾球球童的游戏》,傻瓜修士著
《勇士的靴子》
《小精灵的诡计》
《教会废黜教皇法》,热尔松著
《学术候选人名册》
《开除教会的可怕》,让·迪特布隆迪尤斯著
《呼唤男女魔鬼法术》,吉因贡弗斯著
《讨饭修士的美食》

《异教徒的民间舞蹈》

《红衣教主卡吉坦的牢骚》

《骗子和伪君子的来历》(七卷本)

《六十九本翻旧了的祈祷书》

《托钵修道会五条向大肚皮致敬的命令》

《适用于异教的红靴剥皮法》

《法官的大肚皮》

《教士们的粗阴茎》

《修士与神学家皮埃尔·古特力尔反对称他为无赖之徒人士,也证明教会并不谴责无赖之徒》

《泻药》

《扫烟囱的星相学家》

《栓剂的正确使用》

《药房的洗肠器》

《外科手术专用的吻肛门器》

《清除道貌岸然的伪君子》,吉斯提尼安茹斯著

《灵魂的愈合剂》

《魔鬼国》,梅力努斯·可卡马斯著

这些书有的已经出版,有的还在图宾根市印刷。

第八章　庞大固埃如何在巴黎收到父亲高康大的家书以及书信的内容

你们能够理解得到,庞大固埃读书很用心,并且很有进步,因为他有着双倍的理解能力,记忆力更是好得能够装下十二大桶橄榄油。就在这个时候,有一天他收到他父亲的一封信,信的内容如下:

最亲爱的儿子:(顶格)

全能的造物主在开始有人类时赋予人类的恩惠、宠爱和权益里面,有一样我认为格外神奇和美好。有了它,人类就可以在可能死亡的情形下得到永生,在短暂的生命过程中,让自己的姓氏和种族永垂不朽,那就是因为我们的合法婚姻所产生的一系列的后代。因为有了后代,我们老祖先因犯罪所失掉的,才能够得到补偿。据

说，他们没有遵守造物主天主的诫命，所以应该死亡，因为死亡，人类所具有的美丽形象将会化为乌有。但是因为世代的相传，父母所失掉的，会留给在孩子身上，孩子身上所失掉的，会留传给后代的子孙，这样一代一代地代代相传，一直到最后审判，耶稣基督把他那不再有任何危险和罪恶的和平国家交还给天父的时候为止。那时候将是所有朝代和罪恶的末日，所有元素都将停止它们原来不停止的变迁，那时候，渴望已久的和平将会得到实现，将会得到完善，所有的所有都将走到尽头，完成它们的历史使命。

因此，我感谢天主救主让我看到了我衰老的残年能在你的青春年华里再度活跃起来，这是特别合理、特别应当的。因为按照他掌管一切、调度一切的旨意，我的灵魂脱离肉身的时候，不会再认为我是完全地死去，而只是从一个地方走到另一个地方，因为在你身上以及你的行为上，别人依然能够看到我的形象活在那里，并且和我过去的习惯一样跟有荣誉的人和朋友们互相往来。我这些往来，依靠上天的恩惠和庇佑，虽不能说毫无过错（因为我们每一个人都会犯罪，所以才不停地祈求天主宽赦我们的罪过），但最起码我觉得是无可指责的。

为此，因为在你身上保存着我肉体的形象，倘若灵魂上的优点不能同样得到发扬，人们就会说你不是我们家中不朽名声的保有人和宝贝。看到这种情形，我所感觉的快乐就会减少，因为存在的将是我最小的一部分，也就是说肉身，但最好的一部分，也就是我们的声誉赖以在人世间受到祝福的灵魂，却堕落衰退了。我说这话绝不是不信任你的品德。你的品德我过去已经有过体会，我是想鼓励你今后还要做得更好。我现在写信给你，并不是强迫你一定得按照这样有道德的方式去生活不可，而是想要让你这样生活，而且如果这样生活，使你感到快乐，将来你会更振作起精神来。为了完成、为了做好这件事，你不要忘记我是如何的不顾惜一切的。我拿你当作我在世界上唯一的珍宝来教导你，一心一意只想在我有生之年有一天可以看到你成为一个十全十美、毫无瑕疵的人，不论在品行、道德、才智方面，还是在丰富的实际知识方面，都希望你能在我死之后，能像一面镜子似的反射出我，即你父亲的为人，即便不完全像我期望你的那样完美、那样具体，最起码也像我意想中的那样美好。

我还清楚地记得，我去世的父亲高朗古杰，为让我能够在所有的学问及社会知识上获得教益，如何费尽了心力，我自己也尽力之所能符合他的意愿，并且超过他的期望。此外，你也很明白，当时学习文艺绝赶不上现在的如此方便容易，并且我也没有你这么多的教师。当时还是个黑暗的时代，而且还有哥特人不忠实和破坏的遗风，他们把好的文艺整个全都破坏掉了。但是，依靠上天保佑，光明和尊严，总算在我有生之年还给了文艺，让我看到了如此大的改进，恐怕现在要我进小学最低的一班也很艰难，而我在当年（也的确如此）还被称作是我那一世纪里最博学的人呢。我说这话并不是虚伪夸张——虽然给你写信，我能够很光明正大地这样做，就像马尔古斯·图里乌斯在他《论老年》一书里写下了普鲁塔克在他那本叫作《如何称赞自己而不夸大》一书中有名的句子一样——而是为向你表达我对你更深的慈爱。

现在，各级教育课程都规定好了，语文也奠定好了，比如希腊文吧，一个人倘若不会希腊文就说自己很博学，这是一种羞耻；其他的像希伯来文、加尔底亚文、拉丁文，也是这样。印刷的精美和实用，在我那个时代，肯定说是神圣启示的，恰恰像在相反的一面，炮火是在魔鬼的指引下产生出来的一样。现在全世界都有有学问的人，知识渊博的教师，藏书丰富的图书馆。我觉得柏拉图的时代也好，西赛罗、巴比尼昂的时代也好，哪个时代都没有现在求学这般容易。今后要是不在密涅瓦庙堂里学成后才出来，谁都没法再在社会上立足，也没有人愿意和他交往。我看现在的强盗、屠夫、士兵、马夫都比我那时候的博士和讲经者要高明得多。我还能够说什么呢？就连妇人和孩子都期望得到这个荣誉，得到美好的精神食粮。语言在今天变得如此的需要，甚至到了我现在的年纪，还不得不学习希腊文字，我过去虽然没有像迦多那样轻视它，但我小时候确实是没有机会来得及学它。现在我特别喜欢读普鲁塔克的《道德论》，柏拉图优美的《对话集》，包萨尼亚斯的《古代建筑》以及阿忒涅乌斯的《考古学》，一边等待我的造物主天主高兴地呼唤我、命令我离开这个世界的时候。

为此，我的孩子，我劝你把青春好好地都用在学业和品德上。你现在在巴黎，同时还有你的教师爱比斯德蒙，前者用值得称道的事例，后者用生动的口述的教育，能够把你教育得很好。我坚决要你把各种语言都学好，首先是希腊文，就像干提理安所指定的那样，其次是拉丁文，再次是希伯来文，会希伯来文能够把《圣经》学得更精，加尔底亚文和阿拉伯文也一样得学；文字语法方面，希腊文要学习柏拉图，拉丁文要学习西赛罗。要把所有的东西全部记在你脑子之中，有关地理及宇宙学的作品能够帮助你学习。在文艺方面，几何、算术和音乐，你五六岁的时候，我就让你对它们发生兴趣了；其余的，也要继续学好，就像天文，就得把所有的规律都学会；至于占卜星相和鲁留斯的炼金提丹，倒是可以撇开不管，因为那都是些骗人和虚伪的东西；法律方面，我希望你把公正的条文全都读熟，然后再理智地加以比较。

至于有关自然界的事物，我要你仔仔细细地研究，要没有海里、河里或水泉里的鱼类是你所不知道的；天空中所有飞鸟，森林里所有乔木、灌木、大树、小树，地上所有的花草，地层下面的所有矿产，整个东方和南方的宝石，要没有你不认识的东西。

然后，再仔仔细细地参考希腊、阿拉伯、罗马、各地医学家的著述，也不要忽略那些研究《塔尔摩特》和《加巴勒》的人，要经常练习解剖，对于另一种宇宙，也就是人类，要掌握全面的知识。每天要先用几个小时读《圣经》，先读希腊文的《新约》和教徒们的书信，之后再读希伯来文的《旧约》。总之，要让我在你身上看到知识的渊博。因为等你长大成人之后，就要离开求学的安静生活，去学习骑马和武术，来保卫我们的家园，遇到友邦抵抗坏人进攻的时候，用尽一切力量援助他们。我还希望你就近测验一下你到底学会了多少本事，最好的办法是公开接受对一切学问的答辩，任何人都能够提问，任何人都能够跟你争辩。此外，还要经常地接近有学问的人，不管是巴黎的，还是别处的。

先知所罗门曾说过，恶人灵魂中是没有智慧的，没有经过理解的学问等同于灵魂的废物。因此你一定要侍奉、爱慕并且敬畏天主，把你一切的思想和愿望都寄托在他身上，用由仁爱形成的信心，跟他结合在一起，一定不要让罪恶把你和天主分开。要警惕世界上的欺诈。心里不要贪恋虚荣，因为尘世的生命都是短暂的，只有天主的话才永远存在。要对人殷勤，要爱人如己。尊敬你的师长。避开你不想仿效的人，上天赐予你的恩佑，不要白白浪费。等你认为把那里的学问都学好之后，就回到我这里来，让我在有生之年看到你，并为你祝福。

我的儿子，愿我主的和平和恩佑与你同在。

阿门！

你的父亲
高康大
3 月 17 日于乌托邦

庞大固埃收到这封家书，读过之后，重新振奋起精神，振作奋发，劲头之大，前所未有。看到他如此的用功和进步，你真会说他的精神和书在一起就像干柴碰到烈火一样，难解难分，他兴奋极了，简直没有疲倦的时候。

第九章　庞大固埃如何遇见巴奴日并终身与之友好

有一天，庞大固埃一面正在城外通往圣安东尼修院的那条大路上散步，一面与跟随他的人还有几个学生高谈阔论。这时他们看到走过来一个人，长得身材适中，相貌悦人，只是身上有好几个地方都受了重伤，浑身衣衫零乱，好像是刚刚被狗咬过似的，或者说得更合适一点，很像贝尔式摘苹果的人。庞大固埃从很远一看到他，就向身边的人说道：“你们看到沙浪通桥大路上过来的那个人吗？我把心里的话告诉你们，他只是偶尔贫穷罢了，仅从他的相貌来看，我就敢断定他是出身富贵人家的，只不过是时运不济才沦落得这副贫穷潦倒的样子。”等那人走到他们面前，庞大固埃就开口问道:“朋友,请你在这里停一下,回答一下我问你的话,你不会后悔的。我看你如此的可怜,很想尽我的力量帮助你,因为你打动了我的恻隐之心。所以,我的朋友,你先告诉我,你是做什么的?从哪里来?往哪儿去?你想得到什么?你叫什么名字?”

那个路人用日耳曼语回答说:“大人,愿天主赐您幸福昌盛。其实,您问起我的伤心事,可怜的我不愿意提起悲痛的往事,因重揭伤疤,痛在自己却与别人无益。尽管古代的诗人和雄辩家在格言和古训中曾说过,回忆痛苦和贫穷是一大乐事。”

听了这一段话,庞大固埃说道:“朋友,你这些话,我一句都不懂。但是,你倘若愿意让人听懂你的意思,请你说另外一种话吧。”

于是,路人又用一种莫名其妙的语言说了一通。

“你们听得懂吗?”庞大固埃问和他在一起的人道。爱比斯德蒙说道:“我想这是地球那一边和我们对着脚底板的人说的话,鬼也听不出一个字。”庞大固埃向那人说道:“朋友,我不知道墙头听不听得懂你的话,反正我们当中没有一个人听懂一个字。”

路人又用意大利语说道:“大人,经验告诉您,风笛只有肚子憋足气才能吹响。我也是一样,我那可怜的肚皮干瘪瘪的,是无法讲述我的遭遇的。我觉得我的手和牙齿好像失去了原有的功能,再不听从我的使唤了。”

爱比斯德蒙听了这段话,说道:“还是跟刚才一样,谁也不懂。”

那人又换了苏格兰语说道:“大人,您的智力如您的相貌一样不同一般,您一定会怜悯我的,因为人生来是平等的。可是造化弄人,总是搞恶作剧。有的时来运转,平步青云;有的命中注定,活该倒霉。所以道德常常被鄙视,有德行的人反而被人看扁。未到最后审判日,就不知道谁是真正的好人。”

“越发不懂了。”庞大固埃说道。

于是,年轻人又用巴斯克语说起来,大意是:大人,任何一种罪过都有赎罪的方法的,只有找到问题的症结才是最关键的。我不止一次请求过您,我们把这事儿解决了吧。如果您填饱我的肚子,我会欣然回答您提出的任何问题,给我来两份吃的,愿天主保佑!”

“你们听懂了吗?”爱比斯德蒙说,“天主!”

卡帕林说道:“圣特莱尼昂!原来你是苏格兰人啊,我好像听懂几个字。”

这时年轻人又说了一长串听不懂的话。

爱比斯德蒙说道:“朋友,你说的是天主教徒的话呢,还是巴特兰的话?”

“我看都不是,这是灯笼国的话。”另一个人说道。

年轻人接着用荷兰语说道:“我说的是天主教徒的话。即使我一言不发,就看我身上的破烂衣服,你们也能知道我需要什么,发发善心吧,给我点儿吃的,我要活不下去了。”

庞大固埃说道："还是一样，一句也不懂。"

年轻人又用西班牙语说道："大人，我已经说得口干舌燥了。请大人想想《圣经》的箴言吧，你会被感动，按自己的良心行事。要是您不会对那些箴言动恻隐之心，那就根据您那与生俱来的怜悯，我相信您不是铁石心肠，说到此，我再也无话可说了。"

庞大固埃回答说："实话告诉你，朋友，我的确相信你会不少语言，而且说得都不错。但是，请你随便说一种我们能听得懂的吧。"

那个路人又用丹麦语说道："先生，即使小孩或其他不懂语言的动物，看到我衣衫褴褛，也该知道我的需求。给我一点儿吃的、喝的。可怜可怜我，安慰安慰我那饥饿的肠子，就像喂冥府的守门犬刻耳柏洛斯一样，给我一点儿吃的东西吧！愿您长寿！"

奥斯登说道："我想，哥特人才这样说话呢，天主不要见怪，真跟我们放屁差不多。"

这时候路人又说话了："大人，向您请安。如果您愿意帮助您的仆人，就快些给我点儿面包吧。《圣经》说：怜悯穷人就是为主祷告。"

听了这话，爱比斯德蒙说道："这一次我听明白了，这是希伯来文，而且语法很对，音也准确。"

那个路人又接着用古典希腊语说："慈善的老爷，您为什么不给我一点儿面包？您看不见我快要饿死了吗？还是您本就没有一点儿同情心，一直盘诘我。通情达理的人都有一样的看法：明摆着的事实，不用多费口舌。"

"哦！这是希腊文呀，"庞大固埃的一个侍从卡帕林说道，"我明白了。怎么，你在希腊住过吗？"

那个路人用继续用希腊语说下去。

"好像我听懂了一点儿，"庞大固埃说道，"因为，这要不是我们乌托邦的话，要不是声音和它相似。"

他正要接着说下去，那个路人又用拉丁语打断道："我已经恳求过您很多次了，请您发发慈悲，动动您的恻隐之心，救济救济我，否则我的呼吁和悲伤都没作用了。算了吧，你们这些铁石心肠的人，让我听从命运的安排吧，愿意怎么样就怎么样，不要讲那些废话来烦我，别忘了那古老的谚语：饿肚子的人，耳朵不清。"

"实话实说，朋友，"庞大固埃说道，"你难道不会说法国话吗？"

"会，王爷，并且还说得很好呢，"路人回答说，"感谢天主，法国话是我出生以来就会说的家乡话，因为我是生在这个法国的花园，我是说都林省的，我的童年也是在那里度过的。"

"所以，"庞大固埃说道，"你赶紧告诉我们你叫什么名字、从哪儿来的吧。因为，实话告诉你，我已经很喜欢你了，倘若你肯顺从我的意思，就不用再离开我了，咱们俩结交一对新朋友,跟伊尼斯跟阿卡蒂提一样。”

“王爷,”那个路人说道,“我受洗时取的名字是巴奴日,我现在从土耳其来,我是在那次倒霉的远征迈蒂林的时候被俘虏的。我愿意把我经历的故事都讲给你听,保准比乌里赛斯的故事还要惊险。但是,既然你愿意留我(我自己也甘愿接受你的好意,发誓永远不再离开你,哪怕你到魔鬼窝里去我都跟着你),我们将来有的是时间以及更方便的机会好好地谈,目前我最需要的是吃东西:牙齿尖尖,腹内空空,喉咙枯干,饥肠辘辘,所有的一切都准备好了。要是你愿意我行动起来,看看我怎样吃饭,那真是再好看也没有了。看在天主份儿上,请你赶快下令吧。”

于是庞大固埃就让人把他领到自己的寓所中去,让他尽量吃饱。这个命令马上就遵照办理了,只见巴奴日这天晚上放开肚子吃了一个痛快,吃饱之后,就像老母鸡似的去睡觉,一觉睡到第二天吃中饭的时候,就又三步一跳地从床上跳到吃饭的桌子那里。

第十章　庞大固埃如何公正地判断一件非常复杂和难以处理的讼案,判得如此公正,大家都为之钦佩不已

庞大固埃牢牢记得他父亲书信里的言语和教训,准备找个日子测验一下自己的学问。他让人在全城大小十字路口,张贴了九千七百六十四张的学术辩论通告,各种科目都有,包括任何学科最难解的问题。首先在草市大街与全体教授、文艺学院的学生、雄辩家等公开辩论,结果把他们都辩得张口结舌,无言答对。后来在索尔蓬,与所有的神学家辩论,一连六个星期,每天从早晨四点钟到晚上六点钟,中间只有两个钟头吃饭和休息的时间。宫里大部分的公侯们都来参加了,有国务大臣、部长、参事、审计、署理、司法人员,等等,以及全城官员,还有医学家和教会法的大师们。在这么些人里面,大多数人只会乱发脾气,虽然用尽了诡辩和狡猾的伎俩,但还是被庞大固埃一个个辩驳得无言以对。庞大固埃显然已让他们明白他们只是些束裙子的笨牛。

从此之后,大家开始谈论和传说他学问的渊博,甚至连洗衣服的、做媒婆的、烤肉的、磨刀的等等女人,看到他在街上走过,都会说:“就是他!”对于这件事,他很自豪,就跟希腊雄辩家之王德谟斯台纳看到一个在地上蹲着的老女人用手指着她说:“就是他!”的时候一样自豪。

恰巧在这时候,法庭上有一件两个大人物的讼案不能解决,原告是德·拜兹居

尔老爷,被告是德·于莫外纳老爷。他们的争端,从法律上看,是如此的高深,如此的复杂,最高级的法院简直都弄不明白。于是,按照国王的旨意,召集了法国全国法院四位最博学、名望最高的专家,会同最高法庭、各大学的主要教授,不仅仅是法国的,甚至于英国的、意大利的,像雅宗、菲力普·戴西乌斯、伯多禄·德·贝特罗尼布斯,还有很多很多其他的老法学家。他们在一块儿研究了四十六个星期,始终没有把案情了解清楚,也没有将案情弄明白,结果他们一个个都感到非常狼狈,羞得屙了一裤子。

但是这些人里面,有一个名叫杜·杜埃的,他是全体当中学问最好、最高明、最慎重的一个。有一天,大家的脑子都开动不起来的时候,他对大家说道:“各位,我们到这里已经很久了,除了浪费金钱之外,什么事情都没有做成,对于这件案子,我们没有能够摸清底细,所以越是研究,就越不懂,这是我们极大的耻辱和良心上沉重的负担,在我看来,我们的名声一定是要坏在这里了,因为我们的讨论,简直就等于做白日梦。但是,我这里倒有一个拙见。在座各位都听说过一位叫作庞大固埃大师的人物吧?据说他的学问在大规模的公开学术辩论中,被认为是远远得超越时代的。我建议把他请来,拿这件事跟他讨论一下,因为倘若他没有办法,那就谁都无能为力了。”

全体法官和学者都表示同意他的建议。于是马上派人去见庞大固埃,请他把这件案子仔细研究一下,分析清楚,按照他认为正确的法律观点,把他的意见告诉法院。他们把全部卷宗都包好交给他,数量之大几乎需要四头骟过的大个儿驴才驮得动。但是庞大固埃却对他们问道:“各位,这两位打官司的老爷都还活着没有呢?”

他们告诉他说还活着。

庞大固埃说道:“那么,你们送来这么一大堆废纸、抄本,又有什么用呢?去听他们亲口辩驳,不比读这些猴狲把戏、一篇篇骗人的东西、柴波拉的鬼律条、颠倒是非的法律好得多么?因为我相信各位以及所有经手过这件案子的人,早已把能够做的事都做过了。一件本来很清晰、很容易判断的案子,被你们用阿古尔修斯、巴尔杜斯、巴尔多鲁斯、德·卡斯特罗、德·伊摩拉、希波利图斯、巴诺尔米塔诺、贝尔塔琪诺、亚历山大、古尔修斯,等等,还有其他一群老朽的糊涂不合理的论断以及和愚蠢的意见弄复杂了,这些人丝毫都不懂什么《法学汇纂》,他们只是一些靠什一税养活的肥牛犊,对于了解法律所需要知道的,他们一窍不通。”

“因为(很显然是这样),他们既不懂希腊文,也不通拉丁文,他们仅仅会一些走了样的不合逻辑的东西。其实,法律最先是从希腊人那里来的,你们可以拿乌尔波亚努斯[①]的著作《法学的起源》作证明,所有的律条全都是希腊的成语和词汇;其次,法律是用拉丁语系中最工整、最考究的拉丁文编撰出来的,连萨路斯特[②]、费洛、西赛罗、塞内加、提特·利维和干提理安都不例外。这些糊里糊涂的老头子怎么能够清楚法律的条文呢?他们从来就没有看到过一本好的拉丁文书,他们自己的文字就是很好的说明,完全是掏烟囱的、做饭的、烧火人的笔调,哪里是什么法学家"?

"再说,法律是从伦理学和自然科学中提炼出来的,这些老疯子怎么能明白呢?实话讲,他们还没有我那头骡子明白的东西多呢。至于所谓人文,还有有关上古及历史的知识,他们更是一无所知,但法律却充满了上述学问的典故,没有这些知识,就没有人能明白它们。过几天我公开用书面跟大家好好地谈一谈。"

"因此,倘若你们愿意让我了解清楚这个案件,首先,先给我把这些文件全都烧掉;其次,把原告和被告全都给我带来,等我听他们供述之后,再将我的意见告诉你们,绝不许说假话,绝不会遮遮掩掩。"

这件事,他们有人表示反对,你们都知道,在任何集团里,愚昧的人总是比明智的人多,比较好的意见总是会受到多数人的压制。提特·利维谈到迦太基人的时候就是这样说的。但是,上面说过的那个杜·杜埃却坚持相反的意见,他说庞大固埃说得很正确,这些记录、调查、辩论、证据、反驳,还有其他类似这些东西的破玩意儿,都只不过能颠倒是非,延长诉讼。倘若不能按照另外的方法,也就是说按照真理和科学的公正来论断处理的话,情愿让魔鬼把他们全都捉走。最后,总算把所有的卷宗全都烧掉了,那两个打官司的显赫人物被通知亲自出庭。庞大固埃问他们道:"这件复杂的案子是关于你们两个人的吗?"

"是的,老爷。"他们一块儿回答。

"谁是原告?"

"是我。"德·拜兹居尔爵爷说。

"那么,我的朋友,你把这件事情依照事实经过、一点一点仔细地讲给我听吧。因为,天主在上,假使你乱说一个字,我就要把你肩膀上的脑袋砍下来,我要让你知道,在正义和裁判跟前,只允许讲实话,不允许撒谎。所以,你要小心点儿,对于你的供述,既不能夸大,也不可缩小。现在你说吧。"

---

① 乌尔波亚奴斯(?—228):古罗马法学家,罗马帝国大法学家之一,主要著作有《萨宾派民法》评注,《法学的起源》等。

② 萨路斯特(前86—前34):古罗马名史学家。

第十一章　德·拜兹居尔和德·于莫外纳两位爵爷如何在庞大固埃面前进行辩论而不用辩护人

于是德·拜兹居尔开始了下面的一段话：

“老爷，实际的事情经过是这样的，我家里的一个老女人到市上去卖鸡蛋。”

“戴上你的帽子吧，德·拜兹居尔。”庞大固埃说道。

“多谢你了，老爷，”德·拜兹居尔爵爷说，“那时候从二至线当中向着天顶上过来六块银币和一枚小铜钱，刚巧那一年利菲山上缺少虚伪诈骗，以至在巴拉关和阿古尔修斯派之间引发了有关瑞士反叛的具有煽动性的流言蜚语。这些瑞士人聚集的人数是三、六、九、十，为的是在新年那一天好拿汤来喂牛，把煤的钥匙交给女孩，让她拿燕麦喂狗。”“一整夜的时间，手放在壶上，只顾得催促步行的、骑马的，去拦阻船去了，因为裁缝师傅准备用偷来的碎布做一个炮筒来保卫海洋，依照捆干草的人的意见，海洋正因为一锅白菜汤而怀着孕。但是医生却说从它的尿样上，看不出明显的迹象，从鸨的走相上，也看不出怎样来配着芥末吃铁锹，除非是法院的老爷们给梅毒下一道低半音的命令，不许再死盯着卖锅的，因为那些穷家伙，正像拉高那个老好人说的，依照节拍跳舞，一只脚在火上，头在正当中，已经够忙的了。”“哈，老爷们，上天按照自己的意愿约束所有的东西，为了对抗背运，赶车的把鞭子都打折了。那是从比高卡归来之后，安提图斯·戴·克罗索尼埃取得了所有蠢事的学士学位，跟教会法学家说的完全一样：蠢人自有福相。”“圣菲亚克·德·布里把四旬斋期定得如此之严，不是为了别的，只是：

圣神降临得圣灵，
每次来时如受刑；
今日有酒今日醉，
小雨能够平大风。

“当然，法警把白色的目标放得如此之高，法院书记只好转着圈舔他带公鹅毛的手指头，我们看得很清楚，每人都承认自己的错误，他们抬起头来往壁炉那边看一眼，就能够看到挂着四十条马肚带的酒幌子，那是二十个五年的驮运工夫换来的。最起码，不见奶糕不放鸟，而宁愿去寻找，因为反穿了鞋，常常会没有记性。这个，愿天主保佑蒂包·米台纳！”

庞大固埃对他说："太好了，朋友，太好了，慢慢地说，不要动气。我明白是怎么回事了，接着往下说吧。"

"老爷，"拜兹居尔说，"我刚刚说的那个女人念诵着她的经文，用一个翻领都盖不住自己，老实说，她没有对抗大学的特权，只好用衣服来取暖，用七粒钻石来遮盖，并拔出刀来，扔到卖破布附近的地方，那些破布是弗兰德斯的画家绑知了用的。我真奇怪，人们怎么不去生蛋，孵蛋是一件多么舒服的事情。"

说到这儿，德·于莫外纳爵爷想插嘴说话，庞大固埃对他说："圣安东尼的肚子！没有人让你说话，你能够随便说话吗？我在这里听你们的讼案累得出汗，你还要麻烦我？静下来，真是岂有此理，不许吵！等他说完，让你尽量说。"

他向拜兹居尔转过身来说道："你说你的吧，别着急。"

拜兹居尔说道："看到执行的判决什么也不提起，教皇又允许每人随便放屁，只要白布没有画上道子，不论世上有多穷，只要不拿左手画十字，为孵百灵鸟在米兰新造几条虹，就允许那个女人不顾有睾丸的小鱼抗议，砸碎坐骨，因为小鱼是修旧靴子必要的东西。"

"然而约翰牛，她那个叫日尔瓦的堂兄，拿了火堆上一块木柴，劝她不要还没有先用纸点火，就去洗衣服，不要冒冒失失马马虎虎的，因为：

走路小心谨慎，

过桥不怕落水。"

"会计处的老爷们不赞同德国笛子的合奏，新近在昂维斯印行的《亲王的眼镜》就是用它们编出来的。"

"所以，老爷们，一篇破文件能让人相信对方的一面，我以圣教徒的身份宣誓，的确是如此。因为我为了讨好国王，从头到脚用包肚子的皮武装起来，去看我那些收割葡萄的人如何裁制高帽子，为了把衣服架子做得更好。会上的天气变化多端，有好几个弓箭手都被拒绝参加阅兵典礼，虽然壁炉很高，但都是对包底式翁朋友的瘤和癣疥来说的。"

"因此，在阿尔特瓦全境内，这一年的蜗牛格外的多，对于那些扛柴火的先生们真的不能不说是一件大好事，他们吃虚无鸟用不着拔宝剑，可以解开肚子上的纽扣。我自己呢，我期望每一个人都有一个好嗓子；都能打一手好网球，都喜欢穿便鞋，这样往塞纳河去也很方便，能够永远为磨工桥服务，仿佛从前加拿利王颁布的命令那样，这道命令到现在还在这里书记官的手里。"

"老爷，因为这个缘由，我请求你明确宣判哪一方有理，附带要求赔偿费用、损失以及利息。"说到此处，庞大固埃说道：

"朋友，没有其他的话要说了吗？"

拜兹居尔回答道："没有了，老爷，该说的都说了，并且用我的名誉担保，一点儿都没有走样。"

“那么轮着你了，德·于莫外纳先生，”庞大固埃说道，“你要说什么尽管说好了，只是，说话要精明，但也不要漏掉对答辩有用处的话。”

第十二章　德·于莫外纳爵爷是如何在庞大固埃面前为自己申辩的

这时，德·于莫外纳爵爷开始了下面的申辩：

“老爷，各位大人，倘若人间的不平能像牛奶里的苍蝇那般容易地被清清楚楚地辨别出来，那么，这个世界呀，真他妈的四条牛！就不至于被老鼠咬成这个样子了，被它们卑鄙地咬坏的不少耳朵，也许还在地上呢。因为——不管对方所说的话，如何在文字上、在申辩中叙述得像真的鹅绒一般天衣无缝——各位大人，计谋、诡诈、虚伪作假，都只相当于隐藏在一盆玫瑰花底下的东西罢了。”

“现在，当我不起罪恶的念头、不讲难听的坏话、喝着我的双料浓汤的时候，莫非我应该忍受别人对我敲着破东西来骚扰我的头脑，并且嘴上还说：

谁要是喝酒又喝汤，
到死后就二目若盲吗？”

“啊，圣母啊！我们看见过多少高大的军官，在战场上，当有人分送修院里祝圣过的面包时，为了更舒适地受用，弹起琵琶，放起响屁，在炮台上跳来跳去啊！”“现在世界上，路塞斯特的呢绒已经弄不到了，这个去荒唐，那个去五、四、二，倘若法院不下命令，那么今年抢劫之风要跟过去以及将来喝酒的情形一样严重的。假使一个受折磨的人到浴室里用母牛粪抹自己的嘴脸，或者购买冬季的靴子，过路的警官或巡逻人员恰巧从上面的一个窗口里挨上一盆脏水或者被浇一身粪，那么就应该割掉银币上的人头、摔碎带着皇冠的银币么？”

“有时，我们想的是这件事，而上天却偏偏做另一件，等到太阳落山之后，所有的一切生物都落在黑暗里。倘若这不是在光天化日之下有人明白做证的话，我也不要别人相信我。”

“在 1356 年，我买了一匹德国战马，高个子、短身材、好皮毛、浑身花点，银匠给我证实过，公证人也加上一些如此这等的证明。我没有那样博学，能够用牙齿去咬月亮，但是只要有放着吴刚工具的奶油罐子，有人说吃了咸牛肉，在没有蜡烛的黑夜中也能够找到酒，即使是藏在卖炭的布袋里面，上面再盖好面罩、盔甲也能够找到，但这都是为吓唬那些有着绵羊脑袋的傻人用的。俗话说得好，享受爱情的时候，就是火烧过的树林里的黑母牛也看得到。我拿这件事情请教过博学的人，他们根据三段论法的第五格得出结论，首先是没有比夏天在装满罗尼河上里昂城的纸张、笔、墨水、刀子的地窖中割草更好的事了，在那里可以东拉西扯，由于一副盔甲只要一有蒜的味道，铁锈就腐蚀到内部的肝里了，于是就会引起午睡以后的脖子疼，所以盐的售价如此之高。”

“各位大人，请不要相信，当那个女人为了想念她最受宠爱的法警、捉到那只鸟的时候，五脏六腑都要经过高利贷者的剥削。为防备卡尼巴人，没有更好的方法，就是准备一捆葱，拴上三百只萝卜，还要炼丹家分量准足的牛肠膜，把鞋烧成灰，里里外外都用萝卜根做的上等酱油泡过，然后自己藏在鼹鼠洞中，别忘记多留点儿肥油。”

“假若骰子只出两个三点，那你就把皇后扔在床角上，在她身上跳，哎哎哟，要多喝酒，千万别担心厚底的靴子和长筒袜里的青蛙，让换毛的小鸟去做摇尾巴的游戏，等着爱喝啤酒的人去打铁，溶蜡。”

“当然，问题中的那四头牛记性不太好。但是为了学会这一套玩意儿，它们既不怕鸬鹚，也不怕萨瓦的鸭子，于是我家乡那些老好人就抱着很大的希望，说道：‘将来这些孩子肯定是大数学家，法学界的名人。’倘若我们的篱笆比对方说的风磨还要高，那么捉起狼来就有把握了。但是那个大魔鬼嫉妒起来，把德国人放在后边，这些人就只知道喝酒：‘这儿有啤酒！’一个顶俩，因为没有任何现象能够说明在巴黎的小桥上，有一种草鸡，尽管它们头上的羽毛很像水鸭。所以真的牺牲红墨水去涂新近铸的大写字或者花体字，对我来说都是一样的，只要书的环衬不生虫子就行了。”

“所以在狗交配的时候，年轻人被人捉住了角，公证人也没有用通神的技术记录下来，因此运用（除了法院有更好的判决）六‘阿尔邦’大的草地，能够做三大桶的上好墨水，不用付现，我们在查理王殡葬的时候，用六块银币，我敢保证，就能够买到市场上摆满的羊毛了。”

“平时我看见好的家庭，到野外捉鸟的时候，总是在壁炉上先扫它三遍，记好名字，另外捆直自己的腰，放上几个屁，要是天气太热，就滚一滚它。

因为信一到达，
牛就退还给他。”

“就在1517年，曾经马丁格尔式地颁布过一道相同的命令，因为鲁兹弗热路斯管理得不好，法院最好能重视一下。”

“我觉得一个人不可能名正言顺地剥削别人，就像喝圣水拿掉织布者的梭子那样，只要是不愿意接受的，就给他们用上坐药，否则就一报还一报。”

“诸位大人，什么样的法律适合少数人呢？按照撒利族法典的惯例来说，谁第一个添火，谁就得到牛，谁在唱歌的时候擤鼻涕，没有唱出补鞋人的针脚，倘若是在大肚子的时候，就能够用在做半夜弥撒时冻出来的鼻涕来补他那家伙的不足，要多喝些昂如的白葡萄酒，喝了酒，就可以和布列塔尼人一般揪住领子打架了。”

“别的话没有了，要求赔偿费用、损失以及利息。”

德·于莫外纳爵爷说完话之后，庞大固埃向德·拜兹居尔爵爷说道：“朋友，你有什么要辩驳的吗？”

拜兹居尔回答说：“没有了，老爷，因为我说的只是实话，看在天主的份儿上，请把我们俩的纠纷了解了吧，我们在这里都负担着很大的花费。”

第十三章　庞大固埃对两位爵爷的诉讼纠纷如何判决

只见庞大固埃立起身来，把在那里陪审的院长、法官，以及学者博士都召集在一起，对他们说道：

“诸位，你们都已经听到这件成问题的纠纷了，你们有什么意见？”

对于这问题，他们一起回答道：“是的，我们全都听到了，不过，说实话，我们丝毫都没有听懂究竟是怎么一回事。因此，我们恳求你，发发慈悲，就按照你的理解来结案好了，我们完全同意，绝对赞成。”

“那么，各位，”庞大固埃说道，“既然你们同意，我就这样办了。但是我觉着这件案子并没有你们想象的那般棘手。你们的《加图法》《兄弟法》《高卢法》《五倍信都姆法》《饮酒法》《宅地法》《母节法》《妇节法》《圣职人选公告法》《蓬卜尼乌斯法》《基本法》《购买法》《管制法》《商人法》等，还有很多其他的法，按我看来却比这件讼案还要复杂得多。”

说完话，他在那间大厅里转了一圈，又转了一圈，大家可以看到，他是在深深地思考，因为他不停地喘气，活脱脱像一头肚子束得太紧的驴一样。原来他是在想一个对双方都很公平，而且又不厚此薄彼的方法。然后他坐下来，开始宣布以下的判决：

“本院接受了、了解了，并且好好地研究了德·拜兹居尔和德·于莫外纳两位爵爷的纠纷之后，兹作判决如下：

“由于蝙蝠的冲动，大胆地离开夏至线去追求无趣的游戏，它们因为畏惧阳光的刺激，先用小卒攻过来，这是在罗马的天气，一个骑马的耶稣像，腰间挂着弓，原告有充分的理由修补船只，让那个老女人一只脚穿鞋，一只脚光着，吹气，吹得她的良心结实坚硬，跟十八头牛的毛一样多的琐碎事，也跟绣花的针脚一般多。”“同样，应该宣判原告无罪的是由于有大便的自由，大家认为他借口不能轻松地大便，是因为在胡桃油蜡烛的光照下用连响屁熏香的一副手套决定的，就跟在他的故乡米尔巴莱一样，用青铜球放起帆篷，用人漫不经心地做着菜，菜是从罗亚尔河来的，鹰的铃铛是按匈牙利式的花样做的，由他内兄永世不忘地放在一个带边的篮子里，绣着三道金边的纹章，在背风的小棚里，用鸡毛掸子打一只虫子式的鹦鹉。”“至于被告，不论他是补破鞋的也好，吃奶酪的也罢，制造木乃伊的也好，没有摇铃撞钟，都觉着很正确，被告也很好地辩论过，法院判他三满杯酸牛奶，要都结成块的，跟珍珠一样亮，一块一块的，依照他家乡的样子，让被告在5月至8月中旬付清。”“不过，被告还要提供给草料，以及棉絮，好堵住嗓子中的东西，要一片一片的。”“依旧跟从前一样做朋友吧，和好如初，不用付任何费用，等因奉此。”

宣判之后，双方对裁判都十分满意地回去了，真是一件不可思议的事。因为自从洪水以来，一直到再过十三个五十年为止，永远都只有这两个人，他们本来希望相反的裁判，到后来竟然同时对一个判决感到满意。在那里陪审的法官还有那些学者，一个个都呆住了，呆了足足有三个钟头。他们在庞大固埃处理一件如此难办、这样棘手的案子上，清楚地看出他超人的智慧，他们全钦佩得难以形容，倘若不是拿来大量的醋和玫瑰水，让他们清醒过来，恢复了他们平时的知觉和理智，他们到如今也许还待在那里呢。事过之后，到处是一片赞美天主声。

第十四章 巴奴日叙述如何从土耳其人手里逃出来

庞大固埃所做的判决立即就被所有的人都知道了，而且还大量地印发出来，记录在法院的史册中，从此大家都说：“所罗门偶尔把小孩判给他的母亲，远远赶不上善良的庞大固埃在这件事上所表现的崇高智慧。我们国家里有了他，着实是我们的福气。”

于是，大家想要请他来做总理大臣和司法院长，但是他都拒绝了，并委婉地向他们表示辞谢。他说道：“这类职务需要很大的服务精神，由于人的败坏腐化，执行职务的人很难清清白白，我相信，空下来的天使的职位，倘若不用人来补充，就是再过三十七个五十年，我们也到不了最终的审判，古萨努斯的推测也不能实现，我可以预先告诉你们。但是，假使你们有几‘木宜’好酒，我倒是很开心地接受。”

他们当然很欣喜地照办了，把城内最好的酒都给他送来了，庞大固埃喝了一个痛快。但是，那个可怜巴巴的巴奴日也喝得十分起劲，他又干又瘦，活脱脱的像一条熏鲞鱼，行动跟一只瘦猫一样敏捷。他端了满满的一大碗酒刚喝到一半的时候，有一个人批评他说：“朋友，真好看！你喝酒喝得太粗野了。”

“没这个话！”巴奴日回答道，“我只是巴黎一个特别不会喝酒的人，还赶不上一只金丝雀喝得多,要是不像对付麻雀似的打着尾巴,那就连一小口都喝不下。啊,朋友,倘若我升高能和我往下灌一样有能耐,我老早就飞过月球和昂贝多克勒斯[①]在一起了。但是我不懂这是什么原因——这酒很好,醇厚味美,但是我越喝,就越觉着渴。我想庞大固埃殿下的影子会让人感到干渴,就像月亮会让人感冒一样。”

旁边的人都笑起来,庞大固埃看到了,问道:“巴奴日,你们笑什么?”

巴奴日说:“老爷,我在给他们述说土耳其那些坏家伙为什么连一滴酒都不喝。即便穆罕默德的《古兰经》中没有任何不好的地方,我也不要信他的教。”

庞大固埃说道:“好了,你还是给我说说你如何从他们手里逃出来的吧。”

“老爷,冲着老天说话,”巴奴日说,“我要一字不留地跟你说个明白。”

“土耳其那些歹徒把我用叉子叉起来,像只兔子似的抹了一身油,由于我太瘦,不抹油我的肉肯定不好吃。他们准备就这样活活地把我烤熟。他们一面烤,我一面就祈祷神灵保佑,一面心里还想着圣罗兰,我期盼天主能救我脱离这次灾难。果然,奇怪的事就真的发生了:因为,我正全心全意地祷告天主,嘴里叫喊着:‘主啊天主,帮帮我吧！主啊天主,救救我吧！主啊天主,解救我脱离这次灾难吧,这些狗东西由于我保卫你的教理,就要把我留在这里了!’说来也奇怪,烤我的那个人好像受到了神的指示似的睡着了,或者说,像迈尔古里巧妙地叫那个长着一百只眼的阿尔古斯睡着的时候一样。”

“我感觉到他不转动他的铁叉子来烤我了,我看看他,看到他已经睡着了。于是我用牙齿咬住一根木柴还没被烧着的一头,用尽气力,向着烤我的人的大腿上扔过去,接着我又咬了一块,扔到一张行军床下面,那张床就在壁炉旁边,烤我的那位先生的草褥子刚好铺在床上。”

“火立即就把草点着了,从草烧至了床,从床又烧至了地板,地板用松板拼成灯座式的图案。但是最妙的,是我扔到烤我的坏东西大腿上的那根柴,立即就点着了他的阴阜,然后又烧着了他的睾丸。他那个地方太脏了,不到天亮从来没有任何感觉,这一下子他像只糊里糊涂的公山羊似的爬了起来,对着窗口就拼命地大喊大叫起来:‘着火了！着火了!’他回头又朝着我跑过来,准备把我整个扔进火里,他割断了绑着我双手的绳子,又在割绑着我两只脚的绳子了。”

“这时候,这家的主人正在跟几位官员与学者在街上散步。他听到了喊救火的声音,又从街上闻到了烟味,就飞也似的跑回来救火,并想要救出家中的财物。”

“他一到家,就把插我的铁叉子拔出来,一下就把烤我的那个人插死了,当然也是因为他控制不了自己,或者是另有其他的原因,只见他一叉子叉到那个人的肚脐边上、靠近右肋骨的地方,穿透他第三片肝叶,向上一抬,又戳透了横膈膜,随后通

---

① 昂贝多克勒斯(前490—前430):古希腊哲学家、诗人、医生。

过心脏,从肩膀上、脊椎骨以及右边肩胛骨当中,把铁叉子拔了出来。”

“当然他从我身上拔出铁叉的时候,我就摔倒在地上的火架子边上了,这一摔,让我受了些伤,但是并不严重,由于我身上涂了一层一层的油,减缓了我摔下去的重力。”

“后来,我看到那个土耳其人绝望灰心,因为房子已烧得无可救药,全部财产都化做乌有,他气得像发了疯一样,嘴里喊着格里高斯、阿斯塔洛斯、拉巴鲁斯和格里布伊斯,一连喊了九遍。”

“看到他这样喊叫着,我也吓得要死,倘若魔鬼真的来捉走这个疯子,会不会顺便连同我也一起捉走?我已经被他们烤得半熟了,身上的油是让我疼痛的原因,因为那里的鬼家伙是最爱油的,这个,你们在哲学家杨勃里古斯和姆尔茂特的辩论书《论驼背与造假者》里能够找到权威的论点。于是我,一边画十字,一边喊:‘天主神圣,天主不朽!’结果是并没有一个人进来。”

“那个丑恶的土耳其人见到此情景,想要用我那把铁叉子刺穿自己的心脏,一死了之。果然,他用叉子对着自己的胸口,但是因为叉子不够尖锐,扎不进去,他用尽气力往进扎,还是扎不进去。”

“于是我朝他走过去,对他说:‘你这头蠢猪,你在这里白浪费工夫,因为这样你永远都死不掉,最多不过是受点轻伤,或者是落到外科郎中手中,一辈子都要活受罪。不过,倘若你同意的话,我马上就可以把你杀死,还让你什么都觉不到,你相信我吧,我已经用这个法子杀过很多人了,他们全都觉得很痛快。’”

“‘哎呀!我的朋友,’他对我说,‘我请求你!倘若能这样做,我把我的钱袋送给你,给,拿去,里面有六百个“赛拉弗”,还有几颗好的金刚钻以及几粒一点儿问题都没有的好的宝石。’”

“现在在哪里呢?”爱比斯德蒙问道。

“我的圣约翰!”巴奴日说道,“倘若还存在的话,现在也很远了。去冬落雪今何处?这是巴黎诗人维永①最在意的事了。”

“请你把话说完,”庞大固埃说,“让我们知道知道你后来把那个土耳其人怎么样了。”

“实话说了吧,”巴奴日说,“我不说一句假话的。我拾起一条烧掉一半的裤子把他绑起来,之后再用我的绳子把他的手脚结结实实地捆到一起,捆得他连动都不能动;后来用叉子从他的嗓子眼中插进去,把他挂起来,挂到放钺的两个大铁钩上;之后,在下面烧起一把旺火,把我那位财主像在炉子上烤鲞鱼似的烤在那儿了。我这才拿起他的钱袋,在架子上又拿了一支标枪,撒腿就跑。天知道,我自己的肩膀上有一股多么难闻的羊膻气!”

---

① 维永:法国诗人,狂放自大,曾多次入狱,其诗人美名与品行不端罪名同为世人所知。

“等我跑到街上之后，我看到很多人带着水来救火了。他们看到我已经快烧熟了，当然觉着我很可怜，于是就把带来的水都浇在我身上，浇得我特别痛快，也对我实在有好处。之后，又给我吃了一点儿东西，但是我并没有吃，因为他们给的只有水，这是他们的习俗。”

“除此之外，他们并没把我怎么样，只有一个小坏家伙，长得前犄角后罗锅，他偷偷地走过来啃我身上的油，被我狠狠地在他手上刺了几下，他再也没有来第二次了。还有一个年轻的哥林多女人，她给我送来一盆摩勒落迦果，并且还是用她们的方法蜜饯过的呢。但是她瞪着眼瞅着我那个没有头的家伙，它是在火烤的时候缩进去的，长短只达到膝盖那里了。但是，你们知道这一烤，却把我七年多以来一直患的一种坐骨风湿炎完全治好了，并且还正是烤我的那个人睡着的时候，让我在火上烤的那一边。”

“他们只顾得看我了，火可是烧了起来，你们也不用问是如何才烧起的，总之一烧就烧了两千多幢房子，火大极了，人群中有一个人看到了，叫起来：‘穆罕默德的肚子！全城都烧起来了，我们还在这里闹着玩呢！’他们这才各自跑回家中去。”

“我呢，我沿着城门那条路跑去，一直跑到附近一座小土丘上，我这才像罗德①的妻子那样回过头去看了看。我看到整个的城都烧着了，心里特别痛快，简直乐得我快屙出来了。但是，我得到的报应可不小。”

“后来怎么样了？”庞大固埃问道。

“后来，”巴奴日说，“当我称心如意地看着这场大火，嘴中还得意忘形地说着：‘哈，可怜的虱子，哈，可怜的小老鼠！你们今年可要过一个苦难冬天了，火将你们的仓库都烧掉了！’的时候，一下子跑出来六百多，不，是一千三百一十一只大大小小的狗，它们一块儿从城里跑出来，它们也是从火中逃出来的。它们闻到我身上烤得半熟的肉味，就一个劲儿地朝着我跑过来，要不是我那好心的守护天神给了我一个及时应付牙咬的启示，那些狗早就将我吞掉了。”

庞大固埃说：“你为什么害怕被咬呢？你的风湿炎不是都已经治好了吗？”

“你怎么如此的不明白！”巴奴日回答说，“还有比狗咬着你的大腿更疼痛的事吗？但是突然间，我想到了我身上的油，我揭下来朝着它们丢了过去。”

“那些狗只顾得去抢、去夺了，如何是一阵乱咬。用这个方法，我总算是脱身出来，让它们拼命去吧。就这样，我终于平平安安、快快活活地逃了出来，这幸亏被人烤过，烤人的刑罚万岁！”

---

① 罗德：基督教《圣经》故事人物，据说在带领妻子逃离即将毁灭的城市所多玛时，其妻因回头探望，即刻变成一根盐柱。

第十五章　庞大固埃如何提出一个建筑巴黎城墙的新办法

有一天，庞大固埃读书过久，感觉疲劳，就到圣玛尔叟郊区去散步休息，他准备去逛逛高勃兰游乐场。巴奴日当时在他身边。巴奴日的衣服底下常常带着一瓶酒，还有一块火腿，因为不带这两样东西，他就没有办法出门，他说这是他随身必备的护身宝贝。他不佩带宝剑，庞大固埃要给他一把，他说宝剑会烧他的脾脏。

爱比斯德蒙说："要是有人欺负你，你如何抵抗呢？"

"拔脚就跑，"巴奴日回答说，"能躲过宝剑就好了。"

他们回来的时候，巴奴日指着巴黎的城墙，带着嘲笑的样子对庞大固埃说道："你看这座体面的城墙！只能保护保护换胎毛的小鸟罢了！冲着我的胡子说话，对于一座像巴黎这样的城市，这样的城墙未免太坏了，一头母牛放一个屁就能够把它震塌六'庹'多了。"

"噢，我的朋友，"庞大固埃说道，"你知道有人问起阿盖西劳斯为什么拉刻代蒙那座大城没有城墙的时候，他是如何回答的吗？他指着城内精通武艺、骁勇健壮、兵器充实的居民说道：'这就是城墙。'他的意思是说只有人的骨头才称得上是城墙，没有比老百姓的勇武更可以依靠、更为坚固的城墙了。城内住有如此英勇善战的居民，那是再可靠也没有了，他们不用担心再造什么城墙。再说，即便想造城墙，像斯特拉斯堡、奥尔良或者菲拉拉那样，那也是不可能的事，费用太大了。"

"但是，"巴奴日说道，"碰到被敌人包围的时候，有一道石头的城墙给他们看看也是好的呀，哪怕只为了可以问一声：'城下什么人？'也好呀。至于像你说的建造城墙需要巨大的花费，倘若城内的先生们肯送我一大坛酒，我就可以教给他们一个费用最低的建造城墙的新的方法。"

"怎么造呢？"庞大固埃问道。

巴奴日回答说："我告诉你，你可千万不要说出去。"

"我看此处女人的那个东西比石头还要便宜，应该用它们来造城墙，按照建筑学的对称法把它们排好，最大的放在最前排，之后像驴背似的堆起来，先用中等大小的，后用最小的，最后再把修院里那么多裤裆里的硬东西串联起来，像布尔日高大的城寨那样，一个尖一个尖地排列起来。"

"这样的城墙，什么鬼家伙能拆得动呀？没有任何金属品能像它一样经得起打击。让那些家伙来磨蹭好了，冲着天主说话，你立刻就能够看见一种神圣的产物像下雨似的把梅毒散给他们，并且还特别快，冲着魔鬼说话，绝不骗人！不仅仅是这一点,就连雷都不会劈开。为什么?因为那些玩意儿都祝过圣,或者受过封赏。"

"但是,只有一样不方便。"

"啊、啊、哈、哈、哈!"庞大固埃笑了起来,"有什么不方便的呢?"

"就害怕特别喜欢这种东西的苍蝇,它们如获至宝似的,肯定成群结伙地飞来,把脏东西都留在上边,那我们的工程就完结了。但是,我这里还有个补救的办法,就是用狐狸的尾巴来赶,不然的话,就用普罗温斯驴的那种又长又硬的家伙也行。只是,对于这一点,我想给你说一个很好的例子(我们一面去吃饭),那就是《行乞修士饮酒篇》里所说的。"

"在禽兽还会说话的年代(才不过三天),有一只倒霉的狮子在比爱沃树林中散步,它一面念叨着经文,一面从一棵树底下经过。树上有一个烧炭的樵夫在那里砍柴,他看到狮子就把斧子丢了过去,把狮子的一条腿砍伤了。那只狮子一瘸一拐地在树林里跑了半天,想找人给它医治一下,最后它遇到一个木匠,那个木匠倒是十分热心,看了看它的伤,就尽自己的能力把狮子的伤口洗干净,涂上苔藓的汁液,告诉它让它赶着苍蝇,不要让苍蝇把脏东西留在伤口上,等他去找些蓍草的叶子好包扎。"

"就这样,那只狮子终于痊愈了。它在树林中继续往前走。这时候,一个上了年纪的老太婆在树林中砍柴、捡柴火。她一眼看到了狮子,吓得仰天倒在地上,风一吹,把她的衣服、裙子、衬衫,一块儿翻到了肩膀上。狮子看到了,赶快同情地跑过去,看她有没有摔伤,后来看到她那个'叫不出名字的地方',就说道:'哎呀,不幸的女人,是谁把你弄伤了?'"

"话还没有住口,它看到一只狐狸,于是就喊住狐狸,说道:'狐狸大哥,哎,呀,呀,你来看看这是怎么回事呀!'等到狐狸走过来,狮子又说道:'大哥,老朋友,有人伤了这位老太太两腿中间的那块地方,并且伤势很重。你看,伤口有多大,从肛门一直到肚脐,至少有四,甚至于五"叉"半长。这肯定是被斧子砍的,并且我怀疑已经砍了很久了。但是,为了不让苍蝇落在上面,请你仔细地驱赶它们,里里外外都要顾及到。你有一条又长又大的尾巴。你摇动它,我的朋友,好好地摇,求求你,等我去找些苔藓来给她敷上,因为我们需要互相救助、彼此帮忙才是对的。你赶着苍蝇,我的朋友,好好地摇着尾巴,这个伤口需要多动动它,不然的话它会难过的。所以你要好好地摇,我的小伙计,摇吧!天主给了你一条好尾巴,又粗又长,好好地摇吧,千万别不耐烦。一个赶苍蝇的好手,要不停止地摆动蝇拂,这样才不会有苍蝇落到上面。摇吧,小家伙,晃吧,我的小伙计!我绝不多耽误时间,我很快就回来。'"

"说完,它就去找苔藓去了,它已经走得相当远了,还在冲着狐狸喊:'摇着点,伙计!摇吧,好好地摇,别心烦,我的小伙计。我将来会叫你做唐·伯多禄·德·卡斯提埃的摇蒲扇的。摇吧,只管摇好了,其他的什么都不用管。'"

“倒霉的狐狸尽力地摇摆，前前后后、里里外外，摇得那个老太婆屁滚尿流，臭气熏天。可怜的狐狸难受极了，它不知道向哪边转才能躲开那个老女人放屁的臭味。它正在转的时候，看到后边还有另外一个窟窿，没有它赶苍蝇的窟窿那样大，但是奇臭难闻的味道却是从那里出来的。”

“最后那只狮子总算是回来了，带来的苔藓，十八捆都捆不完，它用带来的一根棍子，把苔藓填进伤口中，一填填了足足有十六捆半，它惊奇地说道：‘好家伙！这个伤口真深，两车多的苔藓都能填得进。’”

“但是那只狐狸却说道：‘喂，狮子大哥，老朋友，我求求你，不要把苔藓都放进去，留一些，因为这下面还有一个比较小的窟窿，臭得简直受不了。我快要臭死了，臭得要死。’”

“所以，不能让苍蝇落在城墙上，必须要雇一些人去赶才能行。”

这时庞大固埃说道：“你怎么知道这里的女人的那个东西如此便宜呢？因为城里有的是纯洁贞节的烈女啊。”

“到哪里去找呢？”巴奴日说，“我告诉你，这并不是我的偏见，而是千真万确的事实。我并不是吹，自从我来到这里之后，已经搞过四百一十七个了（我不过才来了九天）。就在今天早上，我还遇到一个人，背着一个褡子，好像伊索寓言里的那个一样，褡子里装着两个最多不过两三岁的小女孩，一个在前，一个在后。他求我救济他，可是我对他说，我的睾丸要比我的钱多，后来，我对他说：‘朋友，你这两个小女孩还是处女吗？’他回答说：‘大哥，我这样背着她们，已经背了两年了，前边的这一个，由于我一直看着她，照我想，也许还是处女，但是，我也不愿意为了证明我的话是真的而把手指头放在火里打赌。至于我背后的这一个，我就绝对不保证了。’”

“真了不起，”庞大固埃说道，“你真是个好玩的伙伴，我要你和我的人穿一样衣服了。”

于是，依照当时流行的样式，将他打扮得很漂亮，只有裤子的裆，巴奴日一定要三尺长，并且要四方的，不要圆的。做好之后，倒也顺眼。巴奴日常常说，其他人还不知道穿大裤裆的好处与便利，但是总有一天他们会知道的，因为任何事情都是在需要的时候才能够想得出的。

他说道：“天主保佑被长裤裆救了性命的人！天主保佑穿长裤裆一天里边用掉十六万零九个‘埃巨’的人！天主保佑依靠长裤裆拯救全城不致饿死的人！天主在上，等到我有一空的时候，我要写一著作书叫作《长裤裆的好处》。”

果然，他写了一本又厚又大的书，还附有插图，但是，就我知道，时到如今还没有被印刷出来。

第十六章　巴奴日的生活习惯

巴奴日中等身材，不太矮，也不太高，鼻子有点钩，样子像一把剃刀的柄，年纪大约在三十五岁左右，尖巧伶俐，像铅做的剑容易镀金一样，只想占别人的便宜，人长得倒还算是风流，除了有点荒唐之外，还天生害一种叫作“没有钱无比痛苦”的病。但是，在他需要的时候，他总有六十三种方法能够把钱弄到手，其中最能说得出口、同时也最常用的一种方法就是偷。除此之外，他还爱干恶作剧的事，哄骗人、喝酒、游手好闲，倘若在巴黎的话，还喜欢追女人。除此之外，要算“天下最老实的好百姓”了，心眼里总是想尽方法给警察和守夜的更夫制造点麻烦。

他常常召集三四个粗汉，在黄昏的时候，把他们灌得酩酊大醉，之后把他们领到圣日内维埃沃，或者是那伐尔学校附近，等守夜的警士一来（他可以听得出来，只用把宝剑放在地上，侧耳一听，倘若宝剑晃动，那准没错儿，守夜的人肯定是离他不远了），这时候，他就和他的同伴把一辆车子推翻，用力让它从斜坡上滚下去，把守夜的人像猪猡似的都撞得翻倒在地。之后，他们就逃到对面的路上去，因为他在巴黎不到两天的时间，就把所有的大街小巷都摸清了，好像饭后念谢恩祷告一样。

还有一次，是在一个欢闹的广场上，在巡夜的人应该会从那里经过的路上，他撒下了一溜火药，等到警士走过去的时候，他就把火药点燃，自己站在一边欣赏警士们逃跑时那种怪模样，他们还以为是圣安东尼的神火烧着了他们的大腿呢。

对于那些所谓的艺术大师们，他的恶作剧就更加厉害了。只要在街上碰上一个，不耍弄耍弄他们，他是绝不会善罢甘休的。有时候他会在他们带檐的帽的顶上放一坨粪，有时候会在他们背后绑上一条狐狸尾巴或者兔子耳朵，再不然就要些其他的花招儿。

有一天，这些大师们被召集到草市大街去，巴奴日给他们准备了一个布尔包奈式的蛋糕，里边放了大量的蒜、“嘎尔巴奴姆”“阿萨·费蒂达”、海狸的肾精和新鲜的大便，然后把蛋糕在下疳瘤的脓血里蘸了蘸，一大早就把地上涂得到处都是，连鬼在那里都待不下去。结果，那些人在大庭广众之下大吐特吐，好像狐狸被剥了皮似的，有十个或是十二个得瘟疫死掉了，十四个得了大麻风，十八个长了疥疮，还有二十七个得了梅毒。但是他的外套有二十六个以上的小口袋，总是装得满满的：

一个里面装着一个铅做的小顶针，还装着一把锋利的小刀，这把刀和缝制皮革的针一样，是用来割别人的口袋的；一个里面装着酸性的东西，打算泼人的眼睛；还有一个里面装着牛蒡子，上面插着小鸟或小鸡的羽毛，这是他用来丢在别人的衣服上或者帽子上的,他还经常给人家添上几个好看的犄角,让他戴着走遍全城,有时会戴一辈子。对于女人,他也不放过,他经常做一个像男人那个东西似的玩意儿放到人家帽子后面。

还有一个口袋里,装着一卷一卷满是虱子和跳蚤的小纸卷,虱子和跳蚤都是从圣·伊诺桑的要饭的人身上捉来的,他用芦苇或者写字用的羽毛,丢在路上遇见的最娇嫩的姑娘们的领子上,在教堂里也是这样。他从来不到当中大家看得到的地方去,总是待在侧面跟女人们搅在一起,不论是望弥撒的时候,还是午后诵经或者讲道的时候。

还有一个口袋里,装着大量的钓钩和别针,在男人和女人拥挤的场合,他常常将他们钩在一起,尤其是那些穿着薄绸衣服的太太,等她们要离开的时候,身上的衣服总是给拉破了。

还有一个口袋里,装着火镰子、火纸、引火管、打火石和所有取火用的东西。

还有一个口袋,里面装着两三个照火镜,他可以晃男人和女人的眼,让他们生气。在教堂里的时候,他能够让他们坐立不安,因为他说"热爱弥撒的女人"和"臀部柔软的女人"相差无几。

还有一个口袋,里面装着针线,他能够用它做出无数的鬼把戏。

有一次,在王宫进门处的那座大厅里,一个方济各会的教士为最高法院的老爷们做弥撒,他帮教士穿衣服,穿祭披,但是穿的时候,他把那件白长衣缝到教士的长袍和衬衫上,后来,等宫里的大人老爷们坐下来望弥撒,他已经溜跑了。等到宣布弥撒完毕,那个倒霉的教士想要脱掉法袍的时候,他把身上的长袍和衬衫一块儿都掀了起来,因为它们都结结实实地给缝合在一起了,他一拉就拉到了肩膀上,把下身的东西都给别人看见了,不用说,还真不小。那个教士还在拉,越拉越往外露,宫内一位大人说道:"怎么,这位司铎想让我们舔他的屁股吗?让圣·安东尼的神火去亲他好了!"从那时起就颁布命令,司铎不能在人前脱衣,要到更衣所里换衣服,尤其是当着女人更不允许,因为这是给她们一个产生邪念的机会。或许有人会问为什么教士的家伙那样长,巴奴日对于这个问题解答得非常巧妙,他说道:

"驴子的耳朵之所以长,是由于它们的母亲不给它们在头上戴帽子,就像德·阿里亚高在他的《推测篇》里所说的那样。老神父们的东西那样长,也是一样的理由,这是因为他们不穿有裆的裤子,他们那个东西能够自由自在地向下耷拉,晃晃荡荡地能够一直垂到膝盖上,就好像妇女们的念珠一样。至于说,为什么那么粗,那是因为悠悠荡荡地摇晃,身上的液体都下降到那个东西上的缘故。按照法学家的推断,震荡和不停地运动,是吸引力的根源。"

同样,他还有一个口袋,满满地装着明矾粉,碰到神气活现的女人,就往她们的背上撒一把,让她们在大庭广众之下穿不住衣服,有的急得像热火上的小公鸡那样乱蹦乱跳,有的像弹子放在鼓上一般乱滚,还有的满街乱跑。他呢,跟在人家后边跑,遇到脱衣服的女人,他就做出非常殷勤和有礼貌的样子,脱下自己的外套来为她们遮背。

还有,在另一个口袋里,装着一个小瓶,里面装满了棉油,碰到衣着体面的女人或男人,他就假借去摸摸人家的衣服,在最紧要的地方给人家抹上油,弄脏,一边嘴里还说着:"您看,这才叫好呢子呢,"或者"太太,这才叫好缎子、好绸子呢。您真有福气,您心里想什么,天主就给您什么!又有新衣服,又有新朋友,愿天主保佑您!"他一边说,一边把手放在人家领子上,污迹永远也别想能去掉,牢牢地刻在灵魂上、身体上、荣誉上,就是魔鬼想去掉它都是白费劲。接着他对人家说:"太太,小心不要摔倒了,因为您前边就有一个又脏又大的坑。"

还有一个口袋,里面装满了磨成细粉的大戟草,他把从宫门口那个美丽的女内衣商人那里偷来的一条绣花手帕放在里面,那条手帕是假借在人家奶上拿掉一个虱子的时候顺手偷来的,虱子也是他自己放上去的。他和太太们在一块儿的时候,总是想方设法引人家谈到内衣的问题,于是他就把手放在人家胸口上,问人家说:"这种手艺是弗兰德斯的呢,还是海恼特的?"他一边拉出他的手帕来,一边说:"您看,您看看这个活儿做得如何?这是佛提尼昂来的,要不然就是佛塔拉比亚来的。"他拿着手帕在人家鼻子底下拼命地摇晃,让那些太太们一连打四个钟头的喷嚏还止不住。他呢,像一匹马似的,屁放个不停,女人们大笑,跟他说:"怎么,是你放屁吗,巴奴日?"他回答说:"不是,太太,我看到你们用鼻子奏音乐,我给你们配一配。"

还有一个口袋,里面有一把钳子、一个撬锁的铁钩、一把铁锹,以及其他的小工具,这样一来,所有的门户和箱柜他都能开。

还有一个口袋,里面装满小碗、小杯子,他要得非常在行,因为他的手指着实灵巧,巧得跟密涅瓦和阿拉克纳斯①一样,从前他还做过卖野药的呢。他要是去兑换一块"代斯通"或者别的钱币的时候,倘若那里的换钱的人的眼睛不比魔术师的还要敏锐,他在众目睽睽之下,能够毫无破绽地让五六块银币不翼而飞,丝毫不露破绽。

① 阿拉克纳斯:神话中吕底亚国少女,善织绢,密涅瓦拿了她一匹绢,她气恼自杀,密涅瓦把她变成了蜘蛛。

第十七章 巴奴日怎样购买赦罪；如何让老年女人出嫁和他在巴黎的诉讼

有一天，我看见巴奴日面带愧色，沉默寡言，我想肯定是没有钱花了。我问他道：

“巴奴日，我从你脸上看出来你有病，我清楚是怎么回事，你的钱袋漏了。但是，你不用担心，我还有六枚小钱，没看见过爹娘呢，你什么时候要什么时候都有，就像杨梅疮一样现成。”

他听了，立即跟我说：“钱算得了什么！有一天我只会多得没有地方去用。因为我有一块点金石，能把别人钱袋里的钱给我吸过来，就像吸铁石吸铁一样。”

然后他又问我：“你要去购买赦罪吗？”

我回答他说：“说实话，我在这个世界上就不会乱赦人的罪，因为我不知道死后是不是一样。好，我们去吧，看在天主的份儿上，不多不少，送他一个小钱。”

“那么，”他说道，“你先借给我一法郎，我给你利息。”

“不，不，”我回答说，“我送给你就好了。”

“那多谢了。”他说道。

于是，我们就去了，先到圣日尔瓦教堂，我只在头一个献钱的地方换得到了赦罪，因为对于此类事，有一点我就满足了，之后，我读了一些短经和圣勃利瑞德祷文。但是，巴奴日却是到每一个献钱的地方去买赦罪，对每一个售卖赦罪的教士，他都会给钱布施。

从那里，我们走到圣母院、圣约翰、圣安东尼，还有其他出卖赦罪的教堂，我们全都去过了。我自己够了，不再要赦罪了；但是他，在每一个献钱的地方，他都要去吻圣髑，上布施。简单地说吧，我们回来之后，他领我到宫堡酒家去喝酒，而且还让我看他有十几个口袋，个个都装满了钱。我一看见，赶紧画十字，说道：

“如此之短的时间，你在哪里弄到这么多钱？”

他回答我说是从赦罪盘中偷拿的，他说道：“因为，给他们放一个钱的时候，我放得特别巧妙，让他们看见好像是一大块银币；但是，我一只手又拿回来十二块，足有十二个‘里亚尔’，或者‘双里亚尔’，另外一只手也拿回来四五十块，这样，只要是我到过的教堂，都偷过了。”

“但是，”我说道，“你这样做，是一种和毒蛇一样的堕落行为，你简直是个小偷，是亵渎神圣的人。”

“是的，对，”他说道，“但是这是你的看法。至于我，却不是这样想的。因为我认为这是负责布施的教士拿圣髑让我吻的时候送给我的，他们念着：你会成百倍收回——我给一个，收回一百个。‘收回’是照希伯来人的用法，拿将来式代替命令式，好像经典里的词句一样：你必须热爱天主。所以那个售卖赦罪的人跟我说：将成百倍收回，我认为他是说：收回一百倍吧！吉美大师、阿本·埃兹拉大师，以及所有的马索莱也都是这样说的，甚至连巴尔脱鲁斯也包括在内。还有呢，教皇西克斯图斯因为患下疳瘤特别的痛苦，他觉得要瘸一辈子了，我将他治好了，他从他自己的财产和教会的财产里，送给我一千五百‘利佛’的年金，于是我在教会的钱财就可以自己动手支取了，因为这个办法是最妙的。”

“啊，我的朋友，”他说道，“要是你知道我在十字军上发了多大的财，你会感到惊奇的。我赚过六千多‘弗罗林’。”

“那么多金币都跑到哪里去了呢？”我说道，“你现在连一个小钱都没有。”

从哪儿来的依旧回到哪儿去，只是换了换主人罢了。

“我用了三千多给上了年纪、嘴里连牙齿都掉光的老太婆作为陪嫁，她们可不是年纪轻轻的少女，因为找丈夫的少女不会没有，只会太多。对于上了年纪的女人，我是这样想：‘这些女人年轻时已舒服过了，她们什么把戏都玩过，跟谁都来，一直玩到没有人要了才算拉倒。天主在上，在她们死之前，再刺激刺激她们，让她们动一动也好啊！’于是，我给这个一百‘弗罗林’，给那个一百二十，给另外一个三百，完全依照她们长得丑陋、讨厌和让人厌恶的程度给她们，因为越是丑恶讨厌，越需要多给一些，不然连魔鬼也不愿意要她们。我接着就去找一个扛活儿的棒小伙子，我要亲自办理这件婚姻大事，但是在没让他看见老太婆之前，我先拿几块‘埃巨’给他看，告诉他说：‘朋友，要是你肯好好地干一下，这些钱就全都是你的。’那些家伙一听，就像老骡子似的吼吼地叫了起来。我吩咐给他们准备好东西吃，给他们好酒喝，还要了大量的糖果，把老太婆一个个全都刺激了起来。最后，他们一本正经地干完了他们的事。除了特别难看，或者实在看不上眼的老太婆，我才事先在她们头上先罩上一个布袋。”

“还有呢，我在打官司上也用掉很多钱。”

“你能打什么官司呀？”我说道，“你既没有土地，也没有房子。”

他说道：“朋友，本城的小姐们很可能是受了地狱里魔鬼的挑拨，创造了一种非常严密的领子，或者说是围脖，把她们的胸部盖得丝毫不露，简直没法从下面伸进手去，由于开缝留在后面，前面没有开口，这使得可怜的情人们、追求者、爱看女人的人，感到十分的不满意。有一个星期二，我向法院递了一张状子，控诉那些小姐们，说明我所坚持的理由，并且声称倘若法院不马上处理，我会由于同样的理由就要把我裤子上的裆开在后面。小姐们听了联合起来，声明理由，委托代理人替她们辩护。但是我坚决上诉，最后总算法院下了判决，下令以后不许带这么高的围脖，除非在前面留一个开口。为此,我花了不少钱。”

“还有一次,我甚至跟‘飞飞师傅’以及他的执事们打了一场又脏又臭的官司。我要求他们晚上不再偷偷地念《布萨尔的大桶》《箴言集》第四册,我要他们在白天念,并且到草市大街的学校里当着神学大师们去念。这件事,因为执达吏传达得有偏差,我又被判罚付诉讼费。”

“除此之外,还有一次,我在法院递了一张状子,控告那些院长、法官和其他人的骡子,我要求他们把骡子留在法院的院子里,让它们在不耐烦地等待的时候,由法官的老婆给骡子戴上个美丽的围嘴垫,不让它们的口沫弄脏路面,这样,法院里打杂的人就可以尽兴地在路上掷骰子,或者玩‘我背叛天主’,不至于再弄脏裤腿了。这件事,我得到了满意的裁决,但是我又花了不少钱。”

“所以,你加起来算算,仅仅我每天请法院执事们吃饭的钱就得多少。”

“你这样为的是什么呢?”我问道。

“朋友,”他说道,“我看你在世界上简直就不会找乐子,我却是比国王还会玩儿。倘若你肯跟我联合起来,我们连鬼做的事都能做得出。”

“不,不,”我说道,“冲着圣阿多拉斯说话!当心你会给吊死。”

“你呢,”他说道,“最终也是要被埋掉的。那么,哪一种更舒服呢?是吊在半空中呢,还是埋在土里呢?啊,真笨!但是把话说回来,当法院的执事们大吃大喝的时候,我给他们看守骡子,顺便将骑牲口先迈腿的那一面的脚镫割断,让它只连着一根线。等那脑满肠肥、神气活现的法官,或是别人,抬腿来骑牲口的时候,他就一下子在大庭广众之下,像猪猡似的摔倒在地上,让人笑得比捡到一百法郎还要厉害。我呢,我笑得更厉害,因为,他们回到家之后,肯定会让人把执事先生像打青麦子似的饱打一顿。因此,我请他们吃喝并不后悔。”

第十八章　一英国学者如何想和庞大固埃论战,结果反被巴奴日驳倒

就在那几天里,有一位名叫多玛斯特渊博的学者,他听到庞大固埃的学问天下无敌的说法,特地从英国跑了来,唯一的目的就是想看看、认识认识这位庞大固埃,验证一下他的学识是否像传说的那样。一到巴黎,他就直接来到庞大固埃当时所住的圣德尼饭店。这时,庞大固埃正跟巴奴日在花园中散步,并按照亚里士多德的方式谈论着学问。多玛斯特一进门,看到庞大固埃又高又大的身材就吓了一跳,然后就按照一般惯例向他行了礼,彬彬有礼地向他说道:

“哲学之王柏拉图说得有理,倘若学问和智慧的形象是表现在肉体上的、是人的眼睛所看得到的,那它一定会让所有的人敬仰他。因为,仅仅就传说中的名气来说,倘若这名气传到被称为哲学家的学者和探寻学问的人的耳朵里,那他们就再不能睡个安稳觉了,也不能够安静下去了,他们将感到强烈的激动和鼓舞,肯定会跑来看看那个学识渊博并由他发出神谕的人,究竟是怎样的一个人。正如我们所明显看到的那样,示巴的女王为了查看先知所罗门国家的秩序,为了听到他明智的论断,曾经从遥远的东方,穿过波斯海来看他。”

“阿那卡尔西斯为了访问梭伦曾从西提亚来到雅典。”

“毕达哥拉斯曾经访问过曼菲斯的先知。”

“柏拉图曾经访问过埃及的术士以及大兰多的阿尔奇塔斯。”

“提亚尼乌斯的阿波罗纽斯曾经到高加索山,穿过西提亚人、马萨基塔人、印度人的国家,渡过辟松大河,到过‘婆罗吸摩’的国土,拜访过夏尔沙斯,到过巴比伦、卡尔底亚、美底亚、亚述、巴尔底亚、叙利亚、腓尼基、阿拉伯、巴勒斯坦、亚历山大,一直到爱西屋皮亚,去拜访印度学派的哲学家。”

“同样的事例,我们在提特·利维的著作中也看到过,有不少学者从法国和西班牙的边境来到罗马拜访他,听他的教导。”

“我不敢将自己算在这些圣贤人之中,但是我非常喜欢求学,不仅爱好文学,并且还喜爱文人。”

“所以,自从我听说你具有渊博的学识之后,我就离开了我的国土、亲属、家乡,来到这里,我不顾路途遥远,漂洋过海,经过不认识的国土,仅仅是想能看到你,能跟你在一起谈论一些哲学上、占卜学上和神学上我所怀疑以及不能说服我自己的问题,倘若你能给我解答这些疑问,我立即就做你的奴隶,我以及我今后的子孙,因为其他的办法我认为都不足以报答你。”

“我将会以书面的方式把这些写下来,明天让全城的学者都知道,当着他们,咱们好公开地辩论辩论。”

“我主张辩论的方式是这样的,我不愿意像这里以及其他地方一些无聊的诡辩学家那样,争赞成或不赞成;同样,我也不愿意像学院派那样用演说的方式来争辩,也不愿意像毕达哥拉斯似的拿数字来决定,比古斯·米朗杜拉在罗马就曾想要这样做过;我想用手势来辩论,不用说话,因为我们所讨论的内容是如此的高超,人类的语言是不足以加以说明的。”

“为此,我请阁下于明晨七点钟按时到达那伐尔学校的大厅。”

他说完这番话,庞大固埃客气地对他说:“阁下,上天施予我的恩惠,我绝没有意思不尽力就让任何人都来分享。因为所有美德都是从他那里来的,而他的意思是:要在和正直的和适合接受真正学识——这份天赐的食粮——的人相处的时候将它继续发扬光大。在这些人当中,现在我已经看得出来,您是站在最前列的,因此我特告知阁下，倘若需要之处，我自当随时竭尽全力，悉听尊便，只是我从您那儿学到的将会远远超过您从我这里学到的罢了。现在你既然如此提议，我们自当一块儿来研究你的疑问，探索出一个结论，哪怕是一直到无穷无尽的深渊之中，像赫拉克利特说的那样，真理是藏在深渊之中的。"

"我非常赞同你提出的辩论方式，不用言语，就是只用手势。因为这样一来，你和我彼此都懂得，又避免了那些愚蠢的诡辩家在别人辩论时盲目地瞎鼓掌，特别是有人提出较好的论断的时候。"

"所以明天，我肯定会按照你指定的地点和时间，准时地到达。但是，请你也注意，我们私人之间并没有纠纷，也没有不和，我们寻求的既不是别人的称赞，也不是荣誉，而是单纯的真理。"

对于这些话，多玛斯特回答说："阁下，为答谢你崇高的尊贵对我低微的卑贱这样屈尊俯就，我祈求上天保佑你。我们再会了，明天见。"

"再会了。"庞大固埃说道。

各位，读这本书的人，请相信这一夜没有人比多玛斯特和庞大固埃的思想更飘忽不定的了。多玛斯特对他住的那座克吕尼旅馆的看门人说，他一辈子都没有像这一夜这样渴过。他说道：

"我感觉好像庞大固埃在掐着我的脖子。请你吩咐给我们拿喝的来，给我们准备大量的凉水，我要把嘴里的上腭好好地洗一下。"

另一方面呢，庞大固埃也在紧张地思索着，一整夜的时间只是在迷迷糊糊地思索：

贝达①：《数字和符号》；

柏罗丁：《论无法表达的事物》；

普罗克洛斯：《论祭祀与魔法》；

阿提米多路斯：《释梦》；

阿那克萨哥拉：《符号学》；

狄那里乌斯：《无人知晓之事》；

菲利斯提的著作；

希波纳克斯：《无法辩论之事》……

以及其他一大堆的书，最后巴奴日对他说道："老爷，不要再想这些了，去睡觉吧，因为我看你的思想如此的紧张，恐怕你一会儿就要为了过分忧思而患上急性寒热病了。你先去喝他个二十五到三十杯的酒，回去之后好好地睡上一觉，明天早上，由我来和那位英国先生对答和辩论，倘若我不能让他哑口无言，你随便骂我就好了。"

---

① 贝达：公元7世纪英国教士及史学家。

“但是，”庞大固埃说道，“巴奴日，我的朋友，他这个人博学得很哪！你如何能让他满意呢?”

“肯定会让他非常满意，”巴奴日回答说，“请你不要再说了，让我去办就好了。还有跟魔鬼一样聪明的人吗?”

“那当然没有了，”庞大固埃说，“除非他有神灵特殊的辅助。”

“就是魔鬼，”巴奴日说，“我也跟他们辩论过不少次，并且都是辩得他们张口结舌，无词以答。因此对于这个神气活现的英国人，你只管放心就好了，明天我保准让他当众出丑。”

巴奴日和跟随庞大固埃的人喝了一夜酒，赌了一夜钱，把裤带都输了。等到约定好的时间到了，他陪他主人庞大固埃来到约定的地方。请你们相信吧，巴黎的大大小小老老少少全都在那里了，大家都在想：

“庞大固埃这个鬼精灵，把神学院所有的新老滑头都打败了，这一次可是遇到强敌了，因为这个英国人也是一个有来历的家伙。我们得看看究竟谁胜得过谁。”

大家济济一堂，多玛斯特也等在那里了，庞大固埃和巴奴日走进大厅，那里所有的初级学生、高级学生、候补大学校长的学者，都依照他们无聊的习惯鼓起掌来。但是庞大固埃却声似重炮地大声喝道：

“安静下来，安静下来，真是见鬼！冲着老天说话，你们这些糊涂蛋，如果你们继续在这里啰嗦，我要把你们的头都割下来。”

听到这句话，他们一个个都吓得呆若木鸡，即使是吃下十五斤鸡毛，也不敢咳嗽一声。庞大固埃这一喊使得他们个个口干得舌头伸出来半尺长，就好像庞大固埃把他们的喉咙都用盐腌过了一样。

就在这时巴奴日开始对那个英国人说：

“阁下，你到这里来是为了辩论你提出的问题呢，还是为了学习和了解真理?”

多玛斯特回答说：“阁下，我所提出的疑问，都是我毕生不得解决的，也没有一本书或者一个人给过让我满意的回答，所以除了想学习和了解之外，没有其他的理由让我到这里来。至于说到辩论，我不要这样做，因为实在太无聊了，让那些神学小丑们去做吧，他们辩论不是为了探寻真理，而是有意寻找矛盾和争端。”

“所以，”巴奴日说，“倘若是我，我主人庞大固埃先生的一个小学生，能够在所有问题上，在所有观点上，满足你，让你满意，那么，劳烦我的主人就太不值得了。因此，最好让他来做个主持人，评判你我的论点，倘若你以为我不能满足你好学的愿望，再由他来补充。”

多玛斯特说：“这真是再好也不过的了。”

“那就请你开始吧。”请你们注意，巴奴日在他的长裤裆上系了一个美丽的带着红、白、绿、蓝丝线穗子的口袋，里边还放了一只很体面的橘子。

第十九章　巴奴日如何将用手势辩论的英国人辩得理屈词穷

于是全体鸦雀无声,准备听他们的辩论,只见那个英国人把两只手左右分开,高高地举了起来,接着把手指捏在一起,做成两个在施农地方称作鸡屁股的样子,指甲对指甲碰了四下,后来又把手伸开,用手掌拍了一下,拍得很响。然后又捏起来和刚刚一样,碰了两下,再伸开拍四下,这才双手合十,像虔诚地祈祷天主那样做了个作揖的姿势。

巴奴日马上举起右手,把大拇指伸到右边的鼻孔里,把另外四个手指头伸直、紧紧并在一块,和鼻子尖形成一条平行线,闭起左边的眼睛,让右眼眯缝起来,使眉毛和眼皮深深地凹下去,之后举起左手来,让大拇指竖得直直的,把其他四个手指头并在一块儿,一缩一伸,让左手的方向和右手的方向成垂直的一道线,彼此相距有一"肘"半那样长。做好这个姿势之后,使两只手保持这个姿势,低到地上。最后,再把手举到面前,做了个要笔直瞄准英国人的鼻子的样子。

"如果迈尔古里……"英国人说。

巴奴日打断了他的话,说道:"你说话了,摘下面罩!"

于是英国人又做了一个这样的手势:他伸开左手,高高地举起,然后又把四个手指头握起来,使大拇指靠在鼻子尖上。然后又把右手伸开举起来,再伸着放下来,把大拇指靠紧左手的小拇指,接着慢慢地摆动四个手指头。这样再倒过来,让右手做着左手刚刚做过的动作,让左手做右手做过的动作。

巴奴日对于这个手势一点儿都不奇怪,他用左手将自己又长又大的裤裆拉开,用右手掏出一节白色的牛肋骨,还有两块木头,样子也跟牛肋骨一样,一块是乌木的,另一块是红色巴西木的,他把这三块东西整整齐齐对称地夹在手指当中,敲打起来,发出的声音跟布列塔尼患麻风的人敲节板的声音差不多,但是更响,更好听,同时把舌头缩在嘴里,欢快地哼着小曲,一边看着那个英国人。

在那里的神学大师、医生、外科手术家,都认为他用这个手势来说明那个英国人是个患麻风的。

那里的法官、法学家和教会法专家却认为他这样做是想说患麻风也是人的一种福气,从前救世主就是如此说的嘛。

英国人并没有被他吓坏,只见他举起双手,把当中三个手指头缩起来,再把两个大拇指插在食指和中指底下,只剩下两个小指头伸直着。这样向着巴奴日伸过来,之后再把右手的大拇指挨住左手的大拇指,左手的小拇指贴紧右手的小拇指。

对于这个姿势,巴奴日一声不吭,他举起双手,做了一个这样的动作:他让左手食指的指甲贴紧大拇指的指甲,做成一个圈儿,再把右手的手指握起来,食指除外,用它在左手那两个手指头做的圈儿里进进出出。之后再把右手的食指和中指伸出来,尽力让彼此离开,做成一个叉子的样子,向着多玛斯特伸过去。最后把左手的大拇指放在左边的眼角上,伸开其他的四个手指头,好像一个鸟翅膀,又像一根鱼刺,轻盈地摇来摆去,右手放在右边的眼角上,也一样地摇摆。

多玛斯特脸都白了,开始颤抖,他做出这样一个手势:他用右手的中指打着手掌里大拇指下面的肌肉,然后用右手的食指插进左手食指和大拇指做成的圈儿中,但是是从下面钻进去,不像巴奴日那样从上面插进去。

巴奴日一看见,拍起双手,并在手掌里吹气。然后又把右手的食指放在左手那个圈儿里,进进出出。之后,他伸出下巴,注视着多玛斯特。

观阵的人对于这些手势丝毫都弄不明白,但是他们看出来他做这个手势,意思是问多玛斯特:"你知道是什么意思?"果然,多玛斯特汗如雨下,好像一个人专心观察某种东西入了迷一样。

他想了一下之后,把左手的手指甲对住右手的手指甲,让手指头离开,做成两个半圆形的圈儿,就这样,把手举起来,能举多高,就举多高。

巴奴日看到他这样后,立即把右手的大拇指放在下巴颏儿底下,把右手的小拇指放到左手所做的那个圈儿中,上牙磕着下牙发出很好听的声音。

多玛斯特吃力地站起身来,但是,往上站的时候,放了一个响屁,接着屎都出来了,屁滚尿流,臭气冲天。在那里看他们辩论的人一个个都捂住鼻子,因为多玛斯特真的憋得大便出来了。最后,他抬起右手,把五个手指头并在一起,把左手伸开,放到胸口上。

巴奴日看到后,急忙把他的长裤裆拉出来,还连着旁边的口袋,拉得离自己约有一"肘"半远,用左手把它张开,用右手拿出他的橘子,向上扔了七次,到第八回的时候,他把橘子接在右手中,举起来一动不动,之后摇动着他华丽的裤裆,给多玛斯特看。

这样一来,多玛斯特的两腮鼓得像一个吹风笛的人一样,只管像吹猪尿脬似的拼命地吹气。

巴奴日看到他这样,把左手一个手指头放到肛门里,再用嘴像吃带壳的牡蛎或是喝汤的时候那样咂气,之后,把嘴张开,用右手的手掌在嘴上拍打,发出一声又长又响的声音,好像从横膈膜平面上经过气管发出的声音一样,一共拍打了十六下。

这时候,多玛斯特老是像一只鹅似的在吹气。

于是,巴奴日将右手的食指放到嘴中,用两腮的肌肉把它吸得紧紧的。之后,猛一下子再拔出来,发出一种声响,像小孩子用红萝卜玩蒴藋炮时响出的声音一样,他这样一连做了九次。

多玛斯特叫喊起来了:“啊,先生们,伟大的奥妙!他将手放到胳膊肘上去了。”他随手抽出他的一把短刀来,刀尖朝下。

巴奴日拿起他的长裤裆来,拼命在大腿上摇晃,接着把两只手合起来,像木梳似的放在头上,两只眼睛滴溜溜地乱转,舌头伸得长长的,就好像山羊死的时候那样。

“哦,我明白了,”多玛斯特说,“但是,他是指什么呢?”他把短刀的柄对准自己的胸口,手心对准刀尖,手指头弯过来拿住刀。

巴奴日的头朝左边歪过去,把中指伸到右边耳朵中,大拇指向上抬起来。之后再把两只胳膊在胸口上交叉起来,咳嗽了五声,到第五声的时候,用右脚在地上跺了一下。然后又举起左边胳膊,攥起拳头,使大拇指对准前额,用右手捶胸六次。

对于这个手势,多玛斯特好像并不太满意,他把左手的大拇指放到鼻子尖上,其他的四个手指头都握起来。

巴奴日用两个食指放在两边嘴角中,拼命地把嘴往两边抻,露出满口的牙齿,再用两个大拇指按住眼角,用力地往下拉眼皮,做出一个非常难看的怪样子,当时在场的人也都有这样的感觉。

第二十章　多玛斯特是如何承认巴奴日的能耐和学问

这时,多玛斯特站起身来,从头上摘下帽子,彬彬有礼地向巴奴日致谢,然后大声地向全体在场的人说道:“各位,现在我可以引用《圣经》上的一句话了:这里有比所罗门更伟大的人。你们面前就有一个无法比拟的宝藏,这就是庞大固埃先生,他的盛名把我从英国遥远的角落里引到这里来,为了和他辩论我思想上一些不得解决的问题,有关于幻术的,有关于炼丹术的,还有关于神悟、占卜,观察星斗和哲学方面的。但是现在,我认为这个名声是远远不够的,这简直是一种对他的不敬,因为和实际的情形比起来,还远远及不上他的千分之一。”

“你们都看到了,仅仅他这位学生就让我如此满意了,他教会我的比我要问的还要多,把我其他的一些更为复杂的问题一块儿都给我提出了,同时也解决了。因此,我可以向各位声明,他给我打开了人类知识真正的源泉和宝库,我原本还以为他还不如一个仅仅具备最初步知识的人呢,这在我们用连半句话也不说的方法、只用手势来辩论的时候,已经证明不是这样了。我要用书面将我们刚刚所讨论的、所解决的全都记录下来,不要让别人以为我们是在这儿骗人,我要把它印出来,让每个人都能知道我是怎样做的。从他的学生所表现的精明强干来看,你们就可以判断先生的能力怎样了,因为学生无法超越老师。”

“不管如何,愿天主获赞美,在这次辩论中,各位给予我们的光荣,我在这里由衷地表示感谢,愿天主永远报答你们。”

庞大固埃对于来参加的人也一样表示了谢意,这才带着多玛斯特去吃饭,请你们相信,他们会解开纽扣开怀畅饮的——那时候肚子上有纽子扣起来,跟现在的领子一样——一直喝到乱问“你是哪里来的”为止。

圣母啊!他们喝得多么厉害啊,酒瓶传来传去,他们不停地吆喝:

“斟呀!”

“倒呀!”

“侍从,拿酒来!”

“倒满,见鬼,你倒是倒满呀。”

没有人不喝他二十五到三十“木宜”的,你们知道是怎么回事吗?久旱逢甘霖,由于天气十分的热,更增添了他们的干渴感。

至于怎么公开多玛斯特所提的问题,以及他们辩论时那些手势到底是什么意思,我很愿意遵照他们自己所述说的告诉你们。但是有人对我说多玛斯特已经写好了一本巨著,而且在伦敦印出来了,书里面,什么都没有遗漏,原原本本地全都说了出来。所以暂时我就不用说了。

第二十一章　巴奴日是如何爱上了巴黎一位贵夫人

巴奴日自从和英国人辩论之后,开始在巴黎城内有了名气,并从此时起,提高了他那裤裆的身价,他像罗马人那样让人在上面缝了些花边。居民公开地赞扬他,还编成了一首歌,让小孩子去买芥末的时候唱。在太太小姐们的圈子里,他也很受欢迎,名气越来越大,最后他竟然打上城里一位贵夫人的念头了。

就像封斋期内不动荤腥的多情者流露出抱怨的话那样,有一天,巴奴日向那位夫人说:

“夫人,你肯为我传宗接代,那对于整个的共和国都将是有好处的,你自己也舒服,你的后代也光荣,我也特别的需要,请你相信,事实会向你证明我绝不会骗你。”

那位夫人听了这话,拒他于千里之外,说道:“你可是疯了,你是能够跟我说这话的人吗?你以为是在和什么人说话?快点滚开,再也不要让我看见你,不然的话,我就让人把你的胳膊腿都剁下来。”

“那倒干脆，”他说道，“把胳膊腿都剁下来也好，只要你愿意和我两个人玩一套快活的把戏，你看(他拿出他的长裤裆)，这是我的约翰·热底师傅，他可以给你奏一套‘古代舞曲’，保证你舒服到骨髓里边去。他既风流，又会寻找门路，就连老鼠的小洞眼都找得到，事后干干净净，连一点儿尘土都不留。”

那位夫人说：“走开，你这个坏家伙，赶快走开！如果你再多嘴，我就喊人来，准会把你打一顿。”

“哎哟！”他说道，“你绝没有你说的那样厉害，不然的话，我的眼光看人就太不准了。因为像你这般美丽、这般漂亮的人，要是说还可能有一点儿狠毒和欺诈，那简直等于天翻地覆，整个世界都要颠倒过来。也就很难再说：不倔强的美人儿，你可曾经遇到过。但是，这话都是对那些平庸的美人儿说的。而你的美丽却是这样的突出、特殊、高超，我想自然把这种美放在你身上，像范例似的，是叫我们明了，如果它使出全部力量和智慧，就能够做出多大的事情。你身上的所有都是蜜、是糖、是天上落下来的‘吗哪’。”

“帕里斯应该把金苹果给你，而不是给维纳斯，也不应该给朱诺和密涅瓦。因为朱诺没有你如此的仪态，密涅瓦没有你如此的端庄，维纳斯也远没有你如此的优雅。”

“天上的男神仙和女神仙呀，你们肯施恩于一个人让他能抱一抱、亲一亲、挨一挨这个美人儿，那他该是多么幸福啊！依靠天主保佑，我看得出来，这个人肯定是我，因为美人儿已经全心全意地爱我了，我知道，我是神仙指定好的。所以，咱们不要耽误时间，赶快，来，抬腿！”

他想去抱人家，她做出要到窗口喊人的样子。巴奴日这才不得不离开，一边跑，一边还说：“夫人，你在这里等着我，我自己找人去，你不用费事。”

他真的走开了，心里并不在乎刚刚碰的钉子，依旧兴致勃勃。

第二天，那位夫人到教堂望弥撒的时候，他已经提前到那里了。在进门的地方，他深深地向她行礼，送上圣水，然后好像是自己人似的跪在她身边，对她说道：“夫人，我爱你爱得太严重了，连大小便都不通了。我不知道你自己怎么样，要是我有个三长两短，那可怎么得了？”

“滚开，”她说道，“滚开，我管不着！你让我在这儿祈祷天主吧。”

巴奴日说道：“那么，请你说一下‘给包蒙子爵’吧。”

“我不明白是什么意思。”她说道。

“那就是：‘看到美人儿，那活儿就硬起来’。你现在可以求天主把你尊贵的心里所愿意的东西赐予我了，你把念珠给我吧。”

“拿去，”她说道，“不要再来麻烦我了。”

说罢，她就想把她那串檀香木做的小珠、真金做的大珠的念珠给他拉出来，但是巴奴日快速地从腰里抽出一把小刀，嚓的一声，切得整整齐齐，然后就把念珠送到收旧货的地方去，临走还对她说：

“你要我的刀子吗？”

“不要，不要！”她说道。

“告诉你，”他说道，“它完全听从你的命令，生命财产，五脏六腑，随你要。”

那位夫人损失了念珠，心里老大的不快活，由于这是她在教堂里保持虔诚姿态所需要的东西，她心里想：“这个油嘴滑舌的人真不是个正经人，肯定是从什么奇怪地方过来的。我的念珠再也不会回来了。我丈夫看见该如何得了？他肯定会对我发脾气，但是，我可以告诉他说是在教堂中被小偷割去的。他不难相信，因为我腰间还系着念珠的头呢。”

吃过东西之后，巴奴日又看她来了，袖子里还带了一个大钱袋，满满地装着“法院的埃巨”和筹码，他说道：“我们哪一个更爱哪一个呢，是你更爱我呢，还是我更爱你？”

她回答说：“我呢，我并不恨你，因为，按照天主的诫命，我要爱所有的人。”

“那样说起来，”他说道，“你是爱我的了？”

“我已经跟你说过多次了，”她说道，“不许你再对我说这样的话！倘若你再说，我就要让你看看这些下贱的话绝不是应该对我说的。赶快离开这儿吧，把我的念珠还给我，不要等到我的丈夫向我讨。”

“怎么，”他说道，“夫人，你的念珠？老实说，办不到了，不过，我能够给你其他的。你喜欢金子镶珐琅像大圆球那样的呢，还是像绣球的呢，还是结实得像大块金锭那样的呢？或者是，你喜欢乌木的、玛瑙的、雕刻的石榴石的，或者是精美的红宝石再镶上雕着二十八棱的大粒金刚钻的呢？”

“不，不，这都还太少。我知道有一种念珠是用精美的碧玉做的，镶着圆形的灰琥珀球，接头的地方是一颗波斯珍珠，大小有橘子那样大！价钱只有两万五千‘杜加’。我要把它送给你，因为我有现成的钱。”

他一面说，一面摇晃着他的筹码，好像全是“太阳金币”一般。

“你要不要一块鲜艳的闪光青莲色的丝绒，或者是一块绣花的红彩缎？你要不要金链条、金首饰、别针、戒指什么的？你只用说一个‘要’字，花到五万‘杜加’，我一点儿都不在乎。”

这几句话，说得那位夫人馋涎欲滴，但是她还是回他道：“不，谢谢你，我什么都不要你的。”

“天主在上，”他说道，“我倒想要你一点儿东西，但是，这并不破费你什么，也一点不损失什么。你看（他又拉出他的长裤裆来），这是我的约翰·舒亚师傅，它只是想找一个存身之处。”

说完，他就要去抱她，她喊叫起来，但是声音不大。可是巴奴日变了脸，对她说：“你一定不让我一点儿吗？活该你倒霉！就该叫你身败名裂。冲着天主说话，我要叫狗骑在你身上。”

说完这句话，就大踏步逃开了，不逃怕挨打，他生来就害怕挨打。

第二十二章　巴奴日如何向巴黎那位夫人使坏，让她出丑

请你们记住，第二天就是圣体节大瞻礼，这一天，太太们个个盛装艳服，我们说的那位夫人，由于节日的缘故，也穿了件十分美丽的、深红缎子的连衫裙，里边还套着一件华贵的白丝绒衬裙。

前一天，巴奴日东找西找，终于找到了一只正在发情的母狗，他用腰带把它拴起来，牵到自己屋中，好好地养了一天一宿，黎明时把它杀了，按照希腊魔术家的秘方，尽力把它切成细小的碎块，然后藏到身上，带到那位夫人参加巡行祈祷时所待的地方，巡行祈祷是圣体瞻礼时例行的一种仪式。她一进来，巴奴日就趋前奉献圣水，同时毕恭毕敬地对她行礼，等她念完几段短经之后，他就跪到她的跪凳的边上，把自己写好的一首歌递给她，内容是这样的：

短歌这一回，美丽的夫人，
你对我实在太狠心，赶我走，
让我无回头希望，我对你，
从未有任何荒唐，
不论是语言文字上，
还是思想行动上。
要是说，你真的讨厌我的悲伤，
你很可以，直截了当，
对我说：“朋友，你离开这儿吧。
哪怕只是这一趟。
把我的心掏给你看，对你没有损失，
我只是想从心里说，你美艳无比，
像火花似的耀眼明亮。
我别无他求，只希望你来和我
颠鸾倒凤，哪怕只是这一回。

乘着她摊开那张纸，看上边写的文字，巴奴日把他带的东西飞快地放在她身上

好几处地方，甚至于塞到她袖子和衣服的折裥里，接着对她说：

“夫人，可怜的多情者不是常常如意的。我呢，我希望因为爱你的缘故，我所忍受的漫长的黑夜、劳累和苦闷，能为我解脱掉炼狱的痛苦。或者至少，请你代求天主赐予我忍受痛苦的耐心。”

巴奴日话还没说完，教堂里所有的狗都闻到他拿出来的东西的腥味了，一个个都朝着这位夫人跑了过来。有大的，有小的，有肥的，有瘦的，都来了，一个个翘着家伙，一边闻，一边浑身上下尿了她一个淋漓尽致。真是世界上没有更难堪的事了。

巴奴日帮她赶了一会儿狗，就离开了她，躲在旁边的小堂里，等待看这一场好戏，因为那些野狗把她的衣服都尿遍了，一只大猎狗竟然尿了她一头，其他的，有的尿在袖子上，有的尿在屁股上，小狗就尿在她的厚底鞋上，四周所有的女人都忙不迭地帮着替她赶狗。

巴奴日笑了一个痛快，对本城一位王侯说：“我想这位夫人肯定是在交配期内，不然就是有只猎犬刚刚跟她发生过关系。”他看到这群狗把她围起来嗥叫个不停，真跟包围一只交配期内的母狗一样，他便离开那里找庞大固埃去了。

在路上每遇到一只狗，他就给它一脚，说道：“你不跟你的同伴们一块儿去举行婚礼吗？去！去！真他妈的见鬼！去呀！”

走到寓所里，他对庞大固埃说道：“主人，请你赶紧去看看此处所有的狗都围在一位夫人身边了，这是本城最美丽的太太，它们要强奸她。”庞大固埃赶紧跑过去，他看到的景象实在新奇。

但是最妙的，是举行巡行祈祷的时候，只见足有六十万零十四只狗围绕着那位夫人，对她做出各种各样的奇形怪状。只要她经过的地方，都有新来的狗追逐着她，凡是她的连衫裙所挨过的地方，都有狗在那儿小便。

看到这个景象，所有的人都站住了，看着那些狗怪模怪样地都往她的领子上跳，把她一身华贵的衣服全都弄坏了，那位夫人除了跑回家里去，再也没有别的办法。狗在后边追，她在前边躲躲闪闪，引得一些女人笑个不停。

等到她跑进家里，关上大门，四周半法里远的狗都跑来了，冲着她家门口小便，后来竟然尿成了一条河沟，就连鸭子都能在里面游泳。这条河沟就是如今流经圣维克多的那条河，高勃兰就是借着这些狗尿特有的性能来染他的红布的，就像从前我们的窦利布斯大师公开讲过的一样。愿天主佑助你们！就是在那里安一个磨坊也可以磨粮食，只是赶不上图卢兹的巴萨可乐磨坊罢了。

第二十三章　庞大固埃听说渴人国的人侵入亚马乌罗提人的国土后如何离开巴黎

不久之后，庞大固埃听说父亲高康大被摩尔根娜请往神仙国去了，和古时奥吉埃和阿尔图斯一样，此外还听说渴人国的人听说高康大不在国内，就走出自己的国境，践踏了乌托邦一大片土地，并且将首都亚马乌罗提也围困起来。因为事出紧急，庞大固埃没有向任何人辞行，就离开了巴黎，直奔卢昂。

一路上，庞大固埃感到法国的一法里比其他国家要短得多，他问巴奴日是什么道理和原因，巴奴日跟他述说了教士马洛图斯·杜·拉克著《加拿利国王纪实》中的一段故事，说道：

"古时，土地的长度既不用里计算，也不用'米里埃尔''斯塔底亚''巴拉桑日'计算。一直到发拉蒙王才算是把计算的方法规定下来。他曾在巴黎拣选一百名年轻力壮、英勇健美的小伙子，又在毕加底选了一百名美丽的女孩子，一连八天的时间，小伙子们受到特别好的款待和照顾，接着把他们叫过来，送给他们每人一个女孩子，还有很多的钱，准备花用，吩咐他们分头到四面八方去，只要是在路上和女孩子睡觉的地方，都要安放一块石碑，那就算一里。"

"小伙子们欢天喜地地走了，因为他们年轻力壮，又有时间，于是每走过一块地方，就要干一下，所以法国的里如此之短。后来等他们走了相当远之后，一个个都累得跟什么似的，灯里的油都没有了，他们的风流事才不那样勤了，每天仅仅匆匆忙忙来上短短的一次就好了（我指的是男的）。因此，布列塔尼、朗德、普鲁士，还有其他地方，里才有这么长。还有人说是其他的理由，但是我认为我这个理由最靠得住。"

庞大固埃对于这个说法也表示赞同。

他们从卢昂起程来到了翁花镇，庞大固埃、巴奴日、爱比斯德蒙、奥斯登，还有卡帕林一行人打算在那里乘上海船。

他们在翁花镇等待顺风、修理船只的时候，庞大固埃收到巴黎一位夫人（和他在一起时间相当长的一位夫人）一封信，信上是这样说的：

给美人中最亲爱的，

给勇士中最负心的。

庞大固埃

第二十四章　巴黎一位夫人派人送给庞大固埃的一封信和戒指上语言的意义

庞大固埃看完信封上写的那几个字,心里十分奇怪,于是就问送信人派他来的夫人姓什名谁,一边把信封拆开,但是里面信纸上并没有字,只有一枚金戒指,上面镶嵌着一粒平面的钻石。他把巴奴日叫来,把经过情形告诉了他。

巴奴日对他说信纸上是有字的,只是做得很巧妙,让人看不见字迹罢了。

于是为了看出上面写的字,他把那封信放在火上烤了烤,看上面的字是不是用阿莫尼亚盐溶在水里写的。

然后又放到水中,看上边的字是不是用大戟科植物的汁液写的。

后来又在蜡烛前面照了照,看看是不是用白葱的汁水写的。

又用胡桃油抹一部分,看看是不是用无花果的枝子烧成灰用水调和写的。

又用第一胎生的是女儿的母亲的奶涂抹一部分,看看是不是用青蛙的血写的。

又用燕窝的灰搓在一个角上,看看是不是用酸浆果的汁水写的。

又用耳垢在另外一头搓一下,看看是不是用乌鸦的胆汁写的。

又把信浸泡在醋中,看看是不是用大戟植物的奶形汁液写的。

后来又用蝙蝠的油涂了涂,看看是不是用一种叫作龙涎香的鲸鱼的精液写的。

后来又将那封信轻轻地放到一盆清水中,立即又拿出来,看看是不是用的矿矾的硫酸写的。

后来,还是什么都看不出,他把送信人又叫了过来,问道:“伙计,派你送信的那位夫人,没有让你带来一根棍子吗?”他心里想可能用的是奥卢斯·盖里阿斯的方法。

送信人回答说:“没有,先生。”这时,巴奴日想将来人的头发剃光,看看是不是那位夫人把要说的话用一种特制的墨水写在了他的头皮上。但是,看到他的头发很长,只好打消了他的主意,因为在如此短的时间内,他的头发不可能长那样长。

于是,他对庞大固埃说道:“主人,天主在上,我现在是既没有办法,也没有什么话说了!为了辨认上面是否有字,我用了多士干人弗朗西斯哥·底·尼昂脱大人的一部分方法,他有过如何读无形文字的著作;我也使用了佐罗斯台尔的《论难于解码的书写》和卡尔弗纽斯·巴苏斯的《论隐形书写》的方法,但是依然看不出什么来,我想只有这只戒指了。我们现在来仔细看看它。”

观察之下,果然发现那戒指上面用希伯来文写着:

拉马撒巴大尼

他们把爱比斯德蒙请来,问他这是什么意思。他回答说这是希伯来文,意思是:“你为什么要离开我?”

巴奴日马上说道:

“我明白了。这粒钻石你们看出来了吗?是假的。那位夫人要说的话应该这样来解释:

“告诉我,虚伪的情人,你为什么离开我?”

庞大固埃立即明白了这句话的意思,他想起起程的时候,没有跟那位夫人辞行,他心中非常的难过,很想折回巴黎去向那位夫人去赔礼。但是爱比斯德蒙提醒他伊尼斯和狄多分手的故事和大兰多人赫拉克利特说过的话,一只抛着锚的船,遇到紧急关头,宁可割断绳索也不能把时间耽误在解绳索上,所以他应该撇开所有的顾虑,赶回危急中的故乡去。

果然,一个钟头之后,起了所谓偏北的西北风,他们张起全副篷帆,开出海去,没过几天,就驶过了葡尔多·桑多、马德拉,停泊在加拿利群岛。

他们从那儿动身,经过布朗各角、塞内加尔、佛得角、冈比亚、萨格、迈里、好望角,来到美朗都的国境内才停泊下来。

从那里,趁北风再开船行驶,经过美当、乌堤、乌顿、热拉辛、神仙群岛,沿着阿考利亚国不远的地方,最后到达乌托邦的口岸,距离亚马乌罗提仅仅只有三法里多一点儿。

他们上了岸,休息了一会儿,庞大固埃说道:“孩子们,这里距离京城不远了。我们在动身之前,最好先商定一个办法,我们不要像雅典人那样,他们遇不到事总不愿有所商讨。你们是不是有决心与我同生共死?”

他们异口同声地回答道:“王爷,那还用说嘛?你只管相信我们跟相信你自己的手指头一样好了。”

庞大固埃说道:“只是有一件事让我顾虑重重、迟疑不定,那就是我不知道围城的敌人,到底采取了怎样的部署,数目有多少,因为只有知道了之后,才能够大胆地前进。因此,我们得一起想个怎样才能知道的办法。”

听完他的话,众人一块儿回答道:“你在这里等,让我们先去看看,今天一天之内,不管怎样,我们肯定能够带回消息来。”

巴奴日说道:“我能够穿过他们的防哨,混进他们的营盘,吃他们的,玩他们的,却不被任何人发现,我能够观察他们的炮位,查看所有军官的营房,在他们队伍里舒舒服服地待下去,谁都不会认出我来。就连鬼都捉不着我,因为我是佐比鲁斯的后代。”

爱比斯德蒙说:“我熟悉古时勇猛的军事家和战略家的所有策略和战绩,我熟悉兵法里的计策和狡黠。我去,即便我被发现,被认出来了,我也能够随便给他们编造一套假话让他们相信,我是自己重新逃回来的,因为我是西农的后代。"

奥斯登说:"我能够进入他们的战壕,虽然有人把守,有人巡逻,我一样能够踩在他们的肚子上,打断他们的胳膊腿,就算他们像鬼一样强壮,都挡不住我,因为我是海格立斯的后代。"

卡帕林说:"只要飞鸟能够过,我就能够过,因为我练就了一身轻功夫,他们还没有发现我,我却早已经从他们的战壕上跳过去了,并越过了他们的营盘,我不害怕射击,不害怕弓箭,也不害怕马,不论来得有多快,即使是贝尔赛乌斯[①]的珀伽索斯[②],甚至于巴高雷,我也一样能在它们面前安全归来。我能够在麦穗上、在草上行走而不让它们弯曲,因为我是女战士卡米留斯[③]的后代。"

第二十五章　庞大固埃的伙伴巴奴日、卡帕林、奥斯登、爱比斯德蒙,如何巧胜六百六十名轻骑军

卡帕林话犹未完,他们就看见六百六十名骑兵,个个骑着轻快的骏马,向这边奔驰而来,他们是来看看靠岸的是什么船。他们纵马飞驰,打算倘若可能的话,一下就把船上的人全都捉住。

庞大固埃说道:"孩子们,你们先退到船上去。看,敌人已经来了,我会像宰牲口似的把他们解决掉,就是再多十倍也不用害怕。但是,你们先退走,到船上玩去吧。"

听到这句话,巴奴日回答说:"不行,老爷,没有理由让你这样做,恰恰相反,还是你先到船上去,你跟其他的人都回去,我一个人,保准把他们全都干掉,但是可不能拖延。你们快走吧。"

其他的人也都说道:"老爷,他说得不错,你走吧,我们在这里帮助巴奴日,让你看看我们的本事。"

于是庞大固埃说道:"好吧,就这么办,但是,要是你们不行的时候,我会来帮助你们的。"

这时,巴奴日从船上拽出两条粗绳子来,把两头拴在甲板的绞盘上,然后把绳子放到岸上,长的一条围成一个大圈儿,短的一条围在大圈的里边。摆好之后,他

---

① 贝尔赛乌斯:神话中的大将,朱庇特之子。

② 神话中的飞鸟,珀尔修斯斩美杜莎,珀加索斯从她的血中生出来。

③ 罗神卡密拉,对埃涅阿斯及其追随者作战的英勇善战的王后,身轻如燕,能在麦穗上行走而麦穗不弯。

对爱比斯德蒙说道:“你也到船上去,等我这里一招呼,你就赶快转动甲板上的绞盘,把绳子收回去。”

然后又对奥斯登和卡帕林说:“小伙子们,你们等在这里,只管大胆向敌人投降,听任他们的处置,假装降顺的样子。但是你们要注意,千万不要走到绳圈儿里,要设法待在圈外面。”

他马上又跑到船上,带了一捆干草,搬了一桶火药,把火药撒在绳圈里,自己拿了一个引火的东西待在旁边。

突然,一群骑兵像排山倒海似的冲过来,跑在最前面的,一直冲到船面前,因为岸上很滑,所以连人带马一下就摔倒了四十四个。后面的看到前面的人摔倒了,以为他们走到的时候有人抵抗,就赶快过来。

但是,巴奴日说道:“老总,摔疼了吧?真是抱歉,但是,这不能怪我们,这是因为海水滑,海水总是油腻的。我们听任你们发落好了。”

他的两个伙伴,还有站在甲板上的爱比斯德蒙也都是相同说法。

巴奴日这时站得远远的,看到他们都进到绳圈儿里,他的两个伙伴为了把地方让给骑兵,也都站远了,骑兵成群结伙地想看看船,看看船里边是什么,巴奴日突然冲着爱比斯德蒙喊道:“拉!拉!”爱比斯德蒙转起绞盘来,只见那两条绳子,把马匹全都绊住了,连着骑在马上的骑兵,没有费吹灰之力就把他们全都绊倒在地上。他们一见形势不妙,就拔出剑来,打算砍断绳索,巴奴日立刻放起火来,点着了火药线,把他们一个个都像地狱里受火刑的鬼魂那样烧死了。连人带马,全军覆灭,只有一个骑土耳其马的逃了出去,但是又被卡帕林看见了,他用出轻身飞行的功夫,不到百步就将他追上,只一跳就窜到他的马屁股上,从后边将他抱住,擒到船上来。

全胜之后,庞大固埃非常得意,把伙伴们的机敏灵巧特别夸奖了一番。然后,请他们在岸上尽情地饱餐一顿,吃到满足为止,连那个俘虏都没有受到虐待,只是那个可怜的家伙放心不下,担心庞大固埃把他囫囵吞下去,庞大固埃的喉咙那样的粗,要是吞下他当然是能办得到的,就像你嘴里咬一块糖一样,真也算不上什么,那家伙放在他嘴里还比不上驴嘴里的一粒小米呢。

第二十六章　庞大固埃和伙伴们是如何吃腻咸肉;卡帕林是如何猎野味的

他们正在开怀畅饮,卡帕林说道:“圣盖奈的肚子!难道我们不可以吃点儿野味吗?光吃这种咸肉,我渴得要命。我去给你们拿一条刚刚烤熟的马腿来,现在烤得刚刚好。”

他站起身来正想去拿马腿，忽然看到树林边上跑出一只体面的大野鹿，我想它是看到了巴奴日放的火才从树丛中跑出来的。顿时，卡帕林像一支弩射出来的箭一般，径直地奔了过去，转瞬之间就把它追上了，一边跑，一边还顺手捉到：四只大鸨，七只鹭鸶，二十六只灰色鹌鹑，以及十六只雉，九只竹鸡，十九只苍鹭，三十二只野鸽，还用脚踩死了十多只野兔和十几只家兔，这些已经没有人计算了，还有十八只雌雄配好的小水鸭，十五只小野猪，两只獾，三只大狐狸。

卡帕林用砍刀一刀砍在鹿的脑袋上，把鹿砍死，然后将野兔、水鸭和野猪等全都放在一块儿扛回来，远远地从刚能够听到声音的地方，就大声喊叫起来：“巴奴日，我的朋友，快准备醋！快准备醋！”

善良的庞大固埃还以为他肚里不舒服，就吩咐人给他准备醋。但是巴奴日知道他钩子上挂的是野兔，于是就告诉尊贵的庞大固埃，卡帕林怎样脖子上扛着一只鹿，腰间周围都是野兔。

爱比斯德蒙立即按照九个缪斯的名字，照古时的样式做了九个好看的木叉子。奥斯登帮着剥皮，巴奴日搬来两副骑兵的鞍子，架起来当作炉架，让那个俘虏去烤，就用焚烧中的骑兵去烤他们的野味。接着，还洒上许多醋，大吃起来。谁客气谁倒霉！他们狼吞虎咽的样子看着也很痛快。

这时庞大固埃说道：“巴不得你们每人嘴下边都有两副鹰挂的铃铛，我自己再挂上勒内、普瓦蒂埃、都尔和冈勃莱的大钟，那我们就能够看看我们的牙床骨嚼动的时候声音多么响亮了。”

巴奴日说：“现在，我们还是考虑考虑我们的事吧，看用什么方法才能够击败我们的敌人。”

“这个想得很正确。”庞大固埃说。他转过身来对那个俘虏问道：“朋友，倘若你不准备被人活活地把皮剥下来，就得对我们说老实话，一句瞎话都不允许说，因为我是吃小孩的。现在把你们军队的调遣方式、人数和防御力量，仔仔细细说给我们听听。”

那个俘虏答说：“老爷，跟您说实话，我们军队里有三百个巨人，个个都穿着石头铠甲，非常高大，但是没有你大，除了一个名叫‘狼人’的，他是领队的头目，浑身上下全都是西克洛波式的铁砧；除此之外，还有十六万三千名步兵，人人身强体壮，能征善战，全身都裹着鬼皮，刀枪不入；还有一万一千四百名长枪手，三千六百尊重炮，攻城用的弩炮更加是不计其数，九万四千名工兵，十五万随军娼妓，都是赛过神仙的美人儿……”

“这都是给我准备的。”

巴奴日说：“有亚马孙人，有里昂人，还有巴黎人，都尔人，昂日万人，普瓦蒂埃人，诺曼底人，德意志人，各个国家、各种语言的都有。”

庞大固埃说:“那么,国王在不在呢?”

“国王在,老爷,”那个俘虏回答道,“国王御驾亲征,他就是渴人国的国王安那其①,渴人国的人个个只想喝水,因为你再也没见过如此干渴、这样爱喝的人了,国王的营房有巨人把守。”

“可以了,”庞大固埃说道,“喂,孩子们,你们决定跟我来吗?”

巴奴日回答说:“谁要是离开你,让他死掉!我已经想好怎样让敌人像猪猡一样死掉了,就是把腿送给魔鬼也逃不出我们的手掌。但是,我只担心一件事。”

“哪一件?”庞大固埃问道。

巴奴日说道:“就是我如何才能在今天下午这段时间里把那边所有的女人都玩过,而不漏掉一人。”

“哈,哈,哈!”庞大固埃笑了起来。

卡帕林说道:“见比台纳的鬼!天主在上,我也要弄她一个。”

“还有我呢!”奥斯登说,“自从离开卢昂之后,一直都没有干过,我的家伙到现在还每天举到十点或十一点钟,硬邦邦的就好像一百个小魔鬼。”

“真的吗?”巴奴日说,“那么,把最胖最壮的给你。”

“怎么?”爱比斯德蒙说道,“你们都骑马,让我一个人骑驴吗?不会干的人活该倒霉。我们要使用战争的权利——能拿走的就拿走!”

“不,不,”巴奴日说,“你把驴拴到钩子上,也像别人那样去骑马就好了。”

庞大固埃笑了一个痛快,然后对他们说:

“你们算来算去,就是没有想到主人。我恐怕不到天黑,就要看到你们再也没有打的意思,而将由别人来骑到你们身上,用矛、用枪来刺你们了。”

“得了吧!”爱比斯德蒙说,“我保准把他们交给你,任由你去烤、去煮、去炒,或者去做肉包子。他们绝没有克塞尔克塞斯②的人多,倘若相信希罗多德和特罗古斯·彭包纽斯的话,克塞尔克塞斯应该有三百万战士,但是泰米斯多克勒斯③用少数的人就将他们打败了。所以,你用不着担心,老天!”

“臭!臭!”巴奴日说,“仅仅用我的裤裆就可以将所有的男人全都扫光,再用裤裆里边的塞窟窿圣人把所有的女人都掏过。”

“好了,孩子们!”庞大固埃说道,“我们出发吧。”

---

① 安那其:希腊文意“没有权利,没有能耐”。

② 克塞尔克塞斯:公元前5世纪波斯国王,曾征战埃及,攻打希腊。

③ 泰米斯多克勒斯:公元前5世纪雅典大将。

第二十七章 庞大固埃是如何树竖立碑碣纪念战功；巴奴日是如何另建碑碣纪念兔子；庞大固埃是如何放响屁生小男人，放无声屁生小女人；巴奴日是如何在两只杯子上折断粗棍

庞大固埃说道："我们起程之前，为了纪念你们立下的功劳，我想在这里竖立一座体面的碑碣。"

大家听后非常高兴，嘴里哼着乡村的小调，动手竖立起一根高大的木桩，在上面挂了全套的马鞍子、马脸罩、马护身、马镫带、刺马距、一身铠甲、一套骑士的甲胄、一把板斧、一把短剑、皮护手、一只铁锤、保护腋部的甲片、护腿的套裤、护颈的围脖，还有胜利纪念碑必须有的所有的东西。

然后，又为了让它永垂不朽，庞大固埃还撰写了胜利的碑文，词句如下：

这里出现过四位英勇果敢的战士，
赛过两个西庇翁，媲美法比乌斯，
他们不穿铠甲，仅凭策略才智，
就将六百六十名凶勇的兵士，像树皮似的活活地烧死了。
国王公侯，武将兵士，全都应该学习。
与其用力，不如斗智。
因为胜利，只有在崇高的帝王光荣的朝代上，
才能特别的发扬强大，都不足奇，
应该相信，不能违背天意，
昌盛、荣誉、有坚决信心的人才能够达到目的。

庞大固埃在写以上诗句的时候，巴奴日在一个大木桩子上装上一对鹿角，还有鹿皮和鹿前边的两只蹄子；之后又放上三只小野兔的耳朵、一只家兔的脊骨、一只大兔子的牙床骨、两只鸨的翅膀、四只野鸽的爪子、一瓶醋、一只放盐的角、叉肉的木叉子、浇油的勺子、一只有洞的漏锅、一个盛放酱油的盆子、一个陶器的盐罐子，还有一个包外的碗。他也仿照庞大固埃的纪念词，写了下面的诗句：

这里蹲过，四位喜悦快活的酒客，
他们为巴古斯干杯，
喝得个个神魂无着。
兔二爷给人撕破了脊背和屁股，

你抢我夺,抢盐,夺醋,
像蝎子一样尖刻,
追逐争夺,结果把腰扭着。
因为防止天热,最好的方法,
就只有喝,要喝得爽快利落,并且挑好酒才喝。
但是,要记牢,吃兔无醋,实在是不妙,
醋是灵魂,是调味的全部技巧,一定要好好记住。

庞大固埃说道:“好了,孩子们,我们在这儿太讲究吃了,因为从没有见过好吃的人能打好仗。什么都比不了军旗的影子,什么都比不了战马的烟雾,什么也都比不了甲胄的声响。”

爱比斯德蒙听了笑着说:“什么都比不上厨房的影子,什么都比不上肉包子的烟雾和酒杯的响声。”

巴奴日接着说:“什么都比不上床帐的影子,什么都比不上乳头的烟雾和睾丸的响声。”

然后站起身来,放了个屁,跳一跳,吹了声口哨,快活地高声大叫:“庞大固埃万岁!”

庞大固埃看到他这样,也想照着来一下,但是他放了一个响屁,四周九法里的土地全都震动了起来,臭气熏天,从地下长出来五万三千个小男人,又丑又矮;接着他又放了一个无声屁,长出来相同数目蹲着的小女人,就像在别处也曾见过的那样,她们总是长不大,最多不过跟母牛夹着的尾巴一样长,或者像里摩三圆圆的红萝卜。

“怎么!”巴奴日叫喊了起来,“你的屁竟有如此之大的生殖力?我的天!又有男,又有女,让他们结婚吧,结了婚好给你生养牛蝇。”

庞大固埃果然按照他的话做了,把那些小人封为矮人国的人,打发他们住在离那里不远的一个岛上。从那时起,他们的人口繁殖得很快。但是有一种长颈鹤却一直侵袭他们,他们勇敢地抵抗,因为这些小人(在苏格兰把他们叫作“刷子把儿”),性情倒是很暴烈。这当然也是因为生理的关系,他们的心离粪便太近了。

这时,巴奴日把那里两个同样大小的杯子拿起来,里面装满了水,能装多满就装多满,把一杯水放在一个凳子上,另外一杯放在另一个凳子上,把两个凳子拿开,中间留五尺长的距离;接着拿一根五尺半长的枪杆,放到两只杯子上面,让枪杆的两头正好挨到杯子的边上。这样放好之后,他又拿起一根很粗的棍子,向庞大固埃和其他的人说道:

“各位,请看我们将怎样不费吹灰之力地战胜我们的敌人,因为——正像我要打断这根放在杯子上的枪杆,枪杆打断,而杯子丝毫无损,不但杯子不破,就连一滴水都不让流出来——我们要这样宰杀渴人国的人,而不让我们有一人受伤,也不许耽误我们的任何工作。但是,为了让你们不要以为这里边有什么魔术,你过来。"

他向奥斯登说道:"用劲儿往这根棍子当中打。"

奥斯登一下子打下去,把那根枪杆整整齐齐地打成了两段,杯子里就连一滴水都没有飞溅出来。巴奴日说道:"我还会很多别的巧法呢,只管放心好了,没错儿的。"

第二十八章 庞大固埃是如何神奇地战胜渴人国人和巨人

说完这话之后,庞大固埃将那个俘虏喊了来,放他回去,说道:"你回到你国王的营地去吧,把你在这里看到的所有都告诉他,让他明天中午准备好迎接我。因为,等我的战船一到,这最迟不过是明天早晨的事,我就要用一百八十万大兵,以及七千巨人,每个都比我还要大,让你的国王知道知道,侵略我的国家是一种疯狂和不理性的行为。"

庞大固埃这样说,做出了他还有军队留在海上的样子。

但是那个俘虏回答说他愿意投降,心甘情愿永远不再回去,宁愿跟随庞大固埃和他们去作战,希望看在天主的份儿上,特许他留下来。

庞大固埃不愿答应,相反的,偏要他赶快按照他的吩咐动身回去,此外,还交给他一盒满满的大戟草,还有在酒精里浸成蜜饯糖食似的巴豆籽子,让他带给他的国王,告诉他说,倘若他能空口吃下去一两这种东西,那他才可放心大胆地来跟庞大固埃较量。

那个俘虏合起手来,恳求庞大固埃在作战的时候不要伤害到他的性命。庞大固埃对他说:

"你把我的话告诉你的国王之后,把你的希望全部都寄托到天主身上吧,天主是不会舍弃你的。因为,就说我吧,你能看出来,我多么的壮大,并且还有强大的武装力量,但是,我既不依赖我的势力,也不依靠我的策略,我完全信赖我的保护者天主,只要是把希望和信心寄托在天主身上的,天主永远都不舍弃他。"

然后,那个俘虏又恳求他,对于赎身费用,请他要得少一些。庞大固埃回答他说他的目的不是强夺和勒索,而是让人富足,恢复别人的全部自由。

"愿天主保佑你平安,你走吧,"庞大固埃跟他说,"千万不要跟着坏人学,但愿灾祸不降临到你的身上。"

俘虏走了以后,庞大固埃对他自己的人说道:"小伙子们,我有意让那个俘虏觉着我们在海上还有军队,同时也让他觉着我们要到明天中午才开始攻击,我的目的是让他们觉得大军即将来临,今天夜里必须做好调配和防御的部署,我的意思是想天一黑,就立即动手。"

我们暂且撇下庞大固埃和他的徒弟们的谈话,先提一提安那其国王以及他的军队。

那个俘虏回去之后,立即去见国王,告诉他说如何来了一个高大的巨人,名叫庞大固埃,他是如何把那六百五十九名骑兵一下全都打败,并且还活活地将他们烧死,只剩他一个人逃回来通报消息。此外,那个巨人还让他转告国王,让国王明天中午准备宴席来迎接他,因为他要在规定的时间准时攻打过来。

说罢,他把那盒装着糖食的盒子递给国王。但是国王只吃下一调羹,就觉着喉咙里像火一样燃烧了起来,小舌头跟烂了一样,大舌头疼痛难忍,不管给他吃什么药,都不见效,除非让他不停地喝东西,因为只要碗一离开他的嘴,他就感觉舌头像火一样的发烫。所以他们只好用一个漏斗对准他的嘴往下灌酒。

他的大臣、军官和卫兵们看到国王这样,也尝了尝那种药,想试试它是否如此的使人干渴。于是他们一个个也就都跟国王一样了。大家都对着瓶子喝起酒来,不一会儿工夫,消息就传遍全营,说那个被人俘虏的兵士已经回来,明天敌人将要打来,国王和军官都在进行部署,还有那些卫兵们,一个个都在开怀畅饮。这样一来,全营将士没有一个不大喝特喝,饮酒取乐的了。最后,一个个都喝得烂醉如泥,像猪猡似的睡倒在地上,横七竖八躺了一地。

现在我们再回到我们善良的庞大固埃这里,说一说他是如何准备行动的。

他们从竖立碑碣的地方起程,庞大固埃手里拿着船的桅杆,好像朝圣者拿的手杖,他还在桅棚里面装了两百三十七大桶昂像白酒和从卢昂带来的没有喝完的酒,然后再把装满盐的船拴在自己腰带上,轻便得像德国雇佣兵的女人提着小篮子一样,他就这样和他的伙伴们一块儿出发上路了。

来到离敌军营盘不远的地方,巴奴日对他说道:"老爷,你是不是想要让这次出征进行得顺利如意?请你把昂如的白酒从桅棚里卸下来吧,咱们就在这里先来一个布列塔尼式的喝法①。"

庞大固埃欣然应允,于是他们就把那两百三十七大桶酒,除了巴奴日替自己灌了一皮葫芦——皮葫芦是用都尔的熟皮做的,巴奴日把它叫作我的跟班——以及留下几个只好做醋的桶底子之外,全都喝得干干净净,一滴都不剩。

他们痛痛快快畅饮之后,巴奴日给庞大固埃吃了一点儿药,是膀胱碎石剂、利肾剂、莞菁木瓜酱,以及其他的利尿剂。吃过之后,庞大固埃对卡帕林说:

"命你运用你那拿手的轻身功夫,像老鼠般的从城墙上爬进城去,告诉城内将士,让他们马上出城,使出全部力量和敌人比个高低。完了之后,再从城上下来,点

---

① 布列塔尼人以善饮出名,"布列塔尼人的喝法"即喝得一滴不剩。

起一个火把,把敌人所有的营盘和帐篷都烧着,然后再用你那响亮的喉咙一边喊叫,一边从他们营里赶紧回来。"

"知道了,"卡帕林说道,"但是,把他们的全部大炮都堵死,岂不是更好?"

"不,不,"庞大固埃说,"只用把他们的火药都点着就好了。"

卡帕林接受命令之后,立即登程,按照庞大固埃的指示,把城里的全部战士都叫出城来。

之后,又把敌人的营盘、帐篷全都点着,轻轻地从他们身上跨过去,他们呼噜呼噜睡得香极了,丝毫都没有觉察。卡帕林走到他们放炮的地方,对着火药放起火来。但是危险就在这里:因为火来得太急,差一点儿没有把这个可怜的卡帕林也烧进去,倘若不是他轻快麻利,一定会像一只猪那样给烧成烤肉。但是他飞也似的跑了出来,即使是一支弩放出来的箭都没有他那样快。

这时候,庞大固埃已经开始撒起他船里装运的盐来,因为他们一个个都张着大嘴巴睡觉,他把他们的喉咙都填得满满的,以致那些倒霉的家伙都跟狐狸似的咳嗽起来,一面还高声喊叫:"啊,庞大固埃,你可真是火上加油!"

庞大固埃因为吃了巴奴日给他的药,忽然想小便,于是就在他们营里尿了一个痛快,把他们全都淹死了,周围十法里以内也发起了一场特大的洪水。历史上说,倘若他父亲的大牝马这时也一样来一泡尿,那保险比丢卡利翁时代的洪水还要大——因为它没有一次小便不冲出一条比罗尼河和多瑙河更大的河流的。

从城里出来的人看到了,都说道:"他们死得多惨啊,你看流了多少血。"这是他们弄错了,他们把庞大固埃的尿当成敌人的血了,因为他们是凭借着帐篷焚烧的火光和月亮的一点光亮才把尿看成是血的。

敌人醒来之后,看到一面是营里的大火,一面是小便滔滔的洪水,真是不知道该说什么、想什么才好。有的说是世界末日,最终审判的时候到了,所有的都得给火烧光;有的说是海神尼普顿、普罗台乌斯、特力顿等等来降临惩罚他们来了,因为的确,水是咸的,和海水一样。

哦,现在谁能叙述一下庞大固埃是如何对付那三百个巨人的呢?哦,我的缪斯,我的卡里奥珀①,我的塔里亚②,请给我一点儿启示吧!振奋一下我的精神吧,你们看,这才是逻辑学里的驴桥③呢,这才正是摔跟头的地方,这才是表达这场鏖战的困难所在。

按我的意思,我巴不得现在就来上一碗好酒,一碗将来读这篇真实故事的人谁也没有喝过的好酒!

---

① 卡里奥珀:九位缪斯之一,主管雄辩和英雄史诗的女神。

② 塔里亚:九位缪斯之一,主管喜剧和田园诗的女神。

③ 指无法避免的困难问题。

第二十九章 庞大固埃是如何战胜三百名身穿石甲的巨人和他们的队长“狼人”

巨人看到全部营房被水淹没，就出死力把国王安那其背在肩上，救出营去，和在特洛亚战火中伊尼斯救他父亲安开俄斯的时候一样。巴奴日看到了，冲庞大固埃说道：

“老爷，你看那边巨人出来了，赶快带着你的桅杆，迎上前去，按照古代剑法痛痛快快地打一仗，因为现在正是显示本领的时候。我们这几个人，决定随时援助你。我自己一定勇敢地杀他一大堆。不是吗？大卫不是很容易就把歌利亚打死了吗？况且，我们还有我们的大块头奥斯登，他的力气赶得上四头牛，他也不会闲着的呀。别害怕，壮起胆来，只管连砍带刺地冲过去。”

庞大固埃说：“论胆量，我倒不是仅值五十个法郎。但是，还是谨慎一点儿好，海格立斯也从来不一个对两个。”

“好臭，好臭，”巴奴日说，“好像在我鼻子里拉屎一样，你怎么拿自己跟海格立斯相比呢？老实说，你牙齿的力量，屁股的臭味，要比海格立斯全部肉体和灵魂加起来的力量都还要大。一个人自己估量多少，就值多少。”

他们话犹未了，“狼人”带着他的全体巨人就已经赶到了。他看到庞大固埃仅仅只有一个人，顿时气焰万丈、不可一世，觉得这一下子可就要把这个可怜虫的脑袋割下来了。他转过身冲他同来的巨人说道：

“平原上的老粗们，我冲着穆罕默德说话，倘若你们谁来插手打仗，我就要了你们的性命，绝不轻饶的！我要你们让我一个人去打，你们只用站到旁边看就好了。”

于是，全体巨人带着国王都退到旁边堆酒瓶的地方，巴奴日和他的伙伴也在那儿，巴奴日假装着患过梅毒的样子，噘着嘴，弯曲着手指头，呜里呜噜地对他们说：

“伙计们，我情愿叛教，也不想打仗。拿你们的东西跟我们一起吃吧，让我们的头目打去就好了。”

那个国王和巨人们都同意了，于是大家坐在一起喝起酒来。巴奴日跟他们述说土尔班的故事，圣尼古拉的传奇和仙鹤的故事。

“狼人”手持一条纯钢的哭丧棒朝着庞大固埃打过来，这条棒重有九千七百公担又四分之二，是沙利勃钢铸造的，头上还有十三个金刚钻尖，最小的也跟巴黎圣母院最大的钟一样大。倘若我说错的话，最多也不过相差一指甲的距离，或者说，最多有我们叫作“割耳朵”的刀背的厚度那样远，再差也差不到哪儿去了。那条棒是一条神棒,任何兵器都打不断它,相反的,任何东西一碰到它,没有不立即就断掉的。

就这样,他气势汹涌地走过来,庞大固埃抬起头来望天,虔诚地把自己交给神灵,心中祷告着说:

“我主天主,你一直是我的保护者,我的救主,你看到我现在遇到的灾难。倘若不是基于一种自然的义愤,也就是你赐予人类的,在他们保卫自己、保护妻子儿女、保卫国家、反抗一切违背你的旨意——也就是信德——时所应有的义愤,任何事情也不会让我到这里来。因为,对于你的事业,除了虔诚的忏悔,你只希望人遵从你的旨意,不需要其他的辅助,禁止我们妄动干戈,妄谈对垒,因为你是全能者,在你的事业上,在为你的事业尽力的时候,你有远远超过我们想象的方法来保卫你自己,你有上千万、上万万的天使队伍,即便是最小的天使也可以灭绝人寰,随意把天地都翻过来好像从前在西拿基立的军队里显现过的一样。所以,倘若现在你肯来协助我,因为我全部的信心和希望都寄托在你身上,我要发誓在所有的国家,乌托邦也好,其他只要是我有政权和权力的地方也好,我都要让他们传布你的福音,只允许传布你的福音,永远传布你的福音,让那些一向专靠歪曲、诽谤和卑鄙的手段来毒化人类的假冒为善者和虚伪的说教者的欺诈,都在我周围一扫而光。”这时听见从天上下来一个声音:“如此做去,尔将胜利。”

这时,庞大固埃看到“狼人”张着大嘴靠近他,就抖起精神迎上前去,并用出平生气力高声大叫:“打死你,坏东西!打死你!”这是按照拉刻代蒙人的作战方法,想用高声狂叫让敌人害怕的意思。接着就把腰里拴着的船上所带的盐,向他撒了十八大桶和一“米诺”,把他的喉咙、嗓子、鼻子、眼睛一下都填满了。

“狼人”气坏了,恶狠狠地一棒打将过来,心想这一棒就要把庞大固埃的脑袋打得粉碎。但是庞大固埃伶俐非常,眼睛快,手脚灵,抬起左脚向后跳了一步,但是腰里带的那条船却没有躲过,“狼人”只一棒就把那条船打成了四千零八十六块,船里剩下的盐全部倾在地上了。

庞大固埃见到此情景,勇敢地伸出胳膊,按照板斧的要法,拿粗桅杆当作剑使唤,对准“狼人”的奶上直戳过去,一回手,再从左边斜劈过来,恰好打在他的脖子和肩膀中间,然后一伸右腿,拿桅杆上头的尖,对准“狼人”裤裆里两腿中间的部分直戳过去,把桅棚都打坏了,里面剩的三四桶酒一起都洒了出来。“狼人”以为自己的尿脬被刺破了,把流出来的酒当作是自己的尿了。

庞大固埃还不满足,想照样再来一下,但是“狼人”又举起了哭丧棒,向他打过来,用尽气力,想一下子把庞大固埃打扁。果然,这一下异常凶猛,倘若没有神灵保佑,善良的庞大固埃肯定会被从头顶一直劈到脾脏底下。但是庞大固埃忽地往旁边一跳,那棒歪着打向右边,一下子打裂了一块大石头,钻进地底下七十三尺多深,仅仅打出来的火光就有九千零六吨多。

庞大固埃看到“狼人”的棒插进石头里,正在用力往外拔,就跑过来想把他的头打下来。然而不幸他的桅杆碰着了“狼人”的哭丧棒,那条棒是一条神棒(我们前面已经说过),所以他的桅杆在离开他的手三指远的地方一下断掉了。

事出意外,让他非常惊奇,不禁高声喊道:“喂,巴奴日,你到哪儿去了?”巴奴日听到庞大固埃叫他,对安那其国王和其他的巨人说:“我的老天,再不分开他们,他们就要受伤了。”但是那些巨人却十分得意,好像在吃喜酒,丝毫不予理睬。卡帕林打算起来去援助庞大固埃,但是一个巨人对他说:

“我冲着穆罕默德的侄子高尔法兰发誓,倘若你从这里动一动,我就把你放到我的裤子里像坐药似的坐进去!虽然我的肚子大便不通,不咬牙切齿就没有法子大便。”

庞大固埃失掉桅杆以后,拿起桅杆的一头对着“狼人”没头没脸地一阵乱打。不过,这样的打法,还赶不上在铁匠的铁砧上用手指头弹一下来得重呢。但是,“狼人”这时已经从地下把哭丧棒拉了出来,打算再来打庞大固埃。但是庞大固埃手疾眼快,躲过了他每一次的攻击。直到有一次,他看到“狼人”又冲了过来,并且威胁说:“坏东西,这一次我可要像斩肉酱似的砸碎你了,让你再也不能让人干渴!”庞大固埃飞起腿来,在他的小肚子上狠狠地踢了一脚,一脚踢得他向后倒下去,两腿朝天,倒退一箭之遥。“狼人”嘴边流出血来,大声喊叫:

“穆罕!穆罕!穆罕!”

他这样一喊,所有的巨人全都站起来,想来救他。但是巴奴日对他们说:“先生们,倘若你们相信我的话,可一定不能去,因为我们的主人发起脾气来像疯子一样,打起人来不管三七二十一,不管青红皂白,乱打乱杀。你们过去,是会倒霉的。”

但是那些巨人没有听他的话,因为他们看到庞大固埃手中没有武器。

庞大固埃看到他们走近他,就抓起“狼人”的双脚,像一根枪似的举起来,利用“狼人”穿着铁砧的身体,和那些顶盔贯甲的巨人交起手来,打他们就像一个水泥匠收拾碎砖烂泥那样,没有一个人能站在他面前而不被他打倒在地的。一场混战,只杀得石碎甲裂,天昏地暗,让我想起了布尔日圣艾蒂安教堂那座高大的牛油钟楼在太阳底下融化的情形。巴奴日,还有卡帕林和奥斯登把倒在地下的人都杀害了。

你们算算看,一个都没有逃掉。只看到庞大固埃活像一个刈草的人那样,手持镰刀(即“狼人”)刈割地上的青草(即巨人)。但是,就在这一场激战中,“狼人”的头被打掉了。那是当庞大固埃打倒一个名叫利弗朗杜伊①是信徒为取得在封斋期内吃牛油的权力,出钱捐献的一座钟楼,但这座钟楼没有倒塌,那个巨人浑身都是坚硬的砂石做的铠甲,仅仅有一块石片就把爱比斯德蒙的头整整齐齐地从脖子上割了下来;其他的巨人绝大多数都是轻便盔甲,有的是一种松软的白石,有的是做

① 意为小偷。

石板的石头。

最后，庞大固埃看到敌人死得一个都不剩，就把“狼人”的尸首使劲对着城里丢过去，尸首像田鸡似的肚子朝地落在城里的大广场上，落下来的时候，砸到了一只烧死的公猫，一只淹死的母猪，一只放屁的鸭子，还有一只鼻孔里插着横扦不能随便乱钻的小鹅。

第三十章　爱比斯德蒙的头颅被砍，是如何被巴奴日巧妙地治好；阴曹地府的消息

大获全胜之后，庞大固埃回到放酒的地方，召集巴奴日以及其他的人，他们都平平安安地跑过来，除了奥斯登之外，他在切断一个巨人的脖子时，被人家在脸上划破了几个地方，还有爱比斯德蒙压根儿就没有出现。庞大固埃难过得直想自杀，巴奴日说道：

“别着急，老爷，请你等一下，我们先在死人堆中去找一找，看究竟是怎么回事。”

他们找来找去，果然发现爱比斯德蒙直挺挺地死在那儿，两只胳膊还抱着自己血淋淋的头颅。

奥斯登大声喊道：“啊！狠毒的死亡！你把我们最好的人都夺走了！”

听到这一声叫喊声，庞大固埃站起身来，以从没有人看到过的悲恸心情，向巴奴日说道：“啊！我的朋友，你那两个杯子和枪杆的预言可是把人害惨了！”

但是巴奴日说道：“孩子们，不要哭。他的尸首还没有凉，我保准把他救活，让他跟过去一样健壮。”

他一面说，一面拿起爱比斯德蒙的头，放在自己裤裆上，把它包得暖暖的，不让它受到风吹；奥斯登和卡帕林把尸首抬到他们刚刚喝酒的地方，他们并不是指望他能治好，而只是想让庞大固埃看看他罢了。但是，巴奴日安慰他们说：

“我要是治不好他，甘愿丢掉我的脑袋（这真是疯子的保证）。你们先不要哭，还是帮帮我吧。”

然后，他用上好的白葡萄酒，洗净死者的脖子，接着把头也洗干净，里面撒了些便粉，这是他随身口袋里必带的东西。后来又在上面涂了一种我也不知道是什么油，把它仔细对好，血管对血管，筋络对筋络，脊骨对脊骨，不要让他成了歪脖子（因为他深恶痛绝的就是歪脖子的人）。对好之后，在周围缝了十五六针，不让它立即就再下来，然后再在周围抹上一点儿他叫作有复活能力的油膏。

爱比斯德蒙忽然之间有了气了，接着就睁开了双眼，再接着是打哈欠，打嚏喷，最后又放了一个大响屁。

巴奴日说道："现在能够保证好了。"他倒了一大杯陈年的老酒，里边还放了一块甜面包，给他喝了下去。

爱比斯德蒙就如此之神奇地被治好了，只是喉咙哑了三个多星期，还有就是干咳，最后喝了很多酒才算是痊愈。

他开始说起话来，说他看到过很多鬼魂，跟路西菲尔亲热地交谈过，在地狱和极乐世界里喝过酒，他对大家保证说鬼也都很和气。提到在地狱中的鬼魂，他说巴奴日这样快就把他唤回世上来，让他很生气，他说道："因为，我看他们看得正得意呢。"

"怎么说？"庞大固埃问道。

爱比斯德豪说："他们在那儿并不像你们想象的那样坏，只是生活方式有很大的不同而已。比如，我看到亚历山大大帝在那里补破鞋来过苦日子。"

"克塞尔克塞斯叫喊着卖芹菜，"

"罗木路斯在卖盐，"

"奴马在打钉，"

"塔尔干吝啬小气，"

"比佐成了个乡下人，"

"西拉做了靠河边的渔民，"

"西路斯在放奶牛，"

"泰米斯多克勒斯在卖着玻璃杯，"

"爱巴米农达斯在卖着镜子，"

"布鲁图斯和卡西乌斯当丈量土地的人，"

"德谟斯台纳在种葡萄，"

"西赛罗在生火炉，"

"法比乌斯在串念珠，"

"亚尔塔克塞尔克塞斯在打绳子，"

"伊尼斯在那儿开磨坊，"

"阿基勒斯长着一头秃疮，"

"阿伽门农馋得舔盘子舔碗，"

"乌里赛斯在割着草，"

"奈斯多尔在卖破铁做小偷，"

"达里乌斯在通阴沟，"

"安古斯·马尔西乌斯在舱船缝，"

"卡米留斯在做木鞋，"

“马尔赛路斯在剥蚕豆，”

“德鲁苏斯在砸杏核，”

“非洲人西庇翁收买酒渣子做醋，”

“亚斯德鲁巴尔在做灯笼，”

“汉尼拔在卖鸡和鸡蛋，”

“普里亚摩斯在卖破布，”

“湖上的兰斯洛特在剥死马皮。‘圆桌骑士’的全体骑士都在做贫穷的短工，遇见阴间的鬼老爷们要在水上游玩的时候，他们就跟里昂摆渡旅客的船工、威尼斯游艇上的舵工那样，在高塞土斯河、弗雷盖顿河、斯提克斯河、阿开隆河、雷塞河上，替人家摇船划桨，每渡一次，别人只在他们鼻子上吹一口气，到了晚上领一块变质的面包。”

“特拉让在钓田鸡，”

“安东尼努斯在做侍从，”

“柯莫杜斯在制造墨玉工具，”

“贝尔提纳克斯在剥胡桃，”

“路古卢斯在烤肉，”

“茹斯提尼昂在制造儿童玩具，”

“爱克多尔在做厨子，”

“帕里斯成了个穷鬼，”

“阿基勒斯在捆干草，”

“康比塞斯在做骡夫，”

“亚尔塔克塞尔克塞斯成了个寄生虫，”

“奈罗弹琵琶，菲埃拉勃拉斯做他的侍者。但是菲埃拉勃拉斯想尽办法来虐待他，给他变质面包吃，给他坏的酒喝，自己吃喝的却全是最好的。”

“茹留斯·恺撒和庞贝在做漆船工人，”

“华朗廷和奥尔松在地狱的浴室里伺候人，为女客人美容，”

“冀格朗和高文在做穷放猪的，”

“大牙齿热奥佛瓦在卖火柴，

“高德佛瓦·德·布庸在卖竹牌，”

“雅松在教堂里撞钟，”

“卡斯提拉的唐·伯多禄在管理募捐事宜，”

“摩尔根特在生产啤酒，”

“波尔多的于勇在箍酒桶，”

“比鲁斯在做厨房中的助手，”

“安提奥古斯给人掏烟囱，”

“罗木路斯修破鞋，”

“奥古斯都替人做抄写，”

“奈尔伐在厨房中烧火，”

“茹勒教皇在叫喊着卖点心，但是他那满嘴又长又难看的胡子没有了。”

“约翰·德·巴黎在给人擦皮鞋，”

“不列颠的阿尔图斯在替人洗帽子，”

“穿林在背柴火，”

“教皇包尼法斯八世是个吃闲饭的，”

“教皇尼古拉三世在卖纸，”

“教皇亚历山大在抓老鼠，”

“教皇西克斯图斯在治疗花柳病。”

“怎么？”庞大固埃说，“那里也有患花柳病的吗？”

“当然了，”爱比斯德蒙说，“再也没看到过那么多患花柳病的了，足足有一亿多。因为，你想想看哪，只要是这辈子没有患过的，都得到那一辈子去患。”

“天主耶稣！”巴奴日叫喊了起来，“幸亏我是过来人，因为我都已经患过，并且一直患到直布罗陀海峡，沾满了海格立斯大柱，而且都是拣最熟的！”

“丹麦人奥吉埃在给人擦铠甲，”

“蒂格拉努斯国王在修盖房顶，”

“复辟的加连在捉鼹鼠，”

“爱蒙四子在当拔牙齿的，”

“教皇卡里克斯图斯在给女人那道裂缝刮毛，”

“教皇乌尔班是个吃白饭的，”

“美露西娜在做厨房的帮手，”

“玛塔布鲁娜是个洗衣服的，在煮内衣，克立奥派特拉在卖葱，”

“海伦在当女仆介绍人，”

“赛米拉米斯在替人捉虱子，”

“狄多在卖香菰，庞特西雷亚在卖芹菜，”

“鲁克莱斯在做护士，”

“奥尔汤西亚在纺线，”

“利维雅在那里刮铜绿，”

“就这样，只要是这个世界上的大人物，到了那边都得受罪。相反，一些学者以及这个世界上的穷人，到那里就都轮到做大人物了。”

“我看到戴奥真尼斯有钱得不得了，穿着紫红色长袍，右手还拿着权杖，碰到亚历山大没有把他的裤子补好，拉起来就是几棍子，打得亚历山大大帝直想发疯。”

“我还看到艾比克台图斯穿着漂亮的法国服装，在一个树枝搭的美丽的凉棚底下,跟许多姑娘在一起游戏,饮酒,跳舞,大吃大喝,在他旁边还堆了许多‘太阳金币’。凉棚上边,写着下面的诗句作为他的处世箴言:

婆娑盘旋舞兴浓,
畅饮琼浆乐融融,
长年日日无所事,
数数钱币乐生平。

“他一看到我,就客客气气地招呼我同他一块儿喝两杯,我绝对没有拒绝的道理,于是我们二人就大喝了一阵。但是西路斯突然以迈尔古里的名义来向他讨一个铜子,说是买葱做碗汤喝。‘没有,没有,’艾比克台图斯说,‘我从来不给铜子,你拿去,坏蛋,给你一块“埃巨”,去当一个好人吧。’西路斯喜出望外,但是站在那里的一个个其他的穷国王,像亚历山大、达里乌斯等等当天夜里就把它偷走了。”

“我还看到拉达曼图斯的山纳官巴特兰,他正在跟卖点心的茹勒教皇讨价还价,他问教皇:‘多少钱一打?’教皇说:‘三块银币。’巴特兰说:‘还是三棍子来得爽快!把点心放下来,坏东西,再去拿别的!’可怜的教皇哭着走了。他走到做点心的老板那儿,告诉他说有人将他的点心抢走了。做点心的老板拿起鳗鱼皮的鞭子来,恶狠狠地打了他一顿,打得他的皮连做风笛的气袋都不够。”

“我也看到了约翰·勒·迈尔大师,他正在冒充教皇让所有阳世三间的国王和教皇亲他的脚呢,他一面大模大样地为他们祝福,一面还说:‘求赦免吧,坏蛋,求赦免吧!我这里的赦免卖得便宜。我宽赦你们吃面包喝,而且还饶恕你们那些一文不值的行径。’接着又把卡耶特和特里布莱喊了来,对他们说:‘红衣教主大人,执行你们的命令吧,给他们每人腰上一棍子。’说完马上就执行了。”

“我还看到弗朗索瓦·维庸大师,他跟克塞尔克塞斯问价钱:‘芥末,卖多少钱一罐?’克塞尔克塞斯说:‘一个铜子儿。’维庸说:‘浑蛋,让你患四日两头疟疾!值一个小钱的东西,你竟想卖到一块银币,你要故意抬高价钱,是吧?’于是,他在克塞尔克塞斯的木桶里拉了泡尿,跟巴黎卖芥末的一样。”

“我还看到弓箭手贝纽莱,他正在做异教徒的审判官。他看到穿林冲着画有圣安东尼神火的墙壁①小便。他宣判他是异端,若不是摩尔根特出面,送了见面礼,并送了他九‘木宜’啤酒的话,他肯定会让人把穿林活活烧死。”

就在这时,庞大固埃说道:“这些好玩的故事留着下一次再说吧。现在,你先告诉我们那些放高利贷的人在那边怎么样吧。”

“我看到他们了,”爱比斯德蒙回答说,“他们在街上路沟里找生锈的针和破钉,就像在这个世界上常见的那些捡破烂的穷小子一般。但是,这种破铜烂铁,一公担也只不过才能换到一块面包,并且破烂东西还不一定有。所以那些穷鬼经常

① 花柳病医院的墙上都画着圣安东尼神火。

搞得三个多星期连一点儿东西都吃不上,还得白日黑夜地干活儿,期待着下一次的集会。但是就这种穷苦的生活,他们并不在意,还是干得非常起劲,只要到了年头上,随便赚到几个破铜子就行。"

"好了,孩子们,"庞大固埃说,"现在咱们先来吃点儿东西喝点儿酒吧,不用客气。因为这个月里正是喝酒的好时节。"

于是,他们取出大堆大堆的瓶酒,以及敌人营内储藏的东西,一块儿拿出来开怀畅饮,只有那个倒霉的安那其国王提不起精神来。巴奴日说道:"这位国王,我们给他个什么职业呢?一旦到了阴间,也得让他会一点儿技术才行啊。"

"真是的,"庞大固埃说,"你想得不错嘛。那么,随你去处理吧,我把他送给你了。"

"多谢了,"巴奴日说,"钦赐不敢不接受,我为了你的缘故,一定很看重他。"

第三十一章　庞大固埃是如何进亚马乌罗提城;巴奴日是如何使安那其国王成亲;怎样让他卖绿酱油经过这次出奇的凯旋以后,庞大固埃命卡帕林先回亚马乌罗提城,宣布是如何俘虏了安那其国王,又是如何打败了全部敌人

城里居民听到消息之后,马上排起整齐的队伍,高奏凯歌,出城来迎接他,万民欢呼地把他接进城里,全城到处点起了篝火,大街小巷都摆满了圆桌,上边堆满了吃的东西。黄金时代又开始了,他们多么愉快地拿吃喝来庆祝啊。

可是庞大固埃召集了国会全体议员,对他们说道:

"各位,常言道得好,要趁热打铁。这句话对我们来说也是这样的,在我们还没有解散之前,我想一鼓作气把渴人国的全部土地都收复回来。因此,只要是愿意跟我去的人,希望在吃完酒之后,准备好明天出发,因为我明天就要开始行动。我并不需要更多的人来协助我攻占那个地区,因为我看它已经等同于在我手中了。而是我看到这儿城里的人口实在太多,多得在街上就没法转身,所以我要带他们到渴人国去,把那里的全部土地分给他们,那是一块美丽的土地,富裕、肥沃,比全世界任何地方都要好,你们当中有些之前去过的人都很清楚。因此,只要是愿意去的人,都希望按照我刚刚说的准备起来。"

这次会议的情形和会上作的决议在城中公布了出来,到了第二天,皇宫前面的

广场上,聚集的人数,除妇孺不算之外,就有一百八十五万六千零十一名之多。于是大队人马径直向渴人国出发,秩序井然,真像以色列的后代从埃及出来渡过红海的时候一样。

但是,在继续讲述此次出征之前,我准备说一说巴奴日如何安排了他的俘虏安那其国王。他没有忘记爱比斯德蒙所说的今世的国王和富人死后将会受到什么待遇,需要做什么微贱的职业才能勉强过活。

因此,有一天,他给那个国王穿上一件又破又烂的小布衫,有点像阿尔巴尼亚人脑袋上裹的布条子,还有一条海军式的宽裤子,没有鞋,"因为,"他说道,"穿鞋会让他看不清自己。"还有一顶小蓝帽,上面插着一根长鸡翎——不对,我感觉好像是两根——还有一条蓝绿色的腰带,巴奴日说这个打扮对他刚好合适,因为刚好符合他为人的"心术不正"。

巴奴日把他这样装扮起来之后,领他到庞大固埃跟前,说道:"你认识这个家伙吗?"

"完全不认识。"庞大固埃说道。

"这是一位煮过三次的国王,我要让他做一个好人。这些鬼国王简直都是牛,他们除了只会为自己不公正的和可恨的爱好去欺负可怜的老百姓,用战争去侵扰别人之外,什么都不懂,什么都不会做。我准备给他一个职业,叫他叫喊着去卖绿酱油。来,吆喝吆喝:'谁要绿酱油?'"

那个倒霉的国王叫喊了一声。

"喊得声音太低,"巴奴日说,他拽住安那其国王的耳朵,说道:"大点声哆、啦、咪发、嗖。对,鬼家伙!你的嗓子还真不赖。你看,不做国王比什么都快活。"

庞大固埃对什么事情都感觉有兴趣,我敢说,在这一手杖距离之内,他真称得上是最可人意的小好人。从那时起,安那其就卖起绿酱油来。又过了两天,巴奴日给他娶了一个老娼婆,而且亲自为他们办理婚事,准备了好吃的羊头、芥末烤猪肉、大蒜香肠——还给庞大固埃同样送去了五驮子,他感觉非常好吃,把这些东西全部吃光了——还有大量的梨酒和果汁酒,还有跳舞的音乐,他雇了一个瞎子来给他们弹琴。

酒席吃好之后,巴奴日把他们领到宫中去见庞大固埃,指着新妇对庞大固埃说道:"不用担心她会放屁。"

"为什么?"庞大固埃问道。

"因为她已经破得一塌糊涂了。"巴奴日说。

"什么原因呢?"庞大固埃问道。

"你没有看到吗,"巴奴日说,"在火里烧栗子的时候,倘若囫囵放下去,它一定噼里啪啦像发疯似的放屁,要是不让它响,就得用刀子先划破。这位新娘子下边很早就破了,所以她绝不会放屁。"

庞大固埃把下街附近一座小房子送给他们当作住处，还给了他们舂酱油用的一个大石碓。他们就在那里把小家庭安置下来，成了乌托邦有史以来从没有见过的最可人意的卖绿酱油的了。但是后来有人告诉我说，他女人打起他来像捶石灰一样，那个倒霉的笨家伙连招架都不敢，真是笨透了。

第三十二章　庞大固埃是如何用舌头遮蔽整队人马；作者在庞大固埃嘴里看到什么

庞大固埃带领全部人马，开进渴人国地界，那里的人民鼓舞欢腾，立即就向他投降，并且自愿地把所有他去的城市的钥匙一块儿交出来，只有咸人坚持要进行抵抗，并且通知庞大固埃的将领说他们只在优越的条件下才愿意降顺。

"什么!"庞大固埃说道，"放着现成的肉不吃，现成的酒不喝，还妄想得到更好的东西么？走，把他们都给我捉起来。"

于是大队人马，排好队伍，准备去冲锋了。

但是路上经过一大片平原地带，突然遇到倾盆大雨，浇得他们浑身发抖，你挤我、我挤你地拥挤在一起。庞大固埃看到此情景，关照将官传达给兵士们说，他从云彩上边已经看到只是一阵薄薄的露水，算不了什么，但是为了谨慎起见，他让他们排好队伍，他要把他们遮蔽起来。于是他们把队伍排列整齐，一个个都靠紧，庞大固埃只把舌头伸出来一半，就像一只母鸡守护小鸡那样，把他们全都盖住了。

我呢，现在给你们述说这些真实的故事，我那时候正躲在一棵牛蒡子草的一片叶子底下，那片叶子比起蒙特里布勒桥的桥孔来，也小不了多少。但是，当我看到庞大固埃的人马一点儿也淋不着雨的时候，我也凑到他们那边去，想要和他们躲在一起，但是我挤不进去，他们的人实在太多了。常言说得好："边上盖不住"，我没有更好的办法，只能爬到他的舌头上去，在上面足足走了两法里多的路，最后才算是走到了他的嘴里。

噢，我的老天爷，老天奶奶，你们猜我看到了什么？要是我说一句瞎话，就让朱庇特用他的三道霹雳把我击死。我好像在君士坦丁堡的梭菲寺里似的往前走，我看到有如丹麦的高山（我想肯定是他的牙齿）、很多的大岩石，还有辽阔的草原，广大的森林，高大坚固的城市，这些城市比起里昂和普瓦蒂埃来，绝不比它们小。

我遇到的第一个人，是一个种白菜的。我奇怪得不得了，就问他道："朋友，你在这里做什么？"

"我在种白菜。"他回答我说。

“种白菜做什么？怎么种呢？”我又问他。

“啊，先生，”他说道，“人生下来，睾丸都不是一般大的，所以我们也不能全部一样富贵。我呢，我就依靠种白菜过日子，担到这后面城里的市场上去卖。”

“我的耶稣！”我叫喊了起来，“这里还有一个新的世界呀？”

“当然，”他说道，“但这里还不算新，人家说这外边的确有一个新天地，那里有太阳，有月亮，以及很多很多的新鲜玩意儿，但是我们这个世界更古老罢了。”

“真的吗？”我说道，“你去卖白菜的那座城叫什么名字？”

“它叫，阿斯法拉日城，”他说道，“那里的人都是教徒，安分守己，对你肯定会欢迎的。”

我立即就决定非去不可。

路上，我遇到一个人正在布置捉鸽子的网，我问他道：“朋友，这里的鸽子是从哪儿来的呀？”

“老爷，”他说道，“它们是从另外一个世界飞来的。”

这时候我才想起来，难怪庞大固埃打哈欠的时候，就有成群的鸽子飞进他嘴里去，原来它们拿他的嘴当作鸽子窝了。

接着，我走进城去，我感觉这座城样子不错，造得也十分坚固，外表也很雄伟，只是进城的时候，守城门的人向我索阅证件，我觉得很奇怪，对他们说：“先生们，这里在闹瘟疫么？”

“老爷呀，”他们说道，“死的人可多啦，我们的收尸车只好不停地满街跑。”

“我的天！”我说道，“在哪儿呢？”

他们回答我说是在喉头城和咽喉城，这是两座大城市，足足有卢昂和南特那样大，地方富饶，商业发达，闹瘟疫的原因是因为新近从深渊里冒出一股污浊的臭气，八天之内就死了二百二十六万零十六个人。我回想了一下，算了一下，算出来正是庞大固埃吃了我们前面说的那么多大蒜做的菜之后，从胃中发出一股臭气的缘故。

我从那里动身，穿过高山岩石，也就是他的牙齿，我爬到一块岩石上，看到了世界上最美丽的景致，有宽敞的球场、华丽的回廊、可爱的草地、广阔的葡萄园，在一片青葱碧绿的田野里，以及一望无际的意大利式的小别墅，我在那里足足待了四个月，我再也没有比在那里吃得更舒服的了。

后来，我从后面的牙齿上走下来，想走到嘴唇那边去，但是在经过耳朵附近一座大森林的时候，有一伙强盗把我抢光了。

后来，在斜坡上，我走到一个小村镇里（它的名字我已经忘记了），在那里我过得更加舒服了，而且还挣了一点儿钱能够生活。你们知道是怎样挣的吗？睡觉挣的：因为那里的人每天雇人睡觉，睡一天挣五六个铜子儿，打鼾打得最响的，挣到七个半。

我把我是怎样在山谷中被抢的经过告诉了那里的议员们，他们对我说，那个地方的人,老实说,都是坏人,并且生来就是贼。听了之后,我方才明白这种情形就跟我们山这边和山那边的地方一样,在他们那里,就是牙这边和牙那边。但是,这边比那边好,空气也比较新鲜。

这时,我想起来人们说的话着实有道理,就是世界上一半的人并不知道另一半是如何过活的,因为还没有人写过一本书来描绘那个地方,那儿除了旷野和一片大海之外,有二十五个以上的国家有人居住。我写过一本很大的书,书名是《咽喉国人史》,我如此称呼他们,是因为他们住的地方就是我的主人庞大固埃的咽喉。

最后我要回家了,我穿过他的胡须,跳到他的肩膀上,从肩膀上再跳到地上,落在他面前。

他看到了我,问我道:"阿尔高弗里巴斯,你从哪儿来呀?"

我回答他说:"先生,我是从你的咽喉中来的。"

"你是什么时候去的呀?"他又问我说。

"在你去征服咸人的时候。"我说道。

"那么,就有六个多月了,"他说道,"你是怎么生活的呀?你在那里喝什么呀?"

我回答道:"老爷,我跟你吃喝的一样,并且是挑选在你咽喉里经过的最好吃的东西,我在那里等于把关收税。"

"真的吗?"他又说,"那么,你在哪儿大便呢?"

"当然也在你咽喉里了,先生。"我说道。

"哈,哈,你办得真漂亮!"他说道,"我们仰仗上天的保佑,把渴人国的全部土地都收复过来了,我把萨尔米贡丹的封地赠予你。"

"多谢你了,先生,"我说道,"你给我的好处真是比我对你的效劳要多得多了。"

第三十三章 庞大固埃是如何得的病又是如何痊愈的

不久之后,善良的庞大固埃病倒了,胃疼得厉害,饮食不进,祸不单行,他又患上了淋病,你们想象不到这个病让他如此痛苦。但是他的医生用大量安神利尿的药剂,终于把他治好了,完全治好了,让病从他小便里排泄出来。

他小便出来的尿很烫,从那时起到现在还没有凉,在法国就有好几处是他的尿流过的地方,一般人都称作温泉,比如在高特莱、在利蒙、在达斯特、在巴勒露克、在内利克、在波滂南西还有其他的地方。在意大利的有格劳特山、阿波奈、帕杜亚的圣伯多禄、圣海伦、卡萨·诺瓦、圣巴尔脱罗美奥。在布伦尼的有包莱塔,还有无数其他的地方。

我真奇怪会有那么多疯狂的道学家和医生,把时间都浪费在争论这些地方泉水的热量是从哪儿来的,是不是因为水中有硼砂,或是硫黄,或是明矾,或是沙里有硝石的原因。这些人都只会胡思乱想,其实用蓟草去擦屁股都比浪费时间去争论他们根本不知道来源的事情要好得多。因为弄明白这个问题并不难,用不着多调查,这些泉水是热的,那是由于它们是从善良的庞大固埃滚热的小便来的。

现在,要告诉你们庞大固埃是如何治好了他这个严重的疾病,他的一服泻药就吃了四公担克洛丰的斯甘摩尼草、一百三十八车桂肉、一万一千九百斤大黄,其他的药都还没有算。

你们要知道,按照医生的指示,必须要先止住他的胃疼。为了做到这一点,他们铸造了十七个大铜球,比罗马维吉尔钟楼顶上的球还要大,球的中间有一道门,用弹簧关闭起来。让庞大固埃的一个随从带着灯笼火把守在一只球里面,然后让庞大固埃像吞服药丸似的把它吞下去。在另外五个球里,装进去三个农民,每人脖子上绑着一把铁铲。还有七个球里装进去七个扛筐子的人,每人脖子上挂着一个大篓子,让庞大固埃都像吃药丸似的吞了下去。

他们到了胃中之后,各人打开弹簧,从自己小屋里走出来,领头的是那个打灯笼的,他们在一个吓人的深谷里走了半法里多远,又脏又臭,比美菲提斯①、比卡玛里纳的池沼、比斯特拉包述说的索尔蓬的臭池塘还要臭,要是他们没有把心、胃、酒罐子(就是人们称为脑袋的那个东西)都事先好好地做好防毒准备,他们肯定会被那股臭气窒闷而死的。啊,拿这个去熏年轻美人儿的脸罩,是多么好的香料,多么好的香气啊!后来他们一边用鼻子闻,一边摸索,走近了粪便和要排泄的物体,最后终于看到了一座粪山。于是扛锹的动起手来,把粪敲成碎块,扛铲子的把筐子一筐一筐地装满。等到所有的都打扫干净之后,各人才回到自己的球里。这时,庞大固埃咳嗽了两声,毫不费力地把他们都呕吐了出来,他们在他喉咙里就像一个屁放在你们喉咙里一样,真是不算一回事。只见他们一个个欢天喜地地从自己球中跑了出来——这让我想起了希腊人在特洛伊战争中从木马身子里跑出来的情形——这样,庞大固埃的病就被治好了,进入了初愈状态。

这些铜球,如今奥尔良圣十字教堂的钟楼上还有一个呢。

---

① 美菲提斯:罗马神话中女神,形象是从地下喷出来的硫磺雾气。

第三十四章　本书尾声和作者歉意

各位,你们已经听到我的主人庞大固埃老爷惊人历史的开端了。在这儿,我暂且要把第一卷作一个结束。我的头有点疼,我感觉我脑筋里的记录被这 9 月的新酒搅得有点模糊。

本书的续篇,不久将在法兰克福的集会上就能够看到,到那时候你们将会看到巴奴日是如何结婚,如何在婚后第一个月就戴了绿帽子;庞大固埃是如何找到点金石,以及怎样个用法;他是如何穿过卡斯比山;如何乘船横渡大西洋,战败卡尼巴勒人,攻克帕尔拉斯群岛;是如何迎娶印度国王普莱斯棠的女儿为妻;是如何和鬼作战,烧毁地狱里的五殿,围困黑色大厅,把普罗赛比娜扔到火中,拔掉路西菲尔四只牙齿和他屁股上的一个犄角;是如何观察月亮的各个部分,证实月亮是不是圆满无缺,是不是女人把月亮的四分之三都装进自己的脑袋里;还有许许多多的真实而且有趣的小故事。称得上是最绝妙的文字。

先生们,祝你们晚安。并请多多包涵,请不要光想着我的过错,以至于连你们自己的都不想了。

倘若你们对我说:"师傅,你给我们写这些无聊的东西,可笑的诙谐,好像你这个人不大正经。"

我将会回答你们说,只要你们看到它,你们也正经不了多少。

不过,假使是为了消遣,你们看看它,就好像我为了消遣写它一样,那么,你们和我,比那些成堆的不守清规的僧侣、虚伪的教徒、蜗牛似的假善人、伪君子、满口仁义道德、一肚子男盗女娼、穿着靴子趾高气扬的人,以及其他戴着假面具把自己伪装起来欺骗社会的人来,更值得被原谅了。

因为这些人,他们让别人觉得他们只是在默想和修行,用守斋和刻苦来节制自己的情欲,吃一点菲薄的东西只是为了维持活命,而实际上,却是在大吃大喝,天才知道他们是如何的享受。

道貌岸然苦行僧,
男盗女娼伪君子。

你们能够在他们那副红红的嘴脸上,在他们又长又大的肚子上,像看大写字母似的清清楚楚地看到这两行字,除非他们用硫黄把自己掩盖起来。

至于说他们研究什么,他们的全部时间都在念庞大固埃式的书籍,但是并不是想欢欢喜喜地来消磨时光,而是包藏祸心想危害别人,他们仔细地思索,一个字一个字地推敲，歪着脖子去推敲，翻过来推敲，倒过去推敲，说着鬼话去推敲，总而言之，想尽办法来污蔑诽谤。他们这样做，就好像是在樱桃成熟的季节，村里那些专门拾捡小孩子粪便的坏蛋一样，他们想在粪里找出樱桃核来，卖给药房里去做“玛格莱油”。

你们要跟我一样躲着他们，厌恶他们，嫌恶他们。我实话告诉你们，这样做，对于你们只会有好处，倘若你们打算做地地道道的庞大固埃派（换言之，就是在和平、愉快、健康中生活，并且丰衣足食），你们可千万别相信那些从窟窿眼里偷看人的人①。

渴人国国王庞大固埃传记终，
还其本来面目并附惊人的英勇事迹，
第五元素提炼者
已故的弗朗索瓦·拉伯雷先生著

① 指传教士所戴的风帽式的大帽子，帽子上有洞，他们可以带着帽子偷看、偷听别人。

第三部

善良的庞大固埃英勇言行录
医学博士弗朗索瓦·拉伯雷大师著
按照原本重新校订

作者请宽大的读者读至第七十八本再笑。

弗朗索瓦·拉伯雷向那伐尔王后[①]献词

痴迷、高尚、执着的心灵，
你来自天庭令人敬仰，
抛开你那劳形的身躯，
像滚石般在尘世游荡，
迷失、孤独全无动于衷，
难道你就不愿意走下，
那永远不离开的城堡，
下来看一看善良的庞大固埃
妙趣丛生的英勇言行录。

① 那伐尔王后，即弗朗瓦一世之妹玛格利特·德·瓦少亚。

国王御诏

承天护佑,法兰西国王亨利晓谕:

巴黎总督、卢昂大法官、里昂、图卢兹、波尔多、多菲内、波亚都等地法官,还有全国司法官吏、文武官员以及各相关人等,兹据我们亲爱的医学博士弗朗索瓦·拉伯雷大师的陈述及申请,其过去用希腊、拉丁、法兰西及多士干等文字印行的有关庞大固埃英勇言行若干作品,既有教益,又饶兴趣,可惜印刷人在书中数处进行歪曲、篡改以及破坏并且窃用申请人姓名,滥印若干坏书,严重损害作者名誉,危害作者权益。此类冒名撞骗之书籍,申请人全都予以否认,并请求国王恩准同意予之取缔。作者过去承认之作品,因有被人篡改及侮辱情事,也全部予以修订和改正,重新再版,庞大固埃英勇言行等书也同样办理。申请人据此恳请颁发证书,因系需要,理应照办。依据上述情由,并经过考虑,对弗朗索瓦·拉伯雷大师之陈述以及请求,决定予恩赐同意,允其所请,并用国王的圣明、全权以及皇家职能颁赐同意、允许并承认。本御诏将同意、允许并承认申请人有权随意委托任何印刷人进行印制并发行售卖上述书籍之一部或者全部,作者今后继续写作之《庞大固埃》续编等作品,包括之前印行者,今后重新修订以及继续编写者,全都有效。冒名顶替之伪造书籍,全都取缔。为保证作者印书时有能力承担各种费用,特再次明文规定,严厉禁止全国(包括封地采邑)所有书局及印刷商人,凡没有得到申请人同意及应允者,对以上书籍,不管新旧,一律不准印刷、制造、发售,自书籍印刷之日起为期十年。如有违背本御诏私自印制者,除全部没收其书籍之外,并予以严格的处分。

为此特令尔等,以及各有关地区,对颁发之凭证、特权、执照、禁令,必须全都严加遵守,不得违反。倘若私自违反,或者放任违反禁令者,也照上述所说条款办理,并另外加以处置。御诏到后,希予申请人各项便利,使其可以在上述期限内,安享应得的权利。所有违反禁令情事一律取缔,此乃朕意。之前与此相反的一切敕令、规定、通告、禁令,全都作废。再本诏书可能在不同地区同时颁布,特加盖皇家印玺,以昭郑重,并示无误。

恩佑 1550 年(本王朝第四年)8 月 6 日颁于圣日耳曼·昂·赖。

卡斯提翁红衣教主旁侍代笔

签署:杜·蒂埃尔。

作者前言

善良的人,著名的酒徒,还有你们,这些患痛风的兄弟们,你们看到过往尼克派哲学家戴奥真尼斯么?倘若你们见到他,一定会不错眼地盯住他。不然的话就是我糊涂,缺乏逻辑思维。能看到太阳(金币和酒)的光亮,是件美好的事情。我想起《圣经》上那个人尽皆知、生来瞎眼的人,他得到全能者的青睐,能够请求得到他想要的任何东西,全能者只用说一句话,立即就能够成为事实,但是那个瞎子什么也不要,他只要求能看得到。

你们也是这样,年龄不小了,有资格"在酒上"发表一通评论了,(不但不是"毫无收获①")而应是超乎表面的,即形而上的看法,你么还能够加入歌颂巴克斯的诗社,喝酒时能够阐发一下琼浆佳酿的地质、颜色、芳香、醇厚、浓郁、特质、性能、优点、实力和价值。

假使你们没有看到过他(这我也容易相信),至少你们也应该听说过他。因为世上和天上都传颂着他的大名,不是到现在才出名,才有人知道他的,他的名气与日俱增。况且你们都是弗里吉亚人的后裔(除非我错得离谱),倘若比不上米达斯那样富豪,至少也会有他身上我说不出名字的东西,那就是从前波斯人称赞他们密探的、安东尼皇帝所希望的、后来罗汉城堡里的公爵流芳百世,被称作"漂亮的大耳朵"的东西。

倘若你们连听都没有听说过,那我现在就给你们说一个他的故事,既能帮助下酒(你们请),也能够让你们多明白一些事(请大家听好)。告诉你们(不要像那些容易受骗的糊涂虫),他是当时一位罕见的哲学家、百里挑一的达观者。倘若说他有一些缺点,那你们也有,我们也有。除了开天主,谁都不是完美的。就拿亚历山大大帝来说,尽管亚历山大大帝有亚里士多德当他的导师,这位伟大的帝王对我们所提到的这位高尚的哲学家也是推崇备至的,他说过如果他不当亚历山大,就要做戴奥真尼斯。

当马其顿国王菲利普准备攻打和剿灭哥林多的时候,哥林多人早从他们的探子那儿得知有一队大军浩浩荡荡地朝他们开来。他们很紧张,但并没惊慌失措。

他们稳妥地把每一个人都安置到合适的岗位上,准备敌人来到时进行迎攻,保卫城池。

有的从郊区把能够带走的东西、牲口、粮食、酒、水果、食物和其他生活必需品都运到城寨中。

---

① "在酒上"(en vin)与"毫无收获"(en vain)同音。

有的修建城墙,砌造寨垛,建立防御工程,挖掘壕沟,清查地下通道,堆立障碍,安排炮台,开挖坑道,掩护通廊,巩固炮位,修补寨基,墙面加泥,布置哨岗,竖立短墙,加固雉堞,洞空镶铁,增设门槛门闩,安置岗哨,组织巡逻。

为了抵御外敌入侵,人人都警惕,忙着备战。有的擦铠磨甲,洗刷马披、马盔、马铠、护胸、头盔、铁面、手钩、战胄、缨冠、软甲、箭衣、臂铠、围腰、腋片、护颈、套裤、护心、胸衣、上身、盾、战靴、护膝、护足、肩靠和踢马刺。

有的准备弓箭、弹弓、强弩、铅弹、弩牙、火箭、榴弹、火炮、起花、火弹、弩炮、石炮,以及其他作战对敌以及破坏攻城战车之武器。

还有的人磨快了长枪、铁斧、弯刀、戟、带有弯头的铁矛、长柄钩、镰、梭镖、顶端有尖铁的木棍。他们还磨亮各种刀刃,有土耳其式剑、短剑、短弯刀、短镖、双刃长剑、大小不一的匕首、弹簧刀、罗马式双刃长剑以及手中的各种刀片和箭矢。

所有的人个个练刀,人人磨剑。不管男女,不论老少,无人不准备马具,你们知道,古时候的科林斯人个个都是能征善战的。

戴奥真尼斯看到他们忙得焦头烂额,自己又没有分配到做任何事情,只好一连好几天都看着他们忙碌,自己一句话都不说。突然,他好像受到战斗的气氛感染了似的,把外套斜披起来,袖子卷到胳膊肘上边,打扮得像一个摘苹果的人,把褡裢、书籍、笺简,和写字本一块儿赠给了一位老朋友,然后滚着他那个既当作房屋又当作防御天灾的土瓮,独自出城向着格拉里母(科林斯城近郊的一座小山)走去。到了那里,他一边褪下外套披在身上,恶狠狠地伸出两条胳膊,把那个大瓮滚东滚西,用力地转动,又是拍,又是敲,又是打,一会儿歪过来,一会儿又翻过去,摸一阵,抓一阵,拂一阵,晃一阵,敲打一阵,拎起来又放下,又是撞,又是掼,让它翻跟斗,让它摇摇摆摆,放倒了,拍打着,敲一下,撞一下,按下去,再提起来,拂拭一阵,摇晃一阵,推推,搡搡,拳打,脚踢,挖进去,掏出来,横过去,倒过来,拦阻,推动,拉回,倒转,往前摆,往后摆,用绳捆,用钉敲,用东西垫,用油涂,反反复复,上下折腾,摸摸弄弄,抖动,扭拗,拖拉,揪扯,推抛,摇摆,弹,挞,抻,捶,掀扣,抓抄,从上往下把它从格拉尼亚山上推下去,接着再从下往上像西绪福斯滚石头似的把它滚上来,就这样来来回回,没完没了地玩弄,差一点儿把瓮打成碎片。

有个认识他的人看到他,问他是什么事情刺激了他的身心,这样来滚动那个大瓮。戴奥真尼斯回答说,他对共和国没有什么事可做,而全城的人都齐心协力,忙于备战,群情激奋,在这个热情奔放的民族里面不至于让人看到他一个人闲着无所事事,于是就只好来折腾他的大瓮消耗自己多余的精力。

我也是这样,虽然生于和平地带,但被人当作是个不配工作的人,心里也不能无动于衷。再看看我们整个伟大的法兰西王国,从南面到北面,人人都勤奋地锻炼,每个人都在为抵御外侮、保家卫国而奋发工作,所有的事物都进行得有条不紊、秩序井然。我们的将来一定只会取得成功(今后法国的疆土定能固若金汤,人民定可安居乐业)，我几乎同意贤哲，赫拉克利特的意见，他曾说过战争是一切好事的根源。我也相信拉丁文把战争称作“美事”，并不是像若干陈旧腐朽的道学家所主张的那样，是一个反义词。他们认为在战争中，看不到任何美好的东西。其实很简单，绝对地能够说，正是由于战争，才会出现美好的东西，并显露出一切罪恶和丑陋。明哲善良的所罗门王在《旧约·雅歌》中把无法言说的神的完美智慧比作旌旗林立的军队[①]山，说得再好也不过了，正是这样。

现在，一方面由于我体质太弱、不能够作战，没有被列入我们出征的队伍之中；另一方面，我在防御部队中也找不到任何工作干，哪怕是扛扛筐子，抬抬土，砍砍柴，砸砸石头，或者别的什么的。这些勇武、能干、英雄的人物在全欧洲的注视下正在完成杰出的事迹、演出悲壮的戏剧。而我却只是个百无聊赖的旁观者，甚至一点儿都不努力，就连一点儿微薄的力量。虽然我只有这么一点力量，都不贡献出来。我感觉这是莫大的耻辱，因为我认为只动眼睛而不愿使用气力的人，不应该得到荣耀。他们锁起了金币，藏起了银钱，一味地像闲得发慌的游手好闲的人那样用手指头挠头，像一头笨牛似的对着苍蝇打哈欠，像阿卡狄亚[②]的驴听到音乐家唱歌一样竖起了耳朵，而后傻笑说明它听懂音乐一样。这帮游手好闲的人一声不响的，表示只是愿意看着别人动，自己不动。

我想过，并且也决定这样做，我认为活动一下我这个戴奥真尼斯式的酒瓮不是没有用处和多余的，这个瓮是过去在遇祸灯塔那里乘船失事后留下的唯一的东西。按照你的看法，把它活动一下，能有什么作用呢？冲着光臂圣母说话，我自己都不知道。等我先对着这瓶酒喝上一通再说。这才是我真正的酒，可是我的灵感之泉，我的赫利孔[③]山上的灵泉，唯一令我狂喜的东西。我边喝就能边想，边解决问题，边得到结论，然后再喝上几口。恩尼乌斯从前就是一面喝酒一面写作，一边写作一边喝酒。还有埃斯库罗斯(倘若相信普鲁塔克在《宴会》里所说的话)也是一面写作一面喝酒，一边喝酒一边写作。荷马从来不是空着肚子写东西的。加图不喝酒就写不出文章来。我之所以要列举这些例子，是告诉你们，不能说我没有拿受人称赞和敬仰的人当作榜样。酒正好，正新鲜，正好是你们说的合适温度。愿天主，愿善良的萨巴斯天主(主保军队的天主)永远受到赞美！倘若你们偷偷地喝上一大口或者是两小口，我觉得这也没有什么不好的，只要谢谢天主就是了。

既然命中注定如此(因为任何人都不许进入并住在哥林多)，我的意见是大家彼此相互协助。这样我也不至于无事可干、冷落在一旁了。我能挖壕沟，筑城墙和做亡兵所做的事，同从前尼普顿、阿波罗二人奉宙斯之命，为特洛伊王拉俄墨冬建筑城墙一样，或像雷诺·德·蒙塔班老年时帮助砖石匠建科隆大教堂一样。我会

---

① 见《旧约·雅歌》》第六章第四节。

② 阿卡狄亚：古希腊地名。

③ 赫利孔：神话里缪斯居住的山。

同泥瓦匠一起共事,为他们生火做饭,用膳完毕之后,还会为他们奏乐,让他们伴着音乐做游戏。宙斯之子安菲翁就是以七弦竖琴的魔力筑成底比斯城墙,为了参战的将士,我会再次给我的酒瓮凿个口子。我喝了从那酒瓮里倒出的酒,就曾完成了前面两部书,但愿印刷商没有想尽办法毁了我的书,我还将用饭后的饮酒享乐来写出英勇故事的第三部。

接着,我还将把庞大固埃有趣的大智慧写进第四部。我允许你们把这些书称作戴奥真尼斯式作品。尽管我不能作为一名战友陪伴那些参战的士兵,至少我能忠心耿耿地为他们安排节目,尽我的能力使战士们从战场回来得到放松。我会歌唱,不知疲倦地歌唱,赞美他们的英勇和取得的胜利。我会使出天主的最大耐性,除非战神错过封斋节。只要战神自己有把握,我就绝不会误事。

我曾读过关于拉古斯的儿子普陀里美[①]的故事:有一天,普陀里美从堆满战利品的露天大礼堂里,拿出一头遍体通黑的巴克特里安双峰驼和一个半黑半白的奴隶给埃及人看。那奴隶并不是以横膈膜为界,上黑下白(不像提亚拿的哲学家阿波罗尼乌斯在希达佩斯河[②]和高加索山脉之间旅行时,看见的用来祭祀印度美神的女人),而是垂直分开的半黑半白,这在从前的埃及是从未见过的。普陀里美是想用这一新奇的东西增强人们对他的爱戴。但结果呢?人们一见那双峰驼,不是害怕就是愤慨;看到那半黑半白的奴隶,一些人开始嘲笑他,而一些人则认为这是自然一时疏忽,制造出的臭名昭著的妖怪。他本来要讨好埃及人,让他们自然而然地更加归顺他,但希望也就这样落空了。他渐渐明白埃及人喜欢的是美妙的事物,而不是离奇古怪的东西。他对那奴隶和双峰驼也开始感到反感。久而久之,因为没人照料,那奴隶和双峰驼也就白白饿死。

这个例子使我置身于希望和恐惧之间,犹豫不决。我担心,期望的事情不但不能收获喜悦,反而会遭到厌恶。财宝全都变成尘土,维纳斯变成可恶的狗。我本想成为有用之人,反而惹人们生气;想取悦他们,却冒犯了他们;想令他们高兴,却让他们扫兴。我就会成了普劳图斯在《一罐金子》中所描写的,奥索尼乌斯在诗歌《格里芬》和其他人的诗作中所描

写的那只闻名遐迩的大公鸡一样,因为它从地下刨出宝藏,结果被割破了喉咙而死。这真是令人不快。这事情确实发生了,就可能再次发生。我祈求海格立斯别让这种事情再发生!我从我为他们写故事的勇士身上看到一种我们的祖先称为庞大固埃式的乐观精神。本着这种精神,他们把所有事情都想象成美好的,其出发点都是诚恳、正直的。我就看过这样的例子。

有些人虽然软弱,但因为有善心,他们还是愿意接受我的东西并加以赞扬的。

---

① 普陀里美:古埃及国王。

② 希达佩斯河即印度的底吉拉姆河。

说明这一点之后，让我再回到我的酒瓮上。朋友们，来喝吧！小伙子们，只管大碗喝好了！酒要是不好，就放下不要喝。我绝不是讨人厌的德国人，用勉强、压迫、强制的办法，让别人去喝酒，甚至灌醉做更坏的事情。所有善良的酒友、所有患风湿痛的人、所有干渴的人，请到我酒瓮这儿来吧，要是不想喝，尽管别喝。要是想喝，要是我的酒也合老爷们的口味，那就请他们放大胆、自由自在、随心所欲地开怀畅饮，不用花钱，也不用顾惜。我要说的话就是这些。不用担心我的酒会像加利利的迦拿那次娶亲的宴席上一样不够喝[①]。从瓮口里拿出来多少，就会从另一个口里灌进去多少的。因此我这瓮酒是喝不完的。它有活的来源和源源不断的补充。它就像是婆罗门圣人中坦塔罗斯[②]杯里的那种饮料，就像是加图所称赞的西班牙的盐山，就像是维吉尔歌颂的供奉地下女神的金树枝，是一只真正的幸福和逗乐的"丰饶角"。倘若你们感觉到快要喝到底了，那也不要紧，它绝不会干。像潘多拉的盒子一样，希望在最底下，绝不像达那伊得斯[③]的桶那样毫无希望。

请记住我说的话，记住我邀请的都是什么人。因为我之所以打开酒瓮，就像卢奇利乌利写诗只给塔朗图姆和卡拉布里亚人看一样，我打开我的酒瓮只是给你们——善良的人、美酒的品尝家，还有风湿患者享用。而那些靠贿赂生存的大法官，还有那些吞吃雾气的家伙们，他们袋子里的猎获物也足够多的了，他们高兴到哪儿就到哪儿去好了，反正这里没有他们能猎获的猎物。

至于戴花边帽子断章取义的神学大师们，那些吹毛求疵的老家伙，你们千万不要跟我说话。我以生养你们的、也受你们尊敬的那四片屁股以及把它们连到一起的那根活动的小棍子的名义来请求你们。伪君子，更不要谈。虽然，这些人也都好酒贪杯，也长满梅毒，永远也不解渴，永远吃不饱。为什么？因为他们不是好人，是坏人，是我们每天祈求天主让我们避开的坏人，尽管有时他们也装出一副可怜的样子，千万不要可怜他，因为老猴狲一辈子都不会做出漂亮的鬼脸。

滚开吧，狗东西！不要跟我走一条路，不要跟我守着一个太阳，坏东西，见你的鬼去！到这里想要和狗一样亵渎我的酒，尿在我的酒瓮上么？我这里就有戴奥真尼斯在遗嘱上叮嘱死后放在他身边的棍子。这是专门驱赶阴间的小鬼和地狱的饿狗的。滚开吧，假装为善的人！去看羊去吧，狗东西！离开这里，伪善人，都见你们的鬼去！你们还没有走么？倘若我能咬你们一口，我情愿放弃到天堂上去。去，去，滚开！走，走！走了没有？你们这些不用皮条抽不肯拉屎、非吊起来不肯撒尿、不多打几下就不舒服的家伙！

---

① 故事见《新约·约翰福音》第二章。

② 坦塔罗斯：神话中吕底亚国王。

③ 达那伊得斯：神话中达那乌斯的五十个女儿，有四十九个在新婚之夜把新郎杀死，被罚在一个无底桶内灌水，永远没有灌满的时候。

第一章　庞大固埃是如何从乌托邦向“渴人国”移民

庞大固埃完全占领渴人国之后,把乌托邦的人口迁移过去九十八亿七千六百五十四万三千二百一十名,仅算男人,妇女和儿童不算。还包括各行各业的工匠和各种学科的教师。要把渴人国好好地整顿一下,得调整人口,繁荣市面,因为过去那儿人少,大部分地区都荒无人烟。对于庞大固埃来说,要使得渴人国生活安乐,就要把人口调整到相当水平并繁荣集市贸易。因而,庞大固埃的移民计划并非为了增加男女的人口,而是想迁移那些无限忠诚于他的古老的乌托邦臣民来维护渴人国的稳定。相信大家都非常清楚,乌托邦的男人和女人就像蝗虫那样会繁殖,男人的生殖能力特别强,女人的子宫又大又强韧,生理结构很合理。只要一结婚,平均每九个月至少能生七个孩子,而且男女比例一样,这就像被逐入埃及的犹太族一样(倘若古拉德·里拉修士)不是乱说……为了使渴人国安邦定国,庞大固埃想让自己忠诚的子民教会渴人国的人民履行公民的义务,忠于自己的君主,因为乌托邦的人民向来不曾希望拥有其他君主,只希望一辈子侍奉庞大固埃。这些乌托邦的臣民一出世,除了用母亲的奶水哺育外,就是沐浴在庞大固埃王朝的仁爱温情里。因而,庞大固埃相信他们无论被迁移分散到什么地方,都会对自己的君主忠心耿耿,视忠君如同自己的生命,不但会把这种美德传给自己的后代,也会教给那些新并入乌托邦帝国的所有国家的人民。

事情果然如此,正如庞大固埃预料的。因为,倘若说乌托邦的百姓在迁来前,把对国王的忠诚、爱戴付诸行动,那么渴人国的人因为和他们相处日久肯定会受到感染,变得比他们更加忠诚、感戴得多,他们有一种说不上来的,也就是人类对于工作一开始就符合自己心愿时的自然的热诚。他们向上天、向崇高的神圣表示唯一遗憾的,就是没有更早地听见善良的庞大固埃的威名。

酒友们,请你们注意,治理和维持一个新战败的国家,绝不是(像若干爱肆虐的人错误的主张,施行侵略和侮辱)对人家进行掠夺、强迫、压制、破坏、虐待、拿铁棍子驱赶,简言之,来吃人,来吞人,做得像荷马称呼残忍的暴君为“食人者”那样。我不用多说古代历史上的例子,我只请你们回忆一下你们的上一代以及你们自己。除非你们当时太年轻了,没有印象。对待这样国家的人民,像喂养新生的婴儿一样,需要喂奶,保育和养护,让他们快乐生活;像新栽的树苗一样,需要扶持、巩固,防止风暴、灾害和破坏;像一个久病新愈、刚刚恢复健康的病人,需要调理、使之康复。要让他们有这样一个观念,就是:世界上没有一个国王或者君主不是愿意敌人越少越好、朋友越多越好的。就拿埃及人伟大的国王奥西里斯①来说吧,他征服了天下不是靠着兵力和武器,而是靠减轻人民的灾难疾苦,教导他们如何擅自摄生,给他们容易遵守的法典,教他们仁爱、亲善。因此,他被人称为慈善大王,于是,奥西里斯的美称"大恩人"就在全世界传开了。

赫西奥德在他的"教规"里把善良的魔鬼(你们可以随便把他们称作天使或天神)放在神和人之间的中间人地位上,在人之上,在神之下。人类从他们手中得到上天赐予的财富和恩典,他们还保佑人类避恶趋善。赫西奥德说他们执行君王的职务,就是因为他们只做好事,而不做坏事,赈济百姓。这只能够称为是王道的行径。全宇宙之君王马其顿人亚历山大,就是这样。还有海格立斯,也是实行仁政,他为人类消灭了压迫、暴敛和苛政,用仁爱统治人民,待人平等公正,实行宽厚政策。法规适合不同地区的不同情形,没有的予以供应,过多的就压低价格,已往的所有罪恶,一概都不予追究。就像从前色拉西布洛斯②运用技巧和英勇打垮那些暴君以后,对雅典人施以大赦一样。后来西赛罗在罗马也实施过,再后来在奥瑞连皇帝的统治下也再次出现过这种德政。

对于辛勤赚得来的东西,这种德政的确是一个保护的手段和方法。统治国家的人,不论是皇帝也好、国王也好、学者也好,都得施仁政才能长治久安。而武力则表现在攻取和胜利上。正义将体现在是否根据百姓的愿望和爱戴来颁布法律、宣布命令、建立宗教,让每个人享受到自己的权利。尊贵的诗人马洛提到屋大维·奥古斯都斯时说道:

胜利者不违反战败者的心愿,
才能让自己的法律法规深入人心。

因为同样的理由,荷马在《伊利亚特》里把善良的王子和尊贵的国王叫作是人民的装饰品。罗马的第二个皇帝——公正的政治家及哲学家努马·庞皮利乌斯也是如此的看法。他在纪念界神——通常人们称作界神③节的那一天,命令不许杀害牲畜举行祭祀。他教导人说,国与国之间的界限、边疆、分界线,应该和平地、友好地、善意地来遵守和保持,不能让血腥玷污了双手,不能进行抢夺。谁要是不这样做,那就非但会损失他已有的东西,并且还会招致谴责和非难,说他所有的都是用不正当手段骗来的,因此到手的东西,依旧会保持不住。因为不义之财来得不正当,去得也莫名其妙。即便他能够安安稳稳地享受一世,但如果败在儿子身上,死

① 奥西里斯:古埃及之神,亡人之主保神。
② 色拉西布洛斯:公元前4世纪雅典大将。
③ 界神:古罗马司边界之神灵。

者仍然会遭殃，留下强取豪夺的骂名。俗话说得好："不义之财，不出三代。"

患风湿痛的人，你们一定要记住，庞大固埃在这件事上是把一个天使变成了两个。与查理曼正相反，查理曼把萨克森人迁到弗兰德斯，把弗兰德斯人迁到萨克森，是把一个魔鬼变成了两个。因为他管辖不住他国中的萨克森人，他偶尔有事到西班牙或者去其他远一点儿的地方的时候，他们每次都要造反。于是，他就把萨克森人迁到了一直对他非常服从的国家弗兰德斯去，把弗兰德斯人迁到了萨克森去。他没有怀疑过弗兰德斯人的忠诚。虽然他们迁到了外邦。但是结果呢，萨克森人继续造反，继续跟从前一样顽强。弗兰德斯人却因为迁进了萨克森，反而染上萨克森人的习惯和不驯服的个性了。其恶果则是把一个恶魔变成了两个。

第二章　巴汝奇被任命为"渴人国"的萨马甘蒂总督并提前花掉所有收入

庞大固埃下令通告渴人国政府，委派巴汝奇为萨马甘蒂总督，每年固定年俸为六十七亿八千九百一十万六千七百八十九块"金币"，还不包括金龟子和蜗牛项下的不固定的收入。这项收入平均每年约二百四十三万五千七百六十八块到二百四十三万五千七百六十九块"金币"。有时碰到蜗牛壳收成好、金龟子供不应求时，能够收到十二亿三千四百五十五万四千三百二十一块"金币"。但是，并不是年年如此。这位新总督大人到任之后，办事明智有方，不到两个星期就将总督三年内固定和不固定的收入一块儿用光了。你们能够想象得到，他可没有把钱用在建筑修院、修立庙宇、开办学校、医院和胡花滥用上，而是用在天天饮宴、夜夜笙歌上，酒友、少女、艳妇、娇娘他全都招待，来者不拒。最后只好杀鸡取卵，饮鸩止渴，借债度日，贵买贱卖，寅吃卯粮了。

庞大固埃闻报后，一点儿都不动气，也不恼怒和愤慨。我之前不是一再给你们说过么，他是全天下最善良的小大人，腰里从来不带武器。对任何事都从好的一面去看，把所有的行动都解释为善意的。他不让忧愁折磨自己，也不为什么事感到愤慨。要是一动气、一发脾气，那就把自己驱逐出理性的神殿。因为对于他来说，不管是怎样的：天上的、地下的、纵的、横的，都不应该让它激动我们的情绪，扰乱我们的感观和理智。

他只是悄悄地把巴汝奇叫到一边，柔和地告诉他说，倘若他继续这样下去，不加拘束，那么将很难变得富有。

"富有？"巴汝奇回答说，"你有没有想过？你真的担心我不能发财么？仁慈的天主在上！善男信女在上！你还是想想如何过快活日子吧！不要让任何牵挂和忧郁跨进你伟大头脑的神圣领域，不要让任何带着哀愁和烦恼思想的乌云影响你头脑的精明。只要你生活得快活，精神好，心情愉快，那我比发财还要开心。大家都在说：'约束吧，节俭吧！'说节俭的人，根本就不懂节俭是什么意思。这只有向我请教。我现在就可以告诉你，你要记好：别人以为是我的坏处的，实际上借债是我向巴黎神学院和司法衙门学来的，这两个地方可是普天下神学思想和一切正义思想的真正来源和活化身，谁若怀疑这一点，或是不太热情地拥护它们，谁对它有质疑，不坚决地相信，就是异端。那里，就在主教到任的那一天，所有的宴请就吃掉两年的收入，有时是两年的收入。他要是不打算立刻被石头打死的话，既不能躲也绝没有任何借口能够推脱。

"这也是为履行四大品德呀！"

"首先是谨慎稳重。把钱先拿到手，因为根本猜想不到谁用嘴咬、哪个用脚踢。谁能说世界还能撑三年呢？即便世界可以撑下去，哪一个疯子敢相信自己能活三年呢？

生死未卜难先知，
明日在世谁确保？"

"其次是正义公平，先是公平交易。加图在他的《持家的艺术》里怎么说的呢？贵买（我的意思是赊）贱卖（我是说现钱交易）。他说一个家庭的主人，必须要一直是一个售卖者。倘若把东西都保藏起来，那他就不可能致富。"

"二是公平分配，把吃的东西给好人（记好，是好人）和好伙伴。这些人，命运之神像从前对付尤利西斯那样把他们丢到了没有食物的饥饿之山上，还要给善良的女人（记好，是善良的女人）和年轻的少妇（记好，要年轻，因为按照希波克拉底的箴言，年轻最爱吃，并且活泼、轻快、兴奋、活跃、有力）。少妇呢，恰好和正直的男人寻欢取乐。她们深懂柏拉图和西赛罗的道理。明白生到世上来不是为了个人，而是要把个人贡献出去，一部分给国家，一部分给男伴。"

"第三是刚毅有力，像米隆再世一样，砍倒大树，摧毁黑暗的森林、豺狼、箭猪、狐狸等野兽的窝穴，盗贼、强人的巢窟，杀人犯的藏身之处，造假币者的黑店，歪门邪道者的藏身之处，开辟一片净土，绿草如茵，把树木拿去卖钱，而木墩子可留作最后审判时当席位，那会是舒适无比的。"

"第四是节制有定。不要等麦熟吃麦青，这好比隐修士吃青菜和草根，随便把饥饿蒙骗过去，好节省下东西来给残废的人和有病的人。因为，这样做可以省下一大笔钱，就不用付锄草人、割麦人、拣麦人、打麦人的酒钱和饭钱了。那打麦人可是连园子里的葱、蒜和莴苣都连根拔起，不信去问维吉尔的赛斯提丽。还有呢，不用担心磨面人偷面粉，面包师偷面包了，更不用担心老鼠偷食、仓库被偷、虫子啃啮带来的大损失。这样一来，我不是省下一大笔钱吗？”

“麦青还能够做一种美味的辣酱油，有很多功效，东西容易煮，吃了有助于消化、提神、醒脑、明目、开胃、美味、清心、舒舌、润喉、强身、活血、健脾、助肝、通气、利肾、活腰、壮骨、通尿道、扩精囊、缩睾丸、清膀胱、壮阳物、治阳萎、滋阴，补阳。此外还让你整个消化系统畅通无阻，可以放响屁、放哑巴屁、放臭屁、屙屎、撒尿、打喷嚏、呜咽、咳嗽、呕吐、打哈欠、擤鼻涕、呼气、吸气、又呼又吸、打鼾、出汗、举阳物，还有无数别的稀有的好处。”

庞大固埃说：“我懂了，你是说笨的人在较短的时间内是不会花掉很多钱的。这个谬论不是你第一个想出来的。尼禄就坚持过，并且在所有的人当中还特别欣赏他的叔父利古卡拉。这位叔父曾用巧妙的办法在几天之内花光了全部家财，以及提比略给他留下的产业。但是，你没有遵循并按照罗马人有关节俭和戒奢的法律，像奥奇亚马、法尼亚法、狄底亚法、里奇尼亚法、科内利亚法、雷比底安那法、安提法和科林斯法。按照这些法律，严格禁止年度的花费超出年度的收入。你呢，你就只顾得吃了。跟罗马人的祭祀、犹太人逾越节的羔羊一样，把能吃的一块儿吃光，剩下的朝火里一扔，让第二天连半点吃的东西也没有。我可以老老实实地告诉你，正如加图所提到的阿尔比都斯一样，他奢侈无度，把全部财产吃光卖净之后，把仅剩的一座房子点火焚毁的时候所说的‘完了’一样。圣托马斯·阿奎那吃下一整条海鳗之后也是如此说的。但他还能想到被钉在十字架上的耶稣。好吧，你也别太在意了。”

第三章　巴汝奇颂扬债务人

庞大固埃问道：“你几时才能还清债务？”

巴汝奇回答说：“到希腊人有历书、到全人类人人都满意、到我能够继承你自己的时候，天主保佑我就没有债了。因为那时候，我也找不到人再借给我一个小钱了。就像前一天晚上不留下酵母，第二天早上就没法发面一样。你欠别人的债么？一定要欠别人一点儿债，这样债主会不停地祈求天主保佑你身体健康、长命百岁、生活愉快，因为你死了没人还他的钱了。他还会在各种场合帮你说好话，让你得到新的债权人，好让你借到这些人的钱去还他的债。从前在高卢，德鲁伊德人曾制定法律要农奴、仆从和奴婢在东家、主人死亡后殉葬。这些人难道就不担心东家和主人死去么？因为他们得一块儿去死啊。他们难道不祈求伟大的神灵迈尔古里和财神老爷狄斯保佑这些主人长命百岁么？难道他们不诚心诚意地好好地伺候、奉承这些人，以便能都跟这些人一块儿活到老死么？因此，奴仆们就会永远为主人的死担惊受怕。因主人一死，他们也就活不成了。这些奴仆就拼命地向墨丘利神、死神和财神祈求，愿他们的主人长命百岁，他们会忠心耿耿地侍奉自己的主人，他们的生死存亡可是息息相关的。而且债主会竭尽虔诚之能事来祷告天主让你活下去的，因为他们担心你死，他们在乎的不是胳膊而是袖子，不是生命而是金钱。朗德路斯那些个放债的就是个榜样，他们看到年成好了，粮食和酒的价钱都降下来了，一个个都急得上了吊。"

庞大固埃都没有说什么，巴汝奇又接着说："我的天！不要让我忘了，你责怪我欠债的时候，差一点儿让我无言答对。天啊！我告诉你，正是当了债务人，我才感觉着自己崇高、可敬和伟大。我跟所有哲学家的意见都不一样，他们认为虚无是无法产生的。而我跟他们的想法完全不同，我是从一无所有，让自己变成制造者和创始者。"

"制造了些什么呢？制造了些好心的债权人。债权人（即使把我放在火上，我也是这个说法）都是慈善的好心人。一个有钱也不愿意借出来的人，才是丑恶的坏人，是地狱里的大恶魔的子孙。"

"至于我做了些什么？我欠了些债。债是最名贵、最值得名扬千古的东西！它的好处比可敬的色诺克拉底①计算读音的组合还要多。如果你能算出一个债务人到底有多少债权人，那么你的算术是无懈可击的。"

"你会相信每天早晨当我看到这么些谦虚、和蔼、毕恭毕敬的债权人围绕在我四周的时候，我多么舒服么？如果我对其中的某一个人，面色稍为开朗、稍为和气一些的时候，那个笨蛋就会觉得我第一个会满足他，第一个会把钱还给他，甚至把我的笑容就当是金币一样。

我觉得自己像是扮演天主的角色，有一群天使在我的周围。他们是我的追求者、我的随从，总是问候我、祝福我的人。四周尽是巴结我的人，依靠我为生的人，恭维我的人，向我问好的人以及永远拥护我的人。我差点以为赫西奥德所描绘的英勇之山是用债务垒成的。我已经迈上某个高度了，达到了所有的人都渴望接近的这个顶点（当然并不是很多人能成功，因山高路险）。我环顾四周，看到人世间芸芸众生都在疯狂地积累新的债务，结识新的债主。""但是，并不是谁想当债务人就能够当的，也不是谁想有债权人就能够有的。你问我几时才能一身无债，是不是打算剥夺我这种美好的享受呢？"

---

① 色诺克拉底（前406—前314）：古希腊哲学家，柏拉图的学生，他曾计算希腊字母拼出的读音，共有一亿零二十万。

“再说得不好听一点儿,假若我不是一辈子都坚信债务是天与地的联姻,是人与人之间的纽带,就让善良的圣巴波林收去我的灵魂。没有债务,整个人类就会从地球上毁灭,债务就是柏拉图和他的弟子们所说的赋予万物生命的超灵。”

“如果是这样,请你在冷静的脑袋中想象一下,一个没有债务人又没有债权人的世界将是个什么样子的。不用说整个世界,拿哲学家美特洛多罗斯①所想象的三十分之一、或者贝特洛纽斯的七十八分之一就行了。一个没有债务的世界将会是个什么样子?星斗将失去规律的运转,一切将会混乱不堪。人们会认为朱庇特不再是农神的欠债者,会把他从地球上丢出去。并用荷马的索链将所有的神、仙、精灵、妖魔、鬼怪、英雄、恶魔、土地、海洋、一切元素,全都捆绑起来。农神会和战神联合起来,搅得整个世界乱了套。墨丘利会认为不再充当伊特鲁西亚所说的卡米勒斯,为别人服务,因为他觉得自己不欠债。维纳斯也不再受到人们的尊敬了,因为她借贷不出什么来。月亮将不再借贷太阳的光而变成一片黑暗。太阳不再照耀大地,星斗也不再发射它们有用的感应,因为地球不再供应滋养的气体和水汽。而这一切正是赫拉克利特斯多亚学派证明,西赛罗坚持主张,星斗就是依靠这些气体来活命的。元素与元素之间,不再有任何调和、交流和变化,因为谁都不再跟谁有关系,谁也不借助于别人。地上不再出水,水不再变成气体,气体不再生火,火也不再给地球热力。那时,地球上只产生妖魔、泰坦、爱洛依德、巨人;不再下雨,没有光亮,不刮风,也没有一年四季。路西菲尔将从地狱的深处,解脱而出,伙同疯神、恶魔和带角的魔鬼,把大国和小国在天上的神灵全都打下来。”

“这个互不借贷的世界,简直就是龌龊混乱,比选举巴黎神学院院长的竞争还要阴险毒辣,比杜艾②演戏的紊乱还要野蛮。人和人之间,互不救助,随你去喊:‘救人哪!救火呀!淹死人啦!杀了人了!’没有一个人来救。为什么?因为没有借贷关系,不欠他什么。他烧死、淹死、破产、死亡,跟任何人都没有关系。他过去没有借出过,今后也不会借出来。”

“简单地说,世界上信、望、爱三德都不复存在了,要知道,人生来就是为救助别人的。继之而来的将是疑、忌、恨,还带着所有的缺点、诅咒和灾害。你把这个地方,想成是潘多拉倾倒罪恶的地方就对了。人世间,都是狼、狼人、山魈,好像吕卡翁、柏勒洛丰、尼布甲尼撒一样,是强盗、杀人犯、下毒犯、做坏事的人、坏思想的人、坏心眼的人,每一个人都怨恨所有的人,像以实玛利、迈塔布斯、雅典人提蒙一样,提蒙因为这个缘故,还被称为是愤世嫉俗的人。在半空中养鱼,到海底放鹿也比忍受世界上这群不愿意借贷的无赖容易得多。说句老实话,我憎恨这些人憎恨得要死!我对天主发誓,我憎恨整个没有借贷的世界!”

---

① 美特洛多罗斯:公元前3世纪哲学家,伊壁鸠鲁的学生,他认为宇宙间有无数的世界。

② 杜艾:镇名,该处有圆形剧场,演戏时总要发生争斗。

“如果像这个让人气恼的、让人痛心的、不肯借贷的世界一样,你可以想象,另一个小世界即人本身,该是一片多么可怕恐怖的混乱。人们对这个世界痛心疾首,头不愿意借出眼睛来领导手脚的行动,两腿不愿意让头长在它们之上,两手拒绝劳动,心脏不愿意替四肢的脉络跳动,不肯再出力。肺部不再借出自己的呼吸器官,肝脏不再输血保养它,膀胱不再愿意做肾脏的债务人,拒不受尿。大脑看到一切都反常,开始思想混乱,神经不再有感觉,肌肉不再会活动。总之,在这个散乱的世界里,谁都不欠谁什么,没有一部分愿意借出一点儿力量,也没有一部分愿意借进一点力量,你将会看到比伊索在他的寓言里所想象的毁灭还要危险的景象。不用说,这个世界将会死去,不仅仅会死去,而且还死得很快,就是它自己是埃斯古拉比乌斯也没有用了。肉身会迅速地腐烂,灵魂会愤怒不堪,紧随着我的金钱四散奔逃。”

第四章　巴汝奇继续颂扬债权人

“反过来,请你想象一下另外一个世界,一个人人都有借出又都有借入,人人都是债务人又都是债权人的世界,将是什么样子的。”

“那时,宇宙间有规律的运转将会多么和谐啊!我好像柏拉图一样,听得到和谐的声音。元素与元素之间,多么协调!自然界的工作与生产多么顺利!刻瑞斯①管粮;巴克斯管酒;弗罗拉②管花;波摩娜③管果;朱诺待在晴朗的太空里,她让世界变得宁静、安康、舒适。我看得都入了神了。人和人之间,是和平、友爱、和睦、忠实、修养、宴会、欢宴、愉快、喜乐、黄金、白银、钱币、金链、指环,各种各样的货物川流不息。没有争斗,没有战争,没有纠纷,没有人再重利盘剥,偷窃贪婪,吝啬贪小,自私自利。真正的天主啊,这不是进入了黄金时代神圣的王朝,不是进入了没有任何恶势力,只有仁爱、至高、至上、至尊、至贵的神仙乐土的理想世界中了么?所有的人都善良、友好、公正。真是幸福的世界!啊,幸福世界的人呀,三倍四倍幸福的人呀!我好像感觉到我已经是这个世界里的人了。我可以用仁慈真神的名义保证,倘若在这个世界,这个幸福的世界里,每个人都肯借出自己的一切,不再自私自利。那么,教皇在众多的红衣教主的辅助之下,另外再加上他那神圣的枢机大学,不超过几年,你就会看见更多、更灵验的圣人,更多的教史,更多的祝颂,更多的神职人员,更多的圣烛,比布列塔尼九个主教区的总和还要多。”

---

① 刻瑞斯:农神之子,司农业。

② 弗罗拉:罗马神话中花神。

③ 波摩娜:罗马神话中管果实之女神。

“我请你想一想,可敬的巴特林神化威廉·约索姆的父亲,把他捧到三层天上的时候,别的什么话都没有,就只说了这样一句:

‘他把他的货物,
借给任何来告借的人物。’

“这句话说得多好啊!以此为例,你再试想一下我们这个人的世界,人与身上各个部分,借出、借入、互相借贷,也就是说,按照自然的规律行动。因为,自然在人身上的关系,就是借出借入。天地之间和谐,都不比人身上的组织更加伟大。这个小世界创造者的目的就是把灵魂寄在人身体内,作为过客,作为生命。生命就是血,血保住灵魂。因此,这个世界里唯一主要的工作,就是不停地造血。在造血过程中,每一部分有每一部分自己的责任,它们的组织系统就是不断地你借我取,我借你取,彼此都是借贷者。原料,就是适合造血的一种矿质,是由自然——面包和葡萄酒组成的。这两种东西,包括我们人身上需要摄入的各种养料,也就是哥特语所说的‘每天放在餐桌上的东西’。为了寻获、准备和制造这些东西,手要勤快,脚必须要走路,背负着整个身体;眼睛必须领导一切;食欲在胃部食道中,运用脾脏运输过来的一点儿苦涩的胆汁,负责把肉食吞进腹中。于是舌头尝味;牙齿咀嚼;胃脏吸收、消化、将食物变成糊状的东西。肠子把好的、有营养的成分吸收进去,把渣屑由特定的导管排泄出来。之后,好的成分输送到肝脏,由肝脏重新制造、生产血液。”

“你会想到这么些机构,当它们看到这个金子一样珍贵的液体,它们唯一的养料时,是多么开心么?这种喜悦比那些炼丹者经过长期的辛苦、勤劳、工作后看到炉子里形成金属品时的喜悦还要大得多。”

“这时,每一部分都在用劲、尽力把这宝贵的物体再度净化、再提炼。肾脏由肾管把你们称作尿的流质运输出来,经过输尿管向下流去。下面有个汇集的地方,叫作膀胱,每隔一定时间,膀胱就把尿排到体外。脾脏炼出的废物和渣滓,就是你们称作忧郁的东西。从胆囊出来的,是多余的黄胆汁。此后,物体又被运送到另一个精工提炼的部门,那就是心脏。心脏由于一收一缩的跳动,让物质变得更纯净,热度更高,通过右心房完成最后手续,再由静脉流至全身。每一部分,都吸收血液,并按照自己的需要吸取营养,脚、手、眼,全都是这样;过去借出力量的,现在又都成了借入力量的了。由左心房输出的,那就更加精细了,一般人把它叫作精华,右心房由动脉把它运输到全身去,温暖和活动静脉里流动的血液。肺部的肺叶,不停地扇动,输送空气。心脏感恩它的好处,从动脉把最好的血液输送给它。总之,这一神奇的网络,组织得如此之周密,从而产生了动物的智能,运用智能,就可以思想,说话,判断,决定,考虑,推断和记忆。”

“我的老天！越说越糊涂了，我自己都不知道说到哪里了！进到这个又有借出、又有借入的世界深渊里，我自己都摸不着方向了。总之，你要知道，借出是崇高的善举，借入是英勇的美德。还不仅如此，这个有借贷关系的世界太美妙了，供求关系太完善了，还没有生出来的孩子，就已经想借给他东西了。人就是用借贷关系来延续自己，繁殖和自己相像的形象。我的意思是说：创造孩子。为了这个目的，每一器官都把自己最珍贵的营养精华拿出来一部分，输送到下面去，下面早已准备好接收这部分材料的地方，从这里通过迂回、曲折的道路，下到生殖器官，成形就位，按照男性或女性的生理，准备传宗接代使用。所有的都是用互相借贷的关系进行的。所谓婚姻义务就是由此而来的。”

“对于自私自利不愿借出的人，自然也给他定了一个处分，那就是各个器官的苦闷，各个官能的气恼。对愿意借出的人，给予有保证的报酬，那就是欢乐、舒适和快感。”

第五章　庞大固埃是如何憎恶债务人和债权人

庞大固埃接着说：“我懂了，你对于你的理由非常善于阐述。但是，随你怎么讲，你可以从现在一直说到五旬节。到时候，你将会因为一点儿都没有说动我而惊奇，随你说得天花乱坠，也休想让我欠人债务。圣徒说得好：‘除了爱意之外，不要亏欠什么’”。

“你美丽的言辞，绘声绘色，我很喜欢听。但是，我得告诉你，倘若你能想象有这么一个厚颜无耻的借贷者，进到一个已经知道他的言行的城市中，你就会看到，他一进城，居民比阿波尼乌斯在以弗所见到化为人形的瘟疫更可怕。我同意波斯人把欠债说成第一恶习，把撒谎说成第二恶习，这并没有说错。因为欠债和撒谎是密不可分的。”

“我并不是说一个人绝对不允许欠别人什么，也绝对不许借出什么。不论多么有钱，有时也会欠债。不论多么贫穷，有时也会有人向他借贷。柏拉图在他的《法律篇》里就说明这样的机缘。他教导说，倘若邻居没有事先在他们自己的地里进行挖掘，并且没有掘到能够遇到水的称作（即陶土层）的地方，就不许他们出来汲水。因为地底下由于地质肥沃、坚韧、结实、浓缩的缘故，会保持地下的湿气，不容易挖掘出水来。”

“因此，一个人不先去出力、不先去赚钱、而去跟人借贷，不管是什么时候或什么场合,都是极大的耻辱。我的意思是,只有在一个劳动者尽了自己的能力但却没有得到成果,或者不是故意的,而是偶尔失掉他的财产的时候,才应该借贷。"

"所以,我们的话就说到此处为止了。以后,你不许再跟债权人有瓜葛。之前的事,由我来替你料理好了。"

巴汝奇说道:"对这件事,我所能表示的也是最不足道的,那就是对您表示感谢。即使这种谢意与您对我的恩惠相比不足一二。因您对我的仁爱是无法估量的,无法用任何容器衡量出来,那是永无止境的。它超出所有的重量、所有的数目以及所有的衡量方法,无法衡量大小,无法衡量长短。用恩惠的量器来量,用受惠者的满意来估计,都是不够的。您为我做了许许多多好事,超过我应当接受的,也超过我对您做出的回报,甚至远远超过我所值得的关怀。我别无选择,只能坦然接受。但是,在这个问题上,我还是诚惶诚恐的。"

"让我难过的、让我摆脱不开的、让我不能不想的还不在这里。而是今后,债务都摆脱干净了,我将是一个什么面目?请你相信,前几个月我一定很不自然,因为我一直没有这个习惯。这个,我倒很担心。"

"而甚于此的,就是将来萨马甘蒂的人放屁,都要对着我的鼻子放了。所有放屁的人在放屁的时候都说:'我们两清了!'我肯定活不久,因为我会被屁熏死的,我已经看出来了。我请你为我写墓志铭。倘若有一天,肚子里屁太多的女人放不出屁,一般的药又不能让大夫满意时。我这个被屁崩过的木乃伊,就是对症的现成良药。保准涂上一点儿,就让她们响屁放个不停。"

"我恳求你,还是给我留下几百笔债务吧。国王路易十一要把沙尔特主教米尔·狄里埃的案子处理清楚时,那位主教就恳求国王给他留下几件,以便练练脑筋。我情愿把蜗牛的收入、连同金龟子的收入一块儿给他们,只要不免掉我欠的债就行了。"庞大固埃说:"不说这个了,我已经说过了,暂且不谈这个话题了"。

第六章　为什么男子新婚免赴战场

巴汝奇问道:"请问,新种植葡萄的人、新造房屋的人和新婚男子第一年免役不去打仗,这是哪条法律规定的呀?"

庞大固埃回答说:"是摩西的法律。"

巴汝奇又问道:"为什么新婚男子可以不用去打仗呢?关于种葡萄的,我太老了,根本不去想了,我只是想到收葡萄的;至于所谓新建造死石头的人,在我的生命史中,压根儿就没有记载。我只造活石头,那就是人。"

庞大固埃说道:“依照我的看法,是为了第一年让他们尽量享受新婚的快乐,从而好生男育女,传宗接代。这样,万一第二年战死在沙场中,这个名额就由他的孩子来顶替。除此之外,也是肯定死者的妻子多产或不会生养的一个有把握的方法(按照结婚时的成年年龄,一年的试验期间已经足够了),以便第一个丈夫死后,好把她嫁给第二个。多产的,嫁给希望孩子多的人;不生养的,嫁给不要孩子的人,这些人娶老婆只是想她们的能干、有本事、美丽、体贴和管理家务。”

巴汝奇说道:“瓦莱纳的宣教者就最恨再嫁的寡妇,觉得她们很愚蠢,不正经。”

庞大固埃说道:“哪里的话,这样的女人热度比四日两头的疟疾还要高,这可是她们的痼疾。”

巴汝奇说道:“这倒是真的,一个叫安盖南的教士在巴莱邑讲经的时候就说过,他不喜欢女人再婚。他发誓宁可和一百个少女做爱,也不愿意和一个寡妇同床。倘若不是如此,就让地狱里跑得最快的魔鬼来收他的灵魂。”

“我觉得你的话说得很正确,有道理。但是,倘若根据你所说的理由,免役一年,而在这一年里,他们凭借新婚的权利一来再来(这也是天公地道和应尽的义务),把精囊的精液都流干了,只落得萎靡不振、衰弱、干枯。结果到了该作战的那一天,他们宁可带着行李像鸭子似的扎到水里去,也不愿跟英勇的战士上疆场。因为疆场上伊奈奥正在激烈地战斗,你争我夺。在战神的旗帜下他们就连一拳都打不动,因为劲头早已用在和美神要好时的床帐上了,这你该怎么说呢?这样的例子确实存在,从故事后期就留下一种习俗,我们可以看到,在一些家庭里,结婚后一定的天数之后,就打发新婚的男人去看望他的舅舅。虽然大多数人没有舅父,也没有舅母,其实是把他和新妇分开,让他去休养一下,恢复一些体力准备回来再战。正像我和伯德布恩跟随叫花子王在布罗沃德战役之后,便被遣回家里休养。我小的时候,我爷爷的教母经常对我念叨:

“祈祷诵经,信徒事情。
新手上阵,一个顶俩。”

“让我产生这个想法的,是因为种葡萄的人。第一年根本吃不到葡萄,更喝不到葡萄酒。造房屋的,第一年也不住新造的房子。因为怕空气稀薄,闷死在里边。盖伦博学地在他的《呼吸困难》第二卷里就是这样说的。”

“我要是没有有根据的依据,没有有理由的理由,我也不会这样问了。陛下请你不要见怪。”

第七章　巴汝奇戴镶虱子耳环，不再穿上他的大裤裆

第二天，巴汝奇按照犹太人的规矩①在右边耳朵上穿了个洞，戴上一个精制的小金耳环，耳环上还镶了一个虱子。为了让你不至于疑惑，他还特地捡了一个黑虱子，这虱子是乌木颜色，听说很贵重的。这可是萨马甘蒂的会计仔细复核过账的。这个虱子的价格，包括所有费用，还没超过一只希尔喀尼亚的母老虎结婚后每一季度的费用，你可以估计是六十万金币。巴汝奇自从还清债务以来，第一次花了一笔如此之大的费用，所以心里老大的不愿意，这是因为他和暴君、律师一样是由他属民的血汗供养的呀。

他拿了四码棕色的粗毛料，给自己做了一件只有一道缝的长袍。脱下他的裤子，把眼镜拴在帽子上。

他就这样来到庞大固埃面前，庞大固埃看到他穿得这样古怪，甚至连他那件一向当作神圣的依靠、对抗一切灾难的最后避难所、美丽、考究的裤裆都不见了。这可是巴汝奇神圣的避风港，躲避灾难的避难所呢。

善良的庞大固埃弄不明白这个闷葫芦，禁不住向他发问，问他这个新的打扮是什么意思。

巴汝奇答道："我耳朵上有只虱子，我想要结婚了。"

庞大固埃说道："好啊，这是个好消息呀。但我还是不太相信这是真的。想结婚的人绝不像你这样打扮。况且连裤裆也都不戴，让自己的衬衣垂在膝盖上，不穿裤子，只穿一件长袍，连颜色都不是正人君子的长袍所用的，这绝不是谈情说爱的人应有的装扮。"

"要是说，过去有过少数邪门歪道的人穿得很奇怪，并且有过不少人说他们是招摇撞骗、矫揉造作，我也不愿意说他们不好，也不愿意为了穿戴就对他们有不好的看法。各人有各人的喜好，尤其是外表上无关重要的事情，它们本来并没有什么好坏，因为它不是从心里、从思想里生出来的，所有的善和恶都生长在心里和思想里。所谓善，就是由纯正的思想感染别人。所谓恶，就是用魔鬼的罪恶让人变坏。我只是看不惯你全然不顾穿衣习惯，穿得这样怪异不得体。"

巴汝奇回答说："这颜色很适合穿这种衣服的人，这布料也正合适。从现在起，

---

① 见《旧约·出埃及记》第二十一章第六节。

我会注意我的开支,我现在不欠债了。如果天主不帮助我,我将会变成最令人讨厌的人。”

“你看我的眼镜。远看,你肯定会说我是让·布尔茹瓦修士到了。我相信明年还可以宣讲一次十字军。愿天主保佑好我的睾丸!”

“再看我这身灰粗布,它有未卜先知的本事,这种本事很少人有。我不过从今天早上才穿上它,但是我已经感觉到像疯了一样。我剑拔弩张,迫不及待地想结婚,来不及地想在我老婆身上大干特干,挨棍子也不怕。我是个伟大的丈夫!我死以后,一定会有人把我隆重地焚化掉,保存我的骨灰,作为理想丈夫的典范为所有人纪念。天主那个身体!我的会计可不要想在我身上玩花招、做假账。否则我的拳头定会像棕色马驹的蹄子一样在他们脸上嗒嗒作响!”

“你看看我的前身,再看看我的后身,这完全是罗马人在不打仗时穿的一种古代式的罩袍。这是在罗马特拉让的柱子上和赛普提米乌斯·赛维路斯①的凯旋门上采取的样式。我讨厌战争,讨厌甲胄,厌恶头盔。我的肩膀因为穿多了铠甲,都累坏了。取消武器,我期盼着放下武器,穿上托加袍吧!至少明年应该这样,因为就如你昨天所说,结婚第一年根据摩西的律法可以免服兵役。”

“至于裤子,我的姑奶奶洛朗斯很早就对我说过,它是属于裤裆的。我完全同意这个看法。正如那位可人意的人儿盖伦在他的《人体各部功用》第九卷中所说的,头是属于眼睛的一样。因为自然很可能让我们的头长在膝盖上或臂肘上。但是,为了让眼睛可以往远处看,于是才让眼睛长在脑袋上,也就是全身最高的一根棍子上。就像我们看见港口上修建的灯塔和瞭望台那样,是为了让人从远处就看到灯光。”

“还有,因为我想有一段时期,最起码也得一年,尝试一下战争技术,也就是说结婚的技术,所以我不戴裤裆,所以我不用穿裤裆,也就不用穿裤子,这裤裆是装扮战士第一件要穿的衣服。我认为土耳其人的装束不适合打仗,因为他们的法律不许他们穿裤裆,我就是被放在火上,也要坚持这样说。”

第八章　裤裆如何成了战士的首要披挂

庞大固埃说道:“你要坚持裤裆是战士披挂的第一样东西么?这个新的说法未免也太离谱了,因为我们总是说穿戎装先来刺马距。”

---

① 赛普提米乌斯·赛维路斯:193—211 年之罗马皇帝。

巴汝奇回答道:“我坚持,并且没有说错,我一定会坚持。”

“你看,大自然创造了植物、树木、灌木、花草和植虫,就一定让它们代代相传。虽然时代的变迁,个别的死亡,但并不影响物种的传递。大自然还会让它们留芽、结籽、永不绝根,还非常神奇地让它们有叶鞘、壳、核、托、荚、穗、绒毛、外皮、刺等等东西,这完全相当于一种天然的、美丽而结实的裤裆。例子最显著的是豌豆、蚕豆、青豆、胡桃、桃、棉花、苦瓜、麦子、罂粟、柠檬、栗子,等等,我们看到它们的胚和籽,明显地比其他部分包得严、密、保险。人类的延续,可不是这样,自然把人类造得赤裸、柔嫩、脆弱,没有攻击和防御的武器,这完全就是原始黄金时代天真无邪的化身。不是植物,而是动物,生来为和平,不是为战争的动物,生来为享受所有蔬菜和百果的动物,生来为和平地统治所有的禽兽的动物。”

“后来,继朱庇特为王的铁器时代,邪恶便在人类滋生。地上开始长起荨麻、蓟茨、荆棘及别的多刺植物来和人类作对。几乎所有的禽兽也都自然而然地脱离开了人,默契地联合起来,不再听从人的使唤,不再受人类的支配,全力反抗,还尽自己的所能侵害人类。人类要维持他原有的享受,要让他最初的统治可以继续,而同时又不轻易地放弃若干禽兽的效劳,于是只能武装自己。”

“天啊!”庞大固埃叫嚷了起来,“从上次下雨之后,我看你变得越来越能喝善吃了,我是说善辩家了。”

巴汝奇说道:“请你注意自然是如何启发人武装自己的? 蒙天主保佑,就是从两腿当中的那个玩意儿开始的。

生殖之神普里阿普斯啊,
盖好之后不再显山露水。”

“希伯来人的统领和哲学家摩西就是证人。他说他非常聪明地用无花果树的叶子给自己做了个结实好看的裤裆,软硬适中,曲折自如。它的光泽、大小、颜色、气味、功力、效能,为遮盖和保护那对摇晃的卵子真可说合适极了。”

“当然,洛林省人那种怕人的家伙除外。它耷拉出来能够一直伸到裤子底下,并且最不喜欢冠冕堂皇的裤裆来束缚它,不服从任何管教。例子就是高贵的狂欢之王弗阿迪埃尔。他在5月1日的那一天,为了想出风头,我曾在南锡看到他把他的家伙掏出来放到桌子上,就跟西班牙人的斗篷一样大。还一个劲儿地搓着,看起来更为壮观。”

“今后,送兵士上战场的时候,倘若不愿意把话说错,也不应该再说:‘戴沃,当心你的酒罐子(指脑袋)。’而应该说:‘戴沃,当心你的奶罐子(指睾丸)。’真他妈的见鬼! 其实丢掉脑袋,不过死一个人。但是失去睾丸,那可是扼杀人类。”

“这就是我们豪侠的老朋友盖伦在他的一本书《论精子》中总结说,宁可没有心脏,也不能够没有生殖器官。因为那里正是延续人类的神圣之所在。不用给我一百法郎,我就相信丢卡利翁和皮拉在洪灾毁灭人类时,往后扔石头重新创造人类,他们其实扔的正是这些种子。”

“这也驱使英勇的查士丁尼一世在《应消除道貌岸然的伪君子》第四卷里写下‘裤裆和裤子里隐藏着最崇高的德行。’”

“还有,也是个类似的故事,德·迈尔维尔老爷要跟随国王出征。有一天,在试穿一件新的甲胄(由于旧的都锈了,不能再穿了,还因为多年以来他的肚皮离腰子越来越远了),他的妻子在一边观察,认为他对待他们婚后共有的包裹和棍子太不注意,只有一层锁子甲,就提议要他好好地把它套在一顶在她内室里没有用的大头盔里。”

“这个故事是用诗句写在《少女的笑脸》第三卷中的:

正要血战沙场,唯独裤裆遮盖不周,
她说:‘亲爱的,别让人伤了它,
要护好它,这可是我的至爱。’
怎么? 这样嘱咐不应该吗?
不! 我说完全应该。
这是血脉的根本,岂能受损?
护好它,她的心肝小宝贝。
她非常喜欢这小玩意儿。
‘陛下,别再对我的新打扮感到惊奇了。’

第九章　巴汝奇是如何向庞大固埃请教是否应该结婚

庞大固埃一句话都没有说,巴汝奇深深地叹了口气,又说道:

“王爷,我的心声你已经都知道了,除非天底下的窟窿眼儿还没有不幸全都被堵上、关上、塞上。我求求您,为了你长久以来对我的关注,请您给我一点儿忠告。”

庞大固埃回答道:“既然骰子已经掷出,主意也拿了,决心也定了,那就用不着多说,只要去实践就好了。”

巴汝奇说:“当然,但是没有你的指示和忠告,我还是不干。”

庞大固埃说:“好,那我就把我的意思告诉你。”

巴汝奇说:“倘若你以为还是像现在这个样子好,用不着出新花样儿,那我就宁愿不结婚。”

庞大固埃说:“那你就别结婚。”

巴汝奇说:“不结婚也可以。但是,你是不是想我一辈子打光棍,连个老婆都没有呢?经上记载说:独身的人永远都享受不到结婚人的快乐。”

“那你就结婚好了,我的老天!”庞大固埃喊了起来。

巴汝奇说:“但是,倘若我的老婆让我做乌龟又该怎么办?你知道今年是乌龟的丰收年,我一想起来,就沉不住气。虽然我喜欢乌龟,我感觉他们也都是好人,我也愿意同他们往还。但是,要我去做乌龟,我宁可去死。就是这一点,让我心神不安。”

庞大固埃说道:“千万不要结婚,因为塞内加的箴言千真万确,毫无例外,你怎样对别人,别人必会怎样对你。”

巴汝奇问道:“你说,没有例外么?”

庞大固埃说:“没有例外,作者就是这样说的。”

“哦!哦!”巴汝奇叫喊了起来,“见他的小鬼!他可能说的是这个世界,也可能说的是我们死后另一个世界。”

“但是,我还是不能没有女人,就像瞎子不能没有棍子一样(因为我的小锥子得动动,不然的话我就无法生活了)。那么,我想娶一个诚恳端庄的女人,不是要比每天冒着挨棍子或者等而下之冒着传染梅毒的危险更好得多吧。因为良家妇女我从来都没有跟她们有过来往。她们的丈夫尽可以放心。”

“那就结婚吧,我的老天!”庞大固埃又叫喊了起来。

巴汝奇说:“但是,倘若是天主的意思,让我娶到一个端庄的女人,但是这个女人打我,那我不被活活地气疯。因为,有人曾经告诉过我,这些端庄的女人,一般脾气都特别犟,因为她们家里都有好醋。我老婆肯定更糟,我非狠狠地揍她不可,全身都得打到,胳膊、腿、头、肺、肝、脾,两手不住地把她的衣裳撕得粉碎,让老魔鬼可以在门口等着收她的死灵魂。但是,这些麻烦,我今年是躲过了。还是不结婚的好。”庞大固埃说:“那就还是不结婚吧。”巴汝奇说:“只是,像我现在这样,一身无债,又没有妻子,请你注意,我的意思是说在不幸的时刻连债务都没有。因为倘若有一身债的话,我的债主肯定会注意不让我绝后。现在呢,既没有债务,又没有老婆,那就没有一个人关心我,也没有一个人以所谓夫妇之爱来爱我了。这样,要是病倒的话,就没有人理我。圣人云:家无主妇,生病无人照顾。我看到的例子太多了,教皇、教皇钦差、红衣教主、主教、道长、会长、司铎、修士,举不胜举。我不希望这些事也发生在我的身上。”

“那就结婚吧,老天!”庞大固埃又叫喊了起来。

巴汝奇说:“但是,万一病倒,我就无法履行婚姻的义务,我的妻子可能会不耐烦,找上别人。她不但不会照顾我,反而会讥笑我的无能耐。”

“那就别结婚。”庞大固埃说。

巴汝奇说道:“不结婚虽然可以,但是我还希望让她们替我传宗接代、继续我的前程、继承我的遗产和财富。我要同她们一块儿享福,遇到我心里难过的时候,我还可以像我每天看到的,像你那慈爱、善良的父亲和你,和所有的好人那样在自己家里享享清福。现在我既没有债务,又没有老婆,倘若遇到什么不幸,我会感觉你不是在安慰我,而是在嘲笑我!”

“那就赶快结婚,老天!”庞大固埃又叫嚷了起来。

第十章　庞大固埃是如何向巴汝奇说明指示别人结婚的困难;只得拿荷马及维吉尔占卜凶吉

巴汝奇说道:“你的指示,倘若我没有说错的话,有如里科舍的歌谣,全是讽刺、讥笑、自相矛盾,前言不搭后语。我不知道相信哪一句才好?”庞大固埃回答说:“你的话里面,全是‘假使、如果’和‘不过、但是’,让我捉摸不定,无法将它们看个明白。你究竟有没有拿定主意?主要的问题就在这里,剩下的一切都无法预料,只好听天由命。”

“有许多人婚后幸福,他们的婚姻就好像闪耀着天国喜乐的理想和形象。但是,也有多少不幸福的人,看着他们仿佛感受天国的喜悦。他们比魔鬼在底巴依德和蒙塞拉的旷野里诱惑的隐修士还要痛苦。一旦拿定主意,那就蒙起眼睛,低下头,吻脚下地下的土表示完全信赖天主。我还能给你更好的安慰,或做出更有把握的承诺吗?”

“要是你高兴的话,咱们可以这样来一下。你把维吉尔的作品给我拿来,用指甲掀开三次,数到我们约定的行数,看看将来你婚后的命运是怎样的。很多人就是这样从荷马的作品中看到的自己的未来的。”

“比方苏格拉底,就是因为他在狱里听到有人背诵荷马描写阿基勒斯的一句诗,见《伊利亚特》第九卷:

一路无甚耽误,
第三天就立足于佛提亚肥沃,可爱的故乡。”

预知他三天之后必死，因而就先通知了埃斯基涅斯[1]。柏拉图在《克里托篇》里、西赛罗在《论占卜》第一卷里以及戴奥真尼斯·拉厄尔修斯都曾经描写过。

"还有欧匹留斯·马克里努斯[2]，也足以证明，他曾经想知道自己能否做到罗马皇帝，结果从《伊利亚特》第八卷这句箴言里，看到了他的命运：

老年人啊，这些兵士年轻力壮，
今后会让你难以抵挡，
你的壮年已经过去，
难受的老年就在身旁。"

"后来果然，他年纪已经老了，皇帝只做了一年零两个月，就被年轻少壮的埃拉卡巴鲁斯打下位来并因此而殒命。"

"布鲁图斯也是个例子，他想知道法萨鲁斯战役的吉凶。他就是在这次战役中被杀的。他曾在《伊利亚特》第十六卷里遇见了巴特罗克鲁斯这两句诗：

由命运摆布，
我被勒托的儿子杀戮。"

"'阿波罗'就是作战这一天的口令。"

"从维吉尔的作品中，过去也让人预料过不少重要的事件，像亚历山大·赛维路斯，他就在《埃涅伊特》第六卷的这句诗里知道自己要做罗马皇帝：

罗马人啊，你将君临天下，
要勤政爱民免于沉沦。"

"后来过了几年，果然就应验了，他真的当了罗马皇帝。"

"还有罗马皇帝哈德良即王位之前，他不放心，很想得到特拉让对他的意见和对他的感情，曾经向维吉尔的作品里问卜，在《埃涅伊特》第六卷中翻到过这两句诗：

那个从远处走来的人是谁？
他手持橄榄枝气宇轩昂。

---

① 埃斯基涅斯：公元前4世纪古希腊哲学家。

② 欧匹留斯·马克里奴斯：217—218年罗马皇帝。

从他须发斑白仪表堂皇，
告诉我他是已故的罗马君王。”

“后来果然被特拉让收为义子,并继承了他的帝国。”

“还有受人赞扬的罗马皇帝克劳狄二世,还想占卜是否可让他的兄弟昆提利安参与朝政,他在《埃涅伊特》第一卷翻到过这两句诗:

不出第三个夏季，
他在拉七奥姆的王朝即将完结。”

“果不其然,他的江山只坐了两年。”

“同一个克罗丢斯还替他兄弟干提留斯占过卜,他想让他兄弟参与他的帝国统治,他翻到了《伊尼特》第六卷中这一句诗:

命运注定他即将走进地下。”

“这句话果然应验了,因为他在执政之后的六七年便死了。同样的命运也应验到小戈尔身上。”

“还有,克罗迪乌斯·阿比努斯也很想知道自己的命运,在《埃涅伊特》第六卷中他翻到:

这位骑士，
在混乱中保卫了罗马城，
战胜了迦太基，
将反抗的高卢人扫平。”

“还有奥瑞连的前任皇帝戴佛斯、克劳迪亚斯,他恐怕后继无人,曾在《埃涅伊特》第一卷的这句诗里查看过自己的未来:

我要他们的后代昌盛，
幸福无尽无穷。”

“后来,他果然子孙昌盛,国家发达。”

“还有皮埃尔·艾米修士,他想知道可不可以躲过那些小人的陷害,曾在《埃涅伊特》第三卷中翻到过这句诗:

啊！逃出这残暴的地方，
逃出这贪婪的海上。”

“后来，他果然平安地躲过了他们的毒手。”

“还有无数别的例子，一个一个地说出来太多了，他们都从诗文的箴言中算到了自己的命运。”

“但是，我不愿意说这个占卜方法是绝对可靠的，因为我不愿意你受骗。”

第十一章　庞大固埃是如何说明用骰子算命是不正当的

巴汝奇说道：“那么，还是用三粒骰子算命，来得爽快。”

庞大固埃说道：“不好，那个算法是骗人的，不正当的，并且非常危险。你千万不要相信它。害人的《骰子算卦》是很久之前被魔鬼在希腊的布拉附近，海格立斯塑像前造出来的，哄骗头脑简单的人上当。现在他们在其他很多地方仍大行其道。你知道我父亲高康大是怎样在国内禁止并焚毁制造骰子的模子和图样。他跟对待危险万分的瘟疫那样予以绝对的取缔、禁止和销毁。”

“我所说的骰子，和骨块游戏差不多，同样是骗人的东西。你也不用拿提比略在盖律翁[①]显灵的阿波努斯水泉里搞的算命把戏来说服我，只不过是魔鬼引诱头脑简单的人下地狱的另一种伎俩罢了。”

“不过，为了不委屈你，我也同意你拿三个骰子在桌子上掷掷看。按照掷出的点数，咱们来查一下你翻开的那一页的行数。你袋中有骰子没有？”

巴汝奇说道：“满满的一袋子都是骰子。这是默林·科卡乌斯在《魔鬼国》第二卷里所说的魔鬼的诱饵，没有它，魔鬼怎么使我上钩呢？”

巴汝奇掏出来三粒骰子，掷了一个五，一个六，又一个五。掷好后说道：

“十六点。我们来看看我翻开的那一页的第十六行是什么？十六点，我很喜欢，这一卦一定挺好。我结婚的第一夜要是不把我未来的老婆弄得心满意足、神魂颠倒，我情愿像木球戏中的那只球一样滚到魔鬼的怀里去！或者，像射向一队步兵里的炮弹一样，我愿意。”

庞大固埃说道：“这个我一点儿都不疑惑，你用不着发这么大的誓。第一下打

---

① 盖律翁：希腊神话中最有力之巨人，被海格立斯所杀。

不中,就是十五点,早晨起来补一点,不就轻而易举地拿到十六点了吗?"

巴汝奇说:"你是这样来理解的么?告诉你,我肚子下面守卫的勇士从来没有做错过事。你看我搞错过么!没有,没有,从来没有。我是老手,有经验的老手,没错儿。跟我一块儿玩过的人可以做证!我可以像神父一样完美无缺!"

说完话,维吉尔的诗集已经有人送上来。巴汝奇在未翻开之前,对庞大固埃说道:"我的心在胸口里跳得不得了。你摸摸我左胳膊的脉跳得有多快,你还会说我是在索邦大学应付论文答辩呢!答不好而是紧张成这样子。在看诗集之前,你是否同意我们先祈祷一下海格立斯和命运之神戴尼特吗?"

"都不必了,"庞大固埃说道,"你现在只需要翻开诗集就行了。"

第十二章　庞大固埃是如何用维吉尔为巴汝奇的婚姻占卜

巴汝奇翻开书,在第十六行的地方,查到了这一句诗:

他不配列入神的殿堂,
也进不了女神的床笫。

庞大固埃说道:"这一卦对你不利。卦里说你老婆不贞,因此你要做乌龟。"

"谁不愿意受女神的垂青,要知道女神密涅瓦是为人所畏惧的处女,凶暴有权的女神,乌龟、情人和奸夫的对头,对自己的丈夫不贞、委身于别人的淫妇的敌人。所谓神位的神,就是指天上执掌霹雳的朱庇特。按照古伊特鲁里亚人的说法,你能够看到'雷劈'(埃托利亚人对吴刚霹雷的称呼)只有她(火焚阿杰克斯·欧里乌斯的船只就是一个例子)是密涅瓦和她父亲朱庇特享受的特权。奥林匹斯山上其他的神都不许使用雷劈,因此密涅瓦和朱庇特尤其为人类所畏惧。"

"我再告诉你一点,你可以作为一段深奥的神话记下来。就是当巨人对神作战的时候,开始时,众神嘲笑他们,说巨人就连他们的仆从都招架不住。但是当他们看到巨人把泊利翁山堆在奥萨斯山上①、奥林匹斯山已经摇摇欲坠,眼看要倒在那两座山上的时候,他们开始害怕了。朱庇特赶紧召集诸神大会,决定让全体神灵极力自卫。又因为过去好几次都由于军队中的女人的妨碍而遭到失败,于是决定将

---

① 神话中巨人曾把泊利翁山堆在奥萨斯山上对抗天庭。

女神赶出天庭,让她们变成鼬鼠、黄鼠狼、蝙蝠、地老鼠、驹鲭和其他各种动物逃窜到埃及和尼罗河流域去。神话中巨人曾把泊利翁山堆在奥萨斯山上对抗天庭。密涅瓦留在朱庇特身边,一起共掌霹雷,因为她是艺术和武艺、参谋与执行之神。她生来就手握武器,是在天上、海上和地上都会令人敬畏的女神。"

巴汝奇说道:"天主在上!难道我就像诗人调侃的火与锻冶之神伍尔坎吗?不,我既不瘸腿,也不造假币,更不懂得冶炼。我的老婆会像维纳斯一样美丽,但绝不会像她那样淫乱,我也不会像伍尔坎那样做乌龟。那个瘸腿的家伙被当着全部神的面被宣告作乌龟的。仅仅这一点,就完全跟我不同。"

"这一卦是说我老婆将来一定贞洁、贤惠、忠诚,绝不好斗、不驯、愚蠢,像帕拉斯那样从脑汁中生出来。那好色的公羊朱庇特也不会去勾引她,我们在一块儿吃饭的时候,他绝不会在我的汤中蘸面包。"想想有关朱庇特的故事,看看他都干了些什么。你看他的举止和好色的行径。他曾是最荒淫、最大胆的好色鬼,像猪一样乱来。倘若巴比伦的阿伽多克勒斯没有说错的话,他是一只母猪在克里特岛狄克特山上养大的。他比一只公羊还喜欢交配。所以又有人说,他是吃母山羊阿玛尔特亚的奶长大的。他一天就干掉了全世界的三分之一,欧洲,包括人、畜、山、川。我指的是欧罗巴洲。他那么好色的德行,所以阿莫尼特人将他画成一只带角的山羊,正在干着羊的勾当。"

"但是,我知道怎样来对付这个带角的家伙,也知道该怎样处置这个带角的恶棍。我绝不是愚蠢的安菲特律翁,能让朱庇特这个淫棍乔装其模样,诱其妻成奸;绝不是那百眼巨人的白痴阿耳戈斯;绝不是胆小怕事的阿克里修斯,把自己的女儿关在塔里,却让朱庇特趁机入内;绝不是底比斯那没头脑的吕科斯;绝不是爱做梦的阿盖诺尔;绝不是那懒惰的阿索波斯,让自己的女儿被朱庇特拐走;绝不是腿上长毛的吕卡翁;绝不是突斯卡尼的笨瓜克里图斯,让妻子厄勒克特拉与朱庇特私通;也绝不是像厄勒克特拉那没有头脑的父亲阿特拉斯,只会以肩顶天,不能保护自己的女儿。"

"他能够随便变成仙鹤、变成公牛、变成半人半羊、变成黄金,或者像引诱他妹妹朱诺时变成的布谷鸟,任他变成鹰、变成羊,爱上住在阿基亚的少女普提亚时变成鸽子,变成火,变成蛇,变成虱子,甚至变成伊壁鸠鲁的原子,或者神学大师似的变成第二种思想,我保证能够用钩子将他钩住。你知道我会怎么整治他么?天主那个身子!我会按照萨杜恩对付他的父亲那样,就按多产女神对付阿提斯那个样子。我要顺着他的肛门,把他的家伙全部割光,连一根毛都不剩。让他永远都做不成教皇,因为他没有睾丸。"

庞大固埃说:"好,小伙子,太好了!再翻一次书。"

第二次翻到的是这样一句诗:

骨折肢解,吓得浑身血液冻结。

庞大固埃说:“这一卦的意思,是说她会把你打得青一块、紫一块。”

巴汝奇说:“不对,这指的是我,她如果惹我生气,我将会像老虎似的揍她一顿。让圣马丁的牧杖刚好派上用场。要是没有棍子,我要像吕底亚国王康泊那样活活吃掉自己的妻子并吞到肚子里。如果我不能这样做,就让魔鬼把我吞吃掉吧。”

庞大固埃说道:“你倒是有种。动起气来,连海格立斯都不是对手,这就像巴加门游戏,一个约翰①可顶俩,海格立斯一个人当然打不过两个。”

巴汝奇说:“我是约翰么?”

“别在意,别在意,”庞大固埃说道,“我不过是想起巴加门游戏。”

巴汝奇第三次翻出来的诗是:

带着女性的欲火,
掠劫他人的衣衫。

庞大固埃说:“这一卦是说她要偷窃你。”

“依据以上三卦,我把你看定了,你将来会做乌龟,会挨打,会被偷。”

巴汝奇说道:“全都不对,这一卦的意思是说她将会一心一意地爱我。讽刺诗人曾说一个热情奔放的女人有时会以偷窃她的情人为乐,这绝不是乱说。你知道偷什么吗?一只手套,一个小东西,一点点无关紧要的东西,是故意让他去找啊。”

“情人间经常有的一些小争执,小拌嘴,也是这样,它只会增进爱情,刺激爱情。这好像我们看到的磨刀匠,有时在磨刀石上敲几下,那是为了磨起刀来更快。”

“因此,我认为这三卦都很好。不然的话,我不接受。”

庞大固埃说:“不接受,命中注定的吉凶,没有办法不接受。我们古代的法学家,还有巴尔都斯②的《法学释例》的末尾一卷都是如此说的。理由是:没有任何东西更高于命运之神,命运之神不允许任何人表示异议。因此,弱小者不能够拥有他的全部权利,巴尔都斯在注释《学说汇纂》第四章第七款中已经明白地解释清楚了。”

---

① 约翰是乌龟的别名。

② 巴尔都斯:14 世纪法学家。

第十三章　庞大固埃建议巴汝奇用梦境占卜结婚的成败

"既然我们俩对维吉尔的卦解释不同,我们再另外找一个算法好了。"

"什么算法?"巴汝奇问道。

庞大固埃回答说:"一个妥善的、古老的、有效的算法:就是做梦。按照希波克拉铁斯的著作《论梦境》一书中说道,做梦时,灵魂常常能预测未来。柏拉图、普洛提努斯、安姆布里科斯、昔兰尼加的塞尼西乌斯、亚里士多德、色诺芬、盖伦、普鲁塔克、阿提米多卢斯、希罗菲卢斯、昆图斯、卡拉贝、忒奥克里托斯、普林尼、阿忒里乌斯和其他许多哲学家也都这么认为。"

"我不需要长篇大论来向你证明,仅仅举一个最普通的例子你就明白了。当你看到干干净净、白白胖胖的婴儿踏踏实实地睡觉的时候,奶娘就借此机会出去享乐了,享受自由自在,因为她们毫不需要待在摇篮旁边。我们的灵魂也是这样,当肉体睡觉,体内完成了消化,在睡醒之前灵魂无事可做,于是它就会回到老家天国里去漫游一番。"

"在那里,灵魂会恢复它原本灵性的本性,凝视着这宏大灵动的天体。天体的中心是面向宇宙各处,在无边无际的太空永不休止地运转(赫耳墨斯、特利斯墨吉斯忒斯认为这个天体就是天主),一切都成为永恒,一切都不会消亡,所有的时间都持续,现在灵魂不仅仅会看得见过去,也会看得见未来。它把看到的东西带回肉身,再由肉身的官能及机构说给朋友们听,这就叫作预言和先见。当然,它不会把看到的所有都原原本本地带回来,这是因为肉身的官能有它的缺陷和脆弱之处,就像月亮从太阳那里接受光亮,但反射给我们的也不是它所接受的那般明亮、那般纯洁、那般耀眼、那样强烈的光亮一样。因此,对于梦幻的预言,需要有会解释的、聪敏的、博学的、技巧的、熟练的、合乎理论的圆梦者和论梦者。希腊人就是这样称呼他们的。"

"赫拉克利特曾经说过,梦无所揭示,也无所隐藏。它只是让我们从中探索一种对未来的意义和线索,或对自己是福是祸,或对其他人是福是祸。《圣经》上就有这样的例子,外教的历史更是说得有凭有据,很多梦境在做梦者本人或者他所为之做梦的人身上都应验了。

亚特兰蒂斯岛和萨索斯岛(基克拉迪群岛之一)上的人就不能运用这便捷的工具,在那些岛上没有人会做梦。此外,多利亚的克里昂和我们同时代的人色拉西布洛斯也是那样,博学的西蒙·德·内维尔一辈子就从没做过梦。"

"因此,等到明天愉快的曙光用它那粉红的手指赶走夜晚的黑暗时,你就尽管好好地睡上一觉。但是先要放下一切情绪:爱情、恼恨、希望和恐惧。"

"就像古代伟大的预言家普罗迪斯一样,他常常变火、变水、变虎、变龙,或者其他的奇形怪状,来逃避对人预言。要他预言几句,那就非得变回本来的原形不可。人也是这样,只有在他身上最灵性的部分,我们称之为精神与思想。安静下来、平稳下来、镇定下来、没有任何外在的喜爱使他分心走意的时候,预言才会如期而至。"

巴汝奇说道:"我会这样做。今天晚饭要多吃呢,还是少吃?我问这个是有用意的。因为,如果我晚饭不好好地吃,或者是吃得不饱,夜里就会胡思乱想,思想和我的肚子一样都是空的。"庞大固埃说道:"看你的气色和胖瘦的样子,最好晚饭不吃。古代的预言家安菲阿诺斯,嘱咐想在梦中知道吉凶的人,当天一整天不吃东西,三天以前就不许喝酒。我们的规矩不用如此严格。"

"虽然我相信脑满肠肥的坏东西,接受灵性的事物比较困难。但我也不赞同说长期守斋挨饿的人,观察灵性的事物就比其他人快多少。"

"你肯定记得我父亲高康大(我是很尊敬地提到他的),他经常给我们说那些守斋的隐修士写出的东西。像他们写作时的身体一样乏味、干瘪、腐朽,当肉身毫无生气的时候,智力很难清晰明朗,这一点,哲学家和医学家都已确定。他们还说动物的精力是随着大脑下边儿奇妙的神经所提炼和净化的动脉血液而迸发、生产和活动的。我们听到过这样一个例子,说有一位哲学家,他认为一个人远离尘世,就能够安静地去注释、去发挥、去写作了。然而他周围的狗在吠、狼在嗥、狮在吼、马在啸、象在鸣、蛇在嘶、驴在叫、蝉在唱、鸠在啁,闹得比封特奈和尼奥尔的市集还要厉害,其实这是他肚子里饿得发慌。为了应付饥饿,胃脏才不停地叫,眼睛发花,血管吸吮着肌肉里的营养成分,让游荡不定的智力急速下降,疏忽了它原来应该照顾的主人,就会拖住那本可以畅游天国、无忧无虑的灵气,这就像只停在手上的鹰,想飞上天却突然被绳索猛拉回来。为此,哲学之父荷马曾给我们留下一个权威的故事:他说阿基勒斯的知己好友巴特罗克鲁斯死之后,希腊人还没有哭完,就闹开饥荒了,肚子里连泪都流不出来了。由于经过长时期的挨饿和长时间的斋戒会使眼泪枯竭。"

"不过,节制还是任何人都赞扬的,所以你也需要节制。晚饭不要吃豆子,不要吃兔子,也不要吃别的肉,也不要吃鱼类(人称为水产的东西),不要吃白菜,不要吃足以混乱和影响你的智力的其他任何食品。这就像一面镜子,倘若镜面上有哈气或者天时不正的雾气,它就照不清外面的东西,我们的灵性也是如此,倘若肉身由于吃得太多,被食物的雾气弄得模模糊糊、神志不清,那它就无法接受梦中提示的任何形象,因为肉身和精神之间的关联是不能分割的。"

“你只需拣几个大的克路斯土美尼亚和贝尔加莫特有的梨吃下去就好了，再吃一只香苹果，几个图尔的李子，再在我果园里摘点樱桃吃下去就好了。这样就不用害怕你的梦会含混不清、模棱两可。像以前逍遥派的哲学家说的那样，秋天比别的季节水果吃得多，所以秋天的梦占卜是不能够相信的。同样，古时的预言家和诗人也神秘地说，不灵的、骗人的梦都是隐藏在、覆盖在地上的树叶下边，因为树叶是秋季才落在地上的。其实他们的说法都是不对的，因为，新收水果内天然丰富的汁水，很容易蒸发到人身上的各个部分去（就跟发酵中的酒一样），早就吸收、分发光了。除此之外，再到我家的水泉那里喝点儿清水。”

巴汝奇说道：“这样的条件有点不好受。但是，不管怎样，我也要试一下，只要明天早上梦做好之后早些吃饭就是了。此外，我把自己托付给荷马的两扇梦之门，还有睡梦之神摩耳甫斯，恐怖双神伊丝龙和福贝特，显形之神方塔絮丝，我求他们帮帮我。倘若他们肯在紧急中救护我，我要给他们建立一座舒适的祭坛。我会用上等的鹅毛为他们建造美轮美奂的圣坛。如果我是在拉哥尼亚的伊诺皇后的殿堂里，两边是俄提卢斯女神和塔拉姆斯女神，那曾经拯救过奥德洛斯的朱诺一定会在我甜美的睡梦中帮我解决了问题。”

于是，他又对庞大固埃问道：“你以为我在枕头下边放一枝桂花枝是不是更好呢？”

庞大固埃说：“不需要。这是迷信。据阿斯卡隆人塞拉皮翁、安提芬、菲洛科卢斯、米勒图斯的阿提蒙和弗根提乌斯和迦太基主教普兰西阿蒂斯等人的说法，这都是蒙骗人的。倘若不是对德谟克里特老先生失敬的话，这跟用鳄鱼或蜥蜴的左肋一样；跟用叫作‘优美特里德恩’的巴特里亚石头一样；和用阿蒙神的角[①]一样，会得到神谕。埃塞俄比亚人把一种金黄色、样子像羊角的宝石叫朱庇特·阿蒙神之角。据说，谁带着这些睡觉，做梦会很灵验。”

“至于你所祈祷的荷马和维吉尔过去提及的两扇梦门，一扇是象牙的，从这扇门里来的是模糊、玄虚和捉摸不定的梦，像隔着一层象牙一样，不管多薄都看不见。象牙是不透明的，它的密度会阻碍人的视觉，因此就无法看到那一边的东西。另一扇门是一种角似的东西做的，从这扇门里来的是清晰、真实和无可否定的梦，像隔着透明的角一样，从它的光照里能够清清楚楚、真真切切地看出各种各样的形象。”

约翰修士插嘴道：“你的意思是说带角的乌龟所做出来的梦，也就是巴汝奇在天主和他老婆辅助之下所做的梦，都是灵验的、不会错的呀。”

---

① 阿蒙：埃及人的太阳神，“阿蒙的角”是一种古化石，亦称菊石，16 世纪意大利哲学家斯卡里格尔说用“阿蒙的角”伴眠可助做梦。

第十四章　巴汝奇的梦境与释梦

第二天，早晨七点钟光景，巴汝奇来到庞大固埃那里，当时在场的有爱比斯德蒙、约翰·戴·安脱摩尔修士、包诺克拉特、爱德蒙、卡帕林，以及其他的人，他们看到巴汝奇进来，就对庞大固埃说道："看，做梦的人来了。"

爱比斯德蒙说道："因为这句话，之前雅各的儿子所付出的代价可不小。"巴汝奇说道："我的确从梦里出来的。一夜乱梦颠倒，简直是莫名其妙。"

"我只记得梦中我的妻子年轻貌美，美艳绝伦，对我又好，像疼爱宝贝小孩似的爱护我。谁都没有如此适意、这样愉快过。她阿谀我，让我喜欢，抚摩我，摆弄我的头发，吻我，抱我，还在我头上做了一对美丽的小犄角玩。我笑着跟她说应该把犄角放在我眼睛下边，让我看清楚要牴的东西。也使得摩姆斯在断定牛角的地位时，不至于就当是长错了地方。那个顽皮的女人不听我的话，反倒是把犄角更往上装，只是我丝毫不觉得疼痛，倒是真奇怪。"

"很快，我也不知道是怎么回事，好像我变成了一面鼓，她变成一只猫头鹰。我的梦就在这儿中断了。惊醒之后，完全没有睡意，心里非常难过，犹豫不决，情绪不好。这就是我做的梦，说出来与你们共享，希望你们听了高兴，能帮我圆圆梦。卡帕林，走，我们去吃早饭吧。"

庞大固埃说道："如果你们觉得我对释梦还略知一二，我就发表一下看法吧。依我看，你的老婆并不是真的给你在前额上装上一对犄角，像萨蒂尔头上长的那样，而是对你不守信用，不忠实，跟别人要好，让你当了乌龟。这一点，阿提米多卢斯早已清清楚楚地说过了，我之前也提到过。"

"即便你不真的变作鼓，她也会拿你当作婚礼中一面鼓似的敲打；即便她不变成猫头鹰，她也会像具有猫头鹰的天性一样的偷窃你，无休止地偷汉子。你看，你的梦全部符合维吉尔的预言：你要当乌龟了，要挨打，要被偷。"

约翰修士大声叫了出来：

"说得完全对，我的真主！你要做乌龟了，你会长一对漂亮的小犄角。哈，哈，哈，我们的'犄角大师'比埃尔·科尔奴是徒有虚名，你才是真材实料，愿天主保佑你！你说两句话吧，我马上到教区里去募捐。"

巴汝奇说道："全都是相反的，我的梦是预言我的婚事一顺百顺，带着丰饶角，万事亨通。"

“你说是萨梯的角吗？但愿如此，但愿如此。这样我的小锥子就跟萨梯的角那样坚挺强壮了。这可是许多人梦寐以求的，可是上苍并不总是赐予给一个人。我怎么会变成乌龟呢？我还不具备使男人成为乌龟的唯一条件！”

“乞丐为什么会出来乞讨？因为家中没有填饱肚子的东西。狼为什么跑出森林？因为没有肉吃。女人为什么要偷汉子？这你们完全明白，不然的话去问那些录事老爷、庭长老爷、顾问、律师、法官和所有那些曾经撰写过关于性冷淡和性无能话题的大师们吧。”

“你们好像把长犄角和做乌龟都混作一谈了（倘若我说错，请你们原谅）。狄安娜头上的犄角好像美丽的月牙，可是她是乌龟么？她压根儿没有结过婚，怎么能做乌龟呢？请你们说话规矩些，小心她拿对付亚克托安①的办法来对付你们。”

“善良的巴克斯头上也有角，还有潘恩、阿蒙神·朱庇特等等都有角。他们也全是乌龟么？这样说来，天后朱诺肯定会偷汉子了？按照你们的逻辑推理，就会得出这个结论。当着孩子的母亲，说孩子是外来的、私生的，言外的话，就相当于说父亲是乌龟，女的有外遇。”

“咱们就老实说吧！我妻子给我的角是‘丰饶角’，里面全都是吉祥如意，我能够跟你们保证。再说，做婚礼中的鼓，我也很乐意，经常有人敲，总是响个不停，咚咚咚咚。这真是我的福气。我太太干净利落，像一只美丽的小猫头鹰一样。谁要是不相信，

地狱之外加绞刑，
圣诞好欢欣。”

庞大固埃说：“我把你最后说的话拿来跟最初的比一比。开始时，你对你的梦非常得意，后来惊醒过来却十分难过，犹豫不决，情绪不好？”

巴汝奇说：“不错，因为我没吃东西，肚子里空空的！”“不对，不对，我看得出来。你要知道，只要是惊醒的梦，而做梦的人又难过、情绪又不好，不是主凶，定系凶兆。如果最后使做梦人愤慨的梦，就预示了一些不好的事即将来临。”

“主凶，也就相当于一种不吉利的病，它潜伏在身子中很难治，有传染性，隐伏不愈。经过睡眠——根据医学的论证，睡眠是增加消化能力的。疾病就开始显露出来，往外面移动。睡眠中断，对疾病不利，第一个感觉就是准备要忍受痛苦，要应付痛苦。就像谚语所说：不捅马蜂窝，不搅动泥沼，不打草惊蛇。”

“凶兆呢，就是说灵魂经过梦中的启示，预感到灾祸注定要降临到我们身上，不久就将发作。”

---

① 亚克托安：神话中的猎人，因看见狄安娜沐浴，被罚变作鹿，当场被猎犬咬死。

“比如赫卜柏的梦和惊醒,还有奥菲士的妻子欧律狄刻的梦,恩尼乌斯说她的梦做好之后,就是在惊骇中醒来的。后来果然赫卜柏就看见了自己的丈夫普里亚摩斯、自己的孩子和自己的国家毁灭和死亡,欧律狄刻梦后不久也就悲痛地死去了。”

“还有埃涅阿斯,梦中和故去的赫克托耳说过话,突然惊醒过来。当天夜里惨遭烈火焚烧。还有一次,他梦到他的家人,吓醒了,第二天,他的舰队就在海上遇到了大风暴。”

“还有图尔努斯,梦中受到剧烈狂怒的刺激,曾和阿斯作战,惊醒过来,心神不安。后来经过长时期的病痛,最终被埃涅阿斯杀死。还有其他无数的例子。”

“我还要提醒你们,非比阿斯·皮克特告诉我们,埃涅阿斯每做一件事、什么重大计划、在他身上发生过的每一件事,都有梦境的凶兆给他启示。”

“这些例子都是十分好的证据。因为,倘若说梦和睡眠都是上天的特殊恩佑,就像哲学家所主张、诗人所证实的那样:

当睡梦——上天的恩佑——到来的时候,
疲倦的人类感到爽快、舒适。”

“那么,倘若没有给人以预感,这样的恩佑就不应该变成愤怒和恼恨。若不是这样,就无所谓心神的宁静,无所谓恩赐了。至此,睡眠也不会是我们热心的朋友,也不会是天神所赐,而是我们的敌人魔鬼所给的。正如谚语所说:敌人的礼物并不叫礼物。”

“也很像一家人家的主人,坐在一桌丰富的食品跟前,正准备大吃一顿的时候,突然惊跳了起来。不知道底细的,肯定会奇怪这是怎么回事。是什么呢?是他听到他的仆人喊救火,女仆喊有贼,孩子喊杀了人了。他需要撇下饭,火速去搭救他们,让一切恢复秩序。”

“的确,我记得注释《圣经》的犹太哲学家和‘马索莱’们,指出如何才能辨认出天使显现的真伪(因为撒旦也通常装作光明的天使),他们说这两者的区别就在于:仁慈宽慰的天使在向人显现时,开始时让人害怕,后来却给人以安慰,让人快乐、满意;恶毒和诱惑人的天使,哪怕开始时让人得意,可到后来还是让人困惑不安,惊慌失措。”

第十五章　巴汝奇的歉意和对修道院熟牛肉的解释

巴汝奇说："愿天主保佑有眼睛没有耳朵的人！我看得到你们，但是我听不到你们。不知道你们在说的是什么。饿肚子的人是没有耳朵的。天主在上，我的肚子已经饿得响个不停了。我这个苦役太吃力了。谁要是这一年里能让我再做一次梦，算他比巫术大师还有能耐。"

"不吃晚饭？真是见鬼！我要是再让自己挨饿，让我长梅毒吧！走，约翰修士，咱们吃饭去。早饭吃得好，胃里填满草料，要是需要的话，实在不得已的时候，隔一顿中饭还不要紧。但是不吃晚饭——真是宁可长下疳！这件事要是办错，那是违反自然的错误。"

"宇宙间有白昼，是为了让大家活动、工作、各人办各人的事。供应蜡烛——太阳明亮和快活的光——是为了让大家把事情做得更好。到了晚上，自然把光亮收走，悄悄地对我们说：'孩子们，你们做得不错。工作得够了。天黑了，应该停止干活了，好好地去吃饭吧，好酒好肉，饭后闲散一会儿，之后就去睡觉休息，到明天好能更有精神、更轻松愉快，像过去那样地去干活。'"

"养鹰的人就是这样。他们把鹰喂饱之后，不让它们肚子饱饱地去飞，要让它们在架上慢慢地去消化。那位第一个制定守斋的、好心肠的教皇就深懂其中滋味。他让人守斋到下午三点钟为止，过时能够随便吃喝。在从前，很少有人吃中饭，你们肯定要说那些修士呢，那些修女呢，是的，这些人除了吃，从不干其他的事。他们天天过节，严格地遵守着修院里一个规定，从弥撒到饭厅，连院长到不到也不管，马上就坐到饭桌上，一边狼吞虎咽，一边等院长，随便等到几时都不要紧，反正不用其他的方式等。但是晚饭，却是人人都吃，除了几个昏迷不醒的人。因此晚饭才真的称为晚餐，也就是共同都有份儿的意思。"

"这些你全明白，约翰修士。走，朋友，见他妈的鬼，咱们走！我的胃饿得像狗一样汪汪瞎叫。赶快学西比尔①讨好守冥府的猛犬刻耳柏洛斯一样，往它嘴里丢一些面包平平它的怒气吧。你喜欢饭吃得早，我喜欢饭吃得好，外加几块九段经的咸耕牛。"

约翰修士说："这个我明白。这句俏皮话是从修院的厨房中来的。所谓'耕牛'就是牛肉，'九段经'就是煮得熟透的意思。"

---

① 西比尔：神话中的女巫。

“在我那个时代,那些老神父们,按照上辈子虽非明文规定但是代代相传的老规矩,早上起来未进教堂之前,总是有一系列的程序要做,那就是到大便处去大便,到小便处去小便,到吐痰处去吐痰,到咳嗽处去咳嗽,到做梦处去做梦,以便能在做圣事的时候,没有任何不洁净。程序办完之后,他们这才虔诚地到圣堂去(他们把圣堂叫作修院的厨房),虔诚地祈求把牛肉立即放在火上煮,救世主耶稣的弟兄们早餐时吃。他们甚至还经常自己点火。”

“早课本是有九段经的,他们起得很早,对着经本吠叫的时候又饥又渴,因此把早课缩成了一段至三段。现在呢,由于上边说的那些程序,他们起得越早,牛肉放在火上煮的时候越早,煮得越早,熟得也越早,越是熟,越是嫩,吃起来不费牙,到嘴里滋味儿好,到胃中才容易消化,教士们每个都养得肥头大耳。这才是创始人唯一的最主要的目的——并不是吃为了活着,而是活着为了吃,他们在世界上就只有他们的生命要紧。走,巴汝奇,吃饭去!”

巴汝奇说道:“这一次,我听到了,我可爱的家伙,遵守修院里会规的家伙。吃饭是我的基本工作。命运、借贷、利润,我全都可以放弃,但不能不吃东西。那些保本就满足了,你把修院的厨房里这么奇怪的规矩解释得太清楚了。走,卡帕林!约翰修士,我不能离开的朋友,走!各位王侯,祝你们好!我做梦做得已经够多了,可以去喝酒了。走!”

巴汝奇话还没住口,只见爱庇斯特高声说道:

“人世间,能领会到、预见到、认识到,并预言其他人的不幸,这并没有什么稀奇,这是件平凡的事。但是,能预言、预见、认识、领会自己的不幸,那就太少了!伊索在他的《寓言》中说道,人生在世,每人脖子里都扛着一个褡子,前边装的是其他人的过错和恶事,所以常常摆在自己眼前,看得清清楚楚;背后装的是自己的过错和恶事,所以从来看不到,也不理会,除非有天主仁慈善意的指点。”

第十六章　庞大固埃是如何叫巴汝奇去潘佐特找女卜师

不久之后,庞大固埃派人把巴汝奇喊了来,对他说:

“长时期以来我对你的关心,让我不住地想到你的安宁和幸福。现在我把我的主意告诉你,有人对我说,在潘佐特,离克劳莱附近,住着一个非常有名的女术士,她能够预知未来的一切。你让爱比斯德蒙陪着你一块儿去一趟吧,看她怎么说。”

爱比斯德蒙说道:“这或许是一种尼狄亚卡和萨加那式的算命的巫婆。我之所以有这个想法是因为这个地方的名声坏透了,那里的巫婆比戴萨里亚的还要多。我不高兴去。这种事不正当,这是摩西的法律所禁止的。”

庞大固埃说道:“我们又不是犹太人,况且还没有人公开证实她是女巫。这些琐碎的细节,等你们回来再谈好不好?”

“我们根本不知道她是第十一个西比尔,还是第二个卡珊德拉。或许她根本不是西比尔,也不配有西比尔这个称号,那么,把你的问题跟她谈谈,有什么关系呢?况且她又有盖过全区女性的知识和学问的盛名。哪怕是个傻瓜、水壶、油瓶、手套、拖鞋,只要能从那里学到东西、得到知识,又何必管那么多呢?你肯定记得亚历山大大帝在阿尔贝拉把达里乌斯王打败之后,当着他的大臣,有一次拒绝接见一个求见的人吧。后来不管如何后悔,都来不及了。事情是这样的,他当时在波斯打了胜仗,但是离他的祖国马其顿太远了,根本就没有办法得到一点儿消息,千里迢迢,关山远阻,河川沙漠,遥隔东西,他心里非常难过。这一焦心的难题可不能算小(因为很可能有人攻占了他的国家,在他得到消息,赶回去阻止之前,人家早已经在那里安置新的国王和划分新的领土了)。这时正巧来了一个西顿人,一个精明老练的商人,看来并不富有,穿得也不讲究,说他找到一条路,从这条路,不出五天,就可以让亚历山大的国家知道亚历山大在印度打的胜仗,也能让亚历山大知道马其顿和埃及的情形。亚历山大认为口气太大了,不可能是真的,于是就拒绝听他的话,于是那个商人就继续上路了。”

“听听这个人所发现的道路,能费他什么呢?知道一下这个人想对他说的方法和道路,有什么不好呢,有什么害处呢?”

“自然让我们的耳朵敞开着,既没有门,也没有任何栅栏,不像眼睛、舌头以及身上其他地方受着管制,我想其中是有原因的。那就是,大自然让我们不管黑夜白日,我们都可以不停地听,因为不停地听,才能够永远地学。因为听觉是最适宜接受学习的器官。再说,来见亚历山大的那个人或许是个天使呢,也就是说天主打发来的使者,跟拉斐尔被派来看多比亚斯一样。亚历山大的蔑视表示得太明显了,后来他追悔莫及。”

爱比斯德蒙说道:“你的话说得很对,不过,我总以为去向一个女人,并且又是这样的地方的一个女人,去请示,去讨教,绝对不是什么好事。”

巴汝奇说道:“我倒是觉着女人的主意,尤其是上年纪女人的主意,听她们的话,我现在拉屎比平常多上一两次。告诉你,朋友,她们倒是真正有嗅觉的猎犬,有灵敏的嗅觉,能摸清规则。尤其是产婆,真正是知识渊博的女人,我倒愿意称她们为女预言家。因为她们能预见未来,并告示你将来的进展如何。因此,我把她们叫作谋士,而不把她们称为淫妇。跟罗马人的朱诺一样,朱诺是生育之神,罗马人遇事总乞求于她,而她总是能给予劝诫。问问毕达哥拉斯、苏格拉底、恩培多克勒和我们的奥尔土努斯大师就明白了。”

“还有,日尔曼古时的风尚,我也要把它们捧上青天,心悦诚服。他们把上年纪的女人的指示奉若神明,推崇万分。他们谨慎地接受这些女人的指示和宣告,果然幸运地得到繁荣和富强。维斯巴芗①时代的老妈妈老奥瑞亚和维勒达就是很好的例子。”

“请你们相信,女人到了老年,语言尤其丰富,我的意思是说预言很灵验。好了,咱们去吧,愿天主保佑,大发慈悲!再会吧,约翰修士,我把我的裤裆托给你照管。”

爱比斯德蒙说道:“好,我陪你去,但是,先要说好,要是我发觉她使用妖术或者魔法,我就陪你到门口为止,不陪你进去。”

第十七章　巴汝奇是如何跟潘佐特的女卜者交谈

路上一共走了三天。第三天,他们在一座山顶上一棵高大的栗子树下面看到了女卜者的家。他们毫无困难地走进了这座建筑简陋的小茅屋,里边陈设简单,乌烟瘴气。

爱比斯德蒙说道:“太好了!神秘和伟大的斯各脱派哲学家赫拉克利特走进这样的小屋,才不奇怪呢。他会跟他的学生和徒弟们说,神灵住在这里跟住在豪华的宫殿里毫无差别。我肯定没记错,月亮、大地和冥界女神赫卡忒就喜欢住在这样的小屋,并在小屋里设宴款待了英雄忒修斯②。俄里翁的父亲希流斯的屋子也是这样简陋,而朱庇特、尼普顿和墨丘利三神也大驾光临,并在那里大吃大喝,过了一夜,他们临走时还在牛皮上撒尿,造出巨人俄里翁酬谢他。”

一个老太婆坐在壁炉的旁边。

爱比斯德蒙说道:“确实是女卜者的样子,完全是荷马描写的蹲在壁炉旁的女人。”老太婆无精打采,衣衫褴褛,像多日没有吃饭一样,嘴里连牙齿全都掉光了,满眼眵目糊,行动不便,鼻涕邋遢。半死不活地在那里煮青菜汤,里边只有猪皮和牛骨头。

爱比斯德蒙说道:“天主圣母!我们白来了。她不会告诉我们什么,因我们忘了带上金币给冥府的守门人。”

巴汝奇说道:“我带来了。我口袋中有一只金戒指,还有几块崭新的金币。”

---

① 维斯巴芗:公元 69 – 79 年的罗马皇帝。

② 忒修斯:希腊神话中英雄,雅典国王。

巴汝奇说完这句话，对她深深施了一礼，拿出来六条熏牛舌、一大盆奶油、一瓶酒、一个牛胃做的钱袋，里边装着崭新的钱币，另外还毕恭毕敬地在她的中指上套上一只美丽的金戒指，上面非常讲究地镶着一粒波斯的蛤蟆头宝石。之后简略地说明来意，客气地请她指示，并要求算个卦问问婚姻大事。

老太婆待了一会儿没有说话，心里在想，嘴里咬着牙。后来坐在一个斗底上，手中拿了三根纺线锤，在手里横过来倒过去摆弄了好半天，然后摸了摸哪一个尖，把最尖的那一根留了下来，把另外的两根丢到一个舂米的石臼底下。之后，再拿起她缠线的东西，绕了九圈，到第九圈时停住手，使它自己停下来。这时，我看到她脱下来一只鞋(我们叫作木鞋的那种鞋)，把围裙放到头上，像教士做弥撒时披方领似的，然后用一条旧的斜条纹的带子扎在脖子底下。这样装扮之后，拿起酒瓶喝了一大口酒，从牛胃钱袋里拿出来三块金币，放在三个胡桃壳里，一块儿装进一个收集鸡毛的罐子里，又用扫帚在壁炉上扫了三下，往火里丢了半捆欧石南和干桂树枝。她一声不响地望着它们烧，烧的时候一点儿声音都没有，突然，老太婆阴森森地喊叫起来，嘴中说着尾音奇异的怪字。

巴汝奇对爱比斯德蒙说道：

"天主在上，我浑身打哆嗦！我恐怕中了魔了，她说的不是人说的话。我看她比她束围裙的时候要高出十尺。嘴唇动来动去，肩膀一耸一耸，嘴里嘟嘟囔囔的像一只猴狲剥虾似的，这都是什么意思呀？我的耳朵中响成一片，我好像听到了路西弗的妻子普罗塞耳皮娜被冥王劫走时发出的尖叫声，魔鬼就要出现了。啊，怕人的东西！咱们逃吧！天哪，吓死我了！我不要见鬼，我不喜欢鬼，我怕鬼。逃吧！再会吧，老太太，谢谢你的好心！我一辈子都不结婚了！从今往后，再也不想了。"他正想从屋中逃出去，但是老太婆比他跑得更快，她手里拿着纺线锤，跑到屋子旁边一个院子里，那里有一棵老枫树，她摇了三摇，落下来八片树叶，老太婆用线锤在树叶上匆匆地涂了几句短诗，之后把树叶扔出去，说道："去拾吧，看你能不能找着，你婚姻的吉凶都写在上边了。"

说完，走回屋中，在进门的地方，突然撩起自己的长袍、上身、衬衣，一直露到胳膊底下，把屁股都露出来了。巴汝奇看到了，对爱比斯德蒙说道："天那个天！西比尔的洞眼都给我看到了。"老太婆忽地把门关上，从此没有再出来。他们赶到树叶那里，费了老大的劲儿。因为风把它们都吹到洼地灌木丛中去了，好不容易才把它们找回来。依次序排好，他们看到这样几句诗：

像剥掉豆皮，
撕开了你的画皮，
生儿子，不是你的。
吸掉你的

甜甜麦饴。
剥掉你的皮,
不断气。

第十八章 庞大固埃和巴汝奇对潘佐特女卜者的卦辞理解不同

爱比斯德蒙和巴汝奇拾起了树叶,半喜半怒,回到庞大固埃那儿去。喜的是平安归来,恼的是道路崎岖,坎坷不平,都是石头。他们跟庞大固埃详细地述说了一路上的经过和那个女卜者的情形,最后把那几片枫树叶拿出来,让庞大固埃观察上面的诗句。

庞大固埃一一看过之后,叹了口气,对巴汝奇说道:

"现在你可明白了。女卜者的卦和我们从维吉尔的书里和梦中算过的全都一样。就是你的老婆将要名声扫地,让你做乌龟,跟别人要好,还要跟别人养孩子。除此之外,还要偷你的好东西,打你,剥你的皮,她将伤害你所有的部位,尤其是你的那玩意儿。"

巴汝奇说道:"你对于卦的体会,像猪对于香料一样外行。我说这话,请不要见怪,因为我的确有些恼火。我的卦明明跟你说的相反。请注意我的体会。那个老太婆的话是这样的:蚕豆不从皮里出来,就不会发芽让我们看到,我要是不结婚,我的卓越品德就无法出名。那也就是说当一个人被委于重任时,我们才能真正了解他的为人和他的价值。倘若一个人一直默默无闻、孤身一人,没有人能确切地了解他,这就像没有被剥开的蚕豆一样,这是第一句诗的解释。否则的话你认为妓女的屁股上挂着一个好男人的声誉吗?"

"第二句,我的妻子将生孩子(请注意,生子是婚姻的主要幸福),但是,不是我的。天主那个身体!我能相信它!我老婆会养一个又白又胖的胖小子。我已经喜欢得不得了啦,爱他爱得发疯了。不管有多大,多么令人气愤的问题,我都能容忍。今后天大的烦恼,只要我一看到他,一听到他那牙牙学语的小孩话,就不会进到我的头脑里。愿天主保佑那位老妇人,我真想在萨尔米贡丹给她弄一份终身养老金,不用像教书先生那样来来回回乱跑,而是像安定的神学大师那样生活有依靠。不然,难道你要我老婆在胎里怀着我,孕育我,生养我,岂不让人嘲笑:'巴汝奇是巴克斯第二,被生了两次①。像希波品托斯那样;也像普罗透斯一样,一次是西蒂斯所生,第二次是哲学家阿波罗纽斯的母亲所生。像西西里西曼特斯在河边上生了两个巴里奇小孩一样吗?'难道你要人家说,他的妻子怀的是他自己,在他身上又出现了古时麦加拉学派的再生理论和德谟克里特的灵魂转生说吗?天啊,这真是胡言乱语!没有人会对我说起这类事情。"

"第三句是:我的老婆要吸掉我的蜜饴。这正是我求之不得的。你很清楚,这是指的我两腿之间的那根棍子。我可以起誓,保证甜蜜滋润,什么时候用什么时候现成,绝对不白吸。那个小东西永远准备得好好的,随叫随到。你把这件事形容得很含蓄,比作偷窃,我很同意,这个比喻很好。但是,不是你那个想法。也许是你对我太关心了,关心到另外的、相反的一边去了。过去的学者有言,惧怕正是因为爱,没有不惧怕的钟爱。但是(按照我的理解),你心中大概也明白,偷窃,在这个地方,正跟许多古代作家所表示的一样,指的是窃玉偷香。维纳斯就是要这种事秘密地、偷偷地进行。你想想看,这是什么缘故?就是因为这种偷偷摸摸在门后边、台阶间,用幔帐盖住、背着人、乱草窝里做的事,比那些不怕任何人说话、在光天化日之下、昔尼克式的或者公开在床第之间、金丝帐里、堂而皇之、正大光明,在紫红丝绸扇子或者印度羽扇驱赶着周围苍蝇的环境下,女的用一根从草褥子上拔出的草剔着牙所干的事,远远地更能取悦于塞浦路斯的女神。"

"倘若不是这样,你莫非以为她吮吸我,就像人从壳里吸牡蛎,西里西亚的女人(按照狄奥斯科里德斯所说的)用嘴咬橡树一样吸干我么?完全不对。偷的人,不是吸而是偷,不是咂而是拿,哄骗,像变戏法似的掩人耳目。""第四句是:我的老婆剥掉我的皮,不断气。说得太好了!你的解释是她要打我,伤害我。这是浅陋之见,愿天主保佑你。我只求你从尘世的思想中提高你的灵魂,抬头观察一下大自然的美妙,你自己就会看出来,你扭曲了那位神圣的女卜者的预言,是犯了什么错误了。即使可以这样解释,但也不可能容许、承认。说我老婆受到地狱里敌人的挑拨,要骗我、要侮辱我、要我做彻头彻尾的乌龟、要偷我、要凌辱我啊。况且这件事,她也办不到,做不出。我说这话有确实的依据,是从修道院的泛神学里引出来的,这是从前阿尔图斯·古尔棠修士说给我听的。那一天是星期一早上,我们俩在一块儿吃香肠,天上下着雨,我记得清清楚楚。愿天主保佑他平安!世界上最早的时候,或者稍晚一些,女人曾经联合起来要活活地剥掉男人的皮,因为她们想处于统治地位。于是她们立下神圣誓言。但是,女人总是不中用的。女性太软弱了!她们开始剥,剥来剥去,拿卡图卢斯的说法来说,只剥了男人最使她们欢喜的那个部分,那就是爱发脾气的阳物,说起来离现在已经六千多年了,但是剥到现在只剥了一个头。"

---

① 巴克斯先从赛美列生出来,后来又从朱庇特的腿上生出第二次。

"犹太人发起火来,自己修剪了包皮,宁愿被称作'受过割礼的马拉诺'①,也不愿意像其他国家那样让女人去剥。我的老婆并没有废弃这个公共信条,倘若我还未曾剥开,她会替我剥开的,我完全同意。但是,不是整个地剥开,不是整个地剥开。"爱比斯德蒙说道:"你还没有提到那个桂树枝呢。在我们看到它丝毫没有声息地燃烧的时候,那个女人一边观察,一边惊人地狂叫!你知道,这是不祥之兆,是十分可怕的象征。普罗佩提乌斯、提布卢斯,还有精明的哲学家普费里,乌斯塔提乌斯和其他许多哲学家等等许多人都证明过。"

巴汝奇说道:"不错,不错,幸亏你提起他们来。作为诗人,都是些疯子,作为哲学家,都是些糊涂虫。他们的哲学和他们满身的疯病,都是差不多相同的东西,臭狗屎一堆。"

第十九章　庞大固埃建议请教聋哑人

听过这话之后,庞大固埃半天都没有声响,好像在想沉重的心事。最后他对巴汝奇说道:

"恶鬼在迷惑着你。但是,你听好我的话,我过去读到过,最真实最可靠的预言并不用文字来写,也不用言语来表达。因为诗句既简略,用字又晦涩、含糊、模棱两可,即使那些被认为最细心、最精明的人也经常会解释错误。所以预言之神阿波罗被人称为阴险狡猾之神。一般认为只有手势和比画,才是最真实,最可靠的。赫拉克利特就是这个看法,朱庇特在阿蒙预言时,也是使用这个方式的。阿波罗对亚述人预言时,也是这样。因此,他们把阿波罗画成一个长胡子、穿老人衣服、神情庄重的人。而不是像希腊人那样,把他画成赤身露体、年轻而没有胡须。我们还是采取做手势、不说话的方式好,你去找个哑巴请教一下怎么样?"

巴汝奇说:"我同意。"

庞大固埃说:"但是,需要找一个生就聋哑的人才行。因为只有从来没有听见的人,才是真正纯洁的。"

巴汝奇说:"什么意思呢?倘若真的只有听不见的人才不会说话,我可以合乎逻辑地让你得出一个荒谬的、不合理的结论。但是,这个暂且不谈。你大概不相信希罗多德所说的那两个因为埃及国王普撒美提科斯的命令被关在一所房子里的孩

① 西班牙人称皈依天主教的犹太人和摩尔人为"马拉诺"。

子的故事。他们只是吃,就是没有人教他们说话,后来经过一段时期之后,他们竟然会说面包,就是腓力基亚话的面包,你相信么?"

庞大固埃回答说:"一点儿都不信。说人类天生就有一种言语,是骗人的话。言语是由各个民族按照自己的主张和决定造出来的。所谓字音,按照辩证学家的说法,本身并不具备意义,而是随便加上去的。这些话,绝对不是我凭空捏造的。巴尔脱鲁斯在他的《语言的目的》第一卷里说,和他同时期,在厄古比亚地方有一位内罗·德·加百利先生,他在一次偶然的事故中,变成了聋子,尽管这样,所有意大利人说话他都明白,就连悄悄的、没有声音的话,他也能明白,这是因为他只看手势和嘴唇的动作。我还在一位博学的大作家的作品中,读到亚尔美尼亚国王提里达特斯在奈罗王朝时访问罗马,受到隆重豪华的接待,目的是要他对罗马的元老院和罗马民族保持永恒的友谊。城内所有的古迹建筑都请他看过了。回国时,罗马皇帝送他许多珍贵的重礼。另外,还请他挑选罗马他最喜欢的东西,不论是什么,预先答应他绝对不拒绝。这位国王其他的都不要,只要求把在戏院里见过的一个喜剧演员送给他。他听不懂喜剧里说的话,但是看得懂他做的手势和比画。他说在他统治的国家里,有着不同语言的民族,要让他们全能听懂而且又能被人听明白,就要经过许多翻译手续。但这个人却不用翻译,因为他用手势表示意思,表示得好极了,简直等于用手指在说话。"

"但是,你还是应该找一个生来聋哑的人。这样,他的手势才是天然的、预言性的,不是假装的、虚伪的、做作的。除此之外,就剩下要你考虑考虑去找一个男的还是一个女的了。"

巴汝奇说道:"我更喜欢女的,只是有两件事让我不放心。"

"一件是,女人们不管看到什么,总是在脑筋里有所反映。她们思索的、想象的,经常都是那个坚硬的东西的形象。不管看到什么手势、比画、姿势,她们的理解,总是联系到那件事的动作上。因此,我们总是弄错。你一定记得罗马建造二百六十年以后,有一个年轻的罗马贵族,在凯里翁山上碰到一位天生聋哑的太太,名叫维罗娜。这位年轻的贵族,不知道她聋,依旧用意大利式的手势指手画脚地问她,在山上曾看到哪几位议员。她呢,听不到他说的话,却想象到她自己想到的事情,那就是一个年轻男人对于一个女人很自然的要求。于是用手势(手势在爱情上比言语更加有吸引力,更起作用,更有用处,是无法比拟的)把他领到家中,做手势告诉他,她喜欢玩这套把戏。最后,他们俩都不用嘴说一句话,就发疯似的干了起来。"

"另一件是,对我们的手势,她们不作回答,只是猛地向后一躺,好像真的接受我们无声的要求似的。不然,就是她们回答我们的手势,是那样的放肆、可笑,以至于我们倒会以为她们是想搞我们了。你知道,在克劳基诺斯,那个绰号'胖屁股'的小修女,被那个名叫'硬东西'的修士搞大了肚子,消息传开以后,院长嬷嬷把她叫了去，当着全体修女，骂她与人通奸。小修女表示情非得已，不是出自情愿，而是那个莱狄迈修士用武力强奸的。院长嬷嬷不同意，说道：'坏东西，事情是在宿舍中发生的，你为什么不喊救命呢？我们都会跑来救你的！'小修女说她不敢在宿舍中叫喊，因为宿舍中禁止说话。院长嬷嬷说道：'你真该死，你为什么不向睡在你边上的人做个手势呢？'小修女说：'我用屁股使足气力打招呼，但是没有一个人来救我。'院长嬷嬷说：'坏东西，你为什么不立即到我这里来控告他呢？倘若我遇到同样的事，我肯定这样做，表示我的清白。'小修女说：'因为我怕带着罪，怕带着罪突然死去，于是在他离开宿舍之前，我就跟他做了忏悔。他在叫我做补赎的时候，禁止我向任何人声张出来。谁要是把忏悔的情形公开出来，那个罪可就大了，在天主和天使面前，都是不得了的罪过。全修院都可能因为这个缘故被天火烧掉，到那时就和大坍与亚比兰因反对摩西而受到的惩罚一样①。'"

庞大固埃说道："你这些话，我一点儿都不觉得好笑。我知道所有的修院都是宁可犯天主的诫命，也不能违反自己的规章。你还是找一个男的吧。我看那兹德卡勃（绰号山羊鼻子）就不错，能胜任这个工作。他是天生的聋哑。"

第二十章 那兹德卡勃是如何和巴汝奇做手势

那兹德卡勃接到通知，第二天就赶来了。他一到来，巴汝奇就送过来一只肥牛犊、半只猪、两桶酒、一担麦子，还有三十法郎作零用钱。接着，巴汝奇把他领到庞大固埃面前，当着那里的公侯们，巴汝奇做了这样一个手势：先深深地打了一个哈欠，打的时候，用右手大拇指在嘴外面做了个希腊字母T的样子，一连做了好几次。然后，双眼望天，滴溜溜地乱转，好像一只山羊在流产，一面咳嗽，一面深深地叹气。叹好气，他让那兹德卡勃看到他没有裤裆，从衬衫下面一手把他的家伙儿掏出来，让它在两腿中间碰来碰去地乱响。他弯下腰，屈着左边的膝盖，将两只胳膊交插在胸口上。

那兹德卡勃好奇地望着他，然后把自己的左手举起来，让大拇指和食指的指甲靠在一起，把其他的手指头都弯向手心。

庞大固埃说道："我看得出来这个手势是什么意思。他指的是结婚，还指出一

---

① 大坍和亚比兰是流便子孙中以利押的儿子，因为攻击摩西，受到耶和华的惩罚。见《旧约·民数记》第十六章第三十至三十三节。

个三十的数字,这是毕达哥拉斯派的做法。这是说你将会结婚。"

巴汝奇向着那兹德卡勃说道:"多谢,我的小管家、我的执事、我的总管、我的头目、我的警官。"

那兹德卡勃把左手抬得更高,五个手指头都伸得直直的,彼此尽量离得越远越好。

庞大固埃说道:"这样是清楚地告诉我们,五个手指头是说你肯定会结婚。不仅仅是订婚、迎娶、婚配,并且是不等结婚就住在一起。毕达哥拉斯用数字'五'来代表婚姻、迎娶、婚配,用'三'作为第一个成单的奇数,用'二'作为第一个好像是男女配偶似的偶数。过去,在罗马,婚礼上总是点五根蜡烛,不论这一家多有钱也不许多点,不论这一家有多穷也不许少点。"

"还有,在从前,外教人奉祀五位神灵,或者一位能够对结婚的人施予五种恩惠的神灵,像:婚姻之神朱庇特,喜庆之神朱诺,美神维纳斯,口才与雄辩之神皮多,还有保佑分娩的狄安娜。"巴汝奇叫喊了起来:"哎呀,好心的那兹德卡勃!我要把西奈附近一片田庄和米尔巴莱一个风磨赠予他。"

然后,那个哑巴恶狠狠地打了一个喷嚏,打得浑身哆嗦,向左转过身去。

庞大固埃喊道:"我的老天爷老天奶奶!这是怎么了?肯定是对你不利。他说你的婚事不吉利,主凶。这个喷嚏(根据泰尔普松的解释)是苏格拉底的诞生,它要是从右边生,就是可以大胆地按照已定的主意去做,吉利、进展、成功、完全有把握。从左边生,是正相反。"

巴汝奇说道:"你总把事情往坏处想,没有好的时候,整天就像罗马的奴隶一样担惊受怕。我可是一点儿也不相信,那特普松也不过是骗骗人罢了。"

庞大固埃说道:"但是西赛罗在他的《论占卜》第二卷中也说过类似的话,只是我不记得是什么了。"

巴汝奇朝着那兹德卡勃转过身去,又做了这样一个姿势:他把两个眼皮向上翻过去,嘴的下巴左右摇摆,舌头一半伸在嘴外。接着,把左手伸开,只留中指直竖着,放到裤裆的地方。右手攥成拳头,只留大拇指出来,向后放在右边胳肢窝底下,再放在屁股上阿拉伯人叫作"骶骨"的地方。突然,他换了一下手,用右手做成左手的样子,放到裤裆的地方,左手做成右手的样子,放到"骶骨"上。这样一连做了九次。做完九次,才将两个眼皮放下来,恢复了原来的样子,下巴和舌头也恢复了原来的位置,又斜着眼睛望着那兹德卡勃,抖动着嘴唇,像猴子吃东西,又像兔子吃麦青。

这时,那兹德卡勃向上抬起伸开的右手,把大拇指的第一节弯起来放在中指和无名指的第三节那里,紧紧地将它攥住,留下食指和小拇指向前伸着,叉开像两条腿似的放在巴汝奇的肚脐眼上,用大拇指来回地移动。就这样,用那只手在巴汝奇的肚子、胃、胸膛、脖子上,从下边移动上去。然后把手抬高到下巴颏儿那里,把大拇指伸进他的嘴里,抚摸他的鼻子,再向上举过眼睛,好像要用大拇指把他的眼睛挖出来。

巴汝奇给弄得生气了,想摆脱开那个哑巴。但是那兹德卡勃不放手,继续用大拇指摆弄他的眼睛、额头和帽边。最后,巴汝奇喊叫了起来:"老天,你这个疯子,你再不放手,我要揍你了! 你再惹我生气,我这只手就打到你的狗脸上了!"

约翰修士说:"他耳聋,听不到你的话,家伙。你还是做做手势在他脸上比画一下的好。"

巴汝奇说道:"这个超级大傻子到底想搞什么鬼呀? 他把我的眼睛差不多弄成黑黄油了。我的老天,宽恕我啊! 我要请你的鼻子吃一顿老拳,再加上几个刺拳。"

巴汝奇嘴里学着放屁的声音,摆脱开他。哑巴看到巴汝奇要走,跑过去把他拦住,对他做了个这样的手势:把右手伸到膝盖上,尽量往下伸,握紧拳头,把大拇指放在食指和中指之间,之后用左手揉搓右面的胳膊肘,慢慢地抬起右手,高过肘部,突然又放下去,和刚刚一样,然后再抬起来,再放下去,拿手给巴汝奇看。

巴汝奇气坏了,举起拳头要打那个哑巴。但是,当着庞大固埃,他没有打下去。

庞大固埃说道:"倘若做做手势就使你生气了,那么,一旦成了事实,就该把你气死了! 那是完全符合事实的。哑巴的预言是你将会结婚,做乌龟,挨打,被偷。"

巴汝奇说:"我接受他说的结婚,其他的一概不接受。我请你相信,在女人和马匹方面,世界上没有一个人有我的命好。这是命中注定的。"

第二十一章　巴汝奇是如何请教一位名叫拉米那格罗比斯的法兰西老诗人关于婚姻大事

庞大固埃说道:"我再也没想到会遇上像你这样一个固执到底的人。但是,为了让你不再有任何犹豫,我情愿翻天覆地,把能做到的事全都做到。"

"我现在还有一个主意。阿波罗的神鸟天鹅,非到临死的时候不唱,尤其是在弗里吉亚的米安达河畔(我这么说,是因为埃利安和亚历山大、孟迪乌斯说,他们在其他地方见过临死前不唱歌的天鹅),因为仙鹤的歌声是必死之兆,并且非唱不死。受到阿波罗保佑的诗人也是这样,他们在将近死亡时,一般都一变而成为先知,由阿波罗启示而歌唱,通常具有预言的本领,能预见将要发生的事情。"

"我还听说所有老年人,到了奄奄待毙的时候,也都经常预知未来的事情。我记得亚里斯托芬在一出戏里就把老年人称为预言者。这就好比是我们站在海堤上,远远地看到波涛汹涌的大海上船里的水手和旅客,我们只能默默地望着他们,祈祷他们平安到达。当他们驶近港口时,我们便会欢呼、用手势来欢迎他们,庆贺他们来到我们岸上。天使、英雄、善良的鬼神(根据柏拉图的说法)看到人类快死,即将到达稳定、安全、休息、宁静的海岸,脱离尘世的烦恼和牵挂时,也一样地欢迎他们,安慰他们,跟他们说话,开始把预见未来的技能传授给他们。”

“过去很多例子像以撒对雅各的预言,像普特洛克勒斯对赫克托耳,赫克托耳对阿喀琉斯,波利内斯特对阿伽门农和赫卡柏,还有波西多里斯称赞的罗得人,印度人加拉努斯对亚历山大大帝,欧洛德斯对美赞提乌斯的预言,等等。还有许多,我就不提了,我只提出过去朗热的封主、博学而英勇的吉拉姆杜贝莱骑士的故事。他是在他的七年一次的人生转折期,也就是我们按照罗马历计算所说的1543年,1月10日那一天死在塔拉莱山上。在他咽气的三四个钟头之前,他曾经用有力的语句,镇定自若地说过一些话。这些话,后来一部分已经应验了,一部分我们还在等着看。当时,在我们看来,他说的话太离谱、太神秘了,没有任何迹象能让我们相信它会实现。”

“我们这里,离维拉迈尔镇不远,有一位上了年纪的老诗人,名叫拉米那格罗比斯,他的第二个太太脸上长满了麻子,却为他生了个美丽的女儿,叫巴佐奇。我听说他快要断气了,你赶紧到他那里去,听他讲些什么。在那里,或许能听到你要知道的,阿波罗借他的口,会解开你的疑团。”巴汝奇说道:“好。爱比斯德蒙,咱们立即就去,不要让死神跑在前面。你高兴了么,约翰修士?”

约翰修士说道:“去也是为了你,家伙。我真是从肝脏里爱上了你。”

三人一起动身来到诗人家里,看到善良的老人已进入弥留状态,但神态安详,双眼有神。

巴汝奇对他行过了礼,在他左手的中指上,带上一只金戒指,戒指上边还镶着很大一枚美丽的东方宝石。接着,又学着苏格拉底的样子,拿出来一只白色的大公鸡。那只鸡一放在诗人床上,就抬起了头,活泼有神地扑了扑翅膀,清脆地喔喔叫了一声。叫过之后,巴汝奇谦恭地请诗人对他不能决定的婚姻问题说几句话。

善良的老人让人取来笔、墨、纸张。于是很快就拿来了。老人拿笔写出下面的诗句:

结婚好,不结也好,
结婚,没有什么不好,
不结婚,比结婚的确更妙。
要赶快,切莫心急;
知后退,但要进取;
结婚好,不结也好。

既要守斋,也要加餐,
做好的,要拆散,
拆散的,要成全。
祝她长命,愿她早完,
结婚好,不结也好。

写好,交给他们。说道:

"拿去吧,孩子,愿天上伟大的神灵保佑你。不要再拿这件事或任何事麻烦我了。今天是5月的最后一天,也是我的最后一天,我费了很大气力,经过很多周折,才将一大群的鬼怪恶魔从我家里赶出去,它们有黑的、有花的、有黄的、有白的、有灰的,也有带点子的,它们不愿意我安安生生地死去,它们用骗人的把戏、贪婪的魔爪、蜇人的芒刺,把我从宁静的思想中拉出来,而我在宁静里正在观望着,而且已经摸到并尝到善良的天主给他的信徒和他挑选的人在另一个世界中所准备的,永生永世享都享不完的福分。你要躲着这些恶魔,不要跟它们一样,不要麻烦我了,让我安静吧,我求求你!"

第二十二章　巴汝奇是如何为乞讨修士的会别辩护

巴汝奇从拉米那格罗比斯家里出来,好像是很担心地说道:

"天主在上,我觉得他是个异端,不然的话,让我死去。他侮辱了方济各会行乞的好教士和本笃会的修士,这些人等于教会的两半球,遵循着日晷指针的周转,好像是天造地设的两个对称的力量,维持着罗马教会整个机构的平衡。在感觉发生错乱或者受到异端压力时,就围绕罗马教会这一庞大机构做同心转动。但是,见他个鬼!那些戴尖帽的和小教会的穷鬼什么地方得罪他了,他们是因为守斋时吃太多鱼而被恶语中伤的,还不够苦的么,还不够受的么?他们浑身上下都散发着痛苦的气息。噢,约翰修士,你觉得拉米那格罗比斯能上天堂吗?天主在上,他一定是跟一条毒蛇似的,判定由三万筐魔鬼去惩罚他!污蔑教会善良英勇的支柱,这还了得!你把这个称作'诗人的激情'么?我可不喜欢,我看这是卑鄙的罪恶,是对宗教的亵渎。我表示非常的震惊。"

约翰修士说道:"这个我倒一点儿都不在乎。这些人见到人就骂,倘若别人也骂他们,我也一点儿都不感兴趣。现在还是研究一下他写的东西吧。"

巴汝奇仔仔细细地念诵了老人的诗句。念过之后说道：

"老酒鬼是胡说八道。但是，我原谅他，反正他已经活不了多久。咱们给他做墓碑去吧！听了他的话，我还是像以前一样聪明。爱比斯德蒙，我的小乖，我问你一句话，你不觉得这老头子是有成见的么？天主在上，我看他是个精灵鬼怪、钻牛犄角、妄自尊大的诡辩家。我敢打赌他是个马拉诺人。被迫改信天主教而暗地信奉原来宗教的犹太人。就所有的圣灵发誓，他说话可真小心谨慎，似是而非，出尔反尔，怎么说肯定会有一半是说对的。他可真是个油嘴滑舌的骗子！布莱基尔的圣埃古在上，肯定还能找到像他一类的人。"

爱比斯德蒙说道："伟大的预言家提瑞西阿斯[①]每次在预言之前，总要跟听他说话的人交代一下：我说的话可能会应验，也可能不会应验。这是明智的预言家惯用的技巧。"

巴汝奇说道："但是，朱诺还是将他的眼睛挖出来了。"

爱比斯德蒙说道："不错，虽然他对于朱庇特的疑问，说得比朱诺好。"巴汝奇说道："拉米那格罗比斯大师，让他失去理智，他为什么要无缘无故地怒斥那些可怜的多明我会、圣方济各会的乞讨修士呢？我非常生气。我告诉你，我沉默不下去了。他的罪过不轻，他的灵魂肯定要到三万筐魔鬼那儿去。"

爱比斯德蒙说道："我不明白你竟然曲解老诗人说的黑色、黄色等怪物，谬误地理解成乞讨修士。按我的体会，他绝没有意思去做诡辩的、任性的比喻。他说的应该是虱子、臭虫、跳蚤、苍蝇、蚊虫和其他类似的害虫，它们有的是黑的，有的是黄的，有的是灰的，还有的是栗色和古铜色的，它们不但让生病的人讨厌、厌烦，对他们有害，并且对健康无病的人也是如此。他也可能说的是他肠子中的蛔虫、钩虫、蛲虫。或许是（这在埃及和红海附近是常有的，不足为奇）他的胳膊上或腿上被阿拉伯人叫作'麦地那虫'的一种带刺的蜥蜴蜇了一下。你这样扭曲老诗人的话，对他来说是一种侮辱和曲解，再把这些话套在修士身上，也是对他们大不敬。"

巴汝奇说道："你应该告诉我如何辨别浮在牛奶上的苍蝇！天主在上，他的确是个异端。我肯定他是个正式的、根深蒂固的、长满疥癣的异端。让他的灵魂到三万筐魔鬼那里去。你知道是哪里么？告诉你，朋友，不偏不倚，正在普罗赛比娜那个穿洞的座位下边，盛接她大肠中排出来的大便用的脏盆子中，那就是地狱的火锅，在煮人锅的左边，离路西菲尔的爪子只有三尺远，路西菲尔会一把将他拖进蛇发女怪戈耳戈的黑洞里，哈！这个恶棍的下场就是这样！"

① 提瑞西阿斯：底比斯预言家，市民奉之若神。

第二十三章　巴汝奇是如何陈述理由再访拉米那格罗比斯

巴汝奇不停口地说道:"咱们回去吧,去把得救的道理给他讲一讲。看在天主的份儿上,用真神的名义,咱们回去吧。这将是一件好事。因为倘若他保不住肉身和生命,最起码还可以救住灵魂。我们让他认识自己的罪过,向不在的和在的老神父求得饶恕,而且要盖印,我们做一个手续,让他死了之后,他们不至于像小鬼头对待奥尔良市长夫人那样宣告他是异端。当然,他还要补偿他们所受的冤屈。我要让省内所有修院的教士们做布施、做弥撒、做追思礼节、做周年礼仪。等到老头子死的那一天,全体教士增发五倍津贴,让他们的大酒瓶装满美酒,在坐满既有化募的丑恶的寄生虫,又有司铎和神职人员;既有初修的小教士,又有发过愿的老修士的一排排饭桌上传来传去。这样才能够让天主原谅他。"

"哎呀,我搞错了。我真是在欺骗自己,一错再错,让魔鬼把我捉走!天主在上,他屋里已经全都是鬼了!我听到它们在那里打架、在抢夺拉米那格罗比斯的灵魂,都想能第一个把灵魂衔在嘴中,回去送给路西菲尔大人。我们走开吧!我不去了。我要是去,就让魔鬼捉走我。谁知道它们会不会不捉拉米那格罗比斯,反而将可怜的巴汝奇拿去抵账呢?我从前负债破产的时候,它们就经常搞错,还好都不能得逞。你们走开吧!我不去了。天主在上,我真的就快吓死了,和一群饿鬼待在一块儿,和一群乱鬼待在一起,和一群为非作歹的鬼待在一块儿!你们走开吧!我敢打赌他出殡的时候,没有任何修士敢去帮忙的,多明我会、圣方济各会、加尔默罗会、嘉布遣小兄弟会和圣佛朗西斯·德·保罗的修士都不会露面。这些人才聪明呢!老人遗嘱中什么都没有给他们留下。我可是不去。我要是去,让魔鬼捉走我!他下地狱,那叫活该!为什么侮辱教会的教士呢?为什么在最需要他们的帮助、他们虔诚的诵经、他们神圣训诫的时候,赶走他们呢?为什么他在遗嘱中不给他们留点津贴,不给他们留点吃饱、穿暖的东西,这些世界上的可怜虫就是他们在这个世界上的唯一财产。谁愿意去让谁去吧!我要是去,就让魔鬼捉走我!我要是去,魔鬼肯定会把我捉走。让他倒大霉去!我们走开吧!"

"约翰修士,你愿意立刻就有三万筐魔鬼把你捉走么?你需要办三件事:第一,把你的钱袋先交给我,因为钱币上的十字架和算卦问卜完全是背道而驰的,会像不久前,让·多丹所发生的事会在你身上重演。那时,多丹是古德莱城堡的看守,他想渡过韦德渡口,但桥已被士兵炸毁了,这位老兄碰上了米拉波修道院一位真正严守会规的圣方济各修士亚当·库斯科伊。他应允修士要是能把他驮在肩膀上渡过河去，就给他一套新衣服。因为他长得身材高大，这个代价是值得的。两人讲好之后，库斯科伊就把裤子卷到大腿根上，把苦苦哀求的多丹背起来，就像小克里斯托夫驮耶稣过河、埃涅阿斯将其父安喀塞斯负于肩，逃离大火焚烧的特洛伊城一样，他们还一路高唱着'万福，圣母马利亚！'两个人走到渡口最深的地方，也就是水没过去不远的地方，他问多丹身上有没有带钱，多丹说他满满一袋都是钱，他许下的新衣服绝对不会赖掉。库斯科伊修士说道：'怎么，你身上有钱！你明明知道我们的会规严禁身上带着钱，你这是故意让我犯罪，你真该死！你为什么不把钱袋留给开磨坊的呢？我让你马上遭到报应。我要是把你带到米尔波修院去，我会让你从头到尾听一遍米泽里厄里诗篇。'他随后便把多丹扔进水里。"

"约翰修士，我的好朋友，你看看这个榜样，为了让魔鬼舒舒服服地将你带走，还是先将钱袋交给我好，身上千万别带钱。太危险了。身上有钱，有那种带十字的东西，它们就会像老鹰在岩石上摔碎乌龟壳那样把你从山上摔下去，诗人埃斯库罗斯的秃头就是个例子①。你会受伤的，我的朋友。那我就太难过了。或者，也可能把你丢到你也不知道是哪里的大海里，远得很，像伊卡路斯一样，那么，那儿的海就要取名安脱摩尔海了（约翰修士的姓了）。"

"第二，这样你就没有了债务。因为魔鬼非常喜欢没有债务的人，我自已有亲身经历。这些家伙不断地在追求我、巴结我，这在我过去面黄肌瘦、满身是债的时候是没有的。一个负债人的灵魂瘦弱不堪，这不是魔鬼要吃的肉。"

"第三，就凭你这身衣服，这顶猫皮帽子，回到拉米那格罗比斯那儿去，要是三万筐魔鬼不立即把你捉走，我情愿在火炉边上请你喝酒。倘若你想靠得住一点儿，有个人做伴的话，那可不要找我，我先提醒你。你们走开吧，我可不去。我要是去，魔鬼就会把我捉走！"

约翰修士说道："只要我像人家所说的，一剑在手，我就什么都不害怕。"

巴汝奇说道："你说的一点儿没错，这确确实实像是一位诡秘的傻博士说的。我在托尔多读书的时候，那里是魔法称王称霸，鬼学院院长、那位可敬的鬼神父皮卡特里斯就常常跟我们说，魔鬼天生地害怕刀光剑影，跟害怕太阳的光亮一样。所以，海格立斯到地狱中去的时候，他并没有真正把他们吓跑，因为他身上所披的狮子皮，手里只拿一根长棍，远远赶不上后来伊尼斯受到女卜者古玛娜的指示，穿着鲜明的铠甲，带着明晃晃亮堂堂的宝刀去的时候让魔鬼害怕。约翰？雅各、特里沃兹王爷在沙尔特临终时让人搬出宝剑来放到他的手中，在床的周围摆满枪刀剑戟，他想把在死亡路上等待他的魔鬼赶跑。有人问那些学习犹太教神秘哲学的博士，为什么魔鬼不能进天堂，他们没有说出其他的理由，只是说因为门口站着一个天

① 鹰把埃斯库罗没有头发的头顶错当岩石，把它要摔死的乌龟扔在诗人头上，把诗人砸死。

使,手中拿着明晃耀眼的宝剑。根据托勒多的鬼学,我承认魔鬼是用剑杀不死的,但是按照同一地方的鬼学,我却认为可能跟用刀砍过一团烈火和一团浓密的烟雾一样,因此他们遇到这样被暂时砍断,肯定疼痛难忍。因此,它们一有这种感觉,就鬼哭神嚎。”

“当你看到两支军队冲锋时,你觉得那种惊天动地的冲杀声是人发出来的吗?是甲胄的碰撞么?是马铠的晃动么?是斧锤的砍击么?是长矛的刺杀么?是枪支的冲刺么?是受伤者的呼喊么?是鼓号的声音么?是马嘶的声音么?是火枪和大炮的轰炸么?我必须承认,认真说起来都有一点儿。但是最大的、也就是主要的声音,还是魔鬼的呼号。它们成堆地待在那儿等着受伤者的灵魂,无意间自己也会吃上几刀,于是它们那种无形的、在空中飘荡的本质,就会发出痛哭声。这好像厨房的小厮在啃叉子上的肥肉时,被大师傅一棍子打在手指上一样,他们也会像魔鬼似的号叫,就像战神在特洛亚战争中被狄俄墨得斯打伤时一样,荷马曾说,那尖叫的声,比一万人一块儿发出的声音还要高、还要可怕。”

“怎么?我们只顾得说明亮的铠甲、耀眼的刀剑了。你那个武器可并非如此。这是因为没机会给它用武之地,因为不用,你的剑比废弃不用的储藏间的锁还要生锈。但是,两件事总要办一件,或者将锈磨掉,磨得亮亮的;或者仍然让它锈,但是记住不要回到拉米那格罗比斯那里去。我呢,不管怎样也不去。我要是去,让魔鬼捉走我!”

第二十四章　巴汝奇是如何向爱比斯德蒙请教

他们离开维洛迈尔,回到庞大固埃那里,路上巴汝奇跟爱比斯德蒙说道:

“伙计,老朋友,你看得出来,我是多么的为难,你是个有办法的人!难道就不能帮助帮助我,救救我?”爱比斯德蒙对他说,现在大家都在嘲笑他那身衣服,劝他赶紧吃点儿黎芦根草药泻一泻身上的晦气,重新穿起平时穿的衣裳。

巴汝奇说道:“爱比斯德蒙,我的老伙计,我特别想结婚,但是我害怕当乌龟,担心结婚后不幸福。因此我向小圣方济各发了誓(小圣方济各就是在普莱西都尔深受热诚女信徒欢迎的圣人。因为他是“好男人会”的创立人,当然会受到女人的爱戴)。只要我脑筋里有这件难事,没有拿定明确的主意,我就一直把眼镜戴在帽子上,并且还不穿裤裆。”

爱比斯德蒙说道:“这个誓发得太有意思了。我真奇怪你为什么不把自己改变过来,把这些错误的看法排除出去,恢复原来的神态自若的你。你这样说话,让我想起长头发阿尔戈斯人来。他们因为塞瑞亚一战被斯巴达人打败以后,曾发誓不报仇雪恨收回国土,就决不让头上长头发。还有那个有趣的西班牙人迈克尔多里斯,他曾经发誓如果没同英国骑士决斗,绝不把腿上那片碎护甲拿下来。”

“我不知道到底哪一个更配戴这顶绿黄相间、带兔子耳朵的帽子,是这位光荣的西班牙挑战者呢,还是这位全然不顾卢奇安对历史记事的教诲,只会写流水账、拖沓冗长历史事件的史学家昂格朗。因为,读到这本冗长的作品,你会认为这肯定是什么重要战役的开始,或者是改朝换代的记录。但是到了最后,你只会对这个可怜的、幼稚的西班牙人和最后同他挑战的英国人嗤之以鼻,这位史学家真是荒唐无聊透顶。就像贺拉斯笔下描写的那座山,跟女人养孩子一样。周围的人听到哼唉的叫喊声,都跑了来,以为肯定会产生什么惊人伟大的杰作,但是到末了,却只生出一只小老鼠。”

巴汝奇说道:“我觉得这没有什么好笑。嘲笑人的人,自己就该被嘲笑。我还是按照我发的誓办事。你我是老朋友了,我们曾经以朱庇特·菲里奥斯的名义结拜的朋友。请把你的想法告诉我,我到底该不该结婚?”

爱比斯德蒙说道:“这个问题,无疑很难回答,我自己感觉到解决不了。朗高[①]的希波克拉底,曾经说过医学治疗是个难于解决的问题,如果这句话说得对,拿到你这个问题上,就更正确了。我脑子里倒是想到了几个办法,或许能够解决你的难题,但我自己并不以为满意。柏拉图派的哲学家都说,谁能够看到自己的灵魂,就能够知道自己的命运。这些学说,我不太懂,我也不鼓励你去照着办,这恐怕全是些骗人的东西。但是我曾在伊斯坦古尔,看见过一位学问精深的绅士身上所发生的事,证明了我的想法。这是我想说的第一点。”

“第二是,倘若下列的神灵还宣告神谕,像如埃及的朱庇特,赫利孔山上的阿波罗,或在得尔福、得洛斯、希拉、帕塔拉和波伊塔、拉丁姆、利西亚和克洛芬的阿波罗,或是叙利亚安条克附近,布朗奇特伊之间,卡斯坦利亚泉边的阿波罗,还有多多娜的阿波罗、佩特雷附近法拉的墨丘利神、埃及埃皮斯的神谕、卡诺普斯的塞拉皮斯、美拉利亚、提沃利阿布尼

安泉边的农林神福纳斯、奥孔美努斯的提瑞西阿斯、西西里亚的摩普苏斯、勒斯包斯的奥菲士、爱奥尼亚海上勒卡狄亚的特洛佛尼乌斯,我同意(或许不同意)去看看他们对于你的问题看法是怎样的。但是,你知道自从救世主降世以来,这些神灵都跟鱼一样不会说话了,什么显圣、预言,都没有了,跟太阳的光亮消灭所有的妖、魔、鬼、怪、邪门、歪道一般。即便他们还显灵,我也不轻易地劝你相信他们,因为被骗的人太多了。”

---

① 朗高:即科斯,希波克拉底的出生地。

“除此之外，我还记得阿格丽娜谴责漂亮的洛丽塔向阿波罗·克劳卢斯祈祷问卜，想知道她会不会嫁给克劳狄国王。因为这件事，她先被放逐，之后又被残忍地处死。”

巴汝奇说道：“我们来他一个更好的办法。幸好奥吉吉群岛离圣玛洛港不远，我们禀告国王一声去一趟好了。据说四岛之中最西面的一个，我在古代一些好心的作家的作品里也读到过，上边住有不少预言家、占卜者和先知。农神萨杜恩也在那儿，被结实的金索链拴在一块金的岩石上，每天都不知是什么鸟（或许就是给第一个隐修士圣保罗送食物的那些乌鸦），从天上给他送仙食玉露养活他。任何人愿意知道自己的未来命运和前途，农神都能够明白指示。因为命运之神不管纺织什么，朱庇特不管想什么或者打算要做什么，这位慈善的父亲没有不知道的，即便他睡着了也会知道。如果他能对我这难题给予指点，那我们就会省去很多麻烦。”

爱比斯德蒙说道：“显然就是骗人的，都是瞎说。我不去。”

第二十五章　巴汝奇是如何向赫尔·特里巴老爷请教

爱比斯德蒙继续说道：“但是，倘若你相信我，我可以告诉你，在回到我们国王的国土之前，还可以试一个地方。就在这儿，离开布沙尔岛不远，有一位特里巴老爷。你知道他是如何用占星学、土卜学、手相术、相面术和其他类似的法术来预言未来的。我们拿你这件事也去问问他，好不好？”

巴汝奇回答道：“我说不上来。但是我知道一件事，有一天他跟伟大的国王谈论天文地理，宫里的侍者却在门后边、楼梯角里，调戏他的老婆，因为她长得确实不错。倘若特里巴天上地下无所不知，过去未来无所不晓，所有的事都能够预先看到，那么为什么却看不到自己的老婆被人调戏，他自己也不能预见呢？但是，既然你愿意，我们去看看他也好。多问一个人总是没有坏处的。”

第二天，他们来到特里巴老爷的家里。巴汝奇送给他一件狼皮长袍、一把镀金的宝剑、丝绒剑鞘，外加还有五十块崭新的金币，然后亲切地将自己的事跟他述说了一遍。

特里巴老爷立即注视着他的脸，说道：

“你的印堂和相貌，都像一只乌龟，而且是个十足的、令人吃惊的乌龟。”

然后，又仔细看了巴汝奇的右手，说道：

“朱庇特丘①有根断纹，只有乌龟才有这条虚纹。”

随后，又拿起笔来，快速地画出好几个圆圈，按照占卜学的程式把它们连接起来，说道：

“现在毫无疑问，你一结婚，就得做乌龟。”

说完以后，他问巴汝奇的生辰年月，巴汝奇告诉给他听了，他马上画出他的全部天宫图把所有的星座对号入座，并研究了摆在他面前的这幅天宫图。然后，深深地叹了口气，说道：

“我已经说过你要做乌龟，逃都逃不掉的，我这儿又有了新的证据，能够肯定你一定得做乌龟不可。除此之外，你的妻子还会打你，偷你。因为你天宫图内的第七宫②形势不好，全都是角，就像白羊宫、金牛宫、摩羯宫，等等。第四宫③里的朱庇特萎靡不振，和农神萨杜恩和墨丘利正好围成了四角形。你将来肯定会吃足苦头的，我的朋友。”

巴汝奇说道：“我会吗？你这个老不死的傻瓜，你这个令人作呕的白痴！等到天底下的乌龟游行的时候，带头的就是你。奇怪的是，我这两个手指头中间怎么长了块癣呢？”

他一面说，一面向特里巴老爷伸出那两个手指头，握起另外的三个，对准特里巴老爷，样子完全像两个犄角。他对爱比斯德蒙说道：“你看，活像马尔西亚尔的奥留斯。他只顾得观察、研究别人的灾难跟痛苦，自己的老婆搭客都不管不顾。他自己都比不上伊鲁斯，但是还神气活现，盛气凌人，比十七个魔鬼还要让人难受。一句话，恰好是古人对那些不值一文的贱骨头很合适的称呼：神奇的叫花子。走吧，不要再理这个穷疯子了，应该将他捆起来，让他和他自己的魔鬼去胡说八道去。我才不信鬼会和这种恶棍打交道呢。他连哲学的第一句话‘要认识你自己’都不懂，看到别人眼中的一点儿草渣，就觉得很了不起，挡着自己两只眼睛的一根粗棍子却都看不到。这是普鲁塔克所描写的一个‘专管闲事’的人。真是拉米亚再世，在别人家里、在公共场合、和大家在一起，比猫的眼睛还尖，一到自己家里，就比鼹鼠都不如，什么都看不见，因为从外面回到家里，就从头上把活动的眼睛像眼镜似的摘下来，藏到门后边挂的一只木鞋里了。”

这时候，特里巴老爷拿起来一个欧石楠枝。

爱比斯德蒙说道：“拿得对，尼坎德尔称这种树是预言树。”

特里巴老爷说道：“你要不要看得更清楚一些？我可以用火视法、用亚里斯托芬在《云雾》里歌颂的风视法、用水视法、用从前在亚述特别有名、又经过赫尔摩劳斯、巴尔巴鲁斯实验过的映水法做给你看。用一盆清水，我就能够让你看到你未来

---

① 朱庇特丘：食指下面高起的一块肌肉。

② 即“婚姻宫”。

③ 即“家族宫”。

的妻子跟两个男人睡觉。”

巴汝奇说:“向我肛门里看的时候,你可不要忘记摘眼镜。”

特里巴老爷继续说:“还有镜照法,罗马皇帝狄都斯·尤利安就曾经用它看见过未来。不需要用眼镜,就能从镜中看到你未来的老婆正同别人干起来,这同你在佩德雷附近密涅瓦庙堂旁边的水泉看到的一样清晰。或者你用筛网法,古时罗马人对它特别的尊重,只用一个筛子和一把钳子,就能够看到鬼。麦粉法,这是忒奥克里托斯在他的《药理学》一书讨论过,或面粉视法,将麦粉用玉米粉混合起来。还有豆视法,我这儿有现成的设备。还有奶酪洞视法,我有一块很好的泊莱蒙奶酪可以派上用场。还有转圈法,你一圈一圈转着,我现在就可以告诉你,你最后会落在左边。还有胸视法,实话跟你说,你的胸部发育得很不匀称。香视法,只需要焚一点香就行。腹视法,菲拉拉的腹语家雅各巴·罗多琴娜夫人用过很久。驴头法,德国人常常使用,是在烧得很旺的煤火上烤一只驴头。熔蜡法,让熔化的蜡滴在水中,你可以看到你妻子和她那些情人的样子。烟视法,在煤火炉中放上罂粟籽和芝麻,好看极了!斧视法,只用准备一把斧子和一块黑石,放到火里就行,荷马对于贝内洛波的求爱者用的就是这个法。油视法,有油有蜡就行。云视法,你能够在云雾中看见你妻子美丽的样子。叶视法,我这里有特备的鼠尾草。无花果法,真的是太灵了!无花果的叶子真的是太妙了!鱼视法,提瑞西阿斯和波丽达马斯就试验过这种方法,在狄安娜深深的神洞里,在阿波罗的圣林里,在利西亚的土地上都使用过。猪视法,我们可以弄到许多猪,把尿脬送给你。书内算卦法,这和主显节前夕蛋糕里的豆子同样明显易见。或者我们可以掐死一些婴儿,看看他们的内脏来占卜。罗马皇帝黑利阿加巴卢斯曾用过此法,这并不是一种最好的办法,但对你也适用,反正你命中注定要做乌龟的。还有请女卜者算卦,还有提名法,你叫什么名字?”

巴汝奇说道:“吃你的屎去吧!”

“另外还有公鸡法,我画一个特别圆的圆圈,在你的注视和监督下,我将它分成二十四格,全部同样大,每一格中画一个字母,每一个字母上放一个麦粒,然后放进去一只从未交配过的大雄鸡,我可以保证,你肯定会看到,它把C、U、C、K、O、L、D、几个字母上的麦粒吃掉,像瓦林斯皇帝急切地想知道继位者是谁的时候,那只神奇灵验的雄鸡吃掉T、H、E、O、D.字母上的麦粒,这些字母,继位的皇帝就是狄奥多西。”

“我们还可以用祭祀用的牲口来占卜,你感兴趣吗?可以观察内脏占卜,还可以用飞鸟占卜法,预言鸟的叫声也可以,或者用神鸡嘴里落下的谷粒占卜。”

巴汝奇说道:“还有粪便法。”

“我们还可以用尸体占卜,我会让刚为你死去的人复活,就像阿波罗尼乌斯为阿喀琉斯,或是那女巫为扫罗而死一样,那复活的死人能把一切都告示我们。埃里克多也是让一个死人复活,告诉庞贝法萨丽亚一战的吉凶。如果你怕死人,因为乌龟本来就是这样,那我只用灵魂投影法就好了。"

巴汝奇说道:"见你的鬼去吧,老疯子!倘若你戴的是尖帽子,就去找阿尔巴尼亚人去干你。你为什么不劝我舌头底下放一块翡翠或者一块狼石呢?为什么不让我长上京燕的舌头、青蛙的心脏呢?或者吃龙的心肝,从仙鹤和飞鸟的鸣叫声中,像古时的阿拉伯或美索不达米亚的人那样,来了解我的命运呢?让三十个魔鬼捉走你!乌龟王八、长犄角的、你这马拉诺人,鬼妖道、反基督的魔巫!"

"我们回到国王那儿去吧。倘若使他知道我们到这个穿裙子的鬼东西的家中来过,他肯定会不高兴的。我真后悔到这儿来,之前在我裤裆里吹气的家伙,倘若现在能用它的唾沫去抿抿这个老东西的胡子,我甘愿出他一百块金币和十四块劣币。灵验的天主啊!请出在我裤裆里吹气的神灵,让它用它的唾液吐到这老家伙的胡子上。他妖术魔道可把我腻味透了!让魔鬼把他捉走!念声阿门,咱们喝酒去。至少两天,不,或许四天,我会吃不下东西去。"

第二十六章 巴汝奇是如何向约翰·戴·安脱摩尔修士请教婚姻大事

特里巴的一番话把巴汝奇气坏了,他们走过了伊姆镇时,巴汝奇才结结巴巴地搔着左边的耳朵对着约翰修士说道:

"亲爱的,让我欢喜一下吧。这个老疯子的话把我的头都气晕了。我告诉你,我的小家伙,

我的乖家伙,

有名的家伙,

长瓜的家伙,

像火枪一样的家伙,有后劲的家伙,约翰修士,我的朋友,我十分尊敬你,我十分器重你,我请你把你的意见告诉我。我究竟该不该结婚?"

约翰修士和颜悦色地回答道:

"结婚吧,看在魔鬼的份儿上,结婚吧,让你的睾丸好好地去舞动一番。"

"我认为,并且主张,越早越好。今天贴上结婚公告,晚上就让她和你同床共枕。就让教堂的喜钟和你睡觉的床铺一块儿发出声音。天主的德行,你还要等到什么时候呢?难道你不知道世界的末日即将要到了么?今天比前天就又近了两'竿'子和半寸呢。人家跟我说,反对基督的人已经出世了。当然现在他还仅仅是

抓抓挠挠他的奶妈和保姆,魔鬼尚未把他们积累的宝贵经验全部传授给他,本钱还没有露出来,因为他还太小。活着的人,日益增多、繁衍。(这是经上的话,经本上有),只要一袋麦子仅仅值三分钱,一桶酒仅仅卖六个金币就行。难道你打算最后审判时,你被抓住,卵壳还装得满满的么?"

巴汝奇说道:"约翰修士,你的头脑清楚、明白,冷静的家伙,你说话真清楚。你那玩意儿有主教,或红衣教主的那么大。勒安得耳为了去看望在欧洲塞斯多特的情人海洛,要从亚洲的阿比多斯穿越达达尼尔海峡,他祈求尼普顿以及所有的海神:

'只要保佑平安到达,
回来溺毙我都不怕。'"

"他就是不愿意死时卵壳中还是满满的。我提议今后在萨尔米贡丹全区,处死任何犯人时,都要在一两天之前,让他尽量享受性的生活,一直到精囊中剩的东西连希腊字母 Y 都画不出来为止。这样珍贵的东西可不能够随随便便就浪费啊!要是能生一个男孩,然后再去死,也总算一个抵一个死而无憾了。"

第二十七章　约翰修士给巴汝奇出的好主意

约翰修士说道:"巴汝奇,我的好友,圣里高美在上,要是我是你的话,我绝不劝你做你所不愿意做的事。你可要注意,不要停止,要一直干下去。倘若你一间断,可怜的人,那你就完蛋了,跟那些奶娘一样,她们只要中断给小孩喂奶,奶就没有了。所以你的家伙也不能停止活动,不然的话它也会断奶,只剩下个排尿的工具,卵泡都只成了个空袋子。我先提醒你,朋友,我之前看到过不少例子,男人想干的时候却力不从心,只因为他们有能力的时候却没有用。大学士说得好,不用则废。因此,我的孩子,你要保持裤子里的小小民族永远辛劳地耕作。千万不要让他们像贵族老爷那样靠养老金过活,什么事都不做。"

巴汝奇说道:"约翰修士,你真像我左边的睾丸。我完全相信你的话。你真爽气。既不拐弯抹角,又不拖泥带水,你把我的顾虑都一扫而光。愿上天永远保佑你这样爽直、这样干脆!我决定按照你的话去结婚。这准没错的,你以后去看我时,都会看到美丽的侍女,我会让你保佑她们的姐妹情谊,这是我布道的第一部分。"

约翰修士说道:“你听听瓦莱纳钟声的宣告,它宣告什么?”

巴汝奇说道:“我听到了,凭我的酒瘾说话,钟的声音比多多那朱庇特的神锅灵验得多。你听:‘快结婚,快结婚,结婚,结婚。结婚,结婚,结婚会带来福分,不骗人,不骗人。快结婚,快结婚。’我对你保证,一定结婚,一定得结不可。一言既出,驷马难追。”

“还有第二部分,你好像疑心,甚至于疑虑我能不能做父亲,就好像花园里英勇的神灵不太保佑我似的。仿佛那阳刚的男性生殖力之神普里阿普斯并不真正青睐我。我请你做做好事,相信我完全控制了它,让它干什么它就干什么,它对我没有不俯首帖耳、唯命是从的。只用松开绳索,我是说的裤带,让它看到就近的猎物,喊一声:‘来!伙计!’就可以了。即便我未来的太太和梅萨利纳或英国温切斯特的侯爵夫人一样喜爱床笫之事,我请你相信,我同样可以让她称心如意,美不胜收。”

“我没有忘记所罗门的权威言论,也没忘记继他之后,亚里士多德所说的话‘女人的那个东西是永远不会满足的。我要让人知道,我那东西是铁铸的,也是永远不知疲倦的。你不用拿过去搞女人有名的人来跟我相比,海格立斯也好,普罗克利斯也好,凯撒也罢,还有那个在《古兰经》内吹嘘他的家伙抵得上六十个船工的穆罕默德也好,那个荒唐鬼是在吹。你也不用提泰奥弗拉斯特斯、普林尼和阿忒涅乌斯一再称颂的那个印度人,说他靠着一种草药,一日之间就能够干七十多次。我绝不相信。这个数字就是胡说八道,请你也不要相信它。我只请你相信我的东西,我这根硬家伙无须任何援助,自然而然的那个东西才是这个世界上首屈一指的。”

“我还要告诉你一件事,小家伙,你有没有看过卡斯特罗的修士会衣?只要把它带到一家人家,不论是摆在明处,还是藏到暗处,立即就会产生惊人的效果,所有住在那里的人类和畜生,不论男的和女的,甚至于老鼠和猫,都会马上发起情来。我向你起誓,我觉得我的裤裆比这个更神奇。”

“我现在既不谈高楼,也不谈茅屋,既不谈教堂,也不谈市场,我只是谈一谈圣玛克桑演出的《耶稣受难》。那一天,我一进戏场,裤裆里那隐蔽的超强力量顿时征服了在场的每一个人,包括演员和观众,都受到不可抑制的感染力,不管是天使、是凡人、是男鬼、还是女鬼,都立即感到一种想发泄的冲动。制作人也丢开了剧本,演圣米歇尔的演员从天梯飞下来,魔鬼从地狱中钻出来,把所有可怜的女人都拽进去。甚至连路西菲尔都挣脱了锁链。总之,看见那里乱成一片。我学着执政官加图的样子,赶紧从那儿跑出来,加图在‘文学花会’上一看到自己所引起的骚动,便立马转身溜走了。”

第二十八章　巴汝奇疑心会做乌龟，约翰修士是如何安慰他

约翰修士说道："我明白你的意思了。但是，时间会把所有都冲淡的。大理石也好，花岗岩也罢，没有不衰老和不被侵蚀的东西。倘若你现在还不老，几年以后，就会听你抱怨你那小东西就像其他许多男人那样耷拉下去了，因为袋子中没有东西了。我已经看到你头上的白头发了。胡子也是有灰的、有白的、有黄的，还有黑的，看起来倒像一幅世界地图，各种颜色都有。你看，这里是小亚细亚，这是底格里斯河和幼发拉底河。那儿是非洲，这儿是月亮上的山。你看到尼罗河的沼泽么？那边是欧罗巴洲。你看到特乐美没有？这一堆白色的东西就是北极山。我的朋友，就着我的嗜酒如命发誓，山上有白雪，我指的是头顶和下巴，你裤裆里的那块谷地就不会有多少热气了！"

巴汝奇说道："愿你的脚生疮！你一点儿也不懂逻辑，山上覆盖白雪，正说明雪、风、雨、霹雳及所有的魔鬼都到盆地里去了。你要不要实地看看去，到瑞士去看封德巴利赫湖①去，离开伯尔尼四法里远，在往西翁的路上。你只知道责怪我头发白，你不看看它完全是韭菜的长法，上白下青，又直又硬。"

"当然，我不否认我也有老相，但是是老来青。你千万不要跟别人去说，这是咱俩之间的秘密。我认为我的酒只有比过去更好，滋味更醇。虽说正午已过了，夕阳西下已近黄昏。但是，我还是跟以前一样精力充沛，也许还更有劲。不过，我的好伙计，亲近的朋友，对着魔鬼说话，我都不怕。这也不是困扰我的问题，即使去见魔鬼我也得去。长期在外，我老婆就会趁我不在跟上别人，我就成了乌龟，不管我找谁商量过这个问题，大家都提醒我这是命中注定的。"

约翰修士说道："并不是谁想做乌龟，就都能够做的。你要是是乌龟，也就是说你太太长得美，还要对你好，你有很多朋友，你将来一定会进天堂，这是我这个修士的逻辑。如果你是乌龟，你的身份也随之提高，我的罪人。这对你更有益，你会活得最自在，什么也不缺，还会越来越富裕。巴汝奇，我的朋友，既然是注定要如此，为什么要竭力反抗呢？告诉我，差劲的家伙，长霉的家伙……"

"腐烂的家伙！"

"长疳的家伙！"

---

① "封德巴利赫"意思是"美妙的"，瑞士无此湖名，可能指顿湖。

“……”

“见鬼的家伙,巴汝奇,我的朋友,既然命运之神已经决定让你当乌龟,你为什么还想让所有的星辰都倒退着走呢?你为什么要改变天体的秩序呢?你难道想弄钝纺锤的尖儿,叫骂纺锤的滚石?诽谤纺锤的线轴?诬蔑线管,恶语中伤那些丝线,把命运女神所编织的东西拆掉吗?你这头脑发疯的家伙!你比巨人还不如,看着我,你这个没用的家伙,你愿意不知不觉地当上乌龟,还是无缘无故地争风吃醋!”

巴汝奇回答道:“两样我都不要。但是,我一旦知道了,我一定得做出个所以然来,不然,宁可打到世界上不留一根棍子为止。老实说,约翰修士,我看最好还是不结婚。我们走得离钟更近了,你听它现在怎么敲:‘不能结婚,不能结婚,不能,不能,不能,不能——结婚(不能结婚,不能结婚,不能,不能,不能,不能),一定会悔恨,悔恨,悔恨,一定会做乌龟。’天主在上,我真的恼怒了。你们这些穿会衣的人,就想不出一点儿办法了么?自然这样地剥削人类,一个人结了婚就一辈子都不能摆脱做乌龟的危险,不能不做乌龟么?”

约翰修士说道:“我可以教给你一个法子,让你太太无法背着你,或者没不经你的同意就让你当了乌龟。”“那么赶快,好朋友,你那东西如天鹅绒一般赶快告诉我。”巴汝奇来不及地问。

约翰修士说道:“那就是戴上美林达国王的御用首饰官汉斯·卡尔文的戒指。”

“汉斯·卡尔文人很能干、精巧、细心、正直、公道、有主意、心眼好、讲仁爱、愿意帮忙、深明道理、精神乐观、和蔼可亲、不固执己见,除此之外肚子还大大的,脑袋摇摇晃晃,从来不拘拘束束。上了年纪后,他娶了执政官贡科达的女儿做妻子,这位太太年轻、貌美、伶俐、可爱、殷勤、和善,就是对邻人和自己的用人有点太好。几个星期一过,老头子醋劲大发,疑心太太另有所爱。为了防患于未然,他给她说了许多因为通奸招致厄运的凄美故事,朗诵《烈女传》给她听,讲解贞洁的道理,还特别为她编写了一本歌颂夫妇忠实的大作品,强烈谴责失贞的邪恶,严格谴责婚后的妇女的不贞的行为,另外还送给她一条镶满东方宝石的项链。尽管如此,他发现他太太依然毫不在乎,并且和邻人表示很要好,老头子的醋意就越来越大。”

“有一天夜里,跟太太睡在床上,他忧虑得太厉害了,感觉自己仿佛在跟鬼说话,并把心事都告诉了鬼。那个鬼一面安慰他,一面在中指上给他套上一只戒指,说道:“我送你这枚戒指,只要你戴在手上,你太太就不会背叛你,或不经你的同意,去跟别人要好。”

“汉斯·卡尔文说道:‘鬼爷爷,谢谢你了。我要是摘掉它,就让穆罕默德处罚我。’”

“魔鬼走了。汉斯·卡尔文高兴得不得了,醒来之后,发觉自己的手指插在他太太的那个‘什么’中。我忘了说他太太发觉之后,屁股赶紧往后撤,一边说道:

‘嗳,不要放这个呀。’汉斯·卡尔文呢,却以为别人准备偷他的戒指了。”

“这个办法是万无一失,要是你相信我,就照着这个做吧。千万别让你太太的戒指离开你的手。”

他们一路上的话就到此处为止了。

第二十九章 庞大固埃为解决巴汝奇的难题,如何召集一位神学家、一位医学家、一位法学家和一位哲学家一起谈论

他们回到皇宫后,将这次出门的情形说给庞大固埃听,并取出拉米那格罗比斯的诗句。庞大固埃反复读过之后,说道:

“我还没有看过比这次更让我满意的答复呢。它主要是讲,在婚姻问题上,应该各人决定各人的思想,各拿各的主意。我一直以来就是这个看法,你第一次跟我谈这个问题时,我就是这样说的,只不过是你不愿意听罢了。我记得很清楚,并且我知道这是自负蒙蔽了你的心窍。现在还有一个办法,就是:人生在世,离不了三样东西:灵魂、肉身和财产。这三样东西,各有各的保护方法,由三种不同样的人来负责。神学家负责灵魂,医学家负责肉身,法学家负责财产。我建议星期天宴请一位神学家、一位医学家和一位法学家到这里。我们将你的难题跟他们一起谈谈。”

巴汝奇接口说:“圣比科在上!我已经看得很清楚了,不会有任何用处的。你看,整个的世界本末倒置,让神学家来管我们的灵魂,他们自己大多数都是异端;让医学家来管我们的肉身,他们自己都是讨厌医学也从来不吃药;把财产托付给法学家,你什么时候看到过他们控诉自己的同行。”庞大固埃说道:“你这话跟卡斯蒂廖内①笔下的侍臣说得差不多。你的第一点我就不赞同,你看那些好心的神学家,他们首要的任务,同时也是唯一的和全部的任务,就是用行动、用言语、用文字,来消除人心里的错误和异端,把基督教的信仰牢牢地植根在人们心中。”

“第二点,我赞同,因为好的医生都是叮嘱让人保健防病,而不需要乱投药去治疗。”

“第三点,我赞同,因为能干的律师为别人打官司已忙都忙不过来了,实在没有工夫管理自己的事。”

---

① 卡斯蒂廖内(1478—1529):意大利外交官、侍臣,著有《侍臣论》,用对话体描述文艺复兴时期理想的贵族和侍臣的礼仪。

“所以,下个星期天,我们请神学家希波撒德斯、医学家隆第比里斯大师、法学家我们的朋友布列德古斯,因为我们还是听从毕达哥拉斯派说的‘四是最完美的数字’,那么,这个四字就是我们忠实的朋友哲学家特鲁洛根,作为哲学家,特鲁洛根的确是最理想的人,因为对所有的难题,他都有个肯定的回答。卡帕林,下个星期天,你负责请这四位学者来吃午饭。”

爱比斯德蒙说道:“我想这是整个国家内最合适的人选了。我认为这不仅仅接触到各人最擅长的学科,他们已经达到无可指责的程度。并且隆第比里斯现在结婚了,已经不是光棍。希波撒德斯从来没结过婚,现在还是光棍。布列德古斯之前结过婚,现在没有女人。特鲁洛根结过婚,现在女人还在。我替卡帕林办点事。布列德古斯,让我去请(要是你同意的话),这是我一个老朋友,我要跟他谈一谈他那位又诚实、又用功,在图卢兹博学多艺的布瓦索内教导下读书的少公子。”

庞大固埃说道:“太好了,随你去办吧。请你考虑一下对于这位少公子的前程和布瓦索内教授的地位,我有没有能够出力的地方,我很喜爱并尊重这位教授,我认为他是法学界最有地位的学者之一。要是可以有出力之处,我一定尽力而为。”

巨人传(下)

Gargantua et Pantagruel

(法)拉伯雷◎著　朱品品◎译

煤炭工业出版社

·北　京·

图书在版编目（CIP）数据

巨人传：全二册/（法）拉伯雷著；朱品品译. --北京：煤炭工业出版社，2018（2022.3 重印）

ISBN 978-7-5020-5698-8

Ⅰ.①巨… Ⅱ.①拉… ②朱… Ⅲ.①长篇小说—法国—中世纪 Ⅳ.①I565.43

中国版本图书馆 CIP 数据核字(2017)第 024998 号

巨人传（全二册）

著　　者　（法）拉伯雷
译　　者　朱品品
责任编辑　刘少辉
封面设计　左小文

出版发行　煤炭工业出版社（北京市朝阳区芍药居 35 号　100029）
电　　话　010-84657898（总编室）
　　　　　010-64018321（发行部）　010-84657880（读者服务部）
电子信箱　cciph612@126.com
网　　址　www.cciph.com.cn
印　　刷　唐山楠萍印务有限公司
经　　销　全国新华书店

开　　本　710mm×1000mm 1/16　印张　34　字数　600 千字
版　　次　2018 年 3 月第 1 版　2022 年 3 月第 2 次印刷
社内编号　8561　　定价　98.00 元（全二册）

第三十章　神学家希波撒德斯如何为巴汝奇的婚事出谋献计

星期天的午宴刚刚准备好，就看到邀请的客人都来到了，只有封贝通的代理议长布列德古斯还没有来。

等到上第二道菜时，巴汝奇深深地施了一礼，说道：

"各位，我只有一句话想请教，那就是我能不能结婚？倘若这个问题连诸位都不能拿主意，我认为它就像皮埃尔·戴里的《无法解决》[①]一样，没有办法解决了，因为各位都是各自行业中的佼佼者、杰出的权威，跟板子上明摆着的豆子一样。"

希波撒德斯神父在庞大固埃和全体在座者的催促下，非常谦虚地说道："朋友，你向我讨主意，但是，首先，应该请教你自己。你肉体上是不是感觉到性欲的困扰？"

巴汝奇回答道："非常困扰，我的神父，请不要见怪。"希波撒德斯说道："我不见怪，朋友。但是，对于这件很为难的事，你有没有祈祷天主赐予你自律的恩惠？""这个倒没有。"巴汝奇说。

希波撒德斯说道："那么，我的朋友，你结婚吧，因为与其欲火攻心，还不如嫁娶为妙。"

巴汝奇抢着说道："太好了，多爽快，不用拐弯抹角。多谢你了，神父！我一定很快就会结婚。结婚时肯定请你。咱们还会一起吃一只鹅，这不是我老婆烤的，不会被她吃光的，咱们好好地吃一顿。此外，倘若你愿意给我这份光荣，我请你和伴娘们第一个跳舞。但是，只有一个小问题，一个非常小的问题，那就是我会不会当乌龟？"

"当然不会，朋友，"希波撒德斯回答道，"只要天主赐福。"

巴汝奇大声说道："愿天主保佑我们！善良的人们，你们还想让我怎么样呢？相信条件论么？条件论在辩证法里是既有矛盾，又有不可能性。倘若我那匹经过阿尔卑斯山的骡子能够飞，那就是我那匹骡子有翅膀。只要天主赐福，我就不会做乌龟；只要天主降福，我也可以做乌龟。天哪，倘若我能办到不做乌龟，那我就不再如此的绝望了。但是你们让我取决于天主，由他随意支配！你们这些法兰西人是怎么回事啊？神父先生，我想我结婚那一天，你最好还是不要来了，怕客人的吵闹

---

① 《无法解决》：15 世纪初法国神学家比埃尔·达伊的作品。

声会让你的头脑不安。你是喜欢安静、沉默、孤独的。我相信你是不会来的,况且你跳舞也不在行,第一个带头跳舞,你一定会难为情的。我让人把肉和一些新娘给的小礼物送到你家里去好了。你要是喜欢的话,在家为我们干两杯。”

希波撒德斯说道:“我的朋友,请你注意我所说的话。我说:‘只要是天主赐福,’我这话对你有什么不好吗?我说错了么?这算是什么让人不喜欢的条件论么?这不是对我们的主、创造者、保卫者、救赎者的尊敬么?不是承认他是所有财富唯一的赠予者么?不是表示我们都在他的保佑之下,要是没有他,倘若他不赐予我们恩宠,那就没有一切、什么都做不成、什么也办不到么?不是说我们的一切,我们的一切计划,不论天上地下,都无一例外地是由天主的圣意支配的么?不是真的尊崇他的圣名么?我的朋友,只要天主喜欢,你绝对不会成了乌龟的。但是,要弄清楚天主是否喜欢,先不要绝望灰心,把它看作是一件神秘莫测的事。要了解它,先征求天主的指示,遵照他所喜欢的一切。善良的天主给予我们的好处,都早已在《圣经》里明确宣告、公布和陈述过了。”

“你在《圣经》中可以看到你绝对不会成了乌龟的。也就是说,你太太不会败坏名声,倘若她出身于善良的人家,受过道德和诚实的教育,平常来往的以及接触的都是些品行端正的人,爱慕天主,敬畏天主,用信仰和遵守诫命来取悦于天主,害怕获罪于天主,害怕因为信仰不足和违反圣规而失掉天主的神佑。圣规里严厉禁止邪淫,规定只应该听从丈夫的话,钟爱她的丈夫,侍奉他,爱她的丈夫仅次于爱天主。”

“为了更进一步符合圣规,你这一方面,也要对她保持夫妇间的和好,以身作则,树立良好的榜样。家庭里,你倘若要她为人贞淑、纯洁,注意节操,你自己也一样要条条做到。因为一面好的、完美的镜子,并不在于它是否镶满黄金、嵌满珠玉,而是在于它能否如实反映你的形象。同样,一位太太的可敬,也不是因为她有钱、妖艳、妩媚、出身名门,而是因为她努力在天主的恩佑下顺从丈夫的所有的生活习惯。你看月亮的光亮,既不来自水星,也不来自木星,更不来自金星或者是其他任何天空的行星,而是只来自她的丈夫太阳,并且还是按照太阳的形势和能力给多少她就接受多少。因此在道德品质上,你要当你太太的榜样,要不停地祈求天主的恩典保佑你。”

巴汝奇捋了捋老神父的胡须说道:“你要我娶所罗门所描绘的那个有德行的女人么?她早已经死了,不要弄错了。我一辈子都没有遇到过这样的人。天主原谅我!但是,神父,我还是很感谢你。请你把这块糕点吃掉吧,它会帮助你消化。之后再喝一杯希波克拉斯红酒①吧,喝了对你的身体好,健胃消食。我们再请一位谈谈。”

---

① 希波克拉斯红酒:中世纪一种加香料的甜药酒。

第三十一章　医学家隆第比里斯是如何指教巴汝奇的

巴汝奇继续说道："阉割索西纳克黄面教士的人割掉冰冷的科多莱伊之后第一句话就是：'下一个！'我也同样说一句：'下一个！'现在应该我们的隆第比里斯大师了，请你赶快告诉我，应不应该结婚？"

隆第比里斯回答道："我以我驴子上的蹄子发誓！对此问题，我实在难予以解答。你说你感觉到性欲的困扰，我们可以在医学上看到古代柏拉图派学者的教导，说有五种方法能够克制性欲，首先就是酒。"

约翰修士接口说："我相信，因为我喝醉之后就只想睡觉。"

隆第比里斯医生说道："我说的就是要多喝酒。因为多喝了酒，就能让人身上的血液冷却，驱散精子，筋络松弛，生机涣散，官能迟钝，行动呆滞，这一切都足够阻止性欲的冲动。不信的话，你看酒客的主神巴克斯的画像，光嘴巴，穿着女人的衣服，完全女性化，真像个阉人。至于酒喝得合适，那当然又当别论。古代传说故事里就说到，维纳斯要是没有刻瑞斯和酒神巴克斯陪伴就会感到冷。因此依照西西里戴尔多勒斯的记载，还有普萨尼亚斯人的记载，帕乌撒尼亚斯也证明过，说古代的人都认为生育之神普里阿普斯是巴克斯和维纳斯的私生子。"

"第二，服用某种草药。它能让人阳萎、无力、不能生殖。常用的像睡莲、柳枝、麻籽、忍冬、柽柳、蔓荆、曼陀拉草、药芹、小泽兰、海马皮，等等，这些东西服到人体之内，就会发挥它本身特有的效能，冻结和制伏生殖的胚质，驱散因为自然的生理关系想到那个地方去的思想，不然就堵塞住所有能够发泄的道路。正如相反的，有些东西能够给人刺激、让人兴奋和冲动一样。"

巴汝奇说道："感谢天主，我不需要这些。医生，请原谅我，我并不想惹您生气。"

隆第比里斯接着说："第三，是坚持劳动，因为劳动能够消耗大量的体力，血液需要输送到全身各部分去，就没有时间、也没有可能制造精液的分泌供应第三种消耗了。于是自然就会起到一种保留作用，因为它更需要保养人的本身，无法顾及繁殖后代。狄安娜，被人称作贞洁之神，就是因为她一刻不停地专事狩猎。古时兵营也称作纯洁之营，因为那里的健壮男儿和战士没有时间做别的事。希波克拉底在《蒸汽、水和空间》里，曾提到，锡西厄某些部落的人，说他们在男女关系上比阉人还要无能，因为他们一年到头都骑在马上，不停地劳动。可是在相反的一面，哲学家却说,闲散是淫逸之母。有人问奥维德,埃吉斯图斯淫乱的原因何在,奥维德说原因在于他空闲而已。谁要是能从世界上把空闲拿掉,丘比特爱神就英雄无用武之地了。他的弓、箭袋和箭,再也射不着任何人,背在他身上只是一种累赘。因为再好的弓箭手也很难射着空中飞翔的天鹤、林中奔跑的麋鹿(就像古时巴尔提亚人一样),我的意思是指工作劳动中的人类,目标需要不动,坐在那儿、躺在那儿、什么都不干才行。过去有人问奥维德,为什么埃癸斯托斯成为奸夫?他的回答是没有别的原因,只是因他懒惰而已。如果世人改掉懒散的恶习,那么丘比特爱神就英雄无用武之地了,他的弓、箭和箭囊只能成为无用的负担,不能射中任何人了,因为即使再厉害的弓箭手也无法射中飞翔的仙鹤、灌木丛中奔腾的牡鹿(良好的弓箭手帕提亚人就是如此),这里我是指奔忙劳作的人们,要想射中,目标必须是静止不动的。无论坐在那里还是躺在那里,只要什么都不干就行。过去有人问泰奥弗拉斯托斯,性欲的激情究竟是种什么东西。他回答说,这是懒散产生的激情。戴奥真尼斯也说邪淫是无事可做的人的一种工作。雕塑家西巨安人卡那朱斯一反过去雕塑家的风格,将维纳斯不塑成站像,而塑成坐像,就是想表示闲散、懒惰、不做事,是导致淫逸的最主要原因。"

"第四,是致力于求学的渴望。因为用功时大脑非常紧张,没有时间再去制造生殖的分泌,因而也就不可能让负责繁殖人类的器官精液满溢。你试看一个人专心用功时的样子,你会看到他脑子里每一条动脉都像弓弦一样紧绷绷的,迅速把足够的精力提供给负责思考、想象、理解、推理、决断、记忆、意念的等等部门,敏锐地把从解剖时才能看到的血管从这一部门送至另一部门,最后汇集到动脉神奇的网形组织那里。动脉源出于左心房,经过复杂的变化,把生殖的精力变成智力。因此,一个专心用功的人,你会看到他所有的自然机能都停止活动,外部感官也变得不活跃——总之,你会觉得他似乎没有了活力,他内心的狂想已使他超然物外。苏格拉底常说哲学不是别的,它是一种死亡的冥想。这句话,你会感觉它并不是骗人的。这也许就是德谟克里特把自己弄瞎的原因。因为比起失去视力,他更担心的是眼睛四处环顾会中断他的思考,使自己无法全神贯注。智慧之神、学者的保护神和庇佑神帕拉斯是个处女,缪斯女神也都是处女,仁爱之神也永远保持纯洁的童贞。我记得读过丘比特的故事,有一次他母亲问他为什么不追求缪斯,他回答说她们那么美丽、纯净、高尚、贞洁,并且又经常忙忙碌碌,这个观看星斗,那个计算数字,有的画几何图案,有的练修辞技巧,有的忙着吟诗,有的忙着写音乐。一靠近她们,便会自惭形秽,就不知不觉地放下弓箭,关上箭囊,熄灭火把,担心伤害到她们。然后拿掉蒙眼的东西,好好地观察她们,欣赏她们优美的歌声和押韵的诗文。他这时就会感到世界上最大的喜悦,经常在她们的优美和文雅的姿态里感觉到快活非凡,在和谐的氛围中安稳入睡。再也不会有攻击她们、打乱她们工作的意思。"

"就这一点上,我现在理解到希波克拉底在他的《论繁殖》一书里写到西提亚人时说到，人的腮腺一被割掉，就失去了繁殖能力。理由，我上边说到分泌精力和血液在动脉里储藏的时候已经讲明白了。”

“希波克拉底还认为大部分繁殖的激素是源于大脑。”

“第五，是通过频繁的性行为来控制。”

巴汝奇说道：“我就等着听这一点，我要选择的就是这种方法。其他四种方法谁愿意用就让他们用吧。”

约翰修士说道：“马赛的圣维克多修道院长西力诺神父称为禁欲苦行的就是这个。我完全支持（俪农附近圣拉第贡德的隐修士也赞同），在埃及沙漠里的特班隐修士每天非干他二十五到三十次苦行，是压抑性欲的最好的办法。”

医生说道：“我看巴汝奇四肢匀称，性情温和，身体健壮，年纪合适，现在又正值结婚的季节，而他又愿意结婚，要是碰上一位生性相同的太太，他们的后代肯定胜过远古帝王的后裔。倘若他愿意看到子女出人头地的话，结婚是越快越好。”

巴汝奇说道：“大师，我肯定会结婚的，你就放心好了，很快就会结婚。听到你如此精辟的议论，我耳朵上的虱子也按捺不住，我现在就要邀请你参加我的婚礼。我许诺，咱们要好好地大吃一顿。请你带着太太一块儿来，还有她的女朋友，一块儿来好了。咱们尽兴地快乐一番！”

第三十二章　隆第比里斯宣称结婚与乌龟是相伴相生的

巴汝奇接着说道：“现在只剩一个小问题了。一个很小的问题，你肯定看见过罗马旗帜上的 S. P. Q. R. 。你看我会不会做乌龟？”

“我的老天！”隆第比里斯叫了起来，“你怎么问我这个呢？你会不会当乌龟？我告诉你，朋友，我是结过婚的人，你将来也会是。你要用一支铁笔写在你脑子中，刻下这几个字：所有结过婚的人都有做乌龟的危险。结婚的人和做乌龟这件事，比人影和人身体的关系还要密切。要是你听见一个人说：‘这个人结婚了，’你回答说：‘那么他现在是、或者已经是、或者将来是、或者可能是乌龟。’这样不会被人说你是门外汉，不懂得自然规律。”

“见鬼，见鬼！”巴汝奇也叫了起来，“这是什么话呀？”

隆比第里斯回答道：“朋友，希波克拉底有一天离开色雷斯到朗高去看望哲学家德谟克里特，临行时给他的老友狄奥尼修斯留下一封信，请狄奥尼修斯等他走后把他太太送回到娘家去。他的岳父母是很有名气的高尚的人，他不肯让她一个人留在家里。除此之外，他还请狄奥尼修斯尽心照顾她，注意她在娘家有没有什么人去看她。他在信里说:“我并不是不相信她的品德和贞操,这个,我之前考验过,也有认识,但是。她毕竟是女人,如此而已。”

“我的朋友,月亮极好地代表女人的天性,从下面这几点可以看出:在丈夫面前,当着丈夫的面总是躲躲藏藏、闪闪避避;等到丈夫一走,她们就自由自在了,高兴怎样就怎样。这里走走,那里荡荡,只为自己着想,让人看到女人跟丈夫的关系和月亮跟太阳完全一样,只有在和太阳处在相对的方向,离它很远的时候,才在天上地下露出面来,全都发光,而特别是在夜里才全部显露出来。这就是女人之所以为女人。”

“我提到女人,我是说一个脆弱、乖僻、嬗变,不可靠,不完美的性别。我认为大自然(我对大自然十分尊敬和重视)创造女人的时候缺少创造其他万物时的那种理智。这件事,我已经都想过一百零五次了,还没有得出其他的结论。只是感觉创造女人的时候,大自然更多地想到了男性的娱乐以及人类的延续,但却疏忽了女人个性的完美。因此,柏拉图弄不明白该把她们分到哪一类中:是有理智的动物呢,还是兽性的畜生。因为大自然在她们身上最秘密、最隐蔽的地方放置了一个男性所没有的器官,这个器官会分泌一种咸性的、酸性的、硼砂性的、苦的、腐蚀性的、发射性的、奇痒的液体,由于它的刺激和不安的颤动(这个器官非常敏感并且容易发作),女人的全身都受到激动,心荡神怡,全部的情绪和思想都模糊了。倘若大自然没有在女人头脑里放进了一些羞耻之心,你会看见她们疯狂地去追逐男人的东西,比朱诺施法变疯、变成母牛的普罗透斯的女儿还不知廉耻,也比在酒神节上纵酒狂饮的米玛洛尼德斯①和泰迪斯②更疯狂。因为解剖学告诉我们,这种令人可怕的激情会传导到身体的每一个器官。”

“我根据亚里士多德学派和柏拉图学派的观点,把这种激情叫作‘动物’式的。因为,倘若像亚里士多德所说的那样,动物的本身就是动物的标志,那么所有自己会动的东西都应该称之为动物了。柏拉图看见它的动作中有窒息,有急促,有紧缩,有愤激,在过于强烈的时候能让女人失去所有知觉,跟晕厥、昏迷、癫痫、中风、真正死了一样,就把它称之为‘动物’,这完全是有理由的。此外,它还有一种分辨气味的本领,让女人嗅觉敏感,躲避恶臭,追逐芬芳。”

“我知道克劳狄乌斯·盖伦极力想证明这不是它本身的活动,而是偶然的。这一派其他的学者也在努力,想说明它本身没有分辨气味的本领,即便闻到不同的气味,那也仅仅是因为被闻到的东西有着不同的本质。要是你仔细研究,把他们的争辩和理论放在克里托劳斯的天平里称一下,你就会发现,在这件事上也跟许多其他的问题一样,这些学者的很多话不是为探求真理,而是为开开玩笑,有意地和前辈

---

① 米玛洛尼德斯:小亚细亚米玛斯山的人。

② 泰迪斯:信奉巴克斯的古雅典人。

学者作对。”

“这个问题，我不再深谈了。我只跟你说，规矩的妇女，贞洁地、无可指责地过一辈子，可以将这头不驯的小‘动物’控制得服从于理智，是应该大大加以赞扬的。最后，我再说一句，这个‘动物’能从大自然为之准备的营养物质男人身上得到满足（假如它真能够满足），所有的活动达到目的，饥渴得到满足，疯狂得到平息。但是，你不要奇怪我们常常处在做乌龟的危险中，由于我们并不是每天都有东西来满足它的。”

“真他妈的见鬼！”巴汝奇又喊了起来，“你作为医生有没有预防的方法呢？”

隆第比里斯说道：“朋友，有，当然有，并且这个方法还很好，我也是用的这个，这是一千八百多年之前有名的作家写下的，我告诉你。”

巴汝奇来不及地说道：“天主在上，你真是个好人，我全心全意地喜欢你！请先吃一块榅桲做的糕点吧。榅桲是用来收敛的，它会把胃脏的门户关好，有助于第一道消化工作。哎呀！我这是老夫子门前卖文章！请让我用这只聂斯脱利派的酒杯①敬你吧。你要再来一些希波克拉底白葡萄酒，不要害怕呛着你，不要担心。里面既没有莎草，也没有生姜，也没有碎米荠。只有经过挑选的肉桂和上好的白糖，用的是在拉·都维尼栗子树旁、种在那块地里的葡萄酿造的高等白酒。”

第三十三章　医学家隆第比里斯是如何治“乌龟”的

隆第比里斯说道：“古时朱庇特治理奥林匹斯山上他那个大家庭的时候，他给所有的男女神仙排了一个节日表，给每人排定某一季的某一天当作他的节日，指定显灵的地点和朝拜的历程，规定祭仪……”

巴汝奇插嘴道：“这不和奥塞尔的主教，坦特维尔一样了么？那位崇高的主教跟所有的好人一样，也是喜欢好酒的。所以他特别关心和爱护葡萄的枝芽，也就是说巴克斯的祖先，并特派一位助理牧师照顾它们。连续好几年，他都发现葡萄刚长枝芽时，就被霜、雨雪、冻雨、严寒、冰雹和其他恶劣天气无情地摧残了，而且都发生在圣乔治、圣维塔利、圣乌托普、圣菲利普、圣十字架、升天节和其他宗教节日中，也就是太阳从金牛宫下面经过的一段时期里，在所发生的霜冻、冰雹、云雾、霏雪、严寒、冰雹等灾害中死去了。他认为上面这些圣人就是下冰雹、降霜冻、破坏枝芽的

① 这种酒杯高脚，有四个把儿，每个把儿都用两条腿支着，上面有两只金鸽，对面啄食。

人,他觉着应该把他们的节日移至冬季圣诞节与主显节之间,让他们尽情地去下冰雹、降霜冻去。那时,霜冻不会带来灾害,相反,对发芽的季节还有益处。于是,他把原来的节期,换上了圣克里斯托夫、被杀头的圣约翰、圣玛德勒纳、圣安娜、圣多米克、圣劳伦斯等人的节日。等于将8月中旬移到了5月。这样一来,绝对不会再有霜冻的危险了,大家反而争着去干做冰水、制冰冻奶酪、搭凉棚、供应饮料的行业了。"

隆第比里斯说道:"可惜,朱庇特把做乌龟的魔王忘记了,他当时不在场,到巴黎司法院给他的下属打通奸官司去了。我说不上来经过多少天之后,乌龟魔王听到大家没有想到他,回来提出申诉,请求不要把他排斥于神灵之外,并亲自来到朱庇特大王面前,陈述自己过去的功勋以及之前对朱庇特的种种效劳,坚持请求朱庇特不能让他既没有节日,也没有祭祀,没有任何荣耀。朱庇特表示歉意,说所有的好处都分光了,名额已经都满了。但是经不起乌龟魔王一再请求,最后总算将他纳入名册,同意他在世上享受供奉和祭祀。"

"至于节日(因为节期表已全部订满,没有空了),只好跟嫉妒女神的节日定在同一天。统治的范围是已经结过婚的人,特别是妻子美丽的人。他的祭祀,就是丈夫对妻子的疑心、猜忌、怨恨、侦探、暗访、密查。所有已经结婚的男人,都必须供奉和尊崇他,节日那天更要加倍地表示庆祝,供奉祭品,不然的话乌龟魔王将对他降罚,不再保佑他,护卫他。只要是对乌龟魔王不依照法令供奉和尊敬的人,乌龟魔王将不将他算在法制之下,不到他家中去,不接近他,不论怎样祷告,也要让他永远和妻子死守在一起,永远都没有情敌,像对付异端和亵渎神圣的人那样不理睬他,正像其他的神对付那些不按照命令供献祭祀的人一样。像巴克斯对付种葡萄的人,像刻瑞斯对付种田的人,像波摩那对付种水果的人,像尼普顿对付航海的人,像伍尔坎对付铁匠,等等。相反的,对于那些在所谓的节日那天,有人能出于对他的尊敬,停止所有工作的,把自己的事全都撇开,按照祭祀的规定去侦查妻子,让她们不自由,甚至嫉妒虐待她们的人,乌龟魔王都常常保佑他们,爱护他们,和他们有来往,不论黑夜白日都在他们家中,绝不允许他们离开自己的情爱保护。"

卡帕林笑着说道:"哈,哈,哈!这个方法比汉斯·卡尔文的戒指好得多。我要是不信,让魔鬼捉走我!女人的天性就是这样。跟霹雷一样,只打击和焚烧硬的、结实的、有抵抗性的东西,但不要软的、空的、没劲儿的东西。她可以烧毁钢铁的宝剑,但不损伤丝绒的剑鞘。可以消耗全身的骨头,但不伤及骨头外面的皮肉。女性的确如此,她们思想上所注意的、所关心的、所坚持追求的,就只是那些她们知道是不允许的和被禁止的东西。"

希波撒德斯说道:"不错,我们不少学者都说,智慧之果倘若不禁止的话,世界上的第一个女人,也就是希伯来人称作夏娃的那个人,就再也不会想去吃它。不要忘了,狡猾的引诱者的头一句话,就是说出它是禁止的:'越是禁止你吃,你越应该吃,不然的话,你就不是女人了。'"

第三十四章　女人为什么总是渴求禁果

卡帕林说道:"我记得从前我在奥尔良过荒唐日子的时候,引女人进网、同我玩起性爱游戏的最行之有效、最具有说服力的莫过于语气坚定、明明白白、鄙夷不屑地说出她们的丈夫如何嫉妒她们。这个方法并不是我创造的,书上有,法律上有规定,在日常生活里也可以碰到无数的实例和榜样。她们头脑中一旦相信了你的话,丈夫成乌龟就十拿九稳了。天主在上!(并不是我发誓)她们就是像塞米勒米斯、帕西法尼、艾戈斯塔或埃及孟第司岛上的女人(希罗多德和斯特拉博告诉我们的)那么淫荡,她们也满不在乎。"

包诺克拉特说道:"不错,我曾经听说教皇约翰二十二世有一天路过康宁福德修道院时,那里的院长嬷嬷和沉默寡言的修女们请求教皇赐予她们一个特别的许可,让她们可以相互行忏悔。她们说修道的女人总有一些秘密的、但能感知到的小缺点,羞于向男性忏悔师诉说,而她们之间却能够以忏悔的方式更自由、更亲切地说出来。"

"教皇回答说:'这是求之不得的,但是,只有一点不方便,那就是忏悔需要保守秘密,但你们女人却很难保守。'"

"修女们说:'我们非常会保守秘密,比男人好得多。'"

"教皇当天就交给她们一个小箱子请她们保管。箱子里教皇放了一只小梅花雀,要她们放在一个稳妥可靠的地方,说要是保存得好,他以教皇的名义答应她们的请求,但是严禁以任何方式开启箱子,要是违反命令,就会受到宗教的制裁,并永远逐出教门。教皇的话刚一出口,她们就心急得什么似的想知道箱子里边究竟是什么,并来不及地希望教皇赶紧走开好采取行动。教皇为她们祝福后,回到自己宫里。但是他走出修院还不到三步,就看见那些天真的修女成群搭伙地跑来要开启禁箱看个究竟了。第二天教皇来的时候,她们以为肯定是要授予她们特许权。但是教皇未提及此事,却先让她们把小箱子拿来。箱子拿来了,但是小鸟已经不在了。教皇对她们说:"保守忏悔的秘密太难了,一再叮嘱不允许开启的小箱子,竟然连一天也关不住。"

"尊敬的大师,你的话确实不错。听到你这番话,我非常高兴,我赞美天主。自从你在蒙帕利埃跟老同学们安东尼·萨波塔、吉·布吉尔、巴塔萨·诺埃、脱勒、让·昆丁、弗朗索瓦·罗比内、让·佩德埃以及老弗朗索瓦·拉伯雷等演过风俗剧,我还没见过您呢。”

爱比斯德蒙接口道:“我当时也在场。那个做丈夫的要他妻子说话,内外科医生一同动手把她舌头底下的一条筋割下来,才治好了她。她会说话了,简直说不完,那个做丈夫的不得不回到医生那里请求叫她不说话的方法。医生回答说,有让女人说话的方法,却没有让女人不说话的方法。对付妻子爱说话的唯一方法,就是让丈夫耳朵聋。我不知道他们施了一套什么法术,将那个家伙的耳朵治聋了。他老婆看到丈夫真的聋了,她随便怎么说话,他都听不见了,气疯了。这时医生要手术费了,做丈夫的说他真的聋了,医生的话他听不到。我不知道医生往他背上撒了一些什么药粉,那个丈夫也疯了。于是一对疯夫妻联合起来,把内外科医生打了一个痛快,一直打到半死才肯罢手。我一辈子都没有像在这出戏里这样大笑过。”

巴汝奇说道:“我们言归正传吧。你这一大套,用法文来说,意思是我可以放心大胆地结婚,不用担心成了乌龟,对不对?够了,够了!大师,我想我结婚那一天,你可能会到什么地方治病去了,不能来。我原谅你。”

“医生日食三餐,
不是大便就是小便,
东家要草,
西家用饭。”

隆第比里斯说道:“你的第二句说错了,应该是:

“对于我们是象征,对于你们是美餐。”
“倘若我妻子身体不适?”

“在做其他的手术以前,先要检查小便,切脉,观察小腹和肚脐部位,这是希波克拉底在《箴言集》第二卷第三十五篇中规定好的。”

巴汝奇说道:“不对,不对,这完全是两回事。这话是说给我们法学家的,我们有一条法律是从腹部检查是否有遗腹子。我给她来一瓶强烈的洗涤剂就好了。你有什么要紧的事只管去办好了,我会把喜肉送到你府上的,你永远都是我们的好朋友。”

说完,他走近医生,一句话都没有说,在医生手里放了四块金币。医生把钱接过来以后,做出愤怒的样子说道:

“喂!先生,用不着给钱呀。但是,还是谢谢你。我从来不接受坏人的钱。但是,好人给什么,我从不拒绝。你有什么吩咐,我都是随叫随到。”

巴汝奇说："只要给钱。"

"那个自然。"隆第比里斯答道。

第三十五章 哲学家特鲁洛根是如何对待结婚的难题

他们的话说完之后，庞大固埃对哲学家特鲁洛根说道：

"忠诚的朋友，火把接力赛如今轮到你了，该你说话了。你说巴汝奇应不应该结婚？"

"也该结婚，也不该结婚。"特鲁洛根回答说。

巴汝奇问道："你到底想说什么？""你听见什么，就是什么。"特鲁洛根答道。

"我听见什么？"巴汝奇问道。

"我所说的话。"特鲁洛根答道。

"哈！哈！就是这个么？"巴汝奇说道。

"好了，好了，不要再多说了！我只问你，我究竟应不应该结婚？"

"也不该结婚，也该结婚。"特鲁洛根回答说。

巴汝奇说道："我要不是越来越糊涂，对你的话一句都不懂，让魔鬼捉走我！请等一下。我把眼镜戴到左边耳朵上，好让我听得更清楚些！"

就在这时，庞大固埃看见高康大的小狗出现在大厅门口，这只狗，庞大固埃叫它"凯内①"，因为多比雅的狗就这么叫的。他对大家说道：

"国王来了，我们起来迎候。"话还没有停口，高康大已走进宴厅的大门。在座的人个个起身对他行礼。高康大慈爱地对大家回礼，说道："好朋友，请你们千万不要动地方，也不要打断你们的话。给我搬一把椅子放在这桌子顶端就好了。让我为大家干一杯，欢迎你们来到这儿。告诉我你们正在说什么？"

庞大固埃在上第二道菜时回答说："巴汝奇提出一个问题，他想知道结婚究竟好不好，希波撒德斯神父和隆第比里斯大师已经都回答过了，父王进来的时候，忠心耿耿的特鲁洛根正在解答。巴汝奇先问的是：'我结婚好不好？'第一次回答的是：'也好也不好。'第二次回答的是：'也不好也好。'巴汝奇抗议说这两个答复自相矛盾，声称他无法理解。"

高康大说道："我倒是听懂了。这很像古时一位哲学家，有人问他有没有女人

---

① 希腊文"狗"的意思。

时所回答的话。他说:'她是我的情妇,我不是她的情人。我占有她,她不占有我。'"

庞大固埃说道:"斯巴达那个女仆,有人问她有没有跟男人发生关系时,也是如此的回答。她说从来没有,只是男人有时跟她发生关系。"

隆第比里斯说道:"我们在医学上把这个称作中性,哲学上称作中庸。在这一端和另一端之间摇摆不定,这种人见风转舵,有时站在这一端,有时站在另一端。"

希波撒德斯说道:"我认为圣保罗说的话更清楚些,他说:'那结婚的,像没有结过婚;那有妻子的,要像是没有妻子。'"

庞大固埃说道:"我对于有女人同时又没有女人是这样理解的:所谓有女人,是按照大自然创造女人的目的而言的,那就是为了相互协助,一块儿享乐,共同生活;所谓没有女人,那就是不要为了取悦妻子总是厮守在她身边,不要让她损及男人对天主崇高唯一的爱戴。不要忽略一个人生来对国家、对政府、对朋友应该尽到的义务。不要放弃自己的学业和事业。倘若对有女人同时又没有女人这样来体会,我看这个说法并没有矛盾与冲突。"

第三十六章　怀疑论者哲学家特鲁洛根继续解答问题

巴汝奇说道:"你说话八面玲珑,怎么解释都行。我想我已经落到黑暗的井中了,赫拉克利特说真理就藏在这儿①。我两眼漆黑,什么都弄不懂,我感到全部官能迟钝失效,疑心我已经着了迷了。我现在变换一个说法。"

"忠实的朋友,请你别动,也别作任何隐瞒。我们再来一次,把话说明白。在我看来,你不喜欢我刚刚提问题的方法。天主在上,我再重复一遍,我可以结婚么?"

特鲁洛根:"好像可以。"

巴汝奇:"我要是不结呢?"

特鲁洛根:"也没有什么不好的。"

巴汝奇:"没有什么不好?"

特鲁洛根:"没有,不然的话就是我的眼光不准。"

巴汝奇:"在我看来有五百多个不好。"

特鲁洛根:"你一个一个地数数看。"

---

① 这句话是德谟克里特说的。

巴汝奇:“我是大概说的,把不确定的数字说成确定的了,我的意思是说:很多。”

特鲁洛根:“你说说看。”

巴汝奇:“我就着魔鬼说话,我没有女人就没有办法过活!”

特鲁洛根:“先把魔鬼赶开再说。”

巴汝奇:“天主在上,好!我的萨马柑第人也说没有女人打光棍,是野人的生活。狄多在他的哀歌中也是这样说的。”

特鲁洛根:“好像是。”

巴汝奇:“天主在上!我再说一遍,我可以结婚么?”

特鲁洛根:“遇到机会就可以。”

巴汝奇:“结了婚幸福么?”

特鲁洛根:“也许该吧。”

巴汝奇:“倘若像我希望的那样,遇到个好人,我会幸福么?”

特鲁洛根:“或许是。”

巴汝奇:“反过来说,要是我遇上坏人呢?”

特鲁洛根:“这也不是我的过错。”

巴汝奇:“请你说吧,请你指教,我该怎么办?”

特鲁洛根:“随你的意思办吧。”

巴汝奇:“这等于不说,真是见鬼。”

特鲁洛根:“如果你不在意,请别再说鬼了。”

巴汝奇:“好,不提鬼提天主!我非请你指教不可。你指示我做什么?”

特鲁洛根:“什么也不指示。”

巴汝奇:“我结婚不结呢?”

特鲁洛根:“这我不管。”

巴汝奇:“我不结婚,好不好?”

特鲁洛根:“我可不是巫师,不能确定。”

巴汝奇:“不结婚,就不会成乌龟。”

特鲁洛根:“我也是这样想。”

巴汝奇:“假设要是我结婚呢?”

特鲁洛根:“这怎么假设呢?”

巴汝奇:“我是说,假设我结婚的话。”

特鲁洛根:“我不能假设。”

巴汝奇:“真是鼻子里出大粪!我的天!倘若我能够随便骂人,也能稍舒服一点儿呀!但是,耐心点!我再说一遍,倘若我结婚,会成为乌龟么?”

特鲁洛根:“很有可能。”

巴汝奇:“倘若我太太贞洁、规矩,我就不会成乌龟,对不对?”

特鲁洛根:“你说话好像很对。”

巴汝奇:“你听好。”特鲁洛根:“我在听。”

巴汝奇:“那她是否贞洁、规矩呢?只剩这个问题了。”

特鲁洛根:“我很怀疑。”

巴汝奇:“你见到过她么?”

特鲁洛根:“还没有。”

巴汝奇:“既然没见到过她,为什么会怀疑呢?”

特鲁洛根:“是有理由的。”

巴汝奇:“你认识她么?”

特鲁洛根:“不认识。”

巴汝奇:“侍从,我的小乖,你过来,这是我的帽子,我送给你,但是你要小心眼镜,你到后院帮我许半个钟头的愿去。如果你愿意,我也会替你起誓……告诉我,谁会让我成乌龟?”

特鲁洛根:“某个人。”

巴汝奇:“天主那个肚子!这个人,我要好好地揍他一顿!”

特鲁洛根:“随你便吧。”

巴汝奇:“我出门的时候要不用贞节带把她拴起来,让眼里没有眼白的魔鬼把我捉走!”

特鲁洛根:“你可以好好地说话。”

巴汝奇:“说得不是很好么?我们谈要紧的吧。”

特鲁洛根:“我不反对。”

巴汝奇:“你听好,既然从这一边挤不出血来,我从另外一边挤。你结过婚没有?”

特鲁洛根:“结过,都没有结过,两样都是。”

巴汝奇:“天主保佑!我已经累出汗来了,我以天主的死发誓!肚子里的消化工作全停止了。我的横膈膜、胸腔、全部都竖起来等着你的话进到我的智囊中去了。”

特鲁洛根:“我无意阻止。”

巴汝奇:“来!我来问你,忠实的朋友,你结过婚么?”

特鲁洛根:“好像是结过。”

巴汝奇:“过去已经结过一次,对不对?”

特鲁洛根:“可能是。”

巴汝奇:“第一次好不好?”

特鲁洛根:“可能不错。”

巴汝奇:“第二次怎么样?”

特鲁洛根:“命中注定。”

巴汝奇:“到底如何?明白说,你感觉好不好?”

特鲁洛根:“好像很好。”

巴汝奇:“岂有此理!天主在上,冲着圣克里斯托夫背负的耶稣说话,叫你说一句话,比让死驴放屁还要难呢!这一次,我非得成功不可。忠实的朋友,我们要让地狱的魔鬼害羞,打开天窗说亮话。你当过乌龟没有?我说的是此时此地的你,不是球场上的你。”

特鲁洛根:“没有,除非命中注定。”

巴汝奇:“就着圣肉发誓,我放弃了!就着圣血发誓,我引退了!就着圣体发誓,我认输了!我抓不住他。”

听见他叫喊,高康大站起身来,说道:

“愿天主获赞美!这个世界从我刚刚有意识到现在,变得越来越复杂、纠缠不清了。这难道不是吗?今天连最博学最渊博的哲学家都加入了怀疑论者的哲学派别。愿善良的天主受赞美!今后揪住鬣毛捉狮子、揪着鬃毛抓马、抓住中角捉牛、牵住鼻子捉水牛、拽住尾巴捉狼、扯住胡须捉羊、攥提起鸟抓小鸟,都比从话中捉住哲学家容易。再见吧,朋友们。”

高康大说完话,离开了大厅。庞大固埃和在座的人要送他回去,但是他没有让他们送,都被他拦住了。

高康大走了之后,庞大固埃对客人说:

“柏拉图的提美乌斯在宴会之初,总要数宾客人数。我们反其道而行之,到宴会之后才数。一、二、三,第四个呢?不是该轮到我们的朋友布列德古斯了么?”

爱比斯德蒙说到他家中去邀请过,只不过他不在家。米尔兰格最高法院的一个执达吏把他喊走了,说要他亲自出庭向最高法院剖白他所做的判决。因此,他前一天就从家里动身了,为了在开庭那一天赶到会场,不至于缺席迟到。

庞大固埃说道:“但愿我能知道这事情的原委。他在枫贝通已做过四十几年法官,断过四千多件案子。虽然有两千三百零九件曾由被告上诉米尔兰格的最高法院,但是结果原审全部被核准、同意、认可,上诉驳回,未予接受。他一向光明正大,现在到了老年,反而要亲自出庭,肯定是出了什么祸事。我愿意尽我所能帮他照料。我知道现在世态险恶一日甚过一日,正直者也需要帮助。我立即去想办法,千万别有什么不测之事发生。”

于是结束了这一天的宴会。庞大固埃向客人赠送了贵重礼品,戒指、珠宝和器皿,全部都不是金的就是银的,并向他们表示诚恳的谢意,然后才回到了寝宫去。

第三十七章　庞大固埃是如何劝巴汝奇去讨教疯子

庞大固埃回宫时，在走廊里看到巴汝奇神志恍惚，朦朦胧胧地摇头晃脑，就对他说道：

“我看你很像一只被套住的小老鼠，越是挣扎，越是套得更紧。你完全是这样，越是想从这个难题里解脱出来，就越是解脱不出。我这儿还有一个方法，只有这一个了。你听好，我还经常听到人们说，一个疯子也会教导学者。你既然对学者的论断不是很满意，那么，就去找个疯子问问吧，也许疯子会让你称心如意。多亏有疯子的授意、指示和预言，你知道有多少国君、王子和国家得以保存，有多少战役打了胜仗，多少疑难得到解决。之前的例子不必多述了。你想想就会明白，因为一个人关心自己切身的事业，注意自己家庭的管理，不糊涂，不错过收集财富的机会，知道怎样来防止贫困。这样的人，虽然从上天的智慧来看很无聊，但世人却称之为智者。我是把上天的智慧看作智者的人才尊之为智者的，而且由于上天的启示，这些人能够承受预测未来的恩惠，我将他们称之为先知。这样的人会忘记自己，跳出个人的圈子，摆脱对尘世的贪恋，清洗对人世的关注，把所有都看作无关紧要，一般人反倒说他们是疯子。”

“伟大的预言家，拉丁姆人的国王皮库斯的儿子福纳斯粗暴地被人称作疯神，就是这个缘故。”

“再想想看巡回演出的剧团，在杂技团中分配角色时，小丑的角色总是由团内最老练最完善的演员来担当的。”

“星相学家说国王和愚人生来都是同属一个星座。比如像埃涅阿斯和疯子克洛比斯（优弗利翁称之为疯子）的星座是一样的。”

“再提下面几件事，也不偏离正题，像乔·安德利亚关于教皇写给拉·洛舍尔地方官的教廷通谕所说的话，巴诺米塔关于同一教廷通谕所说的话，巴巴西亚斯[①]关于《论查士丁尼法典》所说的话，以及新近杰森·德·梅努斯在《法理集锦》里有关巴黎名弄臣、卡莱特的曾祖、约翰老爷的记载。那段故事是这样的：

“在巴黎小沙特莱的烤肉店中，烤炉门口有一个装卸小工闻着烤肉时发出的肉味在吃面包，他说面包经过肉味的一熏，倒是非常好吃。烤肉店的老板没有理他。一直等到他将面包吃完，老板才一下揪住他的领子，要他付店中的肉味钱。小工说

① 巴巴西亚斯：15 世纪立法学家。

他并没有吃店中的肉,店里也没有受到任何损失,所以他不应该付钱。至于所说的肉味是吹到外面来的热气,热气一到外边就会没有的,从来没有听说过,在巴黎,有人在街上出卖烤肉的肉味。这烤肉的香气不是给他这样的搬运工闻的,如果他不付钱,就要他的搬运工具来抵账。”

“小工拿出自己的棍子,准备打架。两人吵得不可开交。爱看热闹的巴黎人从四面八方跑过来看热闹。这里边恰巧就有那位巴黎市民、弄臣约翰老爷。烤肉店的老板一看到有他在场,就对那个小工说道:“我们的争端请这位尊贵的约翰老爷来判决,你看怎么样?”那个小工说道:“你找谁我都不在乎!”

“约翰老爷听完双方争吵的原因,让小工从袋里拿出一块银币来。小工拿出一块金币放到他手里。约翰老爷接过钱来,放到左边的肩膀上,好像要掂量它的重量。然后又把它放在左手掌上敲了一下,好像要听一听成色的好坏。后来又把钱放在右眼上,仔细看一看钱上面的花纹是否清晰。四周看热闹的人都看呆了,一声不响,烤肉店的老板耐心地等待着,小工感到十分失望。约翰老爷拿着那块钱在烤炉门口敲了好几遍,之后做出法官的威严姿态,像拿起权杖似的举起弄臣的手杖,头上戴好翘着像风琴管子似的纸耳朵的猴头貂皮小帽,一连咳嗽了两三声,大声说道:

“小工因为就着烤肉的肉味吃面包,法院根据民事案件判他用钱币的声音偿付烤肉店老板,双方回家各安生业,免付讼费,等因奉此。”

“巴黎这位弄臣的判决太公平了,当地的学者无不感到惊奇,他们怀疑这是不是巴黎最高法院或者罗马的十二法官法庭,甚至于雅典的三十一人最高法庭判的,连他们恐怕都判不了这样公正。因此,你想一想是否愿意请教一下疯子的意见。”

第三十八章　庞大固埃与巴汝奇是如何称道特里布莱

巴汝奇说道:“以我的灵魂说话,我愿意按你的话去做!我好像感觉我的大肠松通多了,过去是紧塞不通的。正像我们挑选最有智慧的人来处理国家大事一样,我赞同找一个疯狂透顶的人来决定我的问题。”

庞大固埃说:“我以为特里布莱就疯得可以。”

巴汝奇回答道:“一个不折不扣、十全十美的疯子。”

庞大固埃:“一个命中注定的疯子。”

巴汝奇:“一个高水平的疯子。”

庞大固埃:“一个天生的疯子。”

巴汝奇:“一个正好的疯癫的疯子。”

庞大固埃:“一个天上少有的疯子。”

巴汝奇:“一个地上罕见的疯子。”

庞大固埃:“一个善良快活的疯子。”

巴汝奇:“一个诙谐幽默的疯子。”

庞大固埃:“一个精明的疯子。”

巴汝奇:“一个英俊帅气的疯子。”

庞大固埃:“一个精神错乱的疯子。”

巴汝奇:“一个醉醺醺的疯子。”

庞大固埃:“一个行为古怪的疯子。”

巴汝奇:“一个浪荡的疯子。”

……

庞大固埃说道:“罗马人把奎里那里亚节称为疯子节,我们在法国应当创立特里布莱疯子节。”

巴汝奇说道:“要是所有的疯子都像马一样穿上保护臀部的铠甲,那么他们的屁股就会光滑许多。”

庞大固埃说道:“如果我们谈过的女疯神法图拉的丈夫存在的话,他的父亲肯定是被众人敬仰的男神,他的祖母肯定是慈悲之神。”

巴汝奇说道:“要是所有的疯子都参加走路比赛,虽然特里布莱的腿弯,每步也能够跨过一‘特瓦兹’。我们赶紧找他去吧,一定能够听到精辟的见解,我已经准备听了。”

庞大固埃说道:“我很想听听布列德古斯的听讯会。趁我渡过罗亚尔河到米尔兰格去的时候,让卡帕林到布鲁瓦去把特里布莱请来。”

当卡帕林去完成这个差事时,庞大固埃和他的全班随从——巴汝奇、爱比斯德蒙、约翰修士、吉姆纳斯特、里索陶墨等人一起前往米尔兰格。

第三十九章 庞大固埃是如何旁听审理用掷骰子来判案的法官布列德古斯

第二天,庞大固埃于预定时间来到米尔兰格。法庭的庭长、法官、推事跟他们一块儿出庭,听取布列德古斯对收税官土师隆德一案所做的判决进行答辩,由于这一判决在这个百人法庭看来,有失公允。

庞大固埃接受了邀请,走进法庭,看到布列德古斯坐在正中的被告栏里。他别的什么都不说,只说自己老了,视力不如从前了,所有的不幸以及差错,都是因为年纪大所引起的。首席辅祭注释的《教会法》第八十六款《莫此为甚》一章中已有记述。反复说之所以会出差错是因年纪大所引起的。由于年纪大,老眼昏花,骰子的点数,他没有过去看得那样清晰,再加上他那次的判决使用的是小骰子。这就像年老眼花的以撒把雅各当作以扫[①]一样,把四点看成五点。他反复重申根据法律的规定,自然的瑕疵不能说是有罪的。这在《国法大全》《军事法》《长条律》"凡与"条、《限定法权法》《条律》"几近"条、《城市安全法》《期限法》都有说明。自然原因导致的错误不能责怪人本身。这在《条律》"最大流弊"条以及《法典》"城司令的自由"条中都写得很清楚。

首席法官特赖加迈尔问道:"朋友,你说的骰子是指的什么呀?"

布列德古斯答说:"就是审案的骰子,《敕令》第二十六卷第二款'抽签法'、《条律》'禁止出售法'条、《交易法》《条律》'不应再犯'条、《奖赏法》等条文中都有所记载。也就是阁下在这个崇高的法庭上所使用的骰子,也就是《论诅咒》《大全》《司法官法》《敕令全集》《条律》等的注释人亨利·费朗达曾说的,占卜是决定讼案和纠纷的公正、有用和必要的好方法。还有更明显的,那就是巴尔杜斯、巴尔多鲁斯和亚历山大在《条例》'多数继承人分配公产法'里有所注释的。"

特赖加迈尔问道:"我的朋友,你是如何做的呢?"

布列德古斯答道:"我简明扼要地回答,我是按照《迟延审判法》《驳诉法》《上诉法》以及《法典注释》卷等的规定——现代人都喜欢简略。我采取的方法,在座各位,是完全一样,按照诉讼程序,也就是说我们的法律所规定的,见《集外法》《习俗法》《公函》《伊诺桑法》。我反复看过、反复读过原被告双方的诉状、传审、出庭、委托、察访、预审、提供、陈述、原告引证、被告答辩、请求、侦察、原告反驳、被告再驳、原告三驳、再引证、否认、抗议、异议、确定、对质、对证、记录、教会证明、国王敕令、强验文件、法庭权限、先发答辩、移上审理、发送宣告、批驳改审、规定判决、结束起诉、订定条款、抄写誊录、被告口供、送达宣判,以及诉讼程序中所有的公文和证据,《论证权利人》的第三款、《论名义》'法官权限'条及《论回文》第一款里所规定的关于合格法官的职责,我都履行了。"

"在座各位,我完全跟你们一样,把被告的案卷放在桌子的一头,给了他优先权。根据《条律》'优待'款、《限定法权法》第六卷上所说的,当诉讼双方的权利含糊不清时,应该把优先权让给被告。后来,我仍是和各位一样,把原告的案卷放在另一头,恰好与被告面对面。因为正反双方要面对面才能黑白分明,诸位大人也是

---

① 故事见《旧约·创世纪》第二十七章。

这么做的,我也给了原告相同的机会,也为他掷骰子。”

特赖加迈尔问道:“我的朋友,你为何认为诉讼双方依据的法律含糊不清呢?”

布列德古斯答道:“在座各位,我和你们遇到双方案卷很多的时候所做的一样,完全跟你们一样,用的也是小骰子,根据《限定法权法》以及用韵文写成的律法,如果案件含糊不清,总是要力求最无关紧要的细节。这在《教会法》第六款有关含糊不清也是这样规定的。”

“在座各位,我和你们一样也有大的、体面的、悦耳的骰子,但是那是给情节简单、也就是案卷少的案子用的。”

特赖加迈尔问道:“我的朋友,掷过之后,你是如何判决的呢?”

布列德古斯答道:“在座各位,还是跟你们一样,我让掷法庭的、诉讼的、裁判的骰子胜利的那一方赢了官司,正如法典里有规定的,法典《担保法》中《信物》款项《债权》条,以及《限定法权法》第六款中都有规定:法律庇护那些在法庭掷赢骰子的人。”

第四十章　布列德古斯是如何解释他用掷骰子来审理讼案的理由

特赖加迈尔又问道:“我的朋友,既然你用掷骰子的办法来审理案件,那么,又为什么不当着诉讼双方立即、毫不推迟、当场就裁决呢? 这些案卷的文件和诉状有什么用呢?”

布列德古斯回答说:“在座各位,这也和各位一样,有三种用途:完整性、必要性与真实性。”

“第一,是形式完整,要是缺少完整的形式,所做者即无效。这一点在《安全法》和《论回文》说得很清楚。此外,你们比我更清楚,在诉讼程序中,形式统领内容和实质,因形式随实质的改变而改变了。《国法大全》的《表明法净》《继承法》《条律》《集外法》《什一税法》《晋见法》《做弥撒法》《某处法》等,都有这方面的记载。”

“第二,也跟对各位一样,对我也是一种真实的健康的锻炼。故世的名医奥托曼·瓦德尔曾不止一次地对我说过,缺少身体锻炼,是你们做法官的人生命短促的唯一因素,这里包括所有法官和司法界的人。这个说法,在他以前,也早有明确的记载,这一点早在《教会法》中《善会及兄弟会法》第十二卷就有。因此,在座各位和我,这是对我们全体说的,在《限定法权法》第六款、《条律》的《全体》条、《保证》

条、《保证人》条以及《集外法》条,《条律》中《论职责》第一款等条文中就容许有某些健康的、消遣的游戏。圣托马斯·阿奎那也赞成这样做。大法家阿尔贝里克·德·罗萨塔也身体力行。这在巴巴里亚斯的《决疑原则》里有记载。《法典法释》序文、《国法大权》的《庶免第三者》条中已把道理讲得很清楚:要注意劳逸结合。”

“1489 年的某一天,我有件事到财政部去,用钱买通了执达吏才得进门。在座各位都是知道有钱能使鬼推磨。巴尔多鲁斯在《长法律》中《个别》里、《国法大全》的《如已申请》中、《撒里法典》的《回收物》条、《教会法净》的《金钱处理》条、《克雷蒙法》的《论说礼》第一条中都说到这一点。我看见大人物正在玩‘捉苍蝇’,他们是饭前玩还是饭后玩,我觉得这倒没有关系,只要‘捉苍蝇’这个游戏好玩、健康、遵守旧规、合法就行。这在《罗马法》的《申请遗产》款、《遗产转移法》和《表面道歉法》的第十款都容许的。我还记得提尔爱·皮格老爷,当时是‘苍蝇’,他在笑其他的老爷们拿帽子打他的肩膀,把帽子都打坏了。他告诉他们,帽子打破,回到家中太太是不会原谅的,这在《集外法》第一款《臆断》及《法典注释》中就已有规定。现在,让我们用司法界的话说,我和在座各位一样,认为在衙门里边,没有比清理案卷、翻阅公文、记录簿册、塞满纸篓、查看诉讼更有益的游戏了。巴尔多鲁斯和约翰·德·普那多在《法律》的《伪造证件》以及《国法大全》的《证件》款项中都提及了。”

“第三,也和在座各位一样,我认为时间能够让一切事物成熟。时间一久,一切都越来越清晰。时间不愧是真实之父,《法典注释》第一卷《奴役法》、原本《赔偿法》的《赔偿条文》及吉奥莫·杜朗注释的《良心条件》都曾提及,所以我就向你们诸位大人学习。我把判决拖延、推迟、耽搁下来,希望经过翻阅、考察和争论之后,日子一久,自然会成熟,被判的人承担骰子掷出来的命运也就不那么难受了,《法典注释》、《国法大全》的《推诿理由》、《条律》的《三种负担》款中曾说过:‘心甘情愿承受的担子会变轻。’”

“在不成熟、还没到时间的时候马上就开始宣判,就会产生医生所说的疮未熟就开刀的危险,也像人身上的一块病还没有发作就想把它除掉那样,是不合情理的。《依诺桑法典》、《法典注释》的《其他》款以及《集外法》的《权益损害》中都有类似的记录。”

“药物可治病,审批可断案。”

“自然还教导我们,果子成熟之后才能够去摘取,《各种制度》的《有关人》款及《国法大全》的《出售行为》款和《茹里亚努斯法规》中都有说到这一点。女儿要到结婚年龄才能出嫁,《国法大全》的《夫妻间赠予法》条律,《条律》的《缘本案情节》,《如某人将未婚妻》条,《法典注释》第二十七款都有谈及:

已经成年的童贞女

就可以谈婚论嫁。"

"一切都必须等待时机成熟,这在第二十三款及第二十三款末条有明文规定。"

第四十一章　布列德古斯是如何述说诉讼调解人的故事

布列德古斯继续说道:"这件事让我想起来在普瓦蒂埃师从法学大师布罗卡蒂姆学法科的时候,在斯马夫地方有一个名叫彼得·当丁的老好人,一个种地的能手,魔鬼窝里的唱经能手,有声望,年纪有各位中年纪最大者那样大。他常说他看到过戴大红帽子的'拉特朗议会',还看到过他太太,那位好心的夫人'国事诏书',佩着天蓝色的宽飘带和墨玉的大粒念珠。"

"这位老好人调解的纠纷,比普瓦蒂埃的法院、蒙特墨里翁的法庭、老·巴特南的村公所合起来审理的案子还要多。这使得周围一带地方的人非常尊敬他。乔维尼、努埃勒、克洛特尔、艾思格、里格、拉莫特、鲁西南、维冯、梅左克斯、伊思塔布和附近一带所有的争端、纠纷、诉讼,都由他来处理。俨然是一个权威法官,虽然他并不是法官,而仅仅是个简单的平民。但是附近一带地方,不论谁家杀一头猪,他都会收到一块烤肉和一段肠子。几乎每天都有饮宴、婚礼、领洗、安产谢恩要请他参加,还有人在酒店里请他调解。请注意,他调解纠纷,总是要双方一块儿喝酒的,这是言归于好、意见一致、和好如初的一种象征。这在博士注《国法大全》第一卷中《危险》及《财物变卖》中就有记载。"

"他有一个儿子,名叫斯蒂夫·当丁,是个挺可人意的小伙子。天主保佑,这个年轻人也跟他父亲一样乐于为人排解是非,你们全知道这句古话:子承父业,女继母业。这句话在很多法典中都有记录,如《法典注释》第六款第一条《如有人》、《法典注释》的《论良心》第五款第一条末、博士注《法典》的《未成年子女及其代理人》末项规定,《条律》的《合法》,《国法大全》的《论人的地位》、《国法大全》的《城市安全法》中《任何人》条,《镁茹里亚努斯法典》的《失节女子》第二十七款第一条。"

"他对调解业务倒是很注意,也很关心。常言道得好:关注法律的人,法律也会关心你。《孤儿法》、《国法大全》的《骗取委托》、《制度》等法律中都有记载。只要他一听到哪里有诉讼争端,他便立即快跑过去替双方调解。经以上记载说:活儿干不好的人,家也管不好。《国法大全》的《未成损害》也是这样说的,《情况未定》款也有记载,需要能使老妪奔跑。不过他运气很差,什么争端也没调解好,即使是最鸡毛蒜皮的小事也无法解决。相反,他的调解变成了煽风点火,使情况更糟糕,我想在座的大人也都知道。”

“人人都会说话,但聪明人并不多。《国法大全》的《案情改变,法官换人》有记载。斯马夫的酒店老板都说过,这小子当调解员时,他们一整年卖出去的调解酒(勒古热名酒的别称)还不及他父亲当调解员时半小时之内卖出的酒。”

“后来,儿子跟父亲来诉苦了。把所有的问题都归咎于他这一代人的腐败。他甚至说,要是从前的人也是这样倔强任性、强词夺理、刚愎执拗的话,他(指父亲)再也得不到这份荣誉和这个无可非议的和事佬的称号。戴诺说这话,可真的是违反法纪,法律是禁止儿子非难父亲的,《法典注释》及《巴尔多鲁斯注释》第三卷《如有人》款,《国法大全》‘案情条件’款、《婚姻法》‘如前已制’款第四条中都有论述。”

“贝兰说道:‘孩子呀,需要改变你的做法。’古人有言:时机成熟,水到渠成。秘诀就在这儿。像你这样,一辈子都调解不好。为什么?因为你一开始就动手,时机未到,条件不成熟。我调解起来总是成功,为什么?因为我非到末了、双方都腻味了、时机成熟了,才动手。你难道没听过一句谚语:饱经风霜的果实尝起来更甜。这句话见《条律》‘未死’、《商定》及《签订文约法》。你难道不知道常说的一句俗话:等病快要治好的时候叫来的医生最走运么?这是因为病已经治得差不多了,即使医生不来,病也会好的。我的当事人也是如此,他们没有气力争下去了,因为钱袋已经空了。他们自己也会停止吵闹的,没有钱,一切都没了。”

“这时就只缺少一个愿意说话的调解人。首先,他必须站起来提出调解,保全双方的面子,以免以后别人说,是这一方先低头的,是他先和解的,他先坚持不住了,他不占理,他觉得撑不住了。我的孩子,我就是在这个节骨眼儿上才出现,像豆子锅里正干的时候倒下去的油一样,非常的及时。名利双收的秘诀,红运亨通的窍门就在这儿。我亲爱的孩子,我告诉你,用这个方法,可以让法兰西人和威尼斯人讲和,或至少能休战,我也能使瑞士人与他们的国王、英国人和苏格兰人、教皇和费拉拉人之间的恩怨一笔勾销。天主保佑,就是土耳其人和波斯国王、鞑靼人和莫斯科人,也能让他们和平相处,或者至少暂时休战。”

“你记好,我只在双方都打够了、钱柜都光了、所属的钱袋都空了、土地也卖了、财产也押出去了、粮食军火都消耗殆尽的时候,我才会出面说话。这时候,天主在上!天主的母亲也在上!他们自然会停下来喘喘气、缓解一下他们的贪婪。”《法典注释》里说得很明白:

“能恨,即恨之;不能恨,即爱之。”

第四十二章　诉讼是如何产生的，如何成熟的

布列德古斯继续说道："因此，我和在座各位一样，把宣判拖延下来，等待案件成熟和日益完善。我的依据是《条律》、《茹斯提尼昂法典》的《公产分配法》和《论良心》、《敕令》第一卷《庆典仪式》款。"

"一件讼案在开始的时候，我也和各位一样，感觉它不成形和不成熟，像一只刚生出来的熊一样，没有脚，没有爪子，没有皮，没有毛，甚至连头也没有，只是一个不成形的肉团，要经母熊舔过，方才能出现它的肢体。对于讼案，一开始它也是一个不成形的肉团，也是无头无脚，只有一两件文件，跟一只不受看的小动物差不多。但是随着时间的流逝，等到诉状一捆一捆、一袋一袋的多起来，那时才能够说真的成了形、有了肢体。《条律》'凡其'、《国法大全》的《继承法》、《集外法》中都有说到这一点。还有，《巴尔杜斯注释》末款、《集外法》的《习惯法》、《茹里亚努斯法典》、《国法大全》'兹为表明款'、条件D'所需'、《国法大全》的《法规》第三卷中也有这样的记录，在《法典注释》第一款也曾这样说过：

"开始弱小，后来茁壮。"

"《茹斯提尼昂法典》第三卷说，那些法警、执达吏、执达员、代理人、检察官、评价员、律师、推事、录事、公证人、书记官，还有裁判员，全是不停地极力吮吸着诉讼人的钱袋，利用讼案来生长自己的头、脚、爪、嘴、牙、手、血管、脉络、筋骨、肌肉、液体，这就是那些案卷。见《法典注释》的《良心》款、《敕令》第四卷'汝既得'款中说过：

"观其衣饰知其心。"

"但是，在这一点上，因为诉讼者比执行官更有优势，因为施比受更有福。"

"《国法大全》的《圣餐》第三条、《集外法》的《举行弥撒》、《与马尔太净条》中说：

"执掌霹雳的人，也要看给钱人的脸色。"

"诉讼案件就这样日臻成形、完美起来。《教会法》注释说：收取、接收、获得是教皇喜欢听的词汇。阿尔贝里克·德·罗萨塔在谈到罗马时更清楚地说了这一点：

罗马是啃人手的，
憎恶吃不到的手；

给钱的手，
便会照顾；
不给钱的手，
蔑视和嫌恶。
道理何在？
有蛋堪取直需取，
莫待无蛋空捉鸡。”

“《法典注释》、《国法大全》的《中间人》法就说了这一点。在《法典注释》的《幻觉》款末条中也说明了不这样做的不利方面：没有工作做，便会缺衣少食。诉讼这一词的真正意义就是不断地让诉状和卷宗堆积如山，使我们法官有吃有穿。请听这句奇妙的法律俗语：

诉讼使法律增长，
诉讼使法官富有。”

“同样，《法典注释》的《极端》款、《臆断》款、《物证法》、《条律》‘不以信件……’条，‘不空手……’条中有：个人的力量弱小，需要齐心协力。”

特赖加迈尔问道：“不错，我的朋友，但是对刑事案件你是如何处理的呢，比方如果当场抓获罪犯呢？”

布列德古斯答道：“也和在座各位一样，我先把他放回去，让他好好地去睡一觉，作为诉讼的开头，之后我把一个证明他睡觉的正式文件带来，要符合《法典注释》第三十二款第七条‘奴与某人……’的规定。

“即使大诗人荷马也时而打瞌睡。”

“这时，从这个文件，再让它产生另一个文件，从另一个文件，再生出第三个文件。就这样一环扣上另一环，一件铠甲也就成形了。最后，诉讼程序齐齐全全，原来什么都没有，现在什么都不缺了。这时，我才使用骰子。我这样做，可是有根有据的。”

“我记得在斯德哥尔摩的战场上，一个叫格拉提亚诺的加斯科涅人，来自圣赛弗。这个小伙子赌博把全部饷银输光之后，非常气恼，钱就是人体的另一种血液，正像安东尼奥·达·布德里奥（15 世纪布伦尼法学家）在《意外事物法》第二款、《集外法》‘争讼未经证实……’和巴尔杜斯在《条律》‘如与汝……’、《诉讼要求法》、《条律》的《律师》款、《法庭律师法》等法律条文中所说的，金钱是人的生命，也是患难时的最佳保障。当他一出赌厅时，把钱赌光之后，当着他的伙伴，高声喊道：

“小伙子们，我以牛的大脑袋起誓，愿你们个个都醉醺醺的，直不起身来。现在我的二十四块钱全都输光了，我还有拳头、巴掌可以奉敬。你们当中谁敢跟我来一场拳击比赛？”

“他的话，没有人搭腔。他就跑到德军的营里，又重复了一次他的话，找人跟他打架。但是那里的人说道：

“‘这加斯科涅人名为向我们挑战，实则要抢我们东西。所以，亲爱的女人，你们可要小心看好我们家的东西。’”

“依然没有人肯和他打架。那个加斯科涅人又跑到法兰西‘志愿兵’的营盘里，把他的话又说了一遍，一面还跳着加斯科涅的舞步，找人跟他决斗。但是这里，同样也没有人搭腔。于是，加斯科涅人只好走到营房尽头在克里塞骑士大块头克里斯坦的帐篷旁边倒头去睡。”

“这时，一个雇佣兵，也是个输光了钱的小伙子，提着一口剑愣头愣脑地跑出来，要和加斯科涅人决斗，因为他自己也身无分文。正如《法典注释》的《论处分》第三款‘如有多人……’条中说得好：钱输光了，流出来的才是真泪。小伙子在营房里找了半天，最后看见加斯科涅人在那儿睡觉，于是就对他说道：‘嗨！见你的鬼！起来！我跟你一样都输光了。咱们俩打一下吧，看看谁能胜谁。要知道我的刀并不比你的剑长。’”

“那个加斯科涅人昏头昏脑地回答道：‘圣安诺的脑袋在上，你是谁啊，怎么把我吵醒了？你是不是喝醉酒了？加斯科涅人的保护神圣赛弗在上，我睡得多香啊，你竟敢来吵我！’那个‘志愿兵’请他起来打架。但是加斯科涅人说道：‘可怜的朋友，我已经睡饱了，肯定能把你揍扁。你还是先打个盹儿吧，我们再比试。’一觉醒来后，他把他输钱的事早就已经忘了，也没有兴致打架了。最后，两个人没有打架，也就没有打个两败俱伤，两个人拿宝剑押了一点儿钱，一块儿喝酒去了。睡眠做了一件好事，平息了两个战士的愤怒。约翰在《判案》及《判案律例》第六卷末章所说的一句话可谓是金玉良言：歇息和睡眠使人恢复理智。”

第四十三章　庞大固埃是如何谅解布列德古斯用骰子断案

布列德古斯说到此处，结束了他的供词。特赖加迈尔让他离开法庭，他遵命退出。特赖加迈尔向庞大固埃说道：

“崇高的殿下,刚才布列德古斯当着殿下的面,已承认用骰子的方法断案。按照理性的指示,不仅仅因为此处法院和米尔兰格全部领地对殿下的恩惠,也是因为我们法庭及所有米尔兰格人民对您的爱戴,同时因万能的天主,一切美好事物的施予者赋予您睿智、审慎和卓越的判断力。所以我们请殿下来裁决布列德古斯这件如此新颖、如此怪异和离奇的案子。”

庞大固埃说道:“诸位知道,审理讼案不是我的本行。但是,既蒙抬爱,给我这份光荣,裁判我当不了,我就来做个请求者就这个案子谈谈看法吧。”

“我认为在布列德古斯身上有几个特点,看在这些特点的份儿上似乎也值得原谅他。第一,他年纪大了;第二是他的单纯,就凭这两样,我们的法典和律条就能够原谅和宽恕不少过错。第三,我还看到一点,即使撇开法律不谈,对布列德古斯也一样是有利的。那就是,过去他做过的公平断案浩如烟海,现在只是这一次过错似乎可以弥补、相抵和取消。他四十多年以来,就没有任何可指责的地方。这好比在罗亚尔河里倒进一滴海水,因为这一滴水,绝没有人会有什么感觉,也不会有人说河水咸。”

“我好像感觉到有一种我不知道是什么的神奇力量使这个崇高的、可敬的法庭,认为他过去的断案都是公正的。你们知道,天主喜欢捉弄人,让智者糊涂,削弱了当权者的势力,让卑贱者变得职高位尊,以此来显示自己的荣耀。”

“这些事暂且不谈,这并不是看在你们受我家恩惠上,而是看在我们长期以来防护卢瓦河两岸,维护你们法庭威信和尊严的份儿上,按照下列两个条件,原谅他这一次。第一,让他使得在这件讼案里被冤屈的一方满意,或者保证让他满意,这一点,我将尽力帮助他;第二,你们委任一个年轻力壮、有学问、有智慧、精明强干、品行端正的助手,辅助他处理公务,让他今后在审理讼案时有所依靠。”

“倘若你们不要他,撤去他的职务,我就请你们将他送给我。我可以在我那儿给他找一点儿事,任用他。最后,愿仁慈的造物主天主、一切恩惠的保佑者和施与者,永远保佑你们。”

庞大固埃说完话,对法庭上的人点头致意,接着离开了法庭。巴汝奇、爱比斯德蒙、约翰修士等人在门口等他。他们一块儿上马回到高康大那里去。

一路上,庞大固埃把审理布列德古斯的经过原原本本都告诉他们。约翰修士说他在普瓦蒂埃封丹·勒·孔特曾和彼得·但丁相识,那时修道院的院长是教长阿迪龙。吉姆纳斯特说那个法国雇佣兵去找加斯科涅人挑战时,他恰巧在克里斯蒂安的帐篷中。但巴汝奇却一直想不明白,为什么用骰子断案能够公正,并且使用了这么长的时间。爱比斯德蒙对庞大固埃说道:

“从前有人说蒙勒里一个官儿就是使用这个办法。但是,用骰子审理讼案这样长久,而居然又审得如此的成功,你相信么?偶尔一两件案子这样做,我不奇怪,特别是疑难不明、情节复杂、审不清楚的案子。确实可用掷骰子碰运气。”

第四十四章　庞大固埃是如何述说一件疑难讼案的离奇经过

庞大固埃说道:“这很像在亚细亚做总督的塞内乌斯·多拉贝拉所遇到的那件疑案,故事是这样的:

“在士麦那有这样一个女人,前夫给她留下一个儿子名叫A·B·C。丈夫死后,经过一段时间,她改嫁给了第二个丈夫,又生了一个儿子名叫E·F·G。”

“于是就发生了(你们也都知道,后爹后娘很少会疼爱前房的孩子的)第二个丈夫和第二个儿子设计谋害了阿贝赛的案子。”

“做母亲的知道父子做的坏事之后,认为不能这样平白无故地放过他们,于是就替第一个儿子报了仇,把他们父子一块儿杀死。她被逮捕了,带到多拉贝拉那儿。在总督面前,她毫不隐瞒,一口承认了杀人的始末。但是,她认为她害死他们父子是有权力和理由的。案情就是这样的。”

“总督感觉这件事不好办,不知道该判哪一方有理。女人的罪过是严重的,因为她杀死了两个人——她的丈夫和孩子。但是,这个凶杀,他觉得也很自然,是符合人之常情的。因为是他们父子联合起来,设下圈套,先害死第一个儿子的。但这个儿子并没有得罪他们,冒犯他们,他们是由于吝啬、想独霸产业而杀人的。最后,怎么判呢?他把这个案子送到雅典的最高法院,听任他们去裁决。”

“最高法院答案如下:鉴于卷宗材料不齐全,把一干人等押解到雅典去当场处理,但必须等过一百年时间。这说明他们也认为这件案子很难处理,情节难辨,不知道如何判决才好。”

“这时要是用掷骰子来决定,就不会弄错了,因为结果不外是:女人输,那就该处置她,因为她的仇应该由司法机关去处理,而不应该是自己去杀人;女人赢,那就是因为她受到了极大的痛苦才起意杀人的。”

“布列德古斯的案子,让我奇怪的,是他继续了这么些年而没有出错。”

爱比斯德蒙说道:“我承认,你这个问题,我的确很难明白地说清楚。我猜想,这只是偶尔的天意和智慧的巧合。这两样东西(因为布列德古斯的单纯和诚恳,不太相信自己的学问和才干,同时也深知法律、敕令、条例、法典的自相矛盾)魔鬼撒旦也就乘机要起诡计,经常装作光明的天使①,利用它的使者,就是那些律师、推

① 见《新约·哥林多后书》第十一章第十四节。

事、法官等,颠倒黑白,混淆是非(你也是知道的,不论是多不占理,也会有律师为你辩护,不然的话,世界上就没有官司了)。于是才谦虚地把自己托在公正的裁判者天主手中,请求他的恩惠赐予佑助,让神的圣意,让偶然的机缘来做最后的裁决。用这个算卦的办法,探求上天的旨意和愿望,我们就把它称作法院的宣判。替天行道的力量会支配着骰子,使有理的一方获胜,维护法律的公正。一些算卦的曾说,完全靠机缘来裁断并没有错,因我们对人为的审判不信任,而这种做法体现了神的旨意。"

"对于米尔兰格最高法院那样显著的断案不公和贪赃枉法,我真不愿意想,也不愿意说,当然也不相信用掷骰子的办法所审理的案子会比他们那些沾满血腥的双手,和包藏祸心的判断所审理出来的案件更加不公平。而且他们的断案条例是由一个叫特里波里安的司法指导编造的。那是一个坏人,不忠实、粗暴、险恶、奸诈、悭吝、不公道,拿法律、敕令、条例、法规、通令去卖钱,谁出的价钱高就卖给谁。他们所使用的法律尽是些删节的片段,完整的法律都被取消废止了。因为完整的法规和古代法学家的著作都是以摩西的十二律法和其传道者和阐释者做出的评注为根据的,如果它们被公之于世,他的罪行就会马上被人揭穿。"

"诉讼的人与其让这些人受到法令裁判,还不如让他们在蒺藜上走的好(至少不至于更坏),加图在当时就曾希望并建议在法庭的地上铺设铁蒺藜,会有用的。"

第四十五章　巴汝奇是如何请教特里布莱

到了第六天头上,庞大固埃回来了,同时特里布莱也从布卢瓦由水路到达。巴汝奇连忙迎上前去,送上一只猪尿脬,鼓鼓囊囊得晃着直响,因为里边装了豆子;另外还有一把镀金的木头宝剑,一只由乌龟壳做的小荷包,一瓶外边用柳条编有一层套子的布列塔尼酒,以及二十五只布朗杜罗产的苹果。

卡帕林说道:"这个人怎么傻得像一棵白菜头一样呀?"

特里布莱把宝剑和荷包拴在腰间,手中接过猪尿脬,吃了一些苹果,一口气把酒喝完。巴汝奇好奇地望着他,说道:"我见过的疯子不计其数,还见过不止值十万法郎的傻子了,但是还没有见过喝酒喝得这样爽气的。"他于是用精心乾造的言辞,向特里布莱诉说自己的苦恼。

话尚没有住口,特里布莱就在他腰背上狠狠地打了一拳,把酒瓶还给他,用猪尿脬拍打他,其他的二话不说,只是摇晃着脑袋,喊道:

"天主在上！天主在上！简直是疯得发狂！小心教士！布藏塞[1]的风笛！"

说完这两句话，他离开众人，舞动尿脬，欣赏着豆子晃动的声音。从此，什么话都不肯说了。巴汝奇想再多问几句，特里布莱拿出木头宝剑，打算砍过来。

巴汝奇说道："现在可好了！这就是他的回答。没说的，一个地道的疯子。但是接他来的人更疯，我把我的心事全都告诉他，也是疯子。"

卡帕林说道："这话是说给我听的。"

庞大固埃说道："不要激动了，让我们观察一下他的动作和言语。我已经看出了一点儿奥妙，我越看越觉得土耳其人把这样的疯子奉若神明和先知，不稀奇了。你有没有看到他开口说话之前，他的头摇晃得多厉害。依照古代哲学家的指示，按照术士们的仪式和法学家的解释，能够断定这种动作是由于预言的神灵降临在他身上启发了他才引起的，预言的神灵突然进入这弱小的体质中（你知道，小头放不下大脑子），于是就摇晃起来，医学家说人身体发生颤抖，是因为一方面受到了太重太猛烈的负担；另一方面是机能负担的能力过分的脆弱。"

"有一个显而易见的例子是戒斋的人就不能举起一大杯酒而手不抖。女预言家皮提亚[2]在预言之前，就是不停地摇晃她的桂树枝。兰姆普里丢斯说罗马皇帝黑利阿加巴卢斯，为了让人说他是预言家，曾在多次的集会上，在伺候他预言的廷臣跟前，当众大摇其脑袋。普劳图斯在他的《驴》里说索里阿斯走路时头晃得像一个失掉理智的疯子一模一样，让遇见他的人都害怕。在另一个剧本里，他还说查尔米兹摇头晃脑是由于其心醉神迷。"

"罗马抒情诗人卡图鲁斯在《贝雷琴提亚和阿提斯》里说巴克斯的女祭司和神通广大的女预言家手拿藤枝，摇晃着脑袋，自然女神西布莉[3]的'受阉割'的男祭司在行祭礼时也是这样。按照古代神学家的说法，西布莉，在希腊语中指绷紧脖子扭动着头。"

"提特·利维也曾经写道，在罗马过巴克斯节时，男的女的都强扭着腰肢，好像都在预言似的。依照哲学家一致的说法和民众的意见，都认为上天赋予神性时必须伴随着身体的狂抖和晃动，不仅仅是在接受这种能力的时候，就是在发挥和宣告它时也必须这样。"

"名法学家尤利安，有一次有人问他，那个和狂热、疯狂的人在一起、不晃脑袋但是偶尔也预言的奴隶，能不能算作神志正常的人，尤利安回答说是正常的人。我们今天还看到教师和教育家遇到学生胡思乱想、分心走意的时候，就摇晃学生的脑袋（跟拿住柄摇晃一个锅一样），拽起学生的耳朵（这是古代埃及圣贤的教导，他们说耳朵是司记忆的官能），让他们的神志恢复到正确和哲学的轨道上来，不要胡思乱想。维吉尔承认阿波罗确实拉过他耳朵，摇晃过他的脑袋，这原因应该在此吧。"

---

① 布藏塞：安德尔省地名，以制造风笛出名。
② 皮提亚：得尔福阿波罗神庙预言家。
③ 自然女神神西布莉：神话中天之女儿，朱庇特之母。

第四十六章　庞大固埃和巴汝奇对特里布莱的断言有不同的解释

"他说你是疯子,而且是世上无双的疯子啊! 疯得发狂。到了老年,还想结婚来约束自己,奴役自己。他对你说:'小心教士!'我以我的名义担保,他是说修士会让你做乌龟。请注意世界上没有比名誉更重要的了,我打赌,即便我是欧罗巴洲、阿非利加洲和亚细亚洲独一无二的和平君王,我还是要说名誉仍是我最宝贵的财富。"

"你知道,我对于我们这位'明智的狂者特里布莱'太相信了。别处的神谕和预言虽然早已经注定你会做乌龟,但是却没有明白地说你妻子和什么样的人通奸,叫你成为乌龟的是什么人。而这位尊贵的特里布莱却说了,是一个教士叫你成为乌龟,这太不像话了,太丢人了。让教士来玷污和侮辱你的婚姻,这怎么可以?"

"他还说你要做布藏塞的风笛,这就是说你是属于带犄角的,你要长犄角。这好像那个代兄弟向国王路易十二游说的人,他想垄断布藏塞征收盐税的买卖,结果只要了一个风笛。你也是这样,原本想娶一个贤惠的妻子,结果你会娶一个不知检点、狂妄自大、像风笛一样只会哇哇叫的讨厌女人。"

"还要想到他用猪尿脬摆弄你,还在你脊梁上打了一拳。这是预言你的妻子将会打你,摆弄你,偷你,像你从前偷沃不雷通小孩的猪尿脬一样。"巴汝奇说道:"完全不是这么回事。我绝对没有意思从疯子的领域里退出来。我坚决要做疯子,并且我承认我是疯子。所有的人都是疯子。实话告诉你,在洛林省,疯子和人人距离无几,所以人人都是疯子。所罗门说得好,疯子的数目是无限的。亚里士多德也说,无限是个无法增减的数字。倘若我疯,而我自己并不觉得自己疯,那我就疯好了,疯子之所以多得数不清数目,理由就在这儿。阿维赛纳说疯狂的类别多得不可胜数。"

"至于他的另一些话和动作,对我来说都是好的。他说到我女人:'小心教士!'这是说她将会喜爱燕雀,像卡图鲁斯的丽斯比亚养的燕雀一样,它会捕捉苍蝇,跟捉苍蝇的罗马皇帝图密善[①]山生活得一样快乐。"

"他还说她乡下气,像索里厄[②]或者布藏塞的风笛那样,整日奏着快乐的曲子。

---

① 图密善:公元 81 –96 年罗马皇帝。

② 索里厄:法国黄金海岸省靠近索河地名。

这是这位忠实的特里布莱了解我的天性和情感。我可以告诉你,那些披头散发、屁股上有着一股苜蓿草味道的小牧羊女,比珠光宝气、下部熏香的贵夫人更让我欢喜。我更喜欢乡村风笛的声音,而不喜欢宫廷里古琴、提琴和梵哑铃的靡靡之音。”

“他还在我脊梁上打了一拳,看在天主的份儿上,这算得了什么。这只会减少我到炼狱中的刑罚,况且我也不疼。他跟拍了一下侍从一样。我告诉你,这是个好疯子,好心眼儿的,谁要是觉得他不好,那才真是罪过。我自己真心实意地原谅他。”

“至于用猪尿脬摆弄我,这是指我太太和我之间的开玩笑,是新婚夫妇之间常有的事。”

第四十七章　庞大固埃和巴汝奇是如何决定去寻求神瓶

巴汝奇说道:“还有一点,你没有想到,这才是关键之处呢。他把酒瓶交在我手中,是什么意思? 他想表示什么?”

庞大固埃回答说:“也许是说你太太是个酒鬼。”

巴汝奇说:“不对,因为酒瓶是空的。我用布里圣·菲亚克脊骨的名义起誓,我们这位独一无二的‘明智的狂者特里布莱’是要我向神瓶去请教。我再重复一下当初许下的宏愿,请你做证。我以斯提克斯河和阿开隆河起誓,在未得到神瓶对我的婚姻预言之前,我的眼镜要戴在帽子上,裤子外边不穿裤裆。我认识一个可靠的人,是我一个朋友,他知道神瓶在哪个国家、哪个地区、哪个地方的庙宇里供奉着。他肯定能够领我们去。我们一块儿去好不好? 求你不要拒绝我。我做你的阿凯提斯,做你的达蒙,一路上绝不会离开你。我早就知道你喜爱旅行,乐于观察,乐于学习。请你相信,我们肯定会看见很多奇妙的事。”

庞大固埃说道:“好啊! 但是,这次旅行时间一定很长,并且会遇到许多意外和危险。在动身之前……”

巴汝奇拦住他的话,说道:“会遇见什么危险呢? 我不管走到哪里,在我周围七法里之内,所有的危险一块儿回避。好像国王一到,法官让位。太阳一出,黑暗消逝。康德的圣马丁一出来,百病遁迹一样。”

庞大固埃说道:“但是,动身之前,还有几件事要做。第一,把特里布莱送回布鲁瓦去(这件事随说随办,庞大固埃赠给他锦衣一袭);第二,需要征求我父王的同意,并向他辞行。此外,我们还需要找一个能掐会算的人给我们带路,并且做翻译。"

巴汝奇说有他的朋友克塞诺玛恩[1]就足够了。另外,他主张从灯笼国经过,在那儿找一个多才多艺的灯笼国人,他会像陪伴埃涅阿斯经过极乐世界的西比尔一样为我们效力,这时特里布莱还乡的卡帕林听见了,不禁大声说道:"巴汝奇,喂,你这个无债一身轻的家伙,路过加莱的时候一并带上欠债老爷吧,他可是个'古德·法罗',也不要忘了灯笼国的负债人。这样,你的'法罗'和'灯笼'[2],全都齐全了,那就强身壮阳都有了。"

庞大固埃说道:"只可惜我不会说灯笼国话。"

巴汝奇说道:"我会给你们做翻译,我懂这种话就像我自己的家乡话。我一向像平常话一样使用它。"巴汝奇说到这儿,随便说了一些灯笼国语,让爱比斯德蒙猜这是什么意思。

爱比斯德蒙回答说:"这是流浪鬼、过路鬼、爬行鬼的名字。"

巴汝奇说道:"你说得不错,漂亮的朋友。这是灯笼国宫廷里的话。路上,我给你编一本小词汇,保准用不了穿一双新鞋的时间,明天天亮之前包你能够学会。我刚刚说的,从灯笼国话翻成法国话是:

当我还是一个求爱者,灾难到处追随,
从不曾有过安慰。
结婚的人是幸福的,
巴汝奇结过婚,深知其中滋味。"

庞大固埃说:"现在只剩下请示我父王,得到他的同意了。"

第四十八章　高康大是如何指出孩子未禀知父母并征得他们同意之前结婚是不合法的

庞大固埃来到皇宫大厅,正巧遇到善良的高康大从国会里出来。庞大固埃简略地向他父亲叙述了经过,提出他们的打算,并请求他的同意让他们旅行。仁慈的高康大手里抱着两大包议案的决议和待议的提案,这时他将东西都递给他的老传

---

① 克塞诺玛恩:喜爱旅行,喜爱远方事物之意。
② "法罗"和灯笼都有强身壮阳之意。

信官乌尔里奇·加勒,把庞大固埃拉到一边,脸上露出非常高兴的神色,说道:

“亲爱的孩子,我赞美天主保佑你一心向善,我愿意你去完成这次旅行。但是,我希望你也能想到婚姻这件事。我看你也到了合适结婚的年龄了。巴汝奇努力冲破阻碍他的困难,你也该说说你自己了吧。”

庞大固埃回答说:“最最仁慈的父亲,这件事,我还没有想到过。我完全按照你老人家的意思,听从你的吩咐就是了。我请求天主,宁愿看见我立刻死在你面前,都不愿看见我活着而违反你的意思去结婚。不管什么法律,正统的也好,外教的也好,外国的也好,我从没听说可以让孩子自由,不经过父母和亲人的同意、答应和指示,就去结婚的。所有的立法家都没有容许孩子有这个自由,这一直都是由父母做主的。”

高康大说道:“亲爱的孩子,我相信你的话,赞美天主只让你认识到正确的和应该赞许的知识,只容许善良高尚的知识进入你的灵魂之窗。在我年轻的时候,大陆上就有这样一个国家,那儿的教士和鼹鼠,对于婚姻,就跟自然女神弗里吉亚西布莉那阉过的祭司一样(就像阉鸡,而不是像兴致旺盛的雄鸡),深恶痛绝。他们对结婚的人还颁布了一些有关婚姻的条律。我真不知道该更憎恶哪一方面,是这些可怕的教士,他们不老老实实地待在自己神秘的庙堂围墙中,却出面去干涉和他们身份完全不相干的事情,还是那些愚昧、迷信的结婚者,他们居然承认并宣称听从这样恶毒和残暴的条律,他们已经被蒙蔽了(虽然这比晨星还明显),看不见这些关于婚姻的种种规约是对这些教士有好处,对结婚的人一点儿好处都没有。这早已构成充足的理由认定婚姻法规是不公平和哄骗人的了。”

“一报还一报,他们能够给这些教士也定下一些做弥撒行祭礼的法规,因为教士是靠收取这些人的什一税,剥削他们靠血汗挣来的果实,才能过着寄生虫般的生活。我觉得,这跟教士规定他们的法律比起来(在我来看),根本算不上是狠毒和严厉的。由于,正如你前面所说的,世界上没有法律容许孩子不禀知父母、不取得他们的认可和同意就随随便便结婚的。按照我刚才说的律条,那就没有歹徒、无赖、恶棍、杀人犯、臭皮囊、丑八怪、大麻风、强盗贼人、地痞流氓,不能够随意去挑选女人了。任她家庭高尚、美丽富有、规矩贤淑,也可以从她父亲家里、母亲怀里将她拉走,不论她家中反对与否,只要这个歹徒和神秘的教士勾结好,让他有一天也能分得一杯羹就行。便能从她们的家里,从父母的怀里,不顾任何人的拦阻把她们抢走。”

“过去的哥特人、锡西厄人或是任何野蛮人在经过长期的围困,花费许多心血,强行攻克对方的城市中,能够做得出更卑鄙更残暴的事情么?不幸的父母看到一个陌生人、不认识的人、强人、坏人、肮脏恶臭、僵尸似的穷无赖,把他们希望在合适的时候嫁给和自己孩子受同样培养和教育的邻居的儿子或老朋友的后代,以达到百年好合、传宗接代、继续祖上传统、承受家业、财富、遗产的、自己的花容月貌、娇生惯养的女儿,从自己家中抢走、拉走,你们想想这对于他们是一副怎样的情形?”

“不要以为罗马人和他们的盟邦在听到马尼库斯·德鲁苏斯死的消息会比这个更悲哀。”

“也比斯巴达人看到那纵情声色的特洛伊王子偷走海伦时更痛心。”

“刻瑞斯看到自己的女儿普罗塞耳皮娜被掠走、伊希斯①痛失自己的丈夫、维纳斯哀悼心上人阿多尼斯、海格立斯看到自己的伙伴海拉斯失踪,被水妖掳走、特洛伊王后赫卡伯看到自己的女儿波吕克塞娜遭人劫持时所表现的痛苦,都不及这些父母内心的悲痛与无助。”

“然而,这些人,毕竟太害怕撒旦的淫威。他们不敢反抗,因为有‘土老鼠’一样的教士有办法使自己的罪行显得合情合法。在失去亲爱的女儿的家庭中,父亲只有咒骂当初结婚的日子太不吉利,母亲后悔这个不幸的悲惨的孩子怎么当初没有流掉。”

“他们原本应该在欢乐幸福中安度晚年的,现在却只有在痛哭流涕中结束了他们的生命了。”

“还有的被气傻了,变成疯子了,悔恨交加,受不了这种侮辱,宁愿去跳水自尽,上吊寻死。”

“也有胆子大的,效仿雅各的儿子报妹妹黛娜被污之仇的行为,他们找出那个坏蛋和他的合伙人教父,发现坏蛋们正在阴谋挑唆他们的女儿,他们立即就动手把坏蛋们剁成肉块,残忍地杀死。然后将尸首扔到野外去喂狼和乌鸦。这样英勇壮烈的举动吓坏了、惊呆了那些教士和‘土老鼠’们。他们提出有力的抗议,一再请求和督促教外的援手,也就是说司法机构,催促他们迅速对这种事来一个惩一儆百的处罚。”

“但是,不管是自然的公理还是人类的法权、国家的律条都没有任何规定、条款、例证或是权力,能够对这种事处以刑罚。这样做于理不合,也不符合自然。因为世界上有道德的人,听到女儿的被辱、蒙羞和失去名誉比听到她自己的死亡还要震惊,这是合乎自然,也是合乎理性的。因此,任何人,只要是看见强人不正当地、有意地危害他的女儿,论理他可以,论自然他应该立即将他杀死,而且法律都不能干涉。所以遇到坏人,由于‘土老鼠’的唆使,引诱自己的女儿,拐骗她离开家庭。尽管她本人同意,也可以并且应该把坏人和‘土老鼠’全部杀掉,并将尸首扔给野兽吃,因为他们不配享受我们称之为坟墓的仁慈伟大的母亲土地最后甜蜜的和向往的拥抱,也就是不能入土埋葬。”

“最亲爱的孩子,我死之后,注意可不要让我们国家里有这种法律。只要我还有一口气,还活着,天主保佑,我肯定坚决这样做。至于你的婚姻,既然你信托我,

---

① 伊希斯:埃及女神。

我答应你,我肯定会留意的。你准备和巴汝奇去旅行好了,带着爱比斯德蒙,约翰修士和你挑选的其他的人一块儿去吧。你可以依照你的意思动用我的钱。你所做的一切,我都同意。到塔拉萨船厂去选一条船,随你高兴去调动水手、船工和翻译,一等到顺风起来,就能够在救世者天主的保佑下开航了。”

“你走以后,我将筹划一切,替你找一门亲事,并准备迎娶时举办空前浩大的喜宴,那将是一场最值得纪念的结婚盛宴。”

第四十九章 庞大固埃是如何准备出海;如何携带“庞大固埃草”

又过了几天,庞大固埃拜辞了仁慈的高康大,老人祈祷儿子一路平安——来到圣·玛洛附近的塔拉斯港口,随行的有巴汝奇、爱比斯德蒙、特来美院长约翰修士和宫内其他的人,另外还有克塞诺玛恩,那位大旅行家和艰苦道路的跋涉者,因为他是萨尔米甘第总督之下一个我也不清楚的什么世袭小领主,所以也被巴汝奇召唤来了。

一行人等来到塔拉萨之后,庞大固埃要了一个船队,数目是萨拉米斯的埃阿斯远征时率领希腊人讨伐特洛伊的船队的数目。按照长途旅行的需要,船上备齐船员、水手、划桨手、翻译、工匠、兵士、粮食、武器、军火、服装、钱币等以及其他需用物品。在装运的东西里边,我看到还有大量的“庞大固埃草”,有生的未经过加工的,还有熟的经过加工的。

这种草的根不大,硬硬的,圆圆的,头上都是齐的,白颜色,不容易抽丝,入地不过一肘深。从根上长出一根独立的圆形茎秆,样子长得像茴香,外青内白,中空,就像伞形科植物豌豆和黄龙胆一样。茎是本木的、多纤维、易碎、呈棱状,就好像有细条柱子,富于纤维,这是它的珍贵之处,就在于它纤维的部分。此种植物一般高至五六尺,有的时候,会超出枪杆的高度,那是遇到了肥沃、潮湿、松软、滋润而温暖的土地。比如在奥隆纳和萨比尼亚普雷奈斯特这样的好地方,6 月初和夏至前后雨水充足,就会长得比树还高。按照古希腊逍遥派哲学家,对植物深有研究的泰奥弗拉斯托斯而命名的,叫作“草木树”,虽然它是年生草本,并且根、茎、皮和枝子都不能历久,粗大的枝丫是从茎上发出的。

叶子的长度约等于宽度的三倍,常青,略呈粗糙,似紫草,微硬,叶边形状就像锯齿,又好似唇形科植物,叶尖如马其顿长矛,又如外科医生使用之小尖刀。叶子形状略异于榛树及龙牙草叶,很像兰草,不少植物学家将它称作供观赏植物,而将兰草说成是野生“庞大固埃草”。叶子沿茎四周成排生出，距离相等，每排约五片至七片。此草得天独厚，叶子神奇奥妙，味甚浓，嗅觉敏感者闻起来会感到不舒服。

种子结于茎尖近梢处，像一般草类，结子甚多，球状、椭圆、微长，浅黑接近褐色，硬硬的，外皮易脱，为鸣禽所喜爱，像红雀、金莺、百灵、芙蓉、黄雀等，但是人倘若多吃或常吃，就会削弱生殖能力。尽管这样，古时候的希腊人还是用它做包子，做饼，做糕，当饭后点心吃和下酒用，不过这种东西不容易消化，到胃中不舒服，会产生败血，再由于它的性能过热，会损伤大脑，让头部郁闷和疼痛。

它也跟不少其他的植物一样，是双性的，雌雄性都有，就像月桂、棕榈、橡树、冬青、曼陀罗花、羊齿草、蘑菇、马兜铃、柏树、乳香、薄荷、牡丹等植物一般，这种植物的雄性不开花，但是果实累累，雌性则开一种小白花，但是不起作用，不结子。也跟其他同类植物相同，雌性叶子比雄性叶子宽，但比较柔软，高度也赶不上雄性植物。

“庞大固埃草”在燕子来时下种，知了开始变声时[①]出土。

第五十章　出名的“庞大固埃草”是如何加工和使用的

春分为“庞大固埃草”的加工季节，方法不一，是看地区和民族的喜爱而定的。庞大固埃最初教导的方法是：从茎上除去叶子和种子，泡在不流动的死水中，天气干燥水性温暖时泡五天，天气多雾水性寒冷时泡九天到十二天，接着在阳光中晒干，在荫凉处剥皮，把纤维（我们上边已经说过，它的价值和可贵处就在此）除去木质部分，木质部分在这儿没用，但是是很好的引火材料，点起来很亮，还能够给小孩子拿去吹猪尿脬玩儿，馋嘴的还可以偷偷地把它当作吸管来用，从桶口中吮吸新酿的酒。

少数现代加工“庞大固埃草”的人，不用手来做这个分梳工作了，他们使用一种分梳机，样子就跟愤怒的朱诺为阻止海格立斯的母亲阿尔克墨涅生产时并起来的手指一样。通过它，能够将无用的木质部分剔除掉，并梳出纤维来。但是加工方法有些违背一般人的思想，不符合常理，只有那些过日子的人会做。还有人不愿意让人看出它的用处，那就像人们所说的派克家三姊妹的工作，尊贵的喀尔刻[②]夜晚的消遣，或是珀涅罗珀在她丈夫尤利西斯远征离家后，拒绝她的求爱者时所用的始终不变的借口——日织夜拆一直忙个不停。所以，这种草的用处还真是说都说不

---

① 即9月里。

② 喀尔刻：神话中的巫女，曾使尤利西斯的伙伴变成猪，使尤利西斯不离开她。

尽,我只能说一部分(因为全都说出来不可能),上边我已说过这种草的命名由来。

我认为植物名字的来源不一,有的来自首先发现、辨认、推广、种植、培养和借用它的人的名字得来的。如墨丘利的“墨丘利草”,埃斯科拉庇的女儿帕那斯的“帕那斯草”,从阿耳忒弥斯也就是狄安娜来的“阿尔忒弥斯草”,从厄帕多尔王来的“厄帕多尔草”,从特勒弗斯来的“特勒弗斯草”,从海格立斯的儿子朱巴王的御医厄冯比斯的“厄冯比斯草”,从克莱门努斯王的“克莱门努斯革 · 亚西比德的“亚西比德草”,从斯拉沃尼亚国王让根提乌斯的“根提乌斯草”,等等。这种把自己的名字加于发现的植物的风气太盛行了,正如曾引起尼普顿和帕拉斯争执的,两人一块儿征服的土地应该叫谁的名字一样。雅典是从雅典娜来的,雅典娜也就是密涅瓦。类似的情形也发生在锡西厄的国王林科斯身上,他暗杀了刻瑞斯派遣给人类送麦子的小特利普托雷摩斯,当时人类还不知道麦子是什么东西,想用自己的名字来叫麦子,争得对人类的生命如此有用、如此需要的粮食发现者的永恒的光荣。但是因为他谋杀了人,刻瑞斯就让他变成了山猫,或者叫大野猫。同样,古时一些国王曾在卡帕多奇亚长时期进行激烈战争,也是为了这个争论:一棵草应该叫谁的名字。后来双方争执不下,引起了战争,就把这种草取名为好战者。

有的名字来自出产的地方,就像“米堤亚柠檬”就是因为最早的柠檬是在米堤亚发现的,“普尼西亚石榴”是从普尼西亚(就是迦太基)来的,“利古里亚草”也就是我们的独活草,就是从利古里亚(热那亚海岸)来的,据阿米亚努斯考证,巴巴利大黄(就是现在的伏尔加河)上发现的草,还有“圣东日草”“希腊茴香”“卡斯塔尼亚栗子”“波斯桃”“萨比尼亚杜松”以及斯柴查德薰衣草,还有凯尔特甘松香,等等。

有的名字来自反义词和反语,比如“苦艾”就是美味的反义词,因为这种酒很难喝。还有“骨头”,本为“铁骨铮铮”,其实是反义,说的是一种最软弱、最弱不禁风的草。

还有的名字是从植物的性能和功效来的,就像“安产草”有助于孕妇生产;“疙瘩草”治和它同名的皮肤病疙瘩;“软舒草”性主松软;“生发草”能让头发美丽;还有“防咬草”“痛风草”“宁嗽草”“鼻通草”(就是“水芹”)、“镇痛草”“防痉草”等等。

有的名字是根据植物本身的特性来的,比如向日葵,它跟着太阳转,太阳出来,它就开放,太阳上升,它就挺直,太阳西落,它就歪过去,太阳落山,它的花就闭合起来;“铁线蕨”即便生长在水畔,也不会潮湿,就是长时间浸泡在水里,拿起来也是干干的。此外,还有“明目革”“羊须草”,等等。还有的植物是神的化身,因此名字也就照旧,就像“达佛涅”(桂树)是从达佛涅来的,“默特尔爱神木”“皮蒂斯”“那喀索斯”,即水仙花,“萨弗朗”,也就是藏红花,和“斯米拉克斯”,即天门冬等等,都是以变成这些植物的仙女或神的名字命名的。

还有的名字是由于植物本身是同想象的东西命名的。比如“马尾草”(又名木贼草),是由于它像马的尾巴;“狐尾草”是由于很像狐狸尾巴;“跳蚤草”是由于像跳蚤;“海豚草”是由于像海豚;“牛舌草”是由于像牛舌头;“鸢尾花”,也叫艾丽斯花,因花酷似朱诺的信使艾丽斯脖子上的彩虹而得名;“天虹花”是由于它的花像虹一般鲜艳;“鼠耳草”是由于像老鼠耳朵;“牛蹄草”,等等。

也有一些家族的姓氏源于植物的名字,就像从蚕豆来的法比氏族,豌豆是来自皮宗氏族,扁豆来自兰特力姓氏,鹰嘴豆来自的西赛罗氏族。还有的植物名字是来自于尊贵的神灵,比如“美神肚脐”“美神头发”“美神脑袋”“朱庇特胡须”“朱庇特眼睛”“战神血”“墨丘利手指等等。

还有的名字来自它们的成长形状,如车轴草,或“三叶草”就是因其三叶轮生;“五叶草”是因为它是五叶轮生;“爬地草”因为它贴着地生长;其他的还有“吸人草”“帽子草”“甜栎树”“阳伞草”“甜栗树”等,其实是阿拉伯的一种李子,因其果实像橡栗,而且富含油质。

第五十一章　“庞大固埃草”命名之由来和惊人的功能

“庞大固埃草”的来历就是这样(绝不是虚构的故事,因为天主不喜欢我们把如此真实的东西说成故事),它是庞大固埃发现的,我不是说植物的本身,而是指它的功用。这个发现,那些小偷们恨得要命。比起杂草和菟丝子对亚麻的怨恨,芦苇对蕨类植物的怨恨,杉叶藻对割草人镰刀的怨恨,金雀花对青豆的怨恨,莠草对大麦的怨恨,斧草对扁豆,稗子对麦子,爬藤对石墙的仇恨,都没有小偷对于“庞大固埃草”的仇恨来得厉害。超过了戒尺和木板对于那伐尔学校的学生的作用,超过睡莲对于风流教士的作用,超过白菜对于葡萄酒的作用,超过大蒜对于磁铁的作用,超过洋葱对于视力的作用,超过了羊齿草籽对于孕妇的作用,超过了柳絮对于不守清规的修女的作用,超过了水松树荫对于树下睡觉人的作用,超过了乌头对于豹子和狼的作用,超过了无花果和气味对于野性公牛的作用,超过毒芹对于小鹅的作用,超过了马齿苋对于牙齿的作用,超过油脂对于树木的作用,我们还看到过不少坏人使用“庞大固埃草”吊着脖子结束了他们的生命,效法色雷斯女王菲利斯、罗马皇帝波诺苏斯、提拉姆斯皇后阿玛塔,还有菲斯、奥托里卡、利康伯斯、阿拉克、法德拉、丽达、利地亚国王阿凯乌斯,等等。他们之所以不喜欢“庞大固埃草”,并不是因为有病,而是“庞大固埃草”突然勒住了他们说好听的话、进好吃东西的喉管,比喉头发炎和严重的气管炎还难过得多。

我们还听到一些人，就在阿特洛波斯割断他生命之线时，大喊大叫，说庞大固埃掐住了他的脖子。但是，这哪儿是庞大固埃？庞大固埃一辈子都没有害过人，这是“庞大固埃草”发挥绞刑架的作用。他们说话不当，犯了文字上的错误，不然的话倒可以说是错用了借喻法而原谅他们的。比如用发明者的名字代替这项发明，比如用谷物女神刻瑞斯代替面包，拿酒神巴克斯当作酒。我在这儿以在此桶内冰着的酒瓶里所包含的善言向你们发誓，尊贵的庞大固埃从来没掐过人的脖子。

“庞大固埃草”与庞大固埃有很多共同之处。因为庞大固埃一出世，就和庞大固埃草一样高。量起来并不困难，他出世时恰好赶上天干地旱，这种草正在收割。伊卡罗斯的狗对着太阳发出的吠声使得全人类都成了穴居人，一个个被迫都躲进地窖，住到地底下去了。

还有，“庞大固埃草”命名之由来，是因为它的功能和特性。正像同庞大固埃代表整个完善的欢乐的意识和最完美的乐观精神（酒客们，我想你们谁都不会怀疑吧），我认为“庞大固埃草”也具有相同的性能、同样的力量、同样的完美、同样惊人的功效。倘若这些特点被人知道的话，那么（按照先知的述说）树木选举树林之王管辖它们治理它们的时候，如果“庞大固埃草”的这些神奇功效能被人们所知晓，没有疑惑，“庞大固埃草”一定会得到最多的选票。

还要继续说下去么？倘若奥里乌斯的儿子奥克西卢斯，和他的妹妹哈玛瑞亚德的结合会生出“庞大固埃草”的话，那么奥里乌斯对这种草的珍惜和宠爱，会超过对自己生的八个孩子的疼爱。要知道，这八个孩子全是神话王国里赫赫有名的树神。他的大女儿名叫“葡萄树”，第二个是男孩叫“无花果树”，第三个叫“胡桃树”，第四个叫“栗子树”，第五个叫“苹果树”，第六个叫“榉树”，第七个叫“杨树”，最后一个叫“榆树”，是当时出了名的外科医生。

我还可以告诉你们，将“庞大固埃草”的汁水挤出来，滴到耳朵中，能够灭杀一切由腐化所产生的寄生虫和任何进到里边的虫子。倘若将这种汁水倒到一小桶水中，你们就会看到桶里的水立即凝结起来，像牛奶一样，性能非常厉害。这种凝结的水是治疗马匹患急腹痛或气短的良药。

这种草的根，在水中煮过之后，能够揉活僵硬的筋络、收缩的骨节、硬化的风湿炎和麻木的痛风病。

倘若要急救烫伤，不论是水烫的，还是火烫的，只需将从地下刨出来的、新鲜的“庞大固埃草”敷上就行了，不再需要其他的东西和药品。只是留意草在伤口上干枯之后，换上新鲜的就可以了。

要是没有这种草，厨房将会龌龊不堪，饭桌上尽管摆满鱼肉美食，也会让人不屑走近。床上虽然用金子、银子、合金、象牙、宝石，装饰得再好，也没有人会喜爱它。没有这种草，磨工就不能将粮食扛进磨坊，也不能将面粉扛出来。没有这种草,律师怎么带着辩护词去出庭?石膏怎样运进工厂?怎样将水从井里打出来?那些录事、书记、作家,还有什么事好做?文书契约不都要绝迹了么?伟大的印刷术不是都没用处了么?用什么来糊窗户呢?怎么撞响教堂的钟呢?伊希斯教的祭司拿它做装饰,庙寺中的教士用它做衣服,全人类都是主要依靠这种草来遮护身体的。印度的全部羊毛树,波斯湾泰罗斯、阿拉伯和马尔他的棉花树等合起来都比不上这种草能够满足这么多人的穿衣。加到一起也不足以供应用这种草做衣服的人。它让军队御寒挡雨,比过去用兽皮便利得多。它为戏场剧院遮蔽太阳,替猎人圈围树林和猎场,不论淡水海水,替渔人下水捕鱼。长筒靴、中筒靴、短筒靴、便靴、轻靴、硬底鞋、软底鞋、拖鞋、便鞋,全都是用它做的。弓弦、弩弦、弹弓弦也是它做的。它还是一种神草,就像亡灵敬重的马鞭草一样,尸体必须裹上它才能入殓。

我还可以说下去。用这种草,所有无形的物体,都能够在你目睹之下被抓住、捉住、擒住,就像关进监牢里一样。利用这种草,就能够使又重又大的磨轻快地转动起来为人类造福。大大改善了人类的生活。我因此感到震惊。在过去漫长的世纪里,为什么古代的学者就没充分考虑到这种机械的功效?没有它,那劳动强度会是多么令我难以忍受。

用这种草,能够控制风浪,重大的运输船、宽敞的载客船、坚固的劳役船、千人船、万人船,都能够任管船的人从港口开出随意驶往任何地方。

用这种草,一切大自然让我们认为神秘莫测、无法理解的陌生国家,都靠近我们了,我们也靠近了它们。这是连飞鸟也做不到的,不论它有多么轻便的羽毛,不论自然赋予它什么样的在天空自由飞翔的能耐。锡兰能和拉普兰接触,爪哇上的人也能看见锡西厄高山,阿拉伯人也知道特乐美,冰岛人和格陵兰岛人也能看见幼发拉底河。“庞大固埃草”使北风能到南风的王国做客,东风能拜访西风的国度。有了“庞大固埃草”,南极人看到北极人跨越大西洋,穿越两条回归线,跃过热带地区,经过整个黄道带,在昼夜平分地欢跃嬉戏。而地球的两极就在他们的眼界里跳着舞。天上的神灵看到这一切着实大惊失色,那些惊恐万分的奥林匹斯山上的神仙喊叫着:

“庞大固埃运用这种草的神奇功效,给我们制造出新的烦恼,这比过去那些企图爬上奥林匹斯山的巨人更可怕。庞大固埃不久便会结婚生子,庞大固埃会日渐繁荣昌盛,我们无力阻拦。因为这是命运三姐妹用她们的双手和纺锤纺出来的命运,是命中注定的。他的孩子们可能还会发现另一种具有同样功力的草。人类就可以利用这种草上天偷窥制作冰雹的作坊,倾泻雨水的水闸门,锻造闪电霹雷的车间。他们可以侵入月球,还会到黄道的各个星座旅行,并居住在那儿。有的会占据‘金鹰座’,有的占据‘白羊座’,有的占据‘王冠座’,有的占据‘天琴座’,还有的占据‘银狮座’。他们会跟我们平起平坐,还会娶我们的女神为妻,因为这是他们成仙的唯一办法。”

最后,神仙们决定在天庭召开一次诸神会议,商议如何应付的事宜。

第五十二章 某种"庞大固埃草"的另一种功效——不怕火烧

我告诉你们的事是伟大的、惊人的。但是,倘若你们肯进一步相信这种神圣的"庞大固埃草"另一种奇效,我也可以告诉你们。至于你们到底相不相信,我倒不是很在乎。只要我说的是实话就足够了。

因此,我把实话告诉你们。但是,因为相当棘手和不容易讲明白,要深入到里面去,我必须问你们一件事:倘若我在这个酒瓶里倒进两杯酒和一杯水,经过摇晃混合之后,你们怎么才能够将水和酒分开?怎么能够还原为水内没有酒、酒内没有水,和我原来放进去的分量相同?

或者,换一个问法:要是你们的车夫和船户为供应你们家里的需要,运来大批成桶成桶的酒,有的是格拉夫的、有的是奥尔良的、有的是博恩和朱尔沃地区的,他们一路上偷喝掉了不少,足足有一半,然后用水将桶灌满,像穿木鞋的里摩三人从阿尔让通和圣·高提埃运酒的时候常做的那样。请问你们,怎样才能把掺进去的水拿出来?把酒提纯呢?对了,你可能会告诉我,用一只象牙漏斗就行。这确实有记载,也被验证过一千多次,你们也都知道了。但是那些没听说过的,没有目睹的人是不可能相信的。我们再继续讲吧。

倘若我们是处在古苏拉、马略、恺撒和其他罗马统治者的时代,或者是在古时焚烧父母和君王尸体的德鲁伊特人的时代,你们愿意像阿尔特弥斯喝下丈夫摩索卢斯的骨灰那样,把你妻子或父母的骨灰掺在白葡萄酒中喝下去,或者是将它们装在骨灰箱里保存起来?你们是如何把骨灰和烧过的柴灰分开呢?请回答回答看。

实话说,恐怕不容易办到!我来告诉你们,只用拿神奇的"庞大固埃草"把亡人的尸首厚厚得包裹起来,用这种草牢牢地包好、缠好、缝好,接着放到随便多么大的烈火上去烧好了。火会隔着"庞大固埃草"把尸骨烧成灰尘,草的本身非但不会焚毁,而且里边包的骨灰一丝一毫也撒不出来,外面的柴灰一丝一毫也钻不进去."庞大固埃草"从火中取出时只有比放进时更干净、更洁白、更美丽。因此,人们给它取名叫"石棉草",在卡巴西亚这种草很多,在埃及的阿斯旺地区也特别便宜。

着实惊奇!着实伟大!火能够吞食一切,烧毁和焚化一切,唯独对于这种石棉性的卡巴西亚的"庞大固埃草",火只能让它更干净、更纯粹、更洁白。倘若你们不相信,像犹太人和怀疑论者一样,想让我说明一下和试验一下,那只消拿一个新鲜鸡蛋,四周用这种神奇的“庞大固埃草”包扎起来就行了。包好之后,就能够放到随便多大的烈火里去。高兴放多久就放多久。然后,把烧过、烧硬、烧熟的鸡蛋拿出来,而神奇的“庞大固埃草”却一点儿没变,一点儿都没有被烧坏。你可以自己做这个实验,只要花一点点钱就搞定了。

不要拿火蛇来和它相比,那是骗人的。我承认在小火里,它感觉舒适和快活,但是一到大火里,我能够向你们保证,它也和其他的动物一样,同样会闷死烧死的。我们有过试验。盖伦很久以前在《论气质》一书的第三卷中就证实过了。狄斯考雷德在他的著作第二卷里也是这样说的。

你们不用提起明矾,也不用提罗马统率苏拉①无法用火攻下的比雷埃无斯的木质塔楼,那是因为米特拉达梯国王派驻管理那个城市的总督阿克劳斯把那个塔全部涂上明矾了。

也不用拿亚历山大·科尔尼厄斯叫作 eonem 的树来比,他曾经说这种树很像橡树,水浸不湿,火烧不毁,那寄生的植物也是不怕火烧、水浸,举世闻名的“阿尔戈斯号”就是用这种木料造的。你去问问看谁相信,我是不相信的,很抱歉。

也不用拿布里昂松和恩布朗山上的那种树来比。尽管它十分特别,根上会长出蘑菇,干上会流出有用的树脂。盖伦曾说这种树脂可和松脂油媲美,柔嫩的叶子上会凝聚天上降下的蜜糖,名叫“吗哪”。木质虽富于胶性油脂,但也不怕火焚。这种树,希腊文和拉丁文把它叫作 larix,阿尔卑斯山区的人把它称作 melze,安提诺尔的后裔和威尼斯人把它叫作 larege,尤利乌斯·恺撒从高卢归来时,把无法攻克的皮德蒙特的城堡叫作拉里奴姆,也是因为这个来历。

当时尤利乌·恺撒命阿尔卑斯山区以及皮德蒙特所有居民把粮食和其他供给运到沿路指定的站点,给他的军队一路上经过的据点输送给养。一声令下,谁能不从。唯有拉里奴姆的人自以为城池坚固,拒不从命。恺撒皇帝为扬其军威,调来大军,想要攻打。城门上有碉楼一座,下部是粗大的落叶松木桩,木桩一根接着一根,有如一个大木堆,高不可攀,敌人走近,上边的人可用滚木礌石向下打来,易于防守。凯撒得知城内除滚木礌石外并无其他防御工具,只能投掷近处,就命令军士在四周围架起柴来,点火焚烧。命令当即执行,顿时大火四起,高大的火舌把城堡都遮盖住了。他们想碉楼很快就可焚毁倒塌。没想到柴尽火灭之后,碉楼依旧完整,毫无损伤。恺撒看到此情形,就命在城上礌石射程之外,筑起一道壕沟把城团团围住。将城堡完全孤立起来。

拉里奴姆的人不得不接受投降。从他们的叙述中,恺撒得知这种木料的特性,就是点不着、焚不坏、烧不成炭。这种木头才配和真正的“庞大固埃草”相提并论(因此庞大固埃叫特来美所有的门、户、窗扉、承溜、水落、顶盖等都用这种木料来

① 苏拉:公元2世纪罗马独裁暴君。

做,塔拉萨船厂造的各种运输船的船尾、船头、船上厨房、甲板、走廊、望楼,以及帆船、三桅船、平底船、轻帆船、小帆船等等也都使用过这种木料),不过落叶松在不要种木料焚烧的烈火里,就像石头在石灰窑里一样,最后还是会被火化烧毁的。而这种不燃烧的“庞大固埃草”始终烧不毁、焚不坏,只会越烧越新、越烧越干净。所以,

印度人,阿拉伯人,塞俾安人,
不要再歌颂你们的没药、香料、乌木了,
来这儿观赏一下我们的好东西,
把这种草的种子带一些回去。
倘若在你们那里能够生殖繁衍,
感谢上天的庇佑,
让“庞大固埃草”的原生地法兰西,
昌盛安乐。

第四部

善良的庞大固埃英勇言行录

献给最尊贵的闻名遐迩的卡斯提翁红衣主教奥戴亲王[1]

最尊贵的奥戴亲王,你一定知道我过去曾经、并且现在每天都受到多少大人物的鼓励、要求、甚至恳求,要我把庞大固埃的故事继续写下去。他们说许多体弱、生病、受苦、受折磨的人只要一读到我的书,便会战胜烦恼,心情好转,得到一种新的希望和安慰。这也正是我写这些书的意图——为了游戏和消遣,对获得荣耀或博取称赞丝毫不感兴趣,我只希

望我写的这些东西能够给那些生病的人和受着痛苦折磨的人带来一丝慰藉,就像我作为一名医生,当病人需要我的知识去为他们服务时,我会十分乐意效劳的。

我曾经不止一次长篇大论地向他们述说希波克拉底在好几个地方,尤其是在《论时疫》第六卷里向他的学生传授行医之道。以弗所的索拉努斯、帕加马的奥里巴修斯,还有克劳狄乌斯·盖伦、哈里·阿巴斯和后来的许多学者也探讨了同样的话题,谈到医生的动作手势、言谈举止、面部表情、风度仪表、道德品行、待人接物,医生的穿着、胡子、头发、手、嘴,甚至如何修指甲都有说明。他们认为医生应该扮演喜剧里的求爱者或突进重围、进攻强敌的斗士。的确,希波克拉底把行医比作一场战斗,也比作是病人、医生、疾病三者合演的一出笑剧,这种比喻是十分恰当的。

读到希波克拉底的这些箴言,有时使我想起朱丽雅曾向她的父亲屋大维·奥古斯都说过的一句话。有一次,她穿着妖艳浪荡的衣裙来见她的父亲,她父亲心里非常不悦,但没有声张。第二天她换了朴素的衣服,就像端庄的罗马女人的打扮,又去见她的父亲了。她父亲虽然头一天看她那不合仪的穿着没说一句不满的话,现在看她穿得如此朴实,喜悦之情溢于言表,说道:

"啊!孩子,你穿上这身衣服再合适、体面不过了。"

朱丽雅早已心中有数,马上回答道:

"我今天这样穿是给父亲看的,而昨天那样穿是为了博得我丈夫的欢心。"

同样的,医生也应该在外表和服饰上装扮一下,甚至穿上古时行医时穿的那种有四个袖子的精致华丽的长袍(彼特鲁斯、亚历山德里努斯在注释《论时疫》第六

---

① 卡斯提翁红衣主教奥戴亲王 18 岁时即被教皇克雷芒委为红衣主教,历任要职,作者写此篇献词时,奥戴在包外做主教。本书 1548 年初版时无此献词。

卷里告诉我们称作 philonium 的修士式长袍)。如果有人说医生这样穿太滑稽可笑了,便可以这样回答:“这样穿并不是为自己穿着考究或标新立异,而是为了迎合所要探访的病人的喜好,这才是唯一要取悦的人,不能冒犯他,不能让他不高兴。”还有,阅读上面提到的希波克拉底老先生的那一卷著作里,使我们费尽气力争论不休的并不是医者的垂头丧气的表情——郁闷、烦躁、严肃、愁苦、不讨人喜欢、爱挑剔、冷峻的样子是否会使病人难过;或者医者喜眉笑眼、平静、和蔼可亲、开朗、愉快的表情会使病人感到快慰。这一些早已被完全证实是毫无疑问的。而我们所要探讨的是病人的难过或精神振奋是否因为看见医者的表情从而猜测自己的疾病会是什么结果。如果医者心情愉快,病人对自己的病情就感到乐观;如果医者垂头丧气,病人就会感到病情严重而悲观失望。换言之,即医者的精神——平静或沮丧,神采飞扬或消沉沮丧,舒心愉快或多愁善感会传染给病人,影响病人的心理,直接关系到病人的健康,柏拉图和阿威罗伊就是持这种观点。

最重要的是,上面所说的这些学者还提醒医生,一旦被病人召见时应言辞谨慎,注意与病人谈论的话题和方式。必须牢记,与病人的所有交谈(当然不能冒犯神灵)只有一个目标,那就是让病人精神愉快,无论如何也不能让病人悲伤难过。希罗菲鲁斯曾严厉地指责一位名叫卡里亚纳克斯的医生,那是因为病人问他“我会不会死”时,他傲慢无礼地回答:普特洛克勒斯都会死去的,更何况你远不能与他相比!

还有一个病人想知道自己疾病的情况,以那位可敬巴特兰的方式,开玩笑地问他:

“我的小便,
是否说明我死期临近?”

他没头没脑地回答说:“不会,只要你母亲是生了那对漂亮孪生兄妹福玻斯和狄安娜的拉托那就行。”

盖伦在希波克拉底《论时疫》评注的第四册里也强烈地谴责曾在医学上给他指导的干图斯。据说罗马有一个病人,是一位体面的绅士,问他:“大师,你肯定吃过饭了,我闻到你的酒气。”干图斯嗤之以鼻地答道:“我闻到你嘴里有热病的气味,哪一种更香呢,是热病还是酒呢?”

但是有一些食人生番、阴险恶毒的人,十足的谩骂狂,他们对我的辱骂太无理、太凶残了,使我再也忍无可忍,决定不再写一个字了。他们惯用的伎俩就是指控我的书充满异端邪说(其实他们连一个地方也找不出),事实上,我的书笑料倒是很多,因为这是我全书的主题和唯一的用意,但对神与国王并无不敬之处。书中并没有任何异端,那是他们违反理性,牵强附会,任意歪曲我的文字。如果书中有这种内容,或我脑子里有过这种念头,我情愿死一千次。他们把面包曲解成石头,把鱼说成蛇,把鸡蛋误作蝎子。既然您曾多次听我亲自向您抱怨,我必须在此向主教直截了当地说明白,假如我不是觉得自己是一个比他们更虔诚的教徒,假如在我的生命里,我的著作里,我的言谈里,甚至在我的思想里,如果能找到那么一丁点儿异端,我情愿效法凤凰,堆起干柴,点燃烈火自焚而死,他们也无须受魔鬼撒旦的指使,造谣诬陷我,使自己身陷臭名昭著的诽谤者的泥淖。

主教可以为我做证,我们永远怀念的已故国王弗朗索瓦一世,他生前为查明这些诽谤,特地请了全国最博学、最忠实的朗诵师一字一句、清清楚楚地为他朗读我所写的书〔在这里我之所以强调我所写的,是因为别有用心的人(天才晓得)把多少本与我毫无关系的异端邪说的书说成是我写的〕,他仔仔细细听完之后并未寻出任何一个可疑的段落,反倒被某一吃蛇人[①]因为印书者一时疏忽,错把 M 排成 N (asme 灵魂便成了 asne 驴了)而指控作者是不可饶恕的异端而极为震惊。

后来继位的王子殿下,也就是我们如此善良、如此有德、如此受上天庇佑的国王亨利(愿天主保佑他长命百岁)也曾听过我所写的书,并授权主教赐我特许与保护,对抗那些诽谤者。这令人振奋的好消息是主教在巴黎通知我的,后来,您探望红衣教主杜·勃勒时又再次告诉我。当时杜·勃勒久病之后正在圣莫尔疗养。圣莫尔那个地方,说得更恰当些,真是令人身心健康、精神愉悦、宁静恬淡,能享受到淳朴田园生活的所有乐趣的天堂。因此,主教大人,我现在摆脱一切恫吓的威胁,重新挥起秃笔,希望您仁慈的庇护,使您成为法兰西的第二个海格立斯,赋予我知识、智慧和雄辩,对抗这些诽谤者。在德行、权势和威望上,您是名副其实的阿勒克西卡科斯[②]。我可以像明智的国王所罗门在旧约《传道书》第四十五章[③]里评价以色列伟大的先知和领袖摩西那样来评价您:“一个敬畏天主,善待世人,为上天和世人所拥戴,千秋万世为世人所怀念的人。天主使他成为勇士中最勇猛者,让他的敌人惧怕他;天主恩赐助他成就一番惊人的伟业,在众王面前给他荣誉,通过他把自己的旨意向世人传达,让世人看清楚天主指引的光明。天主从众人当中挑选出他,使他信仰坚定,谦卑仁慈,让世人从他那里听到天主的声音,向黑暗中的人传授处世行事之道。”

除此之外,主教大人,我向您承诺,凡是遇上为了这些愉快的笑料向我表示祝贺的人,我将请他们把所有的感谢转呈给您,因为只有您才是应该被感谢的人。我还会让他们祈求天主保佑您,使您荣耀擢拔,而我别无他求,只希望能谦卑地谨守

---

① 指教士,他们终日躲在修院里,有如过去食蛇之穴居人。

② 阿勒克西卡科斯:海格立斯之另一称呼,希腊文为“济贫救难之保护人”。

③ 《旧约·传道书》只有十二章,此处指《圣经》以外之伪经。

您的旨意行事,因为是您崇高的鼓励给了我勇气和创造力,使我继续写下去。没有您,我的心力业已交瘁,我的才思业已枯竭,愿天主永远以他神圣的恩典庇护您。

您最谦卑、最顺从的仆人

弗朗索瓦·拉伯雷医生。

一五五二年一月二十八日于巴黎

作者前言

善良仁慈的人们啊,愿天主眷顾和庇护你们!可是你们在哪里呢?我看不见你们。等一下,让我戴上眼镜!

啊,哈!“大斋节”终于顺利度过了!现在,我总算看见你们了,而且看得那么真真切切。听说你们今年酿的酒醇和甘甜,这使我无比喜悦,你们已经找到一种消除干渴的神奇药方了,而且这种药是源源不断的,这真是最值得庆幸的事。你们及你们的妻子、儿女和亲朋好友可安好否?好,噢,这太好了,我很高兴。愿至高无上、仁慈善良的天主永远受到赞颂,并且(倘若这是他的旨意),愿你们永远快乐安康。

至于我,承蒙主的垂爱,我尚在人世一切安好,这是托主洪福。正如庞大固埃那种不为身外万物所囿,达观超脱的精神使我精神抖擞,意气风发,只要你们高兴,我随时随地都愿意和诸君开怀畅饮。善良的人们啊,你们会问我这是为什么?我可以给你们一个最满意的答复:这是最崇高最乐善的天主的旨意,我敬慕他,遵循他的圣谕。我敬奉福音中的至理名言,正如《路加福音》第四章对那个忽视自身健康的医生的尖刻讽刺和嘲弄,是那样一语中的,书中说道:“医生,该医治好自己的病①。”

克劳狄乌斯·盖伦很关心自己的身体,但并不是出自于对神的敬畏。虽然他对《圣经》怀有真情,并且和当时的信徒关系也很好。这在他的《人体各部分功能》第二卷第三章和《论各种不同的脉搏》第三卷第二章都可以找到证据。不过他也怕遭到那句恶俗讥讽语的嘲弄:

“医生只懂得医治他人的病,
自己百病缠身却束手无策。”

他总是得意地说,他不想暴露自己医生的身份。从二十八岁到老年,他的身体都非常好,除了偶尔犯过几次时间持续不长的寒热病外。此外,他并不是先天就身体条件很好,胃比较虚弱。他在《养生之谈》第五卷中说道:“一个忽略自己健康的医生,是很难被认定为能治好他人疾病的医生。”

① 《新约·路加福音》第四章第二十三节。

古希腊的医生阿克勒比亚德斯更是炫耀自己作为一个医生,与命运之神已立下合约,假如从他行医起直至迟暮之年得过疾病,那他就不能算是个医生。他赢得了与命运之神的打赌,直到他垂垂老矣,还是声如洪钟,身体硬朗。只是到了生命的最后一刻,他运气不好,从简陋、腐朽不堪的梯子上摔了下来,这才去见死神。

诸位,如果万一不幸,健康逃离你们而去,不管它躲在哪里,上上下下,前后左右、里里外外,无论它离你有多远,但愿我们的救世主能让你很快地再找到它!一旦幸运地碰上它,一定要毫不犹豫地抓住它,凭着所有权利或转让契约去认领它。法律给予你这种权利,国王也同意,我也催促你这样做,就像古时候的立法家允许主人追捕逃亡的奴隶那样,不管他逃到天涯海角,只要找到他,就可以逮住他。仁慈的天主和慈善的人们!在这高贵、古老、美丽、繁荣富有的法兰西王国里,不是早已约定俗成"死者把权利传给生者吗?"这是由来已久的惯例和法律上的明文规定。如果你们不相信,那就请看看那位善良、博学、聪明、富有同情心、温和公正的安德烈?提拉各,也就是我们那伟大的、百战百胜的国王亨利二世的机要大臣,前阶段在庄严的巴黎议会法庭是如何评论的。西西翁人阿里弗龙说得好,健康就是我们的生命。没有了健康,也就失去了生活的意义。没有了健康,生活也就索然无味,活着就像死了一样。所以,假如健康不在,也就等于死亡,何不赶紧珍惜生活,赶紧珍惜生命呢?

但愿天主会听见我们的祈祷,因为我们的信仰是如此坚定。天主也会满足我们的愿望,因为我们不是过分的需求,是合情合理的,并有所节制的。节制,是一种高尚的禀性,古代圣贤称之如黄金般珍贵,广受称赞和欢迎。只要翻阅《圣经》,我们就不难发现天主从来不会拒绝那种谦卑的愿望。那身材矮小的撒该就是一个很好的例子。奥尔良附近圣伊尔教堂里那些趾高气扬的教士们,在大庭广众下炫耀撒该令人敬慕的圣骸就藏在他们的修道院里,并推崇为森林的保护神。撒该的愿望其实很简单,他只是想在救世主经过耶路撒冷时能见他一面。这个心愿再普通不过,或许每一个虔诚的信徒都有这种强烈的愿望。可是撒该个子矮小,挤在熙熙攘攘的人群中,就显得更加矮小了,尽管他踮起脚后跟,翘首张望,却什么也看不见。他心急火燎,到处乱挤,期望能从人缝中窥见救主的风采。他努力奋争,却寸步维艰,无奈他何,不得不爬上一棵桑树上。我们仁慈的救主发现了他,被他的真诚所打动,觉得他多么谦恭,便乔装打扮显现在他面前,不让他识出自己的身份,救主主动地同他搭话,并来到他的家中,让救恩降临他家。

在《旧约 · 列王纪下》中还记载了以色列先知的一个儿子的故事。有一天,这个青年正在约旦河畔砍树,不小心斧头脱柄飞出,掉到河里。他虔诚地祈求天主能把斧头还给他。这只不过是一个很细微的请求。这个青年对主的坚定信念,并不像那些蛊惑人心、无事生非的魔鬼,宣扬要先扔斧柄再丢斧头。而那位青年并非如此,正如我们所看到的那样,他是无意中不慎斧头掉到河里,再扔斧柄的。这时,便发生了两个奇迹：只见斧头从水底浮出了水面，随后便自动地跟原来的斧柄接上了。假如这个青年人的愿望不是如此细微，而是希望自己能像以利亚那样乘着火焰战车飞上九重霄，或像老亚伯拉罕那样椿萱并茂，或像参孙那样身强力大，或像押沙龙那样英俊貌美，那么他的愿望还能实现吗？恐怕就难以办到了。

谈到诸如斧头失而复得这样普通而又有所制约的愿望，我还想再告诉你们那聪明的法兰西人，伊索在他的寓言里写的另一则关于斧头的故事（请告诉我什么时候该停下来喝一杯）。我的意思是如马克西姆斯·普拉奴德斯所说，根据最可靠的历史学家记载，法兰西人是从特洛伊民族繁衍而来的，因此原来是弗里吉亚人或特洛伊人的伊索就成了法兰西人了。埃里安说伊索是色雷斯人，阿加西阿斯和希罗多德说他是萨摩斯人。到底伊索是哪里人，说真的，我却毫不在乎。

在伊索生活的时代，有一个名叫巴利的格拉沃特籍的贫苦农民，他家徒四壁，只能靠砍柴勉强度日。对他而言，斧头比他的生命还要珍贵。可是有一天，他的斧头突然不见了，急得他像热锅上的蚂蚁。他十分颓丧，怪谁呢？都是他的过错，只能怪自己。斧头是他的命根子，因他所拥有的一切，他的全部生活全靠那把斧头。有了那把斧头，才能使他自食其力，在富有的樵夫面前能抬起头，维持自己的尊严。如今没有那把斧头，等待他的将是饥饿和死亡。已经过去六天了，斧头却还没有找到。此时，死神就敲他的门，见他失去谋生的工具，生活无着落，便想给他一把镰刀让他了却生命，将他从人世带进阴间。承受这么大的灾难，他还是不想死，面对死神的威胁，他惊恐万分。他诵念经文，向朱庇特呼唤，用他所能想到的最能表达内心情感的言辞祈求这位天神（正如你们所知的，需要的是能言善辩之母）。他诚心诚意双膝跪地，抬头仰望上苍，双手高高举过那光秃秃的头顶朝向天空，伸开十指，一遍又一遍地大声祈祷："仁慈的朱庇特，我祈求您给我斧子吧！我只要我的斧子，别的什么我也不想要了。仁慈的朱庇特啊，我只求我的斧子啊，或给我足够的钱买一把斧子。啊，我那可怜的斧子，我多么不幸啊！"

此时，朱庇特正在召开天庭大会，商议一些非常重要的大事。发言的老西布莉[1]，或是年轻貌美的福玻斯，不管是谁并没有什么区别。巴利声嘶力竭地喊叫声，一下就传到众天神的耳朵里。

朱庇特问道："是谁在凡界大喊大叫，我以冥河的所有威力发誓，难道还有谁嫌我们手头的事情不够多吗？现在我们不正是在恪尽职责，尽心尽力地解决千事万端和错综复杂的分歧吗？我们刚刚平息了波斯王普里斯特、约翰和君士坦丁堡皇帝索里曼苏丹王之间的争执，解决了鞑靼人和莫斯科人之间的矛盾，我们也批准了摩洛哥王子的请愿，让他成功地进入奥兰，我们甚至让土耳其海盗德拉各·雷斯皈依成了虔诚信徒，我们还解决了帕尔马事件、马格德堡事件和阿非利加（那就是地

① 西布莉：神话中农神之妻，朱庇特之母。

中海上面的突尼斯城市,凡人称为梅何底亚,而我们称为阿佛洛狄修姆)事件也平息了。不幸的是,的黎波里被侵占了,换了统治者,这也是意料之中的事。加斯科涅人发誓不夺回教堂的钟绝不罢休。而处在另一端的萨克森人、汉萨人、东哥特人和德意志人——他们从前全是不可征服的,如今昔日的威武荡然无存,却在一个卑劣的残废小人的统治之下,循规蹈矩。他们祈求我们相助,为他们雪耻,帮助他们重振雄风,恢复原有的自由。还有那两位难以对付的教授,仅为了一个亚里士多德而纠集自己的同僚将巴黎神学院搞得天翻地覆!这事情真是难办,我也不知道该支持哪一方。这两位教授都是好人,也都旗鼓相当。一个相当富有,另一个也想和他一般富有。一个见多识广,另一个也是饱读经书。一个喜欢交良友,另一个被良友所钟爱。一个是阴险狡猾的狐狸,另一个则像一只野狗,对古代的哲学家和雄辩家狂吠。普里阿普斯,你是生殖之神,你表个态吧,我向来都喜欢倾听你的建议,因为你的意见公正贴切,人那个东西能藏大智慧呢。"

普里阿普斯恭恭敬敬地摘下他的修士斗篷,露出他那红光焕发的脑袋,说道:"敬爱的朱庇特陛下,既然你称他们一个是狂吠的疯狗,另一个是阴险狡诈的狐狸,那么您何必生那么大的气呢?您姑且把从前对待狗和狐狸的手段用在他们身上也就行了,您何须顾虑那么多呢?"

朱庇特问道:"你说什么狗和狐狸,我一点儿印象也没有,这是什么时候的事,在哪里发生的?"

普里阿普斯回答:"您的记性可非同一般,难道您忘了?当时巴克斯老兄就站在这里,面红耳赤,发誓要向底比斯人报仇。他不知从哪里弄来一只被施了魔法的狐狸,并且将它放出去,任凭它在世间横行霸道,它总是安然无恙,其他动物都无法克制它。尊贵的伍尔坎便用古高卢的阿基台纳的铜造了一只狗,并用风箱的飓风朝它一吹,这只狗就活了。于是,他把狗赠予您,您又把它送给欧罗巴,欧罗巴又把它送给米诺斯,米诺斯又送给普罗克里斯,最后普罗克里斯送给了丈夫西发卢斯。这狗也被施以魔法,是只神狗,遇到什么就捉什么,别想从它的利爪下逃脱,就像我们今天的律师。一旦这两只动物相遇了,结局会如何呢?狗是注定要捉狐狸的,而狐狸遇见狗也绝不会被逮着,这也是命中注定的。"

"最后这个僵局就交给您来裁决。您说天命是不可被干预的,但这两只动物注定就是相互矛盾的。这对矛盾碰在一起,是天生不可调和的。您当时可是不知所措,挥汗如雨,有几滴汗水落到地上,都长出好几棵肥大的白菜。一下子连我们这威严的法庭也找不到解决问题的办法,大家都急得唇焦口燥,喝下了七十八桶佳酿,甚至还要多得多。后来我想了个主意,被您所采纳。您把这两只动物都变成石头,所有的问题也就冰消瓦解了。巍峨的奥林匹斯山的干渴得以暂停,您还记得那一年底比斯和卡尔西斯之间的泰美索斯附近,男人的那个玩意儿都耷拉着。"

"我想您应该借鉴这个先例,把这只狗和狐狸都变成石头,让它们不得再争吵,何况变形艺术您可是很在行。再说这两个博学的教授的姓都是皮埃尔(也就是法文石头的意思),就像利穆赞人说的那句古语:一口灶要三块石头垒,您可以把皮埃尔·杜·柯内特也一起算进去,过去您也是由于同样的原因把他变成石头的。这样,在巴黎大教堂前面的广场上恰好可以把这三块石头垒成等边三角形,让他们的鼻子把蜡烛、火把、圣蜡、大烛台里点的火吹熄灭,就像在玩'飞鼠'游戏一样。这两个人在世的时候,天天乒乒乓乓地闹腾,到处煽风点火,挑起争端,制造派系分裂,只是让无所事事的学生看热闹罢了。把他们变成石头,就可以一辈子为世人作证:狂妄自大的小人的下场就该如此遭人唾弃,我想这样做比让法庭来裁断英明得多,我要说的就这些。"

朱庇特回答:"亲爱的普里阿普斯大师,您对他们真是太仁慈了。但依我之见,您不是对每个人都这么友好的。既然他们都想让自己的名字流芳百世,最好的办法是他们一死便把他们变成坚硬的石头,如大理石块,而不是让他们回到土里去腐烂。"

"现在在凡界,就在我们身后的第勒尼安海和阿尔卑斯山附近的地区,你看那些教士正制造多么悲痛的惨局,这种狂暴就像里摩日瓷窑里的大火一样持续不断,但终究是会熄灭的,不过不会马上被扑灭,看来我们又要忙上一阵子了。唯一的问题就是自从诸神有了我的特许便肆无忌惮地向新安条克扔下一大筐一大筐的霹雷,我们霹雷的存货短缺了。那些守卫丁登卢瓦城堡的贵族士兵也效仿你们的做法,把弹药都用来打鸟,等到敌人突出重围,侵入心脏地带,他们才发现没有自我防卫的弹药,只好英勇无畏地把城堡交给敌人,自己也一并投降。可是敌人早已对他们失去兴趣,他们也只好仓皇出逃,什么也顾不上了。伍尔坎,我的儿啊!请颁发我的命令,把你身边那些熟睡的巨人库克罗普罗斯、阿斯特洛普斯、斯蒂洛普斯、波吕斐摩斯、匹拉克蒙和其他人叫醒吧!让他们行动起来吧,确保他们有足够的酒喝!不能让开炮的人担心他们应得的那份酒。现在,让我们去应对那凡界的大喊大叫吧。墨丘利,你下去看看他是谁,需要什么?"

墨丘利飞到天上的一扇天窗(这天窗看起来就像船上的窗口,伊卡洛美尼普斯说它像井口),通过它,神可以聆听凡界的声音。他听到巴利哭喊着要还他的斧子,便回到天庭向朱庇特禀报此事。朱庇特说道:"真有此事?好极了,我们又有事情做了,我们是不是马上把斧子还给他呢?我们必须还他的斧子,这是命中注定的。他的斧子就像米兰的公国那样值钱,那斧子对于他,就像王国对国王一样重要。好吧,我们就把这件事处理好,把斧子还给他,把这件事了结了。现在该轮到处理教士和兰德鲁斯修道院之间的争端了。我们谈到哪里了呢?"

听完墨丘利的汇报之后,坐在靠近烟囱那个角落的普里阿普斯忍不住想发言,他毕恭毕敬而又幽默风趣地说道:"朱庇特陛下,当时我接受您的任命并承蒙您的厚爱在凡间看守伊甸园期间,我发现'斧子'这词的含义含糊不清,既可指用于砍树砍柴的工具,也可以指(或至少曾经有这种含义)经常同男人干得起劲的女人。我听说过所有的好男人称他们那浑身是劲儿的床上伴侣‘我的斧子’,还会边说边从裤裆里掏出自己的那个半尺有余的庞然大物。他们之所以那么大胆用劲儿地把自己的家伙插到她们那个里面,那是因为他们认为只有这样,她们才会不再普遍发生恐惧的事情。如果男人的那斧柄没有斧头固定住,他们那个东西就会从小肚子耷拉到脚跟上。我还记得(因为我曾经说过我那东西很大,记忆储存量也很大)就在伍尔坎节,也就是伍尔坎在5月里的节日,曾听到一场音乐盛会,各地的音乐家都聚集一堂,有乔斯奎·德·普雷、约翰·奥克海姆、欧布雷希特、阿格里科拉、安东尼·布鲁梅、卡梅林、瓦格里斯、德·拉·法格、布鲁埃、普里奥里斯、塞格里、皮埃尔、德·拉·律、米迪、姆鲁、莫顿、马休·加斯科恩、洛伊塞特·康贝尔、希拉里·佩内、安东尼·费文、鲁塞、让·雷查弗、弗朗西斯科·罗塞利、让·德·康西里翁、康斯坦佐·费斯特、雅克·伯尔姆他们一起大合唱:

‘提波特新婚,
伴新娘躺下。
一只大锤子,
随身紧带上。
亲爱的,新娘问道,
大锤子有啥用?
洞房云雨时,锤子逞威风。
你这个小傻瓜,我的小宝贝,床上像骡用力顶。’

“奥林匹克盛会后的九个月,或十个月之后——噢,那神奇的工具,不,我指的是神奇的故事,看我经常把这两个词混起来,我又听了一次音乐会。这是在一个私人花园里令人赏心悦目的凉亭下,桌上摆满了美酒、火腿、馅饼,流着蜜汁的美味烤肉,大家边品尝佳肴边欣赏音乐。参加这次聚会的有阿德里安·维拉尔、尼古拉斯·贡伯特、克莱蒙·简奎、雅克·阿卡黛、克劳丁·德·塞米西、皮埃尔·塞顿、皮埃尔·德·曼奇古特、奥塞尔、维利尔、桑德林、索伊尔、赫斯丁、克里斯托巴·莫拉尔、巴萨罗、梅尔、让·梅拉尔、雅科丁、吉拉姆·拉·赫拉尔、菲利普·维德罗、爱塞尔·吉内·卡蓬特拉、让·雷蒂尔、皮埃尔·卡德、都布勒、皮埃尔·维蒙特、布蒂埃、鲁皮、帕尼尔、米勒、杜·穆林、阿莱尔、马罗特、莫潘、让·拉·吉德尔,还有许许多多音乐家。他们高高兴兴地唱着:

‘斧子无柄有啥用?
无柄斧子空荡荡。

木柄专找斧子装,
我的木柄嵌你身。'"

"由此看来,我们必须弄清楚巴利的大喊大叫,他要的是什么样的斧子?"

那些正襟危坐的神灵听完普里阿普斯的这一通话,都哄堂大笑起来,像一群苍蝇嗡嗡地叫着。伍尔坎为了向他的女友表示爱,尽管腿有点瘸,还是到前面的高台上,表演了三四个轻盈美丽的小步跳。

朱庇特转身对墨丘利说道:"这样吧,你马上到凡界去,把三把斧子扔到巴利跟前:一把是他自己的,一把是纯金的,另一把是纯银的,像雪一样洁白,你就让他挑选。如果他心满意足地把自己的那把斧子挑走,你再把其他两把交给他。如果他选中的是金斧或银斧,那就用他自己的斧子把他的头砍下来,以惩罚他的贪婪。从现在起,我们就用这种办法应付丢斧子的人。"朱庇特转过头来,脸上的肌肉顿时扭成一团,就像吞下苦药的猿猴那样令人感到恐怖,让所有奥林匹斯山的神灵都吓得浑身哆嗦。

墨丘利戴上他的尖帽,披上作战用的斗篷,脚跟插上翅膀,佩上手杖,便从天窗纵身下跃,穿过大气层,轻盈地在凡界降落,他把三把斧头丢在巴利面前,对他说:

"你把你的嗓子都喊哑了,朱庇特已经听到你的祈求了,愿意帮你实现愿望。看看哪把斧子是你的,把它拿走吧。"巴利捡起那把金斧子看了看,感觉太沉了,便对墨丘利说道:"这,这当然不是我的了,这把我不要。"他又拿起那把银斧子,说道:"这把也不是。你自己拿去吧。"最后,他捡起那把木柄的斧子,看了看柄端认出了自己标的记号,便高兴得上跳下跳,就像狐狸找到丢掉的小鸡一样,咧着嘴笑。"圣母啊!"他喊道,"这才是我的斧子啊!如果您把它还给了我,我许诺在5月15日的那天用一大桶上面洒满鲜草莓的牛奶供奉您。"

墨丘利说道:"我的善良兄弟,当然你可以把斧子拿回去。从你的选择和愿望看出你是个不贪心的人,我还会把其他两把斧子一并赠予你,这是朱庇特的旨意,你会变得富有,过上好日子。"

巴利谦恭有礼地感谢了他,又向伟大的朱庇特鞠了躬,把斧子别在皮带上,让它垂到屁股,那样子活像在康伯莱教堂钟楼上那个敲钟的怪兽。他又把那两把较重的斧子挂在脖子上,高高兴兴地回去了。路上见到教区和邻居的人,他都笑脸相迎,不时地重复着巴特兰的那句台词:"我真的得到它了吗?我真的得到它了吗?"

第二天,他便换上一件白色的罩衣,将那两把珍贵的斧子扛在肩上,向酾农走去。酾农是一座高贵、古老、举世闻名的城市,如果那些最博学的评论家没说错。他在城里便把银斧子换成一大堆银币,再把金斧子换成各式各样的金币,用这些钱买下了大片农场、谷仓、农庄、田地、草地、草场、耕地、葡萄园、林地、牧草地、池塘、磨坊、花园,还养了一大群公牛、母牛、公绵羊、母绵羊、公猪、母猪、驴、马、母鸡、公鸡、阉鸡、公鹅、母鹅、公鸭、母鸭等等家畜家禽。不久他便富甲一方,胜过当时的富豪莫勒维利耶老爷。

附近的同乡和一些邻居看到巴利一夜之间发财致富,无不感到惊诧。以前他们对这个可怜人抱有同情心,现在却变成对他满腔的妒忌。他们便到处奔走,四处打听巴利是在哪里、什么时候得到这么多的横财。他们终于得知巴利是因祸得福,丢了斧头却意想不到发了大财。于是,他们个个手舞足蹈,异常兴奋地说:"噢,是这样的吗?真的这么简单,丢失一把斧子就可以变成大富翁了。真是匪夷所思啊!我梦寐以求的发财之路,真有如此捷径?造化如小儿,真会捉弄人啊!不就是丢失一把斧子吗?这比什么都容易。啊,天主在上,我亲爱的斧子啊,为了发财,我就要丢弃你了,你也不要怪我,为了招财进宝。"

在短短的时间里,他们的斧子竟然都不见了,谁还留着斧子就该下地狱了,那简直就不是良妇生的孩子。既然没有斧子,一时间树木也没有人砍伐了。人们总不会空手去砍树啊!

伊索在另一篇寓言里又说到这么一件事,一些卑鄙小人觉得他们本应更有权势,就把这片草地和一座小磨坊卖给巴利,用这笔钱把自己打扮成趾高气昂的贵族老爷样子。当他们得知巴利因丢失一把斧子而发了大财,便把所有的佩剑都卖了,换来了许多斧子。他们心里暗想,既然一个砍柴的丢了一把斧子就能得到那么多的金银财宝,那么我丢了这样多的斧子,不就可以赢得金山银山吗?越想心里越是甜滋滋的,脸上露出笑容。这些人就像那些到罗马的朝圣者,为了买新当选的教皇那些汗牛充栋、不值一文的赦罪符,便变卖财产,债台高筑来支付这笔费用。如今这些人已丢了斧头了,他们就该大呼小叫、痛哭流涕,向朱庇特祈祷:

"英明仁慈的朱庇特,还我斧子吧,还我斧子吧,我的斧子会在哪里呢?朱庇特,求求您还我吧!"

丢失斧子的人声响如雷地叫喊,响彻九霄云外。墨丘利飞上飞下,很快就把斧子拿来了,他交给每个人三把斧子,一把是他们丢失的,另外两把是金的和银的。那些人都一把抢过那金斧子,并口口声声说那就是他遗失的那把,同时感谢朱庇特的恩赐。但当他们一弯腰要把地上的金斧子捡起来时,墨丘利就奉朱庇特的命令,毫不留情地把他们的头砍了下来。那些被砍下的脑袋的数目,正好与丢失的斧子的数目相符合。

这则寓言就说明了那些善良无辜的人们,他们那种平凡、有节制的愿望会得到好报的,而那些贪得无厌的人却适得其反,到头来会一无所有,必将受到惩罚。你们这些在田里劳作的乡间鄙夫,可要引以为戒,不要再异想天开,说你们不愿放弃十万法郎的梦想,切不可恬不知耻地胡扯八扯,再让我听到你们说:"请主赐予我一亿七千八百万个金币吧。那么,我将是多么荣耀啊!"如果你们这么说,那就让你们的牙齿全掉光!你们普通百姓的胃口却这么大,那么国王、皇帝、教皇想得到的东西又会是什么呢?

因此,你们可以从生活中找到活生生的例子,那些欲壑难填的人所能得到的只能是百日咳与脓疮,什么东西也进不了他们的钱袋。他们和巴黎那两个叫花子没什么区别。一个希望能拥有足够的金币,相当于巴黎建城起到现在所有消费、买卖的总和,并且是按巴黎消费水平最高的那一年的薪金、商品价格和收益总额计算的。他这么想,难道你不觉得太过分了吗?这难道不是吃下未剥皮的酸李子?难道不会酸坏牙齿吗?另一个希望在巴黎圣母院堆满钢针,从地板一直堆到最高的穹顶,并用这些钢针来缝制布袋,能缝多少就缝多少,直到所有的钢针头都断了或变钝了为止,再把这些口袋装上满满的金币。这就是有些贪得无厌的人的愿望,你们觉得如何呢?他们最终结果会是什么呢?到了晚上,两个人的脚都生冻疮,下巴也溃疡,肺部哮喘,喉咙一直咳嗽,屁股被烧了一大块,连一点点塞牙缝的面包都没有。所以,有节制地许下一些平凡的愿望吧,如果你辛勤劳动,不断努力,再加上天主的庇佑,你的愿望会实现的,说不定还会有意想不到的好处。

也许你会说:"主是万能,神通广大,他赐予我十七万八千个金币跟赐给我半块小钱的十三分之五没什么区别啊。一百万金币对他来说就只是一个小钱。"

啊,可怜的人们啊,谁教你高谈阔论天主的博大无边和主宰一切的能力呢?安静下来吧,在主的面前应该谦卑,时刻意识到自己的缺点吧。

患痛风的朋友,如果你们仅向主祈求恢复健康,那么主一定会满足你们的微小愿望。等等,再等等吧,要有一点点耐心。可那些热那亚人却不是这样的,他们一大早就在办公室里盘算今天应该向谁要钱,他们应该使出哪些花招向谁骗钱。他们一出门,见面互相打招呼的就是"祝你身体健康,财运亨通"。他们人心不足,只拥有健康是不会满意的,他们还想家

财万贯,就像那排名第五位的意大利富豪伽台尼一样。到头来他们钱也要不到,健康也没了。

因此,清清你的嗓子,喝下三四杯美酒吧,掏掏你的耳朵吧,然后心平气和地阅读我们高贵善良的庞大固埃的传奇故事吧。

第一章　庞大固埃是如何出海寻访神瓶的谕示的

6月维斯塔节①那一天，也就是布鲁图占领西班牙、征服西班牙人的那一天，或者说是吝啬鬼克拉苏斯②战败被巴尔提亚③人打垮的那一天，庞大固埃辞别了他善良的父亲高康大，这位老人（按照教会初期那些虔诚的教徒的令人敬佩的习惯）为他的儿子以及全体人员的顺利出航做祷告。庞大固埃带领巴汝奇、约翰修士、爱比斯德蒙、吉姆纳斯特、优斯登、里索陶墨、卡帕林和其他忠诚可靠的侍从，在塔拉萨港上了船。

随同动身的还有那位大旅行家和苦难道路的征服者克塞诺玛恩，他早就已经来了，他是几天以前接到巴汝奇的信来的。这位旅行家非常明智地在一幅详细的世界航海图上画下了他们为寻访神瓶所必须经过的路线，并给了高康大。

船只的数目，我已经在第三部里交代过了。这次同行的，还有另外相同数目的三层桨战船、大划船、大帆船和利布尼亚船，每条船配备完好，还特别加固，设施齐全，还载了大量的"庞大固埃草"。全体的军官、翻译、领港、船长、舵工、船员、划手、水手一起到"主舰"上报到。这是对庞大固埃统领的船队的那条大船的称呼。这艘主舰与其他船只的主要区别是，没有悬挂庞大固埃颜色的旗帜，而是船尾上有一个高大的酒瓶作为标志，一半是银的，光滑明亮，另一半是金的，镶嵌着红色的珐琅。从这红白二色上，不难看出它们是代表着尊贵的旅行者的颜色，这些旅行者是去寻访神瓶的启示的。

第二只船的船尾上，高高地悬挂着一盏古式的灯笼，是用透明的、反光的石头精心雕制的，表示他们将会从灯笼国经过。

第三只船的标志是一只美丽高大的瓷爵。

第四只船上，是一只有两个柄的金瓮，样子很像古时的骨灰瓮。

第五只船上，是一把出色的碧绿翡翠壶。

第六只船上，是一把修院式的大爵，是用四合金属制造的。

第七只船上，是一个乌木的漏斗，上面套着一层金碧辉煌的织物。

第八只船上，是一只珍贵非凡的藤碗，是按照大马士革的样式镶着金花边。

---

① 每年6月9日。

② 克拉苏斯：罗马三大统治者之一。

③ 巴尔提亚：亚洲西部古国。公元前1世纪，克拉苏会在会战中被巴尔提亚大将刺死。

第九只船上，是一个细工精制的金碗。

第十只船上，是一尊香楠木的酒杯（这种木料你们叫作沉香），外面镶着塞浦路斯的金饰，是波斯的手艺。

第十一只船上，是一只细工编制的金篓子。

第十二只船上，是一只没有露过光彩的金桶，上边盖着一层大粒的印度珍珠，完全是罗马时代的雕刻手艺。

这样，一个人不管他多么悲哀、愤怒、愁闷、忧郁，甚至是那个悲观的赫拉克利特本人，只要一看到这一浩荡的舰队标志，就没有不马上转怒为喜、笑逐颜开的，并不约而同地全说船上的旅客一定是爱酒的朋友、善良的好人，可以有把握地断定他们的这次旅行，不管是去还是回来，一定会心情愉快，个个心宽体胖。

这时，舰队的所有人都聚集在"主舰"上，庞大固埃向他们作了一个简短而恳切的谈话，并且全部都是用《圣经》上有关航海的典故作为资料。谈话以后，又用洪亮的声音向天主做祈祷，以至于塔拉斯港的商人和居民都听得清清楚楚，深受震撼，倾城出动，纷纷涌到港口前的防波堤，浩浩荡荡地仰首翘望他们离岸上船的壮观景象，并祝福船队一路顺风。

祈祷之后，他们又和谐地唱了大卫王的诗篇，开始的一句是："以色列出了埃及①。"诗篇唱了以后，马上在甲板上搭起长台，迅速地摆上食品。而岸上送行的人也跟着唱了上面的诗篇，并叫人从家里送来了大量的食物和酒，大家一起为他们干杯，他们也为大家干杯。因此船上的人出海之后没有一个人呕吐过，也没有一个人有过肚子痛、头痛。这种不舒服，通常是不容易避免的，即使像那些浑蛋医生叮嘱出海的人那样，早些天就喝盐水，不管是纯粹的水还是掺酒的水；或者是吃木瓜酿、柠檬皮、酸石榴汁；或者长期不吃东西，或者用纸糊住自己的胃口，或者做其他的傻事。

经过频频的干杯之后，这才各自回到自己船上，趁着天气尚早，在东风里开船出去，为首的领港人名叫雅迈特·布莱耶尔，他指挥航线，规定罗盘。根据他和克塞诺玛恩的意见，既然神瓶在印度以北的中国附近，那就不必采取葡萄牙人平常走的那条航线。葡萄牙人是经过热带、沿着赤道以南、非洲南端的好望角、背对北极航行的，因而北极对他们已经失去了引导作用，航路就变得特别长。所以必须尽可能不离开印度的纬线，从西面对着北极转过身来，这样就可以在北极的反面，和奥隆纳港成同一纬度，但是不能再往北开，否则有进入冰海，在那里有冻结的危险。在这条纬线上转过身来以后，同样再向东走，开船是原来在他们左边的，现在便成了在他们右边的了。这样走，有意想不到的好处，因为船不会失事，不会有危险，也不会损失人，安全可靠（除了有一天的时间必须要从"长寿人"岛屿附近经过），在

---

① 见《旧约·诗篇》第一百一十四篇。

不到四个月的时间可以稳稳地到达印度的北方。而葡萄牙人就必须要用三年的时间,而且还要经过无数的困难和危险,还不一定能够走到。除了有更肯定的判断,我认为从前航海到德意志受到苏威维人的国王隆重接待的印度人,走的就是这条路,那正是昆特斯、麦特卢斯。塞勒在高卢做总督的时候,科尔奈留斯·奈波斯、地理学家彭包纽斯·米拉以及在他们以后的普林尼乌斯都曾经有所记述的。

第二章　庞大固埃是如何在美当“乌提岛”上购买珍奇物品的

航行的第一天,以及之后的两天,都没有看到陆地和其他新鲜事物。过去这条路从来没有人走过。第四天,他们看见了一座岛屿,名字叫作美达莫提(乌有岛)的美丽岛屿,因为沿岛有许多灯塔和高大的云石碉堡,面积的大小不亚于加拿大。

庞大固埃问这是谁的地面,据说是费罗法尼斯(希腊语是盼望看见和被看见)国王的,当时他去替他兄弟费罗泰蒙(意为好奇)和恩吉斯(意为邻邦)国公主办理婚事去了,不在岛上。于是庞大固埃趁着船只装取饮水时走下船来,观看陈列在长堤上以及码头市场上的各种绘画、毡毯、禽兽、鱼鸟和其他异国的稀奇物件。原来他们赶上了当地每年一次的大集会,今天正是第三天,亚非两洲的富商巨贾都会到这里赶集会。约翰修士买了两幅珍贵的古画,一幅是一个上诉人的写生,另一幅是一个寻觅雇主的用人,取材于现实生活,人物的手势、举止、脸部特征和表情、内心情感全都生动逼真、惟妙惟肖地表现出来,不愧是出自于弗朗西斯一世的宫廷画师查尔斯·查莫斯大师的手笔。修士买画时为商人做祷告,扮鬼脸,这就当付了买画的钱了。

巴汝奇买了一幅很大的画,是按照着古时菲罗美拉的刺绣画下来的,画的是她向姐姐普落克涅告发姐夫色雷斯国王蒂留斯奸污了她,后来害怕她说出他的罪恶,要将她的舌头割掉的故事。我以这把灯笼柄的名义起誓,这实在是一幅了不起的杰作!这确实是一幅优美的、上乘的作品,我请你们别以为这是一幅男女通奸的图画,那样想就太笨太傻了。这幅画远不是这样的,它的含义很深。你们可以到特来美去看,进了大画廊,靠左手就是它。

爱比斯德蒙也买了一幅,画的是柏拉图的唯心观点和伊壁鸠鲁的原子论,真是逼真极了。

里索陶墨也买了一幅,画的是“回声”的写生。

庞大固埃叫吉姆纳斯特替他买了一套漂亮的大挂毯,一共是七十八幅,记述阿喀琉斯的生平和他的英勇事迹。每幅四英尺长,三英尺宽,全部都用弗里吉亚真丝织成,用金银线绣花。这组挂毯画首先描述珀琉斯[①]和西蒂斯结婚,接着是阿喀琉斯的诞生,再写到他的少年时代(按照斯塔提乌斯、帕比尼乌斯所记),他的才智和英勇事迹(按荷马所歌颂的),阿喀琉斯之死及其葬礼(按照奥维德和士麦那的昆提乌斯所记),最后描述的是他的灵魂的显现和波吕克塞娜的英勇就义(按欧里庇得斯的记载)。

他还购买了三只非常体面的小独角兽[②],一只雄的,皮毛是褐栗色;两只雌的,皮毛是带点灰色的;还有一只麋鹿,都是基隆的一个西提亚人一起卖给他的。

麋鹿约有小牛犊那么大,头部像鹿,略大,角长得很美,开枝很高,蹄分趾,毛长似巨熊,皮硬若铠甲。那个基罗尼亚人说在西提亚地方这种麋鹿也不多见,因为它会随着它吃的草和居住的地方改变颜色。它可以变作草的颜色、乔木的颜色、灌木的颜色、花的颜色、牧场的颜色、草原的颜色、石头的颜色,总之它走近什么就可以变作什么的颜色。因此它变作鱿鱼(就是那种章鱼)、变作鹿、变作印度的狼、变作多色蜥蜴,都很平常。多色蜥蜴是一种颜色美丽的蜥蜴,德谟克里特曾经写过整整一本书来描绘它奇妙的形象、身体的构造以及功能和性格。

我还看到过它改变颜色的原因,并不是因为它走近什么带颜色的东西,而是由于它发生恐惧或喜悦的心情时改变的。比方在一条绿色的地毯上,它一定会变成绿的,可是再待一会儿,它就会接二连三地变成黄的、蓝的、褐色的、青莲色的,就好像印度火鸡鸡冠的颜色随着它心情的变化而改变颜色一样。在麋鹿的身上,我们感到特别惊奇的,是它走近某种东西时不但是面色和皮肤改变,而是它整个的皮毛的颜色都会改变。在穿着灰色长袍的巴汝奇身边,它的皮毛马上就会变成灰色,在穿着紫红色大氅的庞大固埃身边,它的皮毛马上就闪出红光,在穿得像埃及阿奴比斯依西斯教士似的领港人身边,它的皮毛又一下会变成雪白。这两种颜色连多色蜥蜴都不会变。至于在它既不害怕也没有其他任何心情的时候,也就是说在它正常的时候,它的颜色就像卢瓦河上蒙城[③]看见的驴那种颜色一样。

① 珀琉斯:神话中伊奥科斯国王,阿喀琉斯之父。
② 即麒麟。
③ 蒙城:近奥尔良城,靠卢瓦河,该处多磨坊,故养驴也多。

第三章　庞大固埃是如何收到父亲高康大的书信

庞大固埃正一心在购买奇禽怪兽,在市场上穿梭,看着琳琅满目的货物使他流连忘返。突然听到长堤上一连响了十声小蜥蜴炮,港内大小船只没有不齐声欢呼的。庞大固埃向港口回头一看,看见来的正是他的父亲高康大的一只快艇,名叫海燕。这是因为船上有一只用哥林多青铜雕塑的海燕。所谓海燕,和卢瓦河里米诺鱼一般大,多肉无鳞,肋生软骨翼翅(有如蝙蝠),又长又宽,我不止一次地看见它在水上一飞就是一英尺远,就是一箭程那么远。在马赛,这种鱼叫作跳鱼。这条快艇取名"海燕",因为它在海上开起来简直是在飞而不是在水上航行。坐在船上的是高康大的大司马马利高纳,他奉命专程来探望善良的庞大固埃殿下,了解他的健康状况并为他送信的。

庞大固埃和他拥抱并亲切致意以后,还没有开启书信,也没有问马利高纳其他言语,就先问道:"你有没有带来空中信使鸽子?"

马利高纳回答道:"带来了,现在篮子里。"

原来那是从高康大鸽房里捉来的一只鸽子,快艇起航时它正在哺育小鸽子。约好万一庞大固埃遇见灾难,就在它的腿上拴上黑套把它放回去。但是既然庞大固埃一切都很好,都很顺利,于是就把它拿出来,把一个白绸条子缠在它腿上,不再拖延,马上就把它放走了。只见那只鸽子以想象不到的速度破空而去。你们知道,当鸽子窝里有卵或者幼鸽时,任何鸟也没有它飞得快,它本能地有一种固执的天性,一定要尽快地回到幼鸽那里去。不到两个小时的时间,它就飞过了那只快艇,比它以最高速度、桨帆并用、背后还借着风力、所走过的漫长路程还快了三天三夜。它一飞进自己幼鸽的鸽笼,就被人看见了。

尊贵的高康大听说它戴的是一条白色绸带,非常宽慰,知道他儿子一路平安,非常的放心。

这是高康大和庞大固埃想要迅速知道所关心的事情和急于想要得到消息时一贯使用的方法。像战争的结果,不管是水战还是陆战,某一要塞的攻克或防守,重要纠纷的调解,皇后或贵夫人分娩的吉凶,朋友或患病的同盟者的死亡或痊愈,等等等等。他们把鸽子用驿马一层一层地一直送到想得到消息的地方。根据事态的演变,鸽子带着黑条或者白条回来,让他们不至于继续挂念,它飞行一个钟头的路,比三十四驿马一天走的路加起来还要长。这真是一个争取时间的好办法。你们可以相信,他们这样做完全有可能,因为农庄的鸽房里,长年里的每一个月、每一季度都有许多孵蛋或哺小鸽的鸽子。为了使鸽子飞行得更快,消化得更好,你只要在它的窝里放点硝石或神革——马鞭草就行了。

鸽子放走以后,庞大固埃拆开他父亲高康大的书信,信里说道:

"最亲爱的儿子,父亲对儿子这种与生俱来的爱,加上天主给予你的特殊恩宠,使我思儿日切。自从你走以后,我对别的事无所牵挂,一心一意所牵挂的就是你在路上会不会遇到困难或意外。你知道,爱得越深切,就会经常带来恐惧。赫西奥德说得好,一件事开始开得好,就等于做好了一半。俗话也常说,面包放进炉灶里,就知道做得好不好。因此,我放心不下,特地派马利高纳前去打听你离开后前几天的情况,回来报告给我知道,以免让我悬挂不安。因为,假如像我所希望的那样,开始得很顺利,那我就不难预料和判断以后会如何了。

我最近得到几本很有趣的书,命来人转交给你。等你以后休息的时候,可以阅读。宫内一切消息,来人都会详细地告诉你。愿永恒者天主的平安与你同在,并替我问候巴汝奇、约翰修士、爱比斯德蒙、克塞诺玛恩·吉姆纳斯特,还有你带的其他侍从,我的好朋友们。6月13日于宫内。

你的父亲和朋友
高康大

第四章　庞大固埃是如何与其父高康大写信,并附寄珍奇物品数件给他的

庞大固埃念完书信以后,与信使马利科恩谈了一会儿话,谈了很久还没有谈完,巴汝奇拦住他们道:

"你几时喝酒啊?我们几时喝酒啊?马利科恩老爷几时喝酒啊?你们的话还没有说够么?"

庞大固埃说道:"说得对。就请你在以森林之神萨梯骑马为标志的酒馆为我们准备饭食吧。"

为了让大司马也带封信回去,他给高康大写了下面的家书:

"最慈爱的父亲,在这短暂的生命中,因为没有想到,没有料到的事,比起事先有所预料、有所看到的事,更会让我们的知觉和器官激动和震惊(甚至灵魂会常常

脱离肉身,尽管突然到来的消息是自己所喜欢的和所希望的)。所以大司马马利高纳的突然来临,让我非常激动、非常惶恐。因为在终止这次旅行之前,我也丝毫未曾想到会看见从你那里来的人,会听到你的消息。我仅仅只是满足于把对父王的怀念深深地塑在和刻在我的后脑里,从中我也感到满足和欣慰。

但是,此刻从父王慈爱的书信里,并由大司马向我证明,让我得知父王一切顺利,身体健康,宫内也都一切安好,我不能不像过去我毫不勉强所一贯做的那样:首先赞美仁慈的救主,因为他大发仁慈,保佑父王身体康泰。

第二,永远感谢父王对这个最卑微的儿子和无用的仆人抱着这样牢固和持续的慈爱。古时有一个罗马人,名叫弗尼乌斯的罗马人,他父亲曾经参加过安东尼乌斯对恺撒的叛离活动。而凯恺·奥古斯都斯却施恩宽赦了他,他对恺撒说道:“今天承蒙这个厚恩,真让我无地自容,殁存无以为报,我的感激永远无法和你的恩德相提并论。”我也可以说,父王对儿的崇高父爱,让儿很担心,唯恐生前死后都将辜负父王。除非按照斯多亚学派的学说,这个罪过可以这样来解脱,他们说恩德有三个部分,即:施恩的部分,受恩的部分和报答的部分。受恩的人承受别人的好处,永远怀念着他,就等于对施恩的人一个很好的报答;相反,如果受恩的人轻视或者忘掉别人的好处,他就是世上最忘恩负义的人。

父王对儿无限的慈爱让儿欠下无法估计的情分,而且无以报答于万一,我只有永远不做忘恩负义的人,让忘恩的思想在我脑筋里清除干净,让我的舌头永远承认和宣扬我对父王的感恩戴德。但要说到恰如其分也不是一件容易的事。

此外,我还坚信在救主的佑护和帮助下,这次旅行自始至终都将一样如意,而且身体安好。航行所到之处,我一定逐日记述清楚,以便归来时供父王看到真实的记录。

我在这里购得一只锡西厄所产的麋鹿,真是一只稀世珍兽,皮毛可随身边的东西改变颜色。你一定会喜欢它。它跟羊羔一样驯服和易养。同时还带上三只小独角鹿,性善驯和,胜过小猫。喂养的方法,我已和信使讲解清楚。它们由于前额当中生有长角,所以不能在地上吃草,只能在树上或者类似的架子上啃食果物青草,不然就用手把草、稻、苹果、梨、大麦、小麦送入口中。简而言之,送给它吃各种水果和蔬菜。我真奇怪我们古时的作家为什么说它们性野不驯,而且十分危险,并且说从未见过活的。父王将会看到完全不是那样的,只要不故意地折磨它们,它们一定是世界上最温和的动物。

同时,还捎去一组关于阿喀琉斯生平英勇事迹的挂毯,刺绣精美,精工细作。在整个路程上凡是遇到的珍奇禽兽、花草宝石,我一定会靠着天主的佑助都给父王带回来,我祈求天主保佑父王身体健康。

6 月 15 日写于“乌有之岛”。巴汝奇、约翰修士、爱比斯德蒙、克塞诺玛恩、吉姆纳斯特、优斯登、里索陶墨、卡帕林,在这里敬吻你的手,并向父王百般致意。

你卑微的儿子和仆人
庞大固埃

当庞大固埃书写上面的书信时，马利科恩受到其他人等的问候、欢迎和热烈的拥抱。天知道这是多么热闹，到处是一片委托带信的声音。

庞大固埃写好书信以后，和信使一起用了饭，并赐予他一根赤金项链，有八百金币那么重，共分七股，上面交替镶缀着大粒钻石、红宝、翡翠、蓝宝、珍珠等。快艇上的水手，每人奖给五百金币。他送给他父亲高康大的是那只麋鹿，背上披着绣金的缎披，还有那套绣着阿喀琉斯传记和功绩的壁毯和三只身上都披着金线盘花呢披风的独角鹿。就这样，他们一起离开了"乌有之岛"，马利科恩回到高康大那里去，庞大固埃则继续他的航行。船行在大海上，他请爱比斯德蒙为他朗诵信使带来的那几本书。这些书语言诙谐幽默，读起来妙趣横生，如果大家迫切想知道书的内容，我在后面会娓娓道来。

第五章　庞大固埃是如何遇见自灯笼国归来的一船旅客的

第五天，当我们开始离开赤道线对着北极转身的时候，突然发现有一条商船从左面迎向我们开来。这一喜非同小可，不管是我们，还是那条船上的商人。我们喜的是可以听到海上的消息，他们喜的是能够听到大陆的新闻。

我们驶近那条船，得知他们是法国圣东日的人。双方谈话之后，庞大固埃知道他们原来是从灯笼国回来的。这更增加了我们全体的喜悦，我们向他们打听灯笼国的情况和那里人民的风俗习惯。据说 7 月底灯笼国即将召开全体大会①，假如我们如期赶到（看样子不难办到），就可以看到许多华丽、尊贵和愉快的灯笼国人。听说他们已在隆重准备，因为他们要好好地表现一下灯笼国的风俗。我们还听说，从这里去必须经过盖巴林国，那里的国王奥哈贝一定会热情地接待我们。国王和他的全体臣民全都会说都林省的法国话。

我们正在听取这些消息，巴汝奇却和商船上一个名叫丹德诺的塔里堡的生意人争吵起来了。争吵的原因是这样的：

丹德诺看见巴汝奇没有穿裤裆，眼镜又拴在帽子上，便指着他对自己的伙伴说道：

"看那边，好一副乌龟的相貌。"

巴汝奇因为耳朵上挂着眼镜，反而比平常听得更清楚。他听见这个人说的话，

---

① 此处指 1546 年 7 月 29 日的第六届多伦多宗教改革会议。"灯笼国"指修士开会时戴的大风帽犹如灯笼。

就问他道：

“见鬼，我怎么会是乌龟呢？我还没有结婚，又不像你那个倒霉相，一看就知道有老婆。”

那个生意人答道：“不错，我的确有，你就是把欧洲所有的眼镜、再加上非洲的放大镜都给我，我也不肯打光棍。因为我老婆是全圣东日最标致、最温柔、最忠实、最贞洁的女人，这可和别人没关系。我这次出门就给她带来一支十一寸长的非常美丽的红珊瑚。不过，这不关你的事，你乱搞什么？你是个什么东西？从哪里钻出来的？贩卖眼镜的异教徒，你还是回答一下你信不信天主的好！”

巴汝奇说道：“我是想问你如果一切元素都顺利、都帮忙，我搞上了你的那个又标致、又温柔、又忠实、又贞洁的老婆，让在这里无事可干的普里阿普斯，花园里硬邦邦的神灵，又没有裤裆来约束它，进到她的身体里边。而又糟糕的是无法再出来，怕要永远待在里边，除非你用牙齿去咬住往外拉，那你怎么办？你让它老待在里面呢，还是真的用牙齿去咬？请你回答我，你这个穆罕默德的羊贩子，魔鬼的儿子。”

那个商人说：“我要在你这个挂眼镜的耳朵上给你一剑，像宰只羊似的杀掉你。”

说话之间，他想拔出宝剑，不过剑装在鞘里怎么拔也拔不出来了，你们知道海上特别的潮湿，而且碱性很大，一切铁器都很容易生锈。巴汝奇来不及向庞大固埃呼救，约翰修士抽出自己新磨的短刀，若不是那条船上的船主和其他旅客请求庞大固埃不要在他的船上闹事，他一定会把那个商人的脑袋切下来。事情终于结束了，双方握手言和，巴汝奇和那个生意人为表示真正的和解，举杯和解。

第六章　争吵平息后，巴汝奇是如何向丹德诺讨价还价要买他一只羊

争执平息以后，巴汝奇悄悄地对爱比斯德蒙和约翰修士说道：

“你们躲开一点儿，等一会儿一定会有好戏看的。不把你看得眼花缭乱算我吹牛。”

说完就走向生意人，重新满满地为他干了一杯灯笼国的好酒。那个生意人礼貌而又老实地马上回敬了他一杯。饮完以后，巴汝奇一本正经地请生意人卖给他一只羊。生意人说道：

“哎哟！哎哟！我的朋友，我的邻居，你真会拿穷人开玩笑！你真不像一个做

小买卖的！好了，你看起来真是个尊贵的客户，是个有钱的买羊人啊！天主在上！你那个长相一点儿也不像个买羊的，倒是像个割人家口袋的扒手。圣尼古拉斯在上，我的伙计！解冻买肠子的时候应该满满地带一袋钱站在你身边才对！哼，哼，谁都看不出你来，你就可以大显身手了！喂，善良的人们，你们来看哪，看他装得多像样！扮贵人相呢！"

巴汝奇说道："别急，别急。特别请你帮帮忙，先卖给我一只羊吧。多少钱？"生意人说道："我的朋友，我的邻居，你是否知道我这是什么货色？这才是真正的长羊毛哩。伊阿宋的金羊毛就是从这里来的。勃艮第王室授予骑士的金羊毛勋章的纹章也是来自这里。这是真正的东方羊，厚毛羊，膘肥的羊。"

巴汝奇说道："好了，好了，帮帮忙卖给我一只吧，我一定给个高价，而且马上付账，我用纯正的、崭新的、没有破损的黎凡特金币给你，说个价吧，别的话不用再多说。"

生意人说道："我的邻居，我的朋友，我请你换一个耳朵听我说话。"

巴汝奇："好，悉听尊便。"

生意人："你不是到灯笼国去么？"

巴汝奇："不错。"

生意人："去开开眼界？"

巴汝奇："对。"

生意人："去游玩散心？"

巴汝奇："对。"

生意人："我相信你的名字一定是洛班羊。看看这只羊，它的名字也叫罗宾，同你一样。罗宾，罗宾，罗宾。"

羊咩咩叫了几声。丹德诺说："它的声音真不错啊！"巴汝奇说："是啊，音调优美。"

生意人："我的邻居和朋友，现在你我之间来一个合约。你呢，你是洛班羊，放在天平的这一边，我这只洛班羊放在另一边。我敢拿一百个最好的牡蛎作为赌注，不管是在重量、价格，还是在价值方面，它都在你之上，如果是的话，你将来有一天就会被吊死。"

巴汝奇说道："别忙，别忙。只要你肯卖给我一只，哪怕是次一点儿的，你也算帮了我不少忙，为你的子孙造了福。老爷，先生，我在这里求你了。"

生意人回答说："我的朋友，我的邻居，我这羊身上的毛可以织鲁昂的最贵重的衣服。法兰西最上乘的呢绒礼服和它比起来，简直等于粗布。我的羊皮可以做上等的摩洛哥皮，卖时能充土耳其皮，或者蒙泰利马皮，至少也可以当作西班牙皮出卖。也没有人能看出真假。它的羊肠子可以做小提琴和竖琴的弦，能和慕尼黑或者阿揆雷亚的琴弦售同样高的价钱。这样，你说我的羊该值多少钱呢？"

巴汝奇说道:“对不起,卖给我一只吧。让我一辈子替你守门都可以。你看,现钱已经准备好了。要多少?”巴汝奇边说边晃着他那塞满金币的钱袋。

第七章 巴汝奇和丹德诺的交易(续)

生意人说道:“我的朋友,我的邻居,我这羊肉只有国王和皇族才配吃,又细、又嫩、又肥,简直和香膏一样让人欢喜。我是从(天主与我们同在!)猪猡只吃米罗巴朗水果干的国家把它们贩来的,那里的母猪在怀崽时(请大家恕我口直!)只吃橘树花。”

巴汝奇说:“你倒是卖给我一只吧,我出国王的价钱就是了,说话算话。你要多少钱?”

生意人回答说:“再告诉你,我的朋友和邻居,我这羊曾经是它们的祖先就是宙斯选中的、驮着佛里克索斯和赫勒逃脱继母迫害,横渡赫勒斯彭特海的金绵羊。”

“该死的东西!”庞大固埃叫了起来,“岂有此理,你简直就是学富五车,不是教士就是学者。”

生意人说道:“Ita 是白菜,vere 是韭菜。咳,咳,我差点忘了,你名叫罗宾,但不是羊,你当然听不懂我跟羊说的话。我再告诉你,凡是我的羊小便过的地里,麦子就长得特别好,跟天主在那里小便过一样。用不着施肥,也用不着上粪。还有呢,从羊尿里,炼丹家可以提炼出世界上最好的硝。用羊粪(请不要见怪),我们国家的医生可以治疗七十八种不同的疾病。最轻的要属圣优特皮乌斯那种病了,但愿天主保佑我们,别让我们得上这种病!你认为怎么样,我的邻居和朋友?我的羊真是下了大本钱来的呀。”

巴汝奇说道:“不管如何,卖给我一只好了。我只要一只,而且出好价钱买。”

生意人说道:“我的朋友,我的邻居,你看看我的这些羊身上所具有的自然的奇迹,随便找一个你认为没有用处的部分好了。就说它的角吧,你拿一个铁杵或者木棍,随便用什么都可以把它敲一敲,然后埋在太阳晒到的地方,随便是哪里,只要有太阳,还要勤浇水。不出几个月,你就会看到会长出来世界上最好的芦笋,比拉维纳的还好。你说说看,你们这些头上长犄角的乌龟有如此神奇的功用吗?”

“好了,别说下去了。”巴汝奇说道。

生意人继续说道:“我不知道你是不是学者。我见过许多学者,我是说大学者,都是乌龟。真的!假如你是学者,你一定清楚这种有灵性的动物最下面的肢体是蹄子,蹄子上有一块骨头,那就是跖骨,或者叫距骨,都随你的便,只有这块骨头,其他种类的动物都不行,除非是印度的驴和利比亚的羚羊,以前可以当作宫内的骨块游戏,屋大维·奥古斯都就是玩这种接子游戏,有一天晚上就用它赢过五万多金币。你们这些做乌龟的可别想能赢这么些!"

"别说下去了,"巴汝奇说道,"不过,我倒想试试看。"

生意人说道:"我的朋友,我的邻居,体内的部分,我什么时候才能好好地向你说明白啊?像羊肩、前腿、后腿、上肋、胸脯、肝、脾、小肠、大肠,还有吹球玩的尿脬,都有数不清、道不尽的用途。还有矮人国的人做小弓小弩用的肋骨,他们用樱桃籽去射击仙鹤,还有脑袋,只要加上一点儿硫磺,就是治疗狗大便不通的特效灵药。"

"好了,好了,"船主人对那个生意人说话了,"扯得太远了。高兴卖就卖给他一只,不高兴就别拿他耍着玩。"

生意人说道:"看在你的面子上,我卖给他一只。不过,要三'利佛',任他挑选。"

巴汝奇说道:"三'利佛'太贵了。在我们那里,这么大的价钱,可以买到五只,甚至是六只。你自己应该也承认太贵。我不是第一次看到你这样的人,恨不得一下子就发财致富,可是结果没有不倾家荡产的,有时甚至赔上性命的。"

生意人说话了:"笨蛋,叫你患严重的四日两头疟疾!冲着沙路神圣的包皮说话!我最小的羊,估计也要超过西班牙安达路齐亚科尔基斯人卖一两金子一只的最好的羊的价钱的四倍。你想得到么,会赚钱的傻家伙,当时一两金子是多少钱?"

巴汝奇说道:"好心的先生,我看你是热昏了。好!拿去,这是一只羊的钱。"巴汝奇把钱交给生意人以后,在羊群里挑了一只又肥又大的羊,抓起来就走。那只羊咩咩地叫个不停,其他的羊听见了,全都叫了起来,一起跟看着他要把它们的伙伴领到哪里去。

生意人却对他的看羊人说道:"这个买羊的可真会挑!他真内行,这个强盗!的确,的的确确,那一只是我打算留给肯卡尔老爷的,我知道他的脾气。只要他手里握着大羊腿,他就欣喜若狂,马上烹起羊腿,那样子就像左手握住球拍,腾出右手挥舞刀子割下腿肉品尝。"

第八章 巴汝奇是如何让卖羊人和羊群葬身海底的

突然间,也不知道是怎么回事,事情来得太快了,我都没有来得及看见,巴汝奇二话不说,把他那只咩咩叫个不停的羊扔到大海里去了。其他所有的羊一个个地跟着齐声叫唤,一连串地全都往海里跳,看谁比谁跳得快,拦也拦不住。你们知道的,羊生性如此,那就是跟着领头的跑,不管它跑到哪里去。难怪亚里士多德在《动物史》第九卷里曾经说过,羊是世界上最傻最愚蠢的动物。

卖羊人眼看着自己的羊一个个往海里跳,都吓坏了,用尽气力,左遮右挡,想拦住它们。可是毫无效果。全部的羊像被绳子穿起来了一样全都跳进海里淹死了。最后,他在甲板上抓到一只大肥羊的羊毛,心里想着只要拦住它就可以救回其余的了。没想到那只羊身强力壮,带着卖羊人一起跳进了海里,和独眼巨人波吕斐摩斯的羊从地洞里带走尤利西斯和他的同伴时一样,让卖羊人淹死在水里了。所有牧羊人、看羊人,有的抓住羊角、有的扯住羊腿,还有的拉住羊毛,也全都被拖进大海里,通通送了命。

巴汝奇站在船上烧饭的地方,手里拿了一个篙,不是为了救看羊人,而是防止他们爬上船后逃出升天。他拿出雄辩的才能大讲其中道理,活像一个小奥里维·马雅尔修士或者第二个约翰·布尔日瓦修士,运用修辞学的本领对他们述说今生的痛苦,来生的幸福,肯定死去比活在这个灾难之谷里幸福得多。他还答应从灯笼国回来以后就会在塞尼山给每一个人竖立碑志,修造坟墓。但是他还对他们说,万一不死,那也不要动气,那是因为不该在这时候死,希望他们能幸运地碰上一条鲸鱼。到第三天头上,平平安安地像约拿①一样把他们吐到一个幸福的国土上。

卖羊人和羊群从船上落进大海之后,巴汝奇叫道:

"船上还有没有羊?提包②的羊还有么?莱纽·勃兰的羊还有么?别的羊在吃草、自己的羊在睡觉的还有么?我自己也说不准。这真是一个古代的碉堡,你认为怎么样,约翰修士?"

约翰修士道:"你办得不错,没有什么可说的。这让我想起了古时打仗的时候,经常在冲锋陷阵那一天,答应给兵士们发双倍的薪水。假如打胜仗的话,当然会有钱发给他们,假如打了败仗,那就跟彻里索拉战役之后格古耶尔的逃兵一样,不好意思再讨要了。所以钱是准备付了,只是没有出你的钱袋而已。"

巴汝奇说道:"不提钱了!天主在上,我这个玩笑就不止值五万法郎。"

"咱们回船上去吧,顺风来了。约翰修士,我告诉你,没有人让我如意却得不到报酬的,或者最少是我的感激。我不是忘恩负义的人,过去不是,将来也不会是。也没有人得罪了我以后,后来却不后悔的,不管是生前,还是死后。我没有傻到这个地步。"

约翰修士说道:"你这叫自作孽不可活。经上说的好:以牙还牙,以眼还眼,这是圣书的教训。"

---

① 约拿因违主命,乘船遇见风暴,耶和华派巨鲸吞之,三日三夜,始将他吐至岸上;故事见《旧约·约拿书》第二章。

② 提包:喜剧《巴特兰》里的放羊人,被控偷了主人呢绒商的羊。

第九章 庞大固埃是如何来到无鼻岛的，以及岛上稀奇的亲属之间的关系

我们趁着西南风，全速航行，已经整整走了一天，没有看到过陆地。到了第二天上午苍蝇最多的时刻，一座三角形的岛屿出现在我们的眼前，大小与气派都很像西西里岛。这座岛名叫亲属岛。

岛上的男女长得和红波亚都①人差不多，只有一样除外，那就是不管男女老少，其肤色就像用敌人的鲜血染过似的，鼻子的样子都像扑克牌里的梅花 A。因为这个缘故，这座岛过去的名字就叫作无鼻岛。岛上的居民彼此之间都有亲属关系，并且以此为豪。岛上的总督曾经得意扬扬地对我们说：

“你们外来的人常常以为一个罗马人的家庭（指埃托利亚的维伊斯人）在同一个日子（2 月 13 日），在同一个门口（即卡蒙塔门，就在塔尔皮亚岩石和台伯河之间朱庇特神庙的山麓），为了对抗罗马相同的敌人（即埃托利亚的维伊斯人）走出来的三百零六位战士，彼此全都是家属，还带着五千名兵士，全是他们的侍从，后来全部牺牲（在巴卡纳湖发源的克雷米拉河附近），这是一件了不起的事情。可是在我们国家里，如果需要的话，一下子可以出来三十多万士兵，而且彼此也全都是亲属。”

他们的亲属关系是很特别的，正是因为彼此全是亲属，所以我们看到的，没有人不是另一些人的父、母、兄、妹、伯叔、姑姨、堂表弟兄、堂表姐妹、女婿、儿媳、教父、教母、甚至于我还看到过一个没有鼻子的老丈唤一个三四岁的小女孩“父亲”，小女孩唤他“女儿”，你们说怪不怪。

他们的亲属关系可以一直拉扯到男人唤女人“我的小章鱼”，女人唤男人“我的海豚”那样。

约翰修士说道：“他们谈情说爱的时候，可以闻得到彼此的鱼腥味。”

这一个可以笑着唤一个美丽的少妇：“早上好，我的马刷子！”少妇对他回礼，说道：“幸会，我的栗色马！”

“嗨，嗨，嗨！”巴汝奇叫了起来，“快来看一把马刷子，还有一只栗色马。野马发起劲来，不是需要常刷刷么？”

这一个可以对他的小情妇说：“再会，我的小案子。”小情妇会回答他说：“再

---

① 波亚都人士从苏格兰民族来的，古时常以敌人的血染红自己的身体，故被称为“红波亚都人”。

见，我的小官司。”

吉姆纳斯特说道：“圣·特里尼兰在上！官司可以经常和案子在一起。”

这一个叫女人：“我的小虫子。”女人回叫他：“我的坏东西。”

优斯登说：“这里边既有小虫子，也有坏东西。”

这一个叫他的相好：“你好，我的斧头！”她回答说：“你好，我的斧柄！”“牛肚子！”

卡帕林叫了起来，“斧头需要装斧柄，斧柄需要装斧头！这不是罗马的妓女专门喜欢的长柄么？或者来一个带长柄的修士也欢迎。”

还有，我看见一个小伙子叫他的女友：“我的小褥子。”她的女友唤他：“我的小被子。”他的确长得有点“被子”相。

这一个唤自己的女人：“我的面包屑。”女人唤他：“我的面包皮。”

这一个叫对方“小铲子”，对方唤他“小钩子”；这个唤女人“我的破鞋”，女人唤他“我的大脚”；这一个叫女人“我的长靴”，女人叫他“我的凉鞋”；这一个把女人叫作“露指手套”，女人就叫他“无指手套”。

那一个把女人叫作“猪皮”，女人就把他叫作“猪油”。猪皮和猪油本来就是亲戚嘛。

再这样亲上加亲，男的唤女的“我的炒蛋”，女的唤男的“我的煮蛋”。炒蛋和煮蛋还是脱不开亲戚关系的。还有一个男的唤女的“我的绳子”，女的喊他“我的树柴”。按照我们一贯的想法，再也弄不清他们究竟是什么亲属、什么联系、什么关系了，只能说她就是那根捆绑树柴的绳子。还有一个看见自己的女人，说道：“你好，我的小壳子。”女人回答道：“你好，我的小蚌子。”

卡帕林说道：“蚌子正好在壳里边呀。”

还有一个看见他的女友，说道：“祝你幸福，我的豆荚！”女友回答道：“祝你长寿，我的豆籽！”吉姆纳斯特说道：“豆在豆荚里正好。”

另外还有个穿着木头高跟鞋的高个子，遇见一个又肥又胖的矮个子小女人，说道：“愿天主保佑你，我的木鞋，我的喇叭，我的陀螺！”那个女人当仁不让地回答道：“礼尚往来，向你致同样的祝贺，我的小鞭子！”

克塞诺玛恩说道：“灰色圣人的血！还有比用小鞭子玩陀螺更恰当的么？”一位做大学讲师的学者，头发梳得光光的，卷得好好的，和一位高个儿小姐说了一会话，临行时说道：“多谢你，美人儿！”她说道：“领你情，大才子！”庞大固埃说道：“美人配才子，不算错配。”

一位成年的学士走过少女的身边，说道：“嗨，嗨，嗨！我的缪斯，好久不见了！”那位少女回答说：“带角的神，我随时都乐意和你相会！”巴汝奇说道：“把他们俩配起来好了，往屁股眼里吹气，正好凑个风笛。”

还有一个叫自己的女人：“我的母猪。”女人叫他：“我的干草。”这让我想起来母猪是最喜欢干草的。

我看见一个驼背的家伙在离我们不远的地方向他的女友行礼,说道:“再会,我的小窟窿!”她同样还礼:“愿天主保佑你,我的小塞子!”

约翰修士说道:“我认为说女的是个小窟窿才对,她呢,叫他小塞子,也没叫错。问题是要知道小塞子能不能塞满这个小窟窿。”

还有一个在告别自己的女人时说道:“再见,我的鸡笼!”她马上回答道:“祝你好运,我的小鸡!”

包诺克拉特说道:“我想这只小鸡是常到鸡笼里去的。”

一个小伙子和一个少妇说话时说道:“别忘了,我的无声屁!”她回答道:“怎么会,我的大响屁!”

庞大固埃对总督说道:“这两个也算亲属么?我看他们不是亲属,而是对头,因为男的叫女的无声屁。在我们国家里,没有什么比叫女人无声屁的侮辱更大了。”

总督回答说:“善良的外来人,没有比响屁和无声屁更亲近的亲属了。他们总是同时从一个窟窿眼里一起出来,谁也看不见。”

巴汝奇说道:“西北风大概和他们的母亲在一起待过吧?”

总督说道:“你说的是什么的母亲?母亲是你们那里的说法。在这里他们是既无父又无母的。海那边的人,脚上穿干草的人,才会有。”善良的庞大固埃对这一切看在眼里,听在心里。可是听到这里,也听不下去了。

我们结束了视察这座岛的地形和无鼻人的风俗,走进一家酒馆,打算吃点儿东西。可是酒馆里,正在举行婚礼。我们赶上了大摆宴席。于是我们参加了一个圆满的婚礼,新娘是一只梨,我们见她又肥又壮(不过摸过她的人都说很软),男的是一块正处于青春时期的奶酪,红红的脸,头发很浓。过去不少人对我说过,这样的婚姻在其他地方也曾经有过。在我们家乡,就有这么一句话,说梨和奶酪联姻,百年恩爱不尽。

在另一个厅堂里,有另一家在结婚,女的是一只年老的破靴子,男的是一只又年轻又柔和的新鞋。有人告诉庞大固埃说,年轻的新鞋娶年老的靴子为妻是因为她肯迁就,在家里百依百顺、又油又腻,对一个打鱼的尤其合适。

在一间比较低的厅堂里,我看见还有一家在结婚,男的是一只年轻的便鞋,女的是一只年老的拖鞋。有人告诉我们说,这两个人的婚姻,既不是因为女的貌美,也不是因为女的优雅,而是由于女方节俭有道,爱财如命,全身都是金元宝。

第十章　庞大固埃上了和平岛，受到国王圣巴尼贡的礼遇

我们离开了亲属岛上鼻子像梅花爱司的丑陋居民，趁着西南风开了船，一直走到太阳落山，才来到和平岛上。和平岛是一座大岛，土地肥沃，生活富裕，人口众多，那里的国王名叫圣巴尼贡。圣巴尼贡带领太子太保、王公大臣，亲自来到码头上迎接庞大固埃，并把他接到自己宫里。皇后带领公主和宫廷贵夫人等早在宫门迎候。圣巴尼贡要皇后以及随从等人和庞大固埃等人行吻抱礼，这是当地表示礼貌的风俗。于是一个个都行了吻抱礼，只有约翰修士混在国王的人员当中，没有被发现总算过了这一关。

圣巴尼贡极力请庞大固埃留到第二天再走，但庞大固埃推辞说不愿错过晴好的天气，顺风顺水，这是航行的人可遇而不可求的，因此必须要尽力利用，因为这样有利的气候并不是想要有就有的。庞大固埃这样表示以后，圣巴尼贡请我们每人喝了二十五杯到三十杯的酒，才放我们回来。

回到码头之后，庞大固埃发现约翰修士不在，问他到哪里去了，为何不与大家一起回来。巴汝奇不知道怎么回答，打算返回皇宫寻找。正在这时候，约翰修士欢天喜地地跑回来，快乐地大声嚷道："尊贵的圣巴尼贡万岁！冲着天主的肚子说话，他的厨房真是丰富。我就是从那里来的。食物堆积如山，我真巴不得把肚子尽量填满填足才好。"

庞大固埃说道："我的朋友，你原来躲进厨房里去了。"约翰修士回答道："母鸡的身体在上！我对于厨房可比对女人矫揉造作地鞠躬行礼熟悉得多。这里哈腰、那里问候、亲近、拥抱、吻手、阁下、陛下、殿下、欢迎欢迎，等等等等。去他的吧，卢昂讲话比粪还臭！太麻烦了，太啰唆了。我的老天！我可不会说，宁愿放弃到酒桶里去痛饮，也要在女人身边有自己的名字。这些烦琐的礼节，行不完的礼，实在比魔鬼还要让我讨厌。圣本笃当初真是有道理，你说向女人去行拥抱礼，冲着我身上这件尊严而神圣的会衣说话，我还是不去的好，我怕遇上盖尔士老爷一样尴尬的事情"。

庞大固埃说："盖尔士的王爷，我认识他，他是我要好的朋友。"

约翰修士说道："有一次，住得离他不远的一个亲眷请他参加一次隆重豪华的宴会。附近的贵族、贵夫人、小姐等也都被邀参与盛会。王爷未到以前，她们把侍从装扮起来，给他们穿上华丽的女人衣服，把他们打扮成小姐的模样。然后，让这些打扮成小姐的侍从到堡寨门口去迎接王爷。王爷到后，仪态隆重地吻过所有的

人。到后来,躲在走廊里的贵夫人哄然大笑,吩咐侍从脱下他们的衣装,善良的王爷看到被骗,不禁羞愧气恼,不肯再亲这些幼稚的夫人和小姐了,他说既然可以拿侍从装扮起来骗他,天主那个肚子!这些女人也可能是侍从的侍从装扮起来的,只不过装扮得更像一点儿罢了。"

"天主在上!恕我亵渎神圣,为什么不先到主人丰盛的厨房里去呢?为什么不先观光一下活动中的肉叉、炉灶的排列、肥肉炖的程度、肉汤的冷热、准备的是什么点心、打算上什么酒呢?行为纯全的人多么有福①啊,这是经上的指示啊。"

第十一章 教士为什么喜爱厨房

爱比斯德蒙说道:"真是教士的行话。而且是作为领导人的教士,而不是被人领导的教士。你让我想起二十年前在佛罗伦萨的所见所闻来。当时在一起的全是些饱学之士,个个都是热爱游览,热爱访问贤哲,并热爱参观意大利名胜古迹的人。"大家仔细观赏着佛罗伦萨的美丽和城市风光,圆顶大殿的建筑,庙堂以及豪华宫廷的雄伟,大家都争着赞不绝口,这时突然过来一个亚眠的教士,名叫贝尔纳·拉尔,他愤愤不平地向我们说:

"我真不知道你们在这里看到什么如此值得称赞的鬼玩意儿。我和你们一样到处都看了看,我的眼睛也不比你们差。可是,说穿了,又有些什么呢?不过是一些美丽的建筑罢了。仅此而已。但愿天主和我那善良的主保圣人圣伯纳尔不要抛弃我们!在一座偌大的城市里,我找来找去、看来看去,连一座烤肉店都还没有见过。我告诉你们,我像一个侦探一样把左右两边一家一家都数过了,想看一看哪边烤肉的店铺更多,结果是一无所获。"

"在我们亚眠,不要说我走了这么远的路程,只要走上四分之一,就算三分之一吧,我相信你们看到的不止十四家有名的老牌烤肉店,而且每一家都香气扑鼻。我真不知道在钟楼那里看见的几只狮子、几只非洲野兽(好像你们叫作老虎)和在菲力普·斯特罗兹的府邸里看见的几只箭猪和鸵鸟,有什么好玩儿的。老实说,我更愿意看到叉在叉子上烤得正好的大肥鹅!至于这些云斑石、汉白玉,说它们好看,我并不反对。可是亚眠的奶油蛋糕,照我看,要比它们好得多。说这些古老的雕像雕得美丽,我也相信。可是,冲着阿贝维尔的圣菲奥尔说话,我们家乡的少女比它们可爱到何止千倍!"约翰修士说道:"请你说一说教士愿意待在厨房里,可是国王、

① 见《旧约·诗篇》第一百一十九篇第一节。

教皇、皇帝都不在那里,这是什么原因?”

里索陶墨接口道:“是不是因为锅里和炉架里有一些内在性能和一些隐形的特征,像磁石吸铁那样,吸引着教士,却不吸引皇帝、教皇和国王?或者说,是不是教士的会衣和教服有一种天然的倾向或感应,自然而然地会把那些善良的教士们引进和推入厨房里,不管他们是不是愿意去。”

爱比斯德蒙回答道:“这是因为外形是随着物体的。阿弗罗厄斯就是这样解释的。”“不错,不错!”约翰修士附和道。

庞大固埃接口道:“我想说的倒不是来回答刚才的问题,因为这个问题有点棘手,你一接触它,它就会刺着你。我是想说记得曾经读到过马其顿国王安提柯的一则故事,有一天安提柯走进行营内的厨房里,看到诗人安塔高拉斯正在煎鳗鱼,国王连忙过去替他拿住锅,高兴地问道:‘荷马描绘阿伽门农勇武事迹的时候,是不是也在煎鳗鱼吃?’安塔高拉斯回答道:‘啊!我的国王,你以为阿伽门农在完成他那些勇武事迹的时候,会想到先看一看有没有人在他的营房里煎鳗鱼么?’在国王看来,诗人在厨房里煎东西是不合适的。诗人却让他明白国王进厨房那就更大逆不道了。”

巴汝奇说道:“我还有一个绝妙的故事呢,我给你们说一说维朗德里的王爷勃雷东对我的主人基兹公爵的故事,让你们听一听。有一天,他们谈到国王弗朗索瓦对查理五世的一次战役,在这次战争中,尽管布列通从头到脚顶盔贯甲、全副披挂,可是在交战时谁也没有见过他。布列通说道:‘老实告诉你,我确实是在战场上的,并且也不难向你证明,因为我去的那个地方,连你也不敢去!’公爵老爷认为他这句话未免说得太狂妄,太不知分寸了,于是不禁怒形于色,可是布列通却哈哈大笑,让他不要生气,说道:‘我钻到行李堆里去了,那个地方阁下怎么肯去呢?’”

他们一边说,一边回到自己船上,开船驶离了和平岛。

第十二章　庞大固埃是如何来到诉讼国的,以及当地执达吏的怪诞生活

我们继续前进,第二天来到了诉讼国。这个国家已经被骚扰、被折腾得不像样子。我简直不知道怎么说好。我们在那里看到了一些什么都干得出来的法官和执达吏。他们既不请我们喝酒,也不留我们吃饭,只是一味地连连对我们行礼,说只要给钱,要他们做什么都可以。我们的一个翻译官把他们和罗马人完全相反的、奇怪的谋生方式说给庞大固埃听。在罗马,许多人靠毒杀、拷打和杀戮来过活。可是

这里的执达吏却是靠着挨打来过日子。因此,假如很久不挨打,他们以及他们的妻子和儿女,就只能饿死。

巴汝奇说道:“这跟克罗丢斯·盖伦所说的那种人——不被挨打,那玩意儿就无法翘到裤腰带的人一样。圣提包在上,如果有人这么揍我,那东西早就趴下了,岂能挺起来?”翻译官说道:“他们是这样的:遇到一个教士、司铎、放高利贷者或者律师,想对某一个贵族使个坏心眼,就唆使执达吏到他家里去。执达吏对他提出传讯,叫他出庭听审,厚着脸皮用自己权限所能做到的侮辱他,责骂他,一直到那个贵族开始反抗。只要他不是一个麻木不仁、比癞蛤蟆还傻的白痴,就不得不起来在执达吏的头上打他两棍子,甚至砍他两剑,或者砍断他的小腿,从城堡的窗口里把他扔出去才停止。执达吏挨过打之后,四个月的工夫不用再为钱发愁了。挨棍子自然就是收获,因为教士、放高利贷的人或者律师都会给他高额的报酬,而且那个贵族也得赔偿他的损失,赔偿的数目大得吓人,有时会让贵族完全破产,还有可能让他们有死在牢狱里的危险,这才停止,就好像对国王犯了大逆不道的罪恶一样。”巴汝奇说道:“我有一个绝妙的办法来对付他们,巴舍公爵就经常使用。”“什么办法?”庞大固埃问道。

巴汝奇说道:“巴舍公爵是一个直爽、高洁、豪迈、勇武的人。他参加过菲拉拉大公在法国人协助之下英勇抵抗教皇茹勒二世疯狂政权的长期战争以后,每天都受着圣·路昂修道院里那个肥大的教长有意地摆弄、折磨、骚扰,和他贪得无厌的勒索。”

“有一天,在他和家人一起用早饭的时候(他为人平易近人,善良,毫无贵族的架子),他把叫卖面包的罗亚尔和罗亚尔的老婆、还有他那个教区里名叫乌达尔的本堂神父——这个本堂神父同时也是他的管事(这是当时的法国风尚),都一起喊了来,当着在场的贵人和仆役,对他们说道:‘孩子们,你们都看到这些坏蛋执达吏是怎样每天来气我的。我已经拿定主意了,如果你们不来帮助我,我决定离开这个地方,去替苏丹出力,为它报效,对谁作战我都不管。我决定下次他们再来的时候,你,罗亚尔,和你的老婆,待在我的大客厅里,跟订婚时一样,跟当初真订婚时一模一样,穿上华丽的结婚礼服。这里我给你们一百块金币置办服装。你呢,乌达尔神父,别忘了穿上最新的短白衣,带上美丽的披带,提好圣水,做出替他们行婚礼的样子。还有你,特鲁东(这是他的鼓手的名字),你也带着笛子和鼓待在这里。等婚配的经文念好、在鼓声中吻过新娘之后,你们就互赠婚礼纪念品。所谓的纪念品,就是轻轻地打两下。打两下,吃饭时才会更能吃。但是轮到执达吏的时候,可不能轻饶他,要像打青麦子那样狠打,我请你们要狠打、狠捶、狠揍。我现在把打架用的镶皮手套给你们。你们要没头没脸地给我狠狠地揍他一顿。谁打得最厉害,我就认为谁对我最衷心。不要怕打官司,我会替你们全体作证。你们打的时候,别忘了这里的风俗。脸上要挂着动人的微笑。’‘我们会照办的,’乌达尔问道,“可是,我们怎么认得出他是执达吏呢？因为你府上每天都有各种各样的人进进出出。’‘这我已经吩咐过了，’巴舍公爵回答道，“你们只用注意什么时候门口有一个步行的人，或者骑一匹瘦弱的老马，大拇指上戴着一个又粗又大的银戒指的人，那就是执达吏。看门的人自然会客客气气地领他进来，摇铃关照有客。这时你们就要准备好，走进大厅表演我刚才说的那出悲喜剧。’”

“就在那天，真是天主的意思，果然来了一个肥头大耳、面色红红的老执达吏。他一敲门，看门人就认出来他那双又大又笨的长筒靴，瘦弱的老母马，腰里拴着一个塞满状纸的布袋，而最特别的是戴在左手大拇指上的那个又粗又大的银戒指。看门人非常客气，恭恭敬敬地把他迎进来，满脸带笑地摇铃关照有客。一听到铃声，罗亚尔和他老婆马上穿好华丽的礼服，一本正经地出现在大厅里。乌达尔也穿好了短白衣，戴好了披领。他一走出更衣室，就迎面碰上了执达吏，于是先把他迎进那间屋子里痛痛快快地请他喝了一阵，这时其他的人都戴好了打架的手套，只见乌达尔说道：

‘你来得再巧都没有了，这里的老爷正在办喜事。马上就要摆宴席，一切都丰盛得不得了，今天这里有人结婚。来，请先喝上几杯，欢喜欢喜。’

“执达吏信以为真地喝起酒来，巴舍公爵看到大家已经准备妥当，就叫人来请乌达尔。乌达尔连忙带着圣水走出来。执达吏跟在背后。他一进大厅，就不停地点头行礼，然后对巴舍提出传讯。巴舍公爵对他非常客气，马上塞给他一枚金币，并请他留下来参加这里的订婚典礼。执达吏果然没有走，留了下来。”

“行礼之后，开始了赠拳。走到执达吏跟前，大家一起拳脚相加一阵暴打，直打得他七荤八素，人事不知，一只眼睛打得像黑奶油，肋骨打断了八根，胸骨打塌了进去，肩胛骨打成了四瓣，下牙床骨打成了三段，而且全都是在嘻嘻哈哈当中打的。天知道乌达尔是多么卖力，他那带镶皮的带铁尖的大手套缩在短白衣的袖子底下，他真是一个有力的打手。”

“执达吏被打得遍体鳞伤，跑回布沙尔岛去，但是他对巴舍公爵却是十分满意的。反正之后当地有名的外科医生也救治过他，你们高兴让他活多久就活多久算了。不过，从此之后，再没有人提到过他。他留给人的记忆也随着他葬礼的钟声一起烟消云散了。”

第十三章　巴舍公爵是如何效法弗朗索瓦·维庸奖赏手下人的

执达吏出了寨堡，又骑上他那匹瞎马（他是这样叫他那匹单眼瞎的母马的）逃走了。巴舍公爵把夫人、小姐以及全家人都叫到后花园的花棚底下，让人取来好酒，另外还有大量肉食、火腿、鲜果、奶酪，一起开怀畅饮了一番，然后对他们说道：

“弗朗索瓦·维庸大师在他的老年得到一位善人的照顾，隐居在波亚都的圣玛克桑。那位行善的好人就是该处的修道院院长。维庸大师为了让当地的人民得到娱乐，用普瓦图方言编写了一出《耶稣受难》的戏剧。角色分派妥当，演员也齐了，戏也准备好了，大师通知当地的市长和官员说这出戏可以在尼奥尔大会时筹备妥当，现在只剩演员的服装有待解决。市长和官员们下令协助他们。于是给那个扮演天主圣父的老农民罗致衣服，诗人请当地方济各会的当家神父艾提恩·塔波古（意为敲尾巴）借出一件袈裟和披带。塔波古一口拒绝不答应，推说外省会规严禁把任何东西赠予或借出给演戏的人。维庸说会规指的只是闹剧、滑稽戏和淫秽的戏，像在布鲁塞尔和其他地方曾经见过的那样。不管怎么说，塔波古还是坚决请他——如果他乐意的话——到别处去借，这里别存任何希望，因为他是不会借出来的。维庸十分恼恨，把他的话告诉了演员们，并且说天主一定会向塔波古报复的，马上就要做个样子给他看看。”

“星期六那一天，维庸听说塔波古骑着修院里那匹童贞马（这是对一匹未曾交配过的牧马的称呼）到圣利盖尔募捐去了，要到下午两点钟左右才能回来。于是诗人就马上组织了一个魔鬼出巡，在城里和集市上演起来。一个个魔鬼都披着狼皮、牛皮和羊皮，带着羊头、牛角和厨房的大叉子，腰里束着宽皮带，皮带上挂着奶牛颜色的大铃铛和骡子的项铃，浩浩荡荡，声音都要吓坏人了。他们有的人手里拿着装满火炮的黑筒子，有的人举着燃烧的火把，每走到一个十字路口，就掏出大把的松香扔在火把上，发出吓人的火光和浓烟。诗人带着他们在街上巡演，大人见了好玩，小孩见了害怕，最后带着他们来到城外的一户农民的家里吃饭。这户人家正是在通往圣·利盖尔的大路上。刚来到这户人家，就远远地看到塔波古募捐回来了。诗人用混合体的诗句向他们说道：‘众魔鬼一起说道：

来了一个无赖吝啬鬼，
腰包装满化缘的钱财。’”

“‘见鬼，见鬼！这个人连一件破袈裟也不肯借给天主圣父，今天非吓吓他不可。’

“维庸说道：‘有理，有理。不过，咱们先躲起来等他走过来的时候，你们把炮火先准备好。’”

“塔波古走到面前，大家一起冲上大路，蜂拥似的扑了过去，烟火从四面八方对准他和他那匹童贞马一起喷射，铃铛叮叮当当地响，一片鬼哭狼嚎：‘喝，喝，喝，喝！噢，噢，噢，噢！呼，呼，呼！喝，喝，喝！艾提恩修士，我们像不像魔鬼？’”“那匹母马一害怕,吓得又是蹦,又是放屁,又是跳跃奔跑,又是直踢后腿,还不停地连连放屁。塔波古虽然用尽力气抓住鞍鞯,但是最后还是从马上摔了下来。"

"马镫本来是用绳子编制的,现在右边的那一只,把他漏洞的鞋套得紧紧的,他再也无法摆脱出来。就这样,他被拖在马屁股后边,被马踢个不停,那马被吆喝声、炮火声吓得乱跑。塔波古的脑袋被踢成两半,脑浆倾散在十字架的旁边,胳膊也被踢断了,这里扔一只,那里扔一只,两条腿也断了;肠子成了一团肉酱;那匹马跑到修院时就只剩下塔波古的一只右脚和一只歪歪扭扭的鞋了。"

"维庸看到所发生的正是他所料到的,就对众魔鬼说道:'鬼朋友,你们一定会演得很好,一定会演得很好,我绝对相信。太好了!我敢肯定索未尔、杜艾、蒙莫里翁、朗热、圣艾班、翁热、天主在上!连普瓦蒂埃和它的市政大厅也算在内,这些地方所有的魔鬼剧和你们相比也比不过你们。真是太好了!'"

巴舍公爵继续说道:"朋友们,我预料的也正是如此,将来你们演这出悲喜剧一定会演得很好,因为头一次试演,那个执达吏就被你们打得、揍得、收拾得这样彻底了。从今天起,我把你们的工资增加一倍。至于你呢,我亲爱的朋友(他向自己太太说),你喜欢做什么就尽管去做好了。反正我全部的财产全在你手里被你握着。现在,首先让我为大家干一杯,你们全是我的好朋友。啊!这酒不错,真爽!第二,轮到你了,我的总管,请你收下这个银盘,我把它送给你。还有你们,负责马匹的管家,请你们收下这两个镀金银杯。其他的仆役们,一律保证三个月里谁也不会挨鞭子。亲爱的,请你把我上好的白羽毛和金片分给他们。乌达尔神父,我把这个银瓶送给你。另外一个,我送给厨房师傅。贴身侍从,我把这个银筐子送给你们。还有马夫,我把这个镀金银的筐子送给你们。看门人,我把这两个盘子奖给你们。管骡子的,我把十个调羹送给你们。特鲁东,请你收下这些银调羹和这个糖果盘。还有你,我的佣人,你把这个大盐缸拿去吧。朋友们,你们对我好,我不会忘记的。天主在上,请你们相信,我宁愿在战场上替我们善良的国王的头上挨一百锤,也不愿意被坏蛋执达吏传讯一次,博得那个肥头大耳的教长的开心。"

第十四章　执达吏在巴舍府邸被打记(续)

"过了四天,另一个细高个儿年轻的执达吏,在那个肥胖的教长的唆使下,又来到巴舍提出要传讯。他一走到,马上就被看门人认出来,随即摇动铃铛。府内等人一听到铃声,全都知道是怎么回事。那时卢瓦尔正在揉面,他的妻子也在筛面粉。乌达尔牧师在认真核对账目,府里的贵人在热衷于打网球。巴舍公爵和他的妻子意犹未尽地在打牌,小姐们正在玩串骨块的游戏。侍卫们正在玩‘皇帝’。侍从们正在猜谜。这时全都知道执达吏来了。乌达尔马上装扮起来,罗亚尔和他的老婆穿起华丽的礼服,特鲁东一边吹笛子,一边打鼓,一个个欢天喜地,全都忙着准备,戴好打架的手套。”

“巴舍公爵来到院里,迎面看到执达吏,执达吏向公爵行了一个跪拜礼,请公爵不要以为他是肥教长打发来的而动气。他花言巧语地说他仅仅是奉命来传讯而已,身不由己,虽然替教士跑腿,替修道院当差,但也同样可以替公爵办事,做任何卑微的差事,随便怎样使唤他、差遣他都可以。”

“公爵说道:‘好极了,传讯的事暂且放开,请你先来喝点儿甘格奈的美酒,参加我今天主办的喜事。乌达尔神父,你好好地带他喝点儿酒,然后请他到客厅去。我们欢迎你来!’执达吏吃饱喝足以后,跟随乌达尔来到大厅。大厅里全体闹剧演员早就已经准备妥当,等待演出。执达吏一进门,大家都露出笑容,他也跟着对大家笑,等到乌达尔向一对新人念念有词、握过手、吻过新娘之后,向大家洒了圣水。这时端上酒菜,开始送拳。执达吏在乌达尔身上打了不少下。乌达尔的打架手套藏在衣服底下,这时飞快地套在手上,举拳就打,迎面重击,一时戴着打架手套的拳头从四面八方像雨点般一起落在执达吏头上。”

“‘喜呀,喜呀,喜呀!可别忘了这次的喜事!’大家一起叫嚷。”

“这一顿揍的可够重的,天旋地转,分不清东西南北,嘴里、鼻子里、耳朵里、眼睛里都出了血。最后打得他遍体鳞伤,肩膀脱臼,前额、后脑、后背、前胸、两只胳膊,全都给打坏了。你们可以相信,在阿维尼翁的狂欢节上的时候,激情有过之而无不及,精彩极了。那些学生的热闹的情况,也比不上今天这一场殴打。执达吏一直被打到昏倒在地。后来向他脸上泼了好些酒,把一条黄绿两色的布条拴在他袖子上,扶他上了他那匹鼻涕邋遢的瘦马。回到布沙尔岛以后,我不知道他老婆或者当地的高明郎中有没有为他包扎和医治,反正从此以后,再没有人提过他。”

“第二天,又来了一个,由于那个瘦执达吏背包里的卷宗没有送到。所以肥教长又打发一个新的执达吏来传讯公爵,还带了两个法警保护执达吏的安全。看门人摇铃见客,全家一听执达吏又来了,非常高兴。巴舍公爵正在和夫人以及贵族等人用饭。他叫人把执达吏请进来,让他坐在自己的身边,让法警坐在小姐们那里,大家一起快活地吃了饭。到了上点心的时候,执达吏站起身来,当着那两个法警把传讯公爵的通知拿出来。公爵客气地请他留下了副本,(副本早就已经准备好了),公爵接过来,马上掏出四大块金币送给执达吏和他带的法警。这时大家早就已经准备妥当了。特鲁东开始敲起鼓来。公爵请执达吏留下来参加府内一位执事的订婚典礼,并请他为新人做证,当然报酬丰厚。执达吏很礼貌,马上掏出写字的工具,迅速把纸张准备好,两个法警站在他身边。罗亚尔从这边门口里走进大厅,他的老婆穿着礼服跟府内小姐们从对面门口里走进来。乌达尔身穿法衣,拉住他们的手,问他们订婚是不是相互情愿的,然后替他们祝福,并洒出大量的圣水。婚书写好,签好字,一边端上酒菜,一边分发大量的白色和橘黄彩条,而另一边戴打架手套的拳头也悄悄地开始活动起来。"

第十五章　执达吏是如何恢复了订婚的古礼的

"执达吏喝下一大杯布列塔尼酒以后,对公爵说道:

"'爵爷,你认为怎么样?在我们这里,怎么不给婚礼纪念品了呢?天主的圣血!所有的好规矩都灭绝了,所以兔窝里没有了兔子,人也没有了朋友。你看有好几处教堂里连圣诞节前"噢"字圣人的酒会也取消了!整个的世界都混乱了。末日即将到来。趁我还记得古礼:喜呀,喜呀,喜呀!'"

"他一边说,一边朝着公爵及公爵夫人打过来,然后又打了小姐们和乌达尔。"

"戴打架手套的人开始行动了,结果把执达吏头上打了九个窟窿,一个法警的右胳膊被打断了,另一个的上腭骨被打歪了,只有一半还在下巴颏儿上,小舌头都露出来了,臼齿、犬齿一起都被打掉了,一个也不留。"

"接着,鼓的曲调改变了,戴打架手套的人也一个都看不见了,糖果又重新端了上来,大家高兴地享用。快乐的朋友们互相干杯,大家一起向执达吏及法警敬酒。乌达尔咒骂婚礼,说他真倒霉,一个法警打得他一个肩膀脱了臼,尽管这样,他还是愉快地和法警碰杯。法警呢,牙床骨都碎了,一句话也说不出来,拱手请求饶命,因为他已经不会说话了。罗亚尔抱怨那个断胳膊的法警在他胳膊肘上打过一下,打得很重,连脚后跟都打疼了。"

"特鲁东用手巾护住左眼,拿出一面已经打破的鼓,说道:'我哪里得罪了他们呢?把我这只可怜的眼睛打坏不算,还打破了我的鼓。行婚礼鼓是要打的,但是打鼓的人都是受欢迎的,从来不挨打。现在只有让魔鬼用鼓做帽子了!'"

"执达吏被打得只剩下一只胳膊,他说道:'我送你一大张陈年的公函吧,我背的口袋里就有,拿去补你的鼓吧。看在天主份儿上,饶了我们吧!看在里维埃的圣母、那位仁慈的圣母份儿上,我可没有让你受委屈的意思。'"

"一个管马的执事过来了,学着波塞岩那位善良、尊贵的公爵一样一步一瘸地走着,向那个被打塌牙床骨的法警说道:

"'你们是挨打的人呢,还是打人的人呢?还是专门打架的人呢?可恶的靴子往我身上踢还不够吗?还要用那锋利的尖鞋头狠命地戳我吗?你觉得这很好玩吗?天主在上,这可不是玩的。'"

“那个法警拱起手来，跟一个不会说话的小孩一样，翘着舌头说道：

“‘我的，我的，我的，我，我，我。’新娘又像哭又像笑，同时又像笑又像哭，诉说着执达吏非但不分上下在她身上乱打，而且打坏了她的头发，此外，还把她那不见人的秘密所在里里外外地打了一个遍。”

“巴舍公爵说道：‘真是见鬼了！国王老爷（执达吏的称号）非把我太太的脊骨打断不可。不过，我不怨他，这是行婚礼时的规矩嘛。只是我看到他传讯我的时候像一个天使，打我的时候却像一个魔鬼，完全是“打架修士”那种派头。我非为他干杯不可，还有你们，法警先生，我也为你们干杯。’”

“公爵夫人说道：‘他这样又那样地报我以老拳，究竟是为了什么才这么厉害？我恨不得叫魔鬼把他捉走。可是，别这样！我只是说我的肩膀上从来也没有挨过这么重的手指头。’”总管吊着左边的胳膊，和完全打坏了一样，说道：‘参加今天的婚礼，真是见鬼。天主在上，我的胳膊都打坏了！你们这算订婚么？我看这是狗屁的订婚。老天在上！这真是鲁西安所描写的提比提人的婚礼。’执达吏一声不响。法警抱歉地说他们实在不是故意的，请求看在天主的份儿上饶他们不死吧。”

“他们告辞出来。但是没有走半法里的路，执达吏就觉得有点不对头了。两个法警回到了布沙尔岛，公开说没有比巴舍公爵更善良的人了，也没有比公爵府上更可尊敬的人了。他们两个从来没有参加过这样的婚礼。打架应该怨他们自己不好，因为是他们先动手的。我不知道这两个人后来活了多久。”

“但是确实知道的是，从此以后，巴舍公爵的钱对于执达吏和法警，就像古时图卢兹的金子①、赛让的马，对于它们的主人那样，被看作是主凶的，会让人致死的。据说那位公爵从此以后就没有人再麻烦他了。巴舍的婚礼，也成了俗话中的一个典故。”

第十六章　约翰修士是如何试探执达吏的天性的

庞大固埃说道：“这个故事好是好，只是我们眼睛里应该经常保持对天主的敬畏。”

爱比斯德蒙说道：“假如戴铁手套的拳头能雨点一般地打在那个肥教长身上就更好了。他花钱是为了自己快活，一方面给巴舍公爵找麻烦；另一方面又看着执达吏挨打。今天看到一些野法官在榆树底下胡作非为，真巴不得拳头都能落在他们

① 西塞罗和斯特拉博等人的作品都曾说图卢兹的金子谁拿到谁倒霉。

的光头上才好。那些可怜巴巴的执达吏又犯过什么过错呢?”

庞大固埃听了这话,说道:“我想起来古时一个罗马贵族,名叫鲁修斯·奈拉修斯。这个人出身贵族,是当时的富豪。但是,他有一个怪脾气,那就是每逢出门,必须有用人带着装满金银的口袋在后面跟着他。如果在街上遇到什么出风头的人物,衣着整齐的人物,尽管没有人冒犯他,他也常常愿意在人家的脸上打几拳。打过之后,为了平息人家的怒气,阻止人家去控告他,就拿出自己的钱来分给人家,一直到根据十二表法的规定让他们满意时才停止。他就这样用给钱的方法来打人,花费自己的财产。”

约翰修士说道:“圣本尼迪克特的圣靴在上!我多么想立刻就闻到你的气味。”

到了岸上,他从钱袋里掏出二十块金币,然后当着一大群恬不知耻的执达吏的面高声叫道:

“谁愿意挨一顿揍来赚二十块金币?”

“我,我,我!”大伙一起回答,“老爷,挨打是件苦事,不过,有钱可赚。”大伙一起拥上来,抢着第一个来为这样高的代价挨打。约翰修士在人群当中选了一个长酒糟鼻子的执达吏,那人右手大拇指上戴一个又粗又大的银戒指。戒指面上还镶着一颗巨型的蟾蜍宝石。

选好之后,我看到周围的人都嘟嘟囔囔地说闲话,还听见一个细瘦高个、面黄肌瘦的执达吏(据大家说,他是一位很能干的法学家,而且是宗教法庭上的红人。)不满意地抱怨说红鼻子把他们的生意全抢光了,假如一共只有三十棍子好赚,他一定会抢走二十八棍子半。不过,这些不满的闲话都是出于嫉妒。

约翰修士抡起棍子对准红鼻子的脊梁、肚子、胳膊、腿、头,全身上下打了一个不亦乐乎,我以为一定打死了。可是他把二十块金币给了他,我看到他马上站起身来,乐得和一个国王或者双倍国王那样。其他的人对约翰修士说道:“修士老爷,如果价钱便宜一点儿你还愿意打的话,我们都乐意挨打,包括我们的笔墨纸张、诉状卷宗、一切一切。”

红鼻子不回答,大声叫嚷:“天主在上!你们这些懒鬼!你们想抢我的生意啊?是不是想勾引我的主顾?我要让你们在八天之内到主教法庭去打官司,这还了得!这还了得?我要把你们当作沃维尔的魔鬼去告你们!”

他转过身来,满面带笑,和颜悦色地对约翰修士说道:

“可敬的神父老爷,假如你认为我如你的意,乐意再打我一顿的话,我情愿要一半的价钱就好了。我请你不要顾虑怜惜我。我的老爷,我浑身上下、上下浑身,头、肺、肠子、一切一切都随你打,保你尽兴!”

约翰修士没有让他说下去,跑开了。其他的执达吏一起走向巴汝奇、爱比斯德蒙、吉姆纳斯特等人那里,求他们发发善心打他们一顿,随便给一点儿钱就可以。否则的话,他们就要长时间挨饿了。但是,没有人肯答应。

后来,我们替船上的人去寻找淡水,碰见两个当地的上年纪的女执达吏,在那里又是哭又是叫的。这时庞大固埃已经回到船上了,撞钟叫我们也回去。我们怀疑这两个女人或许是那个挨打的执达吏的亲属,就问她们为什么难过。她们说啼哭不是为了别的事,是为了执达吏里面两个最有良心的人现在正被人用绳子拴住了脖子。

吉姆纳斯特说道:"我的侍从常常把睡觉人的脚拴起来,拴住脖子恐怕就是吊死和勒死了。"

约翰修士说:"不错,不错,你这种解释完全跟《启示录》里的圣约翰·德·拉·帕里斯一模一样。"

他们问那两个女人为什么要被处以吊刑,女人回答说因为他们窃取了教堂做弥撒的用具,把用具藏在钟楼下面了。

爱比斯德蒙说道:"这种委婉说法,真太奇妙了。"

第十七章 庞大固埃是如何来到混沌岛和空虚岛的,以及吞食风磨的布兰格纳里伊是如何奇怪地死去的

就在同一天,庞大固埃来到了混沌岛和空虚岛。这两个岛的居民无处可做食,因巨人布兰格纳里伊(意为裂鼻孔)吃光了所有的风磨。于是就把当地所有的平锅、浅锅、大锅、小锅、煎锅、炖锅全都吃光了。因此在天黑以前,也就是他消化食物的时间,由于他感到胃脘胀痛难忍(正像医生们所说的),以至痛倒在地。据医生说,他的胃只适合消化风磨和风叶,而对那些煎锅和水壶之类的东西却难以适应。从他早晨两次尿出的四大桶尿的淀渣和泡沫来看,煎锅和炖锅倒的确已经消化掉了。

医生根据治病的药典下了药,但是药力治不住病。尊贵的布兰格纳里伊最终在当天早晨咽了气,死得很特别,比埃斯库罗斯的死亡更让你感到惊奇。埃斯库罗斯呢,占卜者曾经预言他有一天注定会被从上面掉下来的东西砸死。因此从那一天起,他就离开了城市、房屋、树木、岩石及一切可能倒塌下来的东西,来到一大片草原中间,相信在这辽阔空旷的天空底下,生命一定保得住,除非天塌下来,这在他认为,是不可能的。

不过,有人说云雀就担心天会塌下来。因为天一塌,它们就全都会被捉住。古时住在离莱茵河不远的凯尔特人也曾经害怕过天塌下来,这些人就是尊贵、英勇、爽直、善斗、好胜的法兰西人。亚历山大大帝有一次问他们世界上最害怕什么,他

以为自己有过那么多伟大的英勇事迹,打过那么多胜仗,攻占过那么多土地,取得过那么多胜利,一定会说怕他。不料他们却回答说,除了天塌下来以外,他们什么都不怕。当然他们也不拒绝和这样一位英勇伟大的国王订立盟约,成立友好的盟邦。这在斯特拉博的作品第七卷、阿利安的作品第一卷里都提到过。还有普鲁塔克,据说在他写的《论月体上的面貌》里提到一个叫法纳斯的人,说他非常害怕月亮会落在地上,于是对住在月亮底下的人,像埃塞俄比亚人和塔普罗巴尼亚人,抱有很大的怜悯和同情。就好像这一大块东西马上就会落在他们头上一样。他又害怕天,又害怕地,幸亏像古人所说的,亚里士多德在他的《形而上学》第五卷里也是这个说法:有阿特拉斯的柱子支着和顶着它们。

尽管这样,埃斯库罗斯还是被天空飞过的一只老鹰的爪子里抓的一只乌龟落下来掉在头上把脑袋砸成两半了。

还有诗人阿纳克利翁[①],他是被一粒葡萄籽噎死的。罗马执政官法比乌斯是在喝羊奶时被一根羊毛缠死的。还有那个爱害羞的人,因为当着罗马皇帝克罗丢斯不敢放屁将自己憋死。还有埋在罗马弗拉米尼亚大道上的那个人,他在自己墓碑上说自己死是因为一只母猫咬了他的小手指头。还有勒卡纽斯·巴苏斯,是被一枚小针尖刺在左手大拇指上死掉的,甚至连伤口都看不见。诺曼底的医生盖奈楼死在蒙帕利埃是由于用小刀割自己手上的一块癣割歪了死去的。还有菲勒蒙,他的佣人为他准备了无花果,准备晚饭时吃的,可是用人出去拿酒的时候,一头大卵泡的野驴跑到他屋中把准备好的无花果全部吃光。菲勒蒙好奇地望着那头驴逍遥自在地把无花果吃完,对走进来的用人说道:

"既然无花果被这头虔诚的驴吃光,你拿来的好酒自然也应该给它喝了。"

他说完这话,高兴得无法自持,哈哈大笑,笑得太久了,脾脏出了毛病,笑岔了气,一下死掉了。除此之外,还有斯普留斯·索菲优斯,他是在沐浴后吃了一只半生的鸡蛋噎死的。卜迦丘还说过有一个人是因为用山艾叶擦牙而擦死的。

还有菲力波特·普拉库特,一向健壮魁梧,只是因为偿还了旧债,突然一命呜呼。

过去他从来没有生过病。还有画家修克西斯,他是望着自己画的一个老妇人的脸相笑死的。还有无数的例子可说,瓦里乌斯、普林尼乌斯、瓦雷利乌斯、巴提斯塔·弗尔古苏斯、大巴卡贝利等人的作品里都有。

那个老好人布兰格纳里伊呢(说来真可惜!),就在医生的指示下,在炉灶门口吃了一块新做的牛油噎死了。

此外,我们还听说空虚岛上库朗的国王战败了美克罗特国王的总督,囊括了贝利玛的寨堡。

---

① 阿纳克利翁(前560—前478):古希腊抒情诗人。

后来，我们还到过愤怒之岛和抗议之岛，还到过十分美丽的“吗哪”岛和“蜜露”岛，岛上盛产灌肠草。我们还经过“任何”之岛和“永久”之岛，这两座岛的名字就给赫斯①的领主带来不少麻烦，因他与查理五世鉴定的条文“不附带永久拘留”改为“不附带任何拘留”，一词之差，就能为查理五世赫斯的领主豁免囚禁，给他自由了。

第十八章 庞大固埃是如何在海上遇暴风的

第二天，我们看到从右面驶来九条大船，船上坐满了教士、雅各宾党、耶稣会士、方济各会士、隐修士、奥古斯丁会士、改良本笃会士、天福会士、泰阿托会士、依纳斯会士、阿美德会士、束绳会修士、圣衣会修士、小修会教士、还有许多别的会派，他们是去参加开西会议讨论对抗新异端的教义条款的。一看到他们，巴汝奇不禁喜出望外，断定这一天以后一定会有不少日子走运。他连忙对这些慈悲的教士行礼，请他们替他的灵魂祈祷。接着就把七十八打火腿送到他们船上，还有大量的鱼子，好几十条肠子，还有两千块崭新的金币，作为超度亡魂的费用。

庞大固埃心事重重的，很忧郁。约翰修士见此异常，心中不免纳闷，问他为什么烦恼。因为他平日里一向不是这样。突然在这时候，领港人发现船尾上的小旗飘动不安，预感到大风将要到了。于是急忙命令全体人等迅速做好准备，水手、船工，连同小厮和旅客一起待命。他叫人赶快放下篷帆、三角帆、后桅帆、中桅帆、大桅帆、横帆、斜桁帆，卸下桅旗、大桅棚、小桅棚，放下后主帆，放倒帆架，只剩下帆桁及桅索。

海水突然滚动起来，上下翻腾着，浪头冲击着船帮，南风夹着旋风，黑云四起，天昏地暗，狂风吹得帆架呼呼作响。半空中雷声隆隆、霹雳闪电、雨雹齐下。天空一片漆黑，伸手不见五指，昏黑异常。除了霹雷、闪电以及火一般耀眼的云层之外，看不到任何光亮。飓风、旋风、狂风、暴风，吹得四周围尽是急雷闪电、弯曲的闪光以及天空里剧烈的爆炸声。旅客们被吹得神志不清，不辨方向。骇人的台风把波涛汹涌的海浪吹上了天空。我们好像回到了混沌开天的太古时代，火、空气、海水、陆地、一切的元素都在混混苍苍杂乱混沌的状态中。

巴汝奇的胃里装满了吃粪鱼，撑得他腹痛难忍，他蹲在甲板上，疼得半死不活。嘴里不停地向所有的圣人圣女求救，承诺以后一定按时、随地忏悔，接着惊恐地大

① 赫斯：德国西南部地区。

声呼叫:“喂!管事的、我的朋友、我的亲爹、我的大爷,给点儿咸肉吃吧,保证等一会儿喝起来只会更爽快!今后我一定拿‘少吃多喝’作为我的座右铭。天主和那位仁慈的、尊严的、神圣的童贞女保佑,假如能让我马上登上陆地舒服一下该有多好啊!”

“啊!种白菜的也要比我强过三倍四倍啊!派克家的姐妹啊,为什么不给我一个种菜的命呢?受到朱庇特的恩佑,注定种菜的人会太少了!他们至少有一只脚踩在土地上,当然另一只脚离土地也不会远。谁愿意发财享福,就让他去享好了,可是种白菜的,我现在就明令封他们为有福的人。皮浪[①]这位哲学家是太有道理了,有一次他和我们处在相同的危险里,他看到岸上有一只猪在吃撒给它的粮食,他说有两点可以说明猪是幸福的,第一,它有很多粮食可以吃,其次,它是在陆地上。”

“啊!没有比牛棚的地板更舒服更高贵的了!天主救主啊,海浪会把我们冲走的!朋友们哪,给我一点儿醋吧!我全身都湿透了,耶稣啊!绳索断了,缆绳也碎了,铁环脱了,桅橹也掉到海里了,底露出了海面,我们所有的绳子几乎全都扯断了。耶稣啊!耶稣啊!我们的小帆到哪里去了?什么都没有了,天哪!我们的桅杆也在水里漂了。耶稣啊!这一堆破东西可怎么得了啊!朋友们,把我移到船头那边去吧!孩子们,你们的纤绳也掉到海里了。哎呀!可千万别放下舵棒,也不能放松方向盘。我听到舵针在颤动。是不是已经断了?看在天主的份儿上,要保住索套,别再管舵绳了!来,来,来,用力!注意指南针,帮帮忙吧,阿斯特罗菲尔(意为星宿之友),看看风的方向。天呐,我怕死了!格,格,格,格!我要完蛋了!我吓得拉出来了。格,格,格,格!哟,哟,哟,哟!我的天哪,我的天!我的地呀,我的地!我要淹死了,我要淹死了!我不能活了!乡亲们哪,我要淹死了!”

第十九章　暴风雨中巴汝奇与约翰修士的态度

在暴风骤雨中,庞大固埃首先祈求天主救主的佑助,当着大家的面虔诚地做完祷告以后,就在领港人指示之下,有力而坚定地握住了桅杆。约翰修士也换上短装,协助水手。爱比斯德蒙,包诺克拉特等人也都跑来帮忙。只有巴汝奇蹲在甲板上,哭哭啼啼地恨天怨地。约翰修士看到了,来到甲板上对他说道:“天主在上,巴汝奇你这头牛,哭哭啼啼有什么用。喊喊叫叫又有什么用!与其像一尊木偶似的

① 皮浪:公元前4世纪希腊怀疑论哲学家。

坐在卵泡上，跟一头母牛一样号叫。还不如过来帮一把手呢。”

“咯，咯，咯，咯！”巴汝奇搭腔了，“约翰修士，我的朋友，我的好教士，我要淹死了，我要淹死了，我的朋友，我要淹死了！我要完蛋了，我的圣父，我的朋友，完蛋了！连你腰上的刀也救不了我的命了！耶稣啊，耶稣啊！我们到了音阶的最高一个音了。哎哟，哟！耶稣啊！现在又降到最低的音阶之中下去了！我要淹死了！啊！我的亲爹，我的大爷，我的一切！水从我的领子里一直灌到鞋里了。咯，咯，咯，咯！哟，哟，哟，哟。我要淹死了！耶稣啊，耶稣啊！哟，哟，哟，哟！咯，咯，咯，咯！耶稣啊，耶稣啊！我现在好像头朝下、脚朝上、两腿叉开。天主保佑，让我马上坐到今天早晨遇见的那些去开会的仁慈善良的教士们的船上去该有多好啊，他们那么虔诚，吃得那么肥，又那么快活，那么温和，那么雅致。哎哟，哎哟，哎哟！耶稣啊，耶稣啊！这样高的浪头，真他妈的见鬼了(吾主天主，恕我大罪))！我是说天主的浪头一定会把我们的船击沉的。耶稣啊！约翰修士，我的教士，我的朋友，我要忏悔！你看，我已经跪在这里了！求你替我祝福吧！”

约翰修士说道：“你这个吊死鬼，来吧，来帮我们吧！要不然我叫三十队魔鬼抓走你！来吧！来不来？”“现在可别诅咒别人，我的教士，”巴汝奇说道，“我的朋友！到明天，你愿意怎么咒，就怎么咒好了。哎哟，哎哟！耶稣啊！我们的船将要沉了。我将淹死了！耶稣啊，耶稣啊！咯，咯，咯，咯！哟，哟，哟，哟！我们已经沉到底了吧！耶稣啊，耶稣啊！我现在可是臭屎满身，狼狈不堪，如果我那臭气熏天的家乡还有活人的话，如果谁把我送到岸上，我愿意送给他一万八千金币并给他养老送终。主啊，我认罪。让我在临死前立个遗嘱吧，或至少是留下一两句话！”

“叫一千个魔鬼来抓走这个王八！”约翰修士叫了起来，“天主在上！在眼前这个危险万分、大家都付出所有力量的时候，你还要谈什么遗嘱吗？来不来，死鬼？值班头目，我的朋友，我的可爱的头目，到这里来！吉姆纳斯特，到船尾来！天主在上，这一下可糟了！我们的灯灭了。大家一起见鬼去好了。”

“耶稣啊，耶稣啊！”巴汝奇又叫起来，“耶稣啊！咯，咯，咯，咯！耶稣啊，耶稣啊！难道我们注定要死在这里么？哎呀，乡亲们哪，我要淹死了，我要断气了完了！我要完了！”

“去，去，去，去！”约翰修士说道，“哭哭啼啼的臭东西，真难看！喂，小厮，真是见鬼了，小心水泵！你受伤了么？天主在上！拴在这个木橛上好了，这儿，对，真是见鬼了！这儿来，孩子。”

“约翰修士啊，”巴汝奇又说话了，“我的圣父，我的朋友，咱们可不要随便咒人。这是罪过。耶稣啊，耶稣啊！咯，咯，咯，咯！我要淹死了，我要断气了，朋友们呐！我原谅所有的人！永别了，我把我的灵魂交到你们手里！咯，咯，咯，咯！奥尔的圣米歇尔，圣尼古拉，救我一次吧，否则就再也没有机会了！我在这里向你们许愿，对吾主天主许愿，假如你们保佑我，我是说让我平平安安地回到陆地上，我将替你们建造一座或者两座美丽的小教堂,在康德与蒙索洛的中央,牛羊不到的地方。

"耶稣啊,耶稣啊!我嘴里灌进了比十八桶水还要多的水了。格,格,格,格!真是又苦又咸!"

约翰修士说道:"我用天主的血、肉、肚子和脑袋起誓,你这个鬼王八,假如我听见你再喊叫一声,我就会像驯海豹那样驯你。天主在上!怎么不把你扔到海底下去呢?划桨手,好伙计,加劲划呀,我的朋友!上边的人拉好!天主在上!又是打闪,又是打雷。我想今天全部的魔鬼都跑出来了,或者可能是普罗赛比娜在养孩子。所有的魔鬼都戴着铃铛来跳舞了。"

第二十章　暴风雨中水手是如何的无能为力

巴汝奇不停地喊叫:"喂!约翰修士,我过去的朋友,你犯罪了!我说过去的朋友,因为现在我等于已经死去了,你也等于死去了。虽然这样说让我很伤心。不过,咒人也许对脾脏有好处,就像劈柴火的每砍一下'嗐'一声感到那么一阵轻松。或者像一个玩木棒戏的,木球掷不准,身边一个聪明人让他歪歪脑袋,斜斜身子,让木球扔出去正好把木棒碰倒,感到相同的快活。然而你还是犯罪了,我的好朋友。不过,咱们现在先来点儿烤羊肉吃吃,看能不能躲过这场风暴。我曾经读到过在海上起风暴的时候,像奥菲士、阿波罗尼乌斯、菲雷西德斯、斯特拉博、保萨尼阿斯、希罗多德那样,虔诚地赞颂卡比利教门,结果总是能化险为夷,安然无恙。"

约翰修士说道:"可怜的家伙,说起胡话来了。叫上千万、上百万、上万万的魔鬼把你这个带角的乌龟捉走!起来帮帮我们吧,你这个死老虎!来不来?到左舷上来!装满死人的脑袋!你嘴里念叨个什么玩意儿?都是因为你这疯子想出海寻宝瓶,我们才遇上了风暴,而整个舰队只有你呼天喊地的。天主在上,如果我能逮着你,我一定像个疯魔一样好好抽你!小水手,我的小朋友,到这儿来,拿结实,让我打一个双结。啊,可爱的小家伙,巴不得让你去做塔勒蒙修道院的院长,让现在的院长派到卡劳莱去!包诺克拉特老兄,小心受伤。爱比斯德蒙,注意那个舱口,我刚听到一声雷打在那儿。"

"张帆吧!"

"对,张帆,张帆,张帆!船来了!张帆啊!天主在上,这是怎么回事啊?船头被打坏了。让雷来好了,魔鬼,放响屁好了,闹吧,屙吧!风浪,让它去吧!天主在上,它差一点儿把我卷到水里去!我想应该是上百万的魔鬼到这里开大会来了,否则就是竞选大学的新院长。"

“到左舷去!”

“对。注意滑轮!喂,小厮,真是见鬼,喂!到左舷去,到左舷去!”

“咯,咯,咯,咯!”巴汝奇又念叨起来,“格,格,格,格,我要淹死了。我看不到天,也看不到地。耶稣啊,耶稣啊!四大元素,我们只剩下火和水了。咯,咯,咯,咯!尊严的天主在上,保佑我马上走到塞野的修院里,或在伊诺桑的面包房里。马上走到施农画窑酒家门口,马上穿起短衣自己下手去烘小面包吧!朋友,你不能把我送到陆地上去么?有人告诉我,你的本事可大着呢!如果你能施法让我回到陆地上,我把我全部的萨尔米贡丹和蜗牛收入全送给你。耶稣啊,耶稣啊!我要淹死了!天呐,朋友们呐,既然无法安全抵达岸口,那就随便把船停在哪里好了。把所有的锚都抛下去。让我们脱离险境吧,求求你们。好朋友啊,帮帮忙吧,把测水器放下去,让我们知道水有多深。好朋友,量量水的深度吧,朋友,看在吾主天主的分上!看看站着不弯腰,可不可以喝到水。我想是可以的。”

“喂!转好舵!”领航人喊着,“紧紧抓住!所有的手紧紧抓住吊索!拉好中桅帆,再转舷,小心,帆!用力拉,改变航向,让船自由行驶吧。放下航柄,把所有的帆篷都收起来吧!”

庞大固埃问道:“到了这么严重的地步么?仁慈的救主,救救我们吧!”

为首的领港人雅迈特·布莱耶尔突然喊起来:“收好帆篷!喂!收好帆篷!每个人都想想自己的灵魂,祈祷一下吧,除了期望圣迹再没有别的希望了!”

巴汝奇说道:“我们好好地许许愿。耶稣啊,耶稣啊,耶稣啊!格,格,格,格!耶稣啊,耶稣啊!我们决定派一个人去朝圣!来,来,每人都把自己的钱拿出来,快!”

约翰修士说:“这儿,喂!真是见鬼!右舷!收好帆篷啊,老天!放下舵柄吧,喂!收好帆篷!收好帆篷!来,喝点儿酒吧!要好酒,最好喝的酒。听到了没有,喂!总管,来酒啊,端上来!反正是一切都完蛋了。喂,小侍从,把我的下酒器拿来(这是他对经本的称呼)。等一等!倒吧,我的朋友,这样倒!天主在上,又是冰雹又是雷!上边的人,请你们一定要坚持啊。诸圣节在什么时候?我想今天要倒霉地碰上诸魔节了。”

巴汝奇说道:“哎呀!约翰修士咒神骂鬼,自己造罪。我又失去一个好朋友!耶稣啊,耶稣啊!现在连刚才也比不上了!我们这是离开了西拉走到了卡律布狄斯[①]大旋涡之间,进退两难了。哎呀,我要淹死了!我要忏悔了,但我要留几句话作遗嘱。约翰修士,我的圣父,五元素提炼者,我的朋友,我的忠实朋友阿凯提斯,我的克塞诺玛恩,我的一切,天啊,我就要淹死了。我就留两句话作遗嘱吧,就写在这张垫子上好了。”

---

① 锡拉岩和卡律布狄斯是意大利墨西拿海峡上的两个相对的暗礁。

第二十一章　暴风雨还在持续以及对海上立遗嘱的短评

爱比斯德蒙说道："现在，在我们理应努力设法抢救船只，否则将有沉船危险的时候，却来立什么遗嘱。于我看来，这跟恺撒的将官和亲信打到高卢时忙着立遗嘱，留遗言，悔恨不走运，哀痛妻子不在身边，思念罗马的亲友，却不去办当时急需要办的事，那就是：拿起武器全力对付敌人阿里奥维斯图斯，一样的不应该和不合适。这种愚蠢的举动，完全和赶车的车子掉在泥坑里，他不去打他的牲口，不去动手扶起车轮，却跪在地上祷告海格立斯一模一样。现在在这里立遗嘱有什么用呢？目前不外乎两条路：不是渡过危险，就是一起淹死。假如渡过危险，遗嘱自然毫无作用，因为只有立遗嘱的人死亡之后，遗嘱才能生效和有用。假如我们死在水里，遗嘱不是和我们一起沉到水里了么？谁把它送交给遗嘱执行人去执行呢？"

巴汝奇说道："但愿一股好的海浪像从前冲走乌里赛斯那样把它冲到岸上，碰到国王的女儿到海边玩耍，把它捡起来，忠实地履行那上面的话，然后在海边上替我建立一个高大的纪念碑，像狄多为自己丈夫西凯乌斯，埃涅阿斯在特洛伊海边为戴弗布斯，安德洛玛克在布特罗图斯城为丈夫赫克托耳，亚里士多德为好友赫米亚和尤布勒斯，雅典人为诗人欧里庇得斯、罗马人在日耳曼为其将领德鲁苏斯，在高卢为他们的皇帝亚历山大？塞维鲁，阿尔根塔里乌斯为他的儿子卡拉伊斯克鲁斯，色诺克拉底为利西底斯，提马鲁斯为他的儿子泰利塔哥拉斯，厄波里斯和亚里斯多底斯为他们的儿子泰奥提姆斯，卡利马科斯为狄奥克里德的儿子索波里斯，卡图卢斯为他的哥哥，斯塔提乌斯为他的父亲，布列塔尼的舰长艾维修建的纪念碑一样。"

约翰修士说道："你还在做梦么？来帮帮我们吧，看在五十万和一百万车的魔鬼份儿上，起来动动手吧！让你的胡子上生下疖，让三排肿毒长满你的全身，使你穿不上裤子！我们这条船是不是要沉了？天主在上，怎么让它开起来呢？是不是海上的魔鬼都到这里来了？我们再也躲不过了，否则叫魔鬼把我捉走。"

这时听到庞大固埃的祈祷声，只见他高声叫道：

"主啊，救救我们！我们丧命啦！然而不要成全我们的意思，只要成全你的意思！"

巴汝奇也叫起来："天主，仁慈的圣母，别抛弃我们！哎哟，哎哟，我要淹死了！咯，咯，咯，咯！将我的灵魂交给您吧。好心的天主啊，打发一只海豚像驮小阿里翁那样把我救到陆地上去吧。我一定弹竖琴给你听，只要琴上有弦。"

"让所有的魔鬼一起来接我。"约翰修士说道。"天主与我们同在！"巴汝奇嘴里呜里呜噜地在祷告。

“我要是抓住你,我一定要让你的家伙看明白它是长在一个什么样的笨牛、长角的牛、带角的牛身上!真是岂有此理!起来帮助我们干干活儿吧,你这头哭哭啼啼的笨牛,让三千万魔鬼一起跳到你身上!来不来,你这条水牛?呸!真丑,哭鼻子的家伙!”

“你就不会说别的话。”

“好,现在为你提提神,把我的酒瓶拿过来,让我好好地给你念一段:不行恶人的计谋……这样的人多么有福。嗨,这一段我全记得。就让我给你讲圣·尼古拉的故事。”

惊人的风暴袭击着山顶。

“山顶?不,是蒙太居!那风暴是指在蒙太居公学鞭打学生的校长。假如教师鞭打可怜的小孩,那些无辜的学生,就应该受到惩罚,我以人格担保,这位校长现在一定在伊克西翁[1]的车轮上,打着那条拉车的短尾巴狗。假如鞭打无辜的孩子能得救的话,那他一定是高高在……”

第二十二章　暴风雨停止

“陆地,陆地!”庞大固埃突然大叫了起来,“我看到陆地了!振奋精神吧,孩子们,拿出羊的勇气来!我们一定离海岸不远了。我看到北边的天空开始发亮。快起南风吧。”

领港人说道:“加把劲儿啊,小伙子们,水已经退了。先升起前桅帆!来,张帆!再升起后桅帆!把绞盘上的缆绳盘好!转,转,转!掌稳舵!张帆、张帆、张帆!装好舵柄!拉紧绳索!把帆角系好!拉紧!挂斜篷!往左舷拉!趁风掌舵!右舷拉紧,你们这些婊子养的!”

约翰修士对身边一个水手说道:“朋友,再次听到你母亲的消息一定很高兴吧?”

“到受风的地方来!张满帆!趁风掌舵!”

“都做好了。”水手们一起回答。

“一直开!船头向前!准备小帆,喂!把小帆挂起来!张帆,张帆!”约翰修士说道,“对,对,就是应该这样做。来呀,来呀,来呀,小伙子们,快!好!张帆,

---

① 伊克西翁:神话中拉比提国王,因对朱诺不敬,被朱庇特打进地狱,绑在车轮上永受火刑。

张帆!”

“到右舷来!”

“对,对,就是这样做。我觉得风退了,大概就完了。愿天主接受赞美,魔鬼一起滚蛋。”

“放慢!”

“对,对,有道理。放慢,放慢! 看在天主份儿上,你过来,我的包诺克拉特,精力充沛的家伙! 他搞出来的都是男孩子。优斯登,漂亮小伙子,到船头上来!”

“张帆,张帆!”

“对,张帆! 天主在上,张帆,张帆!”

爱比斯德蒙说道:“听! 劳动号子唱得真好,大家鼓起劲儿,今天是庆贺的日子。”

“我再也不害怕了,因为庆祝的日子到了,庆贺,庆贺,庆贺!”爱比斯德蒙说道,“鼓起大家的劲儿是对的,真是,应该庆祝一下了。”

“张帆,张帆,来呀!”

爱比斯德蒙喊道:“我从右舷看到不远处双子座星卡斯托耳了。”

“咯,咯,咯!”巴汝奇的牙齿还在打颤,他说,“我担心你看到的是不正经的海伦。”“好了!”

爱比斯德蒙又说道:“没错,那是米克萨查格瓦斯,也就是阿尔戈斯人对卡斯托耳的称呼。嗨,嗨! 我看见陆地了,我看见港口了,我看见码头上万头攒动! 我看见方尖塔顶上的光了。”领航人说道:“喂,喂,我们得绕过岬角和防波堤!

“知道了。”水手一起回答。

领港人说道:“我们这条船走得不错,其他的船也都很顺利。天主保佑。”

“圣约翰在上!”巴汝奇突然叫了起来,“这太好了。你这句话说得实在是好,听起来很舒服!”

“岂有此理!”约翰修士说道,“就是让魔鬼抓走,我也不能让你在这里沾一口酒! 听到了没有,你这个光有大卵泡的胆小鬼! 领航人,我的好朋友,给你,这里送你一碗好酒。喂,吉姆纳斯特,把大碗拿来,还有那块煮火腿或者是蒸熟的火腿,随便你怎么叫都可以。小心不要乱倒。”

“孩子们,这下可好了,这下可好了!”这是庞大固埃在说话,“大家打起精神来吧。有两条划桨船、三条单桅帆船、五条双桅帆船、八条三桅帆船、四条游艇式快船,还有六条巡逻快舰朝我们这条船驶来了,是这座岛上善良的人们来救我们了。可是那个大叫大嚷的乌卡勒贡在干什么呢? 我手里的桅杆难道不比两百条缆绳捆的还要牢,还要直么?”

约翰修士回答道:“是巴汝奇那个可怜的家伙,他现在撑得发烧。肚子里都灌满了,就这样怕得乱抖。”

庞大固埃说道："如果他害怕是由于在暴风雨中受了惊吓，那他也尽了自己的能力，我并不小看他。因为随时都害怕，那是懦弱的表现（阿伽门农就是那样，因此阿基勒斯恶毒地骂他是狗眼睛鹿心肠）。至于在明明白白可怕的时候害怕，那仅仅是表示对事物的理解不够或者太少。所以世界上可怕的事情，除了得罪真神以外，我不承认死亡是可怕的事。我不愿意搅到苏格拉底和学院派的论战里，因为死亡本身并没有什么坏，也不是可怕的事情。但是我认为在海上沉船是可怕的，否则就没有可怕的事情。正像荷马说的那句名言，死在海里是一件惨痛的、可怕的、不自然的事情。还有伊尼斯，当他的船只在西西里附近遇到风暴时，曾经表示宁愿死在强敌狄欧美德斯手里，或者说死在特洛亚的大火里也比死在水里胜过百倍。我们这里没有人死亡，愿吾主救主永远受赞美！但是我们的船可真是成了一团糟了。这不要紧，我们会把所有的破损都修补好的。当心！不要让船撞到暗礁搁浅了！"

第二十三章　暴风雨过后巴汝奇是如何做起好人来的

巴汝奇大声喊起来："哈，哈！好极了，暴风雨过去了。我求你们做做好事，让我第一个下船。我有事要办。现在还需要我帮忙么？让我缠这条绳子好了。我是有胆量的，难得害怕。交给我吧，朋友。我绝对不会害怕，绝对不。当然，这次十级大风从船头刮到船尾，把我的脉搏吹得有些不正常。"

"落帆！""好极了。约翰修士，你怎么什么都不干呢？难道现在是喝酒的时候吗？你怎么知道魔鬼不在替我们准备新的暴风呢？还需要我来帮忙么？天主在上，我真后悔，不过有点晚了，没有听从贤明哲学家的教训，他们说在海边行走或者在离地不远处行舟，才是最稳妥最靠得住的方法，这好像步行时后面牵着一匹马，随时可用。哈，哈，哈，天主在上，一切顺利！还要我帮忙么？把它交给我好了，我会做的，否则魔鬼都不答应。"

爱比斯德蒙由于用力拉紧绳索，把手皮都拉破了，流着血。他听到庞大固埃刚才说的话，就答道："殿下，请你相信，我刚才的恐惧也不在巴汝奇之下。可是怎样呢？我并没有逃避干活。我认为，如果死亡真的是（而且实际上也是）命中注定的，无法避免，那么这时死或那时死，这样死或那样死，全是天主的圣意，应该总是不停地向他祈求、祷告、诵经、哀恳、祈祷。可是不应该到此为止，我们自己也必须要努力，正像圣徒所说的那样要与他合作。你还记得古罗马执政官盖伊斯·弗拉米尼乌斯被诡计多端的迦太基统率汉尼拔围困在特拉西美努斯河，也就是贝鲁齐湖时，对他的士兵们说：'孩子们，光靠虔诚地祈祷神灵是无法救出我们的。我们只有依靠自己的力量和能力,用我们的宝剑在敌人的重重包围下杀出一条活路。'古罗马史学家萨卢斯特也告诉我们同样的道理。加图也说过,光靠许愿祈求和婆婆妈妈似的哭哭啼啼是无法得到天主的救助的。你必须时刻警觉,尽自己所能去努力奋斗,事情才会朝着你希望的方向发展,使你平安抵达目的地。如果在危急关头,一个粗心大意、胆小怯懦而又懒惰成性的人,无论他怎样恳求天主都无济于事,只会令天主恼怒。"

"让魔鬼把我带走吧!"约翰修士说道,"假使……"

"我呢,只赞成一半。"巴汝奇说道。

"假使当时塞野的修道院遭抢劫时,我只会像其他魔鬼修士,不懂得努力抢救葡萄园,只会念念有词'抗击敌人的攻击'(经上说),而不抡起那棠木十字架与列尔内的强盗斗争。"约翰修士接着说。

巴汝奇说道:"死人不管!好极了。约翰修士什么也不干。"

"他看着我在这里出汗,在帮这个老好人干活,他的名字应该叫约翰。什么也不干。喂!水手朋友,我只问你一句话,别生气!这条船的船帮有多厚?"

水手回答说:"足足有两指厚,用不着担心。"

"我的老天!"巴汝奇又叫了起来,"我们离死亡仅仅只有两指远啊!这是不是也算结婚九种快乐中的一种?"

"啊!好朋友,你真行,用害怕的尺子来衡量危险!"

"我呀,我才不害怕哩,我的名字就叫吉奥莫·不害怕。至于勇气,要多少有多少!而且不是什么羊的勇气,而是狼的勇气,杀人者的镇定。我除了危险什么都不怕。"

第二十四章　约翰修士是如何说巴汝奇在暴风雨时的恐怖是无道理的

"先生们,你们好!"巴汝奇说道,"诸位,你们好!你们全都好吗?感谢天主,你们也好么?太好了,好极了。咱们下船吧。喂,划桨手,放下跳板!靠近这条小船!要我帮你们么?我急得跟饿狼似的要干活,要像四头牛似的干活。善良的人们,这里真是一个好地方。小伙子们,还需要我的帮助么?看在天主的份儿上,别顾虑我身上的汗!亚当,就是全人类,生来就是必须工作和劳动的,就像飞鸟为了飞一样。救主的意思,你们清楚么?是要我们汗流满面才得以糊口,不是像约翰修士那样的胆小鬼一样,吓得要死,只知道喝酒。今天天气好。现在我才体会到尊贵的哲学家阿那卡尔西斯的话说得实在有道理、有根据,有一次有人问他,在他看来什么船最牢靠,他回答说:‘就是靠在码头上的那条船。’”

庞大固埃说道:“还有更好的例子呢,有人问他死人的数量多还是活人的数量多,他反问道:‘在海上的人算不算呢?’这无形中就意味着说海上的人常常处于将要死亡的危险中,活着也等于死,或者说是死着活。波尔修斯·加图经说人生在世只有三件事值得追悔,就是一、有没有把秘密泄露给女人;二、有没有懒过一天;三、有没有从海路去过一个可以由陆路去的地方。”

约翰修士对巴汝奇说道:“老朋友,我用我穿的这件会衣说话,暴风雨时你吓成那个样子实在没有道理。因为你命中注定不是死在水里的,你将来一定像致命的教士一样不是被吊在半空就是被上火刑。殿下,你想不想要一件防雨的好雨披?要的话,把身上穿的狼皮或獾皮大衣脱下来,让人把巴汝奇的皮剥下来,穿上就行了。看在天主分上,可别走近火,也别从铁匠的火炉前面经过,怕它转眼之间就会变成灰。但是对于雨、雪、冰雹,你只管放心好了,淋多久都没有关系。天主在上,即使你跳到水里都没有关系,不会把你弄湿的。如果用它做冬季的靴子,永远都不会受寒。把它吹起气来教小孩游泳,保证他们一学就会,定能保证他们的安全,绝无危险。”

庞大固埃说道:“这样说来,他的皮倒像那种叫作‘维纳斯头发’(也叫铁线蕨)的草了,从来不沾水,也不湿,永远是干的。把它泡在水里,泡多久都没关系,因此又被叫作长生草。”“巴汝奇,我的朋友,”约翰修士说道,“我请你千万别害怕水,你的命是要丧在和水相克的一种元素里的。”

巴汝奇说道:“对,可是魔鬼的烧饭师傅有时也会糊里糊涂地搞错,把要火烤的东西放在水里煮,就像这里的厨房一样。大师傅常常拿竹鸡、野鸽、家鸽、膏上油,就仿佛(真的也像)要火烤似的,然而实际上却是竹鸡炖白菜,韭菜烧野鸽和萝卜煮家鸽。我告诉你们,好朋友,我要在尊贵的先生们面前声明,康德和蒙索洛之间那座许给圣尼古拉的教堂,我要把它变成一个制造花露水的场所,母牛公牛再也不会到那里去吃草,因为我要把它扔进水里。”“好极了!”优斯登说道,“这才是窃贼遇到强盗,一个比一个厉害!真是应验了隆巴底亚那句俗话:危险度过,诅咒神灵。”

第二十五章　暴风雨后,庞大固埃是如何来到长寿岛的

这时,我们一行人弃舟登陆,来到一座岛上,岛的名字叫长寿岛。

岛上的人对待我们很好。一位上年纪的老寿星(这是他们对酋长的称呼)想请庞大固埃光临他们的市政厅,吃点儿东西。可是庞大固埃在船上的人没有全部登陆之前不愿离开码头。等都到齐了,他叫大家把衣服换好,将船内食物搬到岸上,供所有船上的人享用。他的话马上被照办了。

天知道,酒肉是多么丰富。当地的人也送来大量的食品。庞大固埃的人把带来的东西送给他们,而且送得更多。当然他们的东西在暴风雨中是受到了一些损失的。饭后,庞大固埃请大家动手修补船只,大家干得很起劲儿。修理的工作进行得很顺利,因为岛上的居民全都会木匠活儿,个个都跟你们在威尼斯兵工厂里看到的工匠一样。这座大岛上只有三个港口和十处教区有人居住,其他的地方全是高大的森林和广阔的原野,和阿登的森林地区差不多。

在我们的请求下,老寿星带我们看了岛上的名胜和古迹。在浓阴蔽天、渺无人迹的森林里,我们参观了好儿所古庙的废墟,好儿处纪念碑、金字塔、古代建筑和古墓,上面有各种各样的文字和碑刻,有的是象形文字,有的是伊奥尼亚文字,还有阿拉伯文、摩尔文、斯拉夫文等等。爱比斯德蒙把它们一个一个都仔细地抄了下来。这时巴汝奇对约翰修士说道:

“这里是长寿岛。‘长寿’这个词儿在希腊文里意思是‘生命长久’,指一个人活的岁数大。”

“你是什么意思呢?”约翰修士说道,“你要我改变它的名字么?起这个名字的时候我又不在这里。”

巴汝奇说道:“告诉你,我认为‘鸨母’这个名字就是从这里来的。‘鸨儿’只有上年纪的人去做,年轻的适合于做屁股的工作。巴黎的仙鹤岛[①]的根源和出处可能就是这里。走,咱们去钩蚌子去。”

老寿星用伊奥尼亚话问庞大固埃是用了一个什么样的方法,在一个这么吓人的狂风暴雨的天气来到他们的港口。庞大固埃回答说这是全能的救主看到了他们的一片诚心,他们出门旅行既不是贪图钱财也不是经商谋利。他们航海唯一的目的,就是殷切地想看、想学、想了解、想请教神瓶的启示,想就他们中间一个人提出的问题得到神瓶的谕示。然而他们还是遭遇到了很大的困难,并且冒了覆舟的危险。接着他问老寿星这种暴风因为什么而起,近岛的海面上是不是也经常有飓风出现,就像大西洋的圣马太海峡和毛姆森海峡,或者像地中海的阿达里亚湾,托斯卡那的泰拉莫纳港、南拉哥尼亚的美里亚角、直布罗陀海峡、墨西拿海峡等那样经常遭受大风暴的袭击。

---

① 仙鹤倒:巴黎的妓院区。

第二十六章 老寿星是如何对庞大固埃述说英雄的生活与死亡的

老寿星回答道:“远方的朋友们,这座岛是斯波拉谛群岛里的一座,不过不是斯波拉提群岛,但它不是位于卡尔巴阡海域的,而是变化莫测于浩瀚无涯的大洋之中。过去富饶、繁荣、肥沃、商业发达、人口众多、属布列塔尼直辖统治,但是过的时间太久,随着世界的衰退,就成了现在贫穷荒凉的景象了。”

“你们看那边浓密的森林,长度和宽度足足有七万八千帕勒桑,里面居住着老态龙钟的英雄。因为三天以前还看得见的一颗彗星现在不亮了,我们猜想昨天大概又死了一个,因为他的死,才引起了你们所遇到的那场大暴风。只要他们活着,这里以及临近的岛屿一切都昌盛,就连海上也平安无事。如果死掉一个,我们一般可以从森林那边听到响亮的哀号声的,地上发生瘟疫、暴风和灾害,天空云雾弥漫,黑暗异常,海上旋风咆哮,飓风成灾。”

庞大固埃说道:“通过你说的话,我倒有些明白了。这好像火把和蜡烛,当它点着发光的时候,它可以照亮旁边的人和周围的一切,让每个人喜悦,让每个人使用它,利用它的光亮,它从不危害别人,也不让任何人不喜欢。可是只要它一灭,冒出来的烟和气就让空气污浊,让旁边的人不好过,让别人嫌恶。这些伟大高贵的灵魂也是这样。只要它们不离开肉体,它们居住的地方就平安无事,生气勃勃,快乐安逸。但是它们一走,岛上以及大陆上,普遍就会发生混乱,在空中就是乌云满天、霹雳冰雹。在地上就是地震、地动、地壳皱裂,在海上就是狂风暴雨,到处是哀鸿遍野,宗教纷争,改朝换代,政权倾覆。”

爱比斯德蒙说道:“我们从英勇博学的吉奥莫·杜·勃勒骑士的死亡中早就已经吸取了教训,他活着的时候,法国繁荣昌盛,没有人不羡慕它,谁都想和它友好,没有人不惧怕它。可是他死以后,法国在很长时间内受到所有人的轻视。”

庞大固埃说道:“你们听说过吗?特洛伊王子安喀塞斯在西西里岛的特拉帕尼死去时,一场风暴便给埃涅阿斯带来很大的困扰。犹太国残忍的暴君希律王,极其野蛮暴虐,当他看到自己就要免不了痛苦地死去(他生的是虱子病,被虫和虱子咬死,和过去的古罗马的统帅卢西乌斯·苏拉、叙利亚人费雷西德斯、毕达哥拉斯的老师、古希腊诗人阿尔克曼[1]等人死去的时候一样)并预见到他死之后,犹太人一

① 阿尔克曼:公元前7世纪古希腊诗人。

定会点起篝火,欢欣庆祝他的死,于是就在宫里召集大小城镇及堡寨碉楼内所有的贵族及官员,并假装借口为了国家的管理及安全有要事面谕。等他们一个个亲自来到,就把他们一起关押在宫内的赛马场里。然后他对妹妹萨罗美和妹丈亚历山大说道:'我预见我死之后,犹太人一定会欢欣鼓舞。但是如果你们肯执行我嘱咐的语言,我的死亡就可以持续光荣,全世哀悼。等我一死,你们就命令卫队弓箭手,我已经有特令传达给他们,把关在这里的贵族和官员全部都杀光。这样一来,全犹太国势必要戴孝举哀,让外国人看来我的死亡,正像一位伟大的人物死时那样。'"

"一位将死的暴君说:'我死之后,愿地球遭火焚烧。'他希望整个世界毁灭,给他陪葬。罗马皇帝尼禄这个恶棍把这句话改成'趁我在世时,世界尚有阳光普照。'这在古罗马传记作家苏埃托尼乌斯的书中有记载。这句西塞罗的《论死亡》第三卷和塞内加《论仁慈》第二卷也提到这句令人厌恶的话。狄翁·尼卡乌斯和苏伊达斯则认为这句话出自于古罗马皇帝提比略之口。"

第二十七章　庞大固埃是如何论断英雄鬼魂的死亡的,以及已故朗格公爵吉奥莫·杜·勃勒死前的吓人的奇事

庞大固埃继续说道:"幸亏我们遇到了海上暴风,虽然它让我们很不好过,让我们很疲乏,可是却也让我们听到了这位老寿星告诉我们的一番话。我甚至于相信他所说的,在发生死亡的前几天,他在空中看到的那颗彗星。因为,如此尊贵、高尚、英勇的灵魂,在死之前的几天里,上天一定会给我们一个征兆。正像一位慎重的医生,在诊断中看出病人必死无疑时,会在几天以前关照做妻子的,做儿女的,甚至于亲戚朋友,告诉他们说他们的丈夫、父亲或亲人是死定了,叫他们在病人还活着的一段时间里,请他对家里有所吩咐,对儿女有所教训和祝福,对即将寡居的妻子有所嘱托,说明他认为必须怎么教养孩子,以免突然死去,既无遗嘱,对自己的灵魂和家室也没有任何安排。仁慈的上天,好像欣喜地欢迎这些善良的灵魂,所以在死亡来临以前,用彗星、用宇宙间的现象表示上天也点起了喜悦的篝火,对人类做出肯定的宣示,预告几天之内,某些可敬的灵魂将会离开他们的肉身和尘世。"

"这和古时雅典长老会议的法官完全一样。他们对罪犯的判刑,是根据不同的决议使用不同的符号的,像 fH,意思就是说死刑。T 是无罪开释。A,表示案件还必须进一步审理,延期裁决。这样公布以后,罪犯的亲属、朋友以及其他希望知道关在狱里的罪犯如何判决的人,就不用再担心焦急了。就像这里出现的彗星一样,这是上天使用宇宙间的症状默默地告诉人类:'尘世间的人,如果你们还打算从这有

福的灵魂里知道、学到、听到、了解到、预见到有关私人或公共的任何事宜,请你们赶快到他那里去,得到他的回话。由于他唱的戏快要结束了,否则的话,时间一过,会后悔莫及的。'"

"不但如此,上天是让尘世间以及世上的人看到他们不配再有这个伟大的灵魂和他们在一起了,不配再享有这个伟大的灵魂了,才使用奇迹、征兆、怪物以及其他不合乎自然规律的现象来惊吓人类,让他们害怕。这就是你们刚才所说的英勇博学的朗格惹骑士的伟大的神勇的灵魂,在归天之前的几天里我们所看到的骇人的征兆。"爱比斯德蒙说道:"我记得很清楚,而且我一想到在他死前的五六天里所看到的吓人的奇事,我至今还感到心惊肉跳。"

"当时在场的德·阿西耶公爵、舍芒公爵、独眼马伊、圣爱尔、维尔那勒·德·古雅尔、萨维里亚诺的医生伽布里埃尔大师、拉伯雷、科于奥、马须奥、美约里琪、布鲁、绰号'市长'的柴尔古、弗朗素瓦·普鲁斯特、费隆、查理·惹拉尔、弗朗索瓦·布雷等等,还有许多死者的亲友,从员和仆役,他们一个个没有不吓得面面相觑,张口结舌,说不出话来的。但是他们心里都清楚,并且预见了法兰西即将损失一位这么需要的完人来保卫自己的光荣了,上天要把他叫回去了,好像自然而然地召回其他的人一样。"

"我用帽子上这个绒球起誓,"约翰修士说道,"我死以前一定要做一个学者!我认为我还有足够的悟性。

请容我问你们一句话,
好像国王问他的武官随驾,
皇后问她的太子殿下。"

"你们所说的这些半神半人的英雄人物会不会死?圣母在上!我还以为他们像小天神那样不死不灭呢,天主请饶恕我胡言乱语。可是这位最最可敬的老寿星却说他们是会死的。"

庞大固埃说道:"不是全都会死。斯多亚学派说他们全都会死,只是有一个例外,只有他不死不灭,无病无痛,无影无踪。"

"古希腊诗人品达曾经说森林女神没有线了,也就是说,没有生命了,命运之神硬心肠的派克姐妹的线锤不再纺了,不像对待她们所保护的树那样了。据卡里马古斯所说,这些橡树生出了森林女神,保萨尼阿斯和马尔西亚努斯、卡培拉[①]都同意这种说法。至于那些半神半人者,如人身羊足的畜牧神潘、人形羊尾的森林之神萨梯以及鬼怪、妖精、英雄及鬼魂,赫西奥德把他们不同的岁数通加起来,平均可以

① 卡培拉:公元5世纪罗马语言学家。

活九千七百二十岁。他采用的算法是这样的，把四乘以二十再加一，所得的结果乘以三，然后乘以八，再乘以五的结果就是这个得数，可以参考普鲁塔克的《谕示之休止》。”

约翰修士说道：“没有看到《圣经》上有这个说法。如果不是你高兴的话，我决不会相信的。”

庞大固埃说道：“我相信所有学识渊博的灵魂都能逃过命运之神的命运之剪。他们不管是在天堂或是在人间，他们将得到永生。说到这一点，我给你们讲一个相当离奇的故事，许多博学、通晓古今的史学家都记录下来，并证明确有此事。”

第二十八章　庞大固埃是如何述说一个有关英雄死亡的悲壮故事的

“修辞学家埃米里安[①]的父亲埃比泰尔斯，有一次从希腊乘船到意大利去，船上载的是各种货物和各样的客人。在傍晚时分，船航行在摩里亚与突尼斯之间的埃基那德斯群岛，风突然停止了，这时船正航行在巴古索斯附近，往前走不动了，客人中有的睡觉，有的醒着，还有的喝酒或者吃东西，这时突然听到巴克索斯岛上有人高声喊叫塔姆。大家听了都毛骨悚然。塔姆是船上领港人的名字，是个埃及人，他的名字除了少数几个客人以外，知道的人并不多。喊声第二次响了起来，而且喊得非常可怕。谁也不敢搭腔，一个个闷声不响，紧张万分。这时第三次又叫起来了，声音比刚才的更吓人。塔姆只得回答道：“我在这儿，喊我什么事？叫我做什么？”只听到那个声音比刚才更响了，并用命令的口吻告诉他，叫他到了巴罗德斯通知大家就说巨神潘神死掉了。”

“埃比泰尔斯说道，船上的水手和旅客闻听以后，没有不异常惊奇，惶遽不安的。大家商议怎么做才好，是不响呢，还是把听到的话宣扬出去。塔姆说他的意思是，如果有风，就绕道而行，不提此事；如果没有风，那就只好遵命办理。等到船行近巴罗德斯，海上风平浪静，塔姆只好走上船头，朝岸上望了一眼，遵照接受的命令，宣告巨神潘已经死去。话还没有停住，就听到一片号叫呜咽的声音从岸上传来，不只是一个，而是很多。”

“这一消息（当时在场的人不少）不久就传到了罗马。罗马皇帝提比略·恺撒马上派人传塔姆进京，听他亲口述说以后，才信以为真。于是就向朝内以及当时在

① 埃米里安：普鲁塔克的学生。

罗马为数众多的博学之士询问潘恩的来历，得知潘恩是墨丘利与泊涅罗珀所生下的儿子。”

“古时希罗多德还有西赛罗在《论神性》第三卷里都是这样说的。不过我，还是认为他就是信徒的伟大救主，受到那些大法官、博士、祭司以及摩西法律教士的嫉妒和诽谤，在犹太国被人迫害的。我认为这个解释并没有什么不对，因为在希腊文里，他很可能被称为潘，潘用我们的话来说，就是‘一切’，我们的一切、一切生活的目的、所有的一切、所期盼的一切都是他，都在他身上，也都是从他那来的，都是依靠了他。他就是善良的潘，好牧人，正像热情的牧人柯瑞东所说的那样，他不但热爱他的羊，也关心他的牧人。因此，他死以后，才会引起上天下地，海洋地狱，万民哀悼，举世同悲。我这样解释，在时间上也很符合，因为我们唯一的救主、最伟大、最善良的潘，死在耶路撒冷附近，当时罗马的皇帝正是提比略·恺撒。”

庞大固埃说完，闭口不语，在深深地思考。不一会儿工夫，就看到从他的眼睛里扑簌簌地流下鸵鸟蛋一般大小的泪珠来。假如我说过一句瞎话，叫天主马上让我死掉。

第二十九章　庞大固埃是如何来到鬼祟岛[①]的，以及岛上的统治者封斋教主

一行快乐的人的船只是经过修理整顿，装置齐全的口粮食物，因为庞大固埃举止大方，长寿岛上的人个个喜形于色，我们自己也非常快活。第二天就在柔和的微风的推动下，轻快活泼地扬帆出海了。临近正午时分，克塞诺玛恩远远指着在封斋教主统治下的鬼祟岛给我们看。庞大固埃过去也听说过这个地方，假如不是克塞诺玛恩说需要绕一个大弯，而且整个岛上以及连国王的宫里都找不到东西吃，劝他打消去的意思，他一定乐意亲自去观光一番。

克塞诺玛恩说道：“到那里别的什么都看不到，只看到一个啃料豆的家伙，啃鲞鱼桶的家伙，捉鼹鼠的家伙，捆干草的家伙，胡子拉碴、头上两道圈的半高个子，迷迷糊糊，稀里糊涂的家伙，带头吃鱼的人，吃芥末的领导人，鞭打小孩的人，头上抹灰的人，医生的老子和养父，朝圣堂、拜苦路、得宽赦的家伙，行好修道的家伙，虔诚热道的教徒。一天的四分之三的时间里都在哭，喜庆的事从不参加。然而在周围四十个国家里，他是制造肉签子、肉叉子最巧手的人。六年前我有一次从鬼祟岛经

① 鬼祟岛：作者有意影射鬼鬼祟祟地藏在修道院里的修士。

过，一下弄到了一箩，全都赠送给康德的屠户了。他们很喜欢，当然有他们的理由。等我们回来，我让你看看大门口的那两个。除此之外，他吃的东西无非是咸衬衫、咸头巾、咸盔、咸甲。吃得多了，吃这东西有时会小便灼热难受。他的衣服可是不错，不管从样式上还是从颜色上说，灰白两色，前后精光，胳膊上也是一样。”

庞大固埃说道：“如果你能像你述说的他的衣服、食物以及他的生活方式那样，再仔仔细细地说一说他的形象怎么样，胖瘦如何，我也一定喜欢听。”

“对，说说吧，小家伙，”约翰修士说道，“我在经本里也翻到他了，他排在活动节日①之后。”

克塞诺玛恩说道：“说说他当然可以。可是等到我们走到他的死敌肥肚肠所统治的野人岛那里，我们还有得听呢，他们的仗简直打不完。假如没有好心的邻邦狂欢节插手保护，这位封斋教主大王老早就把那些肥肚肠消灭干净了。”

约翰修士问道：“肥肚肠是男的呢，还是女的呢？是神呢，还是人呢？是一般的女人呢，还是待字闺中的处女？”

克塞诺玛恩回答说：“论性别是女性，论类别是人类，有的是处女，也有的不是。”

约翰修士说道：“我要是不帮她们，让我死掉！对女人作战，这是一种什么违反自然的举动啊！咱们马上回去，把这个大浑蛋给干掉。”

“去打封斋教主，”巴汝奇说道，“同封斋教主作战，所有的魔鬼在上，我可没有这么傻，也没有这个胆量！万一被肥肚肠和封斋教主夹在中间，这边是铁砧，那边是榔头，那可怎么办？梅毒大疮！去他的吧！咱们改道从别处走！封斋教主，回头见！那些肥肚肠，就拜托你去解决了，祝你好运，黑香肠也一样。”

第三十章　克塞诺玛恩是如何解剖并评述封斋教主的

克塞诺玛恩说道：“谈到封斋教主的内部组织（至少当年是这样的），头脑可真是够大的，颜色、气质和精力，跟一个雄性蛆虫左边的睾丸差不多。”

“脑袋内部像螺丝钻”，

“脑叶就像个木头槌”，

“黏膜如修士的头巾”，

---

① 天主教的瞻礼节日有定期的，有不定期的（即活动节日），封斋节日是在活动节日之后开始算起。

“视神经犹如灰沙斗”，
“脑壳就像一顶呢帽”，
“松果体如一支风笛”，
“循环系统像马辔头”，
“下领结如一双靴子”，
“耳膜恰似桁端摇柄”，
“前额头像鸡毛掸子”，
“脊梁骨如一根竹竿”，
“筋络像网状的水管”，
“舌头好比是个话筒”，
“上腭就像连指手套”，
“唾沫四溅像滩猪油”，
“扁桃腺像单片眼镜”，
“喉头犹如一扇大门”，
“喉管像一只大箩筐”，
“胃口宛如一个钱袋”，
“幽门像一把干草叉”，
“支气管如把小折刀”，
“咽喉就像一件乱麻”，
“肺脏如鼓起的披风”，
“心脏就像一件法袍”，
“竖隔膜像只啤酒杯”，
“肋骨正如一把弯钩”，
“动脉像件无袖披风”，
“横隔膜像一顶纸帽”，
“肝像玻璃匠的锤子”，
“静脉如织工的织机”，
“脾脏就像一支羌笛”，
“肠子好像一张渔网”，
“胆囊就像木匠斧子”，
“内脏如一副皮手套”，
“肠隔膜像高贵王冠”，
“小肠如牙医的钳子”，
“大肠像个长颈瓶子”，
“结肠像只盛酒的杯”，

“直肠如角制的酒瓶”，
“肾脏犹如刮泥的刀”，
“腰部像把陈年旧锁”，
“尿道就像一把铁钩”，
“肾静脉如一对水枪”，
“睾丸像两块千层饼”，
“前列腺像个墨水瓶”，
“膀胱就像一把石弓”，
“膀胱口如一个钟锤”，
“小肚如一顶尖帽子”，
“腹膜像坚实的铠甲”，
“肌肉像打气的风箱”，
“肌腱如老鹰的爪子”，
“韧带就像个大钱包”，
“骨头犹如黄油饼干”，
“骨髓就像个大布袋”，
“软骨好比乌龟硬壳”，
“淋巴结像一把镰钩”，
“呼气像激烈的拳击”，
“吸气犹如轻弹手指”，
“血液像滔滔的河水”，
“小便在嘲笑异教徒”，
“精虫就像一只铆钉。”

“他的奶娘曾对我说他在半斋期结婚后，生下的孩子都以指地方的‘副词’①和‘迅速’为名字。”

“记忆力像一条围巾”，
“常识就像一只马蜂”，
“想象力像一座鸣钟”，
“思考像鸟儿在翱翔”，
“意识如飞出的苍鹰”，
“决心像是一堆大麦”，
“忏悔如支双膛的枪”，

① “从哪里”“到哪里”和“经过哪里”指地方的副词从“半斋期”到复活节使用特别多，因为大家都在打听到哪里可以得到赦罪。

“精力如同压舱的物”，
“理解力如翻破的书”，
“思维如爬出的蜗牛”，
“意志如碗里的坚果”，
“欲望好比六捆干草”，
“判断力像把鞋拔子”，
“谨慎就像连指手套”，
“理智就像只玩具鼓。”

第三十一章 封斋教主之外部解剖

克塞诺玛恩继续说道：“谈到封斋教主的外部形象，倒是比较匀称一些，除了他比普通人多出的七根肋骨。”

“大脚趾像琴键”，
“指甲像尖锥”，
“两脚像吉他”，
“后跟像木槌”，
“脚底像坩埚”，
“两腿像假鸟”，
“膝盖像杌凳”，
“大腿像帽缨”，
“两胯像钻锥”，
“尖形肚腹按照古式扣紧纽扣，胸口束带”，
“肚脐像弦琴”，
“鼠蹊像糕点”，
“那话儿像只鞋”，
“睾丸像料瓶”，
“外阴像刨子”，
“睾丸肌肉像球拍”，
“会阴像洞萧”，
“肛门像镜子”，
“屁股像耙子”，

"腰子像奶油罐",
"腹膜像弹子台",
"后背像弓弩",
"脊椎像风笛",
"两肋像纺车",
"胸骨像华盖",
"肩胛像法官帽",
"胸膛像风琴",
"奶头像牛角喇叭",
"两腋像棋盘",
"两肩像手推车",
"胳膊像遮面风帽",
"手指像壁炉柴架",
"腿骨像两根高跷",
"前臂像镰刀",
"两肘像捕鼠机",
"两手像马栉",
"颈项像大碗",
"咽喉像滤酒器",
"喉核像只桶,上面还挂着两个美丽匀称的铜瘤,样子像沙漏钟",
"胡须像灯笼",
"下巴像南瓜",
"耳朵像鸭脚背手套",
"鼻子像一只装着盾牌的短筒靴",
"鼻孔像头巾",
"眉毛像油盘",
"左眉底下有一个黑痣,样子和大小跟一个便壶差不多",
"眼皮像三弦琴",
"眼睛像木梳套",
"视神经像火绒箱",
"前额像酒杯",
"两鬓像喷壶",
"两腮像木鞋",
"颚骨像只碗",
"牙齿像棍子"。

“现在还有一只奶牙在波亚都皇家高隆日,两只在圣东日的布洛斯地窖的门口。”

“舌头像竖琴”,

“嘴巴像马披”,

“脸孔像骡子的驮鞍”,

“脑袋从左面看像一个蒸馏器”,

“脑壳像钱包”,

“合缝像渔人的戒指”,

“皮肤像嘎别丁布的斗篷”,

“表皮像筛子”,

“头发像刮泥刀”,

“脸上长的毛,前面已经说过了。”

第三十二章　续谈封斋教主的容颜

克塞诺玛恩说道:“如果能目睹封斋教主的长相,并同他交谈,那就再好不过了。”

“他一张嘴吐唾沫,就是成篮的金丝雀”,

“一擤鼻涕,就是一条条咸鳗鱼”,

“一流眼泪,就是鸭子蘸酱油”,

“一颤抖,就是野兔肉饼”,

“一出汗,就是淡菜配鲜奶”,

“一打嗝,就是带壳的牡蛎”,

“一打喷嚏,就是成桶的芥末”,

“一咳嗽,就是成箱的面包”,

“一呜咽,就是成捆的水芥”,

“一打哈欠,就是成盆的豆粉”,

“一叹气,就是熏牛舌”,

“一吹口哨,就是成筐的青豆”,

“一打鼾,就是成盆的新鲜蚕豆”,

“一皱眉,就是咸猪脚”,

“一说话,就是奥维尔尼的羊毛呢,就像巴利萨提斯希望她儿子波斯国王西路斯一说话就是她织的紫红色的绸缎一样。"

"一呼气,就是赦罪箱",

"一眨眼,就是三月份的猫",

"一摇头,就是包铁的小车",

"一赌气,就是折断的棍子",

"一嘟囔,就是国王坐堂",

"一跺脚,就是延期五年",

"一后退,就是海里的'鸡鹤'",

"一清喉咙,就是公共炉灶",

"喉咙一哑,就是摩尔人的演出",

"一放响屁,就是褐色奶牛的腿",

"一放无声屁,就是科尔都的皮靴",

"一挠头,就是新的命令",

"一唱歌,就是未去皮的黄豆",

"一拉屎,就是菌类和蘑菇",

"一吹气,就是油焖白菜",

"一讲话,就是去年的雪",

"一烦恼,就是光头和削发",

"一向不名一文,谁也骗不了他",

"一动脑筋,那家伙就飞也似的爬上墙头",

"一做梦,就是抵押借据。"

"最奇怪的是:闲着手工作,工作却闲着手,睁着眼睛睡觉,睡觉却不闭眼睛,跟香槟省的兔子一样睁着两只大眼,生怕老对头香肠省的蒙衣党来偷袭。他咬着笑,笑着咬;守斋不吃饭,不吃饭守斋;假想吃东西,幻想喝美酒;在钟楼顶上洗澡,到池塘和河浜里晾干;在空气里钓鱼,在半空中捉龙虾;到海底狩猎,在那里追捕山羊、野羊和羚羊;把偷捉来的全部的乌鸦眼睛都弄瞎;只是害怕自己的影子和肥羊的叫声;不时到街上去乱跑;拿束腰的绳子要把戏;拿拳头当榔头;用粗大的笔筒在带毛的纸上写字,写预言,写历书。"

约翰修士说道:"对,正是他。他正是我要寻找的人。我要向他挑战。"

庞大固埃说道:"真是一个怪人,如果应该把他叫作人的话。你让我脑筋里想起阿莫敦特和狄斯科尔当斯的形象和面貌。"

约翰修士问道:"他们是什么样子啊?我从未听说过。愿天主饶恕我。"庞大固埃回答说:"我把我从古代寓言里读到的故事说给你听。菲西斯(也就是自然之神),没有交配,第一胎就产生了美丽与和谐,因为它本身的生殖力量强大,膏腴肥沃。安提菲西斯一向和自然之神作对,看见它生的孩子如此体面高洁,一时嫉妒万分，就去和泰路蒙交合，生了阿莫敦特和狄斯科尔当斯。”

“这两个孩子的脑袋圆得跟球一样，并不像人类的头那样两侧稍微有点扁。耳朵往上翘，大小跟驴耳朵差不多，眼睛在头的外边，长在样子很像脚后跟的骨头上面，没有眉毛，硬硬的倒好像螃蟹的眼睛，脚是圆的，像网球；胳膊和手都向后朝肩膀上倒背着，走路时头朝下，屁股朝上，两脚朝天，就这样咕咕噜噜地朝前滚。即使如此（你们都知道，在猴狲眼里，小猴狲是世界上最美丽的东西），安提菲西斯还是极力称赞，夸口自己的孩子比菲西斯的孩子长得体面，说头和脚是圆的，走路向前滚，正是一种来自神明的正确完好的走相，整个的宇宙和一切永恒的事物都是这样的相貌。脚朝上，头朝下，这正是模仿创造天地者的形象，因为人的头发就好像树根，两腿是树枝，树总是把树根长在土地底下，而绝不是长在树枝上，这样一形容，安提菲西斯正好把自己的孩子说得像一棵直上直下的小树，而菲西斯的孩子反而成了倒栽的小树了。至于胳膊和手，倒背在肩膀上，这说明长得正确，因为这一部分不能没有保护，而前面却已经有牙齿了，牙齿不但可以用来咬东西，不需要用手，而且还可以用牙齿来抵抗害物。”

“就这样，用野兽的理论来证明，来支持自己，把全部没有头脑的疯子都拉到它那边去了，受到所有愚蠢的、缺乏判断力和常识的人的赞叹。从此以后，它又生了一连串的疯子学究、伪君子、假装虔诚的教士、假冒伪善的主教、加尔文的狂人①、日内瓦的骗子、普伊。艾尔包似的癫痴、滥竽充数的贪婪的修士、偏执狂、食人者和其他丑陋畸形的、违反自然常态的怪物。”

第三十三章　庞大固埃在荒野岛附近发现巨鲸

天快要到正午，船行近荒野岛，庞大固埃远远看见一条凶恶的巨鲸直接向我们扑过来，庞然大物，哗哗有声，乘风破浪，高过我们的桅樯，头上喷出一条水柱，远远望去就像一条大河自山上倾泻而下。庞大固埃指给领港人及克塞诺玛恩观看。

领港人马上叫人在主船上吹起号角，命令其他船只集中待命！一听到号角，所有的大帆船、小帆船、划桨船、轻便船，听到号角（按照航行次序）一起排成毕达哥拉斯的数字希腊字母“Y”形队伍，也就是仙鹤飞行时所排的那种尖角形队伍。压队的是那条主船，已做好了战斗的准备。约翰修士勇武镇定，随同炮手登上船头。巴汝奇却又是哭叫不停地呻吟起来：

---

① 加尔文派与拉伯雷为敌。

"咯,咯,咯,咯,灾祸越来越大。赶快逃命吧!天主在上,这真是尊贵的先知摩西在圣人约伯传记中所描写的那头海怪。它会连人带船、像药丸似的把我们全都吞下去的。在它那血盆大口里,我们就像是驴嘴里放的一块口香糖。看吧,已经到了!逃命啊,赶快往地上逃吧!我深信它就是古时要吞下埃塞俄比亚公主安德洛墨达①的海怪。我们全都完了!这里怎么没有一个英勇的珀尔修斯②似的人,一下子把它杀掉呢?"

庞大固埃回答道:"杀它的就是我!你放心好了。"

巴汝奇说道:"我的天主!别让我们害怕了。除了看到大祸临头之外,还有什么更叫人害怕的呢?"

庞大固埃说道:"假如像约翰修士所说的那样,你是命中注定,那你就该害怕太阳神那几匹有名的从鼻孔里喷火的火马:匹雷斯、埃乌斯、埃伊通、弗雷公;而不应该害怕只会从腮里和嘴里喷水的鲸鱼。水对于你,绝对没有死的危险。这一元素非但不会危害你,对你不利,反而会护卫你,保护你。"

巴汝奇说道:"得了吧!这些话别跟我说!这叫活见鬼!我不是说过元素的变化以及烤和煮或者煮和烤之间的容易混淆的关系么?哎呀!它已经到了!我要躲到那边去!这一下我们全都得完蛋!我看见凶恶的阿特洛波斯手执新磨的剪刀站在桅樯上准备剪断大家的生命之线了。看!已经来到身边了!你多吓人啊,多可怕啊!你过去淹死过很多人,谁也没有以此为荣。天哪!假如它喷出来的不是这种又咸又苦、难以下咽的水,而是香醇的、味美的、浓郁的佳酿琼浆,那倒可以让人好受一些,让人可以安下心来。学一学那位英国爵士,当他犯罪被判死刑但却可以选择死的方法时,他选择了死在酒缸里。来到了!啊!啊!撒旦魔鬼,妖怪!我不能看见你,你太可怕了,太吓人了!到法庭上去吧,到讼棍那儿去吧!"

第三十四章 巨鲸是如何被庞大固埃杀死的

巨鲸闯进弯弯曲曲的船队里,向首先遇上的几条船上喷射着大量的海水,真像尼罗河的巨流倾注在埃塞俄比亚的国土上。一瞬间,箭羽齐发,标枪、短矛、棍棒、长叉,从四面八方一起向海怪飞来。约翰修士用出全身的武艺。巴汝奇却吓得要死。炮声隆隆,声如沉雷,虽然不停地攻打,但并不太奏效,由于发出去的铁弹和铜

① 神话中,安德洛墨达的母亲夸耀她比仙女长得还美,海神尼普顿命海怪去吞食她。

② 珀尔修斯:神话中英雄,曾骑飞马帕加索斯拯救安德洛墨达,后娶她为妻。

弹,打在海怪的皮肤上,远远望去,就如太阳底下的瓦片,毫无作用。庞大固埃看到时机紧迫,马上就伸出胳膊,施展出他的本事来,准备与巨鲸决一雌雄。

你曾经说过,而且史册上也有记载,能干的罗马皇帝柯莫杜斯非常善于射箭,他可以远远地把箭射出去,从远处小孩举起的手指头缝里穿过去,却毫不触及小孩的手。

你曾经还说过亚历山大大帝打到印度的时候,印度有一位弓箭手擅长射箭,他可以远远地把箭射进一个环里。而且全都是三肘多长的铁箭,又长又重,可以穿透钢刃,穿透厚厚的盾牌、钢铁做的护胸,只要让他射到,不管你有多结实、多牢固、多坚硬并且强韧的东西,都得被他射透。

你曾经也给我们说过古时法兰西人的精明强悍,他们也是特别喜欢射箭的,在狩猎黑色和褐色野兽时,他们通常在箭头上涂抹黑藜芦,这样箭头上的毒就可以让野兽的肉更嫩、更鲜、更好吃、味也更美。当然,这是要把中箭的周围部分挖掉的。

你还说起巴尔底亚人,他们可以从背后把箭倒射出去,比其他国家的人从前面射还要准。你也称赞过西提亚人的箭术。从前他们曾经遣派使者给波斯国王达里乌斯送去一只鸟、一只青蛙、一只老鼠和五支箭,没有任何解说的文字。

问他送这个礼物是什么用意,是否带有口信,他回答说没有。达里乌斯顿时惊奇万分,茫然不知这是什么意思,当他手下的七员大将之一,一位名叫戈布里亚斯的,杀了来使,对他解释清楚后,方才明白。戈布里亚斯是这样说的:“锡西厄人这些东西是想以暗示的方法让我们明白:如果波斯人不能像鸟一样飞到天上,不能像老鼠一样躲进地心,不能像青蛙一样深入池塘和湖泊的话,就会被锡西厄人的武力和弓箭消灭干净。”

尊贵的庞大固埃对射术之精堪称无敌。用他那强有力的标枪和箭羽(长短、粗细、轻重和铁头,完全跟支着南特、索米尔、拜尔日拉克等桥以及巴黎的交易所桥和磨工桥①的粗柱子一样),他可以在千步之外射开牡蛎但却不伤及牡蛎壳的边缘,可以射掉烛花而使蜡烛不熄,可以射中喜鹊的眼睛,可以射掉靴底而不射破靴子,可以射掉头盔的皮边而不射毁头盔,可以一页一页地射开约翰修士的经本而不射破纸张。

庞大固埃所乘坐的船上,这样的箭就装了不少。只见他第一箭就射中了巨鲸的头部,一下子穿透了它的上下颚骨和舌头,让它再也张不开嘴,既不能吸水也不能喷水了。第二箭射瞎了它的右眼,第三箭射瞎了左眼。在全体欢呼声中,我们看见那条巨鲸头上长着三个角,向前耷拉着,形成一个等边三角形,左右摇摆,它看不见了,身子特别沉重,好像离死不远似的摇摇晃晃,迷迷瞪瞪,昏昏沉沉。此时,巨鲸已双目失明,奄奄一息了。

---

① 磨工桥:当时巴黎塞纳河上有三座桥,磨工桥在最西面,交易所桥在中间。

庞大固埃还不满足,又往它的尾巴上射了一箭,尾巴也同样向后耷拉下去了;接着又笔直地朝它脊骨上射了三箭,从头到尾正好分成三段,每段的距离大小都相同。

最后他又朝海鲸两侧每边各射了五十箭,使得那条鱼完全像一只三桅船的船身,横帮一条条整整齐齐、严严密密,上面还仿佛带着穿绳索的铁环和连在船身上的缆绳,看起来实在好看。

这条巨鲸翻了一个身,肚子朝天地死去了,跟其他的死鱼一样。翻身的时候,身上的箭一起倒向海里,看起来像一条蜈蚣,所谓蜈蚣,也就是古希腊贤哲尼坎德在书里所描述的那种大毒虫。

第三十五章　庞大固埃是如何来到古老香肠人居住的荒野岛的

灯笼号船头上的几位划桨手把擒获的鲸鱼拉到附近一座岛上,这个岛名叫荒野岛。他们打算在那里把鲸鱼解剖开,取出鱼肾里的油脂,据说这是医治一种叫作"没钱用"的疾病所必需的药品。

庞大固埃并不是太在乎,因为这样的鱼他在法国的海里见过不少,甚至于见过更大的。但是他还是同意到荒野岛去,让他的那些被鲸鱼喷湿和弄脏的手下的人到岸上晒晒干,休息休息吃点儿东西。大约在中午时分,他们在一个荒凉的小港口上了岸,附近有一片赏心悦目的树林,从树林中流出一道清冽、澄净、银光闪闪的潺潺流水。他们在那里搭起了帐篷,安置了炉灶,烧起了一团旺火。等大家都换好了衣服,约翰修士摇起了铃铛。一听到铃声,吃饭的台子马上就搭了起来,准备妥当。约翰修士摇响了铃铛,接着便摆好桌子,饭菜也很快上桌了。

庞大固埃快乐地和随行的人等着一起吃饭。在上第二道菜的时候,他突然看见几个小香肠人一声不响地爬上了厨房放酒的地方,附近有一棵很高的大树上。他向克塞诺玛恩问道:"这是什么东西啊?"他还以为是什么松鼠、鼹鼠、貂鼠、黄鼠狼一类的动物呢。

克塞诺玛恩回答道:"是香肠人。这里就是我早晨跟你说的荒野岛。他们和他们长久以来的死敌封斋教主,常常处于不是你死就是我活的战斗中。我猜想他们是听到我们刚才向鲸鱼开炮的声音而害怕了,他们怀疑是敌人带领人马来袭击他们,来蹂躏他们的海岛了。过去已经有过不少次了,敌人登上海岛遇到香肠人的英勇防守,无获而退。香肠人(正像狄多在伊尼斯的伙伴没有经过她知道和同意就在迦太基登陆时告诉他们的话一样)因为敌人的诡计多端,但是距离又这么近,他们不得不经常小心翼翼,注意提防。”

庞大固埃说道:“不错,我的朋友,假如你想到什么好方法能让这场战争结束,能让双方和解,别忘了告诉我。我将会全心全意,不惜全力以赴让双方的纠纷得到缓和或解决。”

“目前还不可能,”克塞诺玛恩说道,“四年以前,经过这里和鬼祟岛的时候,我就替他们调解过,或者最少也可以得到长期休战结果的意义。假如这一方或者那一方,肯放弃一条要求的话,他们现在也早就已经成了好朋友和好邻居了。封斋教主不肯让大肠人以及他们过去的好朋友和盟邦、山区的小肠人包括在条约之内。香肠人则要求鲞鱼桶堡由他们管辖,和咸肉桶堡一样,由他们控制和统治,把住在里面也不知道是哪里来的坏人、强人、窃盗、杀人犯通通都赶出去。这些要求,双方都不同意,而且也都认为不公平不合理。”

“因此,合约还不能签订。不过,比起过去,双方敌对的情形缓和多了,也不那样尖锐了。但自从宣布召开开西国家会议以来,香肠人受到了谴责、控诉和传讯,封斋教主如果做他们的盟邦或者和他们有任何联系的话,也一样将会被列入污秽、失掉羽毛、干鳖鱼之列。于是,他们的态度一下恶化起来,狠毒、仇恨和固执,没有办法再改善了。就是叫猫和老鼠,猎犬和野兔和解也比叫他们和解来得容易。”

第三十六章　荒野岛上的香肠人是如何设计陷害庞大固埃的

克塞诺玛恩话还未住口,约翰修士就看到码头上有二十五到三十来个细瘦的小香肠人大踏步似的跑回他们的城里、寨子里、堡里和烟囱要塞里去,他对庞大固埃说道:“我看形势不对。这些香肠人可能把你当作封斋教主了,虽然你没有任何地方和他相像的。我们暂且别吃了,准备起来迎战吧。”

克塞诺玛恩说道:“有理,有理。香肠人总是香肠脾气,三心二意,喜欢搞阴谋。”庞大固埃听了,站起身来向树林那边观察了一下,马上回来告诉我们说他看到左边有一堆肥胖的香肠人埋伏在那儿,右边,离开约半法里远的地方,沿着小山丘,有一大片身强力壮的香肠人,在号角、风笛、箫、尿脬、悦耳的木笛、鼓、喇叭和号角声中,杀气腾腾地对我们冲过来。

根据他数过的七十八面旗帜来猜想,估计他们的数目不少于四万二千人。

根据他们整齐的队伍、雄壮的步伐以及饱满的精神来看,我们可以相信来的绝不是“菜包”，而是已经征惯沙场的老香肠。走在最前面的，一直到队旗为止，全都盔甲整齐，远远望去好像手执短矛，但是武器锋利，闪闪发光。两侧有无数豪横的大肠人，坚实的肉丁人和骑马的小肠人，个个身材魁梧，岛国气概，强悍彪戾，凶暴狠毒。

庞大固埃看了颇为震惊，也不是没有道理的，虽然爱比斯德蒙对他说香肠国的风俗习惯可能就是这样拿全副武装的形式来表示亲善来欢迎外国的友人。正像法国尊贵的国王在加冕登位以后，第一次进入国内各大城市时，受到的欢迎和膜拜是一样的。爱比斯德蒙说道：

“也许这仅仅是本地皇后的日常护卫队，她听到刚才在树上放哨的小香肠的禀报，知道突然来了殿下的豪华船只，她想来客一定是富甲一方、有权有势的王子，于是亲自率领侍卫军出来迎接。”

庞大固埃听了不以为然，他召集手下的人开会，听取他们的意见，要大家谈谈对于这件事情的看法。

他简单地对他们说明，这种表面上虽然是友好的现象，但是常常会给人以致命的打击。他说道：

“罗马皇帝安东尼努斯·卡拉卡拉就是这样设计杀亚历山大人的。还有一次他假装愿意娶波斯国王阿尔塔巴努斯的女儿为妻，把波斯国的军队杀得大败。不过这一次并没有平白无故地过去，因为事隔不久，他自己也遭到杀害。雅各的孩子也是这样为妹妹底拿的被侮辱而报仇的，他们杀死了示剑所有的男丁①。罗马皇帝迦里埃努斯也是用了假装的方法把君士坦丁堡的人马杀得落花流水。安东尼乌斯，也是在友好的表面上，把亚美尼亚国王阿尔塔瓦斯德斯骗来，接着用铁链子把他捆绑起来，最后把他杀掉。这类故事，在古代历史里不胜枚举。怪不得一直到今天，大家还在盛赞法国国王查理六世的慎重，说他在弗兰德斯人和康德人那里打了胜仗以后凯旋回到故乡巴黎城，行至法国的布尔惹，听说巴黎人带着木槌（木槌党的名称便是由此而来的），人数大概有二万，在城外严阵以待，查理六世（尽管他们表示这样武装起来也只是为了更隆重地欢迎他，并没有其他歹意和不良意图）还是吩咐让他们除去武装后各自回家才肯进城。”

---

① 故事见《旧约·创世记》第三十四章。

第三十七章 庞大固埃是如何召见“吞香肠”和“切香肠”两位副将并畅谈人名和地名的意义的

会议的结果是大家应该准备起来,以免发生变化。卡帕林和吉姆纳斯特奉庞大固埃的命令召集金碗号(由副将吞香肠率领)和金桶号(由副将切香肠率领)上的战士到主舰上来。

巴汝奇说道:“吉姆纳斯特的任务由我来代劳吧,更何况,你这里也需要他。”

约翰修士说:“我用我穿的会衣起誓,你这个家伙是想逃避打仗,我用人格担保,你是不会再回来的!其实没有你,也算不上什么损失。你只不过会哭哭啼啼,哼哼唧唧,让士兵们丧失斗志罢了。”

巴汝奇说道:“约翰修士,我的神父,我保证会回来的,而且很快。只是请你别让那些凶恶的香肠人爬到船上来。你去打仗的时候,我一定在这里为你们的胜利向天主祈祷,像以色列人的领导者英勇的首领摩西所做的一样。”

爱比斯德蒙向庞大固埃说道:“单单凭吞香肠和切香肠这两位副将的名字,假如香肠人前来攻打的话,就是一种保证,一定会顺利得胜。”

“你说得有理,”庞大固埃说道,“我很喜欢你能从这两位副将的名字上预见到并预算到我们会得胜。这种根据名字的预测方法并不是从现在才开始的。古时毕达哥拉斯派就非常重视,而且还虔诚地这样做过。不少位大人物和皇帝也都从它那儿得到过好处。先说屋大维·奥古斯都斯吧,他是罗马帝国第二个皇帝。有一天他遇到一个农夫名叫厄提古斯,意思是‘吉祥’,他手里牵着一头驴,名叫尼空,用希腊文来解释,就是‘胜利’,奥古斯都斯为驴夫以及那头驴名字的意义所震,就注定了他自己的兴隆、昌盛和胜利。还有韦斯巴芗,也是罗马的一个皇帝,有一天他独自一个人在赛拉皮斯[①]庙里祈祷。突然看见一个长久生病没有料想会遇到的仆人走到他跟前,这个仆人名叫巴西利德斯,意思是‘王子’,因此他就有了得到罗马帝国的希望和决心。还有雷基利安,他被士兵们选为国王并没有其他理由和原因,仅仅只是因为他名字里的含义。你去读一读神圣的柏拉图的《语言篇》。”

里索陶墨说道:“说良心话,我真想读一读。我经常听见你提起它。”

“你就可以看到毕达哥拉斯派怎么用名字和数字的推论,算出普特洛克勒是否

① 赛拉皮斯:罗马时代的埃及神。

会死于赫克托耳之手，赫克托耳是否要被阿喀琉斯[1]杀死，阿喀琉斯是否要被帕里斯所杀，帕里斯是否该死于菲罗克忒斯之手。我一想到毕达哥拉斯这个神奇的发现，就不禁惊奇万分。他运用一个人名字的音节是单数还是双数，就可以算出这个人哪一边是瘸腿、罗锅、单眼瞎、风湿痛、瘫痪、肋膜炎以及其他的疾病，因为双数是指身体的左边，单数是指右边。"

"不错，不错，"爱比斯德蒙说道，"我曾经在圣特一次大巡行里，当着杜艾的爵爷、那位善良、德高、博学、公正的院长布里昂·瓦雷的面亲眼看见过。每次有个男瘸子或女瘸子、男单眼瞎子或者女单眼瞎子、男罗锅或者女罗锅走过时，就有人把这个人的名字告诉他。假如名字的音节是单数，他不用看到人就可以马上说出这个人的瞎眼、瘸腿或者罗锅是在右边。假如是双数，就是在左边。屡试屡验，从没有说错过。"

庞大固埃说道："就是用这个办法，学者证明阿基勒斯跪着被帕里斯药的箭射伤时伤的是右边脚后跟。因为阿基勒斯名字的音节是单数（请注意古人下跪时总是跪右脚）。维纳斯在特洛亚战争中被狄欧美德斯伤到左手，因为她的希腊文名字是四个音节。吴刚瘸的是左脚，也是这个原因。反过来，马其顿国王菲利普、汉尼拔瞎的就是右眼。用华达哥拉斯这个法推算下去，还可以算出坐骨痛、脱肠病、偏头风是在哪一边。"

"再回到名字上，请注意我们上面提到过的菲利普国王的儿子亚历山大大帝是如何在一个名字上完成他的大业的。他当时在围攻设防的城市蒂尔时，用尽力气一连攻了好几个星期都没有奏效，各种武器都没有效果，都被蒂尔人破坏和摧毁了。亚历山大一想到不得不解围而去，心里就非常气闷，因为他知道这样离去就相当于丧失了威名。他忧郁气恼地睡着了。在睡梦中，他梦见一个萨蒂尔来到他帐篷里，翘起它的羊腿又是蹦又是跳。亚历山大想抓住它可是老抓不住。最后亚历山大把它逼到一个墙角里，才把它捉住。醒来之后，他把做的梦说给朝内哲学家和学者听，他们解释说神马上将赐他胜利，蒂尔不久就可以攻下，因为萨蒂尔这个名字，如果一分为二，就是'萨'和'蒂尔'，意思就等于'蒂尔是你的'了。果然，他第一次进攻就打下了那座城市，大获全胜，把叛逆的敌人全都镇压下去了。"

"反过来，再看看庞贝是如何为了一个名字而走上绝望的道路的。在法尔萨路斯一战被恺撒打败后，除了逃走，他没有别的出路。他从海上逃到了塞浦路斯岛。在巴弗斯城附近的海岸上，他看到一座宏伟的宫殿，于是问撑船的人这个宫殿叫什么名字，撑船的人说是卡口巴西利阿，意思就是'恶君'。庞贝听闻以后，不禁万分惶恐，厌恶气恼，灰心绝望，他断定自己无法再逃，不久即将丧命。船上其他的客人和水手都听见了他的喊叫、叹息和呻吟。不久果然就来了一个谁也不认识的、样子

① 阿喀琉斯是三个音节，"斯"不自成音节。

像农民的人,名叫阿基勒斯,把他的头砍了下来。"

"我们还可以提一提保禄斯·埃米里乌斯①,当罗马元老院选他做皇帝,也就是说做远征马其顿国王贝尔赛乌斯的统帅时,情形也是这样。那天晚上,他回到家里准备起程,在吻他的小女儿特拉西雅时,发现她神色惆怅。于是问道:'怎么啦,我的小特拉西雅?为什么这么惆怅和难过?'小女孩回答道:'父亲,贝尔莎死了。'贝尔莎是她心爱的一只小雌狗的名字。保禄斯一听到这个名字,就肯定自己一定会战胜贝尔赛乌斯。"

"假如时间允许我们读一读希伯来文《圣经》的话,我们还可以举出上百个显著的例子,证明希伯来人对于名字的意义是多么重视和迷信的。"

庞大固埃刚说完这番话,那两位副将就带着士兵到了,他们全都顶盔贯甲,勇武刚毅。庞大固埃对他们作了简短的训话,要他们在战争中英勇表现,假如形势逼着不得不这么做(由于他还无法相信香肠人会这么卑鄙),严禁首先发动冲击,并用"狂欢节"三字作为口令。一旦双方交战,就要英勇杀敌。

第三十八章　人类轻蔑香肠人的缘由

酒友们,你们在笑,不相信我说的是实话。这我也没有办法。你们愿意相信就相信,不愿意,就拉倒。反正我自己知道是怎么回事。当时的确是在荒野岛上。我再把名字告诉你们。你们可别忘了古时巨人那份气力,他们把帕利翁那座高山放在欧萨山上,再用多雾的奥林匹斯山把欧萨山盖罩起来,想和神灵敌对,把他们从天上赶出去。这份力量可不寻常,绝不能等闲视之。然而,巨人的半个身子仅仅不过是香肠而已,或者说是蛇,这可不是我乱说的。

当时诱惑夏娃的那条蛇,就是"香肠蛇",而且记载里还说它"比田野里一切的活物更加狡猾"。今天的香肠人还是这样。某些学院还坚持说那个诱惑者的名字就是叫"皮尼斯"(阳物之意)的香肠人,而且他长得和普里阿普斯神,也就是希腊文叫作天堂,法文叫作乐园里的女人的诱惑者一模一样。另外,还有瑞士这个民族,勇敢善战,有谁能说他们过去不是小香肠人呢?我可不愿意把手指头放在火上来保证不是。还有爱西乌比亚一个很有名的民族"弯腿人",根据普林尼乌斯的记载,他们并不是别的,就是香肠人。

---

① 保禄斯·埃米里乌斯(前227—前158):公元前181年罗马帝国执政官,公元前168年曾在比德大败贝尔赛乌斯。

假如我的这番话还不能打消在座诸公的怀疑,请马上(我是说喝完酒)到路西尼昂、巴尔特纳、沃旺、美尔旺和普瓦图的彭索日去看看。在那里,你们可以看到德高望重、信用昭著的证人,以圣里高美的右臂的名义对你们起誓,保证他们的老祖先美露西娜的上身直至阴户为止是女人,下身就是蛇式的香肠,或者说香肠式的蛇身。然而她的走相可是勇猛可爱的,直到今日,布列塔尼人在唱歌跳舞时还在模仿她,边跳边唱。

为什么埃里克托纽斯第一个制造马车、轿舆和战车呢?就是由于吴刚把他生得两腿和香肠一样,为了把它们遮盖起来,他不骑马而宁愿去乘车。此外,当时香肠人也还没有出名。西提亚的女仙奥拉也是上半身是女人、下半身是香肠。但是朱庇特看见她长得太美了,就和她睡觉,生下了一个体面的儿子,名叫克拉赛斯。

好了,不再扯下去了,但是请你们相信,没有什么比《圣经》更真实的。

第三十九章　约翰修士是如何联合厨房师傅大战香肠人的

约翰修士看见凶恶的香肠人气冲冲地冲过来,就对庞大固埃说道:

"我看又要大打一架了。啊!多大的荣誉和赞扬在等待着我们得胜啊!我希望你留在船上等着看好了,让我和我的人去打。"

"你的什么人?"庞大固埃问道。

"就是经书上提到的那些人。"约翰修士回答说。

"为什么法老的御厨总监波提乏,就是那个买约瑟为奴并让他当乌龟的人,后来会当上埃及骑兵队的统管呢?巴比伦国王尼布甲尼撒二世的主厨纳布扎旦会被选中去攻打耶路撒冷呢?为什么尼布甲尼撒国王的御厨尼布萨当会从军官中被挑选出来,去攻打并摧毁耶路撒冷呢?"

"你说说看。"庞大固埃说道。

"我用女人那个阴户的名义发誓!"约翰修士说道,"我敢保证他们过去打过香肠人,或者打过还不如香肠人的人,因为要攻打、挫败、降伏和击溃这些人,全世界所有的军队、骑兵、队伍、陆军也没有厨师那么恰当和相宜。"

庞大固埃说道:"你让我想起西赛罗所说的一句可笑的话来。当恺撒和庞贝在罗马打内战的时候,虽然恺撒对他礼待有加,但是他的心里还是倾向于庞贝的那一方。有一天,他听说庞贝的人在一次战斗中损失惨重,就想亲自去看看他们的地盘。到了那里以后,看见军队不多,士气沮丧,秩序混乱,他就感觉到形势不对,正像已经发生的那样,可能还会遭受失败,于是便发挥他的巧舌,这边嘲讽,那边戏谑。”

“有几位军官假装做出镇定坚决的样子问他道：“你看我们现在还有多少鹰队（鹰队是罗马人作战时的军队单位。）？”

“西赛罗回答道：‘鹰队只能去对付喜鹊。因为现在是在对付香肠，所以说这应该是一场厨房战争，必须要联合厨房的师傅才能生效。现在就照你说的办好了。我留在这里等着你们去充当英雄，看看结果如何。’”

约翰修士听完直接走到厨房的帐篷里，和颜悦色地对厨师傅们说道：“小伙子们，今天我要叫你们去露露脸，都去打一个胜仗。要让你们完成一次史无前例的勇武事迹。肚子那个肚子！真的就不把有胆的厨师傅放在眼里了么？来，咱们去和那些混账的香肠人大干一场。我来做你们的领队。先喝酒，朋友们。来，打起精神来！”

“队长，”厨师傅一起喊道，“你说得太有理了。我们全都由你管辖的。只要是由你带领的，不论我们是死是活，全都甘心。”

约翰修士说道：“活，非常对；死，不可能，咱们是对付香肠的。现在准备好。就用纳布扎旦这个名字做口令。”

第四十章　约翰修士是如何准备“母猪”以及藏在猪体内的英勇的厨师

在约翰修士的指挥下，有技术的师傅把僧瓶号上的“大母猪”准备了起来。所谓的“大母猪”，原来是一辆奇巧的战车，周围一排排都装满了大炮，可以射出石弹和包有钢头的四棱箭，车内可以宽宽绰绰地容下两百多个人藏身和作战。这辆战车是按照雷奥尔“母猪”的图样制造的，法国年轻的国王查理六世在位的时候，拜尔日拉克城就是靠它从英国人手里夺回来的。

英勇厨师的名单和人数附在这里，他们像进入特洛伊那匹木马似的钻进了“母猪”的体内，他们的名单如下：

酸沙司	盐师傅
杂务工	肥肚肠
胖肚皮	捣研杵
宽肠子	掺水酒
肥猪肉	盐酱豆

油腻脸
拌果酱
小面包
流浪汉
上调料
鳕鱼酱
千层饼
烤羊肉
烤肉块
羊肚杂
煲牛肉
猪肉饼
切肉师
剁肉师

一个个尊贵的战士都披挂着徽章，红底，上面有个绿色的肉叉子，左面垂着一条银色烤肉叉。

大肥肉
小肥肉
香肥肉
拧肥肉
增肥肉
生肥肉
特肥肉
去肥肉
脆肥肉
抓肥肉
三层肉

还有棒肥肉，这个名字是用中略法取的，这位烹饪大师来自朗布耶附近的一个小镇，他的真名是"棒小伙·肥肉"，我们就用中略法称他为棒肥肉，就像我们把 holyday(神圣的日子)合为 holiday(iN 日)一样。还有：

脏肥肉
嫩肥肉
甜肥肉
嚼肥肉
粗肥肉
多肥肉
条肥肉
块肥肉
好肥肉
新肥肉
酸肥肉
卷肥肉
坏肥肉
重肥肉
臭肥肉
全肥肉

当然，上面的这些名字是犹太人所没有用过的(无论是否皈依)。还有：

大傻瓜
色拉碗
绿沙司
双层锅

芹菜碗	三脚架
刮皮刀	牛肉煲
猪肉煲	古怪人
兔子皮	刮锅底
醋瓶子	见汤乐
瞎哆嗦	喝锅底
汤罐子	站弯腰
咸喉咙	不离锅
嘻嘻哈	酸牛奶
赛蜗牛	转锅台
傻小子	百果糕
喝干汤	专打碗
清汤水	岔断气

还有鹌鹑头,他是从厨房调进内室伺候尊贵的红衣教主勒·维诺的。

烤不成	穷心急
破揩布	牛腰子
假正经	烤牛肩
乱通火	酸奶酪
硬邦邦	飞毛腿
命根子	肠出气
空一世	鹞子鱼
俏皮头	老蓑衣
家伙新	走不动
不知够	老鳄鱼
常胜军	小白脸
老寿星	大疤痢
满身毛	一身灰

还有"玛丹酱油"的创造人蒙丹,他是由于"玛丹酱油",才在苏格兰的法国话里被叫作蒙丹的。

嗑牙齿	一身脏
胖腮帮	宽裤裆

小舌头	饼师傅
野生鸡	郁金香
洗锅手	没刷好
老醉鬼	大肚子
萝卜头	老香肠
吃剩饭	小猪猡

还有“罗伯特酱油”的制造者罗伯特，他的酱油对于熏兔、烤鸭、鲜猪肉、煮鸡蛋、咸鳘鱼，还有其他无数的肉食，真是好吃极了，每次吃饭都不会忘。

冰黄鳝	鲞鱼干
红鹞鱼	甜面包
古诺鱼	大嘴叉
糊涂蛋	厚嘴唇
乱翻天	小牛肉
吹大牛	驴子草
小松鼠	一层糖
大力干	炸油锅
萨尔米	小懒货
小瘦子	卡拉勃
小萝卜	一翻成
没心肝	稀世鸟
大脚片	盖锅忙
一身臭	全相信
跑不掉	小牛犊
杀母猪	爱漂亮

这些尊贵的、英勇无比的、身手矫健的厨师傅一起钻进“母猪”里。约翰修士带着他的大砍刀最后才进去，并从里面把装有弹簧的门关好。

第四十一章　庞大固埃是如何战胜香肠人的

香肠人越来越近，庞大固埃看到他们舞动着臂膀，准备长枪。于是派吉姆纳斯特先去问问他们,问他们为什么要和从来没有得罪过也没有诽谤过他们的老朋友妄动干戈。

吉姆纳斯特来到香肠人队伍面前,深深地施了一礼,扯开喉咙,大声喊道:

“自己人,自己人,大家全部都是自己人,有话好说。我们全都从你们的老盟邦狂欢节那里来的。”

后来有人告诉我,他当时叫的是“节欢狂”而不是“狂欢节”。不管怎么样吧,反正听到他的喊叫之后,一个样貌彪悍、又短又粗的小香肠从队伍里面跳了出来,伸手想去掐吉姆纳斯特的脖子。

吉姆纳斯特说道:“天主在上!要把你切成片才能吃,整段的吃不进去。”

说完,双手抽出他那把“亲屁股”宝剑(这是他那把宝剑的名字),一下就把小香肠一劈劈成两半。我的老天,这个家伙可真肥啊!他让我想起了瑞士人溃败时在马里尼亚诺被杀的那个“伯尔尼老肥牛”。请你们相信,他肚子上的油足足有四英寸厚。

小香肠被杀后,香肠人一起向吉姆纳斯特冲过来,恶狠狠地想把他打倒。庞大固埃马上带着人跑来救援。顿时展开了一场混战。吞香肠——大吞香肠,切香肠——切个不停。庞大固埃左右冲杀。约翰修士在“母猪”体内按兵不动,观看着动静。这时只见埋伏中的肉丁人齐声呐喊,向庞大固埃冲杀过来。

约翰修士看到形势大乱,连忙把“母猪”的门打开,带领着勇武的战士和兵将出来。有的手执铁叉,有的舞动炉架、柴架、火炉、铁炉、平锅、烤炉、大灶、火钳、油盘、扫帚、铁锅、石臼、杵锤,像雷公闪电似的齐声呐喊,鬼哭神嚎“纳布扎旦!纳布扎旦!纳布扎旦!”的口号,一面喊,一面闯进小香肠的队伍里,对准肉丁人一阵砍杀。香肠人突然看见对方一大批增援的队伍,措手不及,像看见魔鬼一样撒腿就跑。约翰修士射出石弹,把香肠人打得七零八落,像苍蝇似的东奔西逃,他的兵士也努力冲杀,不遗余力。看了真让人丧胆。战场上躺满了杀死或者受伤的香肠人。历史告诉我们若不是上天帮忙,整个香肠人的种族势必被这些厨师傅斩尽杀绝。

不过,这时出了一件神奇的怪事,信不信由你。从正北方向,飞来了一只又粗又壮的大灰猪。身上长着又宽又长的翅膀,跟风磨的风翼差不多。翅膀是紫红色的,像火烈鸟(希腊语称之为丹鹤)一样的颜色。两眼像火一般红,像两粒红宝石,耳朵碧绿像翡翠,牙齿蜡黄像黄玉,一条漆黑的长尾巴,像罗马大将卢卡拉斯从埃及运回罗马的黑云石,蹄子雪白,像钻石一样晶莹透亮,又像鹅一样趾间有蹼,就是从前图卢兹的贝多克皇后那样的脚。脖子里还有一条金项链,上面有几个爱奥尼亚字,我只能读出两个:密涅瓦的猪。

原来是天气晴朗。但是这个妖物一出现,左边马上雷声大作,让我们非常惊奇。香肠人一看到它,全都抛下枪支武器,一起跪倒在地,双手向天合十,一声不响,全都在虔诚地膜拜。

约翰修士带着他的人仍旧在不停地打和叉那些香肠人。后来还是庞大固埃下令收兵,才结束了所有战斗。那个妖怪在双方队伍里飞来飞去了好几趟,往地上扔下二十七大桶芥末,然后才向天空飞去,嘴里还不停地叫着:

“狂欢节! 狂欢节! 狂欢节!”

第四十二章 庞大固埃和香肠女王讲和

妖物去后,双方的队伍停止了战斗,庞大固埃要求和妮弗勒塞斯夫人(希伯来文是阳物的意思)谈判讲和。妮弗勒塞斯皇后这时正在王旗下面的车子里,听了欣然允诺。

皇后走下车辆,恭敬地向庞大固埃行礼,表示看到庞大固埃的喜悦心情。庞大固埃对战争的发生表示遗憾。皇后也真诚地表示歉意,说误会都是由于错误的报告所引起的,她的哨兵对她说是他们的世敌封斋教主在这里登陆,想要把香肠人剖腹挖心,想看看他们的肚肠。说完,又请庞大固埃不要介意对他们的冒犯,请不要见怪,她说香肠人宁可身上抹粪,也不愿得罪尊贵的客人,所以她以及今后继承她的一切的皇后,将永远对他以及他的继承人,保持全岛和全国的恭顺和尊敬,将服从他的一切调遣和命令,他的友人将是她的友人,他的敌人也将会是她的敌人,此外,为了表示效忠,每年还将遣送七万八千皇族香肠,准备给庞大固埃每年供应六个月的香肠供他享用。

妮弗勒塞斯皇后答应的话果然照办了,第二天就给庞大固埃派了六只快艇,在岛上的公主小妮弗勒塞斯的率领下,装了上述数目的皇族香肠。尊贵的庞大固埃把它作为礼物送给了巴黎伟大的国王。可惜因为天气的变化和缺少芥末(香肠的天然佐料和保存香肠的必需物品),几乎全部的香肠人都死掉了。蒙伟大的国王恩准,把他们堆集起来埋在巴黎一个地方,就是现在叫作香肠路的那条街。

在宫内嫔妃的要求下,小妮弗勒塞斯被留在宫里,受到了优越的对待。

后来和一个富有的如意郎君结了婚,生了好几个体面的小宝贝,赞美天主!

庞大固埃谦和地对妮弗勒塞斯皇后道谢,对误会表示谅解,拒绝接受她做的贡献,另外还赠送给她一把贝尔式的小刀。后来,他奇怪地询问妮弗勒塞斯皇后,刚才那个妖怪的出现是怎么回事。她回答说那就是香肠人的原始祖先,他们作战时的守护神灵,狂欢节的化身。它的形象是一头猪,因为香肠是从猪身上来的。庞大固埃又问它摆在地上那么些芥末是什么用意,有什么治疗功能。妮弗勒塞斯皇后说芥末是他们的圣血和绝上的香料,只要在倒下的香肠人的伤口里放入少许,用不了多大工夫,受伤的马上痊愈,死亡的马上复活。

庞大固埃没有再问别的,当下就告辞回船。勇武的伙伴们带着他们的武器和“母猪”也一起回到船上。

第四十三章　庞大固埃是如何来到吃风岛的

又过了两天,我们来到了吃风岛,我以昴星的名义起誓,那里的人的生活方式比我所述说的要奇怪得多。他们只依靠风生活。除了风以外,他们什么也不吃,什么也不喝。他们的居处全是风旗。花园里只种三种风媒草,至于松风草和其他驱风草等,他们都仔细地拔得一干二净。一般的人吃风的时候都根据自己的能耐和力量来使用羽扇、纸扇和绢扇等。更有钱的人就使用风磨。

遇到有喜庆宴会的时候,就在一两座风磨下面摆开宴席。他们在那里跟做喜事一样开怀畅饮,席间大谈特谈风怎么好,怎么美,怎么卫生,怎么难得,就像你们爱酒的人饮酒时谈酒那样。这个夸赞东南风,那个赞美西南风,这个称道一种温和的西南风,那个说北风好,这个赞扬西北风,那个炫耀东北风,等等等等。还有人喜欢衬衣风,那是给谈恋爱的公子哥儿们准备的。患病的人只吃像屁那样的风,就像我们家乡的病人吃流汁一样。

一个肚子鼓鼓囊囊的小矮子对我说道:“啊!能吹到一股叫作东西北风的朗格多克那种让人舒服的风该有多好啊!尊贵的医生斯古隆有一天从此经过,告诉我说这种风力大无穷,可以吹翻满载货物的车辆。让它吹吹我这痛风的肿腿,一定会很好!风越大越好!”

巴汝奇说:“我宁愿要一桶朗格多克的美酒,就是米尔服、康德贝尔德里和佛隆提尼昂出产的那种酒!”这时我看到一个相貌雄伟的男人,肚子鼓得挺大,气呼呼地对着一个又肥又胖的仆人和一个小侍从生气,恶狠狠地用靴子踢他们。我不知道他生气的缘由,以为是医生出的主意,由于对于做主人的,生气打人是一件正常的举动,就像对于做仆人的挨打是锻炼身体一样。后来我听说他责打仆人是由于有人偷了他大半袋子西南风,这是他小心翼翼储藏起来的,打算秋后作为美味佳肴的。

这个岛上的人从来不大便,也不小便,也不吐痰。但在另一方面,却卟卟噔噔地无声屁、有声屁放个不停,嗝也打得特别多。他们患着各种各样的疾病。正像希波克拉底斯在《论气体》里所说的那样,一切疾病都是因为积气不顺而产生的。而他们最普遍的疾病就是气积腹痛。治疗的方法就是用很大的火罐把气体吸引到里面去。他们的死亡全是由于浮肿和膨胀病,男人放着有声屁,女人放着无声屁。因此,他们的灵魂离开他们时总是从屁股眼里出来的。

后来,我们在岛上游玩闲逛的时候,遇见三个肚子里装满风的大块头,他们是去看雎鸠玩耍的,这种鸟在那里特别多,和他们一样也是靠风生活的。我看到他们和你们爱喝酒的人走道必带酒瓶、酒壶、酒嗉子一样,每个人的腰里都带着一个小风箱。遇到没有风的时候,他们就用你吸我吐的方法自己制造新鲜空气,因为,你们知道,风,说穿了,并不是什么别的,因为你们都知道风是因空气的流动而形成的。

这时,当地国王派人对我们传达命令,在三个钟头之内,不论当地男人还是女人,一律都不得上我们的船。因为有人偷了他一皮袋的风,就是爱打呼噜的埃俄罗斯吹给尤利西斯的风,能在风平浪静的情况下吹动船前进。他一向当另一种圣血似的严密地储藏着,而且治好过好几种严重的疾病,只是像处女屁一样、修女们叫作"后门铃响了"那样放给病人一点点。

第四十四章　小雨是如何乎大风的

庞大固埃对岛上的政府以及人们的生活方式赞不绝口,立刻对他们的国务大臣希波内米安说道:"伊壁鸠鲁曾经说最大的福气是安逸(安逸,照我的体会就是容易,不艰苦),如果你同意他的这个说法,那我就认为你们是有福的。因为你们只是依靠风生活,而风是不值钱的,或者说不费什么事的,只需吹出气来就行了。"

那位国务大臣说道:"的确不错!不过在这个短暂的生命里,十全十美的幸福是没有的。我们常常在进餐的时候,或者正在跟教堂的神父那样舒舒服服地、像吞吃天赐玛瑙似的吞吃美味的大风的时候,会突然来上一阵小雨,把风整个儿给打光。我们很多次的饭食就这样平白无故地丢掉了。"

巴汝奇说道:"这好像甘格奈的热南,他往他老婆克罗的屁股里小便,就是为了把会从里面放出的臭屁打下去,他老婆的屁股简直像埃奥鲁斯的大门。我过去就写过一首十行的即兴诗:

傍晚时分,热南去摸索他新酿的酒,
酒尚未清,酒性亦凶,
于是叫他老婆克罗给他煮几个大芜菁,准备晚饭时大吃一顿。
吃好以后,二人其乐融融,

一边谈话,一边睡觉去寻梦,
但是热南无论如何也睡不着,
克罗的屁放得可真凶,
他朝她的屁眼撒泡尿,说道:'你瞧,小雨可以乎大风。'"

那位国务大臣说道:"此外,我们每年还有一次非常重大的灾害。那就是在混沌岛上的一个巨人,名叫布兰格纳里伊,他受到医生的指使,每年春天都要到这里来泻出他的积食,同时像吞药丸似的吞吃我们许多风磨和风箱,这是他非常喜爱的东西。我们可吃了大亏了,每年不得不来上三四次的禁食封斋,其他个别的祈祷和祝颂还都不算。"

庞大固埃问道:"你们不会反抗么?"

那位国务大臣说道:"我们的医学大师教我们在他到来的时候,在风磨里放入许多的公鸡和母鸡。他第一次吞下去以后,差一点儿没有死掉。因为鸡在他的肚里叫个不停,在他胃里乱飞,他疼痛难忍,心惊肉跳,抽搐痉挛,紧张万分,就好像一条蛇从他的嘴里钻进胃里了一样。"

约翰修士说道:"这个'比喻'可不好受。从前有人对我说,如果长虫钻进人的胃里,只需要把这个人的脚朝上倒挂起来,并在他嘴巴旁边放一盆热奶,这样它就会自己爬出来,一点也不用让人受罪。"

庞大固埃说道:"你这样听说过,也有人这样说过。可是这样的事谁都没有见过,也没有读到过。希波克拉底在《论时疫病》里记载说这样的事在他那时曾经发生过,只是那个人很快就抽风死掉了。"

国务大臣说道:"布兰格纳里伊把带鸡的风磨吞吃掉以后,全国所有的狐狸都追着母鸡,也钻进他的嘴里,疼得他死去活来,幸好一个变戏法的人给他出了一个主意,叫他难受的时候就呕吐,作为预防和抵制的方法。之后,他又得到了一个更好的办法,那就是有人给他一付清肠剂,是一盆煮过的麦子和谷子,鸡马上就飞了出来,然后再吃一些鹅肝,狐狸也就跑出来了。此外,还得吞下几粒药丸,那就是大猎犬和小猎犬。你看,我们是多么不幸。"

庞大固埃说道:"善良的人,以后不用担心了。那个吞吃风磨的布兰格纳里伊早已经死了。我说的是实话。他是在医生的指示下在一个大炉口上吃一块鲜奶酪的时候,出不来气而噎死的。"

第四十五章　庞大固埃是如何来到“反教皇岛”的

第二天早晨，我们来到了“反教皇岛”，以前这里的人既富裕又自由，人们把他们叫作“爽快人”，可是后来穷了，遭罪了，成了“教皇派”管制下的人。事情的经过是这样的：

在一年一度的竿子瞻礼那一天，岛上的一些大人物和学者们到邻近的“教皇派”岛上去看他们的大瞻礼去了。其中有一个是这岛上的人，他一看到教皇的画像（这是竿子瞻礼那一天当众炫耀的必有的礼节），就对他做了一个怪手势，这在这个岛上是对他们轻蔑和嘲弄的表示。“教皇派”存心报复，没过几天，便一声不响地，全副武装地，对他们进行了偷袭，对“爽快人”的整个岛屿烧杀劫掠，最后移成了一片平地，所有长胡须的人都被宝剑杀死了。只有女人和小孩得以幸免，“教皇派”的条件很像从前腓德烈·巴尔巴罗萨皇帝对米兰人提出的条件。

米兰人趁腓德烈·巴尔巴罗萨不在国内的时候，进行过叛变，叫皇后——腓德烈？巴尔巴罗萨的妻子倒骑在一头名叫塔科尔（意为屁股）的老母骡子上，并把她游街示众。

腓德烈·巴尔巴罗萨回来以后，平定降服了米兰人，又迅速寻到了那头名叫塔科尔的母骡子。于是在米兰的大广场中心，命令刽子手当着被俘的市民的面，在塔科尔的生殖器内放入一个无花果。然后再吹起号角，传达皇帝命令说，凡是想活命的人，必须要当众用牙齿把无花果咬出来，然后再好好地放回原处，不许动手。于是这些人使用牙齿把无花果咬出来，让刽子手看清楚，还一边说“无花果就在这儿。”拒绝并不执行的人，马上吊死，绞首示众。有几个人对于这种凌辱羞于接受，宁愿去死，于是他们马上就被吊死了。他们被沦为奴隶，被逼进贡，也因为他们侮辱了教皇的画像，所以被称作反教皇派。

从此以后，这些不幸的人就从未再兴旺过了。每年不是冰雹，就是暴风，不是病疫，就是饥荒，所有的灾害都遭受过了，好像是为了祖先和亲友的罪过而在永远受刑似的。

看到这里的人这么的穷苦和不幸，我们都不忍心再向前走了。只不过是为了蘸蘸圣水并向天主祈祷，我们走进了离码头不远的一座小教堂里，教堂非常荒芜，跟罗马的圣伯多禄教堂一样连房顶都没有。进去之后，我们正要蘸取圣水，突然看见圣水缸内有一个穿戴领带的人，全身浸在水里，好像一只扎猛子的鸭子，只露出一个鼻子尖在呼吸空气。周围站着三个光头司铎，头发剃得一根不剩，念诵着莫名其妙的经文,祷告着不知所谓的驱魔咒语。

庞大固埃非常惊奇,问他们在那里搞什么把戏,他们回答说三年以前,岛上发生过一次极为恐怖的时疫病,以致十室九空,土地无主。时疫病过去以后,这个躺在圣水缸里的人,当时正在耕种一大块每年一熟的田地,他种的是小麦,就在他下种的那一天的那个时辰,一个小魔鬼(一个打雷下雹子全不会的小魔鬼,只会欺负欺负芹菜和白菜,读书写字全不会的小鬼)得到路西菲尔的允诺,来到"反教皇岛"上游玩取乐,魔鬼们和这座岛上的男女非常的亲热,因为它们经常到岛上玩耍。

这个小魔鬼来到岛上以后,便向这个农夫走了过来,问他在那里做什么。

这个老好人回答说他在地里种麦子,来年准备靠它生活。

"原来如此,"小魔鬼说道,"但是,你要知道,这田地不是你的,而是我的,是属于我的。自从你们侮辱了教皇的那一天那一刻起,这里所有的土地就全部都已经明令归属,这是属于我们的了。不过,种麦子,我是不会干的,所以这块地,我让你种下去,但是有一个条件,那就是咱们得平分收成。"

"好吧。"种田人回答说。

小魔鬼说道:"我要求收成要分作两部分。长在地上的算一部分,长在地下的算另一部分。我是有选择权的,因为我是鬼,鬼的来头是古老而尊贵的,而你呢,只不过是一介平民。我现在选择长在地下的那一部分,你要长在地上的那部分好了。你告诉我什么时候收割?"

"7 月里。"种田人回答说。

"好,"小魔鬼说道,"我一定会来的。你只要按照你的本分干活就是了。干吧,乡下佬,干吧!我拿邪淫罪去引诱贝特塞克那些崇高的修女去,还有那些伪君子和募捐教士,我都不会放过的。对于这些人,我更有把握。只要把他们领到一块,马上就是一场战斗。"

第四十六章　小魔鬼上了"反教皇岛"上农夫的当

到了 7 月半,那个魔鬼带领了一队做助手的小魔鬼,来到农夫这里,对他说道:"怎么样了,乡下佬,我走以后一切如何?现在该分收成了吧?"

"对。"种田人回答道。

于是,种田人带领一家老小割起麦子来。小魔鬼便从地下向外拉麦根。种田人当场打好了麦子,扬去了麦糠,装好了口袋,送到市上去卖了。小魔鬼呢,也学着他的样子,跟着种田人来到了市场上,坐在那儿等着卖自己的麦茬儿。种田人的麦子卖得很好,卖得的钱装满了他带在腰间的一只旧半筒靴。小魔鬼却什么也没有卖出去,而相反的,他受到了市场上农民们的一阵嘲笑。

市场停市以后,那个魔鬼对着种田人说道:"乡下佬,虽然这一次上了你的当,但下一次你再也骗不了我了。"

种田人说道:"鬼老爷,是你选择在先的,我怎么能骗你呢?你选择的时候还自以为骗了我呢,你希望地上面什么也不长,我什么也得不到,希望我种在地里的粮食全部都归你独得。告诉你,你的鬼把戏太差劲了。埋在地下的麦种早就烂了,正因为这样才能使你看到我卖掉的那些麦子。这是你自己选择错了,该责怪你自己。"

魔鬼说道:"来年你打算种什么呢?"

种田人说道:"要想有好的收成,最好种萝卜。"

"好,"魔鬼说道,"你是个老实人!就多种些萝卜吧,我不让它有坏天气,也不让天上下冰雹。不过有一件事,就是这一次我要长在地上的,你要长在地下的。干吧,乡下佬,干吧!我去引诱异端人去,他们的灵魂烤起来滋味好,路西菲尔老爷正在肚子疼,正好让它吃一口热的东西。"

收割的季节到了,魔鬼又带着一队伺候他的小魔鬼来到这里。和种田人以及他的家人见过面以后,就开始割取萝卜的叶子。收割好以后,种田人把长在地下的大萝卜挖出来,装在袋子里。他们又一起来到市场上。种田人的萝卜卖得又是很好。魔鬼还是没有卖出去,而且更糟的,是又有人当众嘲笑了他。

"我看清楚了,乡下佬,"魔鬼说道,"我又上了你的当了。我要你在你我之间把地的事弄个清楚。咱俩立个合同,彼此来一次交手,两者之间谁先败,谁就放弃他应得的收成。胜利的人,两份全归他所有。并规定以八天为期。就这样吧,乡下佬,你看我抓起你来是不是跟魔鬼一样!我现在引诱执达吏,挑词架讼的人,公证的人,骗人的人,贪赃枉法的人去,不过他们早已经打发代言人告诉我了,他们全部都由我来支配。路西菲尔不太喜欢这些人的灵魂,如果不多放些香料,平常总是把它们退给厨房打杂的小鬼去重新刷洗一遍。不是说早饭吃学者的灵魂最好,午饭吃律师的灵魂最好,点心吃酿酒人的灵魂最好,晚饭吃生意人的灵魂最好,夜宵吃女佣人的灵魂最好,但是随便哪一顿饭,都不如教士的灵魂好吗?不错,的确如此,路西菲尔老爷每餐的冷盆,总是先来两个教士的灵魂。而且早饭常常是学者的灵魂。不过,不幸得很!我不知道倒了什么霉,几年以来,他们把研究和《圣经》搞在一块儿了。因此,魔鬼连一个也抓不到。我相信假如不是假冒为善的人帮忙,使用各种恐吓、责骂、强制、威逼、甚至是火刑的办法把圣·保罗从他们的手里拿开,我们简直就别想再能吃到什么。"

"至于歪曲法律的刀笔先生,不杀穷人不富的强盗,路西菲尔是常常吃的,从来不缺少。不过,老吃一样东西,也总是要恼火的。在一次大会上,他曾经说过,如果能吃到一个在讲经时忘记请听经人为他祈祷的伪善者也不错，而且如果谁能当场替他抓来一个，他答应出双份的报酬，另外还要加封赠。我们都全部出动去找了，可结果却是一无所获。因为没有一个不劝那些尊贵的夫人想着修院的。”

“下午的点心，自从患上了腹痛病，他就放弃了，腹痛病是由他的厨子、师傅、烧火的、煮肉的、在北方国家遭受严重的侮辱以后所引起的。只有晚饭的时候，吃起那些生意人、放高利贷的人、开药房的人、骗子、造伪币的人、以坏货充好货的人倒是挺得意的。有时兴致好，夜宵也会吃几个女用人，她们喝够了主人的酒，把臭水灌到酒桶里。”

“干吧，乡下佬，干吧！我去引诱特雷比宗德①的学者去，叫他们撇下爹娘、放弃生活规律、不服从国王的敕令、绝对自由、蔑视一切、什么都不在乎、戴上充满诗意的纯洁的小帽、把自己变成教士贵族去。”

第四十七章　魔鬼是如何上“反教皇岛”上老女人的当的

种田人一筹莫展地回到家里，心事重重。他老婆看他满脸愁容，以为在市场上有人偷了他的东西。可是听了他发愁的原因以后，又看见他的口袋里装满了钱，便用好话安慰他，保证他和魔鬼打架不会受到任何伤害，把这事全都托给她办就好了，她已经想好了万全的办法。

种田人说道：“最糟不过挨它一抓就是了，反正头一个回合我就会败下阵来的，把田地全部让给它。”

“那可不行，那可不行！”老太婆说道，“你交给我就是了，放心吧，让我去办。你说的不过是一个小鬼，我保证他一下子就败下阵去，我们的地依旧是我们自己的地。要是个大鬼的话，倒还要多想想。”

约定的那一天，正是我们来到岛上的日子。天一亮，种田人就像一个好信徒那样，做好忏悔，领过圣体，遵照本堂神父的指示，躺在圣水缸里，就是我们来时看到的那个样子。

就在他向我们述说这个故事的当儿，我们听说那个老太婆骗过了魔鬼，并且赢得了田地。事情的经过是这样的：

魔鬼来到种田人的门口，一边敲门，一边叫嚷道：

“喂，乡下佬，乡下佬！出来呀，咱们好好地抓打一阵啊！”

---

① 特雷比宗德：土耳其沿黑海城名。

说完，就威风凛凛地冲进门去了，可是看不见种田人，却看见他的老婆躺在地上又是哭又是叫的。

“这是怎么回事?”魔鬼问道，“你的男人到哪里去了？他在干什么?”

“哎呀!”老太婆说道，“你问的是那个杀千刀的、刽子手、强盗在哪里么？气死我了他，我是完蛋了，他可把我害苦了。”

“到底是怎么回事?”魔鬼又问道，“我马上替你报仇。”

老太婆说道：“不要再提起，那个杀人犯、那个暴君、那个抓魔鬼的东西、对我说曾经和你约好要对抓。他要试试他的指甲去，就用一个小手指头在我两腿中间稍稍抓了一下，就把我抓得要死。我是完了，一辈子也不会好了！你看！他又到铁匠的家去磨他的指甲去了。魔鬼老爷，我的朋友，你也完了！赶快逃吧！他马上就要回来了。我求求你，马上逃命吧。”

说完，一下把自己的衣服拉到下巴颏儿那里，和古时波斯女人看见儿子从战场上逃回来时所做的一样，把它那个叫不出名字的东西拿给它看。

魔鬼看见那个幅员辽阔的事物，不禁大叫起来：“穆罕！德米乌尔贡！美伽拉！阿雷克托！珀尔赛弗尼！别让他抓住我！我马上就跑！至于地，我一定会让给他就是了。”

我们听他们说完这个故事，才回到船上去。我们没有久待。庞大固埃赠送一万八千“王朝金币”给教堂作为岛上的扶贫赈灾之用。

第四十八章　庞大固埃是如何来到“教皇派岛”的

离开贫苦的“反教皇岛”以后，我们又走了一天，风平浪静，心情舒畅。这时“教皇派”那座受祝福的岛屿就出现在了我们的眼前。我们刚抛好锚，缆索尚未系好，就看见一条小快船向我们开过来，上面站着四个人，衣饰各不相同：一个穿着教士的长袍，邋里邋遢，下边拖着地，穿着靴子；一个是放鹰的打扮，手里拿着召鹰的幌子，还戴着架鹰的皮手套；还有一个是打官司的派头，手里提着一个大口袋，里面塞满了诉状、传票、辩护、延期等文件；最后一个是奥尔良种葡萄的人的打扮，腿上穿着布套裤，手里提着一个大筐，腰里拴着一把镰刀。他们来到我们船面前，马上一起高声问道：

“旅客们，你们见过他没有？看见他了没有?”

“谁呀?”庞大固埃反问他们道。

“就是他呀。”他们一起回答。

"他是谁呀?"约翰修士问道,"不骗你们,看见他我一定会把他活活地揍死!"他还以为他们是什么追捕盗贼、罪犯或者亵渎教会的人呢。

"怎么,外方人?"他们又一起说道,"你们不知道'独一无二的'么?"

爱比斯德蒙说道:"先生们,我们不明白你们说的是谁。请告诉我们,你们说的到底是哪一个,我们一定把实话告诉你们,绝不会隐瞒。"

他们说道:"就是那个'自由拥有的'呀,你们没有见过他么?"

庞大固埃说道:"'自由拥有的',根据我们对神学的理解,就只有天主而已。他就是这样告诉摩西的。我们当然没有见过他,他不是肉眼所能看见的呀。"

那四个人说道:"我们说的不是在天上主宰一切的天主。我们说的是地上的天主,你们没有见过他么?"

卡帕林说道:"照我想,他们说的一定就是教皇。"

"对,对,"巴汝奇说道,"不错,先生们,我看见过三个,可是我没有得到什么好处。""怎么,"那四个人又叫了起来,"我们神圣的《敕令》却说世界上只有一个。"

巴汝奇说:"我是说一个接着一个看到的。否则,同时的话我也是只见过一个。"

"啊,三倍四倍有福的人,欢迎你们,加倍地欢迎你们!"于是一起对着我们跪下来,要亲吻我们的脚。我们不肯,告诉他们说,即使是教皇本人来到这里,也不过如此。他们却说道:"不,不,绝不仅仅是如此!我们已经决定好了。我们会不隔任何东西地亲吻他的屁股和他前面的那件事物,崇高的《敕令》告诉我们说,圣父教皇是有阳物的。不然的话,他也成不了教皇了。因此,根据严格的教皇学,这是必然的现象。他做教皇,就必然有阳物。一旦世界上的阳物绝了迹,那么世界上就没有教皇了。"

这时,庞大固埃问船上的一名小水手,这儿的人是干什么的。水手告诉他说,他们代表岛上的四大行业,此外还对他说,因为我们看见过教皇,我们一定会受到欢迎和优厚的接待的。庞大固埃把这话转告给巴汝奇,巴汝奇悄悄地对他说道:

"天主在上,一点儿也不错!上天不辜负坚持等待的人。我们看见了教皇,可是并没有得到好处,一直到现在,真是魔鬼有灵,我看来真的要得到好处了。"

我们登上陆地,全岛上的男女老幼,好像巡行祈祷似的都来到我们面前。原先那四个人高声向他们传话:

"他们看见过!他们看见过!他们看见过!"

这一句话不要紧,在场的人全都一起跪倒,双手向天举起手,高声喊叫:

"啊,有福的人来了!啊,真正有福的人来了!"

欢呼声长达一刻多钟之久。接着,岛上学校的校长和教师们带着全体大小的学生一起来到这里,并用鞭子抽打他们,和我们老家吊死罪犯的时候大人鞭打小孩叫他们永不忘记一样。庞大固埃生气了,对他们说道:

“先生们,如果你们再继续鞭打孩子,我们马上就走!”

人们听见他那斯当多尔的大喉咙,惊恐万分,我看道一个小罗锅伸出细长的手指头指指点点地问学校校长:

“《特别敕令》在上!是不是凡是见过教皇的人都会变得和这个恐吓我们的人一样高啊?哎呀,我怎么不早一天看见他,好长得和这个人一样高大!”

欢呼的声音太响了,惊动了奥莫纳斯(这是他们主教的名字),只见他骑着一头未戴辔头的骡子,绿色的马披,带着他的侍从(他们也是这样称呼)、跟班,扛着十字架,打着旗、幡,拿着华盖、火把、圣水壶等也跑了过来。他同样也非要亲吻我们的脚不可(正如瓦尔菲尼耶尔那个叫克里斯坦的老好人对教皇克雷蒙那样),说道他们有一位历史家,也就是他们神圣《敕令》的阐述人和注释者,曾经记载说完全像犹太人期待弥赛亚到来一样,有一天教皇也会来到这个岛上的。在这一幸福的日子到来之前,如果有在罗马或者别处见过他的人来到这里,他们也必须要好好地欢迎他,优厚地接待他。但是,我们还是婉言辞别了。

第四十九章　主教奥莫纳斯是如何让我们看到天上的敕令的

主教奥莫纳斯对我们说道:

“根据神圣《敕令》的指示和规定,我们必须要先访问教堂,然后再到酒店去。”我们不愿意违反这条规章,于是决定先去看教堂,然后再去赴宴。

约翰修士说道:“善良的人们,请到前面带路吧,我们在后面跟着你们。你们说得很对,完全是好信徒的样子。我们好久都没访问过教堂了,我心里非常高兴,我相信访问教堂之后吃起饭来一定只会更吃得下去。遇见行善的人,真是福气。”

走近教堂的门口,我们看见一本厚厚的洒金的大书,上面镶满了珍贵的宝石、红玉、翡翠、钻石、珍珠,其贵重程度至少抵得上奥古斯都献给卡匹托尔山神殿朱庇特的珠宝。这本书用很粗的金链子挂在半空,链子的两端系在门两边的饰物上。我们非常欣赏地望着它。因为庞大固埃一抬手便可以够到,就随便拿起它来玩弄了一番。他对我们说,摸过书以后指甲尖上感到一阵的酥痒,两只胳膊觉得舒适,头脑里有一种强烈的欲望,就想揍他一两个那种没有削发的法官。

这时,奥莫纳斯说道:“古时摩西曾经把天主亲手写的诫命交给犹太。在得尔福阿波罗神殿的门口,还有上天写下的这样一句箴言:‘要认识你自己。后来,又曾经发现同样也是上天写出的‘自由永存’。库贝里的神像也是上天放在腓力基亚一块叫作弗里吉亚贝西农特的地上的。如果相信欧里庇得斯的话,狄安娜的神像也是这样来到塔乌里斯的。法国尊贵、虔诚的国王旗帜也是上天授予,为镇压反宗教的人的。罗马第二位皇帝努马·庞皮利乌斯在位时,有人看到那个叫作安西尔的青铜盾牌也是从天上下来的。在雅典的阿克罗波里斯,密涅瓦的雕像就是从九天之外下来的。你们眼前的神圣《敕令》,是一位小天使亲手写下的。你们这些海外的人,很可能会不相信。"

"很难相信。"巴汝奇说道。

"它是神奇地从天外之天来到这里的,正好像一切学问(神圣的《敕令》自然除外)之父荷马把尼罗河称作'天降之河'一样。由于你们见过《敕令》的宣扬者和永恒的保护者教皇,我们同意你们翻阅一下,如果愿意的话,就吻一下书内的条文。不过,事先需要斋戒三日,按时忏悔,把身上的罪过解脱干净,不允许一丝一毫地存留,这是你们眼前的神圣的《敕令》的指示。这需要相当多的一段时间。"

巴汝奇说道:"善良的人,'要说泥钩',不对,我是说《敕令》,我们见过纸的,灯笼国的羊皮的、手写的和印刷的牛皮的。因此,你们用不着再费事让我们看你们的了,承你们的盛情,谢谢你们。"

"老天在上!"奥莫纳斯说道,"你们肯定没有见过我们这部天使写的《敕令》。你们国家的那些不过是我们的手抄本,我们有一位研究《敕令》的古代学者,有所记载,可以证明。我请你们不要阻拦我了。现在只请你们决定肯不肯办理忏悔并举行天主规定的三天斋戒。"

巴汝奇说道:"忏悔倒无所谓,只是斋戒办不到,因为我们在海上已经斋戒得太多了,连牙齿上都有了蜘蛛网了。你看我们这位约翰·安托摩尔修士。"

说到这里,奥莫纳斯过去亲切地拥抱了他。

"因为腮帮子和牙床缺乏活动和动作,喉咙里已经长了青苔了,"约翰修士接着说道,"他说的是实话!因为我斋戒得太多了,所以连背都驼了。"

奥莫纳斯说道:"我们到教堂里去吧,假如现在不能唱大弥撒给你们听,请原谅。正午已经过了,一过中午,我们神圣的《敕令》就不许再唱弥撒了,我说的是大弥撒。但是我可以给你们做一台干的小弥撒。"

巴汝奇说道:"我更愿意一台用昂如酒浇湿的弥撒,好吧,那就做你的小弥撒吧,爽快一些!"

约翰修士说道:"天那个天啊!我可不高兴了,到现在还挨着饿呢。早饭吃得很饱,像在修院里一样,如果知道有一台追思弥撒,我一定带些面包和酒,为了吃喝一顿,忍耐一点儿吧!你开始好了,做吧,唱吧,可是越简短越好,请别拖泥带水,更别说还有别的其他的理由,请你帮帮忙!"

第五十章　奥莫纳斯是如何让我们瞻仰教皇像的

弥撒做完,奥莫纳斯从大祭台旁边的一个柜子里掏出一大串钥匙,一连开了三十二把锁,还有十四把篮子锁,最后才把祭台上面的一扇装满铁栏杆的窗子打开。然后,又用一个神秘莫测的水湿的口袋扣在自己头上,拉开一副紫红色的缎子窗帘,让我们看见一幅在我看来并不十分高明的画像。

他用一根长棍子掀了掀它,让我们一个一个地都吻过,这才向我们问道:

"这幅像,你们认为如何?"

庞大固埃回答道:"像一个教皇,从帽子、披肩、外套和礼鞋上看得出来。"

"不错,"奥莫纳斯说道,"这就是地上天主的形象,我们虔诚地等待着他,希望有一天能在这里看到他。那一天将是多么令人幸福、多么令人向往、多么令人渴求的一天啊!你们有福气,真是有福气,你们的命好,因为你们当面、真实地看到过地上的伟大的天主,而我们只是看到他的画像,就把所能记忆的全部的罪过都赦免了,还有忘掉的十八个四十次的三分之一也一起得到赦免了!告诉你们吧!我们只在大瞻礼的日子才进行瞻仰。"

听到这里,庞大固埃说这类作品就像戴达鲁斯的雕刻。虽然画得不像、粗拙,但有一种内在的、看不见的、赦罪的神奇力量。

约翰修士说道:"有一天在塞邑,叫花子在救助站里过节日,大家吃着晚饭说起大话来,这个说他这一天弄到了六块小银币,那个说他讨到了两个'苏',这个说他讨到了七块'卡洛路斯',那个大块头说他讨到了三块'代斯通'。他的伙伴们说道:'所以你才有一条天主腿。'一条残废的腿才会含有神奇的力量。"

庞大固埃说道:"你对我们述说这类故事的时候,别忘记了带个盆子来,我差一点都要吐出来了。拿天主神圣的名字,用在这样污秽肮脏的东西上!呸!呸!如果你修院里有人说这种亵渎神圣的话,就让它在修院里面好了,别搬到外面来。"爱比斯德蒙说道:"医学家说疾病里面就有一种神奇的成分。奈罗非常称赞这种蘑菇,用一个希腊人的称法,把它们叫作'神的食物',这是因为他用蘑菇毒害了他前任的罗马皇帝克劳狄。"

巴汝奇说道:"我认为这幅画像并不像最近的教皇。因为我看到的教皇不戴披肩,而是头上戴着头盔,外罩波斯冠。其实教会的国王当时是平安无事的,只是他们喜欢搞阴谋残酷的战争。"

奥莫纳斯说道:"那是为了镇压叛逆、异端、天主所遗弃的誓反教,一切不遵从地上天主命令的人。他这样做,不但是允许和合法的,而且还是神圣的《敕令》所指定的,任何皇帝、国王、公爵、君主以及共和国,只要稍微有一丝一毫地违背他的命令,他就应该马上施行烧杀,夺取他们的财产,取消他们的王位,明令追究,开除出教,不但要杀绝他们以及他们的子孙后代和亲友,还要把他们的灵魂罚入地狱里最难受的油锅里的最底下。”

“全体魔鬼在上!”巴汝奇叫了起来,“你们这里可不像穿猫皮的人那样异端,也不像某些德国人和英国人。你们是精挑细选出来的信徒。”

“不错,一点儿也不错,”奥莫纳斯说道,“因此,我们全体都将被救赎。我们现在去蘸圣水去,然后再去吃东西。”

第五十一章 进餐时对《敕令》之称赞

酒友们,你们别忘了在奥莫纳斯做弥撒的时候,有三个管打钟的人,他们每个人的手里托着一个大盘子,一边在教堂里来往不停,一边还高声大喊道:“别忘了对面那些见过他的有福人!”

我们从教堂里出来,看到他们把盘子给奥莫纳斯送来,里面满是“教皇派”的钱币。奥莫纳斯告诉我们说这是准备用来吃喝的。这一笔募来的捐款,一部分用来买酒,另一部分用来买肉,这是神圣的《敕令》内某一段角落里的,不太明显的、讨人喜欢的注释所规定的。

于是按令而行,大家一起来到一家很像亚眠吉奥馆的酒店里。酒菜的丰盛,不言而喻。在这一顿饭上,我看到两件值得怀念的事,一件是不管什么样的菜,羊肉也好,腌鸡也好,猪肉也好(“教皇派岛”上有大量的猪),鸽子也好,家兔也好,野兔也好,火鸡也好,不管什么,没有一样不是带着大量的佐料的;第二件是每一道菜全都是由岛上及笄少女端送的,我告诉你们,这些少女长得一个比一个美丽,秀色可餐,头发金黄,温柔优美,举止文雅,一个个穿着雪白透亮的连衫裙,腰里系着两条腰带,头上没有戴帽子,蜷曲的头发用紫色的丝带打成蝴蝶结,上面插满了玫瑰花、康乃馨、墨角兰、石竹花、唇形花、茴香花、麝香草,以及其他香气浓郁的花朵。她们频频点头示意,一再地向我们敬酒。全体客人没有人不看得乐滋滋的。约翰修士却侧眼旁观,很像一条偷鸡的狗。

头道菜上来以后,她们唱了一首美妙悦耳的颂歌,赞扬崇高神圣的《敕令》。

第二道菜上来了,奥莫纳斯满面带笑、喜气洋洋地对管酒的人说道:

“侍童,给这边倒酒。”一听见这话,一个劝酒的女孩子,连忙送过来一只大爵,斟满了酒。奥莫纳斯接过爵来，深深地吸了一口香酒，对庞大固埃说道：

“阁下，诸位好朋友，我衷心地向全体祝酒，表示对诸位的热烈欢迎！”他一口气把酒喝干，还把爵还给那位美丽的少女，还不禁称赞了一声，说道：

“啊，神圣的《敕令》！从你那儿来的酒多美味啊！”

巴汝奇说道：“这里面的东西的确不错。”

庞大固埃说道：“如果能把坏酒变成好酒，那就更好了。”

“噢，崇高的《六世敕令》！”奥莫纳斯继续赞扬道，“你们的救赎对于世人是多么需要啊！噢，天使般的《克雷蒙敕令》！在真正的信徒的规章里面你们说得多么准确啊！噢，可爱的《特别敕令》！尘世间可怜的灵魂徘徊在这穷苦之谷，如果没有你们，它们将怎么样死去啊！唉！这特殊的恩惠什么时候才能赐予给世人，好让他们抛开一切烦恼和琐事，专心诵读你们，谛听你们，领悟你们，使用你们，实行你们，和你们结合起来，让你们变成他们的血液，深入到他们头脑的深处、骨头的骨髓里，血管迷宫一般的网络里去。只有到那个时候，而不会是别的时候，世界上才会有幸福！”

听到这里，爱比斯德蒙站起身来，轻轻地向巴汝奇说道：

“这里没有漏洞的椅子，所以我只好出去了。这种佐料把我的大肠都弄通了。我很快就会回来。”

“啊！”奥莫纳斯继续说下去，“那时将不会再有冰雹、霜冻、寒雾、灾害！大地上一切都会丰收！宇宙间将会是稳固的，破坏不了和平的。不再有战争、抢夺、迫害、劫掠、凶杀，除非是对付异端和可恶的反叛。那时全人类将快活、欢欣、高兴、轻松、愉快、乐观、欣喜！永恒的《敕令》里神圣的条款制定下了多么伟大的道理啊，是不可估计的渊博，是人间所没有的训诫。只要把神圣的《敕令》上的法典念上半段，一小段条文，一句箴言，你的心里就会燃烧起怎样的崇高爱火啊，对别人的仁慈——除非他是异端——对尘世间短暂事物的轻视，精神的高超一直可以高到三层天上去。对所有的事物都能得以超脱！”

第五十二章　续谈《敕令》的奇事

巴汝奇说道：“说得可是面面俱到啊，不过，我还是能不信就不信。我以前有一次在普瓦蒂埃的一个名叫德克雷塔里波坦斯的苏格兰医生那里读过一段，读过之后，要是不是一连四五天大便秘结，只拉出一小块来的话，就叫魔鬼马上把我捉走。你知道我谈的是哪一段吗？我可以发誓，完全像卡图鲁斯说是他的邻居弗里乌斯

说的那几句话:

‘一年屙不了十块粪,
你可以用手去打,去扪,
绝不会脏了你的手指头的,
因为硬得赛过石头和蚕豆。’”

“哈,哈!”奥莫纳斯叫了起来,“啊!圣约翰在上!朋友,你当时一定是身犯死罪了。”巴汝奇说道:“犯罪和这个不相干。”

“有一天,”约翰修士说道,“那是在塞野,我用了当家神父让·格里马扔在院子里的一张破《克雷蒙敕令》揩屁股,我这个布鲁诺院子的门口要不是皮肤裂缝、漏痔流血、像破开了一样疼痛难忍,差一点儿我就死掉。”

“圣人在上!”奥莫纳斯又接口道,“很明显,那是上天在罚你,你竟然用圣书揩屁股,圣书是要用来亲吻、尊敬的。我的意思是说,至少也得顶礼膜拜,巴诺尔姆斯的主教从来就没有骗过人。”

包诺克拉特说道:“蒙帕利埃,约翰·巴诺从圣奥拉里的教士那里买到过一套《敕令》,是写在又结实又厚的朗巴勒的羊皮纸上的,约翰·舒阿尔打算用它打成金片使用。可是很不幸,一片也没有打成。全部都打坏了,成了一堆碎屑。”

“那是降罚,”奥莫纳斯说道,“是神的报复。”

爱德蒙说道:“芒城开药房的弗朗索瓦·卡努曾经把一套破的《特别敕令》当作包装纸来使用,结果他所包装的香料、胡椒、丁香、肉桂、红花、蜜蜡、调味品、桂皮、大黄、罗望子等等全部的药材、制品、泻剂、要是不马上就变黄、腐烂、毁坏的话,我连魔鬼也不承认了。”

“这是报应,”奥莫纳斯说道,“是神的降罚。拿这样神圣的书籍去做不敬和亵渎神圣的事情!”

卡帕林说道:“巴黎一个叫格罗瓦尼埃的裁缝师傅,曾经用一本旧的《克雷蒙敕令》来剪裁衣服样子。真是怪透了!所有按照样子和样子的尺寸裁出来的全部的衣服,包括连衫裙、披肩、大衣、短装、裙子、外套、短披、上装、内衫、外罩、衬裙,等等,全都走了样了,一点用处都没有。他打算裁一件披肩,结果裁出的样子是裤裆;打算裁一件短装,结果裁成了一顶带绒球的帽子;按照外套的样子裁剪,结果裁成了一顶教士帽;按照上装的样子裁剪,结果裁得像一个锅,他的帮手缝好以后,从上面一剪,非常像一个炒栗子的锅;本来想剪一件短披,结果裁成了一只靴子;按照衬裙的样子裁剪,结果裁出来一条头巾;本来想裁一件大衣,结果裁成了个瑞士兵的鼓套。最后这个不幸的人被判赔偿顾客全部的布料,到现在还破着产呢。”

“是罚,”奥莫纳斯说道,“是神的报复。”

吉姆纳斯特说道："在艾提萨克老爷和德·劳桑子爵曾经比赛过一次射箭。贝洛杜折坏了拉卡尔特教长的一部《敕令》，用《敕令》的纸糊了箭靶。结果要是当地有一个弓箭手(其实他们是全古耶纳有名的高手)射进了靶子，我情愿把自己送给或者卖给魔鬼！全部都射歪了。"

"神圣的靶子上没有一个地方被破坏。当时管赌注的圣索南曾经向我们发过天大的誓，说他清清楚楚、明明白白地亲眼看到卡尔克林的箭笔直地朝着箭靶的黑心射过去，可是就在快要碰到和射进靶子的时候，一下偏出去了六英尺之多，射到洗衣房那边去了。"

"奇迹，奇迹，"奥莫纳斯叫了起来，"真是奇迹！侍童，来给我倒酒！我要为全体干一杯！我看你们的确是有信仰的人。"

听见他这么说话，少女们都哧哧地笑了起来。约翰修士皱皱鼻子尖，好像是饥不择食、不能等待的样子，恨不得一下子骑在她们身上像艾尔包[①]对待他的属民那样。

庞大固埃说道："这样说来，靶子那里倒真成了最可靠的地方了，比古时戴奥真尼斯的靶子还要保险。""怎么回事呢?"奥莫纳斯问道，"那是为什么？他也相信《敕令》么?"

这时爱比斯德蒙正好出恭回来，说道："真是出师不利!"

庞大固埃说道："有一天，戴奥真尼斯想出去散散心，就去看弓箭手射箭去了。其中有一个笨蛋，又笨又傻，轮到他射的时候，看射箭的人都来不及地躲避，生怕被箭射着似的。戴奥真尼斯曾经看他射过一次，技术实在是不高，射出的箭落到离靶子一竿子多远的地方。因此，第二次再射的时候，观众往两边躲得更远了，唯有戴奥真尼斯跑到靶子跟前，说这里是最可靠的地方，弓箭手的箭哪里都可以射到，唯独这里我是有把握他射不到的。"

吉姆纳斯特说道："后来德·艾提萨克老爷一个名叫查姆拉克的侍从，看出了个中的奥妙。他建议贝洛杜把靶子上的《敕令》换下来，用普亚克的诉讼状纸糊上去。结果全部的弓箭手的箭都百发百中了。"

里索陶墨说道："在朗德路斯让·德里夫的婚礼上，喜宴特别隆重特别丰富，这是当地的风俗。席后还会演出各种闹剧、喜剧和滑稽剧，还有好几个人手拿铃铛和铃鼓跳摩尔人舞，此外，还有戴鬼脸的假面舞。当时我和几个同学为了尽力给这个大喜的日子增添一些热闹(当天早晨，我们都收到过赠送的白色和紫色的缎子)，最后我们也来了一个化装跳舞，使用了圣米歇尔大量的贝壳和蜗牛壳。因为缺少海芋、牛蒡、象耳和纸，我们就把扔在那里的一本旧的《六世敕令》拆毁做成了假面具，在眼睛、鼻子和嘴的地方，挖了个窟窿。"

---

① 艾尔包有叫花子，贫穷化身的意思。

“可是,真奇怪啊!等我们的舞跳完、戏演完、假面具拿下以后,我们的脸比在杜艾演《耶稣受难记》的小鬼还要可怕、还要难看,凡是挨到《敕令》的地方,就没有不受伤害的。这一个长了麻子,那一个生了羊皮疮,这一个长了痧疹,那一个生红斑,还有长疔疮的。总之,受伤害最轻的,就要算那个掉光牙齿的了。”

“奇迹,”奥莫纳斯大声叫道,“奇迹!”

里索陶墨说道:“你们先别笑。我的两个姐姐,凯瑟琳和勒娜,曾经拿《六世敕令》当作熨斗使唤(因为《敕令》的封面是硬板,而且还有铁钉),她们把她们的头巾、袖口和新洗的雪白的、浆好的领口都压在里面。真是天主在上。”

“请等一下!’奥莫纳斯拦住了他的话,“你说的是哪一个天主?”

“只有一个天主。”里索陶墨回答说。

奥莫纳斯说道:“不错,天上只有一个。可是地上,我们不是还有一个么?”

“对,对!”里索陶墨说道,“我没有想到,用我的灵魂发誓,我早已经把他忘了!好,就算地上的天主在上,他们的头巾、领口、胸巾、护发以及其他内衣等没有一件不是变得比煤袋还要黑的。”

“真是奇迹!”奥莫纳斯高声大叫,“侍童,倒酒。千万别忘了把这些故事都记下来。”

约翰修士突然问道:“为什么人们要说:

‘自从《敕令》添了翅膀,
军人有了衣箱,
教士出门要骑马,
世界的一切便越来越遭殃呢?’”

“我明白你的意思了,”奥莫纳斯说道,“这些都是新异端的造谣和污蔑。”

第五十三章 《教皇敕令》是如何巧妙地使黄金从法国流入罗马的

爱比斯德蒙说道:“我情愿出一桶的好香肠,看谁能够把《敕令》里可怕的章节和原文对照一下,像《应受诅咒》《惩罚》《遇有数种……》《一年收入税》《二人受审》《有关亲属》《委令》等条款,每年至少要从法国流走四十万达克特到罗马去,也许还会更多。”

“这能算少么?”奥莫纳斯说道,“但是在我看,也还不能算多,因为笃信宗教的法兰西正是罗马教廷唯一的护养者。你们能找出一本书,不管是哲学、是医学、是法学、是数学、还是文学、甚至(我的天主在上!)连《圣经》也可以算在内,具有相同的号召力么?不能!绝对没有,绝对没有!我可以保证,你们绝对找不出另外的一本书有如此聚财的力量。但是,依然有些异端的小鬼拒绝承认它,不愿意信奉它。你们可要烧死他们,用火钳钳住他们,用剪刀剪了他们,把他们淹死,把他们吊死,用棍子捅死他们,把他们的肩膀卸下来,四肢剁掉,开膛剖腹,大切八块,砍了他们,烤了他们,切了他们,钉死他们,煮了他们,压扁他们,五马分尸,砸成碎块,卸掉双腿,用油锅炸了这些逃避《敕令》的异端分子,他们连杀人犯都不如、比弑父者还要恶劣,他们是魔鬼叫来灭绝《敕令》的刽子手。”

“各位善人,如果你们想被人称作真正的信徒,那我在这里作揖,恳求你们了,除了神圣的《敕令》和它们的增补本——《六世敕令》《克雷芒敕令》和《特别敕令》以及《敕令》的规章以外,千万什么也不要信,什么也不要想,什么也不要说,什么也不要做!只有《敕令》才是上天颁布的经典!有了它,你们才会有光荣、信誉、威望、财富、地位和尊严,你们人人都会受到敬佩,个个会畏惧,大家全都会喜欢你们。在全人类当中,你们将会是被选中的人。因为在普天之下,除了受到神圣的预见永恒的注定专心钻研至圣的《敕令》的人以外,只有那些潜心钻研神圣《敕令》的学者才足以称得上全才的。”

“你们想找一个勇武的国君、有本事的武将、在战争中真正能够带兵作战,能够预见困难、躲避危险、进可以攻、退可以守、不作无谓的险事,获胜而不损兵折将,而且善于运用胜利的首领么?那么,去找一个‘法令家’,不,不!我是说一个‘敕令家’。”

“混账东西!”爱比斯德蒙骂道。

“你们想在太平时期找一个可以并且适合于治理一个共和政体的国家、一个王国、一个帝国、一个君主国的人、一个能够经管教会、贵族、国会、保持人民的财产、友谊、和睦、服从、有品德和正义的人么?那么去找一个‘敕令家’吧。”

“你们想找一个生活严肃、口齿伶俐、虔信宗教、诲人不倦,可以在短时期内不用流血、征服圣地、让异教的土耳其人、犹太人、鞑靼人、莫斯科人、埃及兵和野修士皈依圣教的人么?那么去找一个‘敕令家’。”

“在不少国家里,是什么使得人民违法乱纪,官吏贪赃枉法、学者昏庸似驴呢?那是因为他们的统治者、他们的官吏、他们的导师不是‘敕令家’。”

“平心而论,是什么创设了、树立了、建下了不同的各个会别,像明朗的星斗装饰天空那样使得圣教会这样的丰富多彩,光芒四射呢?那就是神圣的《敕令》。”

“是什么建立了、巩固了、稳定了现在还在修道院、神道院、圣教会里维持着的、供养着的、养活着的那些虔诚的教士,没有他们日夜不停地祈祷,全世界就要处在毁灭的危险中，恢复到原始的混沌状态的危险中呢？那就是神圣的《敕令》。”

“是什么每天都在增加、在丰富圣·伯多禄所有在尘世间的、肉体的以及灵魂的财产呢？那就是神圣的《敕令》。”

“是什么使得罗马教宗御座一直如此、至今更甚、情愿也好、不情愿也好、被全宇宙所畏惧呢？是什么使得所有的国王、皇帝、君主、公侯，都要受到他的统治、领导，由他来加冕、证实和同意呢？是什么使得人王地主都来和他建立关系？匍匐于你们所看到画像的这位宗座的神灵的礼鞋之前呢？就是上天颁布的神圣的《敕令》。”

“我再向你们揭露一件重大秘密。你们那里的大学院的纹章标志常常是一本书，有时打开，有时关闭，你们以为这是本什么书呢？”

庞大固埃接口道：“我哪里会知道？我从来都没翻过它。”

“告诉你们吧，”奥莫纳斯说道，“那就是《敕令》。如果没有它，所有大学院的特权都将不复存在。这多亏了我，你们才知道的！哈，哈，哈，哈，哈！”

说到这里，奥莫纳斯又是打嗝，又是放屁，又是笑，又是喷唾沫，满脸都出了汗。把他那顶又高又大、四棱的教士帽摘下来递给身边的一位少女，那个女孩子像拿到第一个要出嫁的信物一样，亲切地吻了吻它，好像拿到了她能第一个嫁给如意郎君的保证。

“万岁，万岁！”爱比斯德蒙喊叫起来，“乌拉，乌拉！酒来，酒来！好一个玄妙的秘密！”

“侍童，侍童，”奥莫纳斯叫道，“这里来一个双份。上水果吧，女孩子！我刚才说只要专心致志地钻研神圣的《敕令》，你们就会在世界上享受荣华富贵。我由此也可以说，到了另一个世界，你们也必将得救，登上幸福的天堂，因为天堂的钥匙已经交给《敕令》的仁慈的主宰了。噢，我所崇拜而又从未见过的仁慈的天主，请赐予我们特殊的恩惠，至少在死亡到来的时候，为我们打开大门，这是我们圣教会无上神圣的宝藏，你是它的守护者、保卫者、经管者、尽责者、执掌大权者！求你在我们需要的时候，赐给我们这无上功德的佑助和赦免，别让魔鬼在我们可怜的灵魂上找到任何可以下嘴的地方，别让地狱之神的血盆大口吞食我们。假如必须要经过炼狱的话，也随你安排。你可以随你的意思，有权力在任何时候让我们解脱。”

说到这里，奥莫纳斯热泪盈眶，一边捶胸，一边把两个大拇指交叉成十字狂吻不止。

第五十四章　奥莫纳斯赠送给庞大固埃虔诚教徒梨

爱比斯德蒙、约翰修士和巴汝奇看到奥莫纳斯最后竟然这么伤心，连忙用饭巾遮住自己，还一边号叫："哎呀，哎呀，哎呀！"一边假装擦眼睛，好像哭了一样。旁边的少女非常聪明伶俐，立刻给大家端上来满杯的"克雷芒[①]的酒"和大量的糖食。这才使宴席上的欢乐气氛恢复了。

饭后，奥莫纳斯拿出很多很体面的大梨，分发给我们，说道："朋友们，我把梨送给你们了，这是一种特别的梨，别的地方都找不到的。并不是任何地方都能出产任何东西的，就像乌木只在印度生产，赛伯伊[②]王国出产沉香，雷姆诺斯[③]岛出产红土，这种梨也只产在我们的岛上。但是如果你们高兴的话，你们可以把它移到你们的国家里去培养。"

庞大固埃问道："这种梨有没有名字？我认为这种梨很好，汁多味甜的。如果切成四块放在锅里煮，再加上一点儿酒和糖，我想对于有病的人或者健康的人都是非常有益处的食品。"

奥莫纳斯回答说："我们都是上天注定很单纯的人。我们把无花果叫作无花果，把李子叫作李子，把梨叫作梨。"

"是吗？"庞大固埃说道，"等我回到家里（愿天主保佑，这将会是不久的事），我一定要把这种梨移接过来并种植在沿着罗亚尔河的都林省花园里，并且把它叫作'善良教徒梨'，因为我没有见过比这里的善良的'教皇派'更好的教徒了。"

约翰修士说道："如果能把这些小姑娘送给我们两三车也是不错的。"

"要她们做什么呢？"奥莫纳斯问道。

约翰修士回答道："用某种家伙在她们两腿之间的那块地方弄出血来。这样，她们就会给我们生出许多好教徒的孩子，让好教徒的人种在我们的国家里繁盛起来，因为我们那里的好教徒实在是不多。"

"天主在上！"奥莫纳斯大叫起来，"我们可不能做这个，你们会让她们成了小伙子们疯狂地追求的对象的，虽然我从未见过你们，可是从你们的鼻子上可以看得出来。可惜呀，可惜！你们太好了！难道想叫你们的灵魂沦陷在罪恶里么？我要你们知道，这是我们的《教皇敕令》里绝对禁止的。"

---

① 一种意大利名酒。

② 赛伯伊：也门古地名。

③ 雷姆诺斯：希腊岛名。

“你别急呀!”约翰修士说道,“如果不能赠送,那就借给我们吧。这是任何博士,包括敕令学博士都知道这是经文上规定的。任何戴胡子的、即使是三度博士的水晶学(我是想说“敕令学”)博士,我也不怕。”

饭后,我们告别了奥莫纳斯以及那里善良的人们,我们真诚地向他们道谢,感谢他们如此的盛情,并且答应他们一回到罗马,我们就将尽快地想法叫教皇亲自到这里来看看他们。说完,我们才回到船上去。庞大固埃为了对这帧教皇的神圣画像表示宽大和好感,就送给奥莫纳斯九块双层绣金的呢料,作为悬挂在那扇铁栏杆窗户上的窗帘,并在用作修理和兴建费用的募捐箱里装满了金币。此外,还赠送给在吃饭时侍应的少女们每人九百一十四块金币,作为她们今后的嫁妆。

第五十五章　庞大固埃是如何在海上听见解冻的说话声的

我们来到海上,一边吃吃喝喝,一边高谈阔论。这时,庞大固埃突然站了起来朝四下打量了一下,然后对我们说道:

“伙伴们,你们什么都没有听见么?我好像听见有人在半空中说话,但是却看不到人。你们听听看!”我们按照他的吩咐,一起竖起耳朵,像牡蛎张开壳吸取空气那样,仔细地谛听有没有任何声响,并且为了不错漏一点儿声音,有几个人还使用罗马皇帝安东尼乌斯的方法用手掌窝在耳朵后面。尽管这样,我们还是什么也听不见。

庞大固埃依然坚持说他听见空中有男女说话的声音。见他这么说,我们也好像听见了声音,或者是我们的耳朵在响吧。可是越注意听,就听得越清楚,最后竟然听出了完整的字句。这使得我们非常害怕,因为我们光听见不同的声音,有男人的,有女人的,有小孩的,有马匹的,但是谁也看不见什么。巴汝奇大声叫起来:

“天主那个肚子!这不是在开玩笑么?我们完蛋了。赶快逃命吧!四周围全都是危险。约翰修士,我的朋友,你在这里么?我求你不要离开我!你带好你的短刀没有?摸摸是否还在刀鞘里,你总是不把它磨快,我们完蛋了,你们听,天主在上!这是大炮的声响啊。赶快逃命吧!我不像布鲁图在法萨利亚战役中所说的那样,连脚带手地逃命,而是帆桨并用地逃命吧。逃命啊!在海上,我是一点儿胆量也没有的。要是在地窖里,或是别的地方,我倒是有种逃。逃命啊!赶快逃吧!我这样说可不是因为我害怕,因为除了危险,我什么都不怕。我一向都是这样说的。弓箭手贝纽莱也是这样说的。所以,别去冒险了,别去碰钉子了。逃命吧!转过脸去!婊子养的,转动舵把吧!我巴不得马上在甘格奈,那该有多好啊,我情愿一辈子都不娶女人！逃命吧！我们可不是他们的对手，我告诉你们，他们是十个对一个的。此外，这是在他们的国家里，我们可是人生地不熟啊。他们会杀死我们的，赶快逃命吧！这并不算丢人。古雅典雄辩家狄摩西尼不是说过，逃跑是为了重新战斗吗？让我们逃命吧。向左舷！向右舷！开前桅！张帆索！我们完蛋了！逃吧！所有的魔鬼在上，赶快逃吧！"

庞大固埃听见巴汝奇的叫喊声，说道：

"这个要逃的人是谁呀？我们要先看看到底是什么人。也许是自己人呢。我现在还看不到什么，可是周围一百海里远的地方我都能看得到。大家来听听看。我曾经读到过，一位名叫贝特洛纽斯的哲学家，他认为世界彼此之间许多事物都是以等边三角形的形式衔接着的，正中间是'真理'的所在的地方，那里就是'语言''概念''意识'以及一切过去和未来事物的'形象'所在的地方，围绕着这些东西的，便是'世纪'。若干年后，彼此距离增长，便会有一部分像感冒似的落在人类的头上，就像露水落在基甸的羊毛上，另一部分则停留在原处不动，直至这个'世纪'的结束。"

"我记得亚里士多德曾经认为荷马的语言是动荡的、飞飘的、活动的，等等，总之都是活的。"

"此外，安提法尼斯[1]也曾经说柏拉图的哲理就像在某处的严冬里说出来的语言一样，一出口便会冻结成冰，不能听见。所以柏拉图教给青年学生的，学生并没有听进去，一直到老年还是不大明白。"

"现在倒要推理和探索一下，这里是不是就是语言解冻的地方。如果声音来自奥菲士的头和琴，那才怪哩。因为自从色雷斯的女人把奥菲士处死以后，就把他的头和琴一起都扔到希布鲁斯河[2]里了，它们顺流而下，经过彭杜斯海，一直漂到莱斯博斯岛，始终都没有分开过。奥菲士的头不断地发出悲伤的歌声，仿佛在哀悼自己的死亡。琴被风吹动，琴弦也和谐地应和着歌声。我们从这里来看看是否看得见它们。"

第五十六章 庞大固埃是如何从冻结的语言里听出奇怪的字意的

这时，领港人说道：

---

① 安提法尼斯：公元3世纪希腊喜剧作家。

② 希布鲁斯河：色雷斯之河流。

"殿下,暂且不要惊慌!这里是北冰洋的边缘,去年初冬,阿里斯马比亚人①曾经和奈弗里巴特人在这里进行过剧烈的鏖战。男女的呼叫声,兵器的冲击声,甲胄的碰撞声,马甲的跳动声,马匹的嘶鸣声,以及战斗中其他一切混乱的声音,都在空中冻结住了。"

目前严冬已过,天气开始温暖晴朗,声音就从冻结中融化出来了,又开始被人听见了。"我的天!"巴汝奇叫了起来,"我相信的确如此!但是我们能不能看到一些呢?我记得读到摩西在山上接受犹太人法律的时候,百姓也显然是看到雷轰等声音的。"

庞大固埃说道:"快看,快看!这就是还没有解冻的。"

他一边说,一边大把大把地把冻结的语言扔到船甲板上,样子很像五光十色的小糖球。我们看见有红的、有绿的、有蓝的、有黑的、有金色的。一接触到我们手里的热气,就像雪似的融化了。我们的确听得见它们,不过听不懂,因为这是很特别的外邦话。只有一个比较大的,约翰修士捧在手里暖它,啪的一声,和没有剥开的栗子扔在火上爆炸时一样,把我们吓了一大跳。

约翰修士说道:"这是当时的一声重炮。"巴汝奇请庞大固埃再给他几个。庞大固埃对他说把话给他就相当于求爱者干的事。

"那么,卖给我几个吧!"巴汝奇说道。

"卖话是律师的勾当,"庞大固埃说道,"我宁愿卖给你沉默,沉默的价钱贵,像从前德谟斯台纳用喉痛卖给元老院一样。"

尽管这样,他还是往甲板上扔了三四把。我看到有尖刻刺人的、有鲜血淋漓的(领港人对我们说这种话有时会回到说话的地方,可惜喉咙已经被砍断了)、有恐怖吓人的,还有样子很难看的。这些话一经融化,我们便听到嗽嗽,嗽,嘶,嘶,嘀嗒,飕飕、发发、勃勃、特特、嗡嗡……等等莫名其妙的话。领航人说,这些都是冲锋时和两军交战的呼喊声和马嘶声。

后来,我们又听到更响的声音,都是融化时发出来的,有铜鼓和木笛的声音,有喇叭和号角的声音。请你们相信,我们可听了一个痛快。我想把几个奇怪的字音放在油里保存起来,像人家在干净的草里保存雪和冰那样。可是庞大固埃不许我们这么做,他说从来不会缺少稀奇古怪的话的。

巴汝奇有意让约翰修士生气,让他无词来回答,因为巴汝奇总是在他毫不注意的时候捉住他的话柄。约翰修士说下大话,说一定要以其人之道还治其人之身,像吉奥莫·茹索摩听凭语言把呢子卖给那位巴特兰一样,得到的只是他的空话②。等巴汝奇结婚以后,将像对付小牛那样捉住他的犄角,因为"言语也能像绳子捆牛

---

① 阿里斯马比亚人:即居住北方西提亚的独眼民族。

② 见戏剧《巴特兰》。律师巴特兰曾凭空话拿了吉奥莫的呢子,未付钱。

角一样捆住人”。

巴汝奇对他做了一个毫不在乎的手势，然后大声说道：“我巴不得天主保佑，让我现在就得到神壶的谕示，那样我就可以不用再往前走了！”

第五十七章　庞大固埃来到世界艺术鼻祖卡斯台尔大师的居住岛

这一天，庞大固埃来到一座非常奇怪的岛上，由于它的地势以及岛上的总督，使得它比别的岛屿更加特别。岛的周围全都是险峻阻隘，山岭起伏，石块遍地，形状险恶，无法立足的不毛之地，简直就和窦菲内的山同样难以攀登。形状像一只蘑菇，头大尾小，记得从没有人上去过，除了国王查理八世的炮兵统帅窦亚克，他曾经用神奇的妙法爬上过山顶，并且看到那里有一只老山羊。是谁把那只山羊弄上去的，这就无从知道了。有人说是小的时候被老鹰或者大猫头鹰带上去，后来逃进树丛里的。

费了很大的力，出了很多的汗，好不容易上去之后，果然看见山上风景秀丽，土地肥沃，有益健康，环境优美，我想这一定就是伊甸园。神学家们研究了多年还在争论不休的，大概就是这里。可是庞大固埃却说这里是赫西奥德所描述的阿勒德（也就是“品德”）的居处，不过他说他并不排斥其他更正确的看法。

岛上的总督是全世界第一的艺术大师卡斯台尔①阁下。如果你们相信火是一切艺术的首领，像西赛罗所记载的那样，那你们就大错特错了，因为西赛罗自己也不相信。如果你们像古时我们德鲁伊德人那样，以为迈尔古里是艺术的第一个首创人，那你们也就差得很远了。只有讽刺诗人的论断才是正确的，他说卡斯台尔阁下是一切艺术的大师。

和他和平地同居在一起的是贝尼亚老太太，换句话说，就是贫穷之神，九位缪斯之母，从前她跟丰收之神包路斯在一起，给我们生下过爱神，就是柏拉图在《会饮篇》里所说的调和天地的那个尊贵的孩子。

对这位强大的君主，我们就只有行礼、表示服从和致敬的份儿。因为他非常的专横、严厉、粗暴、执拗、顽固。对他，什么也不能让他相信，什么也不能对他指责，什么也不能让他信服，因为他什么也听不进去。正像埃及人称沉默之神为哈尔波克拉特，希腊人叫西卡里翁为沉默之神，意思是无口神一样，卡斯台尔生来就没有

① “卡斯台尔”意思是“肚子”。

耳朵,跟在康狄亚的朱庇特的画像中同样没有耳朵一样。他用手势代替说话。可是对于他的手势,大家比听从执政官的告示、国王的命令还要迅速。对他的指示,他不允许有任何拖延与迟缓。常言道狮子一吼百兽震惊,凡是吼声能听到的地方,周围的野兽就没有不害怕的。这有文字记载,的确如此,我亲眼看到过。我可以对你们保证,卡斯台尔阁下一声令下,那真是天空颤抖,地动山摇。只要号令一出,就只能马上执行,否则就是死亡。

领港人对我们说,有一天整个索马特人的王国,如何像伊索寓言里所述说的人的四肢反抗肚子那样,反抗起来了,并且拒绝再听从他的指挥。可是不久大家就又都感觉到不对了,后悔做错了事,惭愧万分地回来听候他的差遣。因为如果不是这样的话,他们全都会被饿死的。

不管他和什么人在一起,谁也别想和他争个上下先后,他总是一马当先,哪怕旁边是国王、是皇帝,甚至连教皇也算在内都没有用。在巴塞的会议上,他也是首屈一指的,尽管有人说由于参加会议的人都抱着野心想做首领,所以导致会议乱得不可开交。

没有不忙着恭维他的人,谁都在为他工作。他为了奖励大家,创下了全部技术、全部机构、全部行业、全部工艺和技巧。甚至于对野兽,他也授予了自然所不曾赋予的技能。他使乌鸦、樫鸟、鹦鹉、椋鸟成为诗人,叫喜鹊做女诗人,教它们说、唱、念人类的语言。这一切都是为了饥肠啊!

他驯服山鹰、猎鹰、隼鹰、秃鹰、母鹰、苍鹰、鹞鹰、老雕、悍鹰、鸷鹰、鸢鹰、鹫鹰,把它们驯养得非常听话,可以随时把它们放开,让它们在天空自由地飞翔,他高兴叫它们飞多高、飞多久,都可以,他让它们待在天空,四处飞翔,盘旋升腾,在后面跟着他飞,在云彩里对着他飞,然后再叫它们从半空中猛地俯冲下来。这一切也都是为了填饱肚子!他叫大象、狮子、犀牛、熊、马、狗,跳跃、奔腾、争斗、游水、隐藏、躲避,随他的意愿取送任何物件。这一切还是为了填饱肚子!

他可以叫鱼类,不管是咸水鱼或者淡水鱼、巨鲸、还是海怪从深渊里跳出水面,可以叫豺狼走出森林,叫熊罴走出山谷,叫狐狸走出洞穴,叫蛇蜥爬出地面。这全是为了填饱肚子!总之,他的法力无边,恼怒起来,什么都能吞食下去,不管是禽兽还是人类。好像美泰鲁斯在对赛尔托留斯战役里加斯科涅人所见到的,萨贡图姆人被汉尼拔围困时,犹太人被罗马人围困时和另外六百个例子里所见到的那样。这一切全都是为了填饱肚子!

他的摄政者贝尼亚(贫穷)随便走到哪里,一切行政机构全都结束,一切通令全都闭口,一切告示全都失效。总之,一切秩序全部紊乱。她不服从任何法律,也不用遵守一条法律。

所到之处,人人躲避,大家宁愿去海上遇难,宁愿去跳火坑、去爬高山、到深渊里,也不愿意被她捉住。

第五十八章　庞大固埃憎恨王朝里的腹语人和肚子者

在这位艺术大师的王朝里，庞大固埃发现两种让人厌恶和虚伪做作的官吏，他非常讨厌他们。这两种人，一种是腹语人，另一种是崇拜肚子的人。

腹语人自以为是厄利克里斯古老的种族的后代，并提出阿里斯托芬在名为《马蜂》的一出戏里所提供的证据。过去，在柏拉图的著作和普鲁塔克在《神谕之消失》一书里，都把他们称作厄利克里斯人。《教皇敕令》第二十六章第三款把他们称作"腹语人"，希波克拉底斯在《论时疫》第五卷里用伊奥尼亚文字把他们叫作"用肚子说话的人"。索福克勒斯称他们是"用胸部说话的巫师"。其实他们就是占卜的人，行妖术的人，或者哄骗善良百姓的人，他们好像不是用嘴巴在说话，而是由腹内说话，来回答别人向他们提出的询问的。

大约在救世主降生一千五百一十三年的时候，一个出身卑微的意大利女人雅各巴·罗多基娜就是这样的。我们，还有菲拉拉以及许多别处的人，都听见过她肚子里有鬼在说话，虽然声音小，很低弱，但是却清晰可闻，当阿尔卑斯山这面的王孙公子好奇地把她叫来问她的时候，她就是这样说话的。问她的人，为了不让任何人怀疑有伪装，总是把她脱得精光，另外把她的嘴和鼻子都堵起来。在肚子里说话的鬼，名叫"卷毛头"或者"卷毛鬼"，他好像很喜欢别人叫他这个名字。谁要是一这样叫他，他总是马上回答。如果问的是现在或者是过去，他回答得总是非常对，对得让人惊奇不止。如果问的是未来，那他就胡说八道了，从来都不说一句实话。而且好像常常想承认他不知道，他不回答问题，却乱放响屁，不然就嘟囔几句莫名其妙的、别人无法听清的字句。

另一种是崇拜肚子的人，他们总是成群结队地聚在一起，有的快活、喜悦、温和，有的忧郁、沉着、严肃、冷漠、游手好闲、什么也不做、什么也不干，完全像赫西奥德所说的那样，是世界上的累赘和无用的负担（看他那样子，就可以想象得到），生怕冒犯着肚子，生怕把肚子饿瘪。还有一些人干脆穿上稀奇古怪的衣服把自己伪装起来，那样子确实可笑极了。大家都这样说，古圣先贤的著作里也有记载，自然的精巧是奥妙无穷的，它好像特别喜欢捏造海里的贝壳，看它造出多少种类，多少形式，多少颜色，多少无法效仿的纹路和花样。我可以向你们保证，从这些扣着大风帽的崇拜肚子的人的衣服上看，就可以看出他们的种类和变化也不亚于贝壳。他们全把卡斯台尔当作伟大的天主，像崇拜天主那样崇拜他，像供奉全能的天主那样供奉他。他们别的神都不信,就只信他、侍奉他,爱他在一切之上,像恭敬神灵似的恭敬他。

如果拿圣徒在《腓立比书》第三章里所说的话来形容他们,那就真的是再合适也没有了:“有许多人,我屡次告诉你们(现在又流着泪告诉你们),是基督十字架的仇敌。他们的结局就是沉沦,他们的神就是他们自己的肚腹。”

庞大固埃把他们比作独眼巨人库克罗普斯、波吕斐摩斯,欧里庇得斯曾借他的口说出这样的话:“我只供奉我自己(决不供奉神)和我自己的肚子,我的肚子就是神灵中最大的神。”

第五十九章 吞吃鬼的怪异神像以及肚子崇拜者怎样供奉大肚神

我们望着这些饱食终日却无所用心的崇拜肚子的人的嘴脸和举动,觉得很奇怪,这时突然听见了撞钟的声音,一听见钟声,全体像开赴战场那样马上按照自己的职位、级别和年龄,排好了队伍去见卡斯台尔阁下。

大家一齐来到卡斯台尔阁下面前,领头的是一个年轻力壮,肚子很大的小伙子。他举着一根镀金的长棍子,棍子头上有一个由木头雕刻的人像,雕得十分粗糙,油漆很厚,正像普洛图斯、尤维纳利斯和彭贝优斯、费斯图斯所描写的一样。在里昂的狂欢节,大家把它叫作“啃面包皮的”。在这里,它的名字是“吞吃鬼”。这是一个丑恶、荒谬、难看、小孩子看了都害怕的雕像。两只眼睛比肚子还大,脑袋比整个身子还长,吓人的牙床骨又宽又大,上下都装满了牙齿,镀金的棍子里面有一根细绳可以拉动,一拉绳子,上下牙便会呱嗒呱嗒地动起来,跟圣·克雷芒节时在麦茨看到的那条龙差不多。

等到崇拜肚子的人走近时,我看见他们后面带了许多肥胖的跟班,一个个都提着筐子、篓子、盆子、篮子、瓢、锅,等等。他们跟在“吞吃鬼”后面,嘴里吟唱着也不知道是什么的祷文、颂词和赞歌,一面打开手里的筐子和锅,一面把里面的东西拿出来供奉给神灵,我看到有:美味白葡萄酒和烤肉,白面包,软面包,甜面包,细面包,六种烤肉,熏野兔,烤小牛肉,内嵌姜末,肉面疙瘩,九种肉丁,馅儿饼,里昂浓汤,兔肉桂花汤,牛髓白菜,炖羊肉、炖牛肉。

吃菜总不能离开酒。先上美味的白葡萄酒,后来在上玫瑰红葡萄酒。告诉你们,这些酒都跟冰一样凉爽,正用大型的银酒杯一杯一杯地端过来。

白面包
软面包
甜面包
细面包
六种烤肉
熏野兔
烤小牛肉
内嵌姜末
肉面疙瘩
九种肉丁
馅儿饼
里昂浓汤
兔肉桂花汤
牛髓白菜
炖羊肉

后来供奉的有：

芥末香肠
肉填小肠
熏牛舌
咸猪脚
青豆猪脊
浓汁牛肉
大肠
灌肠
小肠
火腿
箭猪头
萝卜腌野味
烤鹅肝
油泡橄榄

这一切都是配着美酒琼浆送下去的。接着，又往它的嘴里填进去：

大蒜羊肩
热汤肉饺
葱炖猪肋
原汁烤鸡
肥嫩雏鸡
叉烧野鸭
羊羔
小鹿
大小野兔
竹鸡
鹌鹑
野鸡
野雉
大小孔雀
大鹤
小鹤
山鸡
野鸭
蒿雀
印度公鸡
雌鸡和雏鸡
大小野鸽
甜汁猪肉
酱爆肥鸭
鹁鸪
秧鸡
水鸭
采鸭
雏鹭
鸳鸯
水鸥
鹈鹕
鹭鸶
鹧鸪
秃鹰

知更雀
小山羊
白花菜炖羊肩
红烧牛肉
小牛胸
母鸡汤炖肥阉鸡
白切
小鹜
大小家兔
大小竹鸡
大小鸽子
大小鸬鹚
大鸨
雏鸨
火鸡
雎鸠
鹅
野鸠
野鸭
百灵
赤鹤
仙鹤
水鹭
梨汁烩白骨顶白鹭
鹡鸠
斑鸠
旅鸫炖鸡

配牛奶冻吃时再配上大量的醋。然后又送上了肉饺,馅子有:

腊味的
云雀的
睡鼠的
野羊肉的
鹿肉的
鸽子肉的

羚羊肉的
阉鸡肉的
猪油肉饺
油焖猪蹄
油煎肉饺
猪油填鸡
奶酪
蜜汁桃脯
百叶菜
千层糕
野蓟菜
小蛋糕
煎馅饼
十六种煎炸糕
煎饼
烙饼
木瓜饼
酸牛奶
奶油蛋白
蜜渍果品
水果冻
桂皮红酒
重糖糕点
杏仁脆饼
二十几种不同的馅饼
奶油
七十八种糖果和果酱一百多种色彩的杏仁糕、
奶油蛋糕
巴黎甜食

最后是大量的酒,因为怕噎住喉咙,还有烤面包蘸酒吃。

第六十章　崇拜肚子的人在守斋的日子是如何供奉卡斯台尔肚神

庞大固埃对这群乌合之众接二连三地拿出这么多东西供奉他们的卡斯台尔肚神,觉得荒谬透顶,实在看不下去。他就想转身就走,但爱比斯德蒙却劝他看完这出闹剧。

庞大固埃问道:"这些坏蛋遇到守斋的日子向他们的神灵供奉些什么呢?"

领港人回答说:"我马上就告诉你。一开始先上:

鱼子
干鱼子
鲜牛油
青豆汤
菠菜
风干咸鲞鱼
熏鲞鱼
沙丁鱼
糟白鱼
咸鲔鱼
油焖白菜
葱油蚕,

接着又上了百种不同的色拉:有水芹、酵母花、野生芹、山小菜、野蘑菇(这是一种生长在忍冬科植物里的蘑菇)、芦笋、伞形花,等等。再上:

咸鲑鱼
咸鳗鱼
带壳的牡蛎

吃这些东西都要喝酒,否则会渴死。不过,他们准备得很充分,他要什么就有什么,接着又供上:

大白鱼

小白鱼

灰鲤鱼

条纹鲤

鳐鱼

墨鱼

鲟鱼

鲸鱼

鲐鱼

欧鲽

鲳鱼

煎牡蛎

扇贝

螯虾

狐鲣

鱿鱼

刺鱼

海葵

虾虎

鲇鱼

龙虾

弓鳍鱼

鳊鱼

狗鱼

鲥鱼

虹鳟

小鲤鱼

鲑鱼海鳝

米诺鱼

淡水米诺

沙鳗

腌小鳗

乌龟

海龙

淡菜

鲭鱼

鳟鱼

河鱼

鳕鱼

童负

鲽鱼

比目鱼

鲈鱼

地中海鱼

鲍鱼

菱鲆

青花鱼

鲤鱼

狗鱼

斑点狗鱼

海胆

欧洲鲤

电鳐

海蜇

圆鳍鱼

箭鱼蛤蜊

普罗旺斯龙虾

七鳃鳗

康克鳗

海豚

鲈鱼

西鲱

鲢鱼

虎鲸鱼

鲛鱼

大菱鲆

银鱼

鲻鱼

檬鲽

蜞鳅

大龙虾	庸鲽
明虾	金鲈
欧鲐	泥鳅
小欧洲鲤	螃蟹
斑点鳟	蜗牛
河鳗	青蛙

吃完了这些以后,也要再喝点儿东西,否则会噎死的,他们又给他上了一些汤汤水水的。这个,他们倒是想得很周到。

于是,接着便又奉上:

咸鳘鱼
干鳕鱼
鸡蛋分油炸、清炖、红焖、蒸烧、微火慢烤、炉上摊饼、面糊油氽、油拌调制等等
贝蚝
印鱼
鳕鳘
海鲚鱼

以上的鱼类,食时大量加醋,比较容易消化。最后又送上:

稻米蒸糕	奶油糊
小米蒸糕	乳香露
黄米粥	褥香液
杏仁粥	无花果
葡萄	枣子
土参	胡桃
小米糊	榛子
大麦粥	防风
李子	菊芋

一边吃,一边还不停地喝酒。

请你们相信,他们供奉给卡斯台尔这位神灵的,比赫里欧卡巴鲁斯的偶像和巴比伦王伯沙撒在位时贝尔的神像所享受的供奉丰富得多许多。尽管这样,卡斯台尔还自以为自己不是神灵,仅仅是个可怜的、卑微渺小的人。完全就好像国王安提

哥努斯一世在回答那个名叫赫尔摩多图斯的诗人(赫尔摩多图斯曾经在诗里称安提哥努斯一世为神灵和太阳之子)所说的那样:“我的提便盆也不承认”(所谓便盆系指一种承接大便的盆子和桶),卡斯台尔叫这些“马塔哥特”到他的便桶里仔细去看、去观察、去讨论、去研究,看能在他的粪便里发现什么神灵的东西。

第六十一章　卡斯台尔发明种植和储存粮食的方法

等着那些崇拜肚子的魔鬼过去以后,庞大固埃开始仔细地研究起尊贵的艺术大师卡斯台尔来。大家知道,由于自然的规律,面包等食品是上天的祝福,是上天所赋予的食品,他高兴什么时候有就什么时候有,高兴如何储存就如何储存,永远都不会缺少。

一开始,他就发明了铸造铁器,耕种田地,让土地生产粮食。他开创了武术,制造了武器,为了保卫粮食。制定了医学和占星术,还有算术,这些都是为了一连几百年储藏粮食,让它不受天气的腐蚀、蛀虫的灾害和盗贼的偷窃,是不可或缺的学识。他又发明了水磨、风磨、手推磨和无数其他磨碎粮食、让粮食成为面粉的工具。发明用酵母来发酵面,发明用盐来调味(因为他知道世界上没有比未发酵和未放盐的面包更容易使人生病的了),为了熟食发明火,发明时计和日晷为计算蒸熟面包和种植粮食所需要的时间,即面包的时间。

遇到粮食在某一地区缺乏的时候,他发明了把粮食从这一地区运到另一地区的技术和方法。他非常精巧地让两种牲畜交配,这两种牲畜是母马和公驴,以便生产出第三种牲畜来,我们把它叫作骡子。这是一种比其他牲畜更加强壮、更加彪悍、干活更加持久的牲畜。他还制造了各种车辆,这样运输起来更加方便。遇到江河海洋让运输受到阻碍时,他又发明了大小船只和舟楫(这是惊天动地的大事),可以把粮食运到海外,可以从江河运到外方,运到距离遥远的、陌生的外邦去。

经过几年的土地耕作之后,没有在适当的季节落雨,因为缺雨的原因,粮种便干死在田地里。再过几年,雨水又过多,又把种下去的粮食都淹死了。又过几年,冰雹成灾,打坏了粮食,风暴吹得它不能再生长,天灾完全破坏了收获。

在我们出世之前,他早就发明了向天要雨的技术和方法,只要把一种草割掉就好了,这种草在草原上很多,只是很少有人认识,他拿给我们看了。我看它很像上古时代在旱灾时,朱庇特的祭司在阿尔卡地亚的利西亚山上,向阿格里亚水泉里扔的那种草,草扔下去以后,水泉里就冒出水汽,水汽就变成浓云,浓云再转化成雨,于是整个地区就都受到了甘霖。此外,他还发明了把雨阻止在天空里,并且让它落到海里的技术和方法。他还发明了消灭冰雹、平息飓风、扭转风暴的技术和方法，就像特利逊尼亚的米西尼人使用的方法那样。

随之而来的还有其他的不幸，那便是窃贼强盗把粮食和食品从地里偷走。于是他又倡导建筑城市、堡垒、碉楼以及储存和保护粮食的方法。结果，地里再也找不到吃的东西了，因为都被送进了城市、堡垒和碉楼里，由居民小心谨慎地把守，比赫斯伯里德斯①的金苹果由百首之的龙看守得还要严密。他还创制了枪炮武器、攻城弩、石弹炮、射箭炮作为攻打和摧毁碉堡和城寨的工具。也让我们看了武器的图样，只是维特鲁维的学生，那些精巧的设计师看不懂，伟大的国王的御前总设计师腓力贝尔·德劳尔摩②阁下也向我们承认他看不懂。后来，在保卫城市的人巧妙和精密的防御之下，这些武器又都不管用了，他新近又创造了重炮、长蛇炮、蝮蛇炮、石弹炮、蜥蜴炮，这些可以射出比大铁砧还要重的铁炮弹、铅炮弹和铜炮弹，制造的炮弹着实惊人，让"大自然"为之震惊，并承认这些技术胜过自然。从前奥克西德拉克人使用霹雷、冰雹、闪电、风暴，可以在战场上战胜敌人并把敌人一下子打死，现在已经不值得一提。因为一枚蜥蜴炮远远比一百次雷劈更可怕、更厉害、更凶恶，杀伤毁灭的人更多，更能震慑人心，更有摧毁建筑物的力量。

第六十二章　卡斯台尔先生发明避炮法

有一次，卡斯台尔藏着粮食的碉堡受到了敌人的包围，他的碉堡被十恶不赦的攻城炮火打破了，他的米粮和食物被强大的暴力给抢劫和掠夺了。于是他发明了保护城墙、墙垛、壁垒避免炮击的方法，让炮弹根本碰不到城墙，干脆停留在了半空里。或者即便碰到也不致为害，既不能摧毁防御的工程，也打不死防御的居民。

对于外来的侵扰，他早已经有了妥善的安排，并且对我们作了试验，后来弗隆通就沿用了这个方法。现如今已经成了特乐美人的日常操演，成了家常便饭了。方法是这样的（今后对于普鲁塔克宣称试验过的，请不要不信了：遇到有一群羊像一阵风似的逃跑时，只要在后面的一只羊的嘴里塞进一棵蓟草，全部的羊霎时便会停住不跑）：

一尊小铜炮，先把火药好好地配好，除去硫黄，加进适当的上细樟脑，在上边放一个直径相当大的铁球，还有二十四个铁弹，有的滚圆若球，有的壮似泪珠。然后

① 赫斯伯里德斯：神话中阿特拉斯的三个女儿，她们果园里有金苹果，命百首之龙看守，后海格立斯斩龙盗去金苹果，即海格立斯的第十一个奇迹。

② 腓力贝尔·德劳尔摩（1515—1570）：法国建筑学家，作者在意大利时曾与他相识。

找一个年轻的侍从做靶子,好像真要朝他肚子上开炮似的,叫他站在六十步开外的地方,在侍从与炮之间的直线上,放一个木架子,用绳子在上面挂一块很大的磁石,也就是吸铁石,还有一个叫法是叫"海格立斯石",据尼坎德尔说,这是古时一个名叫马格内斯的人,在腓力基亚的伊达山上发现的。我们平常都把它叫作磁石。这时从炮口把火药点着,火药烧着以后,为了替代炮内所引起的真空(自然是不容许有真空的,如果真的世界上成了真空,那整个的宇宙、天空、气层、地下、海洋都将会恢复到上古时的混沌世界了),炮弹便会猛烈地从炮口喷射出去,让空气进到炮身里来,否则的话,火药一旦被烧完,炮内就空无一物了。这样猛烈地开出去的炮弹,看起来一定会把那个侍从打死的,可是当它飞近磁石的时候,就会失去活动的能力,停留在半空里,围着那块磁石转圈,不管射出来的时候多么猛烈,这时也不会有一颗炮弹打过去落到侍从的身上。

此外,他还想出办法让炮弹以同样的强度和危险性,由原来的路线返回到开炮的敌人身上。说起来,这并没有什么困难的,名叫"爱西屋比亚丹参"的草不是可以把所有的锁都打开么?还有一种非常弱小的小鱼,叫作印鱼,可以在任何的飓风中把海上遇到风暴的那只最大的船只阻拦住。如果把它的肉用盐腌过,还可以从井里钓出金子来,不管井有多么深。

德谟克里特曾写下,后来泰奥弗拉斯国斯相信并且证实过,有一种草只需要用它一接触,那么,不管多么深、多么坚固地钻进多么大、多么硬的木头里的铁锥,就会一跃而出。

还有你们叫作啄木鸟的绿喜鹊,遇到有人把它们那么精巧地建筑在大树身子里的鸟巢,当用粗大的铁锥堵住出口时,它们就是用这种草来应付的。

还有鹿,不管是雄的还是雌的,受到标枪弓箭的伤,不管多么深,只要能找到在康地亚很常见的一种叫作白藓的草并吃上一点儿,箭就会马上从伤口里出来,还不留半点伤痕。维纳斯的爱子埃涅阿斯被图尔努斯的妹妹茹图尔娜用箭射伤右腿的时候,维纳斯就是使用这种草来把伊尼斯治好的。

还有天上的霹雷,一闻到桂树、无花果树和海豹的气息,就会马上回头,从不会伤害它们。

狂奔的大象只要看见一只公羊,马上就会恢复常态。凶暴狂躁的公牛,一走近你们叫作映日果的野无花果树,就会老实得好像抽筋似的停步不前。毒蛇的咬伤,只要一碰到桦树的枝子就会愈合。

据奥弗利翁的记载说,萨摩斯岛上,朱诺神殿尚未建造的时候,他曾经见过一种叫作"尼阿德"的野兽,它一吼叫,周围的土地就会塌下去陷成深坑。

根据泰奥弗拉斯托斯和古代的圣贤记载,在听不到雄鸡打鸣的地方,蒴藋的枝干长得会更好,更适合于制造笛子。就好像公鸡的啼声能让蒴藋的木头发钝、发哑、不会发音似的。还有狮子,那个雄伟无比的巨兽也是这样的,一听见雄鸡叫,就会吓得茫然发呆。

我知道有些人以为这说的是野生接骨木,它生长的地方离城市远,听不到公鸡的啼声。毫无疑问,制造笛子和其他乐器,这种野生接骨木比屋前屋后生长的家接骨木更受人所欢迎,更容易被人所选用制作乐器。

还有人理解得更深奥,他们不是从字面上,而是像毕达哥拉斯派那样从实质上来领会的。他们说,迈尔古里的神像不应该毫无区别地使用什么随便的木头,并且解释说,神灵不应该用庸俗的方式来尊敬,而是应该用特别虔诚的方式来尊敬。

他们还同样教导我们说,真正的学者不应该喜爱平庸的、俗气的音乐,而应该喜爱超凡的、神圣的、天国的、深奥的、来自远方的音乐。换句话说,就是听不到鸡鸣的地方的音乐。这是因为我们一般不说一个地方偏僻荒野,而经常说一个地方不闻鸡鸣。

第六十三章 庞大固埃是如何在伪善岛附近瞌睡,以及醒来后解决之问题的

第二天,我们一边闲谈,一边继续赶路。船到达伪善岛的附近,因为海上一片平静,纹风不动,庞大固埃的船只竟然无法靠岸。我们只好用绳索让船帆上下起落,借力划动,一会儿右舷成了左舷,一会儿左舷又成了右舷,然而把小帆全都加挂起来也无法前行。船上的人一个个都不由得垂头丧气、萎靡不振、闷闷不乐、无计可施,谁也不说一句话。

庞大固埃手里拿着赫里欧多鲁斯一本希腊文的作品在甲板尽头的一张垫子上打盹。这是他的习惯,拿着书睡觉比用心听课容易得多。

爱比斯德蒙在他的行星仪里观察我们正在什么经纬线上。

约翰修士走进厨房,举起肉叉视察肉块,想看出这时是什么时辰。

巴汝奇嘴里噙着“庞大固埃草”的梗,用舌头吹着泡泡。

吉姆纳斯特在用乳香木削着牙签。

包诺克拉特在胡思乱想,以手搔头,挠痒取乐。

卡帕林在用一个大胡桃壳做了个小巧玲珑、美丽可爱的小风磨,还用一块榛木板做了四个小风翼。

优斯登在一尊蝮蛇炮上弹动着手指,好像在弹大弦琴。

里索陶墨在用一个旱地乌龟的硬壳做一个柔软的钱袋。

克塞诺玛恩在用拴鹰的皮条修补一盏旧灯笼。

我们的领港人在逗着水手们说话。这时约翰修士从舱里出来,看见庞大固埃已经睡醒了,就高声打破大家的沉寂,兴致勃勃地问道:

"在这纹风不动的海上怎么来消磨时光呢?"

巴汝奇马上随声附和,也同样问道:"要用什么法来消除烦闷呢?"

爱比斯德蒙是第三个发话的人,他心情愉快地问道:

"不需要小便,有什么方法小便呢?"

吉姆纳斯特站起身来问道:"怎么能让自己的眼睛不花?"

包诺克拉特揉了揉眉头,晃了晃耳朵,问道:"有什么法可以不像狗那样睡觉?"

"别忙!"庞大固埃说道,"根据敏锐的逍遥派哲学家的教训,说是所有的问题、所有的疑难、所有的疑问,提出来的时候都应该是确定的、清楚明了的和容易懂的。你说'不像狗那样睡觉',那么请你先说明白狗是怎样睡觉的?"

包诺克拉特回答道:"饿着肚子在太阳底下睡觉,就是狗睡觉的方法。"

里索陶墨蹲在甲板上,这时仰起头来,深深地打了一个哈欠,由于自然的感染,使得在场的伙伴们都打起哈欠来了,他问道:

"请问有什么方法可以防止打哈欠?"

克塞诺玛恩专心致志地忙着修他的灯笼,突然问道:

"有什么方法可以让胃囊平衡、稳定,既不向这边歪,也不向那边斜?"卡帕林正在玩着他的小风磨,也问道:

"一个人要觉得饥饿,肚子里要经过多少次转动?"

优斯登听见大家说话,也跑到甲板上,在绞盘那里就高声问道:

"为什么一条饿的蛇咬了一个饿肚子的人,比两者都吃饱的时候更有生命的危险?又为什么挨饿的人的唾沫对于毒蛇毒兽有毒?"

"朋友们,"庞大固埃回答道,"你们所提的这些疑难和问题,只要一句话就可以解决,你们所说的病患和灾害,只要用一样药就可以治好。我的答案很简单,用不着千言万语、长篇大论,那就是:挨饿的肚子是没有耳朵的,什么也听不见。所以只需要用手势、比画和动作就可以让你们满意,解决你们的疑问。就像从前在罗马,罗马人最后一个皇帝'傲慢者塔奎尼乌斯'那样(说至此处,庞大固埃拉了拉打钟的绳子,约翰修士马上就向厨房跑去),他就是用比画来答复他的儿子斯图斯的。斯图斯那时正在加比尼乌斯①人那里,他派人专程向他父亲请示如何才能降服加比尼乌斯人,让他们完全归顺。皇帝对来人的忠诚不是很放心,于是就一言不发,只是把他领进内花园里,当着他的面拔出短剑把园内长得特别高的牡丹一一砍倒。来人回去以后,未带任何回话,只向太子回报他所见到的事情,从他所述说的一切中,塞克斯图斯·塔尔干不难理解他父亲是要他割下城内为首者的首级,以便让其

---

① 加比尼乌斯:罗马帝国的一个部落。

余的百姓望而生畏,俯首听命。”

第六十四章　庞大固埃是如何无须回答伙伴们的疑问的

庞大固埃接着问道:

“这个岛上住的都是些什么人啊?”

克塞诺玛恩回答道:“都是些假冒为善的人、妄自尊大的人、手执念珠的人、伪君子、祷告神圣的人、假善人、隐修士。一些(像布莱和波尔多之间的洛尔蒙的隐修士那样)靠旅客布施过活的穷鬼。”

巴汝奇说道:“那我可不去,一定不去。如果我会去的话,叫魔鬼吹我的屁股!隐修士、祷告神圣的人、伪君子、假善的人、假冒为善的人,去见他的鬼!都给我滚蛋!我到现在还记得那些去参加开西会议的胖家伙呢。但愿别西卜阿和亚斯他禄把他们送到普罗赛比娜那里开会去,我们遇见他们之后遭受过多少风暴和灾难啊!让我问问你,我的小胖子,我的克塞诺玛恩头目,请你告诉我:这里的假冒为善的人、隐修士、伪君子,是独身的呢,还是结过婚的?有没有女人?能不能在那里伪善地做一件小小的伪善的事?”

庞大固埃说道:“这句话问得太妙了!”

“不错,当然可以!”克塞诺玛恩回答道,“那里有的是美丽可爱的女假冒为善的人、女伪君子、女隐修士、虔诚无比的女信徒,还有许多小假冒为善的人、小伪君子、小隐修士。”

“好了,好了!”约翰修士插进来说道,“一个小隐修士就等于一个老魔鬼,别忘了这句成语。”

克赛诺马恩接着说:“否则的话,如果不繁衍后代,伪善岛上老早就荒无人烟了。”

庞大固埃派吉姆纳斯特乘船给他们送去了七千金币作为施舍,然后又问道:

“现在什么时候了?”

“九点多。”爱比斯德蒙回答道。

“正在吃饭的时候,”庞大固埃说道,“亚里斯托芬在他的喜剧《公民大会妇女》里赞扬的那条神圣的线已经近了,阴影正落在日晷的十字上。古时在波斯人的国家里,只有国王吃饭的时间才有规定,至于其他的人,肚子和饥饿就是时钟。普洛图斯说,有一个食客非常讨厌也不喜欢钟表和日规的发明,他认为没有东西比肚子更准确了。还有戴奥真尼斯,有人问他一个人应该什么时候吃饭,他回答说:‘富人

是饿的时候吃饭,穷人是有饭吃的时候才吃饭。医学家把时间规定得很有道理:

五时起床,九时早饭,
五时晚餐,九时安眠。'"

"可是那位有名的国王贝托西里斯的说法却不一样。"

他的话尚未说完,管膳食的人就安排饭桌和饭橱,铺设好熏香的台布、盘碟、饭巾、盐罐,摆好碗盆、大酒瓶、小酒瓶、酒杯、酒爵、盆、罐,等等。

约翰修士伙同总管、管事的、管面包的、管酒的、管菜的、管端盘的、伺候酒的,送来四个大得骇人的火腿糕饼,又高又大,使我不由得想起了都灵那四座碉楼。我的天!你看他们吃喝起来多么厉害啊!可是还未到上点心的时候,就只见偏西的西北大风已经吹起了主帆、后帆、前帆、摩尔帆,大家异口同声地唱起了赞美老天爷的颂歌。

等到吃点心的时候,庞大固埃问道:

"朋友们,请你们说说看,疑问是不是都解决了?"

里索陶墨说道:"感谢天主,我的哈欠不打了。"

"我也不像狗那样睡觉了。"包诺克拉特说道。

"我的眼睛也不花了。"吉姆纳斯特接口道。

优斯登说:"我也不饿了。今天一整天,下列的东西保证不会再碰到我的口水角蝰、蚂蚁、蜘蛛、短嘴鳄……。"①

第六十五章 庞大固埃是如何和属下消磨时光的

约翰修士问道:"巴汝奇未来的老婆应该归到这些毒虫里的哪一类呢?"

巴汝奇接口道:"小光棍,光屁股的教士,你也说女人的坏话?"

"凯诺玛尼的大肠!"爱比斯德蒙喊叫起来,"欧里庇得斯在他的剧本里曾经叫昂朵马格说道:虽然神给凡人造了药来治致死的爬虫毒,可是没有谁能发现药来对付那比蛇和火还要厉害的东西,就是那些女人。"

巴汝奇说道:"欧里庇得斯这个吹牛的家伙一向对女人就不尊敬。所以,才像

---

① 作者在这里按字母顺序罗列了九十八种爬虫名词,主要是从 1527 年新出版的阿拉伯名医学家阿维森纳的《药典》拉丁文版抄来的,有蛇类、蜥蜴类、鱼类、鳄鱼类等。

亚里斯托芬所说的那样,遭到天谴,叫狗把他吃掉。接下去轮到谁了?现在该谁说话了?”

爱比斯德蒙说道:“我现在可以随便小便了。”

克塞诺玛恩说道:“我的胃也装得不能再满了。现在是既不往这边偏,也不往那边斜了。”

卡帕林说道:“我既不想吃面包,也不想喝酒。因为我既不饿,也不渴。”

巴汝奇说道:“我的气也消了,感谢天主,也感谢你们。我现在像鹦鹉一样的愉快,像鹰鹞一样的矫健,像蝴蝶一样的轻捷。的确,你那位欧里庇得斯就曾经被叫作西勒努斯,那位让人不能忘怀的酒客,说道:

喝了酒却不快活的人,
都同疯子一样愚蠢。”

“我们可不能忘了好好地赞美天主,我们的造物主、救主、保护者,他用营养的面包,香醇的美酒、膏腴的肥肉,治疗我们肉体和心灵的饥荒。我们吃喝的时候那种快乐和享受的感觉还不算。但是,这位亲爱的、可尊敬的约翰修士刚才问到如何消磨时光,你还没有回答呀!”

庞大固埃说道:“对于你们所提的疑问,如果这样就算满意了,那我也就满意了。只要你们愿意,我们将来可以再找时间多谈谈。现在只剩下约翰修士所提的疑问了,那就是:如何消磨时光。我们不是消磨得很好么?你们看墙楼上的帆飘动得多么厉害,帆篷飘得多么响,扣绳、缆索和墙链拉得多么直。那是我们举杯、干杯的时候,自然的元素也和我们神秘地配合,天气起了变。如果你们相信写神话的贤哲们,阿特拉斯和海格立斯就是这样把天高举起来的。但是,他们举得高了半寸,这是因为阿特拉斯想和他的朋友海格立斯相处得欢乐,海格立斯过去在利比亚的沙漠里遭受过干渴之苦……”

“天主在上!”约翰修士打断了庞大固埃的话,说道,“好几位可敬的学者对我说过,令尊大人的膳食总管提尔吕班每年总要省下一千八百桶酒,不等到客人和手下人渴,就先给他们喝。”庞大固埃继续说道:“这跟旅行队伍里的那些双峰骆驼、单峰骆驼一样,它们喝水是为了解决过去的、现在的和未来的干渴,海格立斯就是这样的。他们把天举得太高了,使天晃动倾斜,累得那些没有头脑的星相学家们争论不休。”

巴汝奇说:“这是俗话所说的:

雨过天晴,
人们还在围着火腿醉酩酊。”

庞大固埃说道："我们吃喝的时候，不但消磨了时光，而且还大大地减轻了船的载重，可又不仅仅像伊索的篮子减轻重量那样，它减轻重量不是因为里面的食物被吃掉了，而是因为摆脱了守斋的苦处。因为死人比活人重，挨饿的人比吃饱喝足的人更沉、更往地下坠。走远路的人早晨起来吃饱喝足，说道：'这样，我们的马跑得更轻快。'这句话并没有说错。难道你们不知道古时的阿米克雷人在诸神当中特别尊敬和崇拜尊贵的巴克斯老爷，并且特别恰当地把他叫作普西勒，希腊语意为翅膀。因为，正像鸟儿用翅膀可以轻盈地飞向天空那样，人们依靠巴克斯相助（也就是说惹人喜爱的美酒），精神心灵就可以飞扬，肉体便显著地轻松舒适，而所有尘世的忧愁痛苦才能逐渐平静、消逝了。"

第六十六章　在庞大固埃的命令下，是如何向盗窃岛上缪斯鸣炮致敬的

一路顺风，大家谈笑风生，庞大固埃突然远远望见一片高岗起伏的地带，就一面指给克塞诺玛恩看，一面问道：

"你看左边这座高山，两边的山坡很像弗西斯的帕纳塞斯山么？"

"看见了，"克塞诺玛恩答道，"那是盗窃岛，你要去吗？"

"不要去。"庞大固埃说道。

"不去是对的，"克塞诺玛恩说道，"因为那里没有一点儿东西是值得一看的，居民不是盗贼，就是小偷。只有右边山坡上有一个风景绝佳的水泉，周围有一片大树林。水手们可以去取水砍柴。"

巴汝奇说道："有理，有理！天主在上！可千万别到这个盗贼和小偷的窝里去。我告诉你们，这个地方，和我从前在布列塔尼与英国之间所看到的萨克岛和赫摩岛完全一样，和色雷斯菲利普王朝时的波奈罗普里斯城也完全一样，是个强盗、小偷、窃贼、歹徒、杀人犯的岛屿，那里所有的人全都是从牢狱里最坏的人里面来的。我恳求你们，千万别到那儿去！你们就算不相信我，至少请相信这位慎重的老好人克塞诺玛恩的主意啊。我在这里起誓，这些人比卡尼巴人还要凶恶。他们会把我们活活地吃掉的。求求你们，可千万别去！宁肯下到地狱里也别去。告诉你们，天主在上，我已经听见了可怕的撞钟声，就像从前波尔多的加斯科涅人听见收税官和警察来时的撞钟声一样，否则就算我的耳朵不灵。赶快跑吧！喂！跑得越远越好！"

约翰修士说道："偏要去，偏要去！只管开过去好了！保证过夜不花钱。走！我们会把他们全都收拾掉的。往前开！"

"见你的鬼!"巴汝奇叫了起来,"你这个鬼教士,你这个鬼教士,真是发了疯了,你什么也不在乎!跟鬼一样什么都不怕,而且全不替别人着想。你以为别人全都跟你做教士的一模一样。"

"去你的吧,没胆的家伙!"约翰修士也还起口来,"叫魔鬼切开你的脑袋,把你的脑子切成薄片!你这个胆小鬼什么都怕,动不动就吓得屙出来!假如你真的害怕,你别下船好了,留在这里看行李,不然就混在魔鬼群里并藏到普罗尔皮娜的长袍底下去。"

巴汝奇听了他的话,二话不说,就离开了大家,躲到舱底和面包头、面包皮、面包渣挤在一起去了。

庞大固埃说道:"我感到心灵紧张,好像远处有一个声音告诉我说我们不应该去。每次我的精神上有这种感觉的时候,抛弃和离开他不许我去的地方,我总是得到好处。另一方面,去了他叫我去的地方,也会同样得到好处,也从来没有后悔过。"

爱比斯德蒙说道:"学士们称道的苏格拉底那个精灵鬼,就是这样的。"

"让我告诉你,"约翰修士说道,"当水手们去取淡水的时候,巴汝奇在那边吓得动也不敢动了。你说好笑不好笑?请你关照船头上面开他一炮,算对这座安提巴那索斯山①上的缪斯们致敬吧。反正炮里的火药就算不用也会坏掉的。"

庞大固埃说道:"说得有理。请炮队队长到我这里来。"

炮队队长急忙来到跟前。庞大固埃命令他开炮,并且要重新装置火药,以防万一。他的命令马上就被执行了。一听见庞大固埃主舰上的头声炮响,舰队其他的帆船、快船、划桨船、大帆船上的炮手一个个也都在自己船上开起大炮来了。请你们相信,有好一阵响彻云霄的隆隆炮声。

第六十七章 巴汝奇是如何吓得屙了一裤子,如何把罗底拉都斯猫当作小魔鬼的

巴汝奇慌慌张张得像一只吓傻的山羊,只穿着内衣,从舱底跑了出来,腿上只套着一只裤腿,嘴上、脸上全都是面包屑,手里提着一只长毛猫,猫缠在另一只裤腿里。他抽动着嘴唇,浑身颤抖着,牙齿咯咯作响,像一只在头上捉虱子的猴狲,走向约翰修士,而此时后者正坐在右舷的船边上。巴汝奇诚诚恳恳地请求约翰修士可

---

① 安提巴那索斯意为反巴那塞斯,讽刺盗窃岛反缪斯之意。

怜可怜他，把他放在修士的短剑保护之下，并一再以教皇派的名义赌咒，说刚刚亲眼看见地狱里的全部魔鬼都跑了出来。

他说道："快看，我的朋友，我的兄弟，我的神师，地狱里的全部魔鬼在今天过大喜的日子！你再也没见过这样的地狱场面！你看见地狱的厨房冒烟没有？（他一边说，一边指着每条船上炮火的浓烟。）你一辈子也没有见过这么多的鬼魂吧？你知道这是从哪里来的么？你看，我的朋友，它们多么可爱，多么娇嫩，金发闪闪，说它们是斯提克斯河的食品，一定没有说错。我相信（天主恕我无罪！）这一定是英国人的鬼魂，我想今天早晨苏格兰附近的马岛大概被德·泰尔摩和德·得塞爵士从英格兰人的手里夺回来了，把整座岛屿洗劫一空，守岛的英国兵士全部亡命了。"

巴汝奇一走近，约翰修士闻到了一股说不出是什么的味道，反正不是火药味。他让巴汝奇转过身去，发现他的衬衫上满是新拉的稀屎。由于他幻觉中感受到的恐怖，再加上炮火雷鸣，在舱底听起来比在甲板上更为可怕，吓得完全约束不了了。这是产生恐怖的一个显著的症状，使得那扇约束粪便的门户自动启开，这也是恐惧的一种显著症状和结果。

古代早就有这样的例子，西耶那的潘多夫·德·拉·卡西纳大师有一次乘驿马走过尚贝利，住在聪明的店主维奈的旅馆里。一进旅馆，他便进马棚里拿起一只叉子对维奈说道："离开罗马到此地，我还未屙屎，请你拿这只叉子把它吓出来吧！"

维奈接过叉子来，舞了好几个姿势，好像真的要刺他似的。潘多夫大师见状大声说道："如果你没有别的妙方，这是白费劲，请你真的下手吧。"维奈果然给了他一叉，一下叉在他脖子里的领口上，叉了他一个四脚朝天，倒地不起。他这才张开大嘴，满嘴喷着唾沫地笑道："巴雅尔的天主！这就叫作'尚贝利成交的契约'，没想到这一下倒行了好。"那个西埃那人脱下裤子来，屙的比九只水牛、十四个奥斯提亚的总司铎还要多。屙完之后，对维奈深深道谢，说道："万分感谢你，我的好店家，你帮我省了买栓塞剂的钱。"

还有一个例子，那就是英国国王爱德华五世。弗朗索瓦·维庸大师在法国被贬，来到英国。英国国王待他十分恩厚，推心置腹，宫内任何小事都不瞒着他。有一天，这位国王在出恭，指着墙上画的法国国徽向他说道：

"你看我对你们法国国王多么重视啊！我把他们的纹章不放在别的地方，而放在我出恭的秘密地方。"

维庸接口道："神圣的天主！你太明智了，稳重关切，对健康真的是面面俱到，你那博学的御医多玛斯·林那克对你照顾得真是无微不至。他一定是见你年事日高，而且常患便秘，必须要每天往肛门里灌药，我是说替你灌肠，否则便拉不出来。于是他特意把法国的国徽画在这里，而不是画在别处，这是特别有效的预防方法。因为你一看见它，就会惊魂不定，马上吓得像十八只包尼亚野牛那样往外拉屎。假如画在宫内别的地方，画在你的寝宫里、大殿里、教堂里、回廊里或者别的地方，我的天啊！那你随便到哪里只要一看见就会立刻往外拉。我相信，假如你这里画上法国的大旗，那你一看见，一定会把你的大肠吓得从肚子里屙出来。不过，哼，哼，哼再来一个！”

“生来巴黎一愚人，
来自彭特瓦兹附近，
靠从头到脚的长绳，
量出颈项臀部深浅。”

“愚人，我是说，呆笨、傻瓜、糊涂。我跟你进来的时候，我奇怪你怎么会在屋里脱裤子。后来我猜想在壁毯后面，或者寝床旁边，可能是你的厕所。否则的话，在屋里脱好裤子，然后再老远地跑到便所去，那未免也太不像样了。这不是愚人的想法么？其实，我的天主！这样做真的是另有妙处。你做得对，我说得对，比你想象的还要对。离得远远的，便把裤子脱好，做得实在是好。因为，如果进到屋子里，裤子不脱好，那么，一看到法国国徽，你的裤子就只好尽便桶、便盆和出恭处的职责了。”

约翰修士用左手捂住鼻子，用右手的食指指着巴汝奇的衬衫让庞大固埃看。庞大固埃见巴汝奇被吓得慌里慌张，浑身打战，神志糊涂，全身都是屎，又被那只熏肉的名猫抓得满是伤痕，不禁哈哈大笑，说道：

“你拿这只猫去干什么呢？”

巴汝奇回答道：“这只猫？假如不是个刚长胡子的小魔鬼，那就叫我马上死掉！我在地狱的面包箱里拿一只裤腿当作手套，偷偷地拉出来的就是它。真见他的鬼了！它把我的皮抓得一丝丝的像花边了。”

他一边说着，还一边把猫摔在地上。

庞大固埃说道：“好了，好了，看在天主的份儿上，赶快去把自己刷洗干净，沉沉气，拿件干净的衬衫换上去吧！”

巴汝奇说道：“你说我害怕？才不是哩。天主在上！我比吃了巴黎从圣约翰节到诸圣瞻礼所有做在糕点里的苍蝇的人的胆量还大哩。哈，哈，哈！乌埃！这是什么鬼玩意儿啊？你们说这是大便、大粪、屎、秽物、脏物、排泄物、米田共、人中黄、稀大粪、狼粪、兔粪、鸟粪、鹿粪、干粪、硬粪或者羊粪么？我认为这是爱尔兰的郁金香。对，对，不错！是爱尔兰的郁金香！没错儿！咱们去喝酒吧！”

尊贵的庞大固埃英勇言行录

第五部

善良的庞大固埃英勇言行录卷末

作者前言

亲爱的读者：

至高无上的、贪杯不释手的酒友们，还有你们，尊贵而满身痘疮的先生们，趁你们还有闲情逸致，而我也没有其他要事要做，请允许我问你们一个问题：为什么大家都像说谚语一样深刻地说："今天的世界不再无味了"呢？你们可要知道，所谓"无味"，是指"毫无生气，未加盐，淡而无味，沉闷乏味"，其寓意是"疯癫、愚昧、缺乏理智，没有头脑"。你们是否能从这句话自然而然地推断出这个世界过去曾经是无味，而现在却理智了呢？那么，是什么使它无味？为何无味？现在又为何变得理智了呢？过去的愚昧指的是什么？而今天的理智又涵盖什么呢？究竟是什么原因使这个世界由无味变得聪明呢？到底嗜好无味的人多呢，还是喜欢聪明的人多？确切地说，这世界究竟何时开始无味？又是什么时候变得聪明呢？过去的愚昧从何而来？而今的聪明又来自哪里呢？又为什么现今的聪明从现在开始，而不是更早呢？以前的愚昧给我们造成什么伤害？而现今的理智又给我们带来什么好处？我们是如何摒弃过去的愚昧，又如何带来今天的理智？

你们若有兴趣的话，请你们回答一下，因为我不想再用别的表达方式请教诸公，唯恐那样会使你们这些有神性的人感到不舒服（或干渴）。你们不用害羞，也不必隐瞒什么，对着天堂的敌人，真理的敌人，魔鬼老爷说出实话。鼓起勇气吧，孩子们！如果你们是我这一边的人，请为我这篇说教的第一部分先干三杯到五杯，然后再回答我的问题。假使你们是另一边的人，那就"撒旦退去吧"！我发誓，如果你们不能帮我解答上述的问题，那我就会后悔最先向你们说出来了。事实上，我已经感到懊悔了，就像抓住狼的耳朵却没有希望得到别人救助的情形是一样的。

怎么了？我完全明白，你们回答不出来，就是对我吹胡子瞪眼睛，我也不作任何解释。我只向你们提起一位可敬的老学究所预言过的话，也就是那本叫作《教廷官吏的风笛》的作者。听听这老东西说了些什么呢？你们这些驴家伙，听好了，我告诉你们！

三十个五十周年，全部刮脸，
超出了三十，就不再疯癫了。
诵经满脸通红，可谓不尊敬！
貌似愚昧，但读经还是有恒，

我们不再愚昧,也不再贪婪,
这因为已尝到了果实的甘甜,
早春的花,曾使得他们畏惧。

你们全部听到了吧,而且真正听懂了吗?这位古代学者的语言是多么简练,寓意又是多么深刻。虽然他谈论的是深奥的、令人费解的话题,但我们最高明的注释家还是把这位善良的老先生的话解释出来了。他们说:经过第三十个五十周年,即1550年,教皇会赐予我们另一个五十禧年,我们不用再担心这些早春的花朵了。这世界将不再无味,而将永远清新怡人。那些不计其数的傻子(正如所罗门告诉我们的),会死于自己的愚昧,而阿维森纳说的那些形形色色的疯癫也会全部消失。肃杀的寒冬使愚昧畏缩,但当春回大地,枝叶驻满枝头,愚昧也跟着开花了。你们看到这一切在发生变化,该心知肚明吧。

名医希波克拉底在《箴言集》里的"在春天"就对这一点作了详细的阐述。当这个世界变得更为理性,就越来越不用担心春天里冒出来的豌豆花了,在封斋节(也就是你一手握住酒杯,双眼泪水盈眶,虔诚恭敬禁食),一堆一堆的书似盛开的花朵,可爱的蝴蝶在花丛中翩翩起舞,但事实上却采不到花蜜,都是一些无聊透顶,令人气愤恼怒的东西,充满危险,长满花刺,就像赫拉克利特的著作一样令人费解,也像毕达哥拉斯和他的数字一样晦涩难懂(据贺拉斯所说,毕达哥拉斯就是豌豆之王)。这些书都将消失,再也没有人能看到它们,或者读到它们。这就是它们的命运,也是命中早就注定的。

取而代之的,将是豆荚里的豌豆,也就是令人欣喜、结出硕果的庞大固埃的传记。他的传记正当我们等待即将来临的五十禧年时,销路很好,这已是家喻户晓了。每个人都专心致志地阅读着,这个世界上的人也就因此变得"聪明"了。这样,你们的问题全部解决了,这就是获得真谛的捷径。现在请清清嗓子,让我们正正经经喝点酒吧,这正是葡萄挂满枝头,

高利贷者自缢的时候。如果天气继续晴好,我就会送出许多绳子,因为我发誓赠送给他们绳子,只要他们想要自缢就尽管找我要绳子好了,不过,这样做可以省下许多雇佣刽子手的费用。

为了参与即将来临的理性世界,摆脱过去自己所受的愚昧的桎梏,你们必须马上为我做这些事:把那古老的哲学法则中论及毕达哥拉斯和他的那些定律通通擦掉,因为他禁止你们食用豌豆。所有善良的酒友都毫无疑问地认为这一禁令就像已故的阿墨,那位无经验的医生禁止他的病人吃鹁鸡的翅膀、小鸡的尾巴和鸽子的脖子一样。他说翅膀这类东西不好,尾巴也有些问题,如果鸽子脖子能剥掉皮还马马虎虎。这一禁令成全他自己独享这些美味佳肴,却让他的病人去啃骨头。也有一些修士步他的后尘,禁止我们食用豌豆,也就是不许阅读庞大固埃的传记,就像

古时肚神崇拜仪式的创始人费罗森努斯和那托一样,当宴席一开始,有人端来可口的东西,他们必朝这些食物吐痰,令人恶心反胃,也就不敢吃了。这些丑陋的、流鼻涕的、黏液满身、被虫子咬得百孔千疮的伪君子,他们不管在公开场合还是私下里,都憎恶崭新的书籍,放肆地在书上吐痰。现在我们能读到许多用我们的高卢语写下的优秀著作,诗歌与散文都有,而那些虚伪的中世纪的残骸虽然已所剩无几了,但我还是会像天鹅群中的鹅一样对此发出嘎嘎的责骂声,并不会因置身于这么多尊贵的诗人和雄辩家当中就缄口不语。

我要扮演的角色是一位乡下人,同所有在我们这一崇高的舞台上昂首阔步的演员为伍,而不甘于默默无闻地被埋没在那些无足轻重的人群中,只配目瞪口呆地盯着苍蝇,像阿卡狄亚的驴一样听到音乐声就竖起耳朵,以沉默的方式表示它们接受别人的所有言论。

我既然做了这种选择,就觉得像戴奥真尼斯一样滚着那个瓮并不可耻,这样子你们就不会说我这样做没有任何可靠的向导了。

事实上,我已经想到有许多文人能做我们的榜样,比如柯力内、莫洛、杜埃、圣加莱、萨勒、马苏奥,还有在整个漫长世纪中高卢的诗人和雄辩家。我发现待在帕纳塞斯山上的阿波罗学院数个年头,同那些快乐的缪斯一起痛饮卡帕林泉水时,我们这一质地平庸的舌头便被赋予了帕罗斯大理石、条纹大理岩,斑岩等等名贵岩石的基质。这些大诗人所描述的都是英勇的事迹、重大的事件,字字珠玑,风格精妙绝伦。他的作品似仙露,那是何等宝贵的美酒,醇香、甘甜、令人回味无穷。这份荣耀不仅是男作家的功劳,女作家也做出相当的贡献。有一位享有法兰西尊贵血统的女作家(在这儿提到她的名字就会显出对她的不敬),以丰富的想象力、华丽的语言和创新的风格震撼了整个世纪。如果你们知道如何效仿他们,就要向他们学习,而我却没有这种能力,正如谚语所说:并不是每个人都能住在科林斯。当所罗门建立他的殿堂时,也不可能人人都捐赠一枚金币。既然我们不能像他们一样设计出如此精美的建筑,我已决定效仿雷诺·德·莫托班,竭尽我所能帮助泥瓦匠,帮他们烧柴煮饭,倘若我比不上他们,至少他们会让我当一名读者,不知疲倦地阅读他们超凡的作品。

你们这些吹毛求疵,爱嫉妒的批评家,让你们活活吓死,选择一棵树把自己吊死吧,不要担心绳子不够。我在赫利孔山前,当着所有神圣缪斯的面宣誓,如果我能有一只老狗的寿命,再加上三只乌鸦的寿命,能像犹太人领袖摩西享一样有健康的身体,或至少能像音乐家色诺非卢斯或哲学家德莫那克斯那样无病无灾,我会举出尖锐的、无可辩驳的证据,对着所有无可救药的雇佣文人——那些只会旧瓶装新酒的作家,那些满嘴碎片、兜售陈腐、为人所无法理解的拉丁词语的迂腐学者宣布:法兰西的语言既不肮脏污秽,也不像他们所认为的那样软弱无能、卑劣下贱。就像福玻斯把他的金银财宝分给那些伟大的诗人,而让伊索承担寓言创作的任务,我也一样谦卑地祈求获得这份特殊的恩赐,因为我就像伊索一样,没有什么更高的企盼,让我就像皮里科斯那样,做一个只擅长画普通事物的画师。我们那些伟大的诗人会很仁慈,我知道他们会的,人类能有多少善良、仁慈、慷慨、和善,他们都能做到。因此,我的酒友们,你们会喜欢这些书的,就像喝酒一样会喝得一干二净,一滴也不剩。你们互相见面的时候可以引用书中的文字,从书页里挖掘其中的神秘,共享它们的底蕴,就像亚历山大大帝津津有味地汲取哲学家亚里士多德著作的精华一样。

让我们肚子碰肚子吧,你们这些酒鬼,这群无赖、这群好色之徒!同样的,我的酒友们,我也要提醒你们,你们要抓住机遇,只要一看到书店销售这些书,就尽快把它们大量储存起来,不要只是翻翻书面而已。而是要像喝下暖人心房的酒那样,吸收到机体里去,才能真正知道其内究竟蕴含什么精髓才会吸引那么多的人等着剥豌豆壳。我会敬献给你们一大篮子的豌豆,同我以前送给你们的一样,是在同一个园子里采摘的,我恭敬地请求你们带着笑容收下我的礼物吧,而更好的豌豆在下一回燕子成行的时候将会再奉献给你们。

第一章 庞大固埃来到钟鸣岛,以及我们听见的声音

我们离开了盗窃岛后,又航行了三天。在茫茫的海面上,我们看不到陆地和其他新鲜东西,因为过去我们曾从这里走过。到了第四天,我们离开了赤道线,开始对着北极转弯,这才看到一片土地,领港人告诉我们说这就是美丽岛。我们远远就听见一阵连续不断的骚乱的声音,听起来倒好像是巴黎、图尔①、雅尔柔②、墨东③等地方在大瞻礼的日子里大中小群钟齐鸣的声音,越靠近,撞钟的声音越响。

我们真怀疑是多多那④的铜锅或者奥林匹斯山上的七音门,要不然就是埃及底比斯的美姆农坟墓上那个塑像所发出的声音,再或者是从前在阿洛里德斯附近的利帕里岛上那座坟墓周围听到的声音。不过,这些在地质学上都讲不通。

庞大固埃说道:"我怀疑是一窝蜜蜂飞跑了,这里的人为了把它们召回来,特意地敲起了大锅、小锅、盆子,还有诸神之母库贝里给祭司用的铙钹。"我们又往前走近了一些,除了不断地听见钟声之外,还听见男人不知疲倦的歌颂声,我们想这一定是该处居民的声音。因此,在登上钟鸣岛之前,庞大固埃提议先把船只靠近一座小石山,我们看到那里有一座隐修院,还有一个小花园。

我们在那里遇见一个上了年纪的隐修士,名叫勃拉吉布斯,(意为爱漂亮师傅),来自格力纳⑤,他把钟声的前因后果都告诉了我们,并且还非常奇怪地款待我们。一连四天都不许我们吃东西,他说不然就不许我们到钟鸣岛上去,因为那时正是四季斋期的守斋日子。

巴汝奇说道:"我实在不明白这是什么意思?与其说四季斋期⑥,不如说是四季风期,因为如果不吃东西,那么肚子空空的里面就只有风。不是么?如果你们这里除了守斋就没有什么好玩的事情了,那也真是够苦的。我们宁愿连宫里的庆典也不要参加了!"

约翰修士说道:"在我的多纳图斯里,只有三个时态⑦,那就是:现在、过去和将

---

① 图尔:法国西部城市。

② 雅尔柔:在奥尔良城附近。

③ 墨东:塞纳·瓦兹省镇名,作者曾在此传教。

④ 多多那:伊壁鲁斯古地名,那里的朱庇特庙里有铜锅,用以宣示神谕。

⑤ 格力纳:法国波亚都省的一个地名。

⑥ 四季斋期:天主教规定一年四季每一季度的第一个星期,须守斋三日,即星期三、星期五、星期六。

⑦ "时态"法文 Temps 与前面"四季"系同一字。

来。这里的第四个时态，应该赏给用人去。”

爱比斯德蒙说道：“这个时态是希腊人和拉七奥姆人在天空多云的时候一种超过去的不定过去时。得麻风的人说得好，别心急。”

“这是坚定而不可移的，”那个隐修士说道，“我已经说过了，谁要是反对，那就是异端，对付异端，就只有火刑。”

巴汝奇说道：“神父，你说得全都对，不过现在是在海上，我怕受火烤，但更怕被水淹；我怕被烧死，但更怕被淹死。天主在上，那就守斋吧！只不过我过去斋守得太多了，身上的肉都守光了，我担心我这身骨头架子最后也会散开。”

此外，还让我担心的，是怕守起斋来会得罪你，因为我懂得不多，相貌难看，不少人都这样对我说，我自己也相信。其实，我倒不在乎守斋，没有比这更容易更现成的了。但更让我不安的，是怕将来无斋可守，因为如果不守斋就得在磨上放东西啊。看在天主的分上，守吧，既然赶上了守斋的日子，我已经很久都没有守斋的习惯了。”

庞大固埃说道：“如果没有别的办法，一定非守不可，那就像走在坏路上，尽力摆脱就是了。我想拿出书来读一下，看看在海上读书是否和陆地上一样，柏拉图在描写一个傻人、愚人、糊涂虫的时候，把他比作在海上船只里养大的人，就像我们说在酒桶里养大的人那样，他们就只会从一个洞眼里看人。”

我们这次守斋可是厉害得惊人，第一天我们折断棍子在守；第二天，我们弄断短剑在守；第三天我们握着锋利铁器在守；第四天，我们鲜血淋淋地守着。这可是天命注定的。

第二章　钟鸣岛是如何原来住的都是“歌唱亡魂者”[①]，后来如何都变成飞鸟

守斋之后，那位隐修士交给我们一封写给钟鸣岛上一个他称为阿比恩·卡马的教堂司事师傅的信件，可巴汝奇见到他时却不小心称呼他为“笨驴师傅”。这是一个小老头，秃脑袋、酒糟鼻子、红红的脸。在隐修士的介绍之下，又从信里知道我们守过斋，因此他对我们非常的好。他请我们饱餐了一顿，然后让我们参观了岛上特有的风景，告诉我们说这座岛屿最初住的都是“歌唱亡魂者”。但是，由于自然的规律（一切事物都随之变化），他们变成了飞鸟。我这才完全清楚阿太乌斯、伽比托

① 歌唱亡魂者：指在丧礼上唱歌及奏乐的人，影射以追悼亡魂为生的教士。

锄、尤里乌斯·保禄斯、马塞卢斯、奥卢斯、盖里阿斯、阿忒涅乌斯、苏伊达斯、阿摩纽斯等人留下的有关“歌唱亡魂者”所留下来的记载。也不难相信尼克提蒙、普罗尼、伊提斯、海尔赛妮、安提戈涅、蒂留斯变成鸟类的经历了。玛塔布鲁娜的孩子变成了仙鹤,色雷斯帕雷纳的人因为在特力顿湖里洗过九次澡变成飞鸟,也就不再难以相信了。

但是,从此刻起,他除了述说笼子和鸟之外,也不谈别的什么了。笼子里富丽堂皇、宽大舒适、构造精美[①]。鸟还有大有小,美丽悦目,很像我们老家的人,和人一样会吃会喝,和人一样会拉屎,和人一样会睡觉,会谈情说爱。总之,看过之后,你不由得会说那简直就是人。不过,根据教堂司事师傅的说法,这并不是人,因为既非在教,亦非在俗。单身上的羽毛就让我们看得眼花缭乱,有的全身雪白,有的一身漆黑,有的上下全灰,有的半白半黑,还有的一身红,有的半白半蓝,看起来的确是五光十色,美不胜收[②]。雄的叫作“教士哥”“修院哥”“司铎哥”“教长哥”“主教哥”“红衣教主哥”“教皇哥”,“教皇哥”只有一个;雌的叫作“教士姐”“修院姐”“司铎姐”“教长姐”“主教姐”“红衣教主姐”“教皇姐”。尽管如此,教堂司事也对我们说,在蜜蜂队里还是有不少马蜂的,这些马蜂什么都不会干,光会吃,光会破坏,所以近三百年以来,也不知道是怎么回事,每五个月,在这些鸟里面,总会混进来大量的“伪善者”,把整个岛糟践得污秽不堪,最后使得个个嫌恶、人人远避,而“伪善者”却歪着脖子做出虔诚的模样,脚上生毛,完全是哈尔比斯的利爪和肚子、斯图姆帕洛斯[③]鸟的屁股,简直无法摆脱它们,因为死一个会生出二十四个。真希望这座岛上能有海格立斯在世,好像杀死铁嘴鹤似的把斯图姆帕洛斯湖的鸟都消灭光。因为约翰修士受环境影响太深了,中毒甚久,此时有点神志不清。还有庞大固埃,也像普里阿普斯老爷看到刻瑞斯的女祭司们没穿衣服一样,笑得喘不过气来。

第三章 钟鸣岛上是如何只有一个“教皇哥”之缘由

后来,我们问教堂司事,既然这些可敬的鸟儿种类如此繁多,那又为什么只有一个“教皇哥”呢?他回答我们说,因为这是星斗原始的不可动摇的制度:“教士

---

① 影射建筑雄伟的教堂。

② 影射不同派别的教士,穿着不同颜色的会衣,圣本笃教会穿全白的,奥古斯丁教会则全黑的,圣方济会为灰色的。

③ 斯图姆帕洛斯:古希腊湖名,神话中海格立斯杀死铁嘴鹤,就在此湖边上。据说湖上的鸟会用拉粪的方式驱赶敌人。

哥”产生“司铎哥”和“修院哥”，无须经过肉体的交配，跟蜜蜂一样，“司铎哥”产生“主教哥”，“主教哥”产生“红衣教主哥”，“红衣教主哥”如果不是半道死亡的话，最后可以做上“教皇哥”，而且只有一个，跟一窝蜜蜂中间只有一个蜂王、宇宙间只有一个太阳一样。只有等他死去之后，才能从“红衣教主哥”里另外产生一个新的，同样无须经过肉体的交配，请你们听清楚。因此，“教皇哥”这一类别，永远是单独一个的，一个一个地单传下去，是完完全全和阿拉伯的凤凰鸟[①]一样的。不错，在两千七百六十个月以前，曾经也有过两个“教皇哥”，可是那时是在岛上空前混乱的时期。

那位教堂司事说道：“当时的情形真的是你抢我夺，你剥我的皮，我撕你的肉，整个岛上几乎弄得无以为生。有的加入了这个的阵营，于是便支持这个；有的加入了那个的阵营，于是便保卫那个；有的像鱼似的闷声不响，再也唱不出来；连那些钟也跟封起来了似的，一声也不再响了。在如此混乱的时期，双方都对居住在大陆上的皇帝、国王、大公、侯爵、伯爵、子爵、联邦等乞援求救，一直到二者之间死掉一个，多数变成了单数，分裂才算结束。”这时我们又问，为什么这些鸟儿会唱个不停。教堂司事回答说，这是笼子上挂着钟的缘故。他说道：

“你们要不要我马上叫那些戴风帽的鸟儿像云雀似的唱起来？”

“那就劳驾你了！”我们一起回答说。

于是他在一口钟上撞了六下，许多“修院哥”就马上跑了过来，张开嘴唱个不停。

巴汝奇说道：“假如撞一下这口钟，也可以叫那边羽毛像熏鲞鱼颜色的鸟儿[②]唱么？”

“当然可以。”教堂司事回答道。

巴汝奇撞起钟来了，那些熏鲞鱼颜色的鸟儿马上跑过来，齐声高歌，只是喉咙沙哑，实在是不好听。教堂司事对我们说这些鸟儿像鸬鹚和鹈鹕一样只吃鱼，是新近才养出来的第五类“伪善者”。

此外，他还告诉我们说，从前罗伯尔·瓦尔勃兰从阿非利加回来路过那里，曾经对他说过不久就会来一个第六类，名字叫作“嘉布遣鹰”[③]，比其他的种类更忧郁、更虚伪、更让人难受。

庞大固埃说道：“阿非利加是经常有新鲜奇怪的东西出现的。”

---

① 凤凰：传说中阿拉伯的神鸟，每五百年纵火自焚一次，借此在灰烬中得以新生。

② 指方济各会会衣的颜色。

③ 指嘉布遣会修士，为天主教方济各会的一支。该会会服有尖顶风帽。

第四章 钟鸣岛上的鸟是如何全是候鸟的

庞大固埃说道:“既然你说‘红衣教主哥’产生‘教皇哥’,而‘红衣教主哥’又是由‘主教哥’来的,‘主教哥’是由‘司铎哥’来的,‘司铎哥’是由‘教士哥’来的,那么,我就很想知道‘教士哥’又是从哪里来的呢?”

教堂司事说道:“说起来这些鸟全是候鸟,它们是从另外一个世界来的,一部分来自一个大得出奇的地方,名叫‘饥荒挨饿’;另一部分来自西方一个叫作‘人口过剩’的地方。这两个地方,‘教士哥’实在是多得出奇,它们离开父母亲友,成群结伙地来到这里。情况是这样的:在那个地方,谁家的孩子多,不论是男是女,产业都得平分,这也是理所当然的,顺乎自然的,是天主的旨意。因此,这一家的产业才算完结。所以,做父母的总是想方设法地把孩子送到这个岛上,尤其是和布萨尔岛有关的那些人。”

“这大概就是离施农不远的布萨尔岛,也就是伛偻驼背岛。”庞大固埃说道。

“不对,”教堂司事说道,“我们叫‘布萨尔’,是因为它们不是驼背就是单眼瞎,不是少胳膊就是瘸腿,不然就是脚不会走,残废、畸形,总之是地上的累赘。”

庞大固埃说道:“这恰恰跟从前挑选维斯太贞女[①]的规矩相反,当时利贝奥·安提修斯曾经说过挑选维斯太贞女,绝对不允许挑选灵魂上有毛病、功能上有缺陷的女孩子,身体上不能有任何的缺点,不论多么小,哪怕是眼睛看不出来的缺点,也不能要。”

“我真奇怪,”教堂司事继续说道,“这些做母亲的怎么能让孩子在肚子里怀胎九个月,而生产之后,却不能让孩子在自己家里待上九年,有的甚至经常连七年也待不到。她们在孩子连衫裙的外面,套上一件短衣,头顶上也不知道剪掉了多少头发,一面还念叨着也不知道是什么的驱邪咒语,完全跟爱西屋比亚人一穿上麻布长衣、头上一削发,就圣化伊希斯的祭司一样。显而易见、明明白白、非常明显,这是一种毕达哥拉斯式的变形,不受任何的损伤,就把孩子们变成你们眼前的这些小鸟了。朋友们,但是我说不上来雌的是如何变成“教士姐”“修院姐”和“教长姐”的,我也不知道为什么她们不唱些让人欢乐的感恩经,像琐罗亚斯德规定唱给奥尔穆兹德奉颂的经文那样,而只念叨些哭哭啼啼、恨天怨地、好像对魔鬼奥尔穆兹德所

---

① 维斯太贞女:古罗马主持对女灶神维斯太的国祭的女祭司,一般由大教长自罗马大家族内选出,须终身洁身自好,否则即遭活埋。

发的哀怨,不停地诅咒着把它们变成鸟的亲属和朋友,年纪大的和年纪小的全都是这样。”

“更多的数目是从‘饥荒挨饿’来的,这是个非常辽阔的地区,当地的居民遇到饥荒没有东西吃、不会工作或者不愿意工作,也不愿意找一个好好的职业干、也找不到一个好家庭可以服务的时候;在夫妇关系不好,事业失败,灰心绝望的时候;在犯了罪、被通缉要处死的时候,都会来到这里。这里的生活有保障,过去它们瘦得像喜鹊,现在一个个都吃得像山老鼠一样肥壮。这里的生活非常稳妥,毫无危险,非常靠得住。”

庞大固埃说道:“这些鸟来到这里以后,是否有的还会回到原来的老家去呢?”教堂司事说道:“从前有过几个,但是很少,而且它们是不大愿意回去的。后来,经过几次改革以后,受到天上星斗的影响,有不少都飞跑了。不过,这并不让我们难过,因为余下的只会分到更多。此外,在飞走以前,多数鸟都会把羽毛,亦即所穿的会衣,留下来。”

果然,我们看到了几个。继续找下去,又看到一只插着开过的玫瑰花的花瓶还有一些稀奇古怪的事呢。

第五章　钟鸣岛上不会唱歌的“骑士鹰”

教堂司事的话还没有住口,只见就在离我们不远的地方,有二十五到三十只颜色和羽毛都是我们在岛上未曾见过的鸟儿飞了起来。这种鸟的羽毛像变色蜥蜴的皮肤,又像石蚕或者苦草的花似的,时刻在变颜色。每只鸟左边的翅膀底下,都有一个记号,好像把圆圈一分为二的对经线,或者说,像一条落在水平线上的垂直线。这些记号的样式全都是一样的,只是颜色不同,有白的、有绿的、有红的、有紫的,还有蓝的①。

巴汝奇问道:“这些是什么鸟? 叫什么名字?”

教堂司事回答道:“这些都是杂交种,我们叫它们‘骑士鹰’,在你们的国家里,它们的胃口可大了。”

我说道:“请你也叫它们唱几声,给我们听听好不好?”

“它们从来不唱,可是与此相反的,吃起来却吃双份。”我又问:“有雌的没有呢?”

---

① 此处影射教会会别的番号。

“没有。”他回答说。

巴汝奇问道：“为什么它们的身上有那些疤，脸上还都是麻子呢？”

“这是这类鸟所特有的疾病，因为它们常和海水①接触。”

接着，他又对我们说道：

“这些鸟飞到你们那里去，是想看看你们那里有没有那种叫作‘骑士鹰’的凶恶的猛禽，据说这种鸟不服从召唤，也不承认手套，现在都在你们那里。它们有的腿上缠着美丽名贵的皮带，上面还注明‘谁要是往坏处想，就马上罚他吃粪’。有的在胸前的羽毛上戴着一个诽谤者的肖像，还有的披着一身羊皮。”

巴汝奇说道：“安提图斯师傅，这很可能有的，只是我们不认识。”

教堂司事说道：“好了，谈得不少了，现在去喝酒吧！”

“还有吃。”巴汝奇说道。

“对，”教堂司事说道，“吃和喝是一明一暗。走！没有比时间更宝贵的了，我们要用在好事上。”

他先领我们到“红衣教主哥”的温泉那里去洗澡，那真是一个舒适美好的地方，洗完澡，还叫奴仆替我们涂抹贵重的香脂。不过，庞大固埃说，不要来这一套，喝酒只要喝得痛快。教堂司事这才把我们领进一间宽敞舒适的饭厅里，对我们说道：

“我知道隐修士勃拉吉布斯叫你们守了四天的斋，到这里就完全相反了，你们要整整四天不停地吃喝。”

“连觉也不睡么？”巴汝奇问道。

“可以随便睡，”教堂司事回答道，“常言说得好，要睡觉，先喝酒。”真神在天！我们在这里吃喝得太好了，教堂司事真是个大好人！”

第六章　钟鸣岛上的鸟儿是如何得到食物的

庞大固埃面带愁容，好像不满意教堂司事替我们规定的这四天生活，他看出来了，说道：“阁下，你知道冬至的前七天和后七天，海上是没有风暴的。这是各种元素给予翠鸟——忒提斯的神鸟，在海边生蛋和孵育小鸟的时间。”

“现在，正是海水经过长期平静以后重新汹涌澎湃的时候，一有旅客到来，便要兴风作浪长达四天四夜之久。我们认为这种情形之所以发生，其原因是要旅客留

---

① 影射教士和土耳其人在地中海之海役。

在这里,接受鸣钟收益项下的丰富招待。请不要以为你们在白白浪费时间,如果无意和朱诺[①]、尼普顿、多利斯、埃俄罗斯[②]以及所有的恶神作对的话,你还是留在这里。所以还是打起精神来,痛快地吃喝吧。"

饱餐一阵以后,约翰修士问教堂司事道:

"这里的岛上除了笼子就是鸟。它们既不耕田,也不种地。一天到晚就只会嬉戏、啁啾和歌唱。这些丰富的粮食、美味的食品是从哪里来的呢?"

教堂司事回答道:"从另外一边世界的各处运来,除了北部地区几个国家以外。几年以来,它们已经把卡玛里纳湖搅好了。"

"好!"约翰修士说道,"看他们自作自受,乖乖,好! 自作自受啊,乖乖。朋友们,咱们喝酒去!"

"朋友们,"教堂司事问道,"你们是从哪里来的呀?"

"都林[③]。"巴汝奇回答说。

"真的吗? 既然是来自美好的都林,那绝不会是坏鸟的后代! 从都林,每年给我们运来许多许多好东西,我们都满意极了。有一次,都林有人从这里经过,告诉我们说都林大公的全部收入还不够他吃猪肉青豆呢,这是因为他的前任对这里的鸟儿太大方了,送给我们许多竹鸡、野鸡、火鸡,还有鲁敦的大阉鸡等等各种野味和猎物。"

"喝酒吧,朋友们! 你们看到那边的一窝鸟没有? 吃得又肥又壮,那全都是因为捐献丰富! 所以捐献多的人才喝得这样起劲,只要一看到这两根镀金的棍子,便唱得比什么都好听。"约翰修士说道:"这是巡行祈祷。"

"特别是我撞起挂在笼子上钟楼里那几口大钟的时候。喝酒吧,朋友们! 今天是不醉不归,和通常一样。喝吧! 我这里是全心全意欢迎你们的! 不用担心会缺少酒和吃的东西。即便头上的天要变为铜,脚下的地要变为铁,我们也不会断粮的,让埃及一连七年、八年,甚至更长时间都遭受灾荒也不要紧的。让我们团结友谊,为了彼此的友爱干杯吧!"

"真是见鬼了!"巴汝奇说道,"你们这个世界太舒服了!"

教堂司事说道:"到了另一个世界还要舒服呢,极乐世界里的人什么也不会让我们缺少的。举杯吧,朋友们,我为你们干杯!"

我说道:"这一切都是因为你们最初的'歌唱亡魂者'太聪明了,他们想出了各种方法,让你们得到世人所希望的、而老实说又有很少人能够获得的东西,那就是:今生和来世同样过着天堂般的生活。"

"啊,有福的人! 成仙得道的人! 愿上天保佑我也能够得到这个福气。"

---

① 朱诺曾使用风暴阻止伊尼斯前进。

② 埃俄罗斯:风神。

③ 都林:法国西部一地区。

第七章　巴汝奇是如何给教堂司事师傅述说马和驴的故事的

吃饱喝足以后,教堂司事把我们带到一座布置华丽、金碧辉煌的大厅里。在那里,他又关照给我们送来了香果、甜姜芽,还有丰富的饮料和美酒,请我们跟喝雷塞河的水一样,吃下这些药品来消除和忘掉我们在海上遭受的疲乏。他还关照给我们停在码头上的船只送去了大量的食物。可是,因为这里的钟响个不停,我们无论如何也睡不着觉。

刚到半夜,教堂司事就来叫醒我们喝酒了,而且他还自己举杯先饮,说道:"来自远方的朋友们,你们说愚昧是不幸之母,说得极对。但是,你们并没有从脑子里把它清除出去。相反的,你们生活在愚昧里,而且愚昧地生活着。因此,无数的不幸一天比一天多地在折磨你们。你们抱怨,你们哀叹,可是从来不会满意。我现在看清楚了,愚昧使你们躺在床上起不来,和战神受到吴刚的法术一样,你们不了解,你们应该宁可不睡,也不能放弃这座岛上的享受。你们已经吃过三次饭了,我在这里告诉你们,要吃到钟鸣岛上的东西,必须要早起,这里是:越吃越多,越省越少。在适当的季节刈草,草再长出来只会更粗壮、更有用处,如果不去割它,不用几年,就只剩下一层草皮。所以喝酒吧,朋友们,大家全都来喝酒。我们最瘦小的鸟①现在都来为你们唱歌了。起来为它们干杯吧。请!大家干!饮后吐痰只会更顺利。一杯、两杯、三杯……九杯这不是出自于热情,而是出自于仁爱。"

天刚亮,他就又来叫我们吃早餐了。从此刻起,一整天就只是吃饭的时间,我们简直都弄不明白吃的是午饭还是晚饭,是点心还是夜宵。仅仅借游玩的方式,我们在岛上溜达溜达,听听那些鸟儿悦耳的歌声。

那天傍晚,巴汝奇对教堂司事说道:

"阁下,如果你不见怪的话,我给你述说一个有趣的故事,这个故事发生在二十三个月以前的沙台勒罗地方。那是在4月里,在阿朗卡奈爵士的马遛。有一天早晨,爵士在田地里遛马。在那里,他看到一个放羊的小姑娘,只见她在树荫底下的草地上,正看着她的小羊。那里还有一头驴和一只母山羊。马夫和她攀谈起来,邀请她骑在他的马后边,去观看他养马的地方,去吃一顿便饭,顺便散散心。在他们说话的时候,那匹马也悄悄地对着驴的耳朵说道(那一年的牲口在不少地方都会说

① 影射行乞的教士,他们颂经的时间是早晨和半夜。

话)：‘可怜的小瘦驴，我可怜你，同情你。我光看你的鞍鞯磨得很光就知道，你每天干很多活儿。这很好，既然天主造你就是为了对人类服务，你真是一头有用的小驴。但是，除了我看见你的这种生活以外，如果没有人为你洗刷、披盖、加料，我认为你未免太辛苦了一些，这是不合情理的。看你身上的毛一片凌乱，又脏、又瘦，而且又只能吃一点儿粗劣的蓟草和荆棘，我请你迈开你那小碎步跟随我到我们那里去，去看看我们这些天生替作战奔走的牲口享受着什么待遇，吃什么东西。看了我们的日常生活后，你不会没有感受的。’”

“小毛驴回答说：‘对，马先生，我很想去看看。’”

“‘你应该叫我战马先生，小毛驴。’那匹马说道。”

“‘请原谅，战马先生，’小驴说道，‘我们生在穷乡僻壤，连话也说得不好，说得不正确。不过，既然你对我这么宠爱，这样看得起我，我愿意听你的话，只是要在后面远远地跟着你，我怕挨打(我满身都是伤)。’”

“放羊的小姑娘骑在马上，小驴跟在马后，心里想到了那里一定可以饱餐一顿。不料走到门口，那个马夫看见了它，竟然关照马棚的小厮拿叉子和棍子好好地揍它一顿。一听到这话，小毛驴迫不及待地祷告尼普顿神，并且撒腿便跑，一边跑还一边自言自语地说道：‘它说得有理，我本来就不该跟大人物在一起的，我生来就是帮助穷人的，伊索在他的一篇寓言里老早就提醒过我。这都怨我自不量力。现在唯一的办法是心悦诚服地赶快跑开，最好能跑得比煮熟的芦笋还要快。’说完，小驴又是跑，又是跳，连蹦带蹿的，拼命地狂奔，还不停地放屁。”

“牧羊的小姑娘看到小驴跑了，就对马夫说小驴是她的，请马夫好好地看待它，否则她也不愿意去了，宁愿走开。于是马夫关照着拿出燕麦来尽量让小驴吃饱，宁可让他的马八天没有燕麦吃。现在要把小驴叫回来可不容易，小厮们徒劳地喊叫：‘喂，喂，小驴，快过来！’小驴说：‘我不去，我怕挨打。’”

“他们越是甜言蜜语地叫，它越是拧着不肯听，并且又是跳，又是放屁。假如不是放羊的姑娘教给他们，叫他们一边撒燕麦一边喊叫，他们到现在还在那里呢。他们照着小女孩的话做了，只见那头小驴马上回过头来，说道：‘啊，现在他们给我燕麦了，不给我叉子了。我没有别的办法，只好跟着你们走了。’它一边悦耳地叫着，一边走了回去，你们知道，阿尔卡地亚的牲口那美妙的叫声是很动听的啊。”

“回去以后，人们把它牵到马棚里的大马身边，经过洗、刷、梳、刮，重新垫好地方供它休息，槽内满满的干草、燕麦尽量供小驴吃，小厮们替它筛着麦子，它对他们摇摇耳朵，意思是说不筛也不要紧，它照样能吃，这样的奉承它，还真是不敢当。”

“吃饱以后，那匹马问小驴道：

“‘怎么样，小毛驴，觉得怎么样？你认为这里的款待如何？你刚才还不肯来呢！现在有什么话可说的？’”

“‘战马先生，’小毛驴回答道，‘我的一位祖宗为了吃无花果，曾经让菲勒蒙笑死过，这里和无花果比起来，真称得上是香膏。不过，这只能说是一半的美满生活。马先生，你们这里就从不跳驴么？’”

“‘跳驴？’那匹马叫了起来，‘叫你生马喉炎！你拿我当驴看待的么？’”

“‘哈！哈！’小毛驴说道，‘学马的高贵语言真不容易。我是想问：战马先生，你们这里就从不跳马么？’”

“‘小声些，小毛驴，’那匹马马上说道，‘假如被人听见，一定拿叉子给你一顿痛打，打得你再也不想跳驴。我们这里连撒尿的时候都不敢硬起来一点儿，生怕挨打。除此之外，跟皇上一样一切悉听尊便。’”

“小毛驴说道：‘我以我驮的鞍韂起誓，我绝不要待在这里，我要说：“你的马厩、你的干草、你的燕麦，都给我滚蛋！乡下的蓟草万岁！那里可以自由自在！宁可吃得少，也要有自由，这是我的行动口号，我们就是以此为生的。”啊，战马先生，我的朋友，你要是在集市上见过我们开大会就好了，你一定会看见当我们的女主人忙着去卖鸡鸭鹅的时候，我们是多么自由自在地谈情说爱啊！’”

“小毛驴说到这里，就走了。我的故事也就说完了。”

巴汝奇说完话，不再出声了。庞大固埃要他做个总结，可是教堂司事说道：

“明人不用细讲，响鼓不用重锤。我明白你借驴和马的故事想说明什么，可是你只有害羞的份儿。要知道，这里什么也办不到，别谈这个了。”

巴汝奇说道：“我刚才看见一个白羽毛的女教长，与其用手牵着，还不如骑着。假如别的鸟都是先生，这一只我看是小姐，而且长得不错，值得去犯一两次罪。天主会原谅我的，因为我并没有想到坏事上去，现在想的，只是喜欢这一桩。偶尔想起的！”

第八章　我们是如何好不容易才看到“教皇哥”的

第三天仍是和头两天一样，吃过酒席接着就是宴会。这一天，庞大固埃坚持要看一看“教皇哥”，可是教堂司事说它没有这么容易让人看见。

“怎么？”庞大固埃说道，“难道它头上戴着普路托的头盔、爪上戴着古阿斯的戒指[①]或者怀里揣着一只变色蜥蜴，可以让人看不见它么？”教堂司事说道：“不是的，它是天生很难被看见的。不过，如果可能的话，我一定会想办法让你们看看它的。”

---

① 古阿斯：神话故事中吕底亚的牧羊人，手上有金戒指一枚，可以隐形使人看不见。

说完,他便离开了我们,让我们继续在那里又多吃了一刻钟。

回来以后,他对我们说这时候可以看见“教皇哥”,于是他偷偷地、悄悄地,把我们领到它蹲的那个笼子边上,有两个小“红衣教主哥”和六个又肥又胖的“主教哥”在那里陪伴着它。巴汝奇仔仔细细地观察了它的形状、举动和姿态,然后大声说道:

“该死的东西!它倒像一只戴胜鸟①。”“小声点!我的老天!”教堂司事说道,“米歇尔·德·马孔②慎重地嘱咐过,它是有耳朵的啊。”

“它头上还戴着冠哩!”巴汝奇说道。

“善良的人们,假如它听见你们这样胡言乱语,你们就完了。你们看见它笼子里的那个水池么?它可以从里面藏着霹雳闪电、魔鬼、风暴,霎时之间,就可以把你们打进地下十丈深渊。”

约翰修士说:“还是去吃去喝吧。”

巴汝奇呆呆地望着“教皇哥”和它的随从,突然间看见下面有一只猫头鹰,不禁大声大叫:

“天主在上!原来我们是被骗到这里来了。这里到处是欺诈、虚伪和哄骗。你看这里还有一只猫头鹰!天主在上,我们可是被骗苦了!”

“轻声些!”教堂司事说道,“老实告诉你,这并不是什么猫头鹰,这是尊贵的账房先生!”

庞大固埃说道:“让‘教皇哥’唱一段好吗?让我们听听它的歌喉。”

教堂司事说道:“它唱歌是有一定的日子的,吃饭也有一定的时间。”

“这和我可不一样,”巴汝奇说道,“我是什么时候都可以的。走,咱们喝酒去。”

教堂司事说道:“你这话说得对,这样说的话,再也不会是异端。走,我同意去。”

回到喝酒的地方,我们看到一位绿色脑袋的老“主教哥”蹲在那里,它的身边还有一位副主教和三位教廷官吏,全都是快乐的鸟儿,在树底下打着呼噜。旁边,有一位美丽的女教长唱着动听的歌儿,听得我们都入了迷了,恨不得把全身各处都变成耳朵,好不要漏掉一句歌词,专心致志地去听。

巴汝奇说道:“这位美丽的女教长唱得脑袋都快裂开了,而这个老‘主教哥’竟然还在打呼噜。魔鬼在上,我非得马上叫它也来唱唱不可!”说完,就撞起笼子上挂着的一口钟来,但是,不管他撞多响,那个“主教哥”的呼噜却还是越打越响,更别提想要叫它起来唱了。

---

① 一种头上有冠的燕雀。

② 可能是作者在1535—1536年在罗马认识的马孔主教查理·艾玛尔,当时是驻罗马大使。

“天主在上!”巴汝奇说道,“你这个老东西,我有办法叫你唱。”他捡起一大块石头,准备朝着它的肚子扔过去。

教堂司事大声叫道:

“善良的人,你可以殴打、格杀、伤害世界上的任何皇帝和国君,用阴谋,用毒药,随你用什么方法都可以。你可以把天使从天上打下来。这一切,‘教皇哥’全都可以宽恕你。但是这种神圣的鸟,可千万动不得,假如你还爱惜你的性命、利益和财产的话,那就千万别动它,否则不仅是你的,还有你的亲属朋友的,活着的或者还是死去的,甚至一直到他们的后代都要遭受灾祸。你看看笼子里的那个池子。”

“还是去吃去喝的好。”巴汝奇说道。

“这话说得不错,安提图斯师傅,”约翰修士说道,“看到这些鬼鸟儿,我们不由得不骂街,可是喝起酒来,我们就赞美天主。走,我们去畅饮一番。喝酒实在是一件好事!”

我们就这样按教堂司事的要求豪饮了整整三天,才得以向教堂司事辞行。第四天,又经过一阵豪饮(这是必然的),教堂司事这才放我们离开。我们赠予他一把精致的诺曼小刀,他比从一个农民手里接过一杯凉水的阿塔泽克西兹还要喜欢哩。他一再向我们道谢,还给我们的船上送了许许多多吃的东西。另外,还祝福我们一路顺风,人人平安,顺利完成我们的航程,还要我们许下诺言,并以朱庇特的名义起誓,回来的时候再到他们这里来。最后,他向我们说道:

“朋友们,要记住,世界上睾丸比男人多,千万别忘记了!”

第九章　我们是如何来到铁器岛的

我们把胃装得饱饱的,一路顺风,挂起船尾的大帆,不到两天,便来到了荒无人烟的铁器岛上。一眼望去,只看到无数高大的树木,上面挂满了鹤嘴锄、铁扫帚、大镰刀、小镰刀、铁铲、铁锹、镘刀、斧子、砍刀、锯子、锛子、剪刀、钳子、铲子、钻子、锥子。还有一些树,上面是短剑、匕首、短刀、刺锥、宝剑、凡尔登剑、大砍刀、弯刀、长剑、大刀。

谁想要,只要把树摇晃一下,上面的武器立刻便会像李子似的坠落下来。而且落到地上的时候,还会自然地碰到一种叫作“鞘”的草,把它装到里面。只是落下来的时候,小心不要让它落在头上、脚上,或者身上的其他部位,因为落下时直上直下(这是因为要垂直地进入鞘内),很可能把人刺伤。

还有,在一些叫不出名字的树下面,我们看见一些草,长得像矛、长枪、标枪、钺、戟、戈、钩、叉、杖等等，一个个头朝上，长得可以挨着树，碰到正好和自己相对的武器。上面的树，好像早已经准备好了，正等着它们长上来似的，正好像大人为小孩准备好脱去襁褓、穿上衣服一样。

此外，为了使今后不再出现反对柏拉图、阿纳克萨高拉斯、德谟克里特（他们能算小哲学家么？）的意见，这些树，在我们看起来，很像地上的禽兽，和那些具有心脏、脂肪、肌肉、血管、脉络、韧带、筋腱、软骨、骨髓、精液、子宫、脑浆、关节的兽类，并没有什么区别。因为它们全有，泰奥弗拉斯提斯已经说得很清楚。只不过是，植物的头是下面的树干，头发是地下的树根，而脚呢，是向上长的树枝，倒是像一个人在竖蜻蜓。

还跟你们长大疮的人一样，你们坐骨疼痛的腿、关节疼痛的肩胛，很早就会感觉出来天气的变化，是下雨，是刮风，还是晴天；它们的树根、树干、树胶、树液，也一样会预感到是什么东西在它们底下长上来，并且会准备好适当的武器去对付。

当然（除了天主以外），任何事物都可能有错误。大自然也不能例外，它也会生产出一些畸形的怪物。因此，我也看到有些树长得不对。比方说有一个短戟从挂铁器的树下面长上去，挨着树枝之后，碰到的不是武器，而是一把扫帚，怎么样呢？只好接起来去掏烟囱了。还有一只戈，也没有碰到武器，却碰到了一把大剪刀，好极了！拿到花园里去捉毛毛虫就好了。还有一只钺的柄，碰到一把镰刀，接起来正好雌雄相配，真是天作之合！送给刈草的人正好使用。相信天主，确实是一件好事！

在回船的路上，我看见在我后面也不知道是什么树，也不知道是什么人，也不知道在做什么，好像在磨的也不知道是什么铁器，也不知道在什么地方磨，也不知道怎样个磨法。

第十章　庞大固埃来到骗人岛

离开铁器岛的第三天，我们来到了骗人岛，这个岛简直和枫丹白露一模一样，土地硗瘠，连骨头（指地里的石块）都露在皮外，满地沙砾，寸草不生，既不卫生，也不美观。

在岛上，领港人让我们看看两块方形的小岩石。上面有八个相同大小的尖儿，颜色是白的，看起来好像白玉或者是盖了一层雪。可是领港人却硬说这是骨头。上面共分六层，是我们国内二十个最大的赌鬼的住处，最大的一对赌鬼名叫“双六”，最小的一对叫“双么”，中间的有“双五”“双四”“双三”“双二”，其余的是“六五”“六四”“六三”“六二”“六一”“五四”“五三”，等等。因此，我想到了世上赌博的人，他们是不信魔鬼的。你看他们把两个骰子掷在桌上的时候，全都是诚心诚意地高声大喊：“‘双六’，我的朋友！”这是喊的大鬼；“‘双么’，我的小乖！”这是叫的小鬼；还有“‘四二’，孩子们！”等等等等，他们用名字和绰号，呼唤着魔鬼。不仅仅是呼唤，而且还以魔鬼的朋友和亲人自居。当然，魔鬼并不是常常像他们所希望的那样一唤即到。不过这个，应该原谅，因为这是按照呼唤的人的不同日期、交情的厚薄来决定的。但是，这不能就说魔鬼是没有耳朵和感官的。我告诉你们，魔鬼是有的，而且还很灵敏。

领港人还告诉我们，在这方形岩石的周围和边上是会触礁沉船、破财伤命的，比全部在叙而提斯、锡拉岩礁、卡律布狄斯大旋涡、西勒纳斯、希特罗菲得斯岛以及所有海洋的旋涡中受害的还要多得多。这个，我并不难相信，我记起来古时埃及的圣贤首先用立方形物体以象形文字的形式来代表尼普顿，用“幺”代表阿波罗，“两点”代表狄安娜，“七点”代表密涅瓦。他还对我们说，岛上有一个盛过圣血的盆子，是一件圣物，很少人知道的。巴汝奇再三央求当地的执事，他才让我们看了一看，不过礼节隆重，比在佛罗伦萨出示苏斯提尼昂的《法学汇纂》、在罗马出示维罗尼克的圣容巾①，还要隆重三倍。我从来没有见过这么多的圣骸护布、圣烛、火把、油盏和隆重烦琐的礼节。最后，让我们看见的，不过是一个烤兔子似的脸相。

此外，并没有看见什么值得怀念的东西，除了“输钱女人的假笑脸”，还有古时丽达产下和孵过的两个蛋的蛋壳，从那里生出了美人儿一般的海伦兄弟卡斯托尔和波吕克斯。岛上的执事给了我们一小块，跟我们交换面包。离开那里的时候，我们购买了一大包骗人岛上的礼帽和便帽，我担心卖出去不会有多大好处，而且我相信这帽子对购买我们帽子的人好处不见得多。

第十一章　我们是如何经过“穿皮袍的法猫”格里波米诺大公的洞穴

以前到过诉讼国，离开那里以后，又到过判案岛，这也是一个非常荒凉的海岛。我们还经过了机舍关，庞大固埃不愿意到那里去，他确实是有理的。因为我们一走到那里，就被“穿皮袍的法猫”②的大公格里波米诺关闭起来失去了自由，原因是我

---

① 耶稣背负十字架上山，维罗尼卡曾以布为耶稣拭汗，印有遗容，据说此布尚保存在罗马圣伯多禄大教堂。

② 影射穿着貂皮镶边法衣的法官。

们之中有一个人经过诉讼国的时候，和一个法警打过架。

"穿皮袍的法猫"残忍凶恶，非常怕人。它们吞吃小孩，在铺着云石的地方狼吞虎咽。酒友们，你们想想看，它们的鼻子还能不被磨扁么！它们的皮毛不是向外的，而是藏在里面的，每一个的身上都戴着一个开口的布袋作为标志和徽章，只是它们戴法各有不同；有的斜挂在脖子上，有的戴在屁股后头，有的戴在肚子前边，有的掖在旁边腰里，反正各自有各自的神秘理由。它们的爪又长又硬，非常锐利，只要一被抓在爪里，随便什么也休想逃脱。它们头上都戴着帽子，有的是有四条沟或者四条缝的帽子，有的是卷边的帽子，有的帽子像一尊炮，有的是大炮式的帽子，还披上斗篷。

一走到它们的洞口，我们便朝着一个乞丐布施了一块硬币，他对我们说道：

"善良的人，愿天主保佑你们很快就能从里面安全地出来。千万要注意里面那些装腔作势的、卑鄙无赖的'格里波米诺法律'（意为残忍、贪得无厌）的支持者的脸色。请记住，如果你们还能活六个'奥林匹克'和两只狗的年纪，你们就可以看见这些'穿皮袍的法猫'将成为全欧洲的主宰。如果他们的后代没有人把这些不义之财一下子败掉的话，他们就会安安稳稳地享受欧洲的全部财产和土地。请记好我这个有良心的乞丐说的话，在它们的身上，第六种元素①主导着一切！它们巧取豪夺，弱肉强食，无恶不作。它们不分善恶，不是把人吊死，就是把人烧死，不然就把人五马分尸、斩首示众、严刑拷打、关闭监禁、欺压折磨、倾家荡产。它们颠倒是非，把弊病叫作道德，把邪恶叫作善良，把叛逆命为忠贞，把偷窃称为慷慨。掠夺是它们的座右铭，它们的所作所为，谁都得赞同称善（除非是异端）。它们蛮横专制、权大无边，谁也不敢反抗。"

"我所说的一切，你们可以从草料架②上，而不是草料架下的食槽找到证据。这个，你们有一天会记起来的。假如世界上发生鼠疫、饥荒、战争、风暴、洪水、大火，或者其他的灾害，可千万不要说这是灾星的交会，罗马宫廷的胡作非为，世上国王和君主的残暴、伪善人、异端者、假先知的欺诈、放高利贷者、制造伪币者、削刮银币者的奸佞，内科郎中、外科医生、配方先生的疏忽和昏庸，偷情的、毒死丈夫的、杀死婴儿的妇女的罪恶，并不是归罪于他们，而是要把这一切都放在'穿皮袍的法猫'在工作室里不停地制造和实现的、奇大无比、无法形容、不可想象和估计的邪恶上面。此外，由于它不像犹太人的教门那样被人所熟悉，所以并没有受到罪有应得地嫌恶、惩罚和纠正。但是，假使有一天真相大白，暴露在群众的面前，那时无论多么有口才的雄辩家也无法阻止，无论多么严厉整肃的法律也无法用恐怖的裁判来护卫，无论多么有权威的法官，也无法用强权把它们毫不留情地活活烧死在它们的

---

① 当时化学家只提出五种元素，此处所谓第六种元素，是指"穿皮袍的法猫"的卑劣行为令人不可想象。

② 指执法官员的办公案头。

洞穴里。它们的亲生儿女,那些‘穿皮袍的小猫’,以及其他的亲属,也要厌恶和痛恨它们的。”

“因此,正如同汉尼拔在庄严隆重的宣誓仪式中,接受他父亲阿米尔卡尔的命令,在有生之年要迫害罗马人那样,我也接收到先父的命令,要待在这里的门口,因为人类受过无数的打击而变得麻木不仁。对于这些‘穿皮袍的猫’已做的和将要做的坏事已经毫无知觉,也不会有所预见,或者,即使感觉到了,不敢、也没有能力来消灭它们。”

“真的是这样吗?”巴汝奇问道,“天主在上,我不想进去了,我们赶紧回去吧!”

“这诚实的乞丐的话使我震惊,
胜过秋天晴空的霹雳雷声。”

我们想退却,不料大门已经关了,有人对我们说,这里有如阿维尔诺易进难出,如果没有拿到“穿皮袍法猫”的释放证休想出去。俗话说,离开城市的大会可没有离开村镇的小集那么容易,何况我们又是那些须有纳税证明和书面许可方可进出的赶集赶会的小摊贩。

最糟的,要算是进到机舍关以后的了。因为,要弄到证明和释放证件,我们必须要去见一个丑得不能再丑、文字上从未被人描写过的妖魔。它的名字叫作格里波米诺。把它比作开米拉、斯芬克斯、刻耳柏洛斯,或者奥西里斯的塑像,也不过分。说起奥西里斯的塑像,埃及人是把他塑成三个头连在一起的:一个是怒吼的狮头,一个是阿谀人的狗头,另一个是打哈欠的狼头。有一条首尾衔接的龙把三个头缠在一起,周围闪着亮光。

格里波米诺两只手满是鲜血,伸出来好像哈尔比斯的爪子,嘴脸像乌鸦,牙齿像满四岁的箭猪,眼睛像地狱的入口,头上扣着一顶大炮式的帽子,缠满了绒球彩穗,只有爪子露在外面。

它,以及和它在一起的法猫们,坐在一条崭新的草料架那儿,上面是一排排美丽宽敞的槽口,和刚才的乞丐所说的一模一样。主位上面,有一张画,画上是一个老女人,右手拿着刀鞘,左手拿着天平,鼻子上戴着一副老花眼镜。天平的两个盘是两只绒布的口袋,一只里面装满了钱,往下坠着,另一只是空的,高高地翘过准星。我认为这正是格里波米诺司法的形象,和古时底比斯人的社会太不一样了,他们的法官死亡以后,都是根据这些人生前的功劳的大小,为他们建立金的、银的或者石头的塑像,但是全都是没有手的。

我们走到它跟前,我也不知道是什么人,反正一个个全身都是口袋,里面塞着写满字迹的破烂东西,叫我们坐在一个矮凳上,巴汝奇说道:“不值钱的东西!朋友们,站着倒是好得多。特别是,这矮凳对于穿新裤子和短上衣的人太低了。”“坐下来,”他们说道,“别等着再关照你！假如你们不好好地回答,地马上就会裂开,把你们活活地吞掉。”

第十二章　格里波米诺让我们猜谜

我们坐下之后,格里波米诺在它那“穿皮袍的法猫”中间怒气冲冲地对我们说道:“原来,原来,原来!”

“酒来,酒来,酒来!”巴汝奇咬着牙还嘴。

格里波米诺迫不及待地给出谜题:

“豆蔻年华的金发姑娘,
还未结婚却先有身孕,
分娩顺利无丝毫痛苦,
刚一出世就像蛇一样,
生来性情急躁又乖僻,
咬伤母亲肋旁真造孽。
从此飞翔天空行如风,
登山下谷游四面八方,
使智慧之友叹为观止,
莫非是人性的大动荡。”

“快点,快点!”格里波米诺接着说道,“(你们回答)这个谜语,立刻告诉我这是什么?”

“天主在上!”我回答说,“假如我能像你的老前辈维莱斯[①]那样有一个斯芬克司的话,那个天主在上！我就可以猜出你的谜了,那个天主在上！不过,那时没有我,那个天主在上！所以与我无关。”

“好吧!”格里波米诺说道,“斯提克斯在上！你既然不想说,好吧好吧！我就要让你认识认识落在路西菲尔的爪子里也比落在我手里好,好吧！你看见我的手没有,混账东西！你还想要说与你无关来证明你不该受罚吗？告诉你,没那么容易！我们的法律和蜘蛛网一样,小苍蝇、小蝴蝶都跑不了,只有大个的牛虻才能破

① 维莱斯:罗马执政官,曾因受贿赂受审,把一个斯芬克司的青铜塑像送给为他辩护的律师。

网而出,好吧!好吧!所以,我们并不要大盗、暴君,他们太难消化了,会把我们撑死的,倒是你们这些天真的小家伙,好吧!魔鬼头儿会替你们唱弥撒的!"

约翰修士听着,实在受不了了,说道:"喂,穿裙子的魔鬼先生,你要他怎么回答他不知道的事情呢?对你说实话,你还不满意吗?"

格里波米诺又说话了:"自从我上任以来,就没有一个人不先问过他就来说话的,是谁把这个傻瓜弄到这里来的?"

"你胡说!"约翰修士说道,嘴唇绷得死硬死硬。

"等到你应该回话的时候,你才会有的说,混账东西!"

"你胡说!"约翰修士说完之后,就不再说话了。

"你以为你是在学院的森林里和那些无事可干,探寻真理的人在一起吗?我们可不是这样做的,在这里,我要,我要人清楚地回答他所不知道的,承认做过他未曾做过的,承认了解未曾学过的,忍受可以让他发疯的。我们把鹅的毛拔下来,还不许它响一声。你是没有律师替你说话的。原来,原来!我看得很明白!愿你们一辈子同瘟疫结婚过日子!"

"你们这些魔鬼,"约翰修士叫道,"不,是大魔头,你想叫修行的修士结婚,我可要控告你是异端!"

第十三章　巴汝奇是如何解答格里波米诺的谜语的

格里波米诺假装没有听懂约翰修士的话,又问巴汝奇道:

"好吧好吧!你这个捣蛋鬼,你还有没有什么可说的吗?"

巴汝奇说道:

"冲着魔鬼谈话!我看清楚了,这里的人都在发昏;冲着魔鬼说话!无辜的人,在这里并没有保障,倒是魔鬼在唱弥撒。魔鬼在上!请你让我为大家付款,然后放我们走吧;冲着魔鬼说话,实在让人受不了啦!"

"放你们走!"格里波米诺说道,"原来,原来!三百年以来,这里就没有逃走过一个,除非把毛留下,或者更多的是把皮留下!放你们走,不就说明我们无缘无故地把你们叫到这里,对你们待遇不公吗?难道让人说你在这里受到不同的待遇吗?你们真倒霉,假使猜不出我的谜,那就更倒霉了。快点,快点,说说我的谜语是什么意思?"

"好吧,魔鬼在上,"巴汝奇说道,"一个嫩蚕豆里生的黑甲虫,冲着魔鬼说话!从它咬破的窟窿里钻出来,冲着魔鬼说话!有时在空中飞,有时在地上爬,引起了智慧的第一个爱好者毕达哥拉斯对这种出生方式的迷惑不解,认为可能是人的灵魂转世。说它由于轮回原因可能有人的灵魂,如果你们也都是人的话,你们死后,按照毕达哥拉斯的说法,你们一定会托生为甲虫,因为今生你们什么都咬,什么都吃,到来生,一定像蛇一样咬伤你们自己母亲的肋旁,冲着魔鬼说话!”

“天主在上!”约翰修士说道,“我真的希望我的屁股眼能变成蚕豆,周围让甲虫去咬一咬。”巴汝奇说完话,把一个满装金币的零用钱袋扔在法庭上。那些“穿皮袍的法猫”一听见钱袋的声音,个个像乱弹提琴的人那样,舞动爪子,齐声高呼:

“香料来了! 这个案子问得好,有味道,真香,这些可都是大好人。”

“是金子,”巴汝奇说道,“是纯正的‘金币’,我向你们保证。”

格里波米诺说道:“庭上清楚。对,对,对! 走吧,孩子们,你们可以走了,完全对的! 我们虽黑,可是还不如魔鬼,对,对,对!”

从机舍关出来,有几个带路人把我们领到码头上。在上船之前,他们又关照我们说,假如不先向格里波米诺夫人以及全体“穿皮袍的雌猫”赠送厚礼,可不要动身,否则的话,他们还会奉命把我们带回那个洞里。

“好吧!”约翰修士说道,“我们找个稳妥的地方看看我们还剩多少钱,尽力让大家都满意好了。”

“不过,”带路人说道,“可别忘了穷人的酒钱!”

约翰修士说道:“穷人的酒钱是从来不会忘记的,任何地方、任何时候,都会记得的。”

第十四章 “穿皮袍的法猫”是如何以贿赂为生的

话还没有住口,约翰修士就看见码头上开来六十八艘划桨船、帆船和快船。他马上跑去打听船上装的是什么货物,只见每条船上都装满了野禽,有野兔、阉鸡、野鸽、猪、鹿、凫、雏鸡、公鸡、野鸭、小鹅,等等,还有其他猎物。他看见船上还有成匹的丝绒、绸缎和大马士革呢,于是就跟船上的客人打听这些精美的东西是运往何处、赠送何人的。他们都说这全是送给格里波米诺大公、“穿皮袍的大小法猫”的。

约翰修士问道:“你们怎么叫这些东西呢?”

“叫贿赂。”旅客们回答说。

约翰修士说道:“不错,他们以贿赂为生,子孙后代将会死于贿赂。天主在上,情形就是这样。他们的上辈依靠贵人为生,贵人便凭借自己的能力,练习养鹰和狩猎,把身体练得能吃苦耐劳,准备在作战时有更多的策略。因为狩猎也是作战的缩影，色诺芬尼[①]说得好，能征惯战的良将，就像从特洛亚的木马中出来的一样来自狩猎，说得确实不错。我不是学者，可是人家这么告诉我，我是相信的。按照格里波米诺的说法，这些人的灵魂，死后将托生成箭猪、麇鹿、鹭鸶、竹鸡等等类似的禽兽，就是因为他们生前曾经喜爱和追逐它们。而这些'穿皮袍的法猫'在吞噬和摧毁他们的府邸、田地、房产、财物、利息、收入之后，到了来生还要追逐他们的血和灵魂。哦，那个乞丐叫我们注意装在草料架上面的槽头，真是个大好人！"

巴汝奇说道："是的，不过伟大的国王曾经下令禁止捕捉鹿、麃、麇、麀、箭猪等禽兽，违令者绞。""这倒是真的，"旅客当中有一个说，"只是伟大的国王善良仁慈，'穿皮袍的法猫'却异常残暴，专嗜信徒的鲜血，因此我们宁肯冒犯国王的命令，也不敢放弃用贿赂来维持'穿皮袍的法猫'的希望，特别是明天格里波米诺就要把它其中一个'穿皮袍的雌猫'嫁给一个皮袍很厚的大花猫，名字叫作米都阿尔。从前，人们把它们叫作'吃草者'，但是，它们现在已经不吃草了。"

"我们目前把它们叫作'吃野兔者''吃鹌鹑者''吃竹鸡者''吃野雉者''吃雏鸡者''吃麇鹿者''吃家兔者''吃猪猡者'，等等，它们都不吃别的肉。""臭，臭！"约翰修士叫了起来，"到了明年，我们把它们叫作'吃屎者''吃粪者''吃大便者'。你们相信不相信？"

"完全相信！"大家一起回答。

"好，现在咱们做两件事，"他继续说道，"第一，先把这里的野味扣留下来，咸肉我早已经吃腻了，看到就一肚子气。不过，话讲清楚，我是要出钱的。第二，我们回机舍关去，把那些'穿皮袍的法猫'一网打尽。""不用说，"巴汝奇说道，"我是不去的，我天生就有点儿胆小。"

第十五章　约翰修士是如何决定把"穿皮袍的法猫"一网打尽的

"冲着我的会衣说话！"约翰修士说道，"我们这叫什么旅行啊？简直就是大便旅行，只会一味地放无声屁，放有声屁，屙屎大便，胡言乱语，任何事都不干。天主那个脑袋！我生性就不喜欢这样！假如白天我不办点英勇的事儿，晚上我就睡不着觉。难道你们要我和你们一起来就是为了唱弥撒和听忏悔么？天主在上！头一个来做忏悔的，就叫他像懦夫和坏人似的做补赎，除了去炼狱受苦之外，还得葬身

---

① 色诺芬尼：古希腊将领，历史学家，苏格拉底的学生。

海底,我可是说到做到。”

“是什么让海格立斯名垂不朽呢？难道不是因为他在漫游世界时救百姓于暴君之手,让他们脱离罪恶、危险和困扰么？他杀尽了全部盗匪、妖魔、毒蛇和猛兽。为什么我们不效法他的做法并以他为榜样,在我们经过的国土内,像他那样大干一番呢？他驱散过斯图姆帕洛斯的鸟群,格杀过列尔内的九头蛇,扼死过卡考斯、安泰俄斯和半人半马的肯陶洛斯。我不是学者,可是学者都这么说。我们应该学习并以海格立斯为榜样,把这些‘穿皮袍的法猫’消灭掉,来一个一网打尽。它们不过是些小鬼,让我们使这地方摆脱掉它们的残暴吧。假如我和海格立斯一样孔武有力,我还来求你们帮助和指教的话,我情愿失去穆罕默德的保佑！怎么样,我们干不干？我有把握可以很容易地杀死并打败它们,它们绝不会还手的,我有绝对的把握,我们不是已经骂它们骂得比十只母猪喝的洗锅水还多么？走！”

我敢保证,咒骂与丢人,它们都不在乎,只要口袋里有钱就行,即使弄得一身粪也不怕。我们很可能像海格立斯一样打败它们,只是这里缺少欧里斯透斯的命令,现在别无所望了,只希望朱庇特能像从前看望巴克斯的母亲赛美列那样在这里走上短短的两个小时就行了。”巴汝奇说道:“仁慈的天主保佑我们历尽千难万险,终于逃脱它们的魔爪已经是万幸了。我绝不走回头路,再受二遍苦,我到现在都还感觉到紧张,都还感觉到刚才所受的痛苦呢。我有三个理由不喜欢那里,第一个理由,是因为我不喜欢在那里;第二个理由,是因为我在那里不喜欢;第三个理由,是因为在那里我不喜欢。约翰修士,请你用右边的耳朵听听我左边的睾丸,任何时候,哪怕是到魔鬼的窝里,到米诺斯、艾考斯、拉达曼图斯和狄斯的公堂上,我都一定和你寸步不离,即使是跟你渡过阿开隆河,斯提克斯河,高塞土斯河,大碗喝雷塞河的水,付给卡隆①双份的摆渡费,我也愿意。至于再回机舍关,如果你不打算一个人回去的话,请你找别人奉陪吧,我是不会回去的了。君子一言,驷马难追！除非用武力强逼我去,否则的话,我这一辈子,只要还活着,我就绝不会走近那里,跟卡尔坡不能靠近阿比拉一样。难道说乌里赛斯回到西克洛波的山洞去找过他的宝剑么？老天在上！他可没有去！在机舍关里的一切我都没有忘记,我绝不会回去的。”

约翰修士说道:“哦！善良的心再加上半身不遂！不过,咱们只管像那位微妙的学者司各脱一样来谈一谈:是什么让你把满满的一袋钱扔给它们呢？难道是我们的钱太多了么？扔给它们几块钱币还不够么？”

巴汝奇回答说:“这是因为格里波米诺每说一句话,都要打开它的那只丝绒口袋,嘴里还不停地说:‘好的,好的,好的’,也就是说‘拿金子来,拿金子来,拿金子

① 神话中地狱里斯提克斯河上的老船工,专摆渡阴魂过河,收摆渡费,若不付钱,要在岸上等上一百年。

来’我以为只有天主在上，把金子扔给它们，冲着魔鬼说话，才能够自由，才能够脱身。要知道，丝绒口袋可不是装铜钱的，它是装金币的袋子，你懂么，约翰修士，我的小家伙。等你将来有了和我一样的烤人和被烤的经验，你就不会这么说话了。再说，这也是它们的命令，我们还是走好了。”那几个带路的家伙还在码头上等着，希望得到赏钱，可是看到我们准备开船，就拥向约翰修士，提醒他说，如果不按照法庭上的收税规章付给他们赏钱，就不能动身。

“见鬼!”约翰修士大叫起来，“你们这一群鬼爪子还没有走么？不要再添麻烦了，我已经够生气的了。天主在上！我马上就给你们酒钱，既然已经答应了，一定会办到!”

只见他抽出短刀，奔下船头，直接向他们的头颅砍去，他们慌忙地拔脚就跑，转眼之间便跑得无影无踪。

可是麻烦的事并没有就此结束，因为当我们在格里波米诺那里的时候，有几个水手得到庞大固埃的同意，跑到一家饭店里去吃喝休息去了。我说不上来他们究竟有没有给过赏钱，反正那个老女店主看到约翰修士站在岸上，就请一个当捕快的“穿皮袍的法猫”的女婿和两个捕役做证，告约翰修士的状。

约翰修士不耐烦地听他们喋喋不休的唠叨，不禁问道：“无聊的家伙，你们是不是想说我们的水手不讲理呢？我的认为却是相反的，而且可以立刻用正义的方法来证明，那就是请这位短刀老爷来评判。”

一边说着，一边挥起短刀，结果那些家伙就都拔腿跑掉了。只剩下那个老太婆，她向约翰修士说水手们是讲理的，只不过他们饭后睡觉的床位没有给钱，床的费用是五个金币。

“是吗？”约翰修士说道，“这可不算贵，这么便宜还不给钱，真是太没有良心了。由我来付好了，不过，我要看看是什么样的床位。”

老太婆把约翰修士领到家里，请他看她的床，一边还不断夸奖床的各种优点，说她要五个金币，确实不能算贵。约翰修士付给她五个“金币”之后，就举起短刀，把羽毛床垫和枕头一劈为二，把羽毛从窗口里撒出去。老女人连忙跑下去，嘴里不停地喊道：“来人啊！救命啊!”一面还忙不迭地拾起羽毛。约翰修士还不满意，把床上的被窝、褥子，还有两条被单，都带回船上去了，一个人都没有看见，因为满天都摆弄成了羽毛一样，黑得什么也看不见了。约翰修士把带来的东西送给水手，然后告诉庞大固埃说这些东西比在施农还要便宜，虽然酾农产的鲍提尔鹅毛很出名。那张床，老太婆只要五个金币，结果到了施农，十二个金币也买不到。

约翰修士和其他人等上了船之后，庞大固埃关照开船，但是海上刮起了剧烈的东南风，大家一时都迷失了方向，船又走回了“穿皮袍的法猫”国家的航路上。他们开进一个大漩涡里，波浪滔天、海水骇人。桅杆上的一个小水手高声喊道，他又看到格里波米诺那座房子了。巴汝奇吓得浑身战栗，止不住地喊叫：

"老板,我的朋友,风也好,浪也好,我们改个方向吧! 朋友啊,千万不要再回到那个可怕的地方去,我把钱袋都丢在那里了。"

最后,风把他们吹到一座岛边上,不过,他们还是不敢马上上岸,而是把船停在离岸一英里的巨石边。

第十六章　庞大固埃是如何来到愚人岛的,以及遇到的奇事和妖魔

把锚抛下,让船稳定好了之后,大家走下船来。善良的庞大固埃诵经感谢天主救我们出险,然后带领随从走上小船,准备登陆。这时风平浪静,所以走起来很方便,不一会儿的工夫就来到了岩石上。

登陆之后,在观赏地势险要、山石奇异的海岛时,爱比斯德蒙一眼就望见好几个本地的居民。他招呼的第一个,身上穿着紫红色短外套、哔叽上身、丝绸袖口、上镶羚羊皮、帽上有帽花。这个人相貌堂堂,后来我们知道他的名字叫作"赚钱多"。

爱比斯德蒙向他打听了一下这片山石奇异、洞穴怪诞的地方叫什么名字。"赚钱多"告诉他说,这片多山地区是从诉讼国分出来的属地,名叫诉状岩,经过这里的山口,再渡过一条小河,便是愚人国。

"神圣的《敕令》在上!"约翰修士叫了起来,"你们这些老好人,用什么维持生计呢? 我们能和你喝一杯么? 我看这里除了状纸、墨盒和笔之外,没有任何东西。"

"赚钱多"回答说:"其实我们就靠这个为生,因为凡与岛上有瓜葛的人都一定要从我们手里经过不可。"

"为什么呢?"巴汝奇问道,"难道你们是理发的么,经过的人都要在这里剪发?"

"剪的倒不是头发,""赚钱多"回答说,"而是他们钱袋里的金币。"

"我的老天啊!"巴汝奇说道,"你在我这里可是一文小钱也剪不到的,我求求你,好先生,把我们领到愚人岛去吧,我们是从聪明岛上来的,在那里我们没有赚到一文钱。"

大家一边说着话,一边就来到了愚人岛,因为我们很快就渡过了那条小河。庞大固埃对当地人的房屋构造很感兴趣,因为房屋的样式很像一个巨型的葡萄榨汁器,里面有五十级梯子可以上下,在进入主要的榨汁器之前(这里分小型、大型、私用、中型等各种各样的榨汁器),还要穿过一条很长的柱廊,从那里差不多可以看到全部的压榨工具,江洋大盗的吊刑架、绞刑架、拷问处,真是多得不可胜数,不由得

让你胆战心惊。

"赚钱多"看见庞大固埃感兴趣,便说道:"老爷,到前面去看吧,这里不算什么。"

"什么?"约翰修士问道,"这还不算什么?我冲着发热的裤裆的灵魂说话!巴汝奇和我都已经饿得发抖了。与其继续看这些凄惨的景象,我宁愿去喝酒。"

"那么,请跟我来。""赚钱多"说道。

他把我们领到藏在后面的一个小榨汁器那里,按照岛上土语的叫法是皮提斯。你们不用问约翰修士和巴汝奇来到那里会怎么享用了,米兰香肠、印度火鸡、阉鸡、鸨、甜酒、各种精美的食品,都早已准备得非常齐全。

一个管酒的童子看到约翰修士向着隔开了一大群酒瓶,并且靠近饭橱的一瓶酒瞟了一眼,连忙向庞大固埃说道:

"大人,我看到你们有一个人看上了这瓶酒,我求你千万不要让其他人动它,因为这是给老爷们准备的。"

"怎么,"巴汝奇问道,"这里有老爷么?我明白了,现在正在收割葡萄啊。"

"赚钱多"领着我们顺着一条窄小的暗楼梯走进了一间小屋,从那里,他让我们看见了在大榨汁器里的老爷们。他告诉我们说不经过他们同意,谁也不会允许进去的,然而我们从这个小窗户眼里看得见他们,他们却看不见我们。

我们走进那间屋子里,只见有二十到二十五个肥胖的家伙在大榨汁器里,他们面对面地围在一张铺着绿台布的大台子周围,每一个人的手和天鹤的腿一样长,指甲的长度少说也有两尺。因为他们不许咬指甲,所以都长得弯过来活像钩连枪和带钩的篙一样。这时从外面送进来一大串当地"特别区"收割的葡萄,这样的葡萄在葡萄架里屡见不鲜①。那串葡萄送进来之后,他们马上把它放在榨汁器上,没有一粒葡萄不被压得像一张纸,一直压到浆水精光,干瘪无汁,才被扔了出去。"赚钱多"告诉我们说像这样的肥葡萄是不常见的,但是他们的榨汁器总是有葡萄可榨的。

"请问你,老兄,"巴汝奇问道,"他们种葡萄的地区很多吗?"

"很多,""赚钱多"说道,"你看见就要放在榨汁器里的那一小串么?那是从什一税区里来的,前一天他们已经榨过了,只是榨出来的油有一股教士钱柜的味道,老爷们并没有榨出很大的油水来。"

庞大固埃问道:"那么,为什么还要榨呢?"

"赚钱多"说道:"他们是想看看还有没有汁水留在皮里。"

"我的老天啊!"约翰修士叫了起来,"这样的人你们叫作愚人么?真是见鬼

---

① 此处影射1535年9月4日因舞弊案被吊死的约翰·彭舍,"特别区"指弥补战争费用的"特别税",约翰·彭舍系当时的财政部长,案发后,彭舍被吊死,财产充公。此处"一大串葡萄"就是指他。

了！他们就是连墙头也能榨出油来！”

“的确如此，”“赚钱多”说道，“他们常常拿城堡、花园、树林等等来榨，非榨出能饮的金子不可。”

“你说的是不是能拿的金子？”爱比斯德蒙说道。

“我是说能饮的金子，”“赚钱多”说道，“因为在这里，不能饮的也要饮。种得确实是太多了，简直说不出到底有多少。你到这里来看看那座小院子，那里有一千多种，都在等待榨取的时候。有一般的，有特别的，有保卫的，有借贷的，有赠予的，有临时的，有田产的，有娱乐的，有驿站的，有捐献的，有皇家[1]的，等等。”“那个围在小个儿之间的又肥又大的一个叫什么？”

“那是‘储蓄捐’，”“赚钱多”回答道，“它是全国最好的品种。榨过它之后，老爷们可以在六个月里谁都不会感到干枯。”

老爷们走出去以后，庞大固埃请“赚钱多”带我们到大榨汁器里去观光一下，他非常乐意并且照办了。我们一走进去，听得懂万国方言的爱比斯德蒙就向庞大固埃介绍那座神气的大榨汁器在说什么了，据“赚钱多”说它是用苦刑架的木头[2]制造的。每一种用具上面都用本地的文字写着它的名字。榨汁器的轴承叫作“收入”，接盆叫作“支出”，铆钉叫作“政府”，横轴叫作“未付进款”，大桶叫作“亏损”，水道叫作“销账”，木箱叫作“收回款项”，酿酒桶叫作“超价”，酒瓮叫作“清单”，压榨器叫作“付清”，背筐叫作“有效期”，背篓叫作“有效债权”，木桶叫作“债权”，漏斗叫作“结清”。

“冲着香肠人的皇后说话！”巴汝奇说道，“埃及的全部象形文字也别想和这里的语言相比，真是见鬼了！字音听起来真刺耳，跟羊粪一样不讨人喜欢。可是，老兄，我的朋友，为什么这里的人要叫作愚人呢？”

“赚钱多”回答道：“这是因为他们既不是，也确实不应该算是明智的人。在这里，一切都是在愚昧中进行的，没有什么地方可以讲理，到处都是。这是老爷们说的，这是老爷们的意思，这是老爷们的吩咐，等等。”

“我的真天主！”庞大固埃叫了起来，“既然葡萄的收入如此大，宣誓的花销也小不了喽。”

“那还用说！”“赚钱多”说道，“每月都有。不像在你们国家里那样，一年只有一次可以免费。”从那里出来，“赚钱多”领我们观光了其他的上千个小型的榨汁器，我们看见一个小台子上，周围有四五个讨人厌的傻家伙，可是他们脾气不小，跟屁股上绑着火炮的驴一样。他们是在别人榨过之后又在小榨汁器上把榨过的葡萄再榨一次的。用当地的话说，他们的名字叫作“核对者”。

---

① 都是当地的苛捐杂税。

② 意思是说：“是用受刑者的财产造的”。以后的一系列名词，一面是属于压榨葡萄的术语，一面是会计财簿术语。

约翰修士说道:“我一辈子也没见过比这更狠毒的恶人了。”离开大榨汁器,我们看了一系列的小榨汁器,到处都是收割葡萄的人,他们用工具在剥葡萄籽,他们手里的工具叫作“记账单据”。最后,我们来到一间低矮的客厅里,看见一条长着两个头的大狗,肚子像狼,爪子像朗巴勒的魔鬼,是专门喝一种叫作“罚金”的牛奶长大的。老爷们特别关照过要好好地对待它,因为只有它才配得上享受最好地区的收入。他们用愚人岛上的话给它起名就叫作“双倍罚金”。它母亲就在它身边,皮毛和形状都很像它,只是长了四个头,两个雄的,两个雌的,母亲的名字叫“四倍罚金”,是那里最凶猛的一只狗,除了祖母之外,就算它母亲最厉害了。那只祖母现在关在一间小屋子里,名字叫作“漏收项目”。

约翰修士的肚子里常常有二十码空肚肠,可以随时吞食律师的肉酱,这时他饿得发起慌来。他提醒庞大固埃该去吃饭了,并提议把“赚钱多”一块儿带去。于是,我们从后门走了出去,在门口,我们遇到一个披枷戴锁的老头子。他是个半疯半傻的人,活像一个雌雄同体的魔鬼,眼上戴着眼镜,像个背着壳的乌龟,他只吃他们的土话叫作“审核”的一种肉。

庞大固埃看见他,便向“赚钱多”打听这位教廷官吏是属于哪一类的,叫什么名字。“赚钱多”告诉我们说这个老头儿一向拴在那里,老爷们很不喜欢他,差不多要把他饿死了,他的名字叫作“复审”。

“教皇神圣的家伙在上!”约翰修士大叫了起来,“真是了不起,怪不得这里的愚人老爷这般重视教皇派的人呢。天主在上,巴汝奇朋友,请你仔细看一看,我觉得他长得倒挺像格里波米诺。这里的人虽然没有知识,却和别人一样聪明。假如是我,我一定会揍他一顿鱼皮鞭子并把他打发到老家去。”

“约翰修士,我的朋友,”巴汝奇说道,“冲着我这副东方眼镜说话!你说得一点也不错!单看这个‘复审’那一副恶劣的假面孔,就可以知道他比这里的愚人更加昏愚,更加可恶。他们尽力搜刮,毫不拖延,不经过预审,也没有什么执行令,三言两语,就把整个的葡萄园收光,这是‘穿皮袍的法猫’最引为气愤的事。”

第十七章　我们来到皮桶岛及所见的怪事

我们随后立即开船,走上开往皮桶岛的航路,同时把我们遭遇的事说给庞大固埃听。听完,他的心里很难过,后来利用在船上的时间还写下了好几首哀歌。

来到岛上之后,我们吃了一点儿东西,取出了淡水和准备在船上用的木柴。从当地人的相貌上,我们感觉他们全是好人,个个心宽体胖。

他们个个长得圆圆滚滚的,就像皮桶,由于脂肪太多,一个劲儿不停地放屁。我们发现(这是我在别处未曾见过的)他们割开皮肤让脂肪流出来,活像我老家的那些纨绔子弟割开裤子让里面的丝绸衬衣露在外面一样。他们说这样做不是为了好看,也不是为了炫耀,只是因为不这样做皮肤里面就会受不了的。可是即使这样做了,他们还会长得很快,就好像管花园的人割破幼树的外皮刺激它们成长一样。

离开码头的不远处,有一家富丽堂皇的酒店,我们看见一大群皮桶人,里面有男有女、有老有少,各种各样的人都往那里跑去。我们想那里一定有什么喜庆宴会。可是,有人告诉我们说他们是被请来参加主人的开膛的,因为他们是近亲,所以来得这么快。由于不懂本地的方言,我们还一度以为开膛就是吃酒席呢(像我们叫作订婚、迎娶、生子、剪毛、收割那样),我们听说主人当年是一个爱吃爱喝、爱玩爱乐的人,里昂浓汤的爱好者,有名的看表人,像路亚克的店主那样从早到晚吃个没完的,因为十年以来脂肪过厚、屁放得多了,现在到了开膛的时候,按照当地的风俗,是时候开膛了结生命了。由于多年的不停地割皮,腹膜和皮肤像一个脱底的桶那样已经控制不住肠子不掉到外面去。

巴汝奇说道:“善良的人啊,难道你们就不会用结实的皮带、棠棣树的枝条,甚至假使需要的话,用铁条把他的肚子捆起来么?捆好就不容易掉出来了,也不会那么快就开膛了。”他的话还没有说完,就听见半空中有一声剧烈的响声,就如同一根橡木的粗梁断成两截一样。邻居们说开膛已经结束,这个响声便是他临终时放的屁。

我想起了沙斯特利埃教长,他在老年时被亲友们缠着要他脱离修院,他坚决表示他在躺下之前绝不会脱下会衣,就算连最后放的屁也要是教长的屁。

第十八章　我们的船搁浅,得到“第五元素”[1]臣民的援救

起锚之后,我们趁着轻微的西风走了约二十二海里远,这时四面突然起了狂风,由于船上帆篷齐全,我们就听信了领港人的命令,什么也没有做。他告诉我们说,风平浪静,天气晴和,既不用希望有什么奇迹,也不用担心有什么大祸。哲学家的教训对我们真是太合适了,他教人支持与坚忍,也就是说以不变应百变。后来,风刮个不停,经我们再三地请求,领港人才开始想冲出飓风,继续原来的路线。于是就悬起后帆,对好罗盘仪的指针,掌起船舵,趁着一阵急风,从飓风里冲出去。可

① “第五元素”象征“智慧”。

是结果确实和打算躲避卡律布狄斯旋涡却碰上锡拉岩礁一样。

船上所有的人都没有办法了，大风刮得前桅呼呼响。这时只有约翰修士毫不灰心，一会儿劝劝这个，一会儿又安慰安慰那个，对他们说我们很快就会得到上天的援助，因为他已经看到桅杆顶上水手守护神圣埃尔莫的闪光了。

巴汝奇说道："但愿现在我就能登上陆地才好，别的我什么也不期盼。你们如此喜欢航海，哪怕给你们每人二十万的金币，我都不在乎！只要能回到陆地上，我答应在鸡笼里养肥一头牛犊，在水里泡上一百捆木柴给你们①。放心吧，我答应一辈子不娶老婆好了！只要叫我现在登上陆地，并且有一匹马送我回家，即使没有跟班也不要紧。天下最得意的事情就是没有跟班。普洛图斯的话说得确实有理，他说我们有多少佣人，就有多少苦刑。意思是说那就会有多少痛苦、烦恼和愁闷，就算他们没有舌头，也是一样的，会给主人带来痛苦、厌烦和气恼。虽然舌头是佣人身上最可恶、最危险的一部分，无论在他们身上用过多少刑罚、拷问和虐待，也都是为了它。目前外国有许多法学博士虽然有不同的结论，但是都不合逻辑的，也就是说不合理的。"

这时笔直地向我们开来一条船，船上有人击鼓！我认出来有好几个都是好人，其中有老朋友亨利·科提拉尔，他腰里常常和女人带念珠似的掖着一个驴鞭，左手拿着一顶秃子戴的油脂模糊、又脏又臭的破帽子，右手拿着一棵大白菜。他一看到我，便马上认出我来了，高兴地大声喊叫：

"我可有了吧？你看，"他一边说，一边让我看他的驴脸，"这才是独一无二的水银，这顶博士帽是我们唯一的水银。再看这个，"他又拿出他那棵白菜，"这是十字科白菜。等你们回来，我们就可以制造了。"

"可是，你们从哪条道而来？"我不禁问道，"往哪条道而去？你们船上的是什么？是不是要穿过大海？"

他回答道："从'第五元素'来，到都林省去，船上是炼丹的用品，海水都到屁股里了。"我又问道："你们的船上都是些什么人？"他回答道："歌唱家、音乐家、诗人、骚人、占星学家、沙土占卜学家、炼丹家、撑船的、造钟表的，等等，全是'第五元素'的人，有文书可以作证。"他的话还没有说完，巴汝奇就暴跳起来，说道："既然你们什么都会做，甚至可以做到呼风唤雨，吹气成人，为什么不马上拉住我们的船头，把我们送上航道呢？"

"我正想这样做呢，"亨利·科提拉尔说道，"现在，立刻，马上，就把你们拉出来。"

于是，他叫人把七百五十三万两千八百一十只大鼓中的一面打破，让它们朝着船尾摆动起来，用缆绳捆绑好，然后再把我们的船头拴在他们船尾的木架上。这时

---

① 巴汝奇在此处有意说些办不到的话。

只要一晃,就轻轻便便地把我们从沙滩上拉了出来,而且声音还好听,因为锣鼓的咚咚声,沙子的沙沙声和船工的吆喝声,构成一曲和谐动听的音乐,不亚于柏拉图在某一夜晚睡眠时所听见的天籁之声。

我们不愿意辜负别人如此大的恩惠,于是便把我们的香肠分给他们,用小肠填满了他们的鼓,还给他们送过去六十二桶葡萄酒。这时,突然有两条巨鲸浩浩荡荡地向着他们的船游过来,喷到船上的水比从酾农流到索米尔河里的水还要多,灌满了船上的鼓,漫住桅杆上的横架,从上到下,一个个都成了水人了。巴汝奇看得心花怒放,捧腹大笑,笑得肚子都痛了两个多小时。他说道:"我本来打算赏赐他们酒喝的呢,可是他们却喝到水了。是不是淡水,他们也不在乎,反正能洗手就好。海里的咸水在该柏尔的厨房里可以当作硼砂、硝酸和硇砂来使用。"来不及和他们说别的话了,暴风吹得我们无法自由行驶。

领港人要求我们以后让他一个人去做主,我们只要注意吃喝就行了,其他事情用不着管。因为,如果打算平平安安地到达"第五元素"的国土上的话,现在就必须顺着风,随波逐浪,顺流而下。

第十九章 我们来到名叫"隐德来希"[①]的"第五元素"王国

我们小心翼翼地随风漂荡,漂了约半天的工夫,一直到第三天,天气才转晴和,我们平安地来到了幻术港口,那里离"第五元素"的皇宫也已经不远了。

我们一上码头,迎面就看见许多弓箭手和兵士,他们是守卫兵工厂的。一开始,我们有些害怕,因为他们要我们把武器全都放下,并且粗暴地询问我们,说道:

"喂,你们是哪里的人?"

巴汝奇赶紧回答说:"乡亲们,我们是都林人。因此可以说,我们是从法兰西来的。我们非常想向'第五元素'的王后致敬,顺便走访这闻名于世的'隐德来希王国'。"

"什么?"他们又问道,"你们说什么?是'隐德来希'还是'恩德来希'?"

"乡亲们,"巴汝奇答道,"我们是些单纯和无知的人,如果语言拙笨,请不要见怪,我们的心是诚恳实在的。"他们说道:"我们问你们精致和坚持的区别,并不是没有原因的,因为虽然不少人都是从都林来的,并且他们心眼直、说话爽快,但是也有不少人,我们说不上来是从什么自大傲慢的国家来的,跟苏格兰人一样自以为是和

① 古希腊哲学家亚里士多德用语,意即实现了目的,以及将潜能转变为现实的能动本原。

不可一世,他们一上岸便坚决地和我们作对。虽然这些人相貌凶恶,我们一样教训了他们一顿。”

“在你们的那个世界里,难道说除了谈论、争辩和胡乱书写我们的王后以外,你们就有那么多的空余时间,不知道用来做什么好吗?西赛罗真的就需要丢开他的《共和国》来管我们的王后么?还有拉艾尔修斯的戴奥真尼斯①、伽萨②、阿尔吉洛普罗斯、贝萨里翁、波立提安、布德、拉斯卡里斯等等这么些疯狂的学者,数目难道还不够多,最近又加上了斯卡里格尔、比高、尚勃里埃、弗朗索瓦·弗乐里,等等,还有不知道的那些其他年轻恶劣的小鬼。都叫他们长咽喉炎塞住喉管和会厌把他们噎死!”

“真是见鬼了!”巴汝奇咬着牙说道,“他们这是在讨好魔鬼。”“你们来到这里不是为了支持这些胡说八道的人的,所以不要替他们申诉,所以,我们也不必要再谈他们。亚里士多德,第一个无法比拟的哲学典范,是因为我们王后的教父,为她起名‘隐德来希’,‘隐德来希’就是她真正的名字,要是谁不这样叫她,就是在自讨没趣!现在,我们欢迎你们。”他说着便热情地拥抱了我们。我们感到非常高兴。

巴汝奇凑到我的耳朵上悄悄地说:“伙计,你到底害怕不害怕?”

“有点怕。”我回答说。

他说道:“我比当时法莲族的士兵把‘什波列斯’说成‘西波列斯’,而被基列人杀死或淹死时还害怕呢③。老实对你说,在包斯就没有一个人用一车干草来堵住我的屁眼。”这时,那位军官一言不发,庄严隆重地领着我们向王后的宫殿走去。庞大固埃想和他说几句话,可是他太矮了,真希望有一个梯子或者一副高跷把自己垫起来。他说道:

“告诉你!只要我们王后愿意,我们就会长得和你一样高,只要她什么时候愿意,我们什么时候就能高起来。”

一走进穿廊,我们就看见成群的病人,他们按照不同的疾病,分别站开,患麻风的站在一起,中毒的站在另一边,患瘟疫的又站在另一处,患花柳病的站在头一排,其他病人也都依次排列开。

---

① 戴奥真尼斯:公元前3世纪古希腊哲学家,生于拉艾尔修斯。

② 伽萨:15世纪拜占庭教士。

③ 故事见《旧约·士师记》第十五章第五、六节

第二十章 “第五元素”是如何用音乐治疗疾病的

在第二道穿廊里，那位军官让我们看到了王后。王后还很年轻（虽然，少说也有一千八百岁），文静，美貌，衣着华丽，周围是宫内的夫人和贵族。军官对我们说道：“现在还不到说话的时候，你们只能够仔细地看她工作。在你们国家里，国王用手一摸就可以治疗疾病，像瘰病、癫痫、四日两头疟疾，等等。但我们王后治病时连摸也不用摸，只要根据疾病奏一支适当的歌曲就行了。”说完，他把旁边的风琴指给我们看，这是她经常神奇地治愈疾病时所用的工具。风琴的构造也确实特别，管子是由巴豆做的炮筒，琴身是愈疮木的，琴键是大黄，踏板是泻根，键盘是药旋花做成的。

我们正在观看这架风琴新奇的构造，只见管蒸馏的、管化铁的、管捣粉的、管尝味的、管烧饭的、管研究的、随从、绅士、名人、亲王、贵族、教授、巨人，以及其他上年纪的侍卫官等人把麻风病人领了进来。王后为他们奏了一曲，虽然我说不上来是什么曲子，反正他们就一下全都好了。

接着，领进来的是中毒的，王后又奏了另一支曲子，那些人也好了还马上站了起来。随后，治好的有瞎子、有聋子、有哑巴，甚至还有中风不语的。我们不得不惊奇万分，佩服得五体投地，心醉神迷地跪倒尘埃，王后施的法术太让人惊奇了，我们好奇得一句话也说不出来。

我们趴在地上，王后用她手里拿的一束白玫瑰花碰了碰庞大固埃，恢复了我们的知觉，我们这才站起来。接着，她用细麻似的柔和语言，就像巴利萨提斯要别人向他儿子西路斯说话时那样，也就是说像上细塔夫绸那样的语言说道：“在你们身上发出的光辉的真诚态度，在我看来，就能证明你们内心的品德。看到你们像蜜糖那样温和而谦恭，我不难相信你们心里是没有邪恶的，也绝不会缺乏丰富而又崇高的知识，其实正相反，恐怕是充满着特殊的和少有的锻炼，在现在这个到处全是庸俗无知的人群里，是可望而不可求的。因此，我过去一向压抑着的个人情绪，现在自己也控制不住自己要向你们说几句俗气的话了，那就是欢迎、欢迎、热烈地欢迎你们。”

“我可不是学者，”巴汝奇悄悄地跟我说道，“你高兴就回答她吧。”

我没有出声，庞大固埃也没有出声，我们全都待在那里，谁也没有说话。

这时，王后又说道：“在你们的沉默中，我看得出来你们不仅是属于毕达哥拉斯学派的，我的历代祖先就是从那里生根和发源的，而且你们还到过埃及，那里是高深哲学有名的发源地,你们熬过不少的岁月,啃过手指头,挠过头。在毕达哥拉斯派里,沉默就是知识的象征,就像埃及人不言不语,就被人当作对上天的崇拜,海埃拉波利斯①的大祭司们在向神灵献祭的时候,就是一声不响,一句话也不说的。我并没有想把感激的心情强加在你们心里的意思,而是想隆重地把我的思想灌输给你们,虽然我并不需要隆重的礼节。"

她说完话,便转过身去对着她的官员们,而且她只说了一句:

"厨子,灵草②伺候!"

做饭的师傅告诉我们,这句话的意思就是说,王后如果不和我们一起用饭,请我们原谅她,因为她在进餐的时候,除了一点儿范畴、臆想、真理、形式、抽象、概念、梦幻、第二意识、幻觉、反映、心灵、预感之外,什么也不吃。说完,就把我们领到了一间布满惊醒装置的小屋里,天知道我们是怎样受到招待的。

据说朱庇特把人间的所作所为都记载在康狄亚奶他长大的那只羊的羊皮上(这张羊皮,他曾经还当作盾牌和泰坦作过战,因而被称作是"持羊盾牌者"。)朋友们,酒友们,让我用我酒瘾的名义说句老实话,用十八张这样的羊皮,用西赛罗所说的荷马写作《伊利亚特》时那样的折起来可以放在胡桃壳里的小字,也记载不完、描绘不下招待我们的美味佳肴。

拿我来说,即使让我长上一百条舌头、一百张嘴、一条铁喉咙,再加上柏拉图那种蜜糖似的丰富文采,让我写满四本书,也无法写出其中一半的三分之一。庞大固埃对我说,根据他的想法,王后向厨子说"灵草伺候"的时候,就是使用了一个在他们国家里象征着上等酒宴的代名词,正像路古卢斯想特别宴请朋友时说的"阿波罗"一样,但是有时候西塞罗和霍尔登修斯也会令他大吃一惊,竟然能猜出暗语的意思。

第二十一章 王后是如何消磨饭后时间的

饭后,我们由侍者领着来到王后的宫内,我们看到了王后饭后怎样按照习惯在宫内贵夫人及亲王等人的陪同下,用一个巨大的蓝白两色的丝箩来筛、来箩、来滤、来消磨时间。后来,还看到他们按照古代的习俗,一起做跳舞游戏,其中包含有:

---

① 海埃拉波利斯:弗里吉亚古城名。

② 指一种能治疗一切的灵草。

土风舞　　　快乐舞
悲伤舞　　　莫洛西亚舞
讽刺舞　　　西布莉舞
两步舞　　　疯狂舞
波斯舞　　　节日舞
弗里吉亚舞　花神舞
凯旋舞　　　斯巴达战舞
色雷斯舞

还有其他的上千种不同的舞蹈。

后来,王后下令,我们观光了皇宫,看到许多稀奇古怪的事,到现在一想起来,我心里还高兴得想笑呢。然而,最让我们感到惊奇的,是皇宫内贵族的操演,那些管蒸馏的、管化铁的骑士、贵族,等等,都毫不隐瞒、老老实实地告诉我们,还对我们说,王后只负责尽力去治疗不治之症,其他的,都由文武百官去处理。

我看见一个年轻的骑士去治疗花柳病,我所说的花柳病,就是你们所说的鲁昂病[①],他用一只木鞋在患者的齿形的脊椎骨上连磨三次就能治好。

我还看见一个,会治水肿病、膨胀病、腹水病、皮胀病,他用一把泰奈斯斧子在患者的肚子上连敲九下,就可以根治。

还有一个,会一下治愈各种各样的四日两头疟疾,可简单呢。只要在患者左边的腰带上拴上一条狐狸尾巴就行了。

还有一个,医治牙疼,只要用忍冬醋把病牙的根部连洗三次,然后再在太阳底下晒半个钟头就好了。

还有一个,会医治各种痛风病,不管是热痛,还是冷痛,不管是天生就有的,还是偶然得上的,只要让患者闭上嘴巴,睁大眼睛就行了。

我还看见一个,用极短的时间,治好了九个长期患圣方济各疾病的贵族,他首先解除了他们所有的债务,然后在每人的脖子上套一条绳子,绳子上挂着一个口袋,里面有一万金币。

还有一个,使用神奇的工具,可以让房子从窗口里整个翻身,使龌龊的空气变得干净整洁。

还有一个,会治疗三种消瘦病,无故消瘦、憔悴瘦弱、骨瘦如柴。治疗的方法,不用沐浴,不用斯塔比埃斯[②]牛奶,不用脱毛药、抹油膏,也不用其他任何药品,只需要让他们做三个月修士就行了。他告诉我们,如果做修士都还胖不起来,那么不

① 据说花柳病最初出现于鲁昂。
② 斯塔比埃斯:意大利古城名,离庞贝城不远,以产牛奶著称,公元1世纪毁于维苏威火山。

管用什么法，永远都不会胖了。

我还看见一个，后面跟着两群女人，一群是少女，活泼、天真、金黄的头发、美丽多姿，看着着实可爱；另一群都是牙齿掉光的老太婆，满眼眵目糊、一脸皱纹、颜色黑黄、瘦骨嶙峋。有人告诉庞大固埃说，这个人是改造老太婆的，他能使她们返老还童，使用法术叫她们变得和旁边的少女一模一样。这一天，他就把那些老太婆改造得和十五六岁的少女一样美丽、精神、文雅，甚至连身材的高矮、四肢的构造也都一样，只有脚后跟是例外，比年轻的时候要短得多。所以，以后就算她们遇见男人，也更容易躺下来。

那群老太婆十分虔诚地等待着自己被重新改造的时刻，而且不住口地啰唆，说屁股后面变得这样难看，这真的是叫人无法忍受的。治病的人不停地实施手术，好处也得到不少。庞大固埃问道，能不能用同样的方法使年老的男人返老还童，那个人说虽然不行，但是和改造过的女人同居，可以让自己不老，因为和这样的女人在一起，就会染上一种叫作脱皮症的第五种梅毒，希腊文叫作"脱皮"。得了这种病，就可以脱换皮毛，和蛇类每年蜕皮一样，也和阿拉伯的凤鸟似的让自己年轻起来。这里是真正的青春的源泉。衰老的人在这里都可以重新变得年轻，重新轻松活泼，就像欧里庇得斯所说的伊奥拉乌斯一样。由维纳斯所庇佑的法翁也变得年轻。同样变年轻的例子，还有因奥罗拉的法术而变年轻的提托诺斯，被美狄亚施用法术的埃宋，还有伊阿宋（根据菲雷西德斯①和西摩尼德斯②的记载）也被美狄亚重新变得年轻。根据埃斯库罗斯的记载，善良的巴克斯的奶娘和她们的丈夫也是这样被施术而变得年轻美貌。

第二十二章　王宫里的官员怎样表演绝技，王后挽留我们担任蒸馏职务

后来，我还看见许多上述的骑士，用极短的时间，把黑人变成白人，他们只是用篮子的底部在黑人的肚子上摩擦一下就行了。

还有的把三对狐狸套在轭上，在海边沙滩上耕地，一点儿也不浪费种子。

有的在洗瓦，使它们减退颜色。

有的从你们叫作轻石的一种浮石里取水，在石臼里捣很久，让石头改变性质；

---

① 菲雷西德斯：公元前6世纪古希腊哲学家，首创灵魂不死学说。

② 西摩尼德斯：公元前6世纪古希腊诗人。

有的剪驴毛,但是剪下来的却是上好的羊毛;有的在荆棘里摘葡萄,在蒺藜堆里收无花果。

有的在公羊身上挤奶,挤了放在筛子里,还可以挤到很多。

有的洗驴头,却不费水;有的用网捕风,还可以捉到很大的海虾;我还看到一个化铁的,用人工的方法叫死驴放屁,并且五分钱一个把它卖掉;还有的用陈腐的思想做成美味佳肴!

可是,巴汝奇看见一个侍者在一个大盆里让人尿发酵,里面还调和着马粪和教徒的大量大便,他吐了一个不亦乐乎,真是个坏东西!可是那个人却对我们说,他做这种玩意儿是供国王和公侯们做饮料用的,这种饮料可以让他们延年益寿,可以延长一两寻长。

有的从一无所有可以变出许多东西,然后再把东西变为一无所有。

有的想在膝盖上折断香肠。

有的从尾巴那里剥鳗鱼皮。这里的鳗鱼,和墨伦的鳗鱼不一样,不是那种未曾剥皮就先叫喊的。

有的可以用刀切火,用网打水。

有的用尿脬做灯笼,我们还看见十二个人在凉亭下欢宴,他们从四个大的平底玻璃杯里倒出四种清凉香醇的美酒,互相祝酒,开怀畅饮。他们告诉我这是根据当地的风俗让天放晴,就像海格立斯和阿特拉斯能让云开雾散,太阳出来一样。

还有的心甘情愿做非做不可的。我以为这样做非常好,非常恰当。有的用牙齿当炼丹术,这样做,就没有大便,下面只会有好处。

有的在一块长形的空地上,仔细地测量着跳蚤能跳多高,他们说这个工作对于统治王国、领导作战、治理共和政体,都非常的重要。他们还坚持认为苏格拉底,他曾首先把哲学从天上介绍到地上,使懒散的、好奇的、变为有用的和有益的,就是把一半的时间用在测量跳蚤能跳多远上,第五元素论者阿里斯托芬就曾有证明。

我还看见两个彪形大汉站在塔楼上放哨,有人告诉我们说,他们是守卫月亮的,因为怕狼来侵犯。

在花园的一个角落里,我还碰到另外四个大汉,他们吵得不可开交,几乎快要动手打起架来了。我问他们为什么争吵,有人对我说他们已经吵了四天了,他们提出来三个高深的形而上学问题,答应谁能解决,就把金山银库送给谁。第一个问题是关于大卵泡的驴的影子,第二个问题是关于灯笼上冒的烟,第三个问题是要知道羊身上的毛是否是羊毛。此外,我们还听说,他们认为奇异的事情并不是真正的形状、程式、外体,以及时间上的两个矛盾,对于这个问题,巴黎的诡辩学家宁肯叛离宗教也不肯承认是这样。

我们正在好奇地观望这些令人惊奇的工作时,突然王后带着她尊贵的随从们来到了,这真的是明亮的赫斯培鲁斯在发光。她一出现,我们的全部官能都感到震

惊,为之炫目。她看见我们很惊讶,便说道:

“让人类的思想沉迷于惊奇的深渊里的,不是效果的力量,效果的力量显然是博学的工匠运用技巧从自然的因素中产生而来的。这是进入官能中的一种突然的新颖感觉,它没有用镇定的判断,配合辛勤地钻研,看到事情的简单性。”

“因此,如果看到我的臣宰所做的事情而感到新奇,请你们在思想上先摆脱掉一切恐怖。我宫里的一切,你们都可以随意看、随意研究、随意观察,这会让你们逐渐地摆脱掉无知的奴役。我自己已经有一种意思,又看见你们心里面所表示的坚定的求知愿望,我愿意把实际的情景都教给你们,从现在起,我收留你们替我做管蒸馏的事。我的御医总管该柏尔在你们动身的时候,会把你们登记进簿册里的。”

我们一句话也没有多说,谦虚地向她表示谢意,并接受了她赐予我们的光荣职务。

第二十三章 王后的膳食

王后说完话,转身向她的贵族们说道:“胃口,这个负责营养人体上下各部的使者,因为不停地加热和活动来制造人体内的基本液体,所以要求我们为它供应养料。假如我们思想上决定采取不顺从它的想法,那么,大自然,我的主宰,便会让我们感到不舒服。所以管化铁的、伺候饭食的、忠实的仆人、骑士,请你们赶快搭起饭桌来,把应该有的食品全都摆好。还有你们,尊贵的尝味者们,请陪同着我高尚的捣碎者。你们过去的情面和细心,让我认识到用不着对你们发布不要打乱厨房内秩序的命令,我只需要提醒你们按照日常的程序办就行了。”

说完这话,她便又带着宫女们退了出去,有人告诉我们说她是按照古人的风尚去沐浴了,这完全和我们今天在进餐之前要洗手一样。这时饭桌上已经铺好了精美的台布。王后吃饭的程序是除了仙丹和甘露之外,什么也不吃,什么也不喝。可是宫内的王侯和他们的夫人,还有我们,都一起吃着即使是阿匹修斯①也梦想不到的珍奇美味和昂贵的肉食。

饭桌边上,有人送来一大盆肉菜浓汤,准备假如没有吃饱时可以食用,可是盆子又大,装得又满,就是拿匹修斯·比提乌斯给达里乌斯王的那棵金梧桐树也遮盖不住。汤盆里盛满了各种各样的肉菜,有青菜、有肉丝、有肉块、有烤羊肉、烤猪肉、烧肉、大块的咸牛肉、上等火腿、肉饼,还有无数摩尔式的“库斯库斯”、糕饼、奶酪、

---

① 阿匹修斯:罗马奥古斯都王朝出名的讲究吃食的人。

奶油、冻糕和各种各样的水果。我看着全都很好吃的样子,可是我却没有动手,因为已经吃得太饱了。

还有一件很少见的事要告诉你,那就是我在那里还看见了肉包子,所谓肉包子就是罐焖肉。罐子里头,我还发现有不少的骰子、纸牌、花牌、西班牙牌、象棋、棋盘,还有满碗的金币,这些是给喜欢赌博的人准备的。最后,在最底下,我又看到一大群披着马衣的骡子,马衣都是丝绒的,鞍鞴也是丝绒的,这是准备给男人和女人乘骑的。还有轿舆,虽然说不上来有多少,但也同样都是丝绒垫子。还有菲拉拉式的马车,是准备给到野外游玩的人用的。

这些,还不让我惊奇,我感到最新鲜的,是那位王后吃饭的方式。她根本不咀嚼,这可并不是因为她的牙不好、不结实,也不是因为她吃的东西不需要咀嚼,而是因为她的习惯一向如此。食物是经过尝味者先品尝过滋味的,再由捣碎者用绣金的紫红彩缎垫住食道,用又细又白的象牙牙齿,替她把食物嚼碎,然后用一个赤金漏斗把食物送进她的胃里。正是因为这样,我们才知道她为什么从来不大便,而只是派人代理。

第二十四章　如何在王后驾前举行对棋式舞会

晚饭后,在王后驾前举行了对棋式的舞会,这个舞会不仅仅值得观看,更值得永远怀念。

在开始之前,先在大厅地上铺好一张巨大的丝绒地毯,地毯的图案是棋盘式的,也就是说是一个个的方格组成的,其中半数是白的,半数是黄的,色彩对比鲜明,仿佛走进一个棋盘世界。接着有三十二个英俊少年风度翩翩地步入舞厅,其中有十六个人穿着金色的衣服,自成一队,当中有八个仙女(看起来就像古人所描绘的狄安娜的侍女),也就是兵卒了,有一个国王、一个王后、两名卫士(即象)、两名骑士(即马)和两名弓箭手(即车)。与其对峙的另外十六个人穿的是银色的衣服,也同样有八个仙女。他们在地毯上的位置是这样的:国王在最后一条线的第四格里,金色国王站在白色的方格里,银色国王站在黄色的方格里。王后在国王的旁边,金色王后在黄色的方格里,银色王后在白色的方格里。国王和王后的两边,是两个象,好像是他们的卫士;象的两边,是两个马;马的两边,是两个车。前面的一排,是八名南芙。双方南芙之间,有四排方格,空着,没有人。

双方还有相同衣着的乐队,一方穿的是橘黄色大马士革呢,另一方是白色大马士革呢,都是八个人,每人身边都带着自己的乐器,这些乐器制造精美,款式各异,合奏起来,和谐动听,随着舞蹈的要求,变换着节拍和声调。令我感到惊奇的,是他们那些繁杂而又不同的步法,有的直走,有的斜跳,有的隔着人跳,有的转向,还有的逃走,埋伏、退却、奇袭,不一而足。

更让人惊奇的,我认为,是跳舞的人为什么能如此迅速地紧跟着表示前进或后退的乐器声音,因为虽然他们行动的方式有所不同,但是没有一个不是一听见音乐就已经站在指定的位置上的。

比方第一排上的南芙,好像已经准备好要战斗似的,率直地冲向敌人,除了第一步可以自由迈进两格之外,平常总是就一格一格地斜着往前走,从来不后退。假如有一个兵能走到对方国王所在的那一条线上,那么他就会被看作与王后平等,并享有与王后相同的行动权利;不然就永远只能斜着、对角形地攻击敌人,而且永远只能一直往前走。此外,他们吃人的时候,还不能让自己的国王前面没有人,从而让国王有被对方吃掉的危险。

国王可以朝四面走,可以吃人,不过只能直走,从白格走进黄格,或者从黄格走进白格。但是,第一步也是例外的,假如国王前面无人保护,他可以走到象那里请求保护。

王后走起来和吃起人来比其他所有的棋子都要自由,她可以随便走到哪里,也随便怎样走,各式各样的走法都可以,直走不管走多远都行,只要中间没有自己的人,斜走也可以,只要走在同样颜色的方格上就行。

车可以往前走,也可以往后退,走远走近都随便,只是不能改变自己要走的方格的颜色。

马走起来和吃起人来都要跳,也就是说中间要隔一格,而这一格上要有自己的人或对方的人才行。他跳起来向左向右都可以,只是要跳进不同颜色的方格上。他对敌方的危害性很大,所以要非常的注意,因为他从来不在明面吃人。

象走起来可以迎面吃人,跟国王一样,前后左右都可以走,而且走多远也可以,只要当中没有人,国王也是如此。

双方共同的规定是到了最后,要把对方的国王将死,而不让他有向两边逃走的可能。国王困在当中,既不能逃走,自己的人也不能来救,那么对弈马上结束,国王被围的一方认输。所以,为了防止国王被困,这一营的人没有不拼命从事的,只要一听见音乐的声音,一个挨着一个地奋不顾身地效命。

遇到一个人并吃到对方一个人,就先向他行礼,在他的右手上轻轻地敲一下,然后请他离开地毯,自己占据他的位置。

遇到一方国王被将时,决不许对方吃他,严格规定将他的人必须要对他深深地行上一礼,进行警告,说道:“愿上天保佑你!”以便他的人马可以来救他或护住他,或者,万一不能救他时,就允许他改变位置。对方不许吃国王,只能以左膝跪地的方式向他行礼,说道:“你好”。至此,对弈才宣告结束。

第二十五章　舞会上的三十二个人的交战

双方人马在各自的位置上站好之后，乐队就一起奏响军乐，雄壮犹如冲锋号角。我们看到双方人马精神抖擞，准备奋勇作战，以便冲杀时，被点名出征。忽然，白方的乐队停止了音乐，只有黄方的乐队演奏了。这意味着黄方要开始进攻。不一会儿，果然如此，因为我们看见站在王后前面的南芙向左对国王转了个身，好像请命出阵，接着又向全营鞠了一躬，这才谦恭有礼地向前迈出两格，并向他即将进攻的敌方行礼致意。这时，黄方的乐队停止奏乐，白方的乐队接着奏起来。这里，须要交代明白，那个南芙先后向国王及全营行礼，是要他们也都马上行动起来。果然，他们向左转身向他还礼，但是独有王后向右转身，面向国王。这个礼节，在跳舞的过程中，全体参加者都必须遵守，行礼的仪式也是相同的，不管是哪一方。

随着白方乐队的音乐，白方的南芙也出动了本来他也是站在王后面前的，但经过彬彬有礼地向国王和全营行礼后，国王和全营也一样还了礼，和上面说过的黄方一样，唯一的分别是白方的人向右转，而王后向左转。白方南芙也同样向前迈了两格，并向敌方行礼，这样便和黄方的第一个南芙面对面地相遇了，中间没有距离，好像马上就要战斗似的，但是因为南芙只能斜着吃人，所以还是碰不着。

双方的人马都跟着前进，黄方和白方全是一样的，各自在相对的方向行进，做出要接触的样子。最后，第一个进入战场的黄方南芙，向左面白方南芙的手上打了一下，把他逐出战场，占据了他的位置。可是很快，在乐队新的乐声中，他被白方的车以同样的方式吃掉了。一个黄方的南芙马上又把白方的车挤了出去。再接着，白方的马出场了，王后也不得不走出来保护好国王。

这时，白方国王换了位置，他担心黄方的王后会来攻击，于是便退到左面象的位置上，这个位置很安全，也很有保障。

左边的两个马，一个黄马一个白马，也都活动起来了，大吃对方的南芙，因为南芙不能向后退，特别是那个黄马，把整个的行动都用在吃南芙上了。可是白方的马却在策划着更重要的战略，他不想让人看出他的计划。有时可以吃掉一个黄方的南芙，也可以故意放掉，然后从旁边过去，一会儿往东钻，一会儿又往西钻，最后竟然来到敌人的眼前，顾不上和敌方国王行礼了，于是便迫不及待地说道："愿上天保佑你！"黄方得到将军的信号，大吃一惊，并不是黄方无法马上遣调人马前来擒王，而是这样做，势必会损失右边的象，并且也无法挽救，无济于事。于是，黄方国王不得不避到左面去，因而白马却把黄象吃掉了，这对于黄方来说是一个莫大的损失。

然而,黄方决定报仇,他们从四面八方把白马团团围住,使他无法逃走,无法从他们的手里摆脱,然后逃出去。白马左冲右突,他自己的人也千方百计地来保护他,可是白马最终还是被黄方王后吃掉了。

黄方损失一员大将之后,于是就努力以各种方法报仇雪恨,也不从长计议,只图给敌人以巨大的损失。白方却不露声色,等待机会报复,故意给黄方的王后送过去一名南芙,设下了秘密陷阱,黄方把白方的南芙吃掉了,可是黄方的车却差一点被白方王后吃掉。黄方的马一心一意想擒住白方的国王和王后,说道:"你好。"白方的车赶来救驾,却被黄方一名兵卒吃掉,但是这个南芙却又死在白方的兵卒手里。

战斗非常的激烈。象离开了自己的位置,出来营救。一阵混战。战神也难决定胜负。而已经到达黄方国王身边的白方人马,这时忽然又被推回来了。

黄方王后特别的勇敢,一下吃掉白方一个车,一转身又吃掉白方一个象。白方王后见此情形,立刻出阵,并且以同样的勇敢冲杀,把黄方最后一个象和兵卒都吃掉了。

双方王后苦战了很久,一会儿想奇袭制胜,一会儿又不得不自顾性命并保护自己的国王。最后,黄方王后把白方王后吃掉了,可是她自己马上又遭到白方车的毒手。这时,黄方国王只剩下三个南芙和一车一象。白方也只剩下三个南芙和右面的马。这使得双方的战斗不得不进行得比较谨慎,比较缓慢。

双方国王失去心爱的王后以后,非常的伤心,于是处心积虑,希望从兵卒的队伍中能选拔出一个王后,重新结婚,答应她们只要谁能深入到对方国王的那一条线上,就一定收她为后,并且好好地爱她。黄方走在前面,在南芙里产生了一个新的王后,人们给她戴上桂冠,穿上后服。

白方也不落后,只差一步就可以产生新的王后了,可是就在这一步上,黄方的象正好守在那里,因此白方兵卒无法通过。

黄方新的王后,因为晋级为后,非常想表现自己的勇毅善斗。于是便在战场上左右冲杀。不料白方的马趁机把镇守边疆的黄象吃掉了。这样一来,白方也产生了一个新的王后,她也想趁着新的事变表现自己一番。于是战斗比刚才更加激烈了。双方各显神通,智取力攻,巧招奇步,都使出来了。最后,白方王后偷偷地来到黄方国王身边,说道:"愿上天保佑你!"这时,只有新王后才能跑回来救他。而新王后也毫不迟疑地冒着生命危险奔回来。

这时白马连蹦带跳,来到本国王后身边,让黄方国王担心一旦救了自己,就得损失自己的王后。可是黄方国王却把白马吃掉了。尽管如此,黄方仅余的一车二兵,还是竭尽全力保卫国王,终于全部牺牲,离开了战场。最后,黄方只剩下国王一人。

白方全体向他弯腰致敬,说道:"你好。"这说明了白方国王胜利了。听见这句话，双方的乐队一起奏起胜利的战歌。第一场跳舞就在这轻快的氛围中结束了。举动如此有趣，姿态如此恳切，却又美丽到少有的程度，乐得我们一个个都跟入了迷似的，说我们好像升到了奥林匹斯的天庭，享受到了极乐世界里的福气和快乐，绝不能算说错。

第一场比赛结束后，双方人马又重新站好，回到原来的位置，和第一次开局的时候一样，开始了第二场比赛。独有乐队把自己的音乐加快了半拍，因此对局的进展和第一次完全不相同了。

我看见黄方王后好像正为了刚才的失败而气恼，而这时一听见乐队的音乐，她便率领一车一马带头冲了出来，差一点儿把安坐在人马当中的白方国王吃掉。

后来，看见自己的计策被对方识破，她便在敌营中左右冲杀，一连吃掉不少白方的南芙和其他将官，让人胆战心惊。你们看了也会说真的像是亚马逊的王后彭台西丽雅再世，在希腊人的队伍中大肆砍杀。不过，这一场战斗时间持续的并不是太长，因为白方损兵折将，感到非常气愤，于是忍住悲痛，不露声色，偷偷地在远处拐角的地方调动一个车和一个无所事事的马，给对方设下一个埋伏，一下便把黄方的王后解决了，使她退出了战场。余下的不久也就被杀得大败。下一次她就变聪明了，她应该留在国王身边，千万不能远离，就算非出去不可，也应该多带点儿人马。所以，这一次又和上一局一样，白方胜利了。

到了第三场舞会，也就是最后一场了。双方和前两次一样，各自站好位置。我看他们的脸色比前两次更加愉快、也更坚决。音乐的速度又加快了五分之一，奏起了古时马尔西亚斯所创作的腓力基亚的战歌。立刻，比赛就开始了，他们的动作非常迅速，音乐一拍的时间，就要走上四步，而且还要和我们上面所叙述的那样轮流互相致意并敬礼。所以看上去就只见一片人都蹦蹦跳跳和跳绳一样的翻腾飞跃，彼此互相穿插。看见他们行礼之后，就用一只脚旋转身体，真可以和小孩用鞭子打陀螺的游戏相比，身体旋转时是这样的快，就好像一个人一动不动地停在那里，不是在动，而是在睡。"睡"是他们的说法。如果你注意到一个某种颜色的棋子，你看吧，他不像是一个点，而是像一条在活动的线，古萨努斯在神性的论断中就非常精辟地指出过。

在双方任何一方吃人时，我们就只听到一片鼓掌声和欢呼声。看见这些年轻人和王后、南芙等在快速的音乐中，做着五百种以上各种不一样的快速移动、奔跑飞腾、跳跃翩跹，从不你碰着我、我碰着你，就是严肃刚烈的迦多、从来不笑的克拉苏斯、愤世嫉俗的雅典人提蒙①、憎恨人类本能——也就是笑——的赫拉克利特也不能不为之变色和动容。看见他们在音乐的引导下，相互用出神出鬼没的技巧，使战场上剩下的人越来越少，我们的乐趣也就越来越大了。假如说，这不平凡的情

① 提蒙：公元前5世纪一个典型的悲欢者，一生憎恨人类。

景,就可以让我们神魂颠倒、心神不定、灵魂出窍,那我还要告诉你们,听了音乐的响声之后,我们的心更是激动和惊骇不止。完全可以相信,伊斯马尼亚用音乐把坐在饭桌那里安安稳稳用餐的亚历山大刺激起来奔向武器的故事是真实的。第三局的结果,黄方国王取得了胜利。

在对棋的跳舞中,王后悄悄地不见了,我们后来也没有再见过她。接着,该柏尔派带路的人把我们领走,按照王后的吩咐为我们进行登记,登记之后,我们才回到幻术港口,登上我们的船只之后,发现正好是顺风的,如果不马上利用的话,在一个月的四分之三里面,恐怕就不会再有这样的风了。

第二十六章　我们如何来到道路岛,以及目睹岛上来往的道路

航行两天之后,道路岛出现在我们面前,在那里我们看到了不少值得怀念的事。首先,岛上的道路都是动物。假使亚里士多德所说的凡是自己会动的东西都是动物的话是无法反驳的论断,那么我这句话就没有说错,因为岛上的道路都和动物一样能够来来往往,有的像行星似的到处乱窜,有的像动物一样蜿蜒前行,有的就像行星的形状,有的是通衢大道,有的是十字路口,有的是纵横交错的小道。常常看到走路的人向当地的人问路:

“这条道路通往哪里去呀？那条呢?”

回答的是:

“米底与法沃罗尔之间—到教堂去—到城里去—到河岸去。”

然后,顺着这条必走的道路,不用再吃苦,也不用再费力,就可以到达要去的地方,正像从里昂要到亚威农或者阿里,只需要在罗尼河上乘船一样。不过,你们知道,任何事物,有利必有弊,没有十全十美的东西,所以,我们又听说那里有一种叫作截路虎和拦路虎的人。可怜的道路们非一般地害怕他们,畏惧他们,他们像躲避强盗似的躲着他们。这些人埋伏着等待袭击这些道路,就像设下陷阱捕狼,撒下罗网捉鸭子一样。

我看见一个,给司法机关捉住了,因为他违背常理,选择了一条最长的道路,走向学校。还有一个人吹嘘地说,凭着睿智的眼光,他正正当当地发现了一条捷径,并且声称再也没有一条更便利的道路能够到达目的地。

有一天,卡柏林看见爱比斯德蒙提着他的家伙对着墙小便,便对他说,怪不得在早晨的时候,善良的庞大固埃总是头一个被接见的,原来他选取了最近的,最少

人走过的道路。

我在那里还发现了雄伟的布尔 13 大道，我在上面悠闲地走着，突然间看见赶车的人吆喝着马车气势汹汹而来，我赶紧拼命往前跑。因赶车的人恐吓说要把它踩在马蹄下，让马车在它的肚皮上碾过，就像图里雅命令马车在他父亲——罗马第六个国王塞尔维乌斯·图里乌斯的肚皮上碾过一样。我在岛上还遇到从贝洛纳到圣康丹的那条老路，看上去是最整洁、最漂亮的一条大道了。

我还遇见了那条通往山上的古老的菲拉特大道①，他骑着一只大熊，走在柴尼山上。假如他骑的熊是一只狮子蜿蜒而上柴尼山②的话，远远地看，我一定会把他当作圣瑞洛莫的画像，因为他实在是太老了，雪白的长胡须乱七八糟的（真能够被人当作冰柱）。他身上带着一大串粗糙的松木念珠，既不像站立，也不是卧倒，倒像是跪在那里，正在用大石块捶打着自己的胸口。看了使我们既觉得害怕，又觉得可怜。

我们正在观望，当地一位青年学者把我们拉到一边，给我们指出一条明净光滑的大路，看上去雪白雪白的，还铺着草，他对我们说道："今后，可不要忽视米利都人泰勒斯的论断了，他曾说过水是万物之本。当然也不要忽视荷马的名言，他曾说万物起源于海洋。你们眼前的这条路就来源于水，将来仍旧回归于水。两个月以前，这里走的是舟船，现在走的是车辆。

"这也算不了什么，"庞大固埃说道，"在我们那里，这样的变化每年都看得见，例子可不止五百。"当我们观察岛上道路行动的姿态时，那位青年学者又向我们说道，依他看，菲劳③、阿里斯塔古斯和塞留古斯从前都在这岛上研究过哲学，他们都坚决证明地球是在两极之间运转，而不是围着天空运转的，虽然照我们看来，好像是相反的。就像在罗亚尔河上那样，我们看到是树木在动，而其实树并不动，而是一般随着我们的行动在动。

回到船上的时候，我们看到岸上正把三个截路的人送上砾刑，据说他们是中了埋伏而被捉住的。此外，有一个无赖在道路上为非作歹，因而打断了他的一根肋骨而被施予火刑，他们还说这条被损坏的道路就是沿着埃及尼罗河畔的那一条。

---

① 即里摩日与都尔之间的公路，当中穿过大熊山。

② 柴尼山：阿尔卑斯山群之一。

③ 菲劳：即菲罗劳斯，公元前 5 世纪意大利毕达哥拉斯派哲学家。

第二十七章　我们如何经过木屐岛，以及“半音修士”的会规

后来，我们来到了木屐岛，岛上的人只靠喝鳖鱼汤过活。可是岛上的大王贝纽斯三世还是热情地款待和迎接了我们。饮完宴会之后，他还亲自带领我们观光了一所他为“半音修士”新修建的修道院。他把岛上的修士们叫作“半音修士”，他说住在大陆上有小的修士，或称奥古斯丁修会会员；还有高尚体面的方济各会修士，他们是教皇诏书赐封的全音符修士；还有吃熏鱼的小修会修士，也就是八分音符的小修士，如果再缩减的话，就只能是“半音修士”了。

遵照“第五元素”①的法令和通谕，这是一个最具有协和性的音程，他们穿的衣服和放火犯是同样的颜色，只有一处例外，只是腹部多了一块衬垫，就像安茹省盖屋顶的人套上的护膝一样，肚子倒是填得挺饱，因此，在这些修士当中，大肚子是出了名的。

他们穿的裤裆，样子像只鞋，而且每人有两个，一个缝在前面，一个缝在后面。双重裤裆说明这里边自有其神秘莫测的秘密。他们穿的鞋是圆的，样子像木盆，这是效法沙石之海的居民的。除此之外，他们还不留胡须，鞋上钉钉。这是为了表示毫不在乎命运之神，他们像猪猡一样把脑袋后面的毛发都刮得干干净净，从头顶一直刮到肩膀。前面的头发，从脑盖骨起，倒是让它自由生长。这样做，是为了效法那些割断尘世牵连的人。他们蔑视变化多端的命运之神，所以不像她那样手里拿着，而是像戴念珠似的腰里挂着。每人一把锋利的剃刀，一夜至少要磨它三次。

每人脚上还带着一个圆球，因为据说命运之神的球是在脚下边②。风帽的后尾拴在前面，而不拴在后面，这样可以把脸遮起来，躲在里面嘲笑命运之神以及其他幸运的人。和今天的姑娘们戴着你们叫作“围巾”的那种面罩完全一样(古时的人叫作“仁爱”，因为爱能遮掩许多的罪)。他们脑袋后面的部分倒是常常露在外面，和我们的脸一样。这是因为他们高兴往前走就往前走，高兴往后走就往后走。在往后走的时候，人们也会相信这是往前走的，因为他们的鞋是圆的，根本看不出前后，而裤裆又是前后皆有的，脑袋后面也是剃得光光的，并且还粗略地画着两只眼睛和一张嘴，很像一个椰子。反而是在往前走的时候，人们会以为这些人是在玩

① “第五元素”亦可解释为“第五度音程”，这是音符中最具协和性的一个。

② 命运之神脚下有球，是表示她们行踪不定，来去匆匆。

捉迷藏,看起来挺有趣。

他们的生活方式是这样的,等路西菲尔的光亮一来到大地上,他们便因为仁爱的原因,互相用靴子踢,用刺马距踏。踢过踏过之后,这才好好地打鼾睡觉,而且睡的时候,鼻子上还戴着夹着鼻子的眼镜,或者是那种观剧镜。

我们觉得这个睡觉方法很特别。可是他们却告诉我们说,最后审判[①]结束之后,才是人类休息和睡眠的时间。为了明确表示他们绝不会拒绝去受审,像一切幸运的人那样,他们穿好靴子,戴好刺马距,准备号角一响,马上上马就走。其场面不亚于勇士持枪和戟奔赴疆场,惊天地、泣鬼神。

中午的钟声响了(请注意,他们的钟,包括教堂的钟和饭厅的钟在内,全都是按照彭达努斯的指示做的,也就是说,是用非常细的鸭绒做的,钟锤是一条狐狸尾巴做的),正午的钟一敲,他们便一个个醒来,脱下靴子,高兴小便的去小便,高兴大便的去大便。不过,会规严格规定,每个人得大打而特打哈欠,并且拿打哈欠当饭吃。我看着着实有趣。他们把靴子和刺马距往架子上一撂,便到修院去,在那里认真地洗手漱口,然后坐在一条长板凳上,剔起牙来,一直剔到院长捧着手打呼哨表示剔好时为止。于是每人尽力张开大嘴,打上半个钟头的哈欠。有时多打一会儿,有时少打一会儿,这还要看院长根据当天瞻礼的日子适合吃多吃少而定。打好之后,还要来一次巡行祈祷,巡行时,打着两面旗帜,一面旗帜画的是品德之神,而另一面画的是命运之神。走在最前面的"半音修士",举着命运之神的旗帜,他背后,走着另一个"半音修士",打着品德之神的旗帜,手里还拿着灌有奥维德在《节令记》第五章里所描绘过的那个圣水的刷子,不停手地敲打着前面命运之神旗帜的"半音修士"。

巴汝奇说道:"这个做法和西赛罗以及学院派的规矩都有所不同,他们规定,品德之神在前,命运之神在后。"在巡行祈祷时,他们哼哼唧唧唱的倒是挺好听,只是不知道到底唱的是什么颂歌,因为我不懂他们的语言。仔细一听,我发现他们是用耳朵唱的。和谐极了,而且和他们的钟声十分协调!你这一辈子都不会听见走调的声音。

在他们巡行祈祷时,庞大固埃有一个重要的发现,他对我们说:

"你们有没有看出来这些'半音修士'的精细之处吗?他们在做巡行祈祷时,从教堂的这道门出来,就从另一道门进去,绝不会从出来的那道门进去。我可以用信用担保,这些人都是细心的人,细得可以镀金,像铅做的剑一样精细,细而不弱,但能使人变细,细得像用细沙滤出来的一样!"

约翰修士说道:"这种精细是从玄妙的哲学里来的,见他的鬼吧!我反正是一窍不通。"庞大固埃接着说道:"厉害就厉害在别人一窍不通。因为这种精细一旦被

---

① 指世界末日天主对人类的最后审判。

人弄懂了，看出来了，揭穿了，所谓精细、所谓奥妙、所谓名声，都将一起丢光，我们将把它叫作愚蠢。我可以以信用担保，他们的巧招儿还绝不止这些!”

祈祷做完之后，还要做一些对身体有益的活动，他们走进饭厅，跪在桌子底下，每个人的胸前靠近胸口放一盏灯笼。这样跪好以后，从外面进来一个高大的木屐人，手里拿着一把叉，用叉来伺候他们吃饭。开始的时候是奶酪，最后一道菜是芥末拌莴苣，这就是马提雅尔人所说的古人的习惯。饭后，每人还要按规定给分一盘芥末。

他们的饭食规定如下:星期天，吃灌肠、大肠、小肠、肉丁、猪肝、鹌鹑，开始时的奶酪和结束时的芥末还不算在里面;星期一，吃猪油黄豆，要宽汤重味;星期二，吃祝福过的面包、烧饼、烘糕、烙饼;星期三，吃的是乡下菜，有羊头、有牛头、有獾头，獾在这个地方很多;星期四，有七种汤，不过芥末总是少不了的;星期五，除了山梨什么也不吃，而且还都不熟，我从颜色上就可以判断出来;星期六，啃骨头。他们可不是穷得挨饿，因为每个人都有一个大肚子。他们还喝对抗命运酒，天晓得这是一种什么酒。他们吃喝的时候，就把风帽的帽边往前一拉当成围兜使用。

这就是他们在修院里的饮食。如果他们奉修院院长的命令到院外去，如果在海上或者河上，就严禁捕捉和吃食任何鱼类，违者将会处以重罚。在陆地上，就严禁吃任何肉类，这是要让每人都明白，除了玛尔贝西亚山上的石头以外，他们是不能被任何东西所诱惑和引逗的。

他们吃完饭以后，便哼哼唧唧地唱着歌感谢天主。这一天余下的时间，就是用积德行善来等待着最后审判。星期天，互相揪打;星期一，互相嘲弄;星期二，互相搓背;星期三，个人自擤鼻涕;星期四，互擤鼻涕;星期五，互相搔痒;星期六，互相棒打。

这一切都在恰如其分的氛围和对答如流的对唱中进行，而且他们都是用耳朵在唱，我们前面已经说过。单单等到太阳落在海上以后，他们立刻就用彼此的靴子踢，用踢马刺刺。和上面说过的相同，并且把眼镜戴在鼻子上，准备睡觉。睡到半夜，那个木屐人又来了，大家一起起来，一起磨刀。接着做好巡行祈祷，就再钻到桌子底下，和上面所说的一样，和往常一样吃饭。

约翰·戴·安脱摩尔修士看见这些“半音修士”的生活方式，了解到他们会规的内容，不由得庞然大怒，高声大喊道:

“啊，饭桌下养肥的老鼠! 天主在上，挤扁一个会出来两个! 普里亚普斯在这里就好了，他是经常参加卡尼底亚和萨卡娜的夜祭的，我们将会看到他大放而特放的屁，会不下于这些哼哼的声音! 说实在的，我现在才看出来我们是在一个完全相反的国家里，德国正在拆毁修院，剥下修士的会衣，这里却正好相反，一切都在倒行逆施，颠倒是非。”

第二十八章　巴汝奇是如何向一个“半音修士”问话的,而他的回答仅仅是一个字

自从我们走进修院,巴汝奇别的事都没有做过,就只顾得仔细观察这些被国王册封的“半音修士”的模样了。后来,他看到一个瘦得像一条咸鲞鱼似的家伙,于是便拉住人家的袖子,问道:

“‘半音修士’,‘唱半音的’,‘半个音的’,你的女人呢?”

那个“半音修士”回答说:“下。”

巴汝奇说:“多不多?”

“半音修士”:“少。”

巴汝奇说:“到底有几个?”

“半音修士”:“廿。”

巴汝奇说:“你喜欢有几个?”

“半音修士”:“百。”

巴汝奇说:“藏在什么地方?”

“半音修士”:“那。”

巴汝奇说:“我猜想年纪都不一样,穿起衣服来身段怎么样?”

“半音修士”:“好。”

巴汝奇说:“皮肤的颜色?”

“半音修士”:“滑。”

巴汝奇说:“头发的颜色?”

“半音修士”:“金。”

巴汝奇说:“眼睛的颜色?”

“半音修士”:“黑。”

巴汝奇说:“乳房如何?”

“半音修士”:“圆。”

巴汝奇说:“脸蛋儿如何?”

“半音修士”:“靓。”

巴汝奇说:“眉毛?”

“半音修士”:“长。”

巴汝奇说:“媚不媚?”

“半音修士”:“媚。”

巴汝奇说:“眼神?”

“半音修士”:“柔。”

巴汝奇说:“脚的样子?”

“半音修士”:“平。”

巴汝奇说:“脚后跟?”

“半音修士”:“短。”

巴汝奇说:“胳膊?”

“半音修士”:“长。”

巴汝奇说:“手上戴着什么?”

“半音修士”:“套。”

巴汝奇说:“手指上的戒指是什么的?”

“半音修士”:“金。”

巴汝奇说:“衣服是什么料子?”

“半音修士”:“布。”

巴汝奇说:“什么颜色呢?”

“半音修士”:“绿。”

巴汝奇说:“帽子呢?”

“半音修士”:“蓝。”

巴汝奇说:“袜子?”

“半音修士”:“褐。”

巴汝奇说:“布料都是怎样的?”

“半音修士”:“细。”

巴汝奇说:“鞋是什么做的?”

“半音修士”:“皮。”

巴汝奇说:“她们干起活儿来怎么样?”

“半音修士”:“快。”

巴汝奇说:“现在谈谈厨房吧,所谓厨房,我的意思是指女人,不要慌,咱们一样一样地谈。厨房里有什么?”

“半音修士”:“火。”

巴汝奇说:“用什么烧火?”

“半音修士”:“柴。”

巴汝奇说:“什么样的柴?”

“半音修士”:“干。”

巴汝奇说:“什么木头?”

"半音修士":"柏。"

巴汝奇说:"成捆的柴都是什么柴?"

"半音修士":"栗。"

巴汝奇说:"屋里烧的是什么?"

"半音修士":"松。"

巴汝奇说:"还有什么?"

"半音修士":"菩。"

巴汝奇说:"刚才的女人只说到一半,请问你们怎么喂她们?"

"半音修士":"好。"

巴汝奇说:"吃什么?"

"半音修士":"面。"

巴汝奇说:"什么面?"

"半音修士":"黑。"

巴汝奇说:"还有什么?"

"半音修士":"肉。"

巴汝奇说:"什么样的肉?"

"半音修士":"烤。"

巴汝奇说:"不喝汤么?"

"半音修士":"不。"

巴汝奇说:"她们吃很多糕点吗?"

"半音修士":"多。"

巴汝奇说:"我明白了。她们吃鱼不吃鱼?"

"半音修士":"吃。"

巴汝奇说:"她们就吃这些吗?"

"半音修士":"蛋"。

巴汝奇说:"煮到什么程度?"

"半音修士":"硬。"

巴汝奇:"她们吃的就这些吗?"

"半音修士":"不。"

巴汝奇:"她们还吃什么呢?"

"半音修士":"牛。"

巴汝奇:"还有其他的吗?"

"半音修士":"猪。"

巴汝奇:"还有吗?"

"半音修士":"鹅。"

巴汝奇:“除了鹅呢?”
“半音修士”:“鸭。”
巴汝奇:“还有呢?”
“半音修士”:“鸡。”
巴汝奇:“调味酱用什么做的?”
“半音修士”:“盐。”
巴汝奇:“如果喜欢吃甜食呢?”
“半音修士”:“糖。”
巴汝奇:“这些东西吃完后吃什么?”
“半音修士”:“饭。”
巴汝奇:“还有别的吗?”
“半音修士”:“奶。”
巴汝奇:“还有吗?”
“半音修士”:“豆。”
巴汝奇说:“什么豆?”
“半音修士”:“青。”
巴汝奇说:“豆里拌什么?”
“半音修士”:“油。”
巴汝奇说:“要什么水果?”
“半音修士”:“好。”
巴汝奇说:“什么样子的?”
“半音修士”:“圆。”
巴汝奇说:“还要什么?”
“半音修士”:“榛。”
巴汝奇说:“举起杯来?”
“半音修士”:“干。”
巴汝奇说:“干什么?”
“半音修士”:“酒。”
巴汝奇说:“什么酒?”
“半音修士”:“白。”
巴汝奇说:“冬天喝什么酒?”
“半音修士”:“醇。”
巴汝奇说:“春天呢?”
“半音修士”:“烈。”
巴汝奇说:“夏天呢?”

"半音修士":"凉。"

巴汝奇说:"秋天和收割葡萄的季节呢?"

"半音修士":"甜。"

"那个教士!"约翰修士叫了起来,"这些'半音女人'吃起来这样厉害,不用说,一定很肥,而且跑起路来一定很快!"

"你别忙,"巴汝奇说道,"等我把话问完。她们什么时候睡觉?"

"半音修士":"夜。"

巴汝奇说:"几时起床?"

"半音修士":"晨。"

"这真是我今年想骑的最可人意的'半音修士',"巴汝奇说道,"天主在上,仁慈的'半音男圣人'和'半音女圣人'都在上,让他去做巴黎首席的法官有多好啊!老天那个德行!我的朋友,他将是一个多么厉害的法官啊,多么会审问官司,多么会解决争端,多么会处理积案,多么会阅读诉状,多么会仔细推敲!现在,"巴汝奇继续说道,"再谈谈另外的食品吧,我们好好地平心静气地来谈谈。请你告诉我们,她的所谓仁爱是怎么样的?"

"半音修士":"广。"

巴汝奇说:"一入口?"

"半音修士":"鲜。"

巴汝奇说:"进里面?"

"半音修士":"深。"

巴汝奇说:"感受如何?"

"半音修士":"暖。"

巴汝奇说:"边上有什么?"

"半音修士":"毛。"

巴汝奇说:"什么毛?"

"半音修士":"红。"

巴汝奇说:"上年纪的呢?"

"半音修士":"灰。"

巴汝奇说:"动作如何?"

"半音修士":"快。"

巴汝奇说:"屁股的掀动?"

"半音修士":"猛。"

巴汝奇说:"每一个动作全都很快么?"

"半音修士":"全。"

巴汝奇说:"你们的家伙呢?"

"半音修士":"大。"

巴汝奇说:"上面的样子?"

"半音修士":"圆。"

巴汝奇说:"头上什么颜色?"

"半音修士":"红。"

巴汝奇说:"用过之后如何?"

"半音修士":"软。"

巴汝奇说:"睾丸如何?"

"半音修士":"沉。"

巴汝奇说:"包皮如何?"

"半音修士":"紧。"

巴汝奇说:"事过之后如何?"

"半音修士":"松。"

巴汝奇说:"看在你们誓言的份儿上,请老实告诉我,睡觉的时候,把她们放在哪里呢?"

"半音修士":"下。"

巴汝奇说:"她们动的时候嘴里说些什么?"

"半音修士":"哼。"

巴汝奇说:"她使你享受,她自己也在想这件美事,对不对?"

"半音修士":"对。"

巴汝奇说:"她们生孩子么?"

"半音修士":"不。"

巴汝奇说:"你们一起怎样睡觉?"

"半音修士":"光。"

巴汝奇说:"再发誓告诉我,平均每天白天要来上几次?"

"半音修士":"六。"

巴汝奇说:"夜晚呢?"

"半音修士":"十。"

巴汝奇说:"好家伙!一天一夜要来十六次,怪不得那么垂头丧气呢。约翰修士,你也能来这么些么?看他的样子就是个厉害的!别人呢,是否全是如此?"

"半音修士":"全。"

巴汝奇说:"谁是你们当中最能干的?"

"半音修士":"我。"

巴汝奇说:"从来没错过事么?"

"半音修士":"没。"

巴汝奇说："我简直都弄不懂了。头一天把你的精液倾囊耗尽，第二天还会有么？"

"半音修士"："多。"

巴汝奇说："他们一定是有了泰奥弗拉斯图斯所说的那种印度药草了，不然，叫我叛教。但是万一有什么正当的理由或其他原因让你的家伙变短，那该怎么办？"

"半音修士"："糟。"

巴汝奇说："女人呢？"

"半音修士"："吵。"

巴汝奇："如果持续一整天呢？"

"半音修士"："坏。"

巴汝奇说："那该怎么办呢？"

"半音修士"："烦。"

巴汝奇说："她们怎么对付你们？"

"半音修士"："屙。"

巴汝奇说："你说什么？"

"半音修士"："屙。"

巴汝奇说："什么声音？"

"半音修士"："响。"

巴汝奇说："如何整治她们？"

"半音修士"："狠。"

巴汝奇说："打出什么来？"

"半音修士"："血。"

巴汝奇说："她们的面色？"

"半音修士"："红。"

巴汝奇说："顶好不是？"

"半音修士"："假。"

巴汝奇说："于是你就被她们？"

"半音修士"："怕。"

巴汝奇说："她们把你当作？"

"半音修士"："神。"

巴汝奇说："再次凭借你立下的誓言，老实说，一年里面的哪一个月，你最软弱？"

"半音修士"："八。"

巴汝奇说："最有劲的是哪一月？"

"半音修士"："三。"

巴汝奇说:“其余的时间如何?”

“半音修士”:“乐。”

巴汝奇笑着对我们说:“真是世界上最不幸的‘半音修士’。你们有没有注意到他的回话是多么简单短促?只有一个字。我看这真是一个樱桃切三瓣[①]。”

“天主在上,”约翰修士说道,“我的朋友,他和他的女人说起话来就不是这样一个字一个字地蹦了。你不是说一个樱桃切三半么?圣弗朗西斯在上,我打赌他两口能吃下一根羊腿,一口就能喝下一夸脱酒。你看他那副醉醺醺的样子。”

爱比斯德蒙说道:“这些邪恶的修士全世界都一样,只会争抢东西吃,这也是他们所说的尘世生活,吃喝的事。那些王公贵族与他们相比又能好到哪里去呢?”

第二十九章　爱比斯德蒙对封斋节的厌恶

爱比斯德蒙说道:“你有没有注意到这个邪恶下流的‘半音修士’如何表示三月是色情最旺盛的月份?”庞大固埃回答道:“注意到了,但是,三月总是在封斋期里面,而封斋期内规定是要刻苦锻炼肉身、压制色情、约束性欲的疯狂的。”

爱比斯德蒙说道:“从此,你就可以意识到第一个制定封斋的教皇用意在哪里。这个‘半音破鞋’承认自己没有比在封斋期内更好色的了。所有博学的大医学家也都用明显的推理,断定即使一年之中所吃的全部食物也及不上在这段时期内吃的东西更能刺激人的性欲,这里面包括:蚕豆、豌豆、青豆、扁豆、葱、榛子、牡蛎、鲞鱼、咸鱼、糟鱼。蔬菜全是有刺激性的,例如:芥菜、山萮、茵陈、药芹、水芹、桔梗、罂粟、葎草、无花果、稻米、葡萄干,等等。”

庞大固埃说道:“所以,如果当你了解到了,那位制定四旬斋期的仁慈的教皇,正是看到人体的热情经过冬季严寒的潜伏时期,这时像树木的枝叶一样,通过四肢的循环,正从体内发挥出来,所以才制定了你刚才所说的那些食物,叫人类得到繁殖得到昌盛,那你还要惊奇呢。我想起都阿尔的洗礼登记簿来,那里面 10 月份和 11 月份出生的小孩,数目都要超过一年内其余十个月的总和。如果你推算一下的话,这些小孩全都是在封斋期内受孕和怀胎的。”

约翰修士说道:“我听着你们说话,觉得实在有趣。但是故世的雍维尔的本堂教士却说女人们的肚子膨胀,并不是因为吃了封斋期内的食物,而是出于那些弯腰曲背的募化修士,穿靴子的讲经师,污秽肮脏的忏悔师,他们在这段时间内作威作

① 一句民间谚语,意思是:这个人说话简短。

福,说通奸的丈夫应下到路西菲尔的爪子下面最深的地狱里。这样一吓,做丈夫的都不敢偷女佣人了,只好回到妻子那里去。我想说的就是这些。"

爱比斯德蒙说道:"对于封斋期的制定,你高兴怎样说就怎样说好了。每个人都有每个人的看法。可是,如果要是把它取消掉,我相信时间不会太长,全世界的医生都会反对,我知道,而且也听说过。因为,如果没有了封斋期,他们的医术便会遭到忽视,赚不到钱,原因是大家都不再生病了。疾病就是在封斋期内生根发芽的。封斋期是一切病害真正的秧苗、温床和散发者。你还会看到,如果说封斋期会使人的肉体腐败,那么它还会叫灵魂发疯。于是,魔鬼便有所作为了,假冒为善的人都露面了,伪君子明目张胆地集会结社、拜苦路、行赦罪、说教、忏悔、打苦鞭、逐人出教,不一而足。说了这么多,我也并不是夸赞北欧人就比我们好多少,我说的是事实。"

"看起来,"巴汝奇说道,"你这个'半音家伙',你以为这个人怎么样?他是不是异端?"

"半音修士":"是。"

巴汝奇说:"该不该烧死?"

"半音修士":"该。"

巴汝奇说:"越快越好,对么?"

"半音修士":"对。"

巴汝奇说:"不用下水煮?"

"半音修士":"不。"

巴汝奇说:"怎么烧?"

"半音修士":"活。"

巴汝奇说:"烧了以后?"

"半音修士":"死。"

巴汝奇说:"因为他使你生气,是吗?"

"半音修士":"太!"

巴汝奇说:"照你看来,这个人?"

"半音修士":"疯。"

巴汝奇:"你还烧过许多人吗?"

"半音修士":"多。"

巴汝奇说:"比狂还要厉害吗?"

"半音修士":"对。"

巴汝奇说:"你要把他怎么样?"

"半音修士":"烧。"

巴汝奇说:"他们也这样异端么?"

“半音修士”：“不。”

巴汝奇说：“将来还要烧么？”

“半音修士”：“还。”

巴汝奇说：“会不会赎回几个？”

“半音修士”：“不。”

巴汝奇说：“全都得烧死么？”

“半音修士”：“全。”

爱比斯德蒙说道：“我真不明白你和这个无聊的破修士扯下去还有什么乐趣。假使我对你没有什么认识的话，你一定会给我流下一个不太高明的印象。”

“马上就走，”巴汝奇说道，“不过，我真想把他带回去给高康大，他太让我喜欢了！等我结婚之后，他可以给我的太太做‘小丑’。”

“做‘相好的小丑’，”爱比斯德蒙说道，“如果用分字法来填充的话！”约翰修士笑着说道：“可怜的巴汝奇，这一次你可碰到对手了！无论如何，你也逃不掉做乌龟的危险。”

第三十章　我们是如何游历丝绸国的

我们高兴地观光过“半音修士”新的教派之后，又在海上走了两天。到了第三天，船上的领港人看见一座海岛，风景之秀丽远超过以往看见过的岛，它的名字叫“粗呢岛”，因为岛上的道路全都是粗呢的。我们还在这里遇到了赫赫有名的丝绸国，国内树上的叶和花从来都是不落，它们是由大马士革呢和织花丝绒做成的。飞禽走兽也都是毛织品。

我们在岛上看见许多的飞禽走兽和树木，式样、大小、高矮、颜色，都和我们国家里的差不多，只有一样不同，那就是它们从来不吃东西，也从来不开口叫唱的。所以，也不像我们国家里的禽兽那样会咬人。

当然还有一些是我们过去从未见过的。其中有好几种象，颜色也各不相同。尤其是，我看到了罗马皇帝提贝利乌斯的侄子，日耳曼尼库斯时代①，由驯兽者在罗马斗技场上带领演出过的那六只公象和六只母象，它们中间有的很有学问，有的懂音乐，有的懂哲学，有的会跳舞，有的会跳孔雀舞，有的还是诗歌能手呢。这时全都坐在饭桌的周围，活像那些有福的老神父进餐时那样，一声不响地吃吃喝喝。它

---

① 尼库斯：罗马大将，曾战胜日尔曼的阿尔米纽斯，公元19年被比佐毒死。

们的鼻子足有半肘那么长,一般都叫它“象鼻子”,可以用它吸水喝,可以用它卷取树叶水果等各种食物吃,还可以像手一样进行攻击和防御,战斗时,可以把人扔向天空,落下来的时候在笑声中摔得粉身碎骨。它们的耳朵又宽又大,样子很像风中的片叶。它们的腿有关节可以屈伸。

有的人不这样记载,那是因为他们只见过绘画中的象。除了牙,它们还有两只大角,朱巴就是这样称呼的,保萨尼阿斯也说是角,只有菲洛斯特坚持说是牙,而不是角(其实对我来说,这丝毫没有分别,只要能叫人理解了说的是象牙就行),长度足有三四肘长,生在上颚骨上,而不是下颚骨。如果你们相信了这样说的人,那你们就上当了,就拿艾理安来说吧,他就是满嘴撒谎的。

普林尼乌斯就是在这座岛上,而不是在别处,看见过戴着铃子跳绳,还可以从大开筵席的饭桌上跳过去,并且不挨着饮酒的酒客。

我在岛上还见过一只犀牛,和汗斯·克雷贝格从前让我见过的一模一样,和过去我在勒古热见过的一只大公猪也差不了许多,不同的是它头上长着一只角,足有一肘长,而且是尖的,运用这只角,它就敢和一只象展开战斗,用角把象的肚子(这是象最怯弱的地方)抵破,大象就被开膛破肚,倒地而死。

我还看见三十二只独角兽。这是一种性情乖僻的兽类,样子很像拉沃当的马,不同的是它的头像鹿,蹄子像象,尾巴像猪,前额上有一个尖锐锋利的角,黑颜色,足有六七尺长,平常像印度鸡的冠那样向下耷拉着,等到战斗或作其他使用时,便会一下子竖起来,笔直挺硬。我看见其中有一只和别的野兽在一起,用角在洗刷一处水泉。巴汝奇对我说他那话儿就跟独角兽的角差不多,不过这是就功能来说,而不是就长度来说,因为正像独角兽的角把池塘和水泉的水弄干净、清除存在的污秽和毒物、让别的走兽安全地来饮用那样,别人在他以后就可以胡搞一通而不至于有得花柳、下疳、淋病、横痃以及其他疾病的危险,因为,假使那个毒气洞里面有什么恶毒的东西和病害,他早已用他那敏感的犄角打扫干净了。

约翰修士说道:“等你结婚以后,我们拿你的老婆试验试验。这完全是看在天主的份儿上,更何况你已给了我们如此安全的指示。”“好极了!”巴汝奇说道,“你看我不马上在你肚子里放进一粒打发你到天主那里去的药丸(就是恺撒的二十二刀)[①]才怪哩!”约翰修士说道:“我更希望是一杯清凉的美酒。”我在那里还看见古时雅松所得到的金羊毛。那些说那不是羊毛而是金苹果的人根据希腊语 melon 这个字,既可以解释为“苹果”又可以解释为“羊”就说那不是金羊毛,而是苹果,这都是因为他们没有真正游历过丝绸国。

我还看见一条变色龙,和亚里士多德所描写的一模一样,和有一次罗尼河上的繁华城市里昂的名医查尔斯·马雷给我看过的一条也差不多,都是靠空气生活的。

---

① 据说恺撒是被刺了二十二刀才死的。

我还看见三条七头蛇，和过去见过的相同，每一条都长着七个不相同的蛇头。还看见十四只不死鸟。过去在不少书中也谈到过，都说世界上有且同时只有一只。可是根据我卑微的判断来说，说这话的人，除了在壁毯上之外，恐怕就从来没有见到过不死鸟，菲尔米奥姆附近的拉克唐修斯。也就是这么一个人。

我还看见阿普列乌斯[①]金驴的皮。

还看见三百零九只塘鹅，六千零十六只天堂鸟，整整齐齐地排着队伍，在麦地里吞食着蝗虫。还看见些阿拉伯鸟、白鸟、奶羊鸟、护鸽鹰、驴鸣鸟、我是说那些粗喉管的塘鹅、斯图姆帕洛斯鸟、女头鹰身鸟，还有豹子、狼人、半人半马、虎、豹、豺狼、长颈鹿、独角鹿、羚羊、獐子、狗头猴、半人半羊、麒麟、麋鹿、野牛、水牛、牛、猿猴、“奈阿德斯”[②]、长蛇、长尾猴、牛、绵羊、葡萄虫、蟒蛇、吸血大蝙蝠、半狮半鹰怪兽。

我还看见骑着马的“半斋”，“八月中旬”和“三月中旬”为它扶着马镫。还有狼人、半人半马怪物、老虎、豹、鬣狗、长颈鹿，等等。

我还看见一条叫作印鱼的小鱼，希腊人叫作“伊克内斯”，贴在一条大船边上，那条船虽然挂起了帆，风猛烈吹着，可是依然走不动。我想这一定就是暴君佩利安德的那条在风中被小鱼拦住不能前进的船只。姆提亚努斯当时就是在这个丝绸国看见的，而不是在别处。

约翰修士告诉我们说在从前的法庭上经常有两种鱼，它们能把所有打官司的，不管是贵人还是平民，是贫是富，是大是小，统统拖得身体破败、灵魂发疯。第一种鱼是“撒谎鱼”，也就是鲭鱼；第二种是有毒的印鱼，也就是说，打起官司来会没完没了，永远没有结案的时候。

我还看见一些“斯芬克司”、豪狗、山猫、人妖，人妖前面的两只脚和人的手相同，后面的两只脚也和人一样当脚使唤。还看见一些“半狼半狮”动物，（这种动物体形大如河马，尾巴像大象一样，颚部像野猪、一对会移动的犄角就如驴的耳朵）还有狼狗混生动物，这种动物跑得快，有米尔巴莱的驴那么大，胸部、脖子和尾部像只狮子，腿像鹿，嘴巴一直到耳朵边上，只长两颗牙，一只上牙，一只下牙，说话的声音跟人差不多，但是我们还没听见它们讲过一句话。

也许你们要说没有看到过猛禽的巢穴，不错，我倒是看到过十一处，我还看见左手使用的枪钺，这以前可没见过。我还看见一种龙，这是一种非常奇异的动物，长着狮身、红毛、人的脸和耳朵、有三排相互交叉的牙齿，就像人的手指头相互交叉一样，尾部长着刺，可以像蝎子一样刺人，它们的声音倒是优美动听。还有一种爬虫，身子不大，但很凶猛，头大得出奇，简直无法从地上抬起来。它们的眼睛很毒，

---

① 阿普列乌斯：公元2世纪罗马作家，著有传奇小说《金驴》。

② 奈阿德斯：野兽名，它一吼叫，周围的土地便会陷成深坑。

人一接触其目光即死,就像见了蛇怪一样。还看见一种双背的动物,这种动物快活极了,那尾部比摇尾巴还灵活,屁股总是摇个不停。

我还看见一种能被挤出奶的龙虾,这种动物我从没见过。它们列队整齐地行进,样子真好看。

第三十一章 我们是如何在丝绸国看见“道听途说”执掌的做证学校

我们在这个幕幔国家里又向前走了一阵,突然看见地中海一分为二,一直可以看到海底,完全和以色列人出埃及时红海离开波斯湾的情景一样。

我认出了特力顿正在吹的那个大贝壳,还有格劳科斯、普罗忒乌斯、奈列乌斯等等无数海神和海怪。我们还看到各种各样、数都数不清的鱼,有的跳跃,有的飞腾,有的穿越,有的厮打,有的游泳,有的呼吸,有的交配,有的追逐,有的捕捉,有的逃跑,有的休息,有的争斗,有的玩乐,有的嬉戏,设埋伏突袭、讲和、做买卖、起誓,它们全都玩得很开心。

在附近的一个角落里,我们看见亚里士多德手提灯笼,很像画中为圣克里斯托弗照路的那位隐修士,不停地左顾右盼,仔细观察,想把一切都记下来。跟在他后面的还有其他许多哲学家,就像为律师拎包的那帮人,其中有阿匹亚努斯①、赫里欧多鲁斯、阿忒涅乌斯、波尔菲里奥斯②、阿卡迪亚人庞克拉提乌姆、奴梅尼乌斯③、波西多尼乌斯、奥维德、欧庇安、奥林匹乌斯、塞琉古、莱奥尼达斯、阿加索克利斯、泰奥弗拉斯托斯、狄摩斯特拉图斯、穆提阿努斯、尼姆芬多鲁斯、雅利安,还有五百个其他无所事事的人,其中就连那个一连五十八年除了观察蜜蜂之外什么也不干的索罗伊的和阿里斯塔古斯。在这些人当中,我还看到比埃尔·基利,他的手里提着一个尿壶,正在仔细地观察鱼类的尿。

在丝绸国观光了很久之后,庞大固埃说道:

“在此处当真是大饱眼福,只是腹内还是空空如也,此时只感到饥肠辘辘,狂鸣不止。”

“那么,马上去吃饭,马上去吃饭,”我说道,“先尝尝看这里垂下来的合欢草是什么味道。”

---

① 阿匹亚奴斯:公元2世纪希腊史学家,著有《罗马史》。

② 波尔菲里奥斯(233—304):叙利亚新柏拉图派哲学家。

③ 奴梅尼乌斯:公元2世纪叙利亚哲学家,柏拉图的注释人。

“算了吧,吃它有什么作用!”

我就摘取了几个挂在幕幔边上的干果,可是怎么咬也咬不动,无法吞咽,用舌头舔了舔,老实说,跟一团乱丝差不多,毫无味道。人们不由自主地想到黑利阿加巴卢斯大概就是抄袭这里的方法,他答应给饿了很久的人来上一桌丰富、豪华、奢侈的酒席,可是结果拿出来的只是画上由蜡做的、石头做的、淘气做的肉食,就连台布也是假的。

我们继续寻找,看一看能不能找到一些能吃的东西,结果却只听见一阵响亮的声音,既像女人在洗衣服,又像图卢兹巴萨可乐磨坊里往磨上漏的粮食。我们不再停留,一直跑到有声音的地方为止,看到原来只是一个弯腰曲背、形象恶劣的小老头。他的名字叫作“道听途说”,大嘴岔的一直咧到耳朵边,嘴里有七条舌头,每一条舌头又分作七个杈。虽然有这样多的舌头,但是他们还是一起用不同的语言各自说各自的事情。头上和身上的耳朵和古时阿尔古斯的眼睛同样多,不过,他眼睛看不见,腿也瘫到不能走动。

在他周围,围了无数的男男女女,一个个都注意地在听。人群中有几个人样子特别的神气,其中有一个手执世界地图,口里念着简短的格言,向大家讲解。不一会儿工夫,只见全体都融会贯通,体会领悟,并能把非常奥妙的东西一字不差地背诵复述出来。普通人用一辈子的时间也不足以学会其中的百分之一。比方有关金字塔、尼罗河、巴比伦、穴居人、细腿人、无头人、小矮人、狗脸人、北极山人、半人半羊人等等稀奇古怪的东西,全都是从“道听途说”那听来的。

在那里,我好像还看到希罗多德、普林尼、索里努斯、贝罗苏斯,菲洛斯特拉图斯、美拉①,斯特拉博等许多古代圣贤。还有马格努斯、“无头人”比埃尔、教皇圣庇护二世、英勇的保罗?昭维奥②、“加拿大发现人”雅各·卡提耶、亚美尼亚人海伊通、威尼斯人马可·波罗、罗马人,卢多维克、伯多禄·阿尔瓦拉多等等数都数不清数目的历史学家,他们一个个都藏在幕幔的后面,偷偷地在那里书写着美丽的故事,其实这也全都是从“道听途说”那儿听来的。

在一幅绣着枝叶图案的绒幕后面,我看到在“道听途说”身边还有许许多多来自贝尔式和马恩③的青年学生,他们也都很用功。问他们学的都是什么,他们回答说他们从小就在那里学习怎么作证,而且学得非常快,学好之后,他们就可以回到老家去依靠作证作为职业,然后安分守己地生活。凡事只要肯出大价钱的,他们什么事都可以作证,当然这也全是从“道听途说”那听来的。你们高兴怎么想就怎么想,反正他们也算给了我们几片面包,我们还用他们的酒杯喝了酒,这是皆大欢喜的。后来,他们还诚恳地提醒我们,如果想要在法庭上打赢官司的话,应该尽可能

① 美拉:公元1世纪罗马地理学家。

② 保罗·昭维奥(1483—1552):意大利主教及历史学家。

③ 马恩省人是以会撒谎、会做假见证著名的。

地避免说实话。

第三十二章　我们是怎样找到灯笼国的

经历了在丝绸国忍饥挨饿的日子之后，我们又航行了三天。到第四天早晨，我们离灯笼国也已经不远了。

船越走越近，然后我们就看见海上有不少飘飘荡荡的小灯。我自己呢，就认为那是一种灯笼鱼，正在把舌头伸出水面放光，不然就是你们叫作萤火虫的——那种能够在黄昏时候发光的飞虫。

可是领港人却告诉我们说，这是当地的瞭望灯。这些沿海岸的灯，使人们非常容易辨认出这就是灯笼国，而且它们和那些好心的方济各会以及多明我会的修士一样，是为了给那些来这里开全体大会的外地“灯笼”指引道路的。不过，我们还是疑心这会不会是暴风雨来临的征兆，但是领港人却依旧坚持说他的话没错。

第三十三章　我们在灯笼人的港口登陆并来到灯笼国

我们很快便驶进了灯笼国的港口。

在一座高耸的碉楼上，庞大固埃认出了拉·罗舍尔[①]的灯笼，因为它照得下面一片雪亮。除此之外，我们还看见法罗斯[②]的灯笼、诺普利奥斯的灯笼以及雅典的阿克罗波里斯奉献给帕拉斯的灯笼。

离开港口的不远处，有一个小村落，灯笼人就住在那儿。这个村落里的灯笼人是一个依靠灯笼为生的民族，他们跟我们国家里依靠替修女募捐为生的教士相同，都是勤劳诚恳的好人。古时德谟斯台纳的灯就是点在这里的。从港口到皇宫，有三个像石碑一样站着的灯笼人，他们是码头上的哨兵，替我们引路。他们像阿尔巴尼亚人一样，都戴着高大的帽子。我们把这次航行的目的告诉了他们，并对他们说我们希望从灯笼国皇后那里得到一个灯笼人，好为我们照明道路，让我们能够找到

---

① 拉·罗舍尔：法国沿大西洋海岸地名，为当时新教之根据地，悬挂灯笼的碉堡，在拉·罗舍尔的南城墙上，航行船只视为灯塔。

② 法罗斯；埃及亚历山大港外岛名，上有灯塔，为普陀里美所建。

神瓶的谕示。他们答应尽力帮忙,并且还告诉我们,现在正是一个大好的机会,我们来得正是时候,可以好好地选择一番,因为皇后正在举行全国大会,有很多“灯笼人”供我们选择。

来到皇宫,有两个作为司礼仪的“灯笼”,一个是“阿里斯托芬灯笼”,一个是“克利安西斯灯笼”,他们把我们引见给他们的皇后,巴汝奇用灯笼国话把我们航行的目的简略地陈述了一遍。我们受到这位皇后热情的接待,并立即邀请我们参与她的晚餐,以便能够从容地选择出我们想要用作向导的“灯笼”。

我们听了非常高兴,于是便专心致志地注意和观察她们的一举一动,包括衣着、态度,以及晚餐时吃的食物。

皇后穿了一身水晶做的衣服,这件衣服是有大马士革和波斯的巧匠制成的,上面镶嵌着大颗的钻石。皇族“灯笼”里,有的穿宝石,有的穿镀金云石,还有的穿琉璃石。其余的则穿牛角、纸和油布。“号灯”也都根据各自氏族的级别和资历进行穿着打扮。然而,在穿戴最考究的行列里,我却发现一个土制的、跟陶器的缸瓮一样的“灯笼”。正在惊奇的当儿,就有人告诉我说,这个“灯笼”就是艾比克台图斯的,古时有人出三千“德拉克马”[①]还买不下她。

我还仔细观察了马尔西亚尔的“多头灯笼”[②],看她是如何穿戴和打扮的。除此之外,还特意地看了一下克里西亚斯的女儿奉献给卡诺巴的“昔头灯笼”。

我还看见古时在底比斯阿波罗殿堂里拿出来的那个“挂灯”,后来被征服者亚历山大带到伊奥利亚的古米城去的就是她。

我还看见一个,她特别显眼,是因为她的头上有一簇鲜红的丝帽缨,有人对我说,这就是人称“法律之灯”的巴尔多鲁斯“灯笼”。

还有两个很惹人注意,因为她们腰里都挂着灌肠的口袋,我听说她们两个一个大,一个小,而且都是开药房的“灯笼”。

到了晚餐的时候,皇后首先入座,接着其他的“大灯”按各自的级别与职位依次入席。头道菜大家全都是模型制出的大蜡烛,只有皇后例外,端给她的是一根比较硬的大火把,这个大火把是由白蜡做的,头上还有点发红。皇族灯笼也和其他人的不同,米尔巴莱的外省灯笼吃的是一根胡桃蜡烛,下波亚都的外省灯笼,我看见送给她的是饰有纹章的蜡烛。天晓得晚餐过后,这些“灯笼”一点起来该有多亮。只有一群侍候一只“大灯笼”的“小灯笼”是例外,她们不像其他“灯笼”那么发亮,那光分明比较黯淡。

晚饭过后,我们回去睡觉。第二天早上,王后让我们在最亮的“灯笼”里挑了一个,为我们指路。我们辞别而离开了。

---

① “德拉克马”:古希腊银币。

② 马尔西亚尔有一首讽刺诗名为《多头灯笼》,指一盏灯有好几个灯头。

第三十四章　我们到达神瓶的地方

光明的"灯笼"为我们照着路,引导我们,到达大家所希望的海岛,我们非常高兴,因为岛上就有神瓶的谕示。

巴汝奇一登陆,一边翘起一只脚快乐地跳起舞来,一边向庞大固埃说道:"我们经过千辛万苦,今天总算找到了。"说罢,又彬彬有礼地向领路的"灯笼"致意,她却嘱咐我们要充满信心,即便看见什么也别害怕,要往最好的方面想。

要到神瓶的大殿去,我们必须要穿过一块宽阔的葡萄地,那里有各种各样的葡萄,像法勒纳①、马尔瓦西亚、"赛麝香"、塔比亚、包纳、米尔沃、奥尔良、毕卡当、阿尔布瓦②、古塞、昂如、格拉沃、科西嘉、维龙、内拉克,等等。这块葡萄地,原是古时善良的巴克斯种植的,因为受到神灵的保佑,所以一年四季跟圣勒摩的橘树一样,枝叶不落,花果满树。领路的华丽的"灯笼"叫我们每人吞吃三颗葡萄,鞋里铺上葡萄叶,左手再拿着一根葡萄枝。

走完葡萄地,还要经过一座古代的牌坊,牌坊上雕刻着一个贪杯者的纪念品,非常精细。其中一面是一长溜的酒瓶、酒提子、酒嗉子、酒壶、酒坛、酒桶、酒缸、酒瓮、酒罐、古代的酒等,都挂在一架枝叶茂盛的葡萄上;而另一面是成堆的大蒜、香葱、韭菜、火腿、鱼子、乳饼、熏牛舌、陈奶酪,还有类似糖食的东西,都裹着葡萄叶,非常巧妙地用葡萄藤捆得好好的。此外,还有上百种酒杯,有步行杯、骑马杯、小口杯、大口杯、酒盅、酒缸、酒爵、酒樽、酒碗等等饮酒工具。牌坊正面,有一条饰带,饰带下面,有两行诗,上面写的字句是:

穿过此处门洞,
带好领路"灯笼"。

庞大固埃说道:"'灯笼',我们已经有了。而且在整个灯笼国也找不到比我们这一个更好更如意的了。"走过这座美丽的牌坊,接着便是一座高大的凉棚,上面爬满了葡萄藤,两面全都是数百种颜色各异的葡萄,就连形状也不是天生的那种式样,而是经过栽培的艺术改造的。颜色分深黄、淡蓝、茶褐、天蓝、纯白、碧绿、乌黑、

---

① 法勒纳:意大利南部地名
② 阿尔布瓦:法国汝拉省产葡萄区。

淡紫,还有杂色的、条子的,形状有长的、圆的、三角的、四方的、卵形的、冠形的、椭圆的,还有长胡须的、带毛的,等等。凉棚的尽头爬满古老的常春藤,枝叶茂盛,果实累累。

我们明亮的"灯笼"叫我们每个人都用常春藤做一顶阿尔巴尼亚式的帽子戴在头上,我们立刻全都照办了。

庞大固埃说道:"古时朱庇特的祭司也不敢这样从这下面走过。"我们聪慧的"灯笼"解释道:"原因很奥妙。这是因为从下面走过的时候,上面的酒(我指的是葡萄)就仿佛可以从上面压制住、制伏住头脑似的,这就是说那些祭司以及那些所有专门从事敬神的人应该保持头脑安定,六根清净,而在酒醉时乱性却是比其他任何情感更容易发生。你们也是如此,假使尊严的祭司巴布看不见你们鞋里铺满的葡萄叶,她是决不会允许你们进入神瓶的大殿的,因为鞋里铺葡萄叶这件事,明确地指出你们是不喜欢酒的,而且是不屑一顾的。"约翰修士说道:"我不是学者,我不喜欢这些。不过在我经本上的《启示录》里,我曾看到过一件怪事,那就是一个妇人脚踏月亮①。比高曾经对我说过,这就是为了表明她和别的种类的女人不同,别的女人都把月亮放在头上,而她是相反的。因此,头脑总是跟月亮一样时缺时圆。从这个比喻看来,我容易理解你的话了,'灯笼'夫人,我的朋友。"

第三十五章　我们是怎样由地下进入神瓶大殿,酾农如何成为世上第一城的

我们由一道石灰拱门走进地下,门上粗糙地画着一群妇女和萨蒂尔在跳舞,旁边还有骑着驴嘻嘻哈哈的老西勒纳斯。我向庞大固埃说道:"这道门使我想起天下第一古城的彩窖,你在那里可以找到类似的图画,而且和这里的一样新。"

庞大固埃问道:"你说的天下第一古城指的是哪一座城市?"我说道:"就是都兰省的酾农呀,也叫该农。"庞大固埃说道:"我知道酾农在哪里,我也知道画窖酒馆在哪里。我还在那里喝过不少凉爽的美酒,我从来没有怀疑过酾农是一座古老的城市,它的纹章就足以证明这一点,纹章上面有这几句话:

'酾农,酾农,
小城,大名,

① 见《新约·启示录》第十二章第一节。

它在古老石岩上，
上有树林，下有维也纳。’”

“可是，你怎么说它是天下第一城市呢？哪里有这样的记载？你是从哪里联想到的？”

“我从《圣经》上读到该隐是第一个建造城市的人①。所以，他很可能用自己的名字作为第一座城市的名字来命名，正像后来有许许多多的人建筑城市时来效法他的做法，用自己的名字来作为城市的名字一样。当然，像雅典娜（即希腊文的密涅瓦）之和雅典，亚历山大之和亚历山大城，君士坦丁之和君士坦丁堡，阿德里亚努斯之和阿德里亚诺堡，庞贝之和西西里的庞贝优波里斯，卡南之和卡南尼城，萨巴之和萨巴安，亚述之和亚述，还有普陀里美斯，恺撒里亚②，台伯留斯，犹太国的赫罗丢姆，也都是这样来的。”

我们正在谈话的当儿，神瓶国的总督——伟大的弗拉斯克（我们的“灯笼”叫他菲拉斯克）由神殿卫士（也都是些法国式的小瓶）陪伴着出来了。他一看见我们像上面所说的那样，一个个手执葡萄枝，头戴葡萄藤，同时还认出了我们明亮的“灯笼”，于是就让我们平平安安地进去了，并且吩咐马上把我们领到神瓶的随侍巴布公主那里，她是神瓶的侍女，也是执掌所有奥秘的祭司。于是，随从便遵命照办了。

第三十六章　我们怎样走了四十四个地下阶梯，怎样吓坏了巴汝奇

我们顺着地下一座云石梯子走下去，刚迈一步就有一个拐弯，向左转，走了两级，又是一个同样的拐弯，再走下三级，又一个拐弯，接着又走了四级。巴汝奇问道：

“到了么？”

“走过了几级阶梯，你数过了么？”我们华丽的“灯笼”问道。

“一，二，三，四。”庞大固埃在数。

“一共走过多少级？”“灯笼”又问道。

“十级。”庞大固埃回答说。

---

① 见《旧约·创世记》第四章十七节。

② 恺撒里亚：罗马皇帝建立的城市。

“你用毕达哥拉斯的四再乘一乘,看是多少。”“灯笼”又说道。

庞大固埃算起来:“一十,二十,三十,四十。”

“一共是多少?”“灯笼”问道。

“一百。”庞大固埃答道。

“再加上第一个立方。”“灯笼”说道。

“八。”

“走完这个命中注定的数目,就走到神殿的门口了。请注意,这是柏拉图真正的精神发展法,在学院派里已经很出名了,可是很少被人所了解,算法是:二的一半是一,加上两个整数,再加上两个整数的平方和两个整数的立方。”我们要想在地底下走这么些阶梯,那么首先就需要有腿,否则,我们就只能像桶滚到地窖里那样往下滚;其次,我们还需要一些明亮的“灯笼”,因为在往下走的时候,除了她,别的一点光亮也没有,这完全跟进到爱尔兰的圣巴特里斯洞或者贝奥提亚特洛弗尼欧斯的洞穴里一样。

走过七十八级阶梯之后,巴汝奇喊叫起来了,他向我们明亮的“灯笼”说道:“明亮的夫人,我抱着一颗沉痛的心恳求你,咱们回去吧。我以天主的死亡起誓,我快要被吓死了!我情愿一辈子都不再结婚。你们为我出的力,费的心,真的是太大了,愿天主在天堂上报答你们。我从这个穴居人的洞穴里走出去之后,绝不会忘恩负义。求求你们,咱们回去吧!我担心这里就是进到地狱里去的太那隆①,我仿佛已经听见刻耳柏洛斯在吠了。你听!一定是它,不然的话,就是我有耳鸣病。我对狗从来没有好感,牙疼得再厉害也比不上狗咬住你的腿。假使这里就是特洛弗尼欧斯的山洞,鬼怪妖魔一定会把我们活活地吃掉,就像古时德米特利乌斯的一个长枪手因为未带面包被吃掉一样②。约翰修士,你有没有在这里?我求求你,可别离开我,我快要吓死了。你带着你那把短刀没有?我身上什么武器也没有,既没有进攻的武器,也没有防守的武器。咱们回去吧!”

约翰修士说道:“我在这里,我在这里,别害怕,我抓着你的领子呢。虽然我没有武器,但就是有十八个魔鬼也休想从我的手里把你夺走。一颗勇敢的心,再配上有力的胳膊,是不需要武器的。就算要,天上也会降下武器来,就像从前在普罗温斯玛利亚娜那条河沟附近、克罗的平原上、天降石子(到现在还在那里)协助手无寸铁的和尼普顿的孩子作战的海格立斯一样。发生什么事了?难道我们是到小孩子的灵簿里去么(天主在上,他们会屙我们一身的!)?还是要到魔鬼的地狱里去呢?此刻,如果我鞋内有葡萄叶,我一定会打它们打个痛快!你看我打起架来多厉

---

① 太那隆:即希腊的马塔班海峡,据说那里有一洞口可入地狱,神话中海格立斯就是从那里进入地狱的。

② 这个长枪手曾进到特洛弗尼欧斯的山洞行窃,因未携带面包而被食,故事见保萨尼亚斯《希腊游记》。

害啊！你说在哪里吧，它们在哪儿？我什么都不怕，就只怕它们的角。不过，当我想到巴汝奇结婚以后头上的犄角时，我相信它一定会保护我的。在我充满预见性的头脑中，我已经看见他和亚克托安一样犄角满头，满头犄角了。"

巴汝奇说道："约翰修士，你要小心，在修女可以嫁人以前，可不要娶一个四日两头疟疾。因为，如果我可以从这座墓穴里平安回去的话，单单为了能让你长犄角，我也要和你那一口子睡一觉，否则，我就认为四日两头疟疾是个坏女人。我记得格里波米诺曾经想让它给你做老婆，你骂他是异端。"

这时，我们华丽的"灯笼"打断了我们的话，她对我们说，到这里必须要保持沉默，不许说话。因为我们鞋里有葡萄叶，所以如果没有神瓶的话，我们就没有回去的希望。

巴汝奇说道："那么，就一直往前走。不论是神是鬼，一概不怕。反正一个人只能死一次。我留着生命本来是想用在战场上的，现在就别提了。走吧，走，往前走！我有的是胆量和勇气，只是我的心跳得有点快。这是因为地窖里的寒冷和腐臭，而不是害怕，不是！也不是发寒热。我们走吧，快点走吧，我是无所畏惧的威廉！"

第三十七章　神殿的大门是怎样神奇地自动开启的

我们下完楼梯，有一座玛瑙大门，这座大门是用优质玛瑙制成的，光滑无比，是多丽斯风格，朴素大方。门上刻着纯金的希腊文，意思是"真理在酒中"。两扇门是哥林多的合金做成的，实心，上面有葡萄枝叶形式的浮雕，还有依照雕刻术的要求精工镶嵌着珐琅。两扇门关得又紧又严，既没有间隙，也没有锁，看不见任何扃固的工具，门上只挂着一粒印度的钻石，大小有埃及蚕豆那样的大，两头镶有两个直线式的六角形的赤金柄，两边的墙上挂着两串大蒜。

行至此处，尊贵的"灯笼"向我们说她不能再为我们带路了，请我们原谅她。她要我们放心地听从祭司巴布的指示，因为某种原因她自己不能到里面去，其中各种底细不便对凡人仔细说明。但是，不论发生什么事情，她嘱咐我们要保持头脑冷静，不要惊慌失措，信赖祭司，一定可以安全出来的。说完以后，就把悬挂在两扇门当中的那颗钻石拿了下来，扔在右边专设的一个银盒里。然后，从每扇门的枢轴上拉出一码半长的紫红色丝带，大蒜就是挂在丝带上的。她把丝带的另一头拴在原先镶钻石的两个金柄上，这才向前走去。

忽然间，那两扇门自己打开了，也没有任何人动过它，而且开的时候，并不像一般粗笨沉重的铜门那样，发出刺耳可怕的声音，而是从门洞里发出一种柔和悦耳的细声。庞大固埃马上看出来这是什么原因,原来每扇门的枢轴下面有一个小型的转轴连在门上,随着门向墙那边开启的时候,它便会在一块坚硬光滑的云斑石上转动,这块云斑石因为天长日久被磨得平滑无比,所以会发出柔和悦耳的声音。

我很奇怪,这两扇门是怎么未经任何人的推动就自动开启了呢?为了弄明白这一件奇特的事,我们进门后,便在大门和墙中间的地方仔细查看,想看出是一种什么样的动力或者是什么工具藏在那里。我猜想或许是我们可爱的"灯笼"在门缝里面放过一种叫作"爱西屋比亚"的丹参草,因为这种草可以开启一切关闭着的东西。可是我只发现两扇门后面有一个榫头,是一条科林斯的钢片。我还看见两张印度磁石,约有半手之宽,厚度也一样,呈天蓝色,平整光滑,磁石的边嵌在墙里,就在门敞开时接触墙的地方。所以,根据自然界的神秘法则,由于磁石的吸引力,钢片在这种玄妙神奇的自然规律下,受到了它的力量。因此,门慢慢地被吸开来了,不过也不是经常如此,不仅只有把上面所说的磁石拿开,解除钢铁对磁石自然的顺从力量,还要拿开那两串大蒜。我们那位和悦的"灯笼"就是用那条紫红色丝带把它挂开的。因为蒜能减弱磁石的力量。

两张供桌中,右边的一张上用古罗马字体精细地刻着一句抑扬格六韵步诗句:

顺命者命带之,逆命者命拽之。

左磁右旁边也有这么一句话:

万物归宗。

第三十八章　宫殿的地板是漂亮的马赛克铺就的

读过桌上的文字,我便着眼观看这座华丽的大殿。我发觉大殿的地面砌得实在太令人惊讶了,平心而论,天底下的任何建筑物也无法和它相比。不论是苏拉时代普雷奈斯特①的那座命运之神大殿的石板地,还是索苏斯在倍伽姆斯为希腊人砌造的人称"阿萨洛图姆"的石板路。这里的地面是用小方块式的石头砌成的,每一块都打磨得光滑细致,它们都是天然的色彩,有的是红色云石,上面还有悦目的斑点,有的是云斑石,有的是蛇纹石,有的是闪着原子似的金光的四色石,有的是浮现出一片奶油色光芒的玛瑙石,有的是明光锃亮的天青石,还有的是带有红黄纹路的绿色石英石,这些石头全都是依照对角线的排列原则排列而成的图案。

---

① 普雷奈斯特:拉七奥姆古城名,在罗马东南。

大门上边，也有用小块石头砌成的图案形的花样，利用每块石头的天然色彩砌成图案的花纹，看上去仿佛是从地上长起来的一簇簇的葡萄，毫不矫揉造作。这里密枝高挂，那里疏叶低垂，没有一个地方不体现了镶嵌工程的巧夺天工。在半明半暗的光线里，神奇的似乎你可以看到这里有蜗牛在葡萄上爬动，那里有壁虎在枝叶间奔跑。还有的地方，露出半熟或者全熟的葡萄，制作的技术如此巧妙，真能把椋鸟以及其他的小鸟引诱过来，跟古希腊画家宙克西斯①的画那样。的确是这样，就连我们自己也产生了错觉，因为在路过建筑家把葡萄枝叶砌得过于浓密而变得凹凸不平的地方时，我们也唯恐扭了脚，于是就迈着大步从上面跳过去，跟遇到了坎坷不平和多石的地方一样。

后来，我抬头观望大殿的拱顶和墙壁，看见拱顶和墙壁也都是用云石和云斑石拼嵌的图案，做工之精美着实令人惊叹。从左面望过去，从这一头到那一头，以不可想象的美丽图案拼凑出了巴克斯战胜印度人的那场战役。

第三十九章　殿内墙壁上嵌砌了巴克斯怎样战胜印度人的战役图案

一开始，画面上出现若干个在焚烧中的城镇堡垒、田园树林，除此之外，还有一些正在恶狠狠地把牛羊活生生杀死，并且吃它们的肉的毫无理智的疯狂妇女。从这里，我们就可以看到巴克斯进入印度时是怎样烧杀劫夺的。

尽管如此，印度人并没有重视这些，他们不屑于出来对付他。因为他们听信了探子的汇报，说巴克斯的军队里根本没有战士，只有一些弱不禁风的小老头，经常醉醺醺的，他身边都是些野人，连衣服都没有穿，蹦蹦跳跳的，跟小羊似的头上有角、屁股上有尾巴。除此之外，就剩下一大群酒气冲天的女人。因此，他们决定让这些人过去，而不用武力去对付他们，就仿佛战胜这些人反而是他们的耻辱，不是他们的光荣。是羞耻，是侮辱，而不是光彩和荣誉似的。

巴克斯在利用印度人的蔑视下，每天都有新的进展，到处放火，因为火和雷是巴克斯从父亲那里传承下来的武器。在出生到这个世上以前，他就已经尝过朱庇特的雷了（他母亲赛美列以及他母亲的房子都是被火烧毁的）。到处流着血，这是自然而然的，因为血是在和平日子里制造的，而在战争时洒出的。萨摩斯岛上一个

① 宙克西斯：活动时期公元前5世纪末，古希腊画家，作品已无存，传说其画形象生动逼真，所绘葡萄曾引来鸟儿啄食。

叫作帕拿马的田地就是一个证据,意思就是"到处是血"。因为当年巴克斯就在那里俘虏了从以弗所逃出的亚马孙人,使他们流血过多而致死,因此地上洒满了鲜血。在这里面,你们今后就可以知道,比亚里士多德在《疑问篇》里解释的还要清楚,为什么古时人们常常说:"战时莫食亦莫种薄荷"了。原因是(一般在交战时是毫无顾忌地互相攻打的),受了伤的人,如果他这一天接触过或者吃过薄荷,别人就不可能,或者说很难为他止住流血。

接着,壁画上是这样表现巴克斯走向战场的。他坐在一辆华丽的战车上,他的战车由三对套在一起的小豹子拉着。他的脸,跟小孩的脸一样,证明了爱喝酒的人是从不容易老的,红红的像一个小天使,下巴上连一根胡须也没有。头上有尖角,还戴着一顶葡萄枝叶编做而成的花环和一顶紫红色的丝绸尖帽。脚上穿的是金色皮靴。

跟他在一起的人里面没有一个男人,全部的卫队和武力都是些"巴萨里德""艾勒伊德""厄伊亚德""艾多尼德""特里忒利德""奥吉吉亚""米玛罗娜""美那德""提亚德""巴基德"①、一些毫无理智和疯狂凶恶的女人,她们腰里束着活的蛇和长虫,个个披头散发,样子跟松果差不多,头上还束着葡萄叶,身上披着鹿皮,手里拿着短斧、长锤、戟、钺,另外还有轻便的小盾牌,一动就响,所以在需要时就拿它当鼙鼓李使唤。她们的数目一共是七万九千二百二十七人。

带头的先锋是巴克斯的心腹赛利纳斯,在过去的不少场合中表现过他的急智和勇敢。他是一个摇摇晃晃的小老头,弯腰曲背、脑满肠肥、两只厚大的耳朵、一个尖瘦的鼻子、眉毛又粗又硬,与地里的犁沟差不多。骑着一头大卵泡似的公驴,手里拄着一根拐杖,遇到需要步战的时候,也可以用它来打仗。此外,他的身上穿着一件女人穿的黄色连衫裙。他带领的人都是一些年轻的粗汉,头上像山羊似的有角,后面跟野兔似的有尾巴,身上不穿衣服,嘴里还不住地唱,两腿也不停地跳,这些人的名字叫提蒂尔,多利斯语称萨蒂尔。数目一共是八万五千一百三十三人。

带领后队的是潘恩,这是一个凶恶残暴的家伙。他的下身像一只公山羊,腿上毛茸茸的,头上朝天长着一对又直又硬的犄角。脸红红的,好像是在往外喷火,胡子很长。他胆大、彪悍、天不怕地不怕,还动不动就发火。左手拿着一根笛子,右手拿着一条弯曲的棍子。他带领的都是些如同萨蒂尔、赫米潘恩、爱基潘恩、西尔文斯、法图斯、拉米亚、拉莱斯、法尔法代和吕贪的人物,数目一共是七万八千一百一十四人。

他们的口令是:"哎噢唉"②。

---

① 此处一系列的名字都是指巴克斯的祭司。

② "哎噢唉":是从希腊文来的,意思是"勇敢起来"。

第四十章　壁画上的巴克斯是怎样对印度人作战的

接着,看见的是巴克斯对印度人进行的冲击和进攻。

我看见先锋西勒努斯汗如雨下,不停地打着他的驴。那头驴张着大嘴巴,屁股上像叮着一只马蜂似的,甩甩摆摆,蹦蹦跳跳。

那些萨蒂尔,有的是都司,有的是把总,有的是队长,有的是班长,一个个用号角吹着战歌,在队伍周围疯狂地旋转,一面像羊似的跳跃奔腾,一面还不住地放屁,又是踢脚,又是尥蹶子,鼓励着队伍勇敢作战。他们一个个的嘴里不停地呐喊着"哎噢唉"。那些"美那德"首先发出了惊人的叫声,他们一面敲打着震耳欲聋的盾牌战鼓,一面还冲向印度人。那声音真的是震天动地,壁画上的的确确是形容出来了,比那些画过霹雳、闪电、雷鸣、风响、回声、习惯和鬼神的阿培利、底比斯的阿里斯提德斯①等人的艺术远远要高明许多。

后来,又看见了印度人的队伍,他们听到巴克斯已经把他们的国家蹂躏得不成样子了。走在最前面的是驮着碉楼的大象,大象的周围还跟着无数的兵士;不过,对方的"巴基德"吵闹得太厉害了,那简直可以说是可怕了,就连印度的大象也都被吓得失魂落魄,齐刷刷地转过身去,向着他们自己的队伍冲过去,这样一来,印度人的队伍反而被打败了。

在此处的壁画上,可以看到西勒努斯一边用脚后跟狠狠地踢着自己的驴,一边还按照古代的剑法挥舞棍棒。而他骑的那头驴,和叫的时候一样张着大嘴,跟在大象后面紧紧地追赶。它还发出战时的驴鸣,勇气十足地鼓舞着士气并向前冲击,那个样子和从前一次在巴克斯节上,普里阿普斯性欲高涨,想偷偷对小精灵罗蒂斯非礼时,敢唤醒罗蒂斯的时候一样。

在这里,还可以看见潘恩在那些"美那德"的周围,一边翘起腿蹦跳,一边还吹起笛子鼓励她们勇敢作战。除此之外,还可以看到一个年轻的萨蒂尔俘虏了十七个国王,一个"巴基德"用腰里的长虫捆住对方四十二个都司,和一个小弗努斯从对方手里抢来十二面亲王队旗,而巴克斯此时呢,却坐在车里在战地上自在逍遥。他一边哈哈大笑,一边游玩取乐,一边还随时随地与其他人举杯饮酒。

最后,壁画上是巴克斯旗开得胜,马到成功的图像。只见他凯旋而归的战车上装满了在梅洛斯山上摘取的常春藤,常春藤在印度是一种特别稀少的植物(物以稀

---

① 阿里斯提德斯:公元前4世纪古希腊名画家,生于底比斯。

为贵）。后来，亚历山大大帝在印度得胜时就学了他的方式。他的战车是用互相套在一起的方式来拉的。后来，“伟大的庞贝”自非洲得胜并凯旋回罗马时，也效法了他的做法。尊贵的巴克斯坐在车上，用一只酒爵喝着酒。这种喝酒的方法，后来马里乌斯在普罗温斯的艾克斯附近战胜散布尔人的时候也效法过他。他的军队头上都戴着常春藤编的花冠，就连标枪、盾牌、鼙鼓上全是常春藤。甚至于西勒努斯那头驴的身上也盖满了常春藤。

跟在车旁边的是印度被俘的国王，他们被纯金的粗链条捆在车轮上。巴古斯一帮人欢天喜地地走着，唱着，快乐得无法形容，他们抬着从对方那儿得来的无数的战利品，掳获物和金银财宝，欢乐地唱着凯歌和小曲，歌颂着巴克斯。

壁画的最后一部分是埃及，其中有尼罗河，有鳄鱼、长尾猿、黑鹳、猴狲、猫鼬、河马等等当地的野兽。巴克斯在两头牛的带领下走进了这个国家，两头牛身上都用金粉写着字，其中一头写的是：阿庇斯，而另一头写的是：奥西里斯，因为在巴克斯到此以前，在埃及的确是没有见过公牛和母牛的。

第四十一章　大殿怎样由一盏神奇的灯照亮

在开始叙述神瓶之前，我先给你们说一说殿内的一盏神奇的灯，这盏灯，虽然在地面之下，可是照得殿内明亮无比，跟正午时光芒四射的太阳照在大地上一模一样。

拱顶的正中央悬挂着一个实心金环，有拳头那么大，上面垂下来三条细细的银链，做工非常精致，重量跟实心金环不相上下。在距离约二尺半的地方，形成一个三角形，上面吊着一个直径四尺的圆金盘。这个金盘上有四个洞孔，每个洞里都托着一个开口朝上的空心圆球，有两手宽，像小油灯似的，全是宝石做的，一个是紫石英的，第二个是利比亚钻石的，第三个是蛋白石的，第四个是代赭石的。每个球里面都灌满了由蒸馏器里的曲管滤过五次的酒精，和古时卡里马古斯①放在雅典城山上帕拉斯的金灯里的油一样永远烧不完，中间有一个点着的灯芯，灯芯一半是由石棉麻做的，就像古时阿莫尼特的朱庇特神殿里用的那样（好学不倦的哲学家克利奥姆布罗图斯曾经见过），另一半是卡巴西亚的麻做的，这两样东西不仅不怕火烧，而且会越烧越亮。

在离金片约二尺半的地方，上述的三条银链以同样方式吊着一盏纯洁无比的

---

① 雕刻家卡利马科斯制造过一盏灯，可以日夜不灭，一年只用添一次油。

大水晶灯上的三个柄，这盏灯的直径有一码多长，开口有两手宽。口的中央，有一个同样是水晶做成的圆盆，样子像个葫芦瓢或者说像个尿盆，深可直达灯的底部，里面也装满上述的酒精，石棉麻的灯芯所做成的冒出来的灯头，正好处在大灯的正中央。

因此，整个圆形的灯都仿佛在燃烧、在冒着火头，正是因为灯头不偏不倚地在正中心。人们对它多看一会儿都没办法，就像无法正视太阳一样，由于灯本身的材料特别晶莹透亮，又做得如此光辉透彻，再加上上面四盏小灯对下面大灯不同颜色的反射（它们都是真宝石的），所以在大殿各处就像映出了一种变化万千的亮光。此外，这种飘忽不定的光亮一遇到镶满大殿内部的那些光滑石头，立刻便显现出一种像雨后晴朗的太阳照在云彩上所形成的彩虹一般的色彩。

真是制造得太神奇了，而更神奇的是，我看到的像是雕塑家在灯的周围镶嵌了一场一群裸体小孩英勇战斗的画面。他们都骑着小木马，手执风车作为武器，还有用整串葡萄和葡萄枝叶编制而成的东西作为盾牌。他们那种儿童稚气的姿势和形态，用艺术的形式表现得太惟妙惟肖了，就是真的小孩也不过如此。他们好像不是镶嵌在灯里的，而是飘浮在外面的，最起码也可以说是稀奇地整个雕在灯上的，在灯内多彩和炫目的光亮照耀辉映下，越发显得栩栩如生。

第四十二章　巴布祭司带我们看到殿内的奇异水泉

我们正出神地观望着这座神奇的大殿和殿内值得怀念的神灯，可敬的祭司巴布正领着她的随从满面带笑地迎出来。她看见我们像上面所述说的那样，浑身穿戴的都是葡萄，于是便自然而然地把我们领到位于大殿中央神灯下面的那座奇异的水泉那里。

水泉的构造果然神奇精巧，比戴达鲁斯所幻想的还要惊奇得多。水泉的井口、地基和周围都是明澈透亮的白玉，高达一码有余，呈七边形，每边外部的长度相等，周围有无数柱花、线脚、花边和波纹。内部则成正圆形。外部每个阑角当中，有一根圆形的柱子，样式有点像象牙或玉石的圆筒（现代建筑学家称之为“围柱”），一共有七根，和阑角一样多。柱子的长度，从柱脚到柱顶，有七手长或稍微不足点，而且刚好是内部圆形井口中心直径的长度。

柱子排列的位置是这样的，如果站在一根柱子的后面，不论是哪一根，向对面的柱子望过去，就会发觉我们视线中的棱锥体在中心结束，从那里起，正好和对面的两根柱子形成一个等边三角形，三角形的两条线是从（我们眼前所看到的）这根柱子同时分出去的,这两条线,从两边两根柱子起,在中间相互距离的三分之一处,便会遇到它们的底根线,这条线如果用虚线划至中心并且画得均匀,就正好是柱子之间的距离。因为一条直线,从边上任何一处钝角处画起,无论怎么画,在对面也遇不到柱子,这你们应该都明白,因为在一切角是奇数的图形里,任何一个角的对面总是在两个角的正中间。

由此,可以不言而喻,七个"半直径线",在几何的比例上,其长度约等于它们画起的那个环形图案的圆周线,可以说,相差无几。根据古时厄克里德斯、亚里士多德、亚尔奇迈德斯等人总结的规律,三个"整直径线"再加上一个半的八分之一,就多了一点儿,加上一个半的七分之一,就又少了一点儿。

第一根柱子,那就是进门处正对我们视线的那一根,是一种天蓝色蔚蓝石的。

第二根是天然的风信子颜色宝石的,上面不少地方还看得出希腊字母 A 和 I 的形象,这种花样象征着风信子原来就是埃阿斯愤怒的鲜血所变成的[①]。

第三根是避毒钻石的,和闪电一样明亮灼目。

第四根是红宝石的,雄性,红中透紫,发出的光亮像孔雀开屏时那样,万紫千红,真有紫石英那般的美丽。

第五根是翡翠的,其壮伟程度胜过埃及人迷宫巨大的塞拉比斯何止五百倍,比当作眼睛装在赫米亚斯王坟上石狮子眼窝里的宝石明亮耀眼得多。

第六根是玛瑙的,斑纹和颜色的华丽多彩,远远超过伊庇鲁斯国王比鲁斯珍爱如命的那块玛瑙。

第七根是透明的花岗岩的,白净如玉,温和的好像海迈图斯的蜂蜜,内部还有月亮的形象,仿佛运行于天空,有时圆,有时缺,有上弦,有下弦。原来,这七根柱子的石头,就是古时的卡加底亚人和术士认为的天上的七大行星。

其实这件事,连最愚蠢的人也会一目了然,因为,在第一根蓝宝石柱子的柱头上,正对着中心的垂直线上,有一尊非常名贵,质料纯洁的铅做的农神像,手里拿着镰刀,脚前边有一只金天鹤,而这只天鹤是按照农神鸟这种鸟的天然色彩和人工加的珐琅打造而成。

在第二根风信子颜色的柱子上,有一尊用朱庇特铅造的朱庇特像,它面朝着左边望去,胸前有一只金鹰,也是依照真鹰的颜色加的珐琅打造而成。

第三根柱子上,是一尊钢做的战神像,脚前有一只啄木鸟。

第四根柱子上,是一尊纯金铸造的太阳神像,右手上拿着一只白色公鸡。

第五根柱子上,是一尊铜质的维纳斯像,和阿里斯多尼达斯铸造阿塔玛斯[②]像

① 特洛伊战争中,阿喀琉斯死后,埃阿斯和乌里塞斯争夺他的武器,希腊人同情后者,埃阿斯愤而持剑自杀,血变为风信子。

② 阿塔马斯:神话中欧尔科美科斯国王,因杀前妻之子未成,被罚失去理智,结果将其后妻伊诺之子利亚古斯摔死。

时为表示他看见他儿子利亚古斯摔死时脸上的那种白中透红的羞愧神情一样，用的材料也一样，脚前边有一只鸽子。

第六根柱子上，是一尊用固定的、静止的、不流动的水银造的迈尔古里像，脚前边站着一只仙鹤。

第七根柱子上，是一尊银制的鲁娜，脚前边是她那只小兔。

这些神像的高度，比下面柱子三分之一长度多一点儿。根据数学家的计算，它们做得如此精巧，就连那大家当作模范的波里克雷图斯所塑造的被称为艺术加艺术的塑像，也不能和它们相比。

至于柱根、柱头、柱缘、花边以及柱带等都是腓力基亚式的手艺，结结实实，所用的黄金，比蒙帕利埃附近的莱茨河、印度的恒河、意大利的波河、色雷斯的希布鲁斯河、西班牙的德古斯河、利地亚的帕克托鲁斯河里所产的金子更纯净更精致。

柱子与柱子之间的弓形结构，是用下一根柱子中的同样宝石构造而成的，也就是说，从蓝宝石柱子到风信子石柱子之间的弓形结构是用的风信子石，从风信子石柱子到钻石柱子之间的弓形结构是用的钻石，依此类推。

弓形结构与柱头的上面，向内弯曲，形成一座华盖，遮住水泉。华盖的边上全是雕像，排列的形式，开始时也是七角形，慢慢地逐渐成为圆形。华盖是水晶做成的，透明发亮，整洁平滑，在任何地方都休想找出半点纹路斑点，就是克塞诺克拉铁斯也从来没见过能够和它相比拟的东西。

华盖内部，按照次序，以非常精细的手艺，镶嵌着黄道十二宫的形象，一年十二个月，每个季节的天气，夏至、冬至、春分、秋分，黄道线，还有若干在南极周围以及其他地区比较显著的恒星，镶嵌之精巧和逼真，都让我真的以为是尼凯普索斯王或者古代数学家贝托西里斯的成果。

在穹顶上，正对着水泉中心，有三颗巨大无比的珍珠，非常圆滑，和泪珠一样，三颗的式样完全相同，精致到极点，像一朵百合花似的并在一起，那朵花的大小，直径超过一"巴尔姆"。花托是一粒鸵鸟蛋那样大的红宝石，刻成七边形（七是自然最喜爱的数字），真是霞光万道，瑞气千条，正眼一看，几乎能够晃瞎我们的眼睛了。它比火、比太阳、比闪电还要明亮，还要灿烂。一看见它，简直就像正午的太阳和星斗对比那样，怪不得使印度术士雅尔伽斯的那块宝石顿然失色。根据正确的估算，这座水泉以及上面所说的那盏神灯，比亚细亚、阿非利加和欧罗巴的全部财富和他们所拥有的珍珠加在一起还要贵重得多。

埃及皇后克娄巴特拉曾把耳朵上戴的两只耳环中的一只，当着罗马执政官安东尼乌斯的面，摘下来熔化在醋里喝掉，据估计，这只耳环价值一千万"塞斯台尔斯"[①]，让她去炫耀好了。

---

① "塞斯台尔斯"：古罗马银币名。

庞培亚·保丽娜曾穿着翡翠和珍珠交织的衣服,赢得了罗马城全体人民的惊奇,结果到头来也只不过被说成是抢劫全世界的征服者的玩物,让她去夸耀好了。

水泉的水是从三根荧光石管子里流出来的,这三根管子从上述那个等边三角形的边上螺旋形地向着两边伸出来的。

当我们看罢之后,正要回过头来往别处观看的时候,巴布却叫我们听一听水流出来时的声音。细听之下,果然和谐悦耳,潺潺湲湲,断断续续,仿佛来自远方,又仿佛来自地下,听起来比就在身旁还要动听得多。因此,看到上述的一切,可以心旷神怡。听到悦耳的谐调,却又有绕梁之感。巴布对我们说道:

"你们那里的哲学家,不承认运用排列安置的方法,就可以产生动力。在这里,你们可以看见并且听见,事实完全不是这样。单单是运用这个两面分开的螺旋形的管子,再加上每一拐弯处内部有五个活动叶子(完全像进入右心室的血管一样),水就会从里面流出来,而且能够发出你们所听到的那些悦耳的声音,并且一直流到你们那里的大海里面。"

第四十三章　水泉中的水有饮水人想象的味道

巴布祭司说罢,她吩咐把杯、盅、碗取来,其中有的是金的,有的是银的,有的是水晶的,还有的是瓷的,并且热情地邀请我们尝尝此处的水。我们当然欣然从命。

因为,老实告诉读者,我们和牛可不一样,它们和那些不敲尾巴就不吃东西的麻雀是一个类型的,非等人拿大棍子打,否则就不吃不喝。可是我们,只要有人亲切地邀请,我们从不会推辞。

饮罢之后,巴布问我们泉水如何。我们回答说的确是清凉可口,比意大利的阿尔基隆戴斯河、戴萨里亚的贝内乌斯河、米格多尼亚的阿克修斯河、西里西亚的西德努斯河这条河,马其顿的亚历山大见它在夏天顶热的时候如此可爱、如此清冽、如此凉爽,不考虑这一短暂的快乐所能引起的严重后果,还是跳进去洗浴一番,还要清澈,声音还要悦耳。

"啊!"巴布说道,"你们还没有观察观察自己,也没有体会体会泉水在通过我们肥大的舌头以后所有的动作,它并不像柏拉图、普鲁塔克、马克罗比乌斯等人所说的那样,经过弯曲的气管流向肺部,而是从食道下流到胃里去。远方来的客人们,难道你们的喉管果真像古时号称特忒斯的波提鲁斯那样,涂上了东西,垫上了一层皮,镀过了一层珐琅,连这只应天上才有的饮料的滋味也没有分辨出来吗?"说罢,她又吩咐她身边的那些女孩子:"把我的刷子拿来,你们知道我说的是什么,把他们的上腭刮一刮、削一削、刷一刷。”

于是她们立刻送来肥腻美味的火腿、又粗又长又肥的熏牛舌、大块的咸肉、大批的香肠、鱼干、鱼子、灌肠等等清理喉咙的食物。在这位祭司的指示下，我们一直吃到不得不承认胃口全无、觉得渴得要命为止。她这时才说道：“古时，犹太国一位博学英勇的首领在旷野里带着人民前进，在极端的饥饿中得到了从天上掉下来的吗哪，但吗哪的味道在他们的想象中，和过去吃过的东西的味道是一样的。我们的水也是这样的。喝了此处神奇的饮料，便会感到你们喝的饮料和你们想象中的酒是同样的味道。所以，请你们先想一想，然后再喝。”

我们依照她的话办了。巴汝奇高声大叫道：

“天主在上，这真是包纳万味的酒，比我喝过的还要好，如果不是这样，就让九十再加十六个魔鬼把我带走吧！为了能够多欣赏一会它的美味，最好能像美兰修斯所希望的那样，有一个三肘长的喉咙，或者像美兰修斯①所盼望的那样，喉管像一只天鹤！”

约翰修士也叫了起来：“凭灯笼国人的信用说话！这是格拉沃的酒，又浓厚又香醇。啊，看在天主的份儿上，我的夫人，请把制造的方法教给我吧！”

庞大固埃说道：“我觉得味道像米尔沃的酒，因为在喝以前，我就先想到了它。唯一的不同之处是更凉，我甚至可以说是更冷，比冰还冷，胜过诺尼和狄尔赛的水，比普林多的康脱波里亚的水泉还要冷，即使康脱波里亚的泉水能把饮水人的胃口和消化器官冻住。”

巴布说道：“再喝一杯、两杯、三杯吧。每次都另外想象一种味道，你们会觉着它和你们想象的滋味一模一样。今后，可别再说天主不是万能的了。”

“我们可没有说过这样的话，”我回答说，“我们一向认为天主什么都办得到的。”

第四十四章　巴布为巴汝奇穿戴，聆听神瓶的谕示

我们说罢饮罢之后，巴布问道：

“你们中间是哪一位想得到神瓶的谕示？”

巴汝奇说道：“是我，你的这个微卑的小漏斗。”

巴布又说道：“我的朋友，我只嘱咐你一件事，那就是，听神谕的时候，只允许用

---

① 美兰修斯：神话中一个被酒神变成海豚的人物。

一个耳朵。”

约翰修士说道:“这样说来,那就是一个“单耳酒”了①。”随后,巴布给巴汝奇穿上一件绿色的外套,戴上一顶雪白的风帽,套上一条滤酒的短裤,短裤上面不穿上衣,只有三条飘带,给他手上放了两条古老的裤子,腰里拴好了三只捆在一起的风笛,然后叫他在上文中所说过的水泉里洗三次脸,在他脸上撒一把面粉,在滤酒的短裤右面装三根雄鸡毛,再叫他围着水泉转上九圈,跳三跳,屁股往地上蹲七蹲,巴布嘴里也不知道用埃托利亚文祷告着什么,还时不时地望着身边一个助手捧着的一本经文念上一通。

总之,我想连罗马人第二个皇帝奴马·彭比留斯、多士干的凯利人、犹太人的那位神圣的领袖看到的礼节都没有比我看到多。埃及蒙菲斯供奉阿庇斯的预言家、拉姆努斯城供奉拉姆奴西亚的厄庇亚人,甚至古人对阿蒙的朱庇特、对菲洛尼亚的礼节也没有我在这里看到的礼节繁缛。

这样打扮好以后,她才从我们当中把巴汝奇领走,从右手边的一扇金色的大门走出神殿。她把他领进一座由水晶石和白云石构造形成的圆形的内殿里。这座内殿里没有窗户,也没有其他透光的地方,仅仅是通过透明的石头,受到太阳的光照。然后,再由石头的反射作用,把亮光照在正殿里面,光辉明亮,仿佛是从神殿内部自己产生光亮,而不是来自殿外。工程之奇妙,不下于拉维纳的神殿,胜过埃及开姆尼斯岛上的庙堂。还有一件有关建筑的事也是不应该略过不提的,那就是它的对称平衡,因为它的直径恰好是殿内拱顶的高度。

殿中央有一座白玉砌成的七边形的水泉,花饰和镶嵌都特别精细,泉内的水清澈得和一种在静止状态中的元素一模一样。我们所说的神瓶就有一半坐在这泉水里,瓶上满是纯净透明的水晶,椭圆形,只是瓶口比它本身的形状稍微高出来一些而已。

第四十五章　祭司巴布怎样把巴汝奇领至神瓶跟前

尊贵的祭司巴布命令巴汝奇弯腰屈膝,亲吻水泉的边缘,然后再叫他起来,围着水泉跳了三次巴克斯舞。跳过之后,叫他坐在两个特设的座位中间,屁股冲着地,然后打开一本礼规大全,向他左边的耳朵里吹了一口气,命他唱出下面的那一首收葡萄歌,这歌词就刻在神瓶上。

---

① “单耳酒”是上好的酒。

噢,
充满神秘的圣瓶啊!
我用一耳聆听,快快告诉我吧,
我心中忧虑的。
曾征服印度的,
巴克斯已把所有真理,
储藏于你的水晶体内,
化为里面的玉液琼浆,
你远离谎言和欺诈。
愿教我们忍让的诺亚后代快乐,
求你赐予,
仁慈谕示,
济我脱离苦海。
而你绝不遗漏一滴,
红白不计。
充满神秘的圣瓶啊!

这首歌唱罢之后,也不知道巴布往水泉里扔了些什么,只见水泉里的水立刻像布尔格邑巡行祈祷瞻礼的大饭锅里的水那样沸腾起来了。巴汝奇用一只耳朵听着,一声不响,巴布跪在他旁边。这时从神瓶里发出一种好像是阿里斯忒乌斯[1]法术里准备宰杀的那头小公牛的腹内飞出的一群蜜蜂那样嗡嗡的声音,或许是弓弩手射出的箭的声音,再不然就是夏天骤雨下落的声音。只听见这样的一个字:Trink。(即喝之意)。

巴汝奇高声叫道:"凭天主的道德说老实话!你这个瓶子早就破了,不然就是有了裂纹,像我们那里对离火太近的水晶瓶就会裂开的说法一样。"这时巴布站起身来,轻轻地用手搀住巴汝奇的胳膊,对他说道:

"朋友,快感谢上天的恩典吧,这是理所应当的,因为你已经听到了神瓶的谕示。我可以说,自从我负责神圣的谕示以来,这是我听到的最鼓舞人心、最神圣、最肯定的一个字了。现在起来吧,咱们去找字典去,在那里边可以找到对这个字的解释。""走!"巴汝奇说道,"天主在上!我和没有来这里以前同样的明智。请你说这本书放在哪里。把那个字找出来,看看是怎么个解释。"

---

① 阿里斯忒乌斯:希腊神话人物,以养蜜蜂著名。

第四十六章　巴布怎样解释神瓶的谕示

不知道巴布又往水里面扔了些什么，只见沸腾的泉水立刻平静下来。巴布这才把巴汝奇领到正殿中央的那座可以给人以生命力的水泉那里。从水里，他捞出一本用银子做的厚书，样子像个半“木宜”的容器，或者说像《格言集》的第四册，在水泉里灌满了水，对他说道：“你们那里的哲学家、宣教者、博士们，只会对着你们的耳朵灌输好听的话，我们这里是真的从嘴里给我们灌输我们的教诲。因此，我不会跟你说：‘请你读这一章，请你念这个注释；’我却会对你说：‘请你干了这一章，请你品一品这一章，请你饮下去这一注释。’古时，犹太国有一位贤哲，他吃过整整的一本书，后来便能够博学到牙齿。现在，请你喝下去整一本书，你一定能够博学到肝脏。来，张开嘴。”

巴汝奇张开了嘴，巴布拿起那本银书，我们还真的以为它是一本书呢，因为它的样子的确是像一个经本，但是它却地地道道、不折不扣是一个酒瓶，而且里面装满了法勒纳酒，他一口气让巴汝奇喝了下去。

巴汝奇说道：“这真是值得注意的一章，也是确实可信的注释。那神瓶谕示的意思就是这个么？我非常满意，非常的满意。”

“是的，”巴布回答说，“因为 Trink 这个字这个词是个神谕，在全世界通用，到处都很有名，谁也听得懂，它的意思是：‘喝’。就像你们那里叫‘褡裢’或者“包”的东西一样，在所有的语言里都是这个叫法，因此，到处都听得懂。正像伊索那篇寓言里所说的那样，人类生来颈项上就背着一个褡裢，就是天生是要受罪的，要彼此帮忙协助的。天底下不论多厉害的君王，也不能离开人而独自生活。多傲慢的穷人也离不开富人。就连那个自认为万能的哲学家希庇阿斯也不能例外。和离不开褡裢一样，人类更不可能不喝。所以，我们说，不是笑，而是喝才是人类的本能。不过，我所说的也不是简单的、单纯的喝，因为任何动物都会喝，我说的喝是喝爽口的美酒。所以，朋友们，请你们记住，酒能使人清醒。没有比这个更靠得住的论断了，也没有比这更真实的预言了。你们自己的学者早就能够证明，他们在给酒这个字寻找字的起源的时候就说，酒，希腊文叫作‘wine’是从希腊文 oinos 和拉丁文 vis 来的，意为‘力量’或‘能力’。酒确实能使人的灵魂充满真理、学问和哲理。如果你们注意到神殿大门口所写的希腊文，你们一定会明白真理寓于酒中的这个道理。神瓶把你们领到这里，剩下的要靠你们自己去领悟了。”

庞大固埃说道：“没有比这位可敬的祭司说得更对的了。你们头一次跟我谈的

时候,我就是这样说的。所以还是喝一下吧！你们的心里已经受到了巴古斯赞歌的鼓舞,感觉怎么样?”巴汝奇说道:

“来,大家举杯,
巴克斯在上,大家一起举杯!
噢,噢,噢,我将比翼双飞,
相亲相偎,
夫妻交配,
举案齐眉。
神谕何为诂?
父性在我心中告诉,
转回故土,
不仅洞房花烛,
而且夫妻和睦,
卿卿我我,
鸳鸯依附。
我的天！我已预见到夫妻美好,
如漆似胶。
我的身体佼佼,
无比骁勇。
我是如意郎君,好人中之好人。
噢,潘恩;噢,潘恩;噢,潘恩!
我一定结婚,一定结婚,一定结婚!
约翰修士,我向你起誓,
绝不含糊,
神谕的指示万分清楚,
这是定而不可移的命中定数!”

第四十七章　巴汝奇等人疯狂地吟诗

约翰修士说道:“你是疯了么,还是着迷了？你们看他嘴里吐着的白沫！听他不停地胡诌乱说！真是见鬼,他吃过什么了？看他的眼睛像只快死的山羊那样滴溜溜地转个不停！他能不能躲开，到没人的地方去乱吟这些歪诗？要不要给他吃些排风草来清清胃？要不要像在修院里那样，把拳头伸到喉咙里，一直伸到胳膊肘为止，来掏光他肚里的东西？他能不能再恢复到常态？”

庞大固埃打断约翰修士的话，说道：

“告诉你，这是巴克斯的吟诗狂，
神魂颠倒，都只为这香醇的琼浆，
因此才不住地吟唱。
老实对你说，
他喝的酒，
已经完全迷住了
他的思想，
于是他叫嚷而狂笑，
狂笑而胡闹，
使他的心
这温馨的地方，
兴奋激昂，
成了我们欢乐的
胜利者与君王。
他的头脑迷离又狂热，
对于这样崇高的酒客还想讽刺诽谤，
那真的是空谈理论家的勾当。”

“怎么？”约翰修士叫了起来，“你也吟唱起来了？天主在上，我们都被传染上了！要是高康大此时能看见我们这样该有多好啊！我的天，是不是也跟你一起吟唱起来，我真不知道如何是好了。吟诗，我可一窍不通，不过还好，反正是胡诌。圣·约翰在上，我觉得出来，我和别人一样也吟唱起来了！但是，请注意，如果我吟唱不好，请多多包涵。”

“噢，天主圣父啊，
你曾将水变成杯中酒，
那么请将我的屁股，
化为灯笼为我迷途的兄弟照路。”
巴汝奇接下去吟唱：
“皮提亚的先知，

未曾指示过更明晰的谕示，
我相信此处水泉，
是从得尔福
辗转相传至此。
假如普鲁塔克如同我们一般，
饮过此处泉水，
他决不再疑惑，
为何得尔福的谕示，
怎么像条黑鱼，
缄口不语。
究其原因，其实很简单，
命运之祭坛已不在得尔福，
而是来到此地。
宣示着未来的似水流年。
阿忒涅乌斯早向我明示，
所谓祭坛原来就是瓶坛，
不过瓶内装的是佳酿，
是真理的美酒。
作为金言玉语，
没有比瓶内的语言，
预知吉凶祸福，
更为真切周全。
约翰修士，且听我劝告，
趁我们来到此地，
你也该寻求神瓶的谕示，
看有无别的阻力，使你成家节外生枝。
快，怕的是瞬息万变，
为何不抬起头来跳跳巴克斯舞，
再往你脸上洒点粉，
去听听真知灼见吧！”

约翰修士愤怒地答道：

“成家！我以本尼迪克特的靴子
和绑腿发誓，

只要对我有所了解，
都会知道我的意志，
宁可成为穷光蛋，
也绝不做结婚成家那种蠢事！
让自由加上镣铐？
今后成了妻室的附属？
天主为证！
那等于把自己交给亚历山大，
交给恺撒，
交给他的女婿，
交给世上的暴君！”

巴汝奇脱下绿色的袍子和所有怪异的装束，说道：

“你这可恶的东西，
让你像毒蛇那样被贬入地狱，
而我升入天庭，
弹奏竖琴。
告诉你，你这可怜的家伙，
我要尿你个痛快淋漓！
你听着，只等你
下到了地狱，
见到了老魔鬼之后，
冥王那干瘪的老婆
普罗塞耳皮娜，
看上你裤裆里的东西，
而且她钟情于你的男子威风父性能力，
恰遇机缘，
你们心心相印，
倒在一起，
我老实问你，
你难道不把那个混账的东西
路西弗，
送进地狱里最宽敞的酒馆里
去喝酒吗？

冥后对你们修士一向忠贞不二，
况且她又鲜艳夺目。”

约翰修士喝道:“好了,老疯子,见你的鬼去吧！我吟不上来了,喉咙给堵住了,我们还是谈谈该如何付账吧。”

第四十八章　怎样辞别巴布,离开神瓶谕示

巴布说道:“付账,不用放在心上！只要你们对我们满意,那就皆大欢喜了。在这里,在这偏僻的地区,我们行善,不是为了攫取,而是为了施舍。即使这样,我们也认为很幸福了。我们并不像你们那里的教派所指示的那样,要从别人身上尽量地攫取。在这里,我们是向别人尽量地施舍。现在我只求你们一件事,那便是帮我把你们的姓名和国籍都登记在我们这本记录簿上。”

说罢,她便打开一本又大又厚的记录簿,由我们口述,叫她的一个助手用一枚金针,像写字似的在簿子上画出了许多道道,可是究竟画的是什么,我们看不出来。

划好之后,巴布倒满三瓶袋神水,亲手交给我们,说道:“朋友们,在这个我们称作天主的智力的圆球的佑护之下——它的中心无处不在,它的周围无边无际——现在你们可以走了。回到你们的故乡之后,要证明伟大的财富和神奇的事情都在地下。刻瑞斯(她受到全世界尊敬,因为她把农事的技术传授给人类,并发现五谷,使人类不再吃那粗糙的橡子)实在是有道理,她会怨恨她女儿①,一定是她预料到她的女儿会迷恋地下,而且她的女儿会在地下见到比她这个做母亲的在地上见到的更多更美好的东西。”

“古时的贤人普罗米修斯发明从天上拘雷请电的法术,现在这个法术怎么样了呢？你们猜想一定是失传了,因为它早已经离开了你们那个半球,而来到我们这里且已经被使用了。当你们看见你们的城市被雷电击毁,你们有时可能会感到奇怪,这样的想法是错误的。因为你们不明白这可怕的灾祸是谁？是什么、是怎样引起的。可是对我们来说,这是件经常发生而且是非常有益的事。你们的学者们抱怨古人把一切都写过了,一点点新的东西也不留给他们去发现,很明显这种想法是错误的。天空中所显现的,地上所展示给你们的,江河海洋所包括的,这些你们叫做现象的东西,这一切的一切和地下所储藏的比起来,那简直是无法比拟的。”

---

① 神话中刻瑞斯的女儿普罗塞耳皮娜是被冥王普路托拐到地下的。

“所以,几乎在所有的语言里,地下的主宰全都是以富字开头的。他,这个至上的主宰,当你们的学者辛勤探求的时候,总是祈求的主宰,埃及人叫作‘伊希斯’,这在他们的语言里,意思就是‘潜伏者’‘隐匿者’和‘神秘者’,以这个名义求他,请他向他们显灵显圣,只要有一个精巧的灯笼人引领者他们,就会扩展他们的知识,使他们不仅认识他所创造的一切,而且还认识他自己。因为,古时所有的学者和贤哲,为了确实保证并愉快地完成探求神明和追求知识的路程,他们认为有两件事是必不可少的,那就是:神的指引和人的协助。”

“比如说波斯人当中的琐罗亚斯德,在游学的时候,就找到了阿里马斯普斯作伴侣。埃及人当中的海尔美斯·特里斯美吉斯图斯的伴侣是(埃斯科拉庇俄斯);奥菲士在色雷斯就找到了缪斯做伴侣,阿格拉奥费姆斯也在同一个地方找到了毕达哥拉斯做伴侣;雅典人当中的柏拉图,最初找到的伴侣是西西里岛上西拉库塞城的狄翁①,但狄翁死后,另一个伴侣是色诺克拉底;阿波罗纽斯的伴侣是达米斯。”

“当你们的学者在上天的指引下,跟着明亮的灯笼人,细心探求人类本性的时候(希罗多德和荷马曾经因此被称为‘阿尔费斯特斯’,意思是探求者和发现者),一定会认为埃及国王阿马西斯会问先哲泰勒斯什么是最明智的,泰勒斯回答说:‘时间’,回答得有理。因为一切潜在的东西,过去是由时间造成的,今后也还是由时间来完成的,所以古人把农神叫作‘时间神’,‘时间神’是‘真理神’的父亲,‘真理神’的女儿又叫‘时间’,‘时间’的女儿又叫‘真理’,如此循环。他们也一定会看到他们以及他们前辈的全部知识,不过是现有知识的一小部分,而且还不一定知道。”

“从现在起,我给你们的这三个瓶袋里,正像俗话所说的那样:‘看到爪子和牙齿,就能认出狮子’,你们自己来评判和认识就好了。瓶内的水由于受到海水上空的热气的影响,会变得越来越少,这就是元素变化的自然规律,因此就会产生很干净的空气。你们可以把它当作清朗、恬静、凉爽的风,因为风,本来就是飘荡流动的空气。运用这股风,一直向右走,顺利的话,根本用不着靠岸,就可以一直走到塔尔蒙的奥隆纳港。放下帆来,从这个小小的风眼望出去,可以看到它像一根笛子似的房子那里,你们只管想象成这是在水里慢慢地游荡就行了,安全愉快,既无危险,亦无风浪。”

“不用担心,也不用想起什么狂风暴雨;因为风是受到海底波涛的激烈运动才吹起的。也别以为雨没有天空中的雷声和密布的乌云就可以来的。它一般是受到地底下的召唤才会来的,正和它受到天空的吸引才由下而上到地上去是一样的。那位国王诗人曾经吟唱过‘深渊就与深渊响应’②的话,就足够证明了。”

---

① 狄翁(前409—前354):柏拉图的学生。

② 见《旧约·诗篇》第四十二篇第七节。

“这三个瓶袋里,有两个装的是上面所说的水,第三个装的,是从人称婆罗门大桶的那个印度哲人井里打出来的水。”

“除此之外,你们的船上已经把旅程中所需要用的东西都装好了,而且应有尽有。当你们在这里的时候,我也早已经吩咐把一切都办妥了。”

“朋友们,你们欢欢喜喜地动身吧,把这封信带给你们的国王高康大,请替我们问候他以及他尊贵的王朝内的贵族和公卿们。”说完,她交给我们一封严密封好的书信,对天主表示感谢以后,让我们从通侧殿的一道门里走出去。在那里,巴布曾经让他们提出比奥林匹斯山高一倍的大问题。

我们走过的地方,到处都是一片赏心悦目的风景,气候比塞萨利的腾比河温和,比接连利比亚的埃及的那一部分空气更清新。灌溉的河流和茂盛的植物胜过托罗斯山脉与阿基隆相对的那部分,比红海海中的希贝尔包里亚岛、比卡斯比亚山上的卡里吉斯还要肥沃得多,和都林省一样的清新、明朗、可爱。

最后,我们回到了码头上,登上了我们的船只。

尊贵的庞大固埃的英勇言行